Harald Kaup

2165 A.D.
- AXIS -

Roman

NOEL-Verlag

Originalausgabe
Februar 2025

NOEL-VERLAG
Hans-Stephan Link
Achstraße 28
D-82386 Oberhausen/Oberbayern

www.noel-verlag.de
info@noel-verlag.de

Die Deutsche Bibliothek verzeichnet diese Publikation in der Deutschen Nationalbibliografie, Frankfurt; ebenso die Bayerische Staatsbibliothek in München.
Das Werk einschließlich aller Abbildungen ist urheberrechtlich geschützt. Jede Verwertung außerhalb der Grenzen des Urheberrechtsschutzgesetzes ist ohne Zustimmung des Verlages und der Autoren unzulässig und strafbar. Das gilt besonders für Vervielfältigungen, Übersetzungen, Mikroverfilmungen und die Einspeicherung und Bearbeitung in elektronischen Systemen.

Der Autor übernimmt die Verantwortung für den Inhalt des Werkes. Sämtliche im Werk verwendete Namen sind frei erfunden. Ähnlichkeiten mit lebenden Personen sind rein zufällig.

Autor:	**Harald Kaup**
Umschlaggestaltung:	NOEL-Verlag

1. Auflage
Printed in Germany
ISBN 978-3-96753-218-0

Der Titel dieses Buches erklärt sich später – oder?

1. Einleitung

Wir schreiben den 21.05.2024 und heute wird dieser Bericht begonnen.

Wie immer an dieser Stelle: Das Wichtigste zum politischen Weltgeschehen und eventuell von Deutschland, damit die geschätzte Leserschaft erkennen kann, unter welchen Bedingungen dieser Roman entstanden ist.

Weltgeschehen: Man konnte soeben lesen, dass Russland Übungen mit Atomwaffen an der Grenze zur Ukraine durchführt. Okay, irgendwann verliert auch die größte Drohung ihre Wirkung – oder nicht?

Im Gaza-Streifen ist es still geworden. Offenbar verhandelt man intensiv hinter verschlossenen Türen. Mal sehen, was dabei herauskommt.

Ein Hubschrauber im Iran stürzt am 19.05. ab und reißt dabei Präsident Ebrahim Raisi und Außenminister Hossein Amir-Abdollahia in den Tod. Die Gerüchteküche brodelt.

Unterdessen liefern die USA dem Rest der Welt eine der spannendsten (oder lächerlichsten – je nach Sichtweise) Reality-Shows überhaupt: Donald Trump und eine gewisse Pornodarstellerin, Schweigegeld, Drohungen, Manipulationen und hierzulande glaubt man an eine Neuauflage der Muppet-Show, wobei nicht ganz klar ist, welche Rolle dargestellt wird.

Um etwas kleiner zu werden: Auf europäischer Ebene gab es vor ein paar Tagen den ESC – für die Nichtinsider: den Eurovision Song Contest. Ähm, wenn die stimmliche und musikalische Gabe nicht zu begeistern weiß, dann müssen Drohungen gegen Staff-Personal herhalten oder die Jungs hüllen sich in nette Kleidchen. Gewinner: Die Nicht-Zuschauer. (Der Berichtende legt Wert auf die Feststellung, dass er diese Informationen als Nachrichten anschließend der Yellow Press entnommen hat. Ja, er hatte mal was, der ESC. ABBA – Waterloo und dgl., lang ist es her.)

Noch kleiner – Deutschland: Hier gibt es etwas, dahinter verblasst die in Kürze stattfindende Fußballeuropameisterschaft des Herrenfußballs

oder die Olympiade in Paris: Der Berichtende verspürte eine starke Erschütterung der Macht. Bayern München verpasste beim angestrebten Triple alle drei Ziele. Schlimmer noch, Bayern wurde nicht einmal Vizemeister, sondern nur Dritter in der Liga. Und dann noch das Thema Trainer. Offenbar hielten es die Bayern-Bosse für angeraten, die Trainerwahl öffentlich durchzuführen und fingen sich demzufolge die Körbe bzw. Absagen auch öffentlich ein – im Wochentakt. Eine Satiresendung schrieb scherzhaft: Das Auswärtige Amt warnt dringend vor der Einreise nach Bayern mit einer gültigen Trainerlizenz.
Lassen wir das mal so stehen.
Ja, und eine traurige Nachricht: Karl-Heinz Schnellinger starb am 20.05.2024. Der deutsche Fußballabwehrspieler gehörte zu den Ersten, die im Ausland ihr Geld verdienten. Mit dem AC Mailand errang er alle internationalen Turniere und nahm für Deutschland an vier Weltmeisterschaften teil. 1962 wurde er Meister mit dem 1. FC Köln – ja, wirklich wahr.

Soweit zum Welt- und Deutschlandgeschehen.

Auch hier wieder eine kurze Wiederholung der Ereignisse aus dem Jahre 2164: Sicherlich sind aus der Vorgeschichte, die Jahre 2163 und so, einige Erwartungen an diesen Bericht geknüpft gewesen.
Das Thema Präsidial in einer fremden Galaxie wartete auf seine Fortsetzung, sowie die letzten beiden ‚unwürdigen' Spezies und nicht zu vergessen das Hauptthema: YXY-11-GENUI und ihr merkwürdiger Kanzler. Daneben das eine oder andere.

Nehmen wir zuerst vielleicht, nein ganz bestimmt, die MSS BABYLON. Der Admiral überraschte Brigadier Admiral Abdul Musto mit einer Beförderung, und zwar zum MSS Brigadier Admiral – Chef einer MULTI-SPEZIES-SHIP-Abteilung oder Flotte. Der erste Captain unter Abbi, wie wir ihn kennen, sollte sein ehemaliger XO Philip Vatten sein. Und Abbi taufte dessen Schiff, eine D-Klasse, auf den Namen MSS GILGAMESCH – passend zur BABYLON. Die Geburtsstunde des zweiten MSS-Schiffes erlebte man auf AGUA. Die dortigen Siedler waren für eine derartige Aufmerksamkeit immer zu haben und dazu bodenständige und gute Gastgeber. Wir hatten die MSS-Schiffe bisher als eine eher langatmig agierende Gattung angesehen und auch im Jahre 2164 gab es dazu keine Ausnahme. Bei der Erforschung der achten Spezies kam es zu einer Entführung der SONA Tataree. Man fand sie bei der Verfolgung unverletzt in einem Nest der vogelartigen Spezies Acht – Hinweis: ANGRY-BIRDS. Die roten und blauen Vögel, die sich bei Sichtung der anderen Vögel zu heftigen Kämpfen hinreißen ließen. Grund: die Farbe! Abbi verfrachtete kurzerhand eine der Vogelrassen auf einen der anderen Monde und die biologische Abteilung an Bord des MSS-Schiffes sorgte dafür, dass beide Vogelintelligenzen in den nächsten Generationen mit weißem Gefieder schlüpfen würden. Alles natürlich unter Umgehung der nichtvorhandenen ‚Obersten Direktive' (Nichteinmischung), dafür mit Einverständnis der BIRDS.

Nebenbei ein eher sehr menschliches Problem auf der Brücke der MSS BABYLON: Der Interim-XO Will Hunter verlor sein Herz an die Praktikantin Sylvia Dall. Der Gute traute sich nicht, seine Angebetete anzusprechen. Lediglich sein Versprecher, dass er Zero-G-Ballett als Hobby ausübt, man bekam Atemnot vor Lachen, öffnete ihm ein kleines Türchen. Sylvia bewunderte Männer, die sich an das schwierige Thema heranwagten und Will sagte zu, sie darin zu unterrichten. Schau'n wir mal, ob Will da punkten kann – in 2165. Wünschen wir ihm schon jetzt alles Gute dazu.

Nun zum Präsidial: Der Start war auch gleichzeitig ein Fauxpas. Man hatte schlicht vergessen, Ro-Latu, also den OBH (Oberbefehlshaber) der GENAR-Streitkräfte darüber zu informieren, dass Magellan auf seinem Weg mit einem Präsidial zusammengestoßen war. Und so lauerte man immer noch der SCHIEFLIT auf, da die MOLAR genaueres dazu sagen konnten. Allerdings, und das musste man auch sagen, konnte Magellan lediglich die Galaxie benennen, wo das Aufeinandertreffen stattgefunden hatte. Und so eine Galaxie ist groß. Jan Eggert quatschte dem Captain der SCHIEFLIT eine etwas genauere Positionsbestimmung ab. Danach ging es an das Upgrade der HOR-LOK II sowie der ODIN durch die NIRMAAN. Anfänglich zierten sich die NIRMAAN, speziell für die GENAR eine Aufrüstung vorzunehmen, aber dann gaben sie nach.
James (Nathan) Foreman gelang es anschließend sogar, den NIRMAAN die Zustimmung abzuringen, das Upgrade für die MENSCHEN, MAN-CHAR und die GENAR durchzuführen und später im Jahr, es wurde in diesem Bericht nicht mehr erwähnt, wurde das auch auf die GENUI-

Schiffe ausgedehnt. Jan beharrte darauf, dass man erst auf die Jagd nach dem Präsidial ging, wenn alle Schiffe nachgerüstet worden waren. Ro-Latu akzeptierte die Verschiebung. In diesem Zusammenhang: Ro-Latu und Jan Eggert nahmen das Angebot von Chapawee Paco an, sie in die AXIS, die Verbindung zwischen Galaxie M51 oder NGC5194 und NGC5195, zu begleiten. Damit der Häuptling mithalten konnte, versprach ihm Admiral Thomas Raven eine neu erstellte B-Klasse. Chap taufte das 1.800 Meter durchmessende Kugelschiff CHIEF JOSEPH. Es bleibt abzuwarten, was die drei in 2165 daraus machen.

Der absolute Höhepunkt des letzten Berichtsjahres war allerdings die Gruppe ELEVEN. Eine Fast-Verschwörung von Thomas Ravens engsten Mitarbeitern. Colonel Walter Steinbach und General Ron Dekker fühlten sich aufgrund ihrer Ränge und Aufgabenzuweisungen dazu berufen, etwas gegen den Kanzler der YXY-11-GENUI zu unternehmen. Unterstützt und angestiftet wurden sie von Sina-Reth, Andrej Malinski, Russ Scottwers und Sik-Rit, die allesamt dem Volk der YXY-GENUI den Untergang mit dem Kanzler ersparen wollten. Ron Dekker war eine eigene Raumschiff-Crew mehr oder weniger per Zufall in den Schoß gefallen: Truppführerin Isabel-Maria Scottwers hatte sich mit ihren Marines weitergebildet und war berechtigt kleinere Raumfahrzeuge zu führen. Im Anschluss an die ganzen Aktionen bekam sie vom Admiral persönlich das Captains-Patent auch für große Schiffe ausgehändigt – Prüfung by Doing halt. Nun, Ron Dekker war zuvor auf Wunsch von Colonel Walter Steinbach mit seiner P-Klasse INTERIM nach DARK-KRATAK aufgebrochen und hatte festgestellt, dass das Piratennest leer war. Man war vor Ort auf Teleskopstützenabdrücke gestoßen, die auf eine F-Klasse, 1.000-Meter-Kugelschiff der GENUI, hingewiesen hatte. Auf KRATAK-PRIME konnte wenig später ein Attentats- oder Entführungsversuch des Präsidenten der MENSCHEN, James Nathan Foreman, verhindert werden. Wie mittlerweile üblich, wurde der Regierungspalast erheblich beschädigt. Nathan konnte seinen Antrittsbesuch dennoch absolvieren.

Kurz darauf kam es zum Einsatz der GALIN-Gruppe mit Unterstützung von Russ Scottwers und Bite, dem Autisten und Kenner von Hard- und Software sowie der Dekker-Truppe direkt im Herzen der AGUA-Blase.

Der Einsatz ging reichlich schief und Ron, der auf DIAMOND geblieben war, musste seinem Freund und Admiral beichten.

Admiral Thomas Raven rückte mit der ASF HOKA, der TATANKA und der YELLOWSTONE an und kam aus dem Überraum kurz vor GENUA-PRIME heraus. Er wurde im weiteren Zuge der Abläufe damit überrascht, dass vom Wasserplaneten nicht weniger als 50 F-Klasse-Raumschiffe starteten, die der Kanzler San-Kil zuvor den DARK-KRA-TAK überlassen hatte. Deren Dankbarkeit war so hoch, dass sie den edlen Spender vor laufender VidKOM umbrachten.

In der Zwischenzeit gelang es Russ und Suzi im BASEMENT, also im Keller unter dem Regierungssitz, die Hüterin zu finden. Bite schaffte es tatsächlich, die Androidin zu reaktivieren. Bite fand allerdings den Tod dabei.

Die Hüterin, mit den letzten Abläufen konfrontiert, handelte kompromisslos. Offenbar hatte sie Einfluss auf die F-Raumschiffe im All. Sie öffnete alle Schleusen und die DARK-KRATAK kamen dabei ausnahmslos um. Sie überließ als Zeichen der Dankbarkeit den MENSCHEN die Koordinaten vom bisher unentdeckten BLISTER 6 und dessen Inhalt: Eine F-Werft. Sina-Reth wurde als Kanzlerin wieder eingesetzt.

Sina-Reth selbst schenkte General Ron Dekker, ebenfalls aus Dank für seine Hilfe, eine der F-Klassen. Ron nannte sie DELAWARE – sein Heimatstaat aus den USA – ERDE.

Der 2164er-Bericht endet tief in der Nacht am 03.07.2164 auf AQUARIUS. Man gedachte dem 25-jährigen Jahrestag des kurzzeitigen Falls von AQUARIUS und dessen Helden. Damit war fast noch ein halbes Jahr zu berichten. Okay, viel passierte nicht mehr, aber die eine oder andere Begebenheit wird zu Beginn dieses Berichtes nachgeliefert. Außerdem galt es Ordnung zu schaffen – im System der YXY-GENUI.

Im Jahre 2165 übernimmt König Martul von VENDORA den Thron, der Berichtende bittet um Entschuldigung, Präsident Martul von VENDORA übernimmt den Vorsitz des BUNDes als dessen Vorsitzender.

Der Bericht des Jahres 2165 fängt – später an.

Irgendwo und irgendwann:
(Der Berichtende muss warnen: Die nachfolgende Szene kann verstörend wirken.)

Das konnte so nicht weitergehen.
Ava ging durch die improvisiert wirkenden, muffig riechenden und schlecht beleuchteten Gänge der Gemeinschaftsunterkunft. Es war Feierabend und es galt die spärlich bemessene Freizeit für Nahrungsaufnahme und Erholung zu nutzen. ‚*Schlampe*‘, hörte sie und einige Blicke der anderen trafen sie. ‚*Dreckstück*‘, hörte sie leise – Begriffe, mit der sie gemeint war. Ava ging unbeirrt weiter und ließ sich nichts anmerken. „*Schämen soll sie sich*", hörte sie. „Widerliches Stück Scheiße", war nicht so leise ausgesprochen und sie kannte die Stimme. Sie gehörte Carlos. Der Typ hatte um ihre Gunst geworben und sie hatte den Macho abblitzen lassen. Seitdem hasste er sie. Und Carlos war der Anführer der hier anwesenden etwa 500 MENSCHEN. Ava warf den Kopf hoch und ging weiter auf ihre Unterkunft zu. Sie wusste, dass sie bevorzugt behandelt wurde und das hatte seinen Grund – wie auch die Ablehnung der anderen. Sie öffnete, huschte hinein und verschloss die Tür hinter sich. Mit dem Rücken lehnte sie sich dagegen und atmete tief ein und aus. Was sie sah, war ein kärglich eingerichtetes Zimmer. Der Mittelpunkt dieser Wohneinheit war sicherlich ein großes Bett und sie besaß etwas für sich allein, was andere sich teilen mussten: ein Hygieneabteil. Sie ging dort hinein und streifte die derbe Arbeitskleidung ab. Ja, viel arbeiten musste sie nicht, denn sie durfte nicht zu erschöpft sein. Sie besah sich im Spiegel. Sie hatte eine knabenhafte Figur und einen blonden Pagenschnitt, grüne Augen und war etwa 170cm groß und sehr schlank. Ja, sie gab zu, dass es nicht viele Frauen gab, die hübscher waren als sie – wahrscheinlich keine. Ava empfand ihre Schönheit als Verpflichtung. Sie seufzte und stellte sich unter die Dusche. Das Wasser war lauwarm, aber das spürte sie nicht. Entbehrungen wurden hier großgeschrieben. Andere musste sich zu 20 eine Dusche teilen – sie hatte ihre eigene, auch aus gutem Grund. Sie trocknete sich ab und legte sich aufs Bett. Zuvor überzeugte sie sich davon, dass alles vorbereitet war. So wartete sie – nackt.
Nach einiger Zeit bemerkte sie, wie die Zugangstüre geöffnet wurde. Or-Taj war da – wie immer, jeden dritten Tag. Der Chef der GENAR-Aufseher hielt sie zu seinem persönlichen Vergnügen. Ava hatte das

Licht etwas gedimmt, damit sie seine kalten dunkelgrauen Augen nicht sehen musste. Wie üblich wurde wenig geredet – eigentlich gar nicht. Or-Taj konnte davon ausgehen, dass Ava wusste, weshalb er hier war. Schließlich bekam sie dafür Privilegien. Der GENAR bückte sich und fasste ihre Brust an – brutal, nicht zärtlich. Ava schob ihre Gefühle in ihren geistigen Keller und verschloss diese Tür recht sorgsam. Sie hatte über all die Monate dem GENAR vorgespielt, dass sie Gefallen an den gemeinsamen Aktivitäten gefunden hatte. So hatte der Wächter-Chef nach und nach, sehr langsam und damit sehr frustrierend für Ava, sein Misstrauen abgelegt. Und teilweise war er mitteilsam geworden. Ava rang sich ein Stöhnen ab. Sie wusste, dass dieser Grobian darauf stand. Sie durfte das heute nicht versauen. Prompt griff er härter zu. Ava legte sich stöhnend auf den Bauch und er fasste ihr an den Po – genauso unsensibel. Aber damit konnte Ava leben – das tat nicht so weh. Sie räkelte sich dabei. Dann spürte sie nichts und wusste, er zog sich aus. Gut, dass ihre Gefühle im Keller waren – hinter einer verschlossenen Tür.
Schließlich wurde sie brutal herumgeworfen und er warf sich auf sie. Der Mann war schwer und jetzt brauchte sie nicht so tun als ob, sie stöhnte tatsächlich. Er begann und Ava dachte entsetzt: Nein, ich muss nach oben – unbedingt. Sie hörte seine Laute und wurde fast panisch. Das ging schneller als geplant. Mit aller Kraft drängte sie sich unter ihm weg. „Was?", hörte sie.
„Ich", sagte sie nur und legte den Mann auf den Rücken. Dann bewegte sie sich auf ihn. Er ließ es zu und es schien ihm zu gefallen. Er atmete heftiger und Ava spürte, dass er bald so weit war. Der Akt mit ihm dauerte nie sehr lange. Ein Umstand, den Ava nicht bedauerte. Sie bewegte sich wilder und dann spürte sie es. Darauf hatte sie gewartet: GENAR-Männer waren beim Höhepunkt zwei Sekunden bewegungsunfähig. Sie hatte also genau zwei Sekunden Zeit.
Or-Taj versteifte sich unter ihr – jetzt. Der Mann lag mit aufgerissenen Augen unter ihr. Sie beugte sich nach vorn und riss unter der Matratze eine Art Schraubendreher heraus, den sie in mühevoller Kleinarbeit scharf geschliffen hatte. Sie holte aus und rammte dem GENAR das scharfe Ding mit beiden Händen und mit Wucht ins rechte Auge.
Als das Instrument bis zum Heft im Kopf des Mannes versank, wusste sie, dass sie getroffen hatte. Der Sterbende bäumte sich auf und warf sie damit ab. Ava flog im hohen Bogen aus dem Bett und klatschte auf den

harten Boden. Aber alles das merkte sie nicht. Ihre Augen waren fokussiert auf ihren vermeintlichen Liebhaber, der regungslos auf der Matratze lag – das Mordwerkzeug schaute aus seinem Kopf heraus.
Ava zitterte am ganzen Körper und sie brauchte ganze zehn Minuten, um wieder handlungsfähig zu sein. Langsam erhob sie sich, stellte sich noch mal unter die Dusche und zog sich an. Die Waffe ihres Opfers und ein paar Codegeber nahm sie an sich sowie das bluttriefende Mordwerkzeug, was sie ihm aus dem Kopf zog. Dann öffnete sie die Tür und huschte auf den Gang. Der eine oder andere Blick traf sie, aber niemand sagte was – niemand wagte etwas zu sagen, solange der Chef der Wächter bei ihr war. Sie folgte dem Gang bis zu einem kreisrunden Platz, an dem mehrere Röhren weiterführten und größere Gemeinschaftsräume vorhanden waren. Ava stieß eine der Türen auf, von denen sie wusste, dass dort so etwas wie Politik in ihrem möglichen Rahmen gemacht wurde. Etwa zwei Dutzend Augenpaare, zumeist männlich, starrten sie an, als sich die Tür hinter ihr schloss und sofort hörte das Reden auf. Sie bahnte sich einen Weg bis nach vorn zu einem Tisch, hinter dem Carlos zu sitzen pflegte und da sah sie auch schon sein höhnisches Gesicht. Man machte ihr widerwillig Platz.
„Was willst du hier, Dreckstück? Na, hat es wenigstens Spaß gemacht, Schlampe", warf er ihr entgegen.
Sie hob das Mordwerkzeug hoch und rammte es vor Carlos in das Plastik der Tischplatte. Ein paar Bruchstücke flogen beiseite, dann ließ sie das zitternde Teil darin stecken. Carlos schaute wie hypnotisiert auf den spitzen Gegenstand, von dem immer noch Blut herablief.
„Ihr könnt den Gen-Schrott in meiner Bude besichtigen", sagte Ava und sie bemühte sich um eine ruhige und nicht zu laute Stimme.
Carlos sah zwei seiner Leute an und diese verließen den Raum.
Stille – unheimliche Stille. Man hörte die Personen im Raum nicht einmal atmen. Das eisige Schweigen dauerte so lange, bis beide zurück waren.
„Sie hat ihn umgebracht", sagte einer von beiden, als sie nach zwei Minuten zurück waren.
Carlos atmete hörbar ein: „Das ist ..."
Er hielt seine Worte zurück, als Ava auf ihn zeigte: „Ich rede und du schweigst!"
Offenbar war Carlos von der Tragweite dieses Mordes so perplex, dass er tatsächlich den Mund hielt.

„Ich bin im Besitz von Codegebern und jeder Menge Informationen. Das alles sammelte ich in den letzten Monaten von Or-Taj." Ava ging langsam durch die wie erstarrt wirkenden Personen, die wahllos im Raum standen und sah jeden dabei an. „Es war alles mein Plan und tatsächlich gehörte eure Verachtung und euer Misstrauen mir gegenüber dazu."
Sie sah einen jungen Mann an: „Und das war nicht leicht. Ich hätte lieber mit dir geschlafen, Joe. Ich musste von euch so behandelt werden, um glaubwürdig zu sein. Ja, ich hatte Privilegien, aber für welchen Preis. Ich habe meinen Körper gegeben, während ihr Schlappschwänze lediglich palavert, palavert und palavert."
„Also, jetzt ...", begehrte Carlos auf.
„**Du bist immer noch ruhig**", Ava war herumgefahren und zeigte wieder mit einer Hand auf Carlos. „Du gefällst dir in der Rolle des Anführers. Was führst du denn? Haben wir in den letzten Jahren irgendwas unternommen, was unsere Situation hier ändert? Du bist der große Sprecher, nur vom Quatschen allein kommen wir nicht aus dieser Situation heraus. Du bist ein lächerliches Weichei und ich zwinge euch hiermit eine Reaktion auf. Was glaubt ihr, was passiert, wenn man den Toten entdeckt?"
Carlos schluckte heftig: „Das darf nicht geschehen! Du setzt unsere Sicherheit aufs Spiel", keuchte Carlos. „Du hast ihn umgebracht und niemand von uns hat Schuld."
Ava ging näher an ihn heran: „Ich bin das Reden leid. Ich setze unsere Gefangenschaft aufs Spiel – zugegeben nicht ohne Risiko. Aber ich habe einen Plan – und die Mittel dazu."
„Was sollen wir tun?", fragte Joe.
Ava drehte Carlos den Rücken zu und sprach zu den anderen: „Zuerst setzt ihr diesen Versager ab und bestimmt mich als Führerin."
„Niemals", Carlos war aufgesprungen und stützte sich auf den Tisch.
Ava drehte sich mit Schwung um und hielt plötzlich die Waffe von Or-Taj in den Händen.
„Ich klage dich an, Kollaboration mit dem Feind begangen zu haben, Carlos. Ich weiß von Or-Taj, dass es Absprachen zwischen dir und den GENAR gegeben hat. Sie versprachen dir die Freiheit, wenn du uns im Zaum hältst und Informationen weitergibst. Sie hätten dich niemals gehen lassen, Carlos. Du bist auf sie reingefallen und hast uns dabei verraten."

„Das ist gelogen", sagte Carlos und seine Stimme zitterte.
„Leider gibt es keine Zeugen für das Gespräch zwischen mir und Or-Taj", sagte Ava. „Daher bin ich Richterin, Zeugin und Vollstreckerin in einer Person und das Urteil wird sofort ausgeführt."
Es zischte einmal kurz und Carlos wurde voll getroffen. Die Laserwaffe verbrannte seinen halben Oberkörper und er konnte nicht einmal schreien, bevor er starb. Er klatschte auf die Tischplatte und rutschte dann nach hinten weg.
„Ich hatte eben bereits gesagt, dass Reden nicht mehr reicht", sagte Ava eiskalt. „Ihr braucht ihn nicht mehr als Führer absetzen. Auf diesen Verräter können wir verzichten. Folgt mir oder wir gehen gemeinsam unter. Wählt weise."

Anmerkung des Berichtenden: Der Jahresbericht 2164 war zu Ende am 03.07., und zwar anlässlich der 25-jährigen Gedenkfeier des Falls von AQUARIUS und auf AQUARIUS. Selbstverständlich ist kurz nach der Lösung im GENUA-System noch das eine oder andere passiert. Dem wollen wir uns jetzt widmen.

12.07.2164, 13:00 Uhr, GREEN EARTH, Orbit,
AYERS ROCK, Brücke:

„Sven, ich möchte, dass du eine Dringlichkeitssitzung des BUNDes einberufst", formulierte Admiral Thomas Raven seine Erwartungen per VidKOM. Sven befand sich in seinem Büro innerhalb des CONVENTs.
„Geht klar, Thomas. Passt dir 15:00 Uhr?"
„Ähm, kannst du so …?" Thomas war etwas verwirrt. Er hatte angenommen, dass man über diesen Antrag erst befinden musste.
Sven blieb unbeeindruckt: „Wenn der Fleet Admiral etwas zu sagen hat, sollte man hinhören. Diese Erkenntnis ist selbst bei der Abgesandten Kirili angekommen. Wir haben sowieso Sitzung um 15:00 Uhr. Es wird also nur eine Änderung in der Tagesordnung geben – wir sind vollzählig."
Thomas zuckte mit den Schultern: „Okay."
„Ein Thema muss ich aber angeben", sagte Sven.
„YXY-11-GENUI", sagte Thomas lediglich.

„Das reicht völlig, um die Ohren der Anwesenden anzuspitzen. Kommst du vorher in die Kantine – so per PORTAL?"
Thomas fand es etwas überraschend, aber die Idee war gut. Man konnte sich vorher etwas austauschen und Sven hatte sich zu einem wirklich tollen Typ entwickelt.
„Na? Wen bringst du mit?", lächelte Sven.
„Ich bringe Alannis mit sowie Colonel Walter Steinbach, Ron, Keezheekoni Paco und Isabel-Maria Scottwers. Und auch Sina-Reth."
Sven machte große Augen: „Sie sollen alle teilnehmen?"
„Ja, sie sind Augenzeugen dessen, was sich in jüngster Vergangenheit abgespielt hat."
„Okay", sagte Sven. „Ich lasse für Ron Schnittchen herrichten. Ich erwarte euch in 10 Minuten am PORTAL."

13:10 Uhr:

Sven hielt Wort und empfing den Admiral mit seiner Begleitung im PORTAL-Raum des CONVENTs.
„Ich habe ein Gefährt geordert", sagte er nach der Begrüßung und Thomas sah sich einer Stuhlreihe gegenüber, die über Räder verfügte und aneinandergekoppelt war. Offensichtlich etwas Neues im CONVENT. Die Sitzplätze reichten aus und so kurvte das merkwürdige Ding über die Gänge und brachte die Passagiere bis vor die Kantine.
„Es gibt Schnittchen an Tisch 44", grinste Sven den General an und dieser grummelte: „Na, Hauptsache." Ihr Auftritt blieb nicht unbeobachtet. Plötzlich stand Suli-Ko neben ihnen.
„Herzlich Willkommen. Ich sehe euch gern hier. Ich habe die Schilderung des Kanzlers der YXY-GENUI nicht geglaubt. Ich hoffe gleich von euch die Wahrheit zu erfahren."
„Ich bin ebenfalls erfreut, dich hier zu treffen, Suli-Ko", antwortete Thomas freundlich. „Du wirst mit uns zufrieden sein", fügte er zweideutig hinzu.
„Das war ich schon immer", gab sie zurück und man sah die Andeutung eines Lächelns auf ihrem Gesicht. Nun, an Tisch 44 machte sich Ron über die Schnittchen her und die Übrigen suchten sich etwas aus den Replikatoren. Vurban kam vorbei und schlug Thomas auf die Schulter:

„Fleet Admiral – welch eine Freude. Ich bin benachrichtigt worden und sehr gespannt."
Der Tisch wurde schnell größer, aber jeder besaß den Anstand, nicht zu fragen und die Sondersitzung abzuwarten. Na ja, fast jeder.
„Waſ habt ihr ſu erſāhlen?", wollte, wer wohl, Kirili wissen.
„Werte Abgesandte der MANEKI", sagte Vurban mit einer Engelsgeduld. „Sie werden ab 15:00 Uhr im Ratssaal Rede und Antwort stehen. Die Mittagspause gehört neben der Nahrungsaufnahme der seichten Unterhaltung, Spaß und Erholung."
„Wenn daſſo iſt."

Haluta von den KRATAK hatte immer noch in 2164 den Ratsvorsitz und verschob die Nachmittagsrunde dann auf 15:00 Uhr mit der Dringlichkeitssitzung anberaumt durch den Vertreter der MENSCHEN, Sven Dieck. Thema: Die YXY-11-GENUI. Alle wurden per KOM-Gerät schriftlich benachrichtigt.

15:00 Uhr:

„Ich eröffne die Sondersitzung des BUNDes zum Thema YXY-11-GENUI, beantragt durch die MENSCHEN in Person vom Abgesandten Sven Dieck. Wie mir schriftlich mitgeteilt wurde", fügte Haluta an, „sollen folgende Personen als Berichtende und Zeugen zu der nicht öffentlichen Sitzung zugelassen werden: Ron Dekker, Walter Steinbach, Keezheekoni Paco, Alannis Want, Isabel-Maria Scottwers und Sina-Reth. Nur zur Information, der Fleet Admiral ist kraft seines Amtes ebenfalls anwesend. Ich genehmige hier die Erweiterung des Hauses. Bitte, Abgesandter Sven Dieck, erkläre dich."
Sven Dieck stand auf: „Ich möchte bitte die Moderation, also die Abfolge der Berichtenden, an den Fleet Admiral übergeben."
„Genehmigt", sagte Haluta. „Bitte Fleet Admiral – beginne."
Thomas stand auf und ging nach vorn: „Ich danke für die Gelegenheit, hier sprechen und berichten lassen zu dürfen."
Haluta reckte den Hals: „Lässt der Fleet Admiral eine Zwischenfrage der Abgesandten Kirili von den MANEKI zu?"
Thomas holte tief Luft, dann sagte er: „Ja, das tut er."

Kirili kam hoch, als hätte sie eine Sprungfeder unterm Hintern: „Unſiſt kürſlich von Fan-Kil, Kanſler der YXY-11-GENUI, berichtet worden, daſſ die MENFCHEN die GENUI in ihrem Heimatſyſtem angegriffen hätten. Der Admiral ſoll waſſum Fachverhalt ſagen."
Kirili plumpste zurück auf ihren Sitz.
Thomas wandte sich an die Präsidentin des Bundes: „Werte Präsidentin, die Fragen der Abgesandten Kirili werden im Laufe der Berichte beantwortet werden. Ich werde erst am Ende unserer Erläuterungen weitere Fragen zulassen und dann selbstverständlich beantworten."
„Zur Kenntnis genommen", sagte Haluta. „Bitte fahr fort, Fleet Admiral."
„Ich übergebe das Wort an Colonel Walter Steinbach, mein Offizier für den Geheimdienst."
Walter stand auf und löste Thomas ab. Er gab ein paar grundsätzliche Erläuterungen ab. Danach berichtete Ron Dekker, Keez Paco und Isabel-Maria Scottwers.
Und dann kam Sina-Reth.
„Ich habe ab dem 07.06. wieder das Amt der Kanzlerin der YXY-GENUI übernommen. Meine Wiederwahl durch das Volk scheint reine Formsache zu sein. Ich werde mich bemühen, die Erwartungen an meine Spezies zu erfüllen. Ich beantrage die Wiederaufnahme der YXY-GENUI in den BUND."
Danach war Stille und als man nach Haluta sah, die jetzt eingreifen musste, sah man die Präsidentin zutiefst schockiert auf ihrem Platz sitzen.
„Vorsitzende Haluta?", fragte Vurban vorsichtig nach.
Die KRATAK warf die Arme in die Luft: „Ich bin …, ich weiß es nicht. Habe ich noch die Unterstützung des BUNDes? Mein Kanzler verbietet mir, die Feierlichkeiten auf KRATAK stattfinden zu lassen wegen der Gefährdung der Abgesandten. Auf den Präsidenten der MENSCHEN wird auf KRATAK-PRIME ein Anschlag verübt, den er nur wegen seiner Leibgarde überlebt hat und jetzt wird mir berichtet, dass eine Splittergruppe meiner Spezies hinter dem Anschlag auf den Kanzler der YXY-GENUI steht – mit den geschilderten Randerscheinungen. Ich bin erschüttert. Kann man mir vertrauen? Vertraut mir noch jemand von euch?"
Haluta sah auf.

Vurban griff ein und stand dazu auf: „Wer traut Präsidentin Haluta nicht – Hand hoch!"
Alle Hände blieben unten. Vurban wies auf die Abgesandten und sah zu Haluta: „Ich bitte die Vorsitzende fortzufahren." Danach setzte er sich.
Das war garantiert eine der kürzesten Abstimmungen.
Haluta sammelte sich: „Oh, na ja, gut. Wir müssen beraten. Ich rege jedoch an, dass Suli-Ko und Sina-Reth sich auseinandersetzen, ob ihre Völker getrennt bleiben sollen oder nicht. Ich erwarte die Stellungnahmen morgen um 09:00 Uhr. Auf Antrag verlängere ich auch diese Frist. Ich danke den Berichtenden für ihre erhellenden Erklärungen. Und, für alle hier gesagt, empfinde ich Respekt vor der Leistung bei diesem Sondereinsatz. Bitte seid morgen um 09:00 Uhr für Zusatzfragen hier. Die Sitzung ist beendet."
Alle standen auf und verließen den Saal.
„Darf ich meinen Freund Thomas bitten, beim Gespräch mit Sina-Reth zugegen zu sein?", hörte Thomas von Suli-Ko.
„Was sagt Sina-Reth dazu?", wollte Thomas wissen und beugte sich zur Präsidentin der EDEN-GENUI.
„Sie wünscht das auch", musste er dann von einer anderen Seite hören und dort stand die Angesprochene – Sina-Reth.
„Seid ihr mit dem Lage-Raum auf der AYERS ROCK einverstanden und kann ich die hier anwesenden Führungsoffiziere einschließlich Alannis mitbringen? Eventuell gibt es Dinge zu beachten, die aus mehreren Perspektiven zu beleuchten sind."
Suli-Ko und Sina-Reth schauten sich an.
„Wir sind einverstanden", erklärten sie dann.

<u>13.07.2164, 09:00 Uhr, CONVENT, BUND-Saal:</u>

„Ich eröffne den heutigen Sitzungstag", erklärte Haluta. „Es geht weiter, wie gestern angekündigt. Gibt es Fragen an die Berichtenden von gestern?"
Das war nicht der Fall, denn offensichtlich waren die Berichte komplett gewesen.
„Wer möchte sprechen? Suli-Ko oder Sina-Reth?"
Wie abgesprochen, trat Sina-Reth vor.
„Seid ihr zu einem Ergebnis gekommen, Kanzlerin Sina-Reth?"

„Wir möchten den Abgesandten des BUNDes folgenden Vorschlag unterbreiten", trug Sina-Reth vor.
„Wir möchten wieder eins sein. Suli-Ko bleibt Präsidentin der EDEN-GENUI und vertritt unsere gesamte Spezies beim BUND. Ich werde als Kanzlerin Einiges zu richten haben im Bereich YXY-11." Sina-Reth setzte sich – sie hatte alles gesagt.
Haluta schaute auf die Versammelten: „Das scheint mir logisch und auch nachvollziehbar. Meine Frage an die Kollegen und Kolleginnen des Gremiums: Sehen wir uns in der Lage, über den Beitrittswunsch der YXY-GENUI jetzt zu entscheiden? Hand hoch, wer sich nicht dazu in der Lage fühlt."
Alle Hände blieben unten.
„Bitte um Handzeichen, wer dafür ist, dass die Gesamt-Spezies GENUI dem Bund wieder beitritt."
Es meldeten sich alle und Haluta verkündete: „Ab dem 13.07.2164 sind die YXY-GENUI und die EDEN-GENUI wieder ein Volk und werden hier gesamt vertreten durch Suli-Ko. Ich darf versichern, dass ich dieses Ergebnis aus den Wirren der letzten Jahre als Wunsch in meinem Herzen getragen habe. Ich bin stolz. Möchte noch jemand etwas dazu sagen?"
Ja, es wollte jemand, und zwar Kirili von den MANEKI. Die kleine Person stand auf und schmiss sich in Positur: „Wir wiſſen vom Kanſler der KRATAK, daſſ dieſer mit Anſchlagſverſuchen rechnen muſſte. Wie ſieht eſ mit deiner Ficherheit auſ? Wer ſorgt für dich, Fina-Reth?"
Sina-Reth hatte eine passende Antwort: „Zuerst ist anzuführen, dass meine Spezies, zumindest die auf GENUA-PRIME lebenden, nicht diejenigen sind, die Anschläge oder Gewalttaten verüben. Was wir bisher wissen, ist, dass es Verrat gab wegen Vergünstigungen aller Art. Dennoch hat sich derjenige bereiterklärt, für meine Sicherheit zu sorgen, der es schon mal unaufgefordert tat. Russ Scottwers hatte uns vor dem Zugriff von San-Kil recht effektiv geschützt, sodass ich mich jetzt sicher fühle. Weiterhin haben sich General Ron Dekker und seine Crew der DELAWARE bereiterklärt, meinen Privatbesitz abzusichern – für einen gewissen Zeitraum."

Thomas zog eine Augenbraue hoch und sah seinen Freund von der Seite an. Dieser betrachtete aufmerksam die Fingernägel seiner linken Hand und bemerkte: „Ja, hat er."

Thomas ging darauf ein: „Hat er das mit seiner Frau abgesprochen?"
„Er nimmt sie sogar mit", antwortete Ron und hob die andere Hand zwecks Kontrolle.
„Gehe ich eben allein angeln", sagte Thomas patzig. „Und feiere allein das JANUS-Fest."
„Du wirst wahrscheinlich weit und breit der Einzige sein auf dem Raumhafen auf AQUARIUS", ätzte Ron.
Thomas schwieg.
„Gut", sagte Ron. „Sina-Reth hat uns eingeladen. Du kennst das Anwesen von Sina-Reth. Hätte ich das meiner Crew vorenthalten dürfen?"
„Natürlich nicht, Ron. Trotzdem erwarte ich dich für das JANUS-Fest auf AQUARIUS. Das können wir Chap nicht antun. Rita wird dich für das Fest mit der REVENGE holen und anschließend wieder zurückbringen – okay. Suzan bringst du mit oder auch nicht."
„Einverstanden", lenkte Ron ein.
„Und am Tag nach dem JANUS-Fest gehen wir angeln."
Ron riss die Augen auf: „Auf AQUARIUS?"
„Genau da."

Kirili war mit der Auskunft zufrieden und Haluta schloss die erfolgreiche Sitzung.

<u>25.07.2164, 13:00 Uhr, AQUARIUS, Raumhafen:</u>

Viele, sehr viele, MENSCHEN und auch Individuen anderer Spezies hatten den Weg nach AQUARIUS gefunden. Mittlerweile hatte es sich herumgesprochen, dass die MENSCHEN wussten, wie man ein Fest begeht. Und so waren viele MANCHAR, MANEKI, UBANGI und weitere aus dem Völkerbund gekommen, um zu sehen, wie dort auf dem regenreichen Wasserplaneten ein Fest gefeiert wurde.
Wir wollen uns bei der Rückschau nicht zu lange mit irgendwelchen Beschreibungen aufhalten, denn es war ein Fest wie jedes andere, wenn auch unterbrochen durch einen heftigen Regenguss. Dana Ostenson war unter den Feiernden zu finden – einen Job gab es für sie an diesem Fest nicht. Aber wer sie sah, konnte getrost annehmen, dass sie nichts vermisste.

In einer recht blumigen Ansprache hieß der Obmann, also Chapawee Paco, die Anwesenden willkommen, die den Pfad nach AQUARIUS gekommen waren. Er gab seiner Hoffnung Ausdruck, dass noch in einigen Jahren an vielen Feuern von diesem Fest berichtet würde und bot im gleichen Atemzug fast jedem oder jeder an, mit ihm das Kalumet zu rauchen. Es blieb also abzuwarten, ob dieser zweifelhafte Genuss in Anspruch genommen wurde. Dem Berichtenden ist nichts darüber bekannt.

Aber Thomas musste feststellen, dass alles, was Rang und Namen hatte, auch bei den anderen Spezies, hier anwesend war. Das reichte von Ro-Latu über Suli-Ko, Sina-Reth, Loorena, Vurban und so weiter bis zu Kirili, die sich tatsächlich die Ehre gab.

James (Nathan) Foreman, Präsident der MENSCHHEIT 2.0, nutzte nicht viele Worte, aber jeder fühlte den Respekt, den er seiner Zuhörerschaft entgegenbrachte. Die MENSCHEN jubelten, als er die Größe der Population mitteilte: 3.223.504 Individuen, Stand heutiger Tag um 09:30 Uhr. Sicherlich war die Reproduktionsrate im Vergleich zu Zeiten auf der ERDE recht hoch, man muss aber bedenken, dass aus Altersgründen noch niemand gestorben war und die Frauen über die Möglichkeit der Schwangerschaft bis etwa zum 100. Lebensjahr verfügten. Niemand machte sich die Mühe nachzuvollziehen, ob das auch genutzt wurde. Und ehrlich gesagt, war das auch völlig uninteressant.

Und dann kam Linus Kirklane als Zeuge um HEL im Jahr 2131.

Stopp – zunächst kam der große Regen, der alle unter irgendwelche Schutzmöglichkeiten zwang. Auf AQUARIUS hatte man viele Kraftfelder eingerichtet, die die Wassermassen abhalten konnten – aber eben nicht überall. Zweieinhalb Stunden Zwangspause, während man irgendwo stand und wartete. Aber auch während dieser Zeit wurde Fruchtbares in die Wege geleitet. So standen zum Beispiel Philip Vatten und Jan Eggert beieinander und schauten etwas frustriert auf die Wassermassen, die dort vom Himmel fielen.

„Sag mal, du hast doch diese NEO-KRATAK an Bord", begann Jan ein Gespräch.

„Hab' ich", bestätigte der MSS-Captain der GILGAMESCH.

„Brauchst du die alle?"

Vatten grinste: „Ich habe nicht einmal 20% der Sollstärke zur Verfügung. Warum meinst du?"

„Wir planen einen Ausflug in die AXIS und jemand, der sich dort auskennt, wäre schon mal nicht schlecht. Einer mehr oder weniger fällt bei dir doch gar nicht auf."
Vatten konnte den Gedankengang nachvollziehen: „Komm mit, die stehen da hinten. Fragen wir sie."
Vatten und Eggert drängelten sich durch die Schutzsuchenden und erreichten die kleine Gruppe der KRATAK mit violettem Hautton.
Kettlav sah ihnen aufmerksam entgegen.
„Das ist Jan Eggert", stellte Vatten Jan vor. „Ihr habt von ihm gehört?" Kettlav bestätigte.
„Jan wird mit insgesamt drei Schiffen in die AXIS aufbrechen und dort den Präsidial suchen", erklärte Philip Vatten.
„Mutig", bemerkte jemand aus der Gruppe.
„Und ich suche jemanden, der ortskundig und ebenfalls mutig ist", griff Eggert ein. Alle machten große Augen.
„Wer soll das sein?", fragte Kettlav.
„Jemand, der freiwillig dazu bereit ist", sagte Jan. „Wir fliegen mit der ODIN, der HOR-LOK II und der CHIEF JOSEPH. Ka-Lim von den NIRMAAN ist dabei und Magellan."
Die NEO-KRATAK sahen sich an und dann trat eine Weibliche vor. Sie war von etwas kleinerer Gestalt und sagte: „Ich bin bereit."
„Das ist Krieta und sie ist eine der Mutigsten unter uns", stellte Kettlav vor.
„Krieta, du hast es dir gut überlegt?", fragte Vatten.
„Ich bin für Abenteuer aller Art zu haben und das ist ein krasses Abenteuer. Ja, ich fliege mit euch mit. Wie wird das aussehen?"
„Du bekommst einen Platz auf der Brücke der ODIN, wie auch Ka-Lim und Magellan. Die Quartiere an Bord werden dir zusagen und im Übrigen sind wir ganz passable Mitreisende", führte Eggert aus.
„Willkommen an Bord – jetzt schon, Krieta."
Man besprach noch das eine oder andere, dann ließ der Regen nach und es konnte weitergehen – im Programm.

„Das Schicksalsjahr 2131", berichtete Linus Kirklane, „war für uns die Rettung aus einer langen Tyrannei." Linus berichtete, wie sie von der ERDE geflohen waren. Den Mord an dem Captain ließ er aus, beziehungsweise umschrieb es mit ein paar Schwierigkeiten, die aus dem

Weg geräumt werden mussten, damit er seine Familie mitnehmen konnte. Ein paar anwesende Zeitzeugen kannten den genauen Ablauf. Aber sie schwiegen dazu. Die ersten elf Jahre ihres Exodus von der ERDE waren hart, sehr hart, gewesen. Linus war nicht bereit gewesen, seine Familie zurückzulassen und hatte den Captain des Schiffes erschossen. Nun, man stellte jetzt fest, dass alles gut war, wie es war. Sonst hätte keiner mehr der Nachwelt berichten können, was mit ihnen geschehen war. Linus beschrieb den Planeten HEL (Hölle) in anschaulichen Bildern und vergaß auch nicht die hyänenartigen HARPYS zu beschreiben. Allzu drastische Schilderungen ließ er aus und blieb bei sachlich nüchternen Informationen – die dann noch mal heftiger wirkten. Bei aller Selbstbeherrschung sah man ihm anschließend an, dass er schwer mit seinen Emotionen zu kämpfen hatte. Er berichtete auch davon, dass man schließlich bei der Gruppe um Thomas Raven seine beiden Kinder, Peter und Inara, wiedergefunden hatte. Seine Frau Sarah holte ihn nach dem Schluss seines Berichtes von der Bühne ab. Die beiden bekamen donnernden Applaus.
(Wer nachlesen möchte: Der Bericht aus dem Jahre 2131 – HEL –)

„Ich danke meinem weißen Bruder für die lebhafte Schilderung der damaligen Ereignisse", sagte Paco, der Linus am Rednerpult abgelöst hatte. „Ich bin Manitu dankbar, dass er unsere Pfade zusammengelegt hat und wir uns nun gemeinsam behaupten können."
Die einfachen Worte des Sioux waren ebenfalls einen Applaus wert.
„Ich darf nun unseren Admiral bitten, zwei Personen zu ehren, ohne die dieser Tag etwas anders ausfallen würde. Bitte ..."
Paco trat zurück und überließ Thomas Raven seine Position auf der Bühne.
„Liebe Freunde", begann Thomas. „Unser Gastgeber hat es bereits gesagt, es sind zwei Personen, die ich speziell ehren möchte. Der Erste, den ich hier erwähne, kann den Orden nicht mehr entgegennehmen – er wird ihm posthum überreicht. Ngo, genannt Bite, erhält den Orden zweiter Klasse, den Goldenen Planeten am blauen Band für eine wichtige Tat für den Bestand der MENSCHHEIT. Ihm ist es trotz seiner geistigen Erkrankung gelungen, die Wächterin des GENUA-Systems zu reaktivieren. Demzufolge ist Sina-Reth wieder Kanzlerin dort und wir haben einen starken Verbündeten. In diesem Zuge konnte der drohende Angriff der

DARK-KRATAK abgewendet werden. Wir werden eine Statue für ihn aufstellen auf GREEN EARTH im PAULO-BARETTA-MUSEUM für NEUE GESCHICHTE. Hier habe ich ein Holo mitgebracht und er wird so ausgestellt, wie ihn diejenigen kannten, die ihn im Einsatz erleben durften. Ich danke Ngo für seine unschätzbare Hilfe."
Neben Thomas entstand das Bild von Ngo, ein paar Kilo mehr waren schon zu sehen und in einer Hand hielt er sein Pad und in der anderen Hand ein Stück Pizza. Und niemand lachte darüber.
„Ich bitte um eine Schweigeminute", sagte Thomas und auch das wurde vom Publikum eingehalten.
„Wir danken Ngo, der während des Einsatzes den Tod fand. Möge er in Frieden ruhen", schloss Thomas die Schweigeminute ab.
„Der Nächste, den ich ehren möchte, gehört ebenfalls nicht der HF an und hat aus eigenem Antrieb uns und unserer gemeinsamen Sache mehr als geholfen. Als die Verbindung zum Missionsteam abriss, trieb er die Suche nach der Hüterin voran und konnte Ngo bewegen, seine speziellen Kenntnisse einzusetzen. Insofern ist sein Einsatz Grundlage für den Erfolg zu bewerten. Ich verleihe hier ebenfalls Russ Scottwers den Goldenen Planeten am blauen Band für eine wichtige Tat für das Fortbestehen der MENSCHHEIT. Bitte, Russ, komm her und hol dir deine Ehrung ab."
Unter Applaus stieg Russ auf die Bühne und bewegte sich zum Admiral. Dieser hielt den Orden in der Hand und legte ihn schließlich Russ um den Hals.
„Ich bin stolz darauf", sagte Thomas Raven, „dass die nächste Generation in unsere Fußstapfen tritt. Du bist ein würdiger Nachfolger deines Vaters, Russ."
Es gab donnernden Applaus und Thomas suchte und fand sie: Jane Scott, die Mutter von Russ. Sie klatschte ebenfalls und hatte Tränen in den Augen.
James (Nathan) Foreman war leise hinzugekommen und übernahm, als der Applaus etwas abebbte, und überreichte Russ eine Folie: „Ich überreiche hiermit diesem jungen und verdienten Mann die Ernennungsurkunde zum Diplomaten unserer Spezies. Er wird uns im GENUA-System vertreten. Ich bedanke mich schon jetzt für seine Mühen und danke ihm für seinen beispiellosen Einsatz."

Russ nahm die Urkunde entgegen und beide Männer gaben sich die Hand – unter Beifall.

„Ich darf mich bei allen bedanken, die an dieser Mission teilgenommen haben und daher wird Heidi alle Teilnehmer hier vorlesen", Thomas winkte seiner zeitweisen Assistentin und diese übernahm. Gut, die Liste war nicht lang, aber das Publikum applaudierte nach jedem Namen.

Danach kam Paco wieder zu Wort und erklärte den offiziellen Teil für beendet und eröffnete das diesjährige Fest.

Den Rest spart sich der Berichtende – es passierte das Übliche.

Vielleicht doch noch das Eine:

Jan Eggert kam auf die Bühne und zog einen jungen, etwas dürren Mann hinter sich her: „Leute, ich hab's getan und ihr müsst das auch: Hört ihn euch an – Stephen Want. Ich bin begeistert, wie viele Instrumente er spielt und wie er dazu singt. Im Übrigen: Stephen sucht eine Band für sich zusammen. Bewerber bitte ab morgen eine Nummer ziehen. Da hinten ist eine wasserdichte Bühne und er wird alles spielen und ihr werdet alles mögen. Ich versichere euch, dass alles von Stephen hier selbst produziert bzw. nachgespielt worden ist. Von Techno über Hard Rock, Lyrik, Balladen – Stephen hat's drauf. **Ich bitte euch um einen Applaus für Stephen Want!**"

Es gab tosenden Applaus, ohne dass der junge Mann einen Ton hervorgebracht hatte, und zwei MENSCHEN im Publikum klatschten besonders laut – seine Eltern: Methin Büvent und Audra Wang.

Und er legte los, der Stephen: Er begann, nach der Hymne, mit ‚We Are The Campions' von Queen und danach ‚Jump' von van Halen. ‚Sound Of Silence' und ‚Bridge Over Troubled Water' – alles war dabei und die Menge jubelte ihm zu. Für ihn tatsächlich einer der, wenn man so sagen darf, geilsten Abende.

Der Rest des Jahres 2164, nun man könnte glauben, die MENSCHEN hätten nichts anderes zu tun, aber jedes Fest war für sich wichtig und die Beteiligten wollten gegenüber anderen auf gar keinen Fall zurückstehen, also feierte man – angemessen:
10.08.2164 – Major Admiral Methin Büvent lud ein zur 25-Jahr-Feier – MARS-Besiedlung
Am 22.08.2164 ließ es Jan Eggert mal so richtig krachen – 150 Jahre Besiedlung von EDEN.
27.08.2164 – ein bewegendes Datum für die WALHALLA-Leute, 40 Jahre war ihre Rettung her.
10.10.2164 – 10 Jahre die Schlacht um DARK CLOUD.

Daneben war lediglich interessant im ablaufenden Jahr, dass Ron Dekker seine HSM DELAWARE fertig um- und aufgerüstet bekam – ein Klasse-F-Schiff mit 1.000 Metern Durchmesser.

Und für Admiral Thomas Raven war eine Nachricht von besonderer Bedeutung – noch im Jahre 2164: Peter Ralen, Lea Heinley, Paul-Jack (Beppo) Millbain und Heidi Zoor erklärten sich bereit, ihn auf DIAMOND im P2 und sonst direkt zu unterstützen. Damit vergrößerte sich der Stab des Admirals. Im Hinblick auf die wachsenden Aufgaben und die sich vergrößernde Flotte ein längst überfälliger Schritt. Alannis Want hatte sich gut eingearbeitet und war so eine Art Verwaltungs-Direktorin innerhalb der HF mit engen Kontakten zur ZeVe-Leitung Rebecca Miller. Ihr Chef war Brigadier Admiral Scott Tanner.

Und so ging das Jahr 2164 ins Land und damit ist hier das Ende des Rückblickes auf das vergangene Jahr erreicht.

Eins kann man vielleicht noch nachreichen: Russ Scottwers hatte keine Mühen herauszufinden, wer den Kanzler San-Kil bei der Aktion mit den F-Schiffen und den DARK-KRATAK geholfen hatte. Ein paar Befragungen am Hofe, so könnte man es nennen, hatten ausgereicht. Die YXY-GENUI waren keine ausgebufften Verschwörer und alle, die nicht direkt mit San-Kil verbunden waren, hatten nichts Besseres zu tun, als den weitestmöglichen Abstand von ihm zu gewinnen.

Wer dann übrig blieb, waren die Unterstützer, die BLISTER 6 aufgesucht und die F-Klassen entdeckt hatten und der, der nach DARK-KRATAK geflogen war. Russ, und natürlich auch Thomas Raven, waren nicht auf Bestrafung aus. Die Vergünstigungen wurden einkassiert und man ließ diese Mitläufer, mehr waren es nicht, laufen. Der Rest war froh, dass andere die Nummer durchgezogen hatten und man wieder unaufgeregten Zeiten entgegensehen konnte. Es war da schon eher interessant, ob sich noch DARK-KRATAK irgendwo innerhalb des GENUA-Systems aufhielten. Russ erbat sich die Hilfe von Spartacus, dem M-Droiden der Gruppe Isabel-Maria Scottwers. Spartacus baute ein paar Sicherheitsvorkehrungen, richtete eine Sicherheitszentrale in einem der Gästehäuser in Sina-Reths Garten ein, mit der auch das Nachbargrundstück, das war jetzt bewohnt von Russ und Sik-Rit, überwacht werden konnte. So konnten auch sie sich sicher fühlen.

War das alles in 2164 gewesen? Das Wichtige schon, aber da gab es noch etwas ganz Spezielles. Vielleicht erinnert man sich an MM und einen gewissen XO Will Hunter oder die Sportart, die zumeist von weiblichen Personen gepflegt wurde: Zero-G-Ballett. (Hinweis: MSS BABYLON) Ja, die Rede ist von der kleinen Lovestory: Will Hunter und Sylvia Dall – wobei lediglich Will in dieser Liebesaffäre ist – Sylvia hat keine Ahnung, aber Interesse an diesem Sport. Sie war im Alleingang gescheitert und will sich nun ausgerechnet von Will Hunter etwas beibringen lassen.
Soweit okay. Auch noch in Erinnerung, dass es sich um einen Würfel von acht Metern Kantenlänge handelt, indem man sich zu zweit unter null Schwerkraft bewegt? Und dass das nicht zum Überwinden der Schwerkraft benötigte Blut woanders hinfließt – so, beim Mann? Der Albtraum von Will Hunter. Aber schau'n wir doch mal, was dieses Pärchen daraus gemacht hat:

12.11.2164, 10:00 Uhr, MSS BABYLON, Freizeitdeck:

Sylvia Dall hätte das Ganze am liebsten schon abgesagt, denn Will fand immer wieder einen Grund, den Termin für die gemeinsame Aktivität innerhalb des Zero-G-Kubus abzusagen. Sie hatte ihm vorgestern unmissverständlich zu verstehen gegeben, dass dies heute der letzte Ver-

such sei. Und schließlich hätte er seine Zusagen gegeben und man hätte sie schon gefragt, ob er diese eingehalten hätte.
Sylvia hatte sich zum Sportbereich begeben und an der Eingangstüre festgestellt, dass dieser Raum geblockt war, und zwar allein für sie und Will. Sie war zehn Minuten vor der vereinbarten Zeit dort gewesen und hatte den Raum betreten. Der Raum selbst war würfelförmig mit einer Kantenlänge von elf Metern und bot Platz für den eigentlichen Null-G-Raum sowie eine kleine Umkleidekabine und Plätzen für Zuschauer. Normalerweise gab es immer ein paar Leute, die sich das anschauten.
Offensichtlich hatte Will dafür gesorgt, dass das nicht der Fall sein konnte. Nun gut, Will war der Trainer und hatte das so bestimmt. Sylvia war auch nicht erpicht darauf, ihr Nichtkönnen zu präsentieren.
Will kam ein paar Minuten später und hatte sich selbst eingeredet, dass es wohl nicht so schlimm werden würde. Er musste sich und seine Männlichkeit unbedingt unter Kontrolle halten. Sylvia hatte sich bereits ihren knappsitzenden und dunkelroten Einteiler übergestreift, und zwar über die nackte Haut – deutlich zu sehen. Will wusste sofort, als er Sylvia sah, das wird eng – also nicht nur Sylvias Gymnastikanzug. Nackt wäre wahrscheinlich nicht so reizvoll gewesen.
„Hi", grüßte Sylvia.
„Hi, ich ziehe mich gerade um", sagte Will und verschwand schnell in der Umkleidekabine. Während er sich auszog, überlegte er, ob er nicht irgendwas Enges – so untenrum – drunterlassen könnte. Nein, das würde man sehen. Also versuchte er es mit mentaler Technik. Er dachte an grüne Pferde und weiße Wiesen oder war das andersherum? Etwas aufgeregt zog er sich seinen blauen Einteiler an. Es gab jetzt kein Zurück. Forsch trat er aus der Umkleide heraus. Sylvia überflog mit einem Blick seine Gestalt und nickte anerkennend. Ja, Will war muskulös, nicht übertrieben, aber erkennbar – eine gute Figur. Wenn man Will gebeten hätte, eine Beschreibung von Sylvias Figur zu geben, hätte er mit weiblich, himmlisch reagiert. So versuchte er, darüber hinwegzusehen – man weiß, warum. Die acht Mal acht Meter waren auf dem Boden gekennzeichnet. Geringe Kraftfelder an den Seiten hielten die Akteure innerhalb des Kubus und gaben ihnen den Halt für die Choreografie.
„Wie fangen wir an, Will?"
Weiße Wiesen, grüne ...
„Will?"

„Äh, ja?"
„Wie fangen wir an?"
„Ach so, ja. Zunächst mal eine Vereinbarung – ist so üblich", druckste Will herum.
„Welche denn?", fragte Sylvia unschuldig.
Will hatte jedoch die Vermutung, dass Sylvia aufgrund ihrer theoretischen Kenntnisse genau wusste, was man vorher vereinbarte, wenn man nicht auch im realen Leben ein Paar war.
„Also, es ist wesentlich, wenn man Verletzungen minimieren möchte, dass man den Partner nicht loslässt und immer irgendwie an einer Stelle des Körpers festhält. Damit vermindert man die Gefahr, dass man unkontrolliert aufeinanderprallt."
„Das weiß ich", sagte dann auch Sylvia. „Und welche Vereinbarung meinst du?"
„Nun ja, bei Ungeübten kann es vorkommen, dass Stellen am Körper berührt werden, wo man es vielleicht nicht möchte – also so unbewusst."
Sylvia stand mit in den Hüften gestemmten Armen vor ihm und für Will eine einzige Provokation – der erotischen Art.
„Man vereinbart, dass das okay ist – weil es eben passieren kann."
„Ich habe da kein Problem mit", flötete Sylvia. „Du?"
Will schüttelte heftig den Kopf, obwohl er genau damit ein Problem haben würde.
„Dann lass uns anfangen", sagte Sylvia und reichte ihm ihre Hand.
Es begann bei Will zu kribbeln, als er sie nahm und mit etwas Schwung durch das Kraftfeld zog. Sie bewegten sich bis in die Mitte des Würfels und standen dann nebeneinander.
„KI! Nullschwerkraft einschalten", sagte Will.
Sofort hatten beide das Gefühl des Fallens, konnten sich aber aufgrund ihres Trainings gut darauf einstellen. Will hielt Sylvia immer noch an der Hand und dachte verzweifelt an diese großen Tiere, die auf weißen Weiden …, während sich das Blut andere ungewollte Wege suchte.
„Leicht abstoßen, wenn ich es sage, mit ein wenig Drall nach vorn", seufzte Will. „Jetzt!"
Sie stießen sich ab und es passierte das, womit zu rechnen war: Sie stießen sich nicht mit der gleichen Kraft ab. Sylvias Absprung war kräftiger gewesen. Sie riss Will mit sich und dessen Bewegung geriet ins Unkon-

trollierbare. Irgendwie erreichten sie als Knäuel die Decke. Will hatte Sylvias Po genau im Gesicht.
„KI! Schwerkraft 0,05", keuchte Will.
Langsam kamen sie wieder auf den Boden.
„Vielleicht sollten wir uns enger aneinander festhalten", schlug Sylvia vor.
‚Das fehlt mir jetzt auch noch', dachte Will, aber da hatte Sylvia schon zielstrebig zugegriffen und hielt sich eng an ihm fest. „Ich mache deine Bewegungen erst einmal mit, ja?"
Will nickte – etwas verkrampft. Es fühlte sich so an, als wäre nichts zwischen ihnen.
„KI! null G!"
Er stieß sich vorsichtig ab. Sie hielt sich an ihm fest und – er schaffte es nicht. Die Natur fand Mittel und Wege, seiner Begeisterung für die Partnerin Ausdruck zu verleihen. Da Sylvia sich eng an ihm festhielt ...
„Äh, Will?"
„Ja", seufzte er.
„Fühle ich da richtig?"
„Ja", seufzte er.
„Hmm, ich habe gelesen, dass das passieren kann. Dass wegen des Ausfalls der Schwerkraft das Blut ..."
Will fasste einen mutigen, fast verzweifelten, Entschluss: „Es ist nicht wegen des Null-G-Zustandes – nicht nur."
Sie erreichten die Decke und er stieß sich mit einer Hand ab. Sie schwebten zur Seite.
„Wie, äh, meinst du das, Will?"
Er sah sie an. Ihre Frisur, wenn man im schwerelosen Zustand davon sprechen kann, umrahmte ihr Gesicht wie eine Haube – noch mal reizvoller.
„Nun, ähm ...", stotterte er.
„Ja?"
„Ich finde dich toll", quälte er sich raus und schloss kurz die Augen, dann hörte er, wie sie sagte: „KI! Schwerkraft auf 0,05!"
‚Oje, jetzt habe ich es ganz vermasselt', dachte Will.
Sie kamen, seitlich liegend auf dem Boden an. Will konnte nicht aufstehen, weil Sylvia sich an ihm festhielt – immer noch.

„Willst du mir sagen, dass du dich in mich verliebt hast?", fragte sie mit großen Augen nach.
Will gab auf – er nickte einfach: „Ist das so abwegig?"
„Nein", sagte Sylvia, während ihre letzten Haare ebenfalls der Schwerkraft gehorchten. „Aber ich hatte keine Ahnung."
„Und jetzt?", fragte er.
„Ich hätte niemals angenommen, dass ein Mann wie du Interesse an mir hätte", gab Sylvia zu. „Ich muss den Gedanken erst einmal zulassen."
„Also gibst du mir nicht sofort einen Korb?", fragte er, mutiger werdend.
„Nein, das tue ich nicht", sagte Sylvia ernst. „Ich will den Mann kennenlernen, der hinter dem XO steht. Null-G scheint mir ungeeignet – da steht uns eindeutig was im Weg. Ich bin nicht von der schnellen Sorte."
„Du meinst, ich habe eine Chance?", fragte Will vorsichtig.
Man muss sich das vorstellen: Beide lagen immer noch eng umschlungen auf dem Boden des Kubus und führten dieses Gespräch.
Sylvia sah ihn ernst an: „Ja, das meine ich. Lass es uns versuchen. Vielleicht gehen wir heute Abend gemeinsam zu Tisch und anschließend ins Bordkino? Aber lass uns erst einmal aufstehen."
„Ich nehme an", keuchte Will und wies die KI an, die Schwerkraft auf normal zu stellen. Die KI registrierte, dass für die Nutzer keine Gefahr vorlag und schaltete die künstliche Schwerkraft an Bord hinzu.

Zum Schluss ihrer Schicht auf der Brücke, gegen 18:00 Uhr, bekam Abdul Musto große Augen, als Sylvia seinem XO ins Ohr flüsterte: „Kommst du?" Beide verließen zusammen die Brücke.
Abbi sah seine Tata an und diese zuckte mit den Schultern – Ratlosigkeit.

2. Irgendwann

Der Bericht beginnt Mitte Januar '65 und Präsident des BUNDes ist absprachegemäß Präsident Martul von VENDORA.

<u>15.01.2165, 11:30 Uhr, DIAMOND, P2:</u>

„Sie ist da", kommentierte Rita das Erscheinen der Vizepräsidentin im P2.

Thomas seufzte: Sie hatten vorgestern ihre Rubinhochzeit, also den 40. Hochzeitstag, in WATERFALL VALLEY gefeiert. Da er den Fehler gemacht hatte, Jan in seiner Eigenschaft als Event-Manager hinzuzubitten, sehr ausschweifend. Ein gewisser Stephen Want, jetzt mit einer ansehnlichen Band aus bis zu 13 Personen, hatte einen Auftritt hingelegt, bei dem sogar Ron Dekker begeistert mitgetanzt hatte. Man hatte dann aus verständlichen Gründen den gesamten gestrigen Tag zur Rekonvaleszenz, sagen wir Wiederherstellung der körperlichen Verfassung, benötigt. Einige Unwissende und -geübte, die sich von Paco hatten überreden lassen, mussten für ein paar Minuten in die Stasekiste – der Rauch war aber auch sowas von ...
Schon Ende November 2164 waren die Planungen dazu angelaufen – Thomas hatte es nicht verhindern können. Seine Liebste hatte ihm das Versprechen abgerungen, dass sie sich, statt eines Geschenkes, etwas wünschen dürfe.
„Aber, Sam ...", hatte er eingeworfen und sich dafür einen verständnislosen Blick eingehandelt: „Rosen sind selbstverständlich – darüber rede ich nicht." Thomas hatte geschluckt und hin und wieder darüber nachgedacht, was sich Ewa denn wünschen würde. Wahrscheinlich wieder einmal eine romantische Zeit zu zweit – irgendwo. Vielleicht auf einem Anwesen auf GENUA-PRIME, wo man den ganzen Tag auf Kleidung verzichten konnte – ja, das würde ihm gefallen. Einfach mal ausspannen und einander genießen. Thomas gefiel der Gedanke und jetzt gleich würde seine Ewa damit herausrücken.
Thomas beeilte sich hinter seinem Schreibtisch hervorzukommen und schaffte es gerade noch rechtzeitig, seine Liebste kurz nach dem Zugang in den Arm zu nehmen und ihr einen Kuss zu geben. So, wie sie es mochte – und er auch.
„Du weißt, warum ich hier bin?", fragte sie kokett.
Er sah ihr liebevoll in den Augen: „Sag mir, welchen Wunsch ich dir erfüllen darf."
„Zunächst: Setz dich!"
„So schlimm", scherzte er und verschwand wunschgemäß hinter seinem Schreibtisch. „Nun, ich sitze."
„Ich wünsche mir einen – Frauenausflug!"
Thomas Augen, der gerade noch von einem gemeinsamen Gartenbesuch auf GENUA-PRIME geträumt hatte, öffneten sich weit. „Einen was?"

„Einen Frauenausflug. Nur wir Frauen, Tom – keine Männer."
„Wir bekommen weiteren Besuch, Admiral", meldete Rita aus dem Vorzimmer.
„Was äh …", machte Thomas und dann kamen sie auch schon in sein Büro marschiert: Lea Heinley, Heidi Zoor, Suzan Bookley, Dörte van Beek, Lotta Reiskönig, Ekaterina Granowski, Marie-Ann Waterhouse, Lisa-Ann Ralen, Rosa-Samantha Ralen, Lynn-Grace Ralen, Anna Svenska und den Schluss machte Laura Stone.
Thomas war unwillkürlich aufgestanden.
„Meine Crew", sagte Ewa stolz. „Wir bitten dich um eine P-Klasse."
Thomas atmete hörbar ein.
„Oder traust du uns sowas nicht zu, Tom?"
Thomas sagte ernst: „Ich wüsste nicht, wo wir ohne euch jetzt wären."
„Und was überlegst du jetzt?" Ewa hatte die Arme erwartungsvoll in die Hüften gestemmt.
„Dass eine P-Klasse unterhalb eures Niveaus wäre, und zwar deutlich", sagte er langsam.
(Der Berichtende: Check – die richtige Antwort!)
„Bekommen wir die ULURU?", fragte Ewa aufgeregt. Das 300-Meter-Kugelschiff war der Inbegriff von Luxus.
Thomas schüttelte den Kopf: „Ich habe eine Bedingung – für ein größeres Schiff!"
„Die wäre?", fragte Ewa und zog die Stirn kraus.
„Laura übernimmt als Captain die Führung."
Ewa lachte: „Damit können wir gut leben."
„Dann gibt es nur ein einziges Schiff, welches angemessen ist", sagte Thomas.
13 Augenpaare sahen ihn neugierig an.
„Die GERONIMO II wartet auf ihren ersten Einsatz und vielleicht akzeptiert ihr den Droiden Harry W. Pommerton als Bedienung und Hilfe."
„Au ja", jubelte Lotta Reiskönig, bekennende Fan von Pommi.
Alle anderen standen mit offenem Mund da. Das nagelneue Schiff wartete bereits seit geraumer Zeit auf eine Crew und bisher hatte sich der Admiral nicht überwinden können, das Schiff an einen Captain weiterzugeben. Laura antwortete außergewöhnlich ernst: „Dieses Angebot ist deiner würdig, mein Freund. Ladys, das bedarf der Vorbereitung. Lasst

uns etwas trainieren. Ich fliege nicht mit euch los, bevor jeder seine Aufgabe an Bord beherrscht."

Thomas nickte ihr zu. Er kannte seine älteste und beste Freundin genau. Diese Reaktion hätte er zu 100 Prozent vorhersagen können.

„Ladys! Wir haben, was wir wollten – sogar viel mehr. Also Abmarsch – der Admiral hat zu tun!"

Im Gänsemarsch, schön hintereinander, marschierten die Damen hinaus. Ewa warf ihm noch eine Kusshand zu, dann blieb Laura noch für einen Moment.

„Ich bringe sie dir heil wieder, Thomas."

„Laura, wenn ihr nicht wiederkommt, können wir hier von vorn anfangen", sagte Thomas ernst.

„Verlass dich auf mich!"

„Das tue ich bereits."

Laura hauchte noch ein ‚Danke', dann verließ auch sie das Büro.

Thomas war wie vor den Kopf geschlagen und überlegte, ob er das richtig gemacht hatte. Natürlich, logisch betrachtet konnten Frauen das Gleiche wie Männer – manches viel besser. Aber Logik und Gefühl gingen in diesem Fall völlig verschiedene Wege. Er hatte einfach Angst um seine Frau – seine Töchter und all die anderen, die eine mehr als große Lücke reißen würden.

„**Rita!**"

Die Droidin stand wie hingezaubert im Türrahmen.

„Schaff mir folgende Personen hierhin, asap, für Nathan Prio 1. Präsident plus sein Leib-Dingens, Phil Mory, Beppo, Scott und Peter. Und den Schnittchenliebhaber – meinen Angelkumpel."

„Wann sollen ...?"

„Gestern!"

Rita verstand, dass es eilig war, also eilte sie hinaus. Sie stufte die Ansage des Admirals zwar als unprofessionell ein, aber wahrscheinlich war dies ein Befindlichkeitsthema. Eine Sache, von der sie keine Ahnung hatte und nie haben würde. Nach einer Viertelstunde war die Runde fast komplett. Rita hatte nachgefragt, ob der sich im Stress befindliche Ingenieur per VidKOM-Holo zugegen sein könnte. Thomas hatte das abgenickt. Kurz nach Gesprächseröffnung musste der fassungslose Thomas akzeptieren, dass alle anderen Männer, die wegen ihrer Frauen betroffen waren, Bescheid wussten – bis auf Ron. Der General war sichtlich kons-

terniert und nicht etwa, weil es keine Schnittchen gab. Offenbar traute ihm seine Liebste nicht zu, dass er gegenüber Thomas die Klappe hielt. Strenggenommen, soweit war Ron ehrlich, hatte sie recht.
„Habe ich noch einen Geheimdienst?", wunderte sich Thomas. „Was machen wir denn als Absicherung?"
Nathan fühlte sich bemüßigt, als Ältester das Wort zu ergreifen: „Also Lieutenant Admiral Laura Stone hat mein vollstes Vertrauen, Thomas."
Zum Entsetzen von Thomas nickten alle.
„Gut", sagte Thomas und schaute von einem zum anderen und aus seiner Mimik ging hervor, dass es alles war, nur nicht gut. „Folgendes Gedankenspiel, meine Herren! Wir tun nichts und sie kommen nicht wieder. Was dann? Bitte wirken lassen! Eine Gedenkminute!"
Thomas wartete die Zeit ab.
„Mann, du kannst den Teufel an die Wand malen", maulte Ron anschließend.
„Wollen wir immer noch nichts tun?", fragte Thomas, als er sah, dass Scott ziemlich blässlich aus der Wäsche schaute. Alle schienen auf einmal ihren Optimismus verloren zu haben.
„Was können wir denn tun?", fragte Nathan vermittelnd.
„Der Präsident könnte auf seine Leibgarde verzichten – für diesen Zeitraum", warf Rita ein.
„Zum Beispiel", stieg Thomas ein und sah Nathan an.
„Ja, äh, gern. Mach' ich gern", versicherte dieser.
Thomas hob beide Hände: „Eins sollte bitte klar sein: Wir trauen unseren Frauen dies zu, aber Raumfahrt ist und bleibt gefährlich. Wir tun dies nicht, um sie zu überwachen, sondern abzusichern – aus Sorge. Bin ich verstanden worden?"
Alle nickten brav.
„Weiterhin ist es unnötig, unsere Absicherungsmaßnahmen unnötig weiter zu berichten."
Wieder bestätigten alle schweigend (siehe oben).
„Gut", sagte Thomas. „Rita, du sorgst dafür, dass dieser Pommerton ein Upgrade auf AR-L bekommt. Tiro bleibt nach wie vor bei Nathan. Scipio, Attila und Shaka Zulu wirst du an Bord der GERONIMO II bringen. Phil wird dafür sorgen, dass sie nicht entdeckt werden können. Du kennst den Sinn unserer Maßnahme und wirst entsprechend agieren, okay?"

„Ich habe genau verstanden", gab die Droidin zurück.
„Wenn ich etwas vorschlagen darf?", fragte Phil vorsichtig.
„Wir hören dir zu", versicherte Thomas.
„An Bord der GERONIMO II ist auch ein Letalis …", gab der Chefingenieur an.
Thomas wusste sofort, auf was Phil hinauswollte: „Die REVENGE …?"
„Genau. Wir verpassen deiner REVENGE eine neue Lackierung. Die KI an Bord hat sich mit der von Rita vermischt und ist weitaus effektiver als die AR-L. Sie könnte in Gefahrensituationen übernehmen oder Hilfe anbieten", führte Phil seine Gedanken aus.
„Super", freute sich Thomas. „Können wir sonst an der Ausrüstung der GERONIMO II etwas verbessern?"
Phil schüttelte den Kopf: „Das Schiff ist bis an die Zähne bewaffnet mit den größten Kalibern, die wir zur Verfügung haben. Das NIRMAAN-Upgrade ist bereits online und wer das Schiff ohne Not angreift, hat selbst schuld. Ich war davon ausgegangen, dass die G II im Brennpunkt aller Aktionen eingesetzt werden würde."
„Vielleicht könnte man noch ein paar Teetassen …", begann Ron, wurde aber strafend angesehen. „Tschuldigung, aber so ohne Vorwarnung."
Einer klopfte ihm auf die Schulter: „Hast ein bisschen Ruhe im Haus, Ron."
„Wer sagt, dass ich Ruhe haben will?" Ron wirkte ein wenig unwirsch.
„Wir gehen angeln, Ron", sagte Thomas, dem auffiel, dass der Freund ohne seine Frau etwas haltlos erschien. „Wir nehmen etwas Bier mit und Proviant."
Ron nickte still vor sich hin. Ja, das würde helfen.
„Wann werden sie aufbrechen?", fragte Scott.
„So schnell nicht", mutmaßte Thomas. „Laura verfügt mit ihnen nur über einen geringen Teil von Raumerfahrung auf der Brücke. Ewa sehe ich eingeschränkt, Lisa-Ann eine echte Hilfe, ebenso wie Lea und Heidi. Dann hört es aber auch schon auf. Lotta ist eine liebenswerte Frau – aber als Crewmitglied auf der Brücke? Ebenso wie Dörte. Niemand sonst hat Raumerfahrung oder ist militärisch geschult. Wer übernimmt, außer den Droiden an Bord die Suche nach Fehlfunktionen? Die Droiden sind gut programmiert, aber sie müssen den Fehler finden. Das tut ein Bordingenieur aufgrund seiner Fantasie und seiner Erfahrung viel schneller. Ich rechne nicht vor März mit einem Abflug."

Die Männer, deren Frauen dort mitmachten, atmeten auf. Das war ja noch länger hin und bis dahin konnte viel passieren. Thomas kannte seine Ewa jedoch. Sie würde aufbrechen – komme was da wolle.

Irgendwo und irgendwann:

Nach dem gewaltsamen Tod ihres Anführers war geschockte Ruhe eingetreten. Nach den vielen Jahren war Unterdrückung zur Gewohnheit geworden und Carlos nicht mehr als ein Leitfaden, an dem man sich orientierte. Und dieser hatte ihnen versprochen, dass er Abreden mit den GENAR getroffen hatte, was ihre Freilassung anbetraf. Ava wusste davon. Und dieser Teil ihres Plans war gefährlich. Es konnte gut sein, dass die Leute aus Enttäuschung über eine verpatzte, allerdings nicht vorhandene, Chance über sie herfielen. Sie hielt immer noch die Waffe ihres angeblichen Verehrers in den Händen, aber sie hätte keine Chance gegen die dicht stehenden MENSCHEN. Sie wusste das und hoffte, dass die eben von ihr ausgeworfene kleine List Früchte trug und tatsächlich fragte Joe: „Was sollen wir tun, Ava?"
Ava hoffte, dass sie den Bogen nicht überspannte: „Ich gebe die Anweisungen und ihr folgt. Wenn ihr einverstanden seid, machen wir mit meinem Plan weiter, wenn nicht, dann übergebt mich den GENAR."
Ava wartete mit klopfendem Herzen ab. Sie war keinesfalls bereit, sich widerstandslos den GENAR ausliefern zu lassen. Anderseits würde sie die Waffe nicht gegen andere MENSCHEN einsetzen, sondern gegen sich selbst richten. Die Entscheidung dieser Leute hier brachte ihr entweder weiteren Kampf oder den sofortigen Tod.
„Ich glaube Ava", sagte Joe laut und sah sich um. „Ja, sie hat Fakten geschaffen und jetzt müssen wir etwas tun, ob es uns gefällt oder nicht." Joe sah eine weitere Frau an, von der alle wussten, dass sie zu den schärfsten Kritikerinnen von Ava gehörte. Und diese sprach: „Ich habe mich geirrt in dem, was Ava tatsächlich vorhat. Joe hat recht – und Ava ebenso. Die Zeit des Redens ist vorbei und die des Leidens auch. Ich stehe hinter Ava."
Joe, er war ziemlich groß, sah sich um: „Hand hoch! Wer ist dafür, dass wir Ava folgen?" Gleichzeitig erreichte seine rechte Hand fast die Decke des Raumes. Viele Hände, manche allerdings zögerlich, reckten sich in die Höhe.

„Gegenprobe", verlangte Joe. „Wer ist dagegen, Hand hoch!"
Es hatten sich zwar nicht alle für Ava ausgesprochen, aber niemand dagegen.
„Ava – wir folgen dir", sagte Joe. „Was sollen wir tun?"
Die blonde Frau atmete auf. Sie war erleichtert – äußerlich blieb sie cool.
„Es sind mit Or-Taj 20 Wächter auf der Station – jetzt nur noch 19."
„Was, so wenige?", fragte jemand.
„Ja", sagte Ava. „Wenn man nicht weiß, wie viele es sind, ist Einschüchterung alles."
Das war für Joe unfassbar. Er hatte mit wesentlich mehr gerechnet und Carlos hatte ihnen etwas von 150 Mann berichtet. Trotzdem – sie waren bewaffnet.
„Öffnen deine Codegeber auch die Türen zu Waffen?", fragte Joe.
„Ja, aber es wird in der Zentrale angezeigt, wenn diese Türen geöffnet werden. Wir müssen die Zahl der Wächter vorher verringern, bevor wir den offenen Kampf wagen können", sagte Ava. „Und wir müssen dafür sorgen, dass sie nicht um Hilfe rufen können. Vorher müssen wir raus sein aus diesem Lager."
„Wie wollen wir das anstellen?", fragte Joe.
Ava erlaubte sich ein flüchtiges Lächeln: „Ich bin bekannt bei den GENAR als sein Flittchen. Or-Taj ist schlecht geworden. Ich hole Hilfe."
Joe sah sie bewundernd an: „Du bist tatsächlich mutig."
„Nein", sagte Ava. „Ich bin verzweifelt."
Dann entwickelte sie einen Plan und verteilte die Aufgaben.

<u>Wenig später:</u>

Ava hastete über die roh behauenen Flure der Unterkunft und näherte sich dem Bereich der GENAR. Dort war eine orange Linie auf dem Boden gezogen. Sie hatten erklärt, dass jeder der MENSCHEN stirbt, der diese Linie überschreitet. Von Or-Taj wusste sie, dass es sich nicht etwa um selbsttätige Waffensysteme handelt, sondern lediglich eine Drohung war. Allerdings würde ihre Übertretung per Video in die Zentrale gesendet werden. Nun, sie war das Spielzeug des Chefs hier. Keiner würde es wagen, ihr etwas anzutun. Sie sorgte dafür, dass ihre übliche Kopfbedeckung aus einer Kapuze rechtzeitig und so verrutschte, dass sie

auch auf einem Bildschirm erkannt würde. Niemand hielt sie auf, als sie die orange Linie überquerte und unbeirrt in Richtung Zentrale lief. Or-Taj hatte ihr einmal den Weg beschrieben und es war recht einfach – immer geradeaus und die Türe der Brücke sollten orange sein. Schließlich erreichte sie die Tür. Sie platschte mit den flachen Händen, Panik vortäuschend, dagegen. Die Tür zischte zur Seite und sie prallte erschrocken zurück. Vor ihr stand ein GENAR: „Was willst du?"
„Or-Taj geht es schlecht. Er ist nicht ansprechbar", keuchte sie.
„Komm rein", wurde ihr befohlen. Sie trat ein und bemühte sich, sich nicht zu auffällig hier umzusehen. Ihr Gesprächspartner machte gerade Meldung an einen anderen GENAR. Dieser kam auf sie zu: „Wo ist Or-Taj?"
„In, in, meiner Un… Unterkunft", stotterte sie.
Der Leiter sah sich um und rief vier Namen auf. Vier GENAR kamen auf sie zu.
„Führe sie zu deiner Unterkunft. X3-4, du begleitest sie."
Zu ihrem Schrecken sah Ava einen Droiden anmarschieren kommen. Das war schlecht – sehr schlecht.
„Hast du nicht gehört? Lauf los!"
„Ja, ja", sagte Ava und drehte sich herum. Sie rannte zurück und vier GENAR und der Droide folgten ihr im Laufschritt. Als sie den Vorraum zu ihrem Apartment erreichte, sah Ava, dass Joe alles so vorbereitet hatte, wie sie es gewünscht hatte. Es waren ein paar Leute anwesend – alle aus der Führungsriege und innerhalb ihrer Unterkunft waren welche versteckt. Ava öffnete die Tür und sprang zur Seite. Der erste GENAR sah Or-Taj auf dem Bett liegen. Man hatte ihn so drapiert, dass man nicht sofort sah, dass er tot war. Ava hatte richtig kalkuliert. Man stürzte an ihr vorbei und als alle GENAR im Raum waren und der Droide an ihr vorbeiging, zog sie Or-Tajs Waffe und schoss auf den Droiden. Die Maschine sank halb verbrannt zusammen. Die Umstehenden waren sofort hinzugekommen und bildeten einen dichten Kordon vor dem Zugang. Ava stieg über die Reste des Droiden. Einer der GENAR drehte sich um. Das Fallen der Maschine hatte ihn alarmiert. Er sah in den Lauf von Avas Waffe, dann nichts mehr. Die übrigen GENAR hatten sich auf Or-Taj fixiert – das war ihr Fehler. An den Wänden standen Joe und drei weitere, kräftige Männer. Sie waren bewaffnet mit Eisenstangen und an-

deren Werkzeugen. Sie schlugen mit aller Kraft auf die Wächter ein. Man hörte das Brechen von Knochen und Schreie – nicht lang.
„Ihr könnt jetzt aufhören", sagte Joe zu seinen Helfern. „Die sind längst tot."
Widerwillig stellte man die Prügel ein. Jahrelanger Hass hatte sich aufgestaut und jetzt entladen.
Ava schaute Joe an: „Such drei neue Leute. Nehmt deren Waffen und zieht die Überhänge an."
„Was ist mit dem Droiden?"
„Kann ich nicht ändern. Wir müssen ohne ihn zur Zentrale. Wir haben noch 15 Gegner."
„Wie viele treffen wir dort?"
„Ich habe sechs gezählt", sagte Ava.
Joe nickte, verließ die Unterkunft und rief auf dem Flur drei Männer zu sich. Die Waffen waren schnell erklärt und man zog sich um.
„Schneller", verlangte Ava. „Sie dürfen gar nicht zum Nachdenken kommen."
Als sie ausgerüstet waren, lief Ava den Weg mit ihnen zurück. Grob hatte sie sich überzeugt, dass ihre Leute als GENAR durchgehen konnten. Für Feintuning war jetzt einfach keine Zeit. Sie spielte ein Spiel mit sehr hohem Risiko – ihr Leben. Sie rannten die Flure entlang. Es gab sicherlich gute Gründe, warum sie den Droiden nicht dabeihatten, trotzdem war das Überraschungsmoment genau das, was sie brauchten. Sie rannten über die orange Linie hinweg. Die Tür der Zentrale öffnete sich so schnell, dass auch Ava nicht zögern konnte. Wenn die Tür zugeblieben wäre, hätten sie sich zurückziehen müssen. So stürmten sie in die Zentrale hinein. Ava riss ihre Waffe hoch und schoss auf die ersten beiden GENAR, die in ihr Blickfeld kamen. Danach war die Hölle los. Ihre Leute schossen ebenfalls und sie warf sich auf den Boden und robbte schnell einige Meter weiter. Sie schob ihre Kapuze zurück, um nicht von den eigenen Leuten bekämpft zu werden. Es gab Schreie und Schüsse zischten. Ava kam hoch und sah, wie ein GENAR auf Joe anlegte. Er kam nicht mehr dazu abzudrücken – Ava war schneller. Sie tauchte wieder ab. Die ganze Aktion dauerte gerade mal zehn Sekunden, dann war der Kampf vorbei. Vorsichtig richtete sie sich auf und der Erste, den sie sah, war Joe.
„Haben wir alle?", fragte er.

Ava zuckte mit den Schultern: „Durchsuchen. Zwei sichern die Tür!"
Sie fanden fünf tote GENAR und einer war verletzt – Joe erschoss ihn. Man fand auch einen ihrer Leute, ebenfalls tödlich verletzt. Das zeigte, wie hoch ihr Risiko war.
„Zwei Leute zurück, die anderen holen", ordnete Ava an. Joe winkte zwei seiner Leute und diese machten sich auf den Weg.
Wenig später waren sie mit 30 Männern zurück.
Ava löste eine Kette von ihrem Hals. Darauf war ein Codegeber. Dieser öffnete alle Türen auf dieser Station. Ihr Schlüssel zur Freiheit. Sie ging zur hinteren Wand der Zentrale. Dort war noch eine Tür. Sie ließ sich mit dem Codegeber öffnen und Joes Augen leuchteten, als er die Waffen sah.
„Verteil sie und erklär, wie sie funktionieren", befahl Ava.
Schnell hatte Joe seine Männer ausgerüstet und eingewiesen.
„Was jetzt?", fragte er Ava.
„Wir warten", antwortete sie.
„Wir warten?"
„Ich weiß – jetzt nicht gerade einfach. Aber in drei Stunden werden alle Wärter im Bett liegen und schlafen. Ich weiß, wo ihr Schlaftrakt ist. Das ist unsere Zeit. Es sind noch neun Gegner und wir wollen das Risiko klein halten. Bis dahin – Eingangstür bewachen und ruhig bleiben", ordnete Ava an.
Joe nickte, das leuchtete ihm ein. Er informierte seine Leute und teilte vier Mann ein, die den Zugang bewachten.
Sie warteten die drei Stunden ab. Es wurde kaum ein Wort gesprochen und Ava war tief in sich selbst versunken. Bisher hatte sie dieser Versuch nur einen Toten gekostet. Sie waren jetzt in Besitz der Zentrale und damit klar im Vorteil. Einen zweiten Droiden hatten sie nirgendwo gesehen und Ava hoffte, dass es so blieb. Irgendwann musste sie eingeschlafen sein, und als sie jemand sanft berührte, schreckte sie auf und riss ihre Waffe hoch.
„Nicht doch", sagte Joe und drückte die Waffenhand zur Seite. „Die Zeit ist um, Ava."
„Ich brauche 20 Leute, die nicht zögern zu schießen", sagte sie. „Und es muss still zugehen."
Joe bestätigte: „Wir sind bereit." Ava entwickelte ihren Plan. Dann verließen sie und 20 Männer, einschließlich Joe, die Zentrale. Ava führte sie

in eine andere Richtung, als der, aus der sie gekommen waren, und sie kamen dann zu einem Seitenarm des Hauptganges. Darin befanden sich rechts wie links jeweils zehn Türen. Nicht jede Kammer war auch belegt. Nur hinter neun, wenn alle dort waren, schliefen die restlichen Feinde. Ava hob eine Hand und zeigte einen Finger. Lautlos huschten die Kämpfer an ihr vorbei und verteilten sich – jeder an eine Tür.
Ava zog ihre Schuhe aus und stellte sie zur Seite. Dann nahm sie den Codegeber in eine Hand und zeigte mit der anderen zwei Finger. Dann begann sie den Gang entlangzulaufen. Sie huschte lautlos von rechts nach links und so schnell sie konnte. Immer, wenn eine Tür sich öffnete, huschte der Mann dort hinein und schoss sofort, damit er etwas sehen konnte. Zumeist war ein zweiter Schuss erforderlich, wenn die Kabine benutzt war. Ava lief so schnell sie konnte und Joe bewunderte, mit welcher Geschicklichkeit sie das tat. Außer Atem wartete sie am Gangende, dass ihre Leute auch den letzten Feind erledigt hatten.
Dann kam Joe auf sie zu. Er lächelte: „Neun tote GENAR. Wenn wir richtig gezählt haben, sind wir durch. Die Station gehört uns."
Ava atmete auf: „Wir müssen raus hier – alle. Lass uns sehen, wo wir sind."
Sie wusste von Or-Taj, wo sie hinlaufen musste – ungefähr. Sie brauchten fast eine Stunde, bis sie vor einer orangen Tür standen. Die Farbe stand für ‚Gefahr'. Das wussten sie bereits. Man ließ Ava durch und auch hier arbeitete der Codegeber einwandfrei. Die Tür zischte zweiteilig in die Wände und gab den Blick auf eine Kammer frei. Vorsichtig bewegte sich Ava dort hinein. Der Raum war etwa vier mal vier Meter groß und gegenüber war eine weitere Tür – mit Scheiben. Sie ging darauf zu und dann stockte ihr Atem. Joe war ihr gefolgt und sah über ihre Schultern hinweg durch die Scheiben.
„Scheiße", sagte er.
Ava wurde schwindelig. Alle Mühe umsonst. Ihr leerer werdender Blick irrte über eine schroffe und felsige Landschaft mit harten Schlagschatten. Im oberen Bereich des Fensters leuchtete ihr höhnisch ein blauer Planet entgegen. Sie waren auf einem Mond. Sie konnten hier nicht weg. Draußen gab es nur Steine und keine Atmosphäre. Sie fühlte sich kraftlos. Langsam sank sie in sich zusammen. Joe fing sie auf und setzte sie sanft auf den Boden.
Alles vorbei, dachte Ava.

20.01.2165, 11:00 Uhr, P2:

Die Runde war nicht ganz so groß, aber prominent. Neben Thomas waren Linus Kirklane, Scott Tanner, Beppo Millbain, Peter Ralen, Walter Steinbach sowie Russ Scottwers und Präsidentin der GENUI, Sina-Reth anwesend. Rita hatte in freundlicher Weise die Gäste begrüßt und bewirtet.

„Willkommen im P2", sagte Thomas und sah die Präsidentin an, denn sie hatte um diesen Termin und in gewissem Maße auch um diese Teilnehmer gebeten. Also musste sie jetzt erklären, warum man zusammensaß.

Und sie begann: „Danke, dass wir hier sprechen können. Ich habe Sorgen und die möchte ich mit meinen Freunden besprechen."

„Keine BUND-Sache?", fragte Linus dazwischen.

„Ich sprach von Freunden", stellte Sina-Reth klar. „Wenn Thomas Raven in seiner Eigenschaft als Fleet Admiral etwas in diese Richtung unternehmen möchte, so kann er das gern tun. Ich will aber erst einmal hier unsere Probleme schildern."

Thomas nickte dazu: „Wir haben historisch ein besonderes Verhältnis miteinander. Darum ist dieser Kreis erst einmal völlig richtig gewählt. Sprich, Sina-Reth."

„Russ brachte mich drauf", gab sie zu und sah den jungen Mann etwas hilfesuchend an. Thomas Aufmerksamkeit richtete sich auf den jetzigen Diplomaten.

„Die BLISTER innerhalb YXY-11 machen uns Sorgen. Wir sind einem Angriff von innen heraus nicht gewachsen. Speziell gemeint sind die BLISTER, von denen wir jetzt wissen, dass sie über weitere Galaxis-Wurmlöcher verfügen", unterstützte Russ die Präsidentin. „Ich denke da an BLISTER 1 und BLISTER 5. Aus letzterem mussten wir bereits feststellen, dass eine Menge von ANGUIDEN-Schiffen kurzzeitig dort aufgetaucht war. Wie können dort Absicherungsmaßnahmen helfen und welcher Art sollen sie sein? Dazu kommt, dass wir nicht wissen, ob es mehr BLISTER gibt, als die von uns bisher erkannten sechs."

„Was sagt denn die Hüterin dazu?", fragte der Geheimdienstmann Walter Steinbach.

„Sie würde gern helfen", sagte Sina-Reth. „Aber tatsächlich hat es wegen des Wassereinbruchs Datenverluste gegeben. Sie kann uns keine weiteren Hinweise auf BLISTER geben."
„Wir könnten im BASEMENT ...", begann Beppo.
Russ schüttelte den Kopf: „Die Hüterin ist uns dankbar, aber sie lässt nach wie vor keine Personen in ihren Bereich. Sie hat da ihre Programmierung, über die sie sich nicht hinwegsetzen darf."
„Das Verhältnis zur Wächterin ist trotz allem nicht besser geworden", stellte Scott fest.
„Na ja", relativierte Thomas. „Sie hält schon große Stücke auf uns. Ich kann aber verstehen, dass die Erbauer Sicherheiten eingebaut haben."
Thomas sah die GENUI an: „Das waren die Probleme?"
Sina-Reth bestätigte.
„Ich denke, wir lassen das Problem unter uns", sagte Thomas bedächtig. „Es gibt im BUND sicherlich Spezies, denen ich uneingeschränkt vertraue, aber die KRATAK gehören absolut nicht dazu. Wir können nicht ausschließen, dass die DARK-KRATAK nicht alle vernichtet worden sind und ob noch welche im GENUA-System und auf KRATAK-PRIME sich befinden, auch nicht."
Scott Tanner kaute auf seiner Unterlippe und dachte nach. Das war das erste Mal, dass sich der Admiral kritisch gegenüber dem BUND äußerte. Thomas hatte da einen speziellen Sinn. Wenn er Bedenken äußerte, sollte man das nicht auf die leichte Schulter nehmen. Geheimdienstoffizier Walter Steinbach sah man an, dass er die Einschätzung des Admirals teilte. Nun ja, er war eben der Oberverdachtschöpfer und musste noch vor allen anderen seine Nase in bestimmte Sachen stecken. Man konnte an fünf Fingern abzählen, dass nach dem Wegfall der SUBB die KRATAK besonders in seinem Fokus standen. Die VENDORA standen da noch nicht, wobei die Betonung auf NOCH lag, in seiner engeren Beobachtung. Scott traute ihm aber zu, dass er dort auch vorgesorgt hatte. Scott schüttelte innerlich den Kopf. Immer allen und jedem zu misstrauen, gehörte nicht zu seinen Lieblingsaufgaben. Aber der Walter würde das schon machen.
Thomas sprach weiter: „Ich habe nach wie vor Personalprobleme. Haben wir industrielle Unterstützung durch die GENUI, Sina-Reth?"
„Uneingeschränkt", versicherte sie.

„Gut", sagte Admiral Raven. „Wie viele BLISTER es noch gibt in euren Bereich, müsst ihr selbst herausfinden. Walter übergibt euch die Daten, nach denen ihr Suchroutinen entwickeln könnt. Ihr seid keine Kämpfer, aber Wissenschaftler und Ingenieure. Das könnt ihr selbst schaffen. Ich habe kein Personal dafür. Peter kümmert sich um BLISTER 1 und Beppo um BLISTER 5. Ich erwarte von euch ein Absicherungskonzept und ein Frühwarnsystem. Beppo: Du aktivierst in keinem Fall das Galaxistor. Wir wollen niemanden wecken. Jan, Ro-Latu und Paco gehen demnächst auf die Jagd. Wir wollen ihnen das Wild nicht vertreiben."
Peter nickte und Beppo meldete stramm ein „Verstanden."
„Bist du einverstanden, Sina-Reth?"
Die GENUI bestätigte: „Wir danken für die Hilfe."
„Dann ist die Besprechung beendet und ich lade euch in die Kantine ein. Wir können dabei das eine oder andere noch besprechen", sagte Thomas.

30.01.2165, 14:30 Uhr, EDEN, HOMELAND:

„Wollen wir nicht mal langsam los, Jan?"
Jan Eggert bemerkte, wie ihm jemand in der Sonne stand – trotz Hut auf seinem Gesicht. Jan lag seit nach dem Mittag hier am Strand im warmen Sand und genoss seine Heimat. Er hatte die Stimme zwar erkannt, tat aber so, als wüsste er nicht, wer ihn störte. Langsam nahm er den Hut vom Gesicht und blinzelte in Richtung Ro-Latu: „Wenn ich so liege, Herr Doktor, dann geht es eigentlich."
„Mein Freund Jan beliebt wieder in Bildern zu sprechen. Darf ich davon ausgehen, dass es dir schwerfällt aus diesem Umfeld herauszugehen und sich unserem Ziel zu widmen?"
„Du hast sowas von wahr", blieb Jan in seinem Jargon.
„Meine Leute verweichlichen, wenn sie noch länger das Nichtstun ausüben", klagte der OBH der GENAR.
Jan sah ihm stirnrunzelnd in die goldenen Augen: „Nichtstun ausüben. So eine Formulierung muss einem erst einmal einfallen."
„Wie hättest du es in Bildern ausgedrückt?"
„Auf der faulen Haut liegen", konterte Jan und raffte zumindest seinen Oberkörper hoch. Sand rieselte ihm dabei vom Rücken.

„Ich kann das nicht ganz interpretieren", gab Ro-Latu zu. „Deine Heimat beginnt auch mich zu faszinieren."
„Und du hast Angst, dass dein Kampfgeist darunter leiden könnte", vermutete Jan.
„Nein."
Jan seufzte. Ro-Latu war schon etwas aufgelockerter geworden, aber er war immer noch ein GENAR, ein Militär, ein Logiker. Selbst die Anwesenheit von Suli-Ko machte keinen lockeren Typen aus ihm. Jan bezweifelte, dass das überhaupt möglich war. Die HOR-LOK II war irgendwo im Orbit, parallel zur ODIN. Beide Schiffe hatten schon vor einiger Zeit das NIRMAAN-Update erhalten. Es war alles bereit – die Flotten waren zum größten Teil umgerüstet und Jan fiel beim besten Willen kein Argument ein, warum man weiterhin aufschob. Es war sowieso schon verwunderlich, dass er Ro-Latu so lange hatte zurückhalten können.
„Was hältst du davon, wenn wir der Rothaut Bescheid geben, dass er sein Ross nach hier in Bewegung setzt?"
Ro-Latu schaute ihn lediglich fragend an.
„Okay, lass uns Paco Bescheid geben, dass er hierhin kommt. Dann starten wir, wenn wir uns auf eine Route geeinigt haben von EDEN aus."
„Der Vorschlag bekommt meine Zustimmung", sagte Ro-Latu – sehr sachlich.
„Gut, Chapawee wird nicht vor zwei Tagen hier sein."
„Überstürzung ist nicht erforderlich."
Jan rief nach Parker und der Droide kam aus dem Botanik-Bereich angelaufen. Ro-Latu schaute äußerlich gelassen auf den Droiden, allerdings hatte er nie verstanden, warum dieser diese unzweckmäßige Kleidung trug. Und auch seine Sprachwahl ...
„Sir haben gerufen?" Parker beugte sich ein wenig zu dem immer noch im Sand sitzenden Jan Eggert.
Jan nickte: „Schicke er eine Nachricht an Chapawee Paco auf AQUARIUS. Der Häuptling möge sich mit seinem Schiff bei uns einfinden. Wir ziehen in den Kampf."
„Sehr wohl, Sir. Noch etwas?"
„Ja, eine Nachricht an BIG GREEN. Ka-Lim und Magellan sollen sich auf den Weg machen nach EDEN. Es geht los."
„Ist das alles, Sir?"

„Das war's, Parker. Auf dem Rückweg bringst du uns zwei ‚Sex on the Beach' mit. Ausführen – bitte."
„Sehr wohl, Sir."
Parker schritt in gemessener Eile, man kann es kaum anders ausdrücken, davon.
„Ähm, wie sollen wir denn hier …?", fragte Ro-Latu konsterniert und sah sich um.
„Es handelt sich um die Bezeichnung eines Getränkes, mein ahnungsloser Freund."
„So richtig werde ich euch nie verstehen", sagte Ro-Latu resignierend.

02.02.2165, 15:00 Uhr, EDEN, HOMELAND:

„Wir können keine Werft mitführen und daher werden wir bei normaler Reisegeschwindigkeit eben länger brauchen", stellte Jan fest.
„Ich darf versichern, dass die HOR-LOK II aufs Beste überprüft worden ist", gab Ro-Latu bekannt.
Ka-Lim und Magellan waren heute Morgen mit einer Beta eingetroffen, die NEO-KRATAK Krieta weilte schon länger an Bord der ODIN bzw. auf EDEN und der Sioux war mit seinem brandneuen Schiff CHIEF JOSEPH kurz nach Mittag eingetroffen. Gerade bei Jan und Paco knallte Ro-Latu immer wieder gegen eine Sprachbarriere. Wenn Chapawee Paco den Mund aufmachte, verstand der GENAR OBH nicht mal den berühmten Bahnhof.
„Du wirst dich daran gewöhnen", hatte ihm Jan versichert und ihm gönnerhaft auf die Schulter geklopft.
„Aber im Kampf …", widersprach Ro-Latu.
„Dort gilt Klartext", hatte ihm Paco versichert und ihn damit etwas beruhigt.

Nun hatte man sich am Strand unter einem eigens dafür aufgestellten Pavillon versammelt und schaute auf einen Datentisch. Jan hatte die Wegstrecke markiert.
„Wir dürfen auf keinen Fall aus Richtung YXY-11-Blase vordringen", legte sich Jan fest. „Das Versprechen hat mir der Admiral abgenommen."
„Dann gilt das auch für uns", stellte Ro-Latu fest.

„Genau", sagte Jan. „Es scheint unwahrscheinlich, dass der Präsidial weiß, wo BLISTER 5 liegt und wir müssen ihn ja nicht unbedingt darauf hinweisen. Eventuell können wir dieses Galaxis-Wurmloch als Rückweg benutzen."
Jan zeigte auf dem Tisch an: „Es geht von hier aus über die Neue Maggistraße nach M94, dann M63, weiterhin NGC4244 und dann nach M106. Danach könnte es spannend werden, wenn wir nämlich in M101 ankommen. Von dort führt ein Weg nach BLISTER 5. Den lassen wir links liegen ..."
„Wie?", unterbrach Ro-Latu.
„Wir kümmern uns nicht drum!"
„Ach so."
„... und wir fliegen weiter nach M51 beziehungsweise NGC5194. Die AXIS, unser Ziel, verbindet diese Galaxie mit NGC5195. Alles Weitere sehen wir vor Ort."
„Das ist eine gewaltige Strecke", bemerkte Krieta.
„Wir haben eigentlich genügend Reparaturmöglichkeiten an Bord", stellte Jan klar. „Aber wir haben keine Eile. Ich sehe das als das größte Abenteuer, seitdem ich Nina geheiratet habe."
Okay – verstand auch kaum einer.
Jan redete weiter: „Es hindert uns niemand, nebenbei zu forschen und zu entdecken. Vielleicht gewinnen wir neue Freunde."
„Oder neue Feinde", murrte Ro-Latu.
Jan sah ihn an: „Es sprach der Optimist Ro-Latu."
„Gut", sagte Ro-Latu. „Ich werde meine Crew an Bord versammeln, dann können wir los."
Es kam weder eine Reaktion von Jan noch von Paco und selbst der Indianer schüttelte den Kopf und machte: „Ts, ts, ts."
„Unser gemeinsamer Freund mit den goldenen Augen", sagte Jan todernst zum Sioux, „ist noch nicht mit den Gepflogenheiten unserer Spezies ‚humanus edenoris et humanus aquariensus' vertraut. Wir mögen ihm verzeihen, dass er abreisen wollte, ohne der Tradition die Ehre zu erweisen."
„Das entschuldigt ihn", sagte Paco gönnerhaft.
„Äh", machte der OBH und geleichzeitig ein nicht kluges Gesicht.

„Wir von EDEN verabschieden uns von unseren Lieben hier mit einem Strandfest und derer von AQUARIUS belieben den heiligen Rauch zum Gelingen des Kriegspfades zu bemühen."
Ro-Latu sah von einem zum anderen – etwas verständnislos.
„Howgh", kam es von Chapawee.
„Was, äh, sagt er?"
„So ist es – frei übersetzt", gab Jan Auskunft.
„Also kommen wir erst morgen los?", stellte Ro-Latu fest.
„Morgen Nachmittag – spät", so die Antwort von Jan.
Ro-Latu nickte: „Ich werde eurer Tradition nicht im Weg stehen."
„Dann", sagte Jan, „lasst uns planen!"
„Ich denke, wir hätten die Route schon …", begann Ro-Latu.
„Das Fest, Ro-Latu, das Fest – ohne grünes Zeug, klar?"
Ro-Latu bestätigte.

Jeder kennt besagte Feste. Wir halten hier lediglich fest, dass am 03.02.2165 um 18:45 Uhr, drei Schiffe das AVALON-System in Richtung M94 verließen: Die ODIN, die CHIEF JOSEPH und die HORLOK II. Reisezeit: ungewiss – nicht unter fünf Monaten. Wie Jan schon erwähnte, es begann eines der größeren Abenteuer, wenn nicht gar das größte nach 2015.

10.02.2165, 11:00 Uhr, DIAMOND, Orbit, GERONIMO II, Brücke, Besprechungsraum:

Lieutenant Admiral Laura Stone war genervt – sichtlich. Es hatte eben auf der Brücke eine Ansage gegeben, die nicht von schlechten Eltern gewesen war. Man übte jetzt seit dem 20.01. mit Ausnahme von zwei Tagen, das Führen eines Raumschiffes. Selbst die Profis waren zu Beginn etwas in Richtung Kaffeefahrt abgedriftet. Man war offensichtlich der Meinung, dass private Gespräche immer Vorrang hatten. Während Laura die ausgebildeten Damen schnell wieder einfangen konnte, hielt sich das bei den anderen umso hartnäckiger. Darunter litt die Crash-Ausbildung und zog sich unnötig in die Länge. Laura hatte sich hier mit ihrer designierten XO, Lisa-Ann Ralen, immerhin selbst Captain, zu einer Besprechung unter vier Augen getroffen. Sie gedachte das weitere Vorgehen mit Lisa-Ann abzustimmen.

Sie hatten die Funktionen so weit verteilt, aber ein paar Damen waren einfach nicht für den Betrieb eines Raumschiffes geschaffen.

„Lotta ist lieb und witzig", nahm Lisa-Ann die Schwächste (in diesem Sinne) in der Gruppe in Schutz.

„Ja, wenn wir Feierabend haben, hat sie einen gewissen Unterhaltungswert", grummelte Laura. Sie hatte vor ein paar Minuten eine rasante Rede gehalten auf der Brücke, und danach schienen sich ein paar Leute gefangen zu haben. Laura hatte erklärt, dass es sich bei der modernen Raumfahrt eben nicht um einen Landfrauenausflug zum nächsten Wochenmarkt handeln würde, sondern um ein gefährliches Abenteuer. Und falls man sich auf der Brücke nicht ganz gewaltig am Riemen reißen würde, könne man sie gern oder sonst was haben, aber dann müssten sie sich eine andere Captain besorgen.

„Und ich kann mir vorstellen, wie Thomas reagiert, wenn ich das Handtuch schmeiße", donnerte Laura ihren bisher **noch** Freundinnen entgegen.

„Das wäre sehr blamabel", sagte Suzan.

„Und das Ende eures Ausfluges", stellte Laura fest. „Reißt euch am Riemen oder ich ziehe die Reißleine. Konzentriert euch auf die Übungen. Wir sind nicht umsonst im Trainingsmodus."

Jetzt saßen die beiden Frauen, also Laura und Lisa-Ann, im Besprechungsraum und verteilten die Aufgaben.

„Das wird jetzt gewirkt haben", war sich Laura sicher. „Die sind alle intelligent. Gut, die einen viel, die anderen sind aber alles andere als dumm. Das werden sie kapieren."

„Schauen wir doch mal", sagte Lisa-Ann und drückte auf dem Multifunktionstisch vor sich ein paar Sensortasten. Sofort kam aus den Lautsprechern das raus, was auf der Brücke abging. Es sollten neun Frauen dort sein – es hörte sich an, als wären 20 oder mehr dort und alle redeten gleichzeitig. Laura lief rot an.

Lisa-Ann blieb unbeeindruckt und schaltete den Ton wieder ab. Schlagartig hörte man nur noch, wie Laura heftig einatmete.

„Ich habe mal ein paar Monate sowas wie Psychologie studiert oder so. Ich mache dir einen Vorschlag", sagte Lisa-Ann ungerührt.

„Lass ganz schnell hören, bevor ich platze", reagierte Laura zornig.

„Wir haben doch diesen N2-L, Dr. Harry W. Pommerton, an Bord."

„Steht im Quartier von Lotta. Brauchen wir für die Übungen nicht", wehrte Laura ab.
„Vielleicht doch", widersprach Lisa-Ann.
„So?"
„Eine Horde Männer benimmt sich auch erst dann, wenn eine Frau dazwischen ist. Umgekehrt genauso", eröffnete Lisa-Ann.
„Das ist kein Mann, sondern eine Maschine", stellte Laura fest.
„Und wir reden hier von Psychologie – nicht von Astrophysik. Warum wagen wir nicht einen Versuch."
Laura zuckte mit den Schultern: „Schaden wird es nicht. Versuch es."
Lisa-Ann holte das Kamera-Bild der Brücke auf einen der größeren Monitore.
„Audio schalte ich erst kurz vorher dazu", gab sie bekannt.
„Im Namen meiner Nerven – vielen Dank", kam es von Laura. Lisa-Ann grinste und wählte die Kabine von Lotta an.
„Pommerton?"
„Ich darf um die Nennung meines vollständigen Namens bitten", hörte man die sonore Stimme des Droiden. Laura genoss die tiefe Stimme geradezu.
„Entschuldige, Dr. Harry W. Pommerton", reagierte Lisa-Ann. „Ich bin Lisa-Ann Ralen, XO der GERONIMO II. Ist es dir möglich, auf die Brücke zu kommen? Die Captain wünscht deine Anwesenheit dort."
„Was soll ich dort tun?"
„Nichts, du bist einfach da und schaust nach dem Rechten. Du kennst die Flottenrichtlinien über das Verhalten auf Brücken?"
„Selbstverständlich."
„Dann begib dich jetzt bitte dorthin."
„Sofort."
Man hörte über den Funk, wie der Droide die Unterkunft verließ.
Laura setzte sich auf. Die Kabinen der Brückencrew waren nicht weit von der Brücke entfernt – machte ja auch Sinn. In dem Augenblick, als sich das Brückenschott öffnete, schaltete Lisa-Ann Audio wieder ein. Man hörte den zuvor erreichten Geräuschpegel. Man erinnert sich an die dreigeschossige Brücke: Die Hauptcrew saß unten und der Zugang war hier auf der mittleren Ebene. Die Öffnungsgeräusche waren im allgemeinen Tohuwabohu untergegangen, nicht aber Pommerton selbst, als

dieser sich an einer Stange, in diesem Bereich wirkte die künstliche Schwerkraft nicht, eine Etage tiefer hangelte.
Es wurde leise, noch leiser – Ruhe, dann: „Pommi?"
Klar, Lotta Reiskönig hatte gesprochen.
„Ich entbiete den Damen meinen Tagesgruß", sagte Pommerton und lupfte höflich seine Melone und verbeugte sich dezent.
„Was machst du hier?", – wieder Lotta.
„Man wünschte seitens der Schiffsführung meine Anwesenheit hier auf der Brücke. Ich darf sicherlich meine Hilfe anbieten und das Kaffeegeschirr abräumen." Pommerton wartete keine Antwort ab, dafür orderte er einen selbstfahrenden Wagen aus der Kantine, während er alles zusammenstellte. Der Wagen kam, nahm den offenen Aufzug nach unten und wurde vom Droiden beladen.
„Ähm", sagte Lynn-Grace. „Wir machen dann mal weiter."
„Ich wünsche die Damen nicht zu stören. Bei Fragen stehe ich jedoch gern zur Verfügung", sagte Pommi in die Runde.
Lisa-Ann grinste breit und Laura nickte anerkennend: „1:0 für meine junge XO. Ich lerne auf meine alten Tage noch etwas dazu."
Lisa-Ann schaltete Video und Audio ab und als sie sich wieder dem eigentlichen Thema widmen wollten, meldete sich Rosa-Samantha per VidKOM von der Brücke aus: „Der Besuch wird in zehn Minuten eintreffen!"
Laura verlor wieder die Farbe im Gesicht: „Wie bitte?"
Rosa-Samantha wurde unsicher: „Ähm, sorry, die angeforderte Offizierin, Captain."
„Verstanden", sagte Laura und Rosa-Samantha schaltete schnell ab.
Laura seufzte: „Endlich. Ich geh' sie dann mal begrüßen. Wir sprechen gleich weiter."
Laura verließ den Besprechungsraum und lief über die seltsam ruhige Brücke. Pommerton begrüßte sie mit einem Kopfnicken. Nach sieben Minuten kam Laura aufs Landedeck und wartete das Eintreffen einer Sphäre ab. Diese kam nach zwei Minuten und Laura baute sich davor auf.
Die Schleuse öffnete sich und heraus kam eine Voll-Frau mit breitem Becken, kräftiger Oberweite sowie vielen Sommersprossen, grünen Augen und zwei langen roten Zöpfen.
„Laura!"

„Schön dich zu sehen. Willkommen an Bord, Hellen!"
Man kannte sich. Hellen schleppte einen Koffer nach draußen, dann umarmten sich die Frauen.
„Es war nicht leicht, dich von der OTTAWA freizubekommen. Roy hat dich nicht gern gehen lassen."
Hellen lachte. Es handelte sich um Hellen Drum, Chefingenieurin der gigantischen Raumstation OPEN HORIZON REVENGE, stationiert im SONA-System Nähe TROI.
„Ich habe bald mein 25-jähriges Dienstjubiläum unter ihm. Lange wird er mich nicht mehr halten können", lachte Hellen.
„Wie oft hat dir Phil schon die Leitung einer Werft angeboten?", wollte Laura wissen.
Hellen winkte ab: „Ich habe aufgehört zu zählen und aussuchen konnte ich mir das Ding auch. Ich denke ernsthaft darüber nach."
(Hinweis des Berichtenden: Hellen Drum tauchte in den Berichten erstmals 2130 auf, und zwar als Freundin von Soeren Ludby, der sich bei einem Angriff mitsamt der TITAN-Werft in die Luft sprengte. Sie kam dann zunächst auf der GERONIMO unter, dann gelangte sie unter das Kommando von Roy Sharp. Eine Frau der fast ersten Stunde und eine Veteranin)
„Ich bin jedenfalls sehr froh, dass du mit uns fliegst", stellte Laura fest.
„Hab' ich richtig gehört", ulkte die Schottin. „Das Schiff ist unbemannt? Es sind nur Frauen an Bord?"
Laura musste ebenfalls lachen: „Wir gönnen uns den Luxus eines einzelnen männlichen Droiden."
„Oh, da hat der Arme was auszuhalten."
„Da sagst du was – komm, ich stelle dich vor."

12.02.2165, 09:30 Uhr, DIAMOND, P2:

„Morgen um 16:15 Uhr zum Angeln", rief Thomas kopfschüttelnd hinter seinem Freund her. Ron stampfte erkennbar unzufrieden aus dem Bürotrakt heraus und gab keine Antwort.
„Was denkt der sich denn?", sagte Thomas und hob in stiller Verzweiflung seine Hände.
„Er wird sich Sorgen machen", vermutete Rita, die übergangslos im Türrahmen angelehnt stand.

„Rita, überleg mal", Thomas griff sich an den Kopf. „Ron hat von mir verlangt, dass ich der GERONIMO II folgen lasse – mit dem Überraumspürer. Er wollte es sogar selbst machen und ich sollte ihm meinen Segen geben."
„Riskant", urteilte Rita.
„Eben", bekräftigte Thomas. „Wenn die das mitkriegen, kommen die gar nicht wieder. Ich kapier' nicht, dass das nicht in diesen Kahl- und Dickschädel geht."
Rita sagte nichts darauf.
Thomas sah hoch: „Was machen unsere geheimen Absicherungsmaßnahmen?"
„Die drei Leibwächter des Präsidenten sind an Bord, wie auch die REVENGE – unter einem anderen Namen und mit neutraler Lackierung. Der Droide Dr. Harry W. Pommerton hat sein Upgrade auf AR-L bekommen. Die Damenriege kann starten", antwortete Rita.

Eine knappe Stunde später:

„Die Lieutenant Admiral ist da", verkündete Rita vom Vorzimmer aus.
„Herein mit ihr", sagte Thomas, stand auf und verließ seinen Platz hinter dem Schreibtisch. Man begrüßte sich – wie Freunde eben.
„Nimm Platz und, aha, da ist ja schon Rita mit unserem Lieblingsgetränk", stellte Thomas fest. Die Droidin hatte zwei wirklich große Tassen Kaffee in den Händen. Sie tranken und Laura begann.
„Wir sind so weit und können starten", erklärte sie ihrem Vorgesetzten.
„Sehe ich Ewa vorher noch mal?", fragte Thomas vorsichtig.
„Ja klar. Ich habe eben die Übungen beendet und jetzt ist frei bis zum 15.02. um 12:00 Uhr. Dann starten wir. Ich habe übrigens Hellen Drum hinzugebeten."
„Eine gute Wahl", sagte Thomas erfreut. Das war ja ein Punkt gewesen, der ihm Sorgen bereitet hatte. Das Können der Schottin war ihm gut bekannt. „Vielleicht schaffst du es ja sogar, dass sie endlich ein Angebot von Phil annimmt. Wir brauchen Fachleute für die Werften. Wie sieht denn sonst die Besetzung der Brücke aus?"
„Deine mittlere Tochter macht mir die XO, Heidi am Ruder, Lea wird die KOM und die Scanner bedienen, Rosa-Samantha wird Drohnen

steuern, Anna ist wissenschaftliche Offizierin und dann kommen die Nicht-Profis."
Thomas grinste: „Lotta?"
Laura zuckte mit den Schultern: „Sie ist halt dabei. Ich hoffe, dass sie mir den Laden nicht zu sehr durcheinander bringt, Marie-Ann und Dörte sind da nicht viel besser. Lynn-Grace und Suzan habe ich einen medizinischen Kurs machen lassen. Deine Frau ist und bleibt Schiffsärztin. Ich denke, es wird trotzdem ganz gut gehen."
Thomas stimmte zu: „Das denke ich auch. Habt ihr ein besonderes Ziel?"
„Wir wollen zunächst zur MILCHSTRASSE – zum MARS."
Thomas lehnte sich überrascht vor: „Direkt so weit?"
Laura winkte ab: „Ewa hat Audra versprochen, sie mitzunehmen und dann holen wir sie gleich ab."
„Gut, dann wäre dort Methin euer Ansprechpartner. Für euch gilt das Gleiche, wie für jedes andere Schiff auch: eine tägliche Meldung mit Status und Ortsbestimmung."
Laura trank ihren Kaffee aus und stand auf. Thomas kam ebenfalls hoch: „Gute Reise, Laura." Er sparte sich die Aufforderungen zur Vorsicht. Er kannte seine Freundin, Lieutenant Admiral Laura Stone, gut genug, um zu wissen, dass sie bestmöglich agieren würde.
„Wir sehen uns am 15.02. um 12:00 Uhr?"
Thomas lächelte: „Ewa würde mir nie verzeihen, wenn sie die Koffer selbst schleppen müsste."
Laura umarmte Thomas kurz, dann verließ sie das P2.

„Nachrichtendrohne für den Major Admiral?", fragte Rita, die wieder im Türrahmen lehnte.
„Ich bewundere deine Voraussicht, Rita."
„Das war nicht schwer. Ich errechnete eine Wahrscheinlichkeit von vernachlässigbar wenig unter 100 Prozent."

<u>13.02.2165, 11:30 Uhr, DUTCH-City, WILL-RAKERS-SPACEPORT:</u>

Dörte van Beek stand der Schweiß auf der Stirn. Sie war, nachdem sie nicht mehr Präsidentin war, in ihr Amt als Gouverneurin von GREEN

EARTH, welches interimsmäßig von Captain Jolene Smith betrieben worden war, zurückgekehrt. Und dazu gehörten nun mal öffentliche Aufgaben. Trotz der bevorstehenden Abreise der GERONIMO II nutzte Dörte die verbleibende Zeit, bei ihren Lieben vorbeizuschauen und einen, wie sie fand, wichtigen Termin wahrzunehmen. Kurzerhand hatte sie sich Pommi ausgeliehen sowie eine Beta vom Raumhafen auf DIAMOND und schon war sie nach Hause, also GREEN EARTH, abgeflogen.
Jetzt eilte sie durch die Vorhalle des Raumhafens und neben ihr, mit langen Schritten, eine Gestalt, an die sich verschiedene Bewohner erst hatten gewöhnen müssen: Lange weiße Tunika, darüber eine wollweiße Toga, Ledersandalen an den nackten Füßen und ein Lorbeerkranz auf dem Hirn: Titus Aelius Martialis, N2-L-Droide und Baumeister von DUTCH-City. Während Dörte in ihrem Business-Outfit mit kurzen Schritten rumstöckelte, ging der Droide noch recht gemächlich – Jan hätte gesagt: ‚Der latscht daher.'
Dörte warf einen nervösen Blick durch die Scheiben des Gebäudes, die das Landefeld des Raumhafens zeigten. Dort musste irgendwo ein Kugelschiff mit 102,5 Metern Durchmesser hoffentlich noch nicht lange gelandet sein. Sicherlich war der Zubringer schon unterwegs, um die Gäste abzuholen.
„Wir kommen zu spät. Wir kommen zu spät", keuchte Dörte und versuchte, noch schneller zu laufen – ging aber nicht.
Der Droide blieb gelassen: „Ich weiß von der Raumhafen-KI, dass der Zubringer gerade erst losgefahren ist, um die Gäste abzuholen. Das Raumfahrzeug steht am anderen Ende des Raumhafens – dauert daher. Wenn wir so weitereilen, werden wir warten müssen. Das macht keinen Sinn."
Dörte tat so, als hätte sie nichts gehört und hastete weiter – Titus schritt nebenher.
„Wo kommen sie denn jetzt an?", japste Dörte.
Titus warf einen Seitenblick auf seine Chefin: „Dir ist nicht bekannt, an welchem Gate …?"
„Ja, Himmel. Ich komme gerade von DIAMOND. Woher soll ich das denn …?"
„Augenblick", unterbrach sie Titus Aelius Martialis. Er loggte sich wieder in die KI des SPACEPORTs ein, dann blieb er stehen.

„Warum bleibst du stehen?" Dörte war irritiert.
„Weil wir Gate 5 vor vier Minuten passiert haben. Wir müssen zurück."
Dörte gab auf: „Führe mich, Titus, und zwar so, dass wir pünktlich ankommen. Warten will ich auch nicht."
„Das wäre gleich der richtige Weg gewesen, Herrin."
Dörte mochte es nicht, von Titus als Herrin angeredet zu werden, aber sie sagte nichts – war Teil seiner Programmierung. Nach zehn Minuten des bequemen Schlenderns erreichten sie Gate 5. Der Zubringer kam und ein Dutzend Personen stiegen aus. Im Gänsemarsch ging es durch die Registrierung, dann sah Dörte zu einem großen Mann mit dunkleren und feinen Schuppenhaut mit grünen Augen auf.
„Ich bin Gal-Orf, Sprecher der Vereinigung der Erbauer", stellte er sich mit einer angedeuteten Verbeugung vor.
„Und ich bin Dörte van Beek, Gouverneurin von GREEN EARTH und Gründerin von DUTCH-City. Ich heiße euch willkommen. Mir zur Hand geht dieser Droide, Titus Aelius Martialis. Er wird euch die technischen Fragen beantworten."
Gal-Orf sah sich um: „Wie ich jetzt schon sehe, hat uns der Oberbefehlshaber der Streitkräfte nicht zu viel versprochen. Er sagt, an Modernität und Luxus würde diese Stadt ihresgleichen suchen. Wir sind sehr gespannt."
Dörte lugte an ihm vorbei: „In deiner Gruppe sind nur Männer?"
„Ausschließlich", gab der Sprecher zu. „Wir bauen nüchtern, dann kommen die Frauen zum Zug und bringen es in eine ansehnliche Form. Wir haben schon vor etlichen Generationen entdeckt, dass wir auf diese Weise gut miteinander arbeiten können."
Gal-Orf sah einem Sessel nach, der rechts und links ein großes Rad hatte und eine Person ohne erkennbare Steuerungseinrichtung transportierte.
„Titus, wir brauchen draußen einen entsprechenden Gleiter."
„Und hier eine Beförderungsmöglichkeit nach draußen", antwortete der Droide. „Der Gleiter steht parat, die Innenbeförderung kommt dort vorn."
Dörte sah, wie mehr als ein Dutzend dieser fahrenden Sitze angerollt kam. Sie bot Platz an.
Und als alle saßen, formierten sich die Sessel zu einer Schlange, die unsichtbar gekoppelt schien. So rollte man die 500 Meter bis zum Ausgang. Und dort stand der offene Gleiter, eingeführt von MANCHAR. Der

Droide steuerte selbst und als die Gäste Platz genommen hatten, gab es eine Stadtrundfahrt nach alter Art. Die GENAR notierten ihre Fragen für später ...

<u>15.02.2165, 12:35 Uhr, DIAMOND, Raumhafen:</u>

Thomas Raven hatte seine Freundin Laura Stone schon besser gelaunt gesehen. Sie stand mit verschränkten Armen vor einer Reihe von Sphären. Die Ausflüglerinnen unterhielten sich angeregt und schienen gar nicht zu bemerken, dass die festgesetzte Abflugzeit um mehr als eine halbe Stunde überschritten war.
Für Lieutenant Admiral Laura Stone ein Unding. Es fehlten Pommi und Dörte. Nach Auskunft der Raumaufsicht war die Beta mit den Verspäteten soeben in der Nähe von DIAMOND aus dem Überraum gekommen. Es könne sich nur noch um Stunden handeln, hatte der junge Mitarbeiter im Tower gesagt und dabei gelacht.
„Du lachst allein", hatte Laura eisig kommentiert und diesem war der letzte Lacher im Halse steckengeblieben.
„Bitte reg dich nicht auf", sagte Thomas und sah hinüber zu den Männern, die ihre Frauen zum Gate gebracht hatten. Ron hatte alle anschließend lautstark in die nächste Kneipe eingeladen. Er würde da einen Laden kennen, wo es ordentliche Gefäße in Sachen Bier gebe sowie Brez'n und Hax'n.
Laura zog eine Augenbraue höher.
„Komm bitte runter, Laura. Das ist tatsächlich eine Kaffeefahrt. Die ganze Sache soll Spaß machen – auch dir", gab Thomas alles, um seine Vertreterin zu besänftigen.
„Aus Kaffeefahrt wird in Nullkommanix Ernst, Thomas. Das solltest du wissen. Wenn dann derselbe Schlendrian greift, kommen wir nicht zurück", malte Laura den sprichwörtlichen Teufel an die Wand und Thomas musste ihr recht geben. Disziplin gehörte auf ein Raumschiff, wie das Vakuum drumherum.
„Sie kommen", rief jemand.
Alle reckten die Hälse in die Luft und dort sah man tatsächlich ein in heftige Turbulenzen gehülltes Kleinraumschiff, welches mehr oder weniger vom Himmel fiel. Die Zuseher dachten eine Zeit drüber nach, ob es nicht besser wäre, sich in Sicherheit zu bringen, aber dann war klar,

dass Pommi das Gerät steuerte – so war man sicher. Die Beta setzte auf und als die Schleuse sich öffnete und die Gangway ausfuhr, kam Dörte heraus. Dicht hinter ihr war Pommi, der irgendwas schleppte. Sie rannten mehr oder weniger auf Laura zu.
„Wir sind zu spät, oje", klagte Dörte, dann winkte sie. „Ich habe Kuchen mitgebracht!"
Okay, das schleppte wohl gerade der Droide und Dörte hatte sich das wohl als Entschuldigung gedacht.
Laura machte Linkskehrt: „**Aufsitzen!**"
Lea und Lisa-Ann mussten den Frauen erklären, dass die Captain verlangte, dass man in die Sphären einstieg. Ja, sagen wir so: Das Winken und Luftküsschen rüber werfen war jetzt wichtiger als die Befehlsausführung und man kann sicher sein, dass wohl keine der Damen diese Anordnung als bindend betrachtete. Aber Pommerton gelang es dann, doch für etwas Disziplin zu sorgen und schließlich waren alle eingestiegen.
„Nimm 's nicht so schwer", verlangte Thomas von Laura, aber diese zischte nur: „Erinnere mich daran, dass ich meinen Abschied nehme, wenn wir wiederkommen." Sie stieg in die Sphäre ein und dann erhoben sich alle in den Himmel Richtung GERONIMO II.

„Leute – mir nach", rief Ron.
Thomas winkte seinem Freund.
„Ja?", Ron schaute ihn an.
„Ich komme mit!"
„Weiser Entschluss – sehr weise."

An Bord der GERONIMO II ging es für Laura nicht besser weiter. Man, in diesem Fall ‚Frau', war der Meinung, man müsse doch erst den Kuchen und schließlich sei er frisch und so …
Laura spürte rechts und links zwei Hände: Die von Lisa-Ann und Heidi.
„Wir bringen das Schiff auf Kurs, Laura. Die anderen benötigen wir erst einmal nicht."
Laura knurrte, gab sich aber damit zufrieden. Ihr ging es darum, aus dem System zu fliegen.

Aber das bekamen die Herren weiter unten nicht mit. Man saß im Biergarten und hob die erste Maß.

Die war leer, als die Hax'n, Brez'n und Weißwürste mit süßem Senf geliefert wurden. Das war aber kein Problem – es gab noch mehr Bier dort.

3. Irgendwo

Irgendwo und irgendwann:

Ava war wie gelähmt. Die Enttäuschung hatte von ihr Besitz ergriffen. Joe erfasste die Situation. Es musste jetzt unbedingt etwas passieren, sonst würden sie alle dasitzen und nicht mehr an Flucht oder Gegenwehr denken. Die 500 Leute hier mussten versorgt werden. Und sie mussten informiert werden.
Joe wandte sich an die Begleiter: „Los, informiert eure Leute. Und durchsucht diese Station. Meldungen über Lebensmittel, Wasser und Gebrauchsgegenstände zur Zentrale. Ich warte dort mit Ava. Wir brauchen eine Aufstellung. Und Los!"
Bei den Leuten hatte es sich wie ein Lauffeuer verbreitet, das man auf einem Mond gefangen war. Es schien keine Fluchtmöglichkeit zu geben. Joes Aufforderung kam daher genau richtig. Er ließ erkennen, dass er überhaupt nicht daran dachte, jetzt aufzugeben. Sie liefen tatsächlich los. Von überall zogen Suchtrupps durch die Gegend und öffneten, sofern möglich, alle Türen und sonstigen Zugänge. Die Außentüren der Station waren besonders gesichert, sodass es nicht zu Unfällen kam.
Ava hockte auf dem Boden in der Schleuse und hatte die Arme um die angezogenen Beine geschlungen.
„Ava, komm", forderte sie Joe auf. Er musste das noch zweimal wiederholen, bevor sie reagierte.
„Wozu – es ist sinnlos."
„Sinnlos ist, hier herumzuhocken. Das Schwierigste haben wir erledigt. Jetzt machen wir Bestandsaufnahme."
Ava sah zu ihm hoch: „Nehmen wir an, wir finden tatsächlich ein Raumschiff, um nach dort unten zu kommen. Wer soll es fliegen? Wir kennen keine Raumschiffe, Joe. Wir können damit nicht umgehen. Wenn die Ablösung der GENAR kommt, sind wir geliefert."
„Ich weigere mich aufzugeben und ich werde nicht akzeptieren, dass du es tust. Wir kennen nicht alle unsere Möglichkeiten. Was willst du tun?

Warten, bis wir abgeschlachtet werden? Du hast dich als unsere Führerin angeboten und es wird Zeit, dass du jetzt aufstehst und weitermachst – verdammt noch mal."

Ava konnte nicht. Sie hatte starke Schmerzen im Unterleib. Sie bat um zwei Minuten, denn die harten Worte zeigten Wirkung. Tatsächlich, musste sich Ava eingestehen, war es keine Option, hier einfach zu sitzen. Hunger und Durst würden kommen und das sehr bald. Sie stand unter Schmerzen auf.

„Sehr gut", kommentierte Joe, dann suchten sie den Weg zurück in die Zentrale. Dort entdeckten sie sogar ein Fenster, von dem dieser Planet zu sehen war. Okay, das war nicht die ERDE, so viel konnte man sofort erkennen. Aber es gab Parallelen. Wasser und Fotosynthese waren vorhanden und alles in Ava glaubte daran, dass man dort leben konnte. Selbst wenn es nicht die ERDE war, erschien es ihr doch wie ein Paradies. Wie viele Jahre waren sie jetzt hier? Sie hatte irgendwann aufgehört zu zählen. Ihr Zeitgefühl hatte mittlerweile völlig versagt. Längst schon hätten sie irgendwelche Alterserscheinungen feststellen müssen. Das war aber nicht so. Oder Krankheiten oder Zahnweh – nichts dergleichen geschah. Sie alle schienen eine eherne Gesundheit zu besitzen. Jeder besaß noch genau die Zähne, die er zu seiner Entführung besessen hatte und einige behaupteten steif und fest, dass sie jetzt mehr hatten als vorher. Das glaubte man aber nicht, denn wie sollte das denn gehen? Niemand wurde krank – wirklich niemand. Man sollte auch altern – im Laufe der Zeit. Das war aber nicht so. Weder bei ihr noch bei den anderen. Die Zeit schien ohne Auswirkungen an ihnen vorbeizugehen. War das nur ein böser Traum? Nein, das war alles viel zu real und ein Traum, der über etliche Jahrzehnte ging? Unmöglich. Ihre Schmerzen im Unterleib sprachen da eine ganz andere Sprache, aber das hatte sie sich selbst zuzuschreiben. Sie hatte sich damals auf der ERDE in ihr Bett gelegt und war eingeschlafen. Aufgewacht war sie hier. Ähnlich war es den anderen ergangen. Man hatte sie entführt. Jeder hatte liebe MENSCHEN zurückgelassen und Ava hatte im Gefühl, dass sie niemanden davon wiedersehen würde. Ava schob ihre schlechten Gedanken beiseite, denn es kamen die ersten zurück und meldeten das, was sie gefunden hatte. Wasser gab es – wenig, sowie Lebensmittel ebenso. Das würde nicht lange reichen. Man hatte seltsame Geräte gefunden, deren Bedeutung nicht klar war, ganz zu schweigen von Beherrschung. Es kamen immer mehr

Leute zurück und die Erfolgsmeldungen blieben aus. Ava hatte sich aber wieder gefangen. Sie wollte einfach nicht, dass sie diesen Or-Taj umsonst so lange ertragen hatte. Jede Erinnerung daran verursachte in ihr einen Kotzreiz. Schließlich entstand vor der Zentrale ein wüstes Geschrei und Gezeter. Ava war alarmiert und vergaß ihre Schmerzen – irgendwas passierte dort und schließlich kam ein Knäuel von MENSCHEN durch den Zugang und dann wurde etwas in Richtung Ava geschubst.
Die Frau traute ihren Augen kaum – ein GENAR-Mädchen. Ein paar von den Mitgefangenen wollten sie schlagen, aber Ava hielt sie zurück.
„Das ist noch ein Kind. Niemand rührt das Mädchen an!"
Die junge GENAR schaute zu Ava. Diese hatte offensichtlich etwas zu sagen. „Wo habt ihr sie her?"
„Sie war in einem Zimmer eingeschlossen", wurde ihr geantwortet.
Ava ging zu der Jugendlichen: „Ich bin Ava. Wie heißt du?"
Die GENAR machte den Mund nicht auf.
Ava seufzte: „Du wirst etwas kooperieren müssen, sonst kann ich meine Leute nicht aufhalten, dich zu töten."
„Ich, ich bin So-Fil", kam es aus ihr etwas heiser heraus.
„Was machst du hier? Was ist deine Funktion?"
Die GENAR senkte den Kopf.
„Muss ich dich an das erinnern, was ich zu Beginn sagte?"
Dann kam es stockend: „Or-Taj hat mich hierhin gebracht. Ich muss ihm zu Willen sein."
Ava richtete sich auf: „Habt ihr das gehört. Dieses Schwein hat mich betrogen! Schade, dass er schon tot ist!"
Brüllendes Gelächter antwortete ihr.
„Or-Taj ist tot?", kam die fast geflüsterte Frage von So-Fil.
„Ja, ich habe ihn getötet, als er unter mir lag", antwortete Ava.
„Bedauerst du das?"
„Nein, ich bin hier selbst Gefangene und Or-Taj verging sich regelmäßig an mir."
„Wir haben alle GENAR auf dieser Station umgebracht, So-Fil", antwortete Ava. „Wir brauchen aber Hilfe, weil wir nicht alles verstehen. Kannst du uns helfen? Vor allen Dingen, willst du uns helfen? Wir brauchen Wasser und Lebensmittel."
„Das ist einfach", sagte So-Fil. „Ihr müsst nur die Replikatoren benutzen."

„Kannst du uns das zeigen?"
„Ja, das kann ich."
Ava ging ganz nahe an So-Fil heran: „Wage es nicht, in deinem eigenen Interesse, uns zu hintergehen. Meine Leute würden dich sofort zerreißen."
Die GENAR schluckte: „Ihr wisst nichts und ich weiß ziemlich viel von allem, weil mir Or-Taj viele Dinge gezeigt hat und ich mir viel merken konnte. Wir sind in der gleichen Lage. Es macht keinen Sinn, dass ich euch belüge. Ich will leben, Ava."
Ava sah in sehr intelligente Augen. Auf der ERDE hätte sie das Mädchen auf vielleicht zwölf Jahre geschätzt – hier war das unerheblich. Sie hatten einen Schlüssel zu den Geheimnissen dieser Station: So-Fil.
„Zeige mir, wie ein solcher Replikator funktioniert."
„Wir müssen dazu ein paar Räume weitergehen."
Ava nickte Joe zu und dieser wählte noch fünf weitere aus. Dann folgten sie So-Fil. Das Mädchen führte sie ein paar Räume weiter. An der Wand standen mehrere Geräte mit Interfaces und Klappen.
So-Fil stellte sich davor und bestellte etwas. Dann öffnete sie eine Klappe und nahm es heraus. Ava sah mit großen Augen, dass es Nahrung war, die sie auch bekommen hatten.
„Kann ich das auch?"
„Ja, soweit ich weiß, ist eure Sprache hinterlegt. Sag einfach ‚Nahrung' oder ‚Wasser'."
Ava probierte es und tatsächlich konnte sie nacheinander Wasser und Nahrung bestellen.
„Wie viel davon ist in den Geräten?", fragte Ava.
„Es kommt etwas heraus, bis die Maschine defekt ist oder keine Energie mehr bekommt. Da auf der Mondoberfläche ein Sonnenkraftwerk installiert ist, werden wir weder verhungern noch verdursten. Von diesen Maschinen gibt es 50 Stück. Für eure Versorgung gab es eine große und die wurde vom Droiden bedient. Der hat das alles in der Nacht zusammengestellt und auf die Rollwagen verladen."
„Weißt du das alles von Or-Taj?", fragte Joe.
So-Fil sah den Mann traurig an: „Es war akzeptiert hier, dass mich Or-Taj zu seinem Vergnügen hielt. Ich konnte mich, wenn ich ihm gefällig war, über weite Strecken frei bewegen. Ich kenne die Station."

Joe sah Ava an, aber die stellte zunächst eine andere Frage: „Kannst du die Zentrale bedienen?"
„Nicht alle Geräte, aber die wesentlichen", gab sie zur Antwort.
„Dann lass uns zurück!"
Sie verließen den Raum und Joe teilte, nachdem sie zurück waren, die übrigen fünf Begleiter ein. Sie hatten die Aufgabe, wiederum andere mit der Funktion der Replikatoren vertraut zu machen und Wasser und Lebensmittel zu verteilen. Das war erst einmal das Wichtigste.
Als sich Ava wieder mit dem Mädchen beschäftigen wollte, erreichten sie die Schmerzen mit voller Wucht. Sie krümmte und fasste sich an den Unterleib.
„Was ist?", fragte Joe alarmiert.
Ava schüttelte den Kopf: „Geht schon." Ihr kurzer Satz war ein einziges Keuchen.
So-Fil sah sie an: „Er hat dich verletzt – stimmt es?"
Ava nickte und hauchte ein ‚ja'.
„Das passierte mir regelmäßig. Folgt mir bitte", sagte So-Fil.
Ava brach nach drei Metern zusammen. Joe organisierte vier kräftige Männer, die eine Unterlage holten und dort Ava heraufhoben.
„Ich kann helfen", beteuerte So-Fil.
„Los", wies Joe die Männer an. „Hinter dem Mädchen her!"
Sie liefen über die Gänge und Ava kam nur hin und wieder zu sich.
„Sie wird innere Blutungen haben", nahm Joe an.
„Ja, kenn' ich. Bitte schneller. Wenn es zu spät ist, kann die Maschine auch nichts mehr tun!"
„Was? Maschine?", fragte Joe, aber So-Fil begann zu rennen und man bemühte sich, Schritt zu halten. Schließlich erreichte man einen Raum, in dem mehrere sargähnliche Behälter standen.
„Die Staseinheiten sind mit eurer Biologie vertraut", sagte So-Fil. „Hebt Ava in eine hinein."
„Staseeinheiten?", fragte Joe.
„Was meinst du, warum ihr bisher weder krank noch älter geworden seid?", fragte So-Fil.
„Trotzdem werden wir sie nicht dort hineinlegen."
„Dann wird sie sterben", stellte So-Fil fest. „Vertraut mir bitte. Ich habe euch jetzt schon vor dem Verdursten gerettet. Warum soll ich euch jetzt

Ava nehmen? Ausgerechnet Ava, die mich vor euch schützen will? Das macht keinen Sinn."

Joe registrierte, dass Logik eine bekannte Größe schon bei der jungen GENAR war.

„Ich will da rein", flüsterte Ava dann noch und überwand damit den letzten Widerstand von Joe. Dieser nickte den Leuten zu. Ava, die leise stöhnte, wurde dort hineingelegt. Halb in der Ohnmacht erinnerte sich Ava daran, dass sie nach einer Handvoll Besuchen von Or-Taj irgendwann wieder in ihrem Bett erwacht war. Das Weggehen des GENAR hatte sie nicht mitbekommen. Eventuell hatte sie schon zuvor Verletzungen davongetragen und war behandelt worden.

„Und jetzt?"

„Macht den Deckel drauf!"

Auf einen Wink von Joe geschah auch das.

Die Kontrollleuchten an der Außenseite begannen zu blinken.

„Die Maschine arbeitet", informierte So-Fil. „Es wird etwas dauern, aber danach ist Ava gesund."

Joe nickte und befahl zwei der Männer, hier zu warten und Bescheid zu geben, wenn die Kontrolllampen erloschen.

„Wir müssen was essen und trinken", sagte Joe und beauftragte die übrigen Männer, ihre Kollegen neben der Stasekiste entsprechend zu versorgen. Joe sagte So-Fil, dass sie im eigenen Interesse dicht neben ihm bleiben solle. Er würde von Ava die Verantwortung für sie übernehmen. Neben dem Essen und Trinken verbreitete Joe immer wieder, dass So-Fil ihr Schlüssel zum Verstehen der Station sei und dass dieses Kind in keiner anderen Position sei als sie selbst. Das schaffte Vertrauen und auch Akzeptanz. Nun, die Gefangenen waren nach ausgiebigen Mahlzeiten eh nicht mehr so rachsüchtig und gaben sich mit den Auskünften zufrieden.

Nach Ablauf von drei Stunden kam einer der Männer, die neben der Stasekiste ausharrten, zurück und meldete, dass das Gerät sich abgeschaltet habe.

„Sie wird Angst haben, da drin", sagte Joe, aber die junge GENAR widersprach: „Sie wird erst wach, wenn wir den Deckel abheben."

Wenig später half Joe Ava beim Herausklettern aus dieser Box: „Wie fühlst du dich?"

„Ausgeruht und fit – keine Schmerzen."

Ava sah die GENAR an: „Vielen Dank, So-Fil. Können wir diesen Mond verlassen und auf den Planeten? Ist er lebensfreundlich und wenn, was erwartet uns da?"
„Kommt mit", sagte die Jugendliche und führte sie durch die Station.

16.02.2165, 14.00 Uhr, DIAMOND, P2:

„Schießt los", sagte Thomas Raven lediglich zu Peter und Beppo, nachdem alle mit Getränken versorgt waren. Die YELLOWSTONE und die TATANKA waren zurück aus den BLISTERN. Die Aufgabe lautete ja, diese geeignet gegen unberechtigten Zutritt von außen abzusichern – zumindest ein Konzept dafür.
Beppo berichtete und sagte gleich im Vorfeld, dass man sich bei der Planung abgesprochen hätte. Man maß BLISTER 5 wegen des fast direkten Zugangs zur AXIS, also dem vermuteten Bereich des Präsidials, ein höheres Gefährdungspotential zu.
Thomas nickte das ab; er sah das genauso.
„Wir haben keines der Tore aktiviert, wie du es gewünscht hast", berichtete Beppo. „Wir haben jeweils eine Sphäre mit einem Droiden und 25 Nachrichtendrohnen dort platziert. Jede Aktivierung wird uns per Drohne gemeldet und dann anschließend auch, was da ankommt."
„Dann haben wir es schon gesichert?", fragte Thomas lächelnd.
„Natürlich nicht", gab Peter ernst zurück. „Wir bekommen es lediglich gemeldet. Während wir bei BLISTER 1 noch Reaktionszeit haben, könnte es bei BLISTER 5 schon zu spät sein."
„Okay, Vorschlag?", fragte Thomas.
„Durch Laurin 6.0 verdeckte Träger für WL-Torpedos und ein bis zwei Wächterschiffe, die den Angriff auslösen", sagte Beppo.
„Wer soll das tun?"
„Letztes Semester der SCA", gab Peter zurück. „Alle 14 Tage wird gewechselt – mindestens."
Thomas überlegte kurz: „Ich bin einverstanden. Habt ihr den Vorschlag in der üblichen Form?"
Peter holte ein Pad hervor und tippte darauf rum: „Jetzt in deiner Nachrichtenbox."

Thomas befasste sich mit dem Terminal auf seinem Schreibtisch. Er rief diese Datei auf, setzte sein Kürzel hinter der aufgezählten Beschaffung und schickte die Datei weiter an Phil und Alannis.
„Erledigt", sagte er dann und drehte sich mit Schwung zu seinen Assistenten um. „Ich möchte, dass ihr Personal rekrutiert. Geht als Dozenten in die letzten Klassen der SCA und seht nach, wen wir als Führungskräfte gebrauchen können. Zu erzählen habt ihr genug. Gute Arbeit, danke und wir sehen uns."

20.02.2165, 10:30 Uhr, MILCHSTRASSE, MANCHAR-System:

Ja, es lief. Sagen wir so: Man hatte sich zusammengerauft oder besser: verständigt. Lieutenant Admiral Laura Stone war betreffend der Flottenrichtlinien, Pünktlichkeit und Pausenregelung nicht mehr so streng, dafür mühten sich die anderen Damen um etwas mehr Disziplin und zumindest auf der Brücke um profihaftes Arbeiten und so etwas wie eine Gesprächsdisziplin. Gelang nicht immer – aber immer öfter. Und Laura stellte fest, dass sie mit der weniger strengen Einstellung bedeutend weniger Stress hatte. Sie beschloss das so weit schleifen zu lassen, bis es an die Sicherheit des Schiffes und der Passagiere ging.
Lisa-Ann Ralen hatte es ihr gegenüber korrekt ausgedrückt: „Stell dir vor, du bist Jan Eggert auf der STARLIGHT EXPRESS. Glaubst du etwa, Jan würde sich Stress aussetzen?"
Laura hatte nachgedacht. Jan und Stress entstand tatsächlich nur, wenn dieser zu Reaktionen gezwungen wurde, die er nicht mochte und denen er nicht ausweichen konnte. Dagegen waren sie hier tatsächlich auf einer Kaffeefahrt. Warum also den Kuchen dazu nicht genießen?
Soweit war Laura runtergekommen, als die GERONIMO II im entsprechend vereinbarten Abstand zum MANCHAR-System stand.
Und jetzt war leider eine Änderung der Taktik nötig und Laura fand auf der Brücke die richtigen Worte: „Ladys, bitte herhören!"
Tatsächlich war Ruhe, weil siehe oben.
„Wir stehen kurz vor dem Kontakt mit den MANCHAR. Wir sind wer und wir repräsentieren unsere Spezies. Es ist also jetzt in unserer Verantwortung, wie wir uns präsentieren. Wir sind auf einem unserer Schlachtschiffe und da gehört es sich …"
„Sollen wir etwa eine Uniform anziehen?", fragte Lotta entsetzt.

Laura sah sie an und übersah dabei das feixende Gesicht von Heidi nicht. Sie zeigte mit dem Finger auf Lotta und sagte: „Es wird Zeit, dass du dein Batik-Kleidchen ablegst und etwas anziehst, was dich als Teil dieser Flotte ausmacht."
„Aber ich bin doch ..."
„Jetzt schon, Lotta."
Die Künstlerin schwieg einen Moment verblüfft, Zeit, für die anderen sich Gedanken zu machen.
„Äh, Hose oder Rock, sind bunte Halstücher erlaubt ...", und so weiter. Dann griff er ein und zeigte ein zweites Mal, dass man ihn zu Recht mitgenommen hatte: Dr. Harry W. Pommerton.
„Meine Damen, ich bitte euch ..."
Sofort war Ruhe und alle Blicke richteten sich auf den N2-L.
„Der Gebrauch von Halstüchern und sonstigen Accessoires widerspricht dem einheitlich gewünschten Flottenlook. Äußerliche Unterschiede sollten nur in Gestaltung der Haare liegen."
Ruhe, dann fragte eine: „Rock oder Hose, Pommi?"
Es war kurz Ruhe, dann sprach der Droide weiter: „Nach meinen Berechnungen, also Wirkung auf meine Geschlechtsgenossen, muss ich mich für den Rock aussprechen. Die Herren bevorzugen eindeutig dieses Kleidungsstück."
„Ähm", machte da Laura laut und vernehmlich. Es war bekannt, dass sie in der Freizeit hin du wieder ein lockeres Kleid trug, aber keine konnte sich erinnern, Laura in einem Uniformrock gesehen zu haben.
„Du auch", sagte da Lotta und grinste. Sie hatte den Ball zurückgespielt. Alles johlte und applaudierte.
„Okay", sagte Laura. „Umziehen, Haare richten, wir sehen uns in 15 Minuten."
Keine der Frauen bewegte sich.
„15 Minuten", sagte jemand abwertend.
„20?", fragte Laura hoffnungsvoll.
„30 sind okay", wurde ihr geantwortet.
Laura gab nach: „Gut, wir treffen uns hier wieder in einer halben Stunde. Pommi übernimmt die Brücke."
„Es ist mir eine Ehre", sagte der Droide gestelzt.

40 Minuten später:

Okay, Laura hatte die Verspätungen locker weggesteckt und war nicht weiter darauf eingegangen. Weitere fünf Minuten gingen dabei drauf, dass man sich gegenseitig versicherte, dass man toll aussah. Und das war auch so. Die Rocklänge konnte variiert werden, aber weiße Röcke, weiße Blazer, dazu Schuhe mit mittlerem Absatz und enge, feuerrote T-Shirts, Zeichen der Navy, wirkte. Lea und Heidi in recht kurz, Dörte, Lotta und Marie-Ann in ladylike bis zum Knie – die anderen irgendwo dazwischen.

(Zwischenbemerkung des Berichtenden: Als Admiral Thomas Raven über eine Flottenuniform, praktisch, wie auch ausgehtechnisch, nachdachte, war Jan Eggert anwesend. „Au", hatte Jan gesagt. „Ganz heißes Eisen! Ganz heißes Eisen!"
„Wie?", hatte der etwas irritierte Admiral wissen wollen.
„Nun ja, versuch mal, es den Frauen recht zu machen. Zu sexy, nicht sexy genug, unpraktisch, zu praktisch, steht mir nicht und so weiter. Du bringst dich unnötig in den Fokus von nicht begeisterten Frauen."
„Und wie soll das dann gehen?"
„Lass sie selbst entscheiden. Gib die Farben vor, Flotte weiß und rote T-Shirts – hatten wir schon, sah gut aus. Lass einen Querschnitt zum Thema Alter ermitteln und dann bilde eine Uniformkommission – bestehend ausschließlich aus Frauen. Die sollen dann bestimmen, was als praktisch und als Ausgehuniform gelten kann."
„Und ich bin aus der Schusslinie", stellte Thomas fest.
„Ich bin erfreut, dass mein Freund Thomas so ein pfiffiger Bursche ist", ätzte Jan grinsend.
Ja, und genau so wurde es gemacht und was dabei herauskam, gefiel nicht jeder Frau, aber jede konnte damit leben. Nur in ganz seltenen Fällen, wie hier vorgeschlagen durch Pommi, wurde der Rock vorgeschrieben. Im täglichen Doing entschieden das die Trägerinnen selbst.)

„Ich darf euch allen ein Kompliment aussprechen", sagte Pommerton. „Ich sah noch niemals eine so gutaussehende Crew."
Weitere fünf Minuten fürs Klatschen und Freuen.
Laura übernahm wieder das Wort: „Aufstellung nehmen und Blickrichtung Frontschirm. Wir nehmen Kontakt auf!"

Alle standen auf und sahen in die angegebene Richtung.
Laura nickte Lea Heinley, die als einzige sitzengeblieben war, zu und die mit feuerroter Haarpracht Versehene bediente den Funk: „Hier ist die HSF GERONIMO II unter Lieutenant Admiral Laura Stone. Wir rufen die MANCHAR-Raumkontrolle!"
Es dauerte nur wenige Sekunden, dann sah man das sympathische Gesicht einer jungen MANCHAR im obligatorischen Grün – dahinter grelle Beleuchtung.
„Wir grüßen unsere Freunde. Was können wir tun?"
„Ist es erlaubt, in den Orbit von MANCHAR zu fliegen? Die Vizepräsidentin Dr. Ewa Lenn und die letzte Präsidentin Dörte van Beek ist neben anderen Frauen an Bord. Wir möchten euch einen freundschaftlichen Besuch abstatten und, falls es ihre Zeit erlaubt, mit der ERSTEN Loorena sprechen."
„Ich erkenne einen Ehrenoffizier unserer Flotte. Selbstverständlich dürft ihr näherkommen. Ein Freundschaftsbesuch – wir freuen uns. Wir erlauben euch den Orbit von MANCHAR und seid herzlich willkommen. Wir kontaktieren die ERSTE, während ihr euch nähert. Willkommen und einen guten Flug. Wir melden uns."
„Vielen Dank", sagte Lea und lächelte. Man hatte sie offensichtlich erkannt. Sie hatte noch nie so viele ‚Willkommen' bei einem Planetenanflug gehört.
„Kinders, ist das nicht herrlich, so beliebt zu sein", ereiferte sich Dörte. „Man fühlt sich fast wie zu Hause."
„Ihr könnt euch wieder setzen und Pilotin – Fahrt voraus."
Heidi beschleunigte das Schiff und nach 15 Minuten meldete Lea, dass die ERSTE Kontakt wünsche. Laura ließ wieder alle aufstehen und dann erschien Loorena auf dem Frontschirm. Auch sie hieß sie herzlich willkommen und einen Freundschaftsbesuch fand sie ganz toll. „Ihr seid ins Regierungsgebäude eingeladen. Wir holen euch mit einem Gleiter. Wie viele Personen?"
„Wir sind 14", erklärte Laura.
Loorena winkte: „Bis bald."

Hatte sich Laura bisweilen geärgert über Disziplinlosigkeit und dergleichen, so platzte sie vor Stolz, als ein schlanker und schmaler Gleiter auf dem Landedeck niederging und die ERSTE, begleitet von zwei politischen Vertretern, das Deck betrat: „Ihre Frauen standen in Reih und Glied ohne Fehl und Tadel."

„Ich begrüße die ERSTE von MANCHAR an Bord der GERONIMO II", sagte Laura, nachdem sie auf Loorena zugegangen war.

„Ich bedanke mich herzlich", sagte diese. „Ah, da sind ja Ewalenn und Dörtevanbeek."

Laura stand lächelnd da, als die MANCHAR-Obere zu jeder einzelnen Crewfrau ging und sie persönlich im MANCHAR-System willkommen hieß. Das war mal ein Empfang, der ging runter wie Öl.

Auf Einladung von Loorena stiegen alle, Pommi blieb an Bord dieses Mehrzweckgleiters. Insgesamt konnten etwa 20 Passagiere dort Platz finden und wie die ERSTE erklärte, konnte dieses Gerät zu Wasser, im All und in der Luft genutzt werden. Innerhalb einer Atmosphäre falteten sich Tragflächen aus. Im Prinzip war es eine etwas platt gedrückte Röhre von etwa viereinhalb Metern Breite und drei Metern Höhe, etwa 15 Meter lang mit spitzer Nase.

Alle, Lotta eingeschränkt, genossen den Flug und den freien Fall auf MANCHAR zu. Mit Antigrav ausgerüstet, landete der Gleiter neben dem Regierungsgebäude. Es gab einen sehr freundlichen Empfang und am Abend eine kleine Festivität.

„Mir fiel auf", sagte die ERSTE zu Ewa Lenn, „dass nur Frauen euer Schiff nutzen. Ist das Absicht?"

„Es war mein Wunsch, mal einen Damenausflug zu machen – nur so unter uns", gab Ewa zu.

Loorena bekam große Augen: „Auf eine solche Idee kommt hier niemand. Leider verbietet es mein Amt, mich euch anzuschließen. Aber ich gebe euch den Mehrzweckgleiter als Geschenk mit. Wir stehen eh noch in eurer Schuld und Gleiterbau – das können wir."

Ewa bedankte sich artig für dieses tolle Geschenk und winkte Heidi herbei. „Das ist unsere beste Pilotin, Heidi Zoor. Kannst du sie im Gebrauch des Gleiters einweisen lassen?"

„Hat sie die GERONIMO II geflogen?"

Heidi bestätigte.

„Dann komm mit Heidizoor. Es dürfte für dich ein Leichtes sein, diesen Gleiter zu bewegen."

Am nächsten Tag war Abflug. Ewa bedankte sich nochmals für den Gleiter und den warmen Empfang, den man ihnen bereitet hatte. Loorena wünschte ihnen noch viel Spaß. Dann stiegen sie in das Gefährt und Heidi lenkte das Gerät zur GERONIMO II.

23.02.2165, 15:00 Uhr, SOL-System,
MARS-Orbit, GERONIMO II, Brücke:

Vor anderthalb Stunden schon hatte Laura ihre Mädels aufgefordert, das spezielle Outfit überzustreifen und sich auf der Brücke einzufinden. Nun standen sie wieder alle dort mit Blickrichtung zum Frontschirm und natürlich hatten die DSOs der ADMIRAL JONATHAN BAINES bereits die Ankunft der GERONIMO II gemeldet.
Laura nickte Lea zu. Dieses Mal übernahm Laura selbst die Anmeldung. „Hier ist die GERONIMO II unter Lieutenant Admiral Laura Stone. Wir melden uns im SOL-System an."
Es erschien ein Bild, auf dem Methin Büvent selbst zu sehen war. Man sah ein höfliches Lächeln, dann wurden die Augen etwas größer und er brachte lediglich ein „Willkommen in der alten Heimat" heraus. Er brauchte etwas, um sich bei diesem Anblick etwas zu fangen. Im Übrigen waren die Besucherinnen auf allen Schirmen zu erkennen.
„Wir sind sicherlich angemeldet worden", vermutete Laura und lächelte süffisant.
„Alles andere wäre auch ein Frevel und ein Zeichen von Geringschätzung gewesen", konterte Major Admiral Methin Büvent. Okay, der Mann hatte sich wieder im Griff.
„Ich darf euch auf die WALHALLA einladen", sagte Methin. „Wie ich erfuhr, will meine Frau euch begleiten. Wir hoffen auf mindestens einen geselligen Abend mit euch, bevor ihr weiterreist."
„Eine so nette Einladung können wir kaum ablehnen, Methin. Vielen Dank."
„Sollen wir euch holen oder ..."
„Mach ein Landedeck auf. Wir kommen mit einem Gleiter der MANCHAR. Man überließ uns das Fluggerät und wir wollen es testen."
„Sagen wir in einer Stunde?", fragte Methin. „Wir werden euch gebührend empfangen."

„Das macht euch doch direkt sympathisch", lächelte Laura. „Eine Stunde!"

Eine Stunde später:

Um einen entsprechenden Gegenpart zum ausschließlichen Frauenbesuch zu haben, hatte Methin nur Männer antreten lassen – als eine Art Ehrengarde. Er hatte feststellen müssen, dass im Gegensatz zu sonstigen Ereignissen, dieses Mal der Andrang bei den Freiwilligenmeldungen besonders hoch war. Er fragte sich tatsächlich, ob sich alle Männer gemeldet hatten.
Das Landedeck war sehr groß und er hatte seitlich die Herren antreten lassen.
Der Gleiter der MANCHAR flog ein und dann stiegen sie aus – eine nach der anderen und stellten sich in Reihe nebeneinander auf. In diesem speziellen Outfit hatte das eine besondere Wirkung. Methin registrierte am Rande, dass seine eigene Frau, Audra, im gleichen Outfit aus einer der Zugangstüren kam – mit einem kleinen Koffer – und sich dann in die Reihe der 14 Frauen stellte.
Und dann passierte es, denn sowas hatten sie allesamt noch nie gesehen: Einer der Männer fing an zu applaudieren, andere folgten, es wurde gejohlt, gepfiffen und es wurden Komplimente geschrien.
Grinsend ging Laura auf Methin zu, während ihre Mädels in Reihe, strammstehend, an Ort und Stelle blieben. Laura und Methin standen sich zwei Meter gegenüber und nur langsam ebbte der Lärm ab. Schließlich gab auch der Letzte Ruhe. Und so war auch das gut zu verstehen, was Laura und Methin sagten.
„Na, Methin? Disziplinprobleme?", kam es süffisant von der Lieutenant Admiral, die ebenfalls hinreißend aussah.
Methin lächelte zurück: „Ich bin nicht wirklich in der Lage, meinen Jungs böse zu sein. Und ihr seid erwachsene Frauen, die sich ihrer Wirkung schon bewusst sind. Ihr seid zweifelsohne in der Lage, dies als Kompliment zu sehen und zu werten."
Laura drehte sich zu ihren Mädels um: „Tun wir das?"
Und dann applaudierten und klatschten die Frauen.
„Ja, wir tun das – vielen Dank für den lieben Empfang", sagte Laura.

„Wir haben Kaffee und Kuchen in der Hauptkantine vorbereitet", sagte Methin. „Vielleicht können wir dann durchsprechen, wie ihr euch die nächsten Tage vorstellt und wie lange ihr bleibt."
„Sehr gern", stimmte Laura zu.

Nun, die Truppe um Laura Stone war schlicht die Attraktion im SOL-System. Man feierte auf der WALHALLA, besichtigte ausgiebig HELLAS 2.0 auf dem MARS und blieb insgesamt eine Woche. Selbst Lotta Reiskönig sammelte so viele Komplimente, dass sie nach eigenen Aussagen mindestens drei Jahre davon zehren konnte. Sie beschloss spontan, hin und wieder ihr Batik-Kleidchen an den Nagel zu hängen und ähnlich wie jetzt aufzutreten – Aufmerksamkeit garantiert.
Die Damenriege hatte sehr viel Spaß und war für diese Woche der Mittelpunkt im SOL-System.
Bei der Verabschiedung auf dem Landedeck der WALHALLA sagte Methin schließlich: „Vielen lieben Dank für euren Besuch. Habt noch eine schöne Zeit. Welches ist euer Ziel?"
Laura, die vor ihm stand, wusste, dass er das fragen musste und sie hatten sowieso versprochen, täglich und immer, wenn sie den Standort wechselten, dies mittels einer Nachrichtendrohne mitzuteilen. Und hier mussten sie das in Richtung Methin tun. Keine der Frauen wäre auf die Idee gekommen, dies als Kontrolle zu werten. Raumfahrt war noch immer eine Sache mit vielen Unbekannten und man wollte zumindest einen Hinweis geben, wo man zu suchen hatte, passierte etwas.
„Wir wollen zu den NAM. Das hat sich Ewa gewünscht", gab Laura Auskunft.
„Die friedlichen Wasserbewohner, die Abbi entdeckt hat?", hakte Methin nach.
„Genau die wollen wir etwas näher kennenlernen. Ein wenig baden und die Sonne genießen, bevor wir dann wieder zurückfliegen und unsere Aufgaben wieder wahrnehmen", antwortete Laura.
„Ich wünsche euch einen guten Flug und darf versichern, dass wir euch in ein paar Stunden schon vermissen werden. Euer Besuch hat uns sehr gefreut. Viel Spaß!"
Methin hatte die Jungs wieder antreten lassen – zur Verabschiedung und diese applaudierten, während die Frauen den Gleiter bestiegen – ein letztes Kompliment.

„Hach Kinders, waren die alle süß", seufzte Lotta Reiskönig.

Irgendwo und irgendwann:

Ava klopfte das Herz bis zum Hals. Führte So-Fil sie jetzt in die Freiheit? Soeben hatte sie nicht direkt auf die Frage geantwortet, ob man von hier fortkönne. Sie hatte sie lediglich aufgefordert, ihr zu folgen. Joe und zwei weitere Männer sowie Ava selbst folgten dem Mädchen. Und hier wurde zum ersten Mal deutlich, wie groß diese Station war. Sie liefen bald eine halbe Stunde, bis So-Fil sie in einen Hangar führte. Und in diesem riesigen Raum gab es ein ebenso großes Schott und in der Mitte stand eine etwa fünf Meter durchmessende Kugel.
Avas Enttäuschung war riesengroß: „Was ist das?"
„Das ist eine Rettungskapsel", antwortete das Mädchen.
„Da passen nicht viele Leute rein", bedauerte Joe.
„Dafür braucht die Kapsel bis zum Planeten nur fünf Minuten", erklärte die GENAR und Ava begann schon zu rechnen, wie lange man brauchen würde, um ...
Joe unterbrach sie in ihren Gedanken. Er hatte am Rand der Halle ein paar Stühle gesehen. Er zog So-Fil mit sich und die anderen folgten.
„Hör zu, So-Fil. Du berichtest uns jetzt alles, was du weißt. Über diese Station, die Bewacher und über diesen Planeten. Und sag bitte die Wahrheit – im eigenen Interesse." Joe schaute die junge GENAR mit einer Mischung aus Interesse und unterdrückter Wut an.
Das Mädchen setzte sich: „Ich sehe keinen Vorteil, euch zu belügen. Wo soll ich anfangen?"
„Die Bewacher", rutschte es Ava heraus.
„Die Bewacher sind Geächtete ihres Volkes gewesen. Es handelte sich, muss ich ja jetzt sagen, um Mörder, Vergewaltiger und sonstige Verbrecher, die schwere Straftaten begangen hatten. Deswegen waren sie hier. Ihr habt also recht an ihnen gehandelt. Sie waren verurteilt, euch zu beaufsichtigen und das, was ihr in den unterirdischen Stollen zusammengebracht habt, auf den Planeten in einen Container zu bringen. Man schaut hin und wieder vorbei und sieht nach, ob der Container voll ist. Sonst hatten sie keinen Kontakt zur Außenwelt. Wie ich von Or-Taj erfuhr, haben sie keine ÜL-Funkverbindung und außer dieser Rettungs-

kapsel kein Gefährt, was die Distanz zwischen Mond und Planet überbrücken kann."
„Es gibt eine Station auf diesem Planeten?", fragte Joe dazwischen.
„Ja, diese ist mit sieben Mann besetzt. Die Station dort gleicht dieser hier. Es gibt dort ebenso Replikatoren und Staseeinheiten."
„Was ist mit dem Planeten?", fragte Ava.
„Atembare Atmosphäre, Fauna und Flora nicht allzu gefährlich. Dieselbe Schwerkraft wie hier und ..." So-Fil Augen begannen zu leuchten, „Sonnenlicht."
Ava stand der Mund offen und Joe bekam einen verträumten Blick. Ava erinnerte sich an 2115. Das war das Jahr, als sie von der ERDE verschwand – irgendwie. Seitdem hatte sie kein Sonnenlicht mehr gesehen. Das, was sie in einer Woche aus dem Mond kratzten, konnte man gewiss mit dieser Kugel zum Planeten transportieren. Hier ging es nicht um Kubikmeter, sondern um ein paar Kilos.
„Sie haben euch nach Erfordernis in der Nacht in kleinen Gruppen betäubt und dann in Stasekisten geschafft, damit ihr die negativen Einwirkungen der Strahlung in den Stollen überlebt und auch das fehlende Sonnenlicht", berichtete So-Fil und Joe packte seine Waffe fester.
„Wir müssen zu diesem Planeten", sagte Joe und Ava stimmte ihm zu.
„Wie können wir die Wächter dort überwältigen?"
„Das ist leicht", sagte So-Fil. „Wir müssen nur den richtigen Zeitpunkt abpassen. Sie nehmen jeden Abend vor dem Schlafengehen eine Droge zu sich. Sie träumen dann das, was sie sonst verpassen und sind bis zum anderen Morgen nicht ansprechbar. Wir müssen noch etwa vier Stunden warten, dann ist es sicher."
Joe sah Ava an mit einem Blick, der die Frage stellte, ob man So-Fil trauen könne.
„Nichts ist ohne Risiko, Joe. Such ein paar Leute aus, die nicht zimperlich sind."
„Ich kann sie kaum zurückhalten", gab Joe an.
„Trotzdem sollten wir einen Gefangenen machen", schlug Ava vor.
„Ihr wollt meine Aussagen überprüfen?", vermutete die Jugendliche.
„Vielleicht weiß er mehr als du", wich Ava aus.
„Das ist nicht sehr wahrscheinlich. Or-Taj prahlte vor mir immer mit allem, was er wusste. Er nahm an, dass ich niemals von ihm fortkam und

das wäre ohne euch auch so gewesen. Ich hoffe, dass ihr mir irgendwann glaubt und ich mich frei unter euch bewegen kann."

Ava sah die kleine GENAR ernst an: „Nichts würde ich lieber tun, So-Fil. Bedenke, wie lange wir diese Situation hier ertragen. Es gibt jetzt schon Leute unter uns, die lieber sterben, als wieder zurück in die Stollen zu gehen. Ich gehöre dazu. Ich verabscheue mich selber, dass ich bereit gewesen bin, mit Or-Taj ins Bett zu gehen, um dies hier zu erreichen. Ich werde Jahre brauchen, um diese seelische Last abwerfen zu können. Ich ekel mich vor mir selbst."

„Ich bin seit ein paar Jahren hier", sagte das Mädchen. Man entführte mich. Meine Eltern, mein Bruder – ich vermisse sie. Ich hatte eine schöne Kindheit, bis ich hier bei Or-Taj landete. Ich war noch lange nicht bereit für den Paarungsakt – Or-Taj war es egal."

Ava sah, wie sich die hellbraunen Augen des Mädchens mit Trauer füllten. Spontan öffnete sie die Arme und umschlang So-Fil. Der Gedanke, dass sich der Chef der Wächter an diesem Kind vergangen hatte, machte ihre eigene kürzliche Vergangenheit als Betthäschen dieses Widerlings noch mal unerträglicher.

„Ich wollte immer ein Mädchen haben. Ich wollte Mutter werden auf der ERDE. Es war mir damals nicht vergönnt. Und ich hatte schon einen Namen für mein Mädchen. Es sollte Sophie heißen. Ist das ein gutes Omen? Diese Jugendliche heißt So-Fil – die Ähnlichkeit des Namens. Möchtest du Sophie sein, So-Fil?"

„Das ist ein schöner Name. Was bezweckst du damit?"

„Irgendjemand muss für dich Verantwortung übernehmen, So-Fil. Ich werde das tun."

„Wenn du mich statt So-Fil lieber Sophie nennst, kannst du das gern tun. Ich werde mich daran gewöhnen", sagte die junge GENAR.

„Joe, hör zu und verbreite es", verlangte Ava und löste sich etwas von So-Fil.

„Ich höre", sagte Joe einfach.

„Ich, Ava, adoptiere hiermit So-Fil. Sie soll angesehen werden als meine Tochter. Ich übernehme die Verantwortung für sie und jeder hat das zu achten. So-Fil, ich entscheide es, ist jetzt eine von uns. Ich will, Joe, dass du das und was wir eben erfahren haben, unter unsere Leute bringst. Und sie wird ab sofort Sophie heißen und gerufen."

„Es wird geschehen, wie du es wünschst, Ava. Und ich vertraue Sophie. Solltest du ausfallen, werde ich die Verantwortung für sie übernehmen."
Ava sah den jungen Mann an: „Danke. Und in vier Stunden fliegen wir mit ein paar Mann zu unserer neuen Zukunft und erobern die zweite Station. Schau, dass wir genug Waffen dabeihaben."
Joe nahm die Begleiter mit und zurück blieben Ava und Sophie. Ava war erschöpft und ihre angenommene Tochter nicht minder. Sie legten sich auf den Boden und Sophie legte sich dicht daneben. Ava legte einen Arm um sie. So schliefen sie ein und so fand sie Joe, als er knapp vier Stunden später mit fünf zu allem entschlossenen Männern zurückkam.

„Ava, wach auf."
Die Führerin der 500 MENSCHEN auf dieser Station öffnete die Augen und sah zunächst das vertraute Gesicht von Joe, dann bemerkte sie Sophie, die noch eng an ihr lag. Sie weckte die Jugendliche.
„Ich habe die Nachricht, wie gewünscht, verbreitet", sagte Joe. „Es ist kaum zu glauben, aber es gibt Menschlichkeit auch nach einer solchen Tragödie. Unsere Leute akzeptieren deine Entscheidung. Sophie ist eine von uns."
Ava atmete auf und erhob sich.
„Wie geht es jetzt weiter, Sophie?"
„Die Automatik öffnet das Tor, sobald wir starten. Kraftfelder halten die Atmosphäre und die Wärme zurück. Wir durchstoßen das Kraftfeld mit der Kapsel. Mit dem Ding zu fliegen ist einfach. Da es sich um eine Rettungskapsel handelt, muss jeder damit umgehen können. Ich brauche lediglich das Ziel aussprechen und es fliegt los."
Ava überprüfte, ob ihre Waffe noch im Gürtel war, dann: „Einsteigen. Wir beginnen."
„Ava, willst du wirklich selbst ...?", fragte Joe.
Sie sah ihn ernst an: „Gegenüber der Entscheidung, und das jedes Mal, Or-Taj an mich heranzulassen, ist dies hier sehr leicht, Joe."
Joe nickte: „Also gut – du führst."
Ava legte einen Arm um die Schulter der wesentlich kleineren Sophie und ging mit ihr zur Transportmöglichkeit. Es öffnete sich beim Näherkommen eine Schleuse und sie stiegen ein. Ihre Begleiter zögerten nicht. Zu acht war das etwas eng, aber Sophie rief: „KI! Bring uns zum Planeten und dort zur Station."

„Verstanden", sagte eine unpersönliche Stimme.
Sie merkten nicht, dass sie abhoben.
„KI! Obere Hälfte durchsichtig", verlangte Sophie und Ava hörte jemanden einen erschreckten Ruf ausstoßen. Man konnte nach draußen schauen, als wäre die obere Hälfte der Kapsel aus Glas. Sie mussten stehen, es waren zu wenige Sitzplätze vorhanden, aber Sophie sagte ja, der Transport würde nur fünf Minuten dauern. Man sah, dass sich das Raumschott öffnete. Sie erkannten schroffe Felsen und hell und dunkel – scharf abgegrenzt. Darüber das All. Ava empfand Furcht. Sie war das erste Mal im All – zumindest bewusst. Die Gegend wirkte kalt und tödlich und sie war es auch. Dann beschleunigte ihr Flugzeug. Verwirrend für ihre Sinne war die Tatsache, dass sie keine Beschleunigung, also Beharrungskräfte, verspürten und trotzdem muss das Fluggerät losgeschossen sein wie eine Gewehrkugel. Der Planet kam ins Blickfeld.
„GETAWAY", flüsterte Joe.
„Okay", reagierte Ava und schluckte trocken. „Unsere neue Heimat heißt GETAWAY."
Schließlich füllte GETAWAY, mit seinen weißen Wolkenbändern und blauen Wasserflächen und grünen Bereichen das gesamte Sichtfeld aus. Und wurde schnell größer – sie stürzten ab – so das Gefühl.
„**Sophie**", rief Ava.
„Ich will auch nicht sterben, aber die Technik beherrscht den Anflug", sagte das Mädchen völlig ruhig und ein wenig von dieser Ruhe übertrug sich auf die anderen Passagiere.
Plötzlich war eine Stimme zu hören – ziemlich verwaschen und undeutlich. Sie fragte, wer da kam.
„Oh, da ist jemand noch nicht ganz weg", kommentierte Sophie.
„KI! Kanal öffnen", befahl sie.
„Kanal offen!"
„Hier ist So-Fil im Auftrag von Or-Taj. Ich habe dir was zu übergeben. Komm aufs Landedeck."
Zurück kam ein Ausruf der Verwunderung und so etwas wie eine Bestätigung.
Sophie trat demonstrativ von der Schleuse zurück und deutete auf die Tür. Joe fasste einen der Männer am Arm und zog ihn mit. Beide stellten sich neben das Schott. Währenddessen fiel die Kugel nahezu ungebremst auf diese Welt hinab. In Augenblicken, wo Ava ihre Angst kontrollieren

konnte, bemerkte sie, dass es Kurskorrekturen gab – ein hoffnungsvolles Zeichen. Sie stürzten also nicht einfach ab. Dann fielen sie langsamer und ein weitgestreckter Gebäudekomplex, dicht an einem Meeresufer, kam in Sicht. Ja, das Ding mochte noch größer sein als die Station auf dem Mond. Ava zog ihre Waffe aus dem Gürtel. Das harte Metall gab ihr ein wenig Sicherheit. Nun war das Gebäude formatfüllend zu sehen und sie schossen wie eine Kanonenkugel durch eine der Öffnungen und verharrten bewegungslos inmitten eines großen Raumes. In 20 Meter Entfernung war ein Wächter zu sehen. Er schwankte etwas – ein Zeichen dafür, dass er unter Drogen stand.

„Die anderen schlafen. Ihr müsst ihn ausschalten", sagte Sophie eiskalt. Die Schleuse des Beförderungsmittels öffnete sich. Joe legte an und schoss. Der GENAR fiel um wie eine Bahnschranke. Bevor er bemerkte, dass da etwas nicht in Ordnung war, starb er.

Die Passagiere der Kugel drängten ins Freie. Offenbar waren sie froh, diesen Flug überlebt zu haben.

„Wo sind die Quartiere?", fragte Joe.

„Ich war zweimal hier", sagte Sophie. „Ich zeig' sie euch. Nehmt dem Wachhabenden den Codegeber ab. Er öffnet alle Türen."

Einer der Männer nahm das Teil an sich.

„Den Nächsten will ich lebend", sagte Ava. „Wir müssen wissen, wann der Container abgeholt wird."

„Machen wir", sagte Joe.

Die größte Schwierigkeit bei der nachfolgenden Aktion war es für Joe, seine Männer davon abzuhalten, den Gefangenen zu töten. Die Kerle waren wie im Blutrausch. Jahre- beziehungsweise jahrzehntelange Gefangenschaft und Demütigung machten sich brutal Luft. Die übrigen fünf GENAR wurden nicht etwa mit den Waffen erschossen, man erschlug sie mit den Kolben. Der Gefangene, so stellte man fest, war nicht zu befragen. Er war völlig im Bann der Droge. Man fesselte ihn und hing ihn an einen Haken, der an einer Wand befestigt war. Ava hatte festgestellt, dass Sophie, als sie ihren Gefangenen sah, zusammengezuckt war. Nur leicht, dann hatte sie sich wieder im Griff.

„Gibt es hier etwas, was wir nicht schon vom Mond kennen?", fragte sie Sophie.

Das Mädchen verneinte: „Nur die Natur dieses Planeten, aber ich würde jetzt in der Nachtzeit dort nicht herausgehen."

„Warum?"
„Es gibt Nachtjäger, die man erst entdeckt, wenn es zu spät ist. Kein GENAR käme auf die Idee, sich in der Nacht draußen und ohne Kampfanzug zu bewegen."
„Wo sind die Kampfanzüge?", fragte Joe.
„Die Wächter haben keine zur Verfügung. Man wollte sie nicht unnötig aufrüsten", antwortete Sophie. Ava fand, dass dies logisch war. Schließlich wollte man keine Revolte, wenn man den Container abholte.
„Mich interessiert, wie voll der Container ist", sagte Joe und Sophie winkte. Sie führte ihre Begleiter in der nächsten Viertelstunde durch die Station und Ava erkannte überall Ähnlichkeiten mit dem Bauwerk auf dem Mond. Dann konnten sie von oben in den großen Container schauen. Etwa 15 Meter lang und fünf mal fünf Meter waren die anderen Maße des Quaders. Der Boden, so stellten sie fest, war gut bedeckt.
„Wir müssten reichlich Zeit haben, uns etwas zu überlegen", schloss Ava aus dem Füllstand.
„Und sie haben keine Möglichkeit der Kontaktaufnahme?", fragte Joe noch mal.
„Nein", bestätigte Sophie. „Sie sollten auch keine Möglichkeit haben, andere Intelligenzen anzulocken. Dies ist ein Geheimplanet und er soll es auch bleiben."
„Was macht man mit dem gewonnenen Material?", fragte Ava.
„Das ist eine Frage, die ich nicht beantworten kann", gab Sophie zu.
Ava spürte trotz des erfrischenden Schlafs zuvor, dass sie müde war und ihre Begleiter schienen erschöpft, insbesondere Joe.
„Wir müssen ruhen und wir haben es im Moment nicht eilig. Sophie, führe uns zu den Unterkünften."
Sie gingen dorthin und Ava nahm eine Kabine zusammen mit der jungen GENAR.
„Von mir aus teil' Wachen ein oder lass es, Joe. Wir sehen uns in ein paar Stunden."

Ein paar Stunden später:

Joe hatte die Kammer von Ava und Sophie betreten. Beide lagen eng aneinander auf dem Bett. Es war ihm fast peinlich, eine so intime Szene zu sehen und er fand es schade, dass er die Ruhe unterbrechen musste.

„Ava, wach auf."
Vor Ava war Sophie wach. Sie brauchte nur Bruchteile von Sekunden, um sich in der Situation zurechtzufinden. Sie war es dann auch, die Ava weckte. Ava richtete sich auf und rieb sich die Augen.
„Gibt es was Neues?", fragte sie.
„Unser Gefangener ist wach und brüllt vor Wut."
Ava zuckte mit den Schultern: „Haben wir früher auch. Ich will erst etwas essen. Ist es hell draußen?"
Joe grinste: „Ist es. Wir haben dort ein Paradies. Du musst es dir ansehen. Wir haben die Replikatoren bereits genutzt. Für dich und Sophie steht eine Mahlzeit bereit."
Ava kam aus dem Bett und Sophie wies auf eine Zelle innerhalb der Unterkunft.
„Hygieneraum und Toilette gleichzeitig. Erstaunlich, wie schnell unsere Klamotten darin trocknen", grinste Joe. „Die Bedienung ist einfach."
Ava und Sophie nutzten die Einrichtung nacheinander und schon eine halbe Stunde später waren sie mit frisch gereinigter Kleidung bereit für den neuen Tag. Sie gingen frühstücken und dann alle Mann zum Deck, wo sie den Gefangenen festgebunden hatten.
Dieser bekam große Augen, als er Sophie, also So-Fil aus seiner Sicht, unter ihnen sah.
„Machst du mit denen gemeinsame Sache? Das wirst du bitter bereuen. Binde mich sofort los!"
Ava hielt die anderen zurück, als Sophie auf den Mann zuging. Er hing mehr oder weniger an der Wand und konnte sich kaum bewegen. Vor ihm, auf einem Haufen, lag all das, was man ihm abgenommen hatte. Eine Waffe, ein Messer, verschiedene Codegeber, undefinierbares technisches Gerät – alles lag dort und für ihn unerreichbar.
Sophie ging näher an ihn heran.
„Ich erinnere mich", sagte sie dann deutlich für alle zu verstehen. „Nur nicht mehr an deinen Namen."
„**Was?**", brüllte der Gefangene.
„Du warst es, der mich zu Or-Taj gebracht hat. Das hat dich aber nicht daran gehindert, selbst über mich herzufallen – vor mehreren Jahren, als ich noch wesentlich kleiner war als jetzt."
„**Ja und?**"
„Du hast mir wehgetan – sehr sogar", sagte Sophie völlig emotionslos.

„Wenn Or-Taj mitbekommt, was ihr hier unten veranstaltet, werdet ihr sterben."
„Ja", sagte Sophie weiterhin völlig neutral. „Leider kann er es nicht mehr mitbekommen. Er ist nämlich tot. Genauso tot wie alle anderen Wächter auf dem Mond."
„Du lügst!"
„Wie sollten wir sonst mit dem einzigen Fluggerät nach hier gekommen sein?", brachte Sophie an. „Und von den sieben Wächtern hier bist du der letzte. Alle anderen haben meine Freunde hier gestern Abend erschlagen."
Der Gefangene fing an zu toben und erging sich in übelsten Beleidigungen.
Ava hörte ein Räuspern und drehte sich um. Derjenige, der in der Form auf sich aufmerksam machte, nannten sie Tibor. Der Gute war etwa 190cm groß und breit wie ein mittlerer Kleiderschrank. Tibor war sicherlich nicht dumm, aber hauptsächlich definierte er sich über seine nicht geringen Körperkräfte. Er hatte bei den Arbeiten im Stollen immer am härtesten geschuftet und da man bei der Nahrung der GENAR sowieso nichts an Fett ansetzen konnte, bestand der Typ weitgehend aus Muskeln.
Er knetete gerade seine Finger: „Mir fehlt es urplötzlich doch sehr an Respekt, Ava. Darf ich?"
„Tibor", sagte sie wie eine Grundschullehrerin zu ihrem schlechtesten Schüler. „Wir wollen noch etwas von ihm erfahren – verstehst du?"
„Die GENAR vertragen einiges und ich lass' ihn leben, Ava, bitte."
„Okay, Tibor. Aber du haust ihn nur einmal, ja?"
„Ich verspreche es dir."
„Dann verschaffe uns Respekt und Gehör, bitte."
Tibor stapfte nach vorn und ging an Sophie vorbei.
„Was willst du?", fragte der Gefangene und es wäre wahrscheinlich besser gewesen, wenn er ruhig geblieben wäre. Tibor überschlug seine Möglichkeiten. Seine Körperkräfte reichten aus, um dem Gefangenen mit einem Schlag den Kopf vom Rumpf zu hauen, also entschied sich Tibor für eine Ohrfeige. Er holte kurz aus, dann schepperte es derart, dass der Kopf des GENAR ein paar Mal von links nach rechts flog. Ohne weitere Worte trat Tibor den Rückzug an und stellte sich neben Ava.
„Ich habe Wort gehalten, Ava."

„Du bist ein braver Junge", sagte sie lobend und Tibor lachte darüber. Das war ein Ding nach seinem Geschmack gewesen. Sein Kontrahent kämpfte immer noch mit der Ohnmacht und auf einem Ohr hörte er nichts mehr – schwindelig war ihm auch.
Ava trat vor und stellte sich neben Sophie: „Ich hoffe, wir haben jetzt eine Gesprächsbasis. Wann kommt der nächste Transporter und holt den Container ab?"

Der GENAR schüttelte den Kopf, um seinen Gleichgewichtssinn wieder in den Griff zu bekommen. Offenbar war es bei dieser Spezies ähnlich wie bei den MENSCHEN. Heftige Schläge auf den Kopf führte da zu Problemen.
„Ich sage euch nichts!"
Diesmal reagierte Sophie in einer Schnelligkeit, mit der niemand gerechnet hatte. Sie bückte sich, hob das Messer des Gefangenen auf und stieß es ihm in den linken Oberschenkel. Der GENAR schrie laut auf und wimmerte.
„Ungefähr so weh hat es bei mir damals getan", sagte Sophie – immer noch ohne erkennbare Emotionen.
Der GENAR fluchte.
„Du hast die Frage gehört. Beantworte sie!"
„Ich weiß es nicht. Ich weiß es wirklich nicht", beteuerte er.
Sophie drehte sich herum und sprach zu Ava: „Wenn wir ihn weiter bedrängen, wird er uns einen Zeitpunkt nennen – irgendeinen. Wir haben keine Möglichkeit, seine Aussage zu überprüfen. Er kann und wird uns hier belügen."
Ava nickte: „Du hast recht."
Dann entdeckte Ava in den Augen des Mädchens etwas, was ihr gar nicht gefallen wollte.
„Brauchen wir ihn noch?", fragte Sophie.
„Nee", sagte Joe und hatte wohl kaum damit gerechnet, was als Nächstes passierte.
Sophie nahm das Messer und setzte es an den Hals des Gefangenen.
„Bettel um dein Leben", verlangte sie.
Mittlerweile hatte er begriffen, dass mit dem Mädchen nicht zu spaßen war.
„Bitte, tu es nicht", kam es zitternd über seine Lippen.

„Was für ein Zufall", ätzte Sophie. „Genau das habe ich damals auch zu dir gesagt. Und? Hast du aufgehört? Nein, hast du nicht. Du bist Dreck."
Sophie holte aus und schnitt dem Mann den Hals durch. Das Blut spritzte und röchelnd starb der Gefangene. Als er leblos an der Wand hing, legte Sophie das blutverschmierte Messer wieder auf den Haufen zurück.
Joe holte Luft und flüsterte Ava zu: „An der Erziehung solltest du noch ein wenig feilen, Mutti."
Ava sah Joe an: „Ich wusste gar nicht, dass du Humor hast, Joe."
„Ich kam in den letzten Jahrzehnten einfach nicht dazu, Ava."

Sophie hatte sich wieder neben Ava gestellt.
„Wir haben noch fast 500 Leute auf dem Mond", wechselte Ava das Thema. „Wir müssen beraten, wie wir mit ihnen verfahren. Und ich will wissen, wie diese Welt aussieht. Ich will die Sonne spüren und Wind auf meiner Haut. Ich kann mich kaum noch daran erinnern. Sophie, kannst du uns hier herausbringen?"
„Ja, das kann ich. Ihr müsstet nur wissen, dass ihr nicht mehr an die Sonne gewöhnt seid. Ihr braucht zunächst sicherlich Schatten, sonst müsst ihr in die Stasekisten."
„Und wenn schon", sagte Ava, die immer mehr den Drang verspürte, Natur zu erleben.
Sophie führte und dann standen sie vor der Schleuse, die sie hinaus in diese Welt brachte.
„Mach auf, Sophie, mach auf, bitte."
Die junge GENAR drückte auf einen Sensorpunkt.

4. NAM

<u>28.02.2165, 10:00 Uhr, GERONIMO II, Brücke:</u>

Die Strecke vom MARS zu den NAM war jetzt nicht die weiteste gewesen. Trotzdem hatte es einige Zeit gedauert. Auch wenn man jetzt meinen könnte – alles Vorurteile, aber ausschließlich Frauen untereinander? Pommi hatte seine Wirkung als Mann-Darsteller zum großen Teil verloren und war diesbezüglich wirkungslos. Gut, Laura hatte sich mittlerweile mehr oder weniger integriert und im Prinzip war es auch völlig

egal, ob man heute oder morgen ankam. Ewa hatte sich das gewünscht, weil sie Spaß haben wollte. Das war jetzt kein Einsatzflug, keine Mission, sondern diente hauptsächlich der Entspannung. Ja, die G II konnte sich wehren – heftig sogar. Im Moment sah das alles ganz harmlos aus, aber dieses Schiff gehörte zum Modernsten, was Phils Werften jemals zusammengebracht hatten und zum wehrhaftesten. Dieses Schiff hatte Zähne in Dreierreihe und konnte sie auch zeigen beziehungsweise gebrauchen. Laura hatte ihre Ansprüche an eine Brückencrew ordentlich runtergeschraubt und es klappte – nicht schnell, aber es funktionierte. Natürlich hatte man die Gelegenheit genutzt und die ERDE besucht. Da waren selbst Lotta und Dörte sehr still gewesen. Die Wirkung der zerstörten Natur, die ganz langsam und vorsichtig versuchte, sich zu erholen, gingen durch Mark und Bein. Das anschließende Kaffeetrinken glich dem bei einem Begräbnis – das große Schweigen. Jede war mit ihren Gedanken beschäftigt und man honorierte, welches Glück man bisher gehabt hatte. Von über 10 Milliarden MENSCHEN waren sie übriggeblieben und jetzt wieder etwas mehr als drei Millionen. Und diese waren im stetigen Kampf. Laura ging ebenfalls in sich. Sozusagen als Frau der ersten Stunde zusammen mit Thomas Raven, dachte sie an die Anfänge, als sie die GOOD HOPE ins Unbekannte hatten starten lassen. 45 Jahre Kampf und Bereitschaft zum Kampf, Anstrengungen zur Verteidigung, Absicherungsmaßnahmen, Evakuierungspläne, all das lag hinter ihnen. Und was lag jetzt vor ihnen?
Das Beispiel GENUI hatte gezeigt, dass der BUND nicht so stabil war, wie ihn Thomas Raven gern hätte. Die VENDORA als Spezies wussten immer noch nicht, dass ihr Erzfeind, so empfanden sie, mit ihnen im BUND saß. Okay, Präsident Martul schon, aber sonst hatte sich das noch nicht rumgesprochen. Die KRATAK empfand Laura als Wackelkandidaten. Es war zweifelhaft, ob man alle DARK-KRATAK in YXY-11 aufgespürt beziehungsweise die Hüterin erwischt hatte. Von dort würde es noch Störfeuer geben.
Von den Anorganischen hatte man lange nichts gehört, die PYRAMIDS waren auch irgendwie verschwunden und die TRAX? Auch da war lange nichts gekommen. Was sich aber hielt, waren die ANGUIDEN. Die Schlangenwesen hielten sich hartnäckig als ihre Feinde. Daneben gab es noch eine Hand voll anderer feindliche Kontakte, aber ohne große Bedeutung. Ja, die GENAR. Wenn man Laura fragen würde, wie sie zu

diesen steht, sie würde sich vorsichtig ausdrücken. Konnte diese Spezies dieselbe Verwandlung durchmachen, wie die MENSCHEN? Vom Saulus zum Paulus? Die Zukunft würde das klären. Mit ein wenig Unbehagen im Bauch hatte Laura feststellen müssen, dass Ro-Latu, Chapawee Paco und Jan Eggert, sich auf die Suche nach einem Präsidial gemacht hatten – irgendwo in der AXIS, einer Gasnebelgalaxie weit, weit draußen. Sie hoffte, dass die drei heil zurückkamen. Ein Präsidial war verschlagen und gefährlich. Ein solcher hatte immer Hilfsvölker und galt als schwerer Gegner.

„Wie verständigen wir uns eigentlich?", hörte Laura die Frage. Sie wurde gestellt von Dörte und zwar an Ewa.
„Es sind ein paar MAROON dageblieben. NAM wurde 2161 entdeckt von Abdul Musto. Es war die vierte Spezies. Damals ließen sie ein paar MAROON dort zurück und als man sie später wieder an Bord nehmen wollte, erklärte die Hälfte von ihnen, bei den NAM bleiben zu wollen. Es müssten etwa 50 von ihnen dort sein. Sie könnten als Dolmetscher dienen."
„Und ich habe etwas mitgebracht", fiel Anna ein. „Es sind, so sieht es aus, modische Haarreifen. Tatsächlich sind es miteinander kommunizierende Gedankenleser. Wir können uns damit, ich hoffe das sehr, weil noch nicht ausprobiert, mit jedem anderen Wesen unterhalten."
Laura nahm das als Information auf. Das sollte also nicht das Problem sein. Sie erwarteten mindestens zwei Wochen Badeurlaub auf einem friedlichen und völlig harmlosen Planeten. Mit Pommi auf der Brücke und einem Riss-PORTAL innerhalb des Gleiters der MANCHAR konnte sich auch Laura den Urlaub gönnen. Pommerton würde rechtzeitig Alarm schlagen, wenn sich etwas in der Nähe des NAM-Systems tun würde.

„Captain, wir nähern uns einer Umlaufbahn um NAM", meldete Heidi vom Steuerstand.
„Stabilen Orbit einrichten, Heidi!"
„Geht klar, Laura."
„Wie bekommen wir denn jetzt Kontakt?" Lea schaute ziemlich ratlos auf ihre Geräte.

„Wir wissen, wo Abbi damals mit den NAM verkehrte", erläuterte Laura.
„Jemand muss runter und uns anmelden. Freiwillige vor, bitte. Erfahrung wird vorausgesetzt."
Lisa-Ann und Ekaterina schauten sich an und wollten sich gerade melden, als jemand rief: „Ich, ich, ich!"
Laura drehte sich zur Sprecherin und wollte gerade sagen, dass sie extra Erfahrung in diesen Dingen verlangt hatte, und Lotta bestimmt nicht dazuzählen würde, als auch noch Dörte sich meldete.
„Ähm", sagte Laura, aber da schaltete sich Dr. Harry W. Pommerton ein: „Ich würde die Damen begleiten und für Sicherheit sorgen, Lieutenant Admiral."
Laura drehte sich zu Lea.
„Wir sind allein im System, Captain."
Laura nickte und bestätigte: „Pommi, du bist für die beiden verantwortlich. Ihr nehmt eine Alpha."
Dörte und Lotta jubelten und folgten dem N2-L, der umgehend die Brücke verließ. Laura schaute hinterher und fragte sich, ob sie das gerade wirklich genehmigt hatte. Nun, sie hatte Vertrauen in den N2-L. Pommi würde das schon richten.

<u>Kurz darauf, Alpha, Kommandoebene:</u>

Dr. Harry W. Pommerton saß in der Mitte und steuerte die Alpha. Dörte und Lotta saßen rechts und links neben ihm. Lotta bestaunte die vielen Knöpfe und Sensorpunkte bzw. -flächen. Pommi tat nicht nur so, sondern er steuerte den Diskus per Hand. Er fragte nach der Starterlaubnis und tatsächlich gab Laura den Flug frei. Das Raumschott öffnete sich gesichert und sie konnten auf NAM blicken. Behutsam steuerte der Droide das Gefährt nach draußen. Seine Programmierung gab ihm vor, den Ausflüglerinnen auch etwas zu bieten und so beschloss er, recht langsam auf NAM zuzufliegen. Der Planet funkelte im hellen Licht und da sie die Sonne im Rücken hatten, war die Schönheit des Planeten als komplette Scheibe zu sehen.
Im Gegensatz zu Lotta war Dörte schon ein paar Mal mit einer Disk mitgeflogen und kannte die eine oder andere Funktion der Schalter. Es wurde jetzt nicht überliefert, was Dörte geritten ... beziehungsweise was sie sich dabei gedacht hatte, durch einen Scherz die Situation etwas auf-

zulockern. Sie hatte nämlich die Schaltung für die künstliche Schwerkraft entdeckt. Und das Ding mal für eine Sekunde abzuschalten wäre sicherlich ein guter Gag.
Okay, war es nicht.
Wäre es eventuell gewesen, wenn Pommi nicht zuvor beschlossen hätte, diese Disk manuell zu fliegen und sich eben nicht mit der KI des Fliegers zu verbinden.
Dörte achtete darauf, dass der Droide in eine andere Richtung sah und drückte blitzschnell auf den Knopf. Die Schwerkraft fiel sofort aus und Pommi errechnete eine hohe Wahrscheinlichkeit für einen technischen Defekt – darauf, dass Dörte ... kam er nicht. Lotta schrie wie am Spieß, denn das Gefühl des Fallens hatte sich sofort eingestellt und die Künstlerin war in solchen Dingen sehr ungeübt. Das Geschrei veranlasste Dörte sofort, mit diesem Scherz aufzuhören und sie schlug auf den Schalter. Weil aber niemand angeschnallt war, schwebte sie schon und verpasste den Knopf. Durch diese Aktion bekam sie einen Drall vom Platz weg, ebenso wie Lotta, die schon bald quer im Raum hing. Pommi fand den Fehler nicht, klinkte sich in die KI ein und löste die Schwerkraft aus. Dörte plumpste auf den Boden und prellte sich ihr Hinterteil. Das war aber nicht so schlimm. Lotta ruderte heftig mit den Armen und als die Schwerkraft einsetzte, knallte sie auf den Kommandotisch, riss eine Abdeckung eines Schalters weg und der darunterliegende Knopf wurde tief eingedrückt – durch ihr Gesäß.

GERONIMO II, Brücke:

Die Alpha war auf der Übersicht der G II gut zu sehen. Laura wollte gerade anordnen, dass Lea die Alpha anfunkt und einen permanenten Funkverkehr einrichtet, als sich vor der Alpha ein Wurmloch auftat, die Alpha beschleunigte und darin verschwand. Das Wurmloch verschwand und zurück blieb – nichts.
„Wa...?" Laura schaute entgeistert auf den Schirm und griff sich an die Stirn. Die Alpha war übergangslos verschwunden.
Entsetztes Schweigen auf der Brücke.
„Das war wohl ein WL-Exit", bemerkte schließlich Lisa-Ann.
„Aber warum?", fragte Audra Wang. „Hat der N2-L etwas entdeckt, was wir noch nicht ...?"

„**Gefechtsalarm**", ordnete Laura an. „Lea, scann mit allem, was wir haben!"

„Ay", meldete die Rothaarige und begann zu arbeiten. Sie erwartete kein Ergebnis, denn die KI hätte sie bereits aufmerksam gemacht – aber Befehl war Befehl und nach 30 Sekunden konnte sie melden, dass sie immer noch allein im System waren.

„Und warum?", fragte dann Ewa. „Was können wir tun?"

„Wir können hier lediglich warten", erfasste Laura die Situation und blieb ruhig. „Suchen ist zwecklos, denn wir haben das bei dieser Art von Fluchtweg nicht im Griff, wo der Nutzer herauskommt. Ich werde darauf vertrauen, dass uns Pommi die beiden Freundinnen zurückbringt. Und vielleicht versteht ihr jetzt, dass Raumfahrt eben doch keine Kaffeefahrt ist. Es ist trotz aller modernen Technik gefährlich." Laura war sachlich geblieben, denn sie wollte nicht, dass es zu Panik auf dem Schiff kam. Aber so sicher, wie sie tat, war sie nicht. Der WL-Exit war immer eine der letzten Möglichkeiten – vor einer drohenden Vernichtung. Aber warum hatte die Alpha diesen Fluchtweg genommen? Es gab keinen erkennbaren Grund dafür.

<u>Alpha:</u>

Lotta fühlte sich in den Arm genommen. Es war ein wohliges Gefühl und ihre Panik ließ nach und das damit verbundene Schreien wurde leiser und leiser. Es hörte schließlich ganz auf. Dörte saß auf ihrem Platz und hatte eine Hand vor ihren Mund geschlagen. Was hatte sie getan?

Pommi ließ ganz vorsichtig Lotta wieder los.

„Geht es?"

Lotta nickte und sah sich um. Sie öffnete wieder den Mund, weil sie den Planeten nicht mehr erkennen konnte, aber Pommi fasste sie an den Schultern: „Ich bringe uns nach Hause." Lotta nickte – etwas zu schnell. Pommi war immer noch mit der Schiffs-KI verbunden und darüber ließ er einen Vitalcheck der Künstlerin machen. Sie hatte eindeutig Stress und viel Angst. Pommi entnahm der Medobox auf einer Seite der Disk eine Hochdruckspritze und stellte ein starkes Beruhigungsmittel ein. Dann drückte er das Instrument an Lottas Hals. Zischend entlud sich die Dosis und gelangte so in die Blutbahn. Lotta beruhigte sich sofort.

„Kann, kann ich bitte auch sowas haben?", fragte Dörte, als Lotta ein wenig blöde und selig lächelnd in ihrem Sitz hing.
Pommi ließ auch bei der Ex-Präsidentin einen Vitalcheck machen: „Dazu besteht kein Anlass. Es liegt reichlich Erfahrung in Raumfahrzeugen vor. Warum war es erforderlich die Schwerkraft abzustellen?"
Dörte wand sich ein wenig: „Ich wollte einen Scherz machen."
„Damit wurde Panik und Angst ausgelöst und der Kommandostand einer Alpha ist ein schlechter Ort, um anderen Leuten einen Streich zu spielen. Wir haben einen Wurmloch-Exit genommen. Mylady weiß, was das ist?"
Dörte senkte den Blick: „Das weiß ich. Ich habe das nicht gewollt."
„Das nehme ich als gegeben hin", antwortete der Droide.
„Können wir nicht einfach zurückfliegen?", fragte Dörte.
„Das weiß ich nicht", antwortete Pommi. „Wir müssen zunächst einmal feststellen, wo wir sind."
„Kannst du das?"
„Ich sollte das können, aber es ist fraglich, ob ich das von hier kann. Eventuell müssen wir den Standort ändern. Ich schaue erst einmal, ob ich bekannte Fixsterne oder ganze Systeme erkennen kann."
Dörte fluchte leise in sich hinein und schämte sich fürchterlich. Es sollte ein harmloser Scherz gewesen sein und niemand konnte ahnen, dass Lotta so unglücklich stürzte und dabei die Sicherung der Schaltung abriss und gleichzeitig noch den Buzzer drückte. Das wäre nicht passiert, wenn sie selbst schnell genug die Schwerkraft wieder eingeschaltet hätte. Sie konnte das vor sich drehen und wenden – sie hatte Schuld an diesem Zustand. Die anderen würden sich jetzt Sorgen machen. Was sollte sie Laura erzählen? Aber schnell fand Dörte heraus, dass dies wohl das kleinste Problem sei, denn auf dem Scanner waren ein paar Punkte aufgetaucht – bisher in weißer Farbe. Dörte war so weit informiert, dass weiß neutral hieß – oder die Scanner waren nicht in der Lage, zum Beispiel aus Entfernungsgründen, die Art der Raumschiffe zu erkennen. Nur eins war gewiss – es waren Raumschiffe. Das Symbol war eindeutig. Sie wollte den Droiden darauf aufmerksam machen, aber dieser handelte schon. Das Licht auf der Brücke wurde bläulich.
„Wir sind durch Laurin 6.0 geschützt. Bis auf die Lebenserhaltung habe ich alles abgestellt", sagte Pommi.
„Und wo sind wir jetzt?", fragte Dörte.

„Ich habe alles abgestellt, Mylady", sagte Pommi ruhig. „Unsere Disk ist zwar bewaffnet, aber dort nähern sich fünf Schiffe, die wir nicht kennen. Es ist ratsam, nicht weiter auf uns aufmerksam zu machen."
Dörte schaute entsetzt auf die Anzeigen. Da wurde nichts mehr angezeigt.
„Warum ist auf dem Scanner nichts mehr zu sehen?"
„Wir hatten sie aktiv gescannt. Ich habe das abgestellt, weil es unsere Anwesenheit verraten kann."
„Wann wissen wir mehr?"
Pommi schätzte aus der vorhandenen Datenlage: „Wenn die Fremden das Tempo nicht erhöhen oder abbremsen, kann die KI in etwa viereinhalb Stunden eine Einschätzung vornehmen."
„Da wollte ich längst zurück sein, Pommi."
„Ich bitte, von diesem Wunsch Abstand zu nehmen, Mylady."
Dörte sank in sich zusammen: „Ich bin ein Riesenrindviech!"
Pommi sah innerhalb seiner Daten nach, was Dörte gesagt hatte und wie sie es wohl gemeint haben könnte.
„Wenn Mylady ihre Idee des Scherzes meint, muss ich leider zustimmen."
„Pommi!"
„Haben MENSCHEN nicht gern recht?"
„In diesem besonderen Fall nicht, Pommi!"
Schweigen breitete sich aus. Lotta war eingeschlafen und Dörte hatte sich etwas zu essen geholt.

GERONIMO II, Brücke:

Die Damenwelt war geschockt und es machte sich Unruhe breit.
„Wir warten hier 48 Stunden", ordnete Laura an.
„Und was machen wir dann?", fragte Ewa.
„Dann breche ich diese Aktion hier ab und wir fliegen zum MARS. Dort erstatte ich dann Bericht."
„Aber wir können doch nicht …", versuchte Suzan.
„Werden wir aber. Wir hinterlassen hier eine Boje, die unseren Abflug bekannt gibt. Und wenn Pommi auftaucht, hat er die Info."
„Aber …", versuchte Ewa wieder.

„Nichts aber", fuhr ihr Laura dazwischen. „48 Stunden. Danach wird der N2-L, wenn er kann, nicht wieder hierhin fliegen. Die Flottenrichtlinien sagen klar aus, dass er nach dieser Zeit die Hauptniederlassung dieser Galaxie anzufliegen hat. Und das wäre dann der MARS. Verstehst du?"
Ewa nickte: Konnte Pommi die Zeit nicht einhalten, würde er zum MARS fliegen. Da konnten sie hier lange warten.
„Sollten wir das per Nachrichtendrohne melden?", fragte Lisa-Ann.
Laura schüttelte den Kopf: „Pommerton ist in der Lage, selbstständig zu handeln und zu navigieren. Er wird zurückfinden. Ich will hier um NAM keinen Aufstand haben oder jemand unnötig in Sorgen stürzen. Wir melden lediglich, dass wir bei NAM eingetroffen sind. Ausführen – XO!"
„Verstanden, Captain!"
Laura schaute etwas unzufrieden aus der Uniform, aber das war auch kein Wunder. Als Lisa-Ann mitteilte, dass die Benachrichtigung unterwegs sei, winkte Laura sie zu sich in den Besprechungsraum.
„Was ist nach deiner Meinung an Bord der Alpha vorgefallen?", wollte sie von ihrer XO wissen.
„Bedaure, Laura. Meine Fantasie reicht leider nicht aus, das in irgendeiner Form zu erklären oder nur eine Vermutung zu haben."
Im Gegensatz von Lisa-Ann war Laura stehengeblieben und begann jetzt hin und her zu wandern. „Die KI der Alpha wird automatisch nur dann eine solche Aktion durchführen, wenn niemand an Bord mehr handlungsfähig ist und eine Vernichtung kurz bevorsteht", sagte Laura das, worüber die XO auch schon nachgedacht hatte. „Beim bewussten Auslösen den WL-Exits muss eine Schutzkappe über den Buzzer entfernt werden und erst dann kann dieser betätigt werden. Außer einem blöden Streich kann ich mir jetzt nichts mehr vorstellen."
„Und das ist unvorstellbar", sagte Lisa-Ann. „Lotta kennt sich an Bord überhaupt nicht aus und Dörte kennt diesen Buzzer. Und sie weiß aber auch, wie unberechenbar ein solcher Sprung ins Nirgendwo ist. Das können wir ausschließen, Laura."
Laura setzte sich mit Schwung direkt vor ihre XO: „Sag mal, wir sind doch alle, auf unseren Gebieten, richtig gute Leute. Wir können was und haben es unzählige Maße bewiesen. Okay, Lotta als Künstlerin – ist aber auch nicht einfach. Ekaterina ist die beste Sicherheitsoffizierin, Ewa hat als Ärztin und als Präsidentin geglänzt, ebenso wie Dörte. Anna ist schlicht die beste Wahl für die Leitung von BRAIN-DECKS, du bist

Captain und sehr erfolgreich. Heidi hat sich als Assistentin für den Admiral hervorgetan und hat an zahlreichen Auseinandersetzungen teilgenommen, Rosa-Samantha ist eine der besten und erfolgreichsten Wissenschaftlerinnen, Hellen Drum kann man im Bereich der Technik nichts vormachen, Audra ist medizinischer Leitungsoffizier der Dependance in der MILCHSTRASSE, Lynn-Grace verwaltet AGUA, Marie-Ann Waterhouse hat es geschafft, den MOYO für uns zu begeistern und macht eine tolle First Lady, Suzan ist Psychologin und als Beraterin für den Präsidenten unterwegs und hält gleichzeitig den Ron unter Kontrolle."
„Und du bist die Stellvertreterin des Admirals und Sicherheitschefin von AGUA", vervollständigte Lisa-Ann das Bild.
„Ja", sagte Laura und lehnte sich zurück. „Und warum bitteschön sieht das hier aus wie ein Stadt-Ausflug der Landfrauenvereinigung von anno dazumals? Das sieht ja aus, als würden wir gar nichts auf die Kette kriegen."
Lisa-Ann lächelte: „Weil wir Frauen sind und wir unter uns sind. Da lässt man seinen Emotionen freien Lauf. Da benimmt man sich ebenso, wie man sonst nicht kann oder darf. Weil wir eben Frauen sind."
„Hmm", machte Laura.
„Stell dir mal vor, es gäbe eine GERONIMO III – ein Pendant nur mit männlicher Besatzung", schmunzelte Lisa-Ann.
„Wäre auch nicht besser?", fragte Laura vorsichtig.
„Anders – es wäre anders – nicht besser. Wir hätten hier auf der Brücke eine testosterongeschwängerte Luft nach dem Motto: Ich hab' den Längsten und Größten. Wahrscheinlich würden die Herren in der Kantine in der Mittagspause Kirschkernweitspucken veranstalten, nur um sich gegenseitig zu übertreffen. Und lauter solche Albernheiten würden hier passieren, wenn die Männchen mit stolzgeschwellter Brust und abgespreizten Schwanzfedern durch die Gänge stolzieren. Nein, Laura, das würdest du auch nicht machen wollen. Es hat sicherlich einen guten Grund, warum die Natur das Verhalten der Geschlechter anders gemacht hat. Wir können es nicht ändern und tun gut daran, im Mixed zu fliegen und zu arbeiten. Das Negative hebt sich dann gegenseitig auf. Wir werden nach dem Flug hier fast alles vergessen haben und uns wieder dort einreihen, wo wir herausgetreten sind. Und das genauso erfolgreich."
„Deine Sicht der Dinge ist, wie soll ich sagen?"
„Logisch?", fragte Lisa-Ann.

„Nicht nur logisch, sondern hat auch viel mit der Aussage zu tun: Was ich nicht ändern kann, muss ich akzeptieren."
„Ja – pragmatisch halt. Und wir sollten nicht zu streng sein mit uns."
„Ich wollte, Pommi wäre mit unseren Frauen schon wieder zurück."
„Wenn es Pommi nicht schafft, dann keiner, Laura."
Laura nickte betrübt: „Danke für deine Gedanken."

<u>Alpha:</u>

Seit zwei Minuten wussten sie, wer oder was da auf sie zukam. Es waren fünf PYRAMIDS-Raumschiffe. Diese Fluggeräte, die eine Grundfläche von quadratisch 500 Metern aufwiesen und dann nach oben kegelförmig bis zu einer Spitze ausliefen. Die Dinger drehten sich um die eigene Achse und das weiße Symbol auf den Scannern hatte sich umgefärbt – in Rot. Lange hatte man seit der Erstsichtung 2154 nichts mehr von ihnen gesehen. Allerdings waren die ersten Kontakte nicht friedlich verlaufen. Es gab zwar keine größeren Verluste, aber auch die Verweigerung einer Kontaktaufnahme. Man hatte sich dazu entschlossen, aufgrund der Färbung des Symbols, zur Vorsicht zu raten. Bisher galt als Anweisung, dass diese Schiffe nicht anzugreifen waren. Eine Verteidigung war selbstverständlich möglich, aber jede Sichtung musste gemeldet werden. Nun, leider war die Alpha weder für einen Angriff noch für eine Verteidigung ausreichend gerüstet.
„Wie sieht es aus, Pommi?", wollte Dörte wissen – Lotta war immer noch out of order.
„Sie kommen genau auf uns zu", sagte der Droide.
„Haben sie uns entdeckt?", fragte Dörte mit einem Zittern in der Stimme.
„Ich errechne eine Wahrscheinlichkeit von 91,5%", gab der Droide Auskunft.
Dörte schaute auf die Anzeigen. Die Fremden, niemand hatte bisher ein Individuum dieser Spezies gesehen, waren noch 1,5 Millionen Kilometer entfernt – und sie kamen schnell näher.
„Sie bremsen ab", informierte Pommi. „Meine Wahrscheinlichkeitsberechnung erhöht sich noch."
„Was können wir tun?", wollte Dörte wissen. Bei einer so hohen Wahrscheinlichkeit ging sie davon aus, dass sie das Ziel der Fremden waren.

„Man wird uns entdeckt haben, als wir bei unserem Eintreffen hier aktiv gescannt haben", nahm Pommi an und hob eine andere Abdeckung über einen weiteren Buzzer.

„Der Jump-Sequenzer?", fragte Dörte.

„Es ist ein Versuch wert", antwortete der Droide. „Wenn sie nah genug heran sind, springen wir ein paar hunderttausend Kilometer weg. Wenn wir dann toter Mann spielen, finden sie uns eventuell nicht."

Dörte atmete auf. Zumindest war das mal ein Plan.

Die Fremden kamen näher und waren damit längst im Erfassungsbereich der passiven Scanner. Pommerton verglich permanent die Werte. Außer der weiteren Verzögerung passierte nichts. Schilde, das wusste man, hatten diese Wesen nicht auf ihren Raumschiffen. Aber Pommi maß auch keine erhöhten Energiewerte an, wie es beim Laden von Waffenbänken immer der Fall war. Der Droide klappte die Abdeckung des Jump-Sequenzern wieder zu.

„Was tust du?", fragte Dörte. Ihr war schon klar, dass der Droide den Jump auch auslösen konnte, ohne den Knopf zu drücken. Trotzdem sagte seine Geste etwas aus.

„Sie haben, als wir hier eintrafen, etwas angemessen. Aber sie finden uns nicht. Laurin 6.0 wirkt bei ihnen. Wir werden von Taststrahlen getroffen, aber Laurin absorbiert sie – er wirft sie nicht zurück."

„Funktioniert das auch, wenn sie noch näherkommen?" Dörte schluckte. Der Feind, wenn man bei diesem Ausdruck bleiben wollte, war jetzt in Energiewaffenreichweite – 300.000km.

„Momentan gibt es keine Indizien dafür, dass das nicht so ist. Wir warten."

Es verging eine weitere Stunde. Immer wieder wurde die Alpha von Taststrahlen getroffen, aber der Feind änderte seinen Kurs nicht.

„Angenommen", sagte Dörte, „die PYRAMIDS behalten Kurs und Verzögerung bei. Wo kommen sie dann an. Kannst du das darstellen?"

„Selbstverständlich", antwortete Pommi und vor Dörte erwachte ein Bildschirm zum Leben.

„Die Fremden haben ausgezeichnete Scanneranlagen", gab der Droide zu. „So sieht die endgültige Konstellation aus."

„Eh", machte Dörte. „Sie sind keine 50km von uns entfernt?"

„Wir werden das Licht ausmachen müssen, Mylady. Aber das gibt uns die Möglichkeit, etwas über diese Spezies herauszufinden."

„Wie sollen wir das anstellen?"
„Wir warten erst einmal in Ruhe ab. Eventuell kann ich mich in die KI der Schiffe einklinken."
Dörte sah den Droiden an. Für einen N2-L wirkte er, was militärische Dinge anging, ein wenig zu zielstrebig. Was Dörte nicht wusste: Pommi hatte das Upgrade zum AR-L vor Reiseantritt erhalten und er hatte bereits auf Kampf-Modus geschaltet. Und er war entschlossen, etwas Licht in das Mysterium PYRAMIDS zu bringen. Aber im Vordergrund stand die Sicherheit von Dörte und Lotta.
Dörte begann Lotta zu beneiden, die mit einem seligen Gesichtsausdruck in ihrem Sessel hing und träumte. Pommi hatte ihr die mechanischen Sicherheitsgurte angelegt, damit sie nicht aus dem Gestühl rutschte. Lotta bekam nichts mit und Dörte starrte auf die näherkommenden PYRAMIDS.
Pommerton nahm eine Schaltung vor.
„Was tust du?", fragte Dörte nervös.
„Ich habe eine Drohne mit Minimalschub dorthin geschickt, wo die Fremden zum Stillstand kommen. Ich will versuchen, über die Drohne Zugang zum internen Netz der Schiffe zu erlangen."
„Das geht?"
„Unbekannt. Meine Informationen reichen nicht aus, um diese Frage beantworten zu können. Ich muss es versuchen."
„Sollten wir nicht lieber von hier verschwinden?" In Dörtes Stimme schwang Sorge und Unsicherheit mit.
Pommerton sah Dörte an: „Ich schlage vor, mit einem Ergebnis zurückzukehren. Dann wird niemand groß nach dem Scherz fragen. Diese Informationen können für uns bedeutend sein. Einen solchen Zufall können wir nicht mehr herbeiführen. Wir müssen das ausnützen."
Dörte senkte den Kopf. Natürlich, dachte sie, sie würden den WL-Exit erklären müssen und sie schämte sich wegen ihrer Dummheit. Wenn man etwas von Bedeutung mitbrachte, fiel das nicht mehr ganz so ins Gewicht. Außerdem sah sie die Logik des Droiden ein. Diese Gelegenheit konnte man sich nicht entgehen lassen.
„Okay, dann versuch es", sagte sie.
Pommerton stellte das Licht ab und nur gering strahlende Lämpchen ließen die Umwelt innerhalb der Alpha erahnen. Sie warteten.
„100 Kilometer. Sie stoppen gleich", informierte Pommerton.

Dörte starrte nach draußen.

„Mylady müssen auf der anderen Seite aus dem Fenster schauen", regte Pommi an.

„Das wird auch keinen Zweck haben", sagte Dörte. Es war hier stockdunkel. Sonnen gab es in etlichen Lichtjahren Entfernung und das reichte natürlich nicht aus, die Schiffe der PYRAMIDS erkennen zu lassen.

„Ich gebe ein Bild auf den Monitor – restlichtverstärkt und mit zusätzlichen Optionen", sagte Pommi und Dörte erkannte die Schiffe.

„Sie haben gestoppt", informierte der Droide.

„Meine ich das nur, oder drehen sie sich langsamer um sich selbst?", fragte Dörte. Die genaue Beobachtung lenkte sie ein wenig von ihrer Angst ab.

„Mylady haben recht", sagte der Droide. „Sie werden kontinuierlich langsamer."

Dörte beobachtete und schließlich drehten sie sich sehr langsam und dann hörte die Bewegung ganz auf.

„Ich habe alle Aufzeichnungen eingeschaltet", sagte Pommerton. „Ich beginne jetzt mit der Annäherung der Drohne."

„Können die das nicht bemerken?"

„Darüber kann ich keine Aussage machen. Die Gefahr besteht allerdings."

Das war nicht die Antwort, die Dörte hören wollte: „Und wenn du in die KI des Schiffes eindringst – können die das bemerken."

„In diesem Augenblick wird sich die Gefahr noch einmal vergrößern. Aber davon wissen sie immer noch nicht, wo wir genau sind."

Dörte schluckte. 50 Kilometer waren im All mal nichts.

Pommerton schaltete ihr eines der Schiffe im Vollformat auf den Bildschirm. Tatsächlich war es eine Pyramide mit vier Seiten, Grundfläche 500 Meter zum Quadrat – wie schon erwähnt. Jetzt sah man, dass es verschiedene Kränze gab, die sich nicht mitdrehten. Den Verdacht hatte Dörte schon kurz zuvor gehabt, als sich die Teile nur noch langsam bewegten. Sonst wäre ein gezieltes Schießen unmöglich. Und es betraf offensichtlich nicht nur Waffenkränze, die in der Mitte und fast ganz oben anzutreffen waren, nein, es gab im unteren Bereich ein ziemlich großes Areal, was sich nicht mitdrehte. Dörte nahm an, dass sich dort Landedecks befanden.

„Ich komme über einen der Waffentürme ins Innere des Schiffes", informierte Pommerton und gab auf einem zweiten Monitor vor Dörte ein Bild. Die Frau erkannte ein Gebilde, welches wohl Energiestrahlen ins All senden konnte. Daneben war alles schwarz und als die Drohne näherkam, wurde der Bildschirm dunkel.

„Die Drohne ist gelandet und magnetisch verankert", gab Pommi bekannt. „Ich versuche den Zugang zur dortigen KI."

Dörte beobachtete das Schiff weiter. Sie kannte sich soweit mit der Steuerung aus, dass sie verschiedene Bereiche heranzoomen und die Kamera bewegen konnte. Das tat sie ausgiebig und so stellte sie wenig später fest, dass sich drüben eine kleine Klappe geöffnet hatte. Zahllose kleine Drohnen schossen aus dem Bereich ins All.

„Pommi, die lassen Drohnen raus – jede Menge", meldete sie.

„Ich habe es bemerkt. Ich brauche noch."

Mit einem gewissen Unbehagen zog Dörte den Zoom etwas auf und sah sich in ihrer Vermutung bestätigt, dass sich diese Drohnen strategisch verteilten.

„Pommi, das gefällt mir nicht."

„Ich bin drin", sagte der Droide nur.

Dörte schwenkte die Kamera herum und nahm das nächste Schiff unter die Lupe. Auch dort schossen unzählige Flugkörper ins All.

„Pommieee", sagte Dörte etwas gedehnt.

„Ich lade Daten herunter", sagte dieser völlig unbeeindruckt.

In diesem Augenblick begann das einzige blaue Lämpchen, welches noch auf den Zustand der Tarnung hinwies, zu flackern und die KI gab Alarm: „Laurin wirkungslos!"

Dörte sah entsetzt, wie der Waffenkranz des Schiffes, welches sie beobachtete, drehte und einer der Waffentürme genau auf sie gerichtet wurde.

„Pommi!"

Irgendwas begann zu brummen und dann starrte Dörte auf den leeren Bildschirm. „Die sind weg", sagte sie atemlos.

„Nein", widersprach der Droide. „Wir sind weg. Ich habe den Jump-Sequenzer benutzt. Wir befinden uns 280.000 Kilometer von ihnen entfernt."

Dörte drehte sich um und sah es irgendwo blitzen.

„Sie feuern auf unseren Standort von eben", informierte Pommerton. „Und ich kann von hier den Kontakt nicht wieder herstellen. Es wird Zeit, dass wir von hier verschwinden."
„Was hast du denn runtergeladen?"
„Das kann ich nicht sagen. Es können wichtige oder unwichtige Daten sein. Wir müssen es dekodieren und auswerten. Da wird die Super-KI Rita helfen müssen. Nun wollen wir die Daten erstmal nach Hause bringen. Ich fliege das nächste System an und versuche von dort eine Standortbestimmung."
Die Kontrollleuchten der Alpha flammten auf und Pommerton aktivierte den Energiemeiler. Sekunden später war die Alpha mit Fluchtgeschwindigkeit unterwegs. Es zeigte sich, dass die PYRAMIDS die Beschleunigung nicht aufbringen konnten – sie fielen zurück und als die Disk in den Überraum ging, waren sie in Sicherheit – vorläufig.

Irgendwo und irgendwann:

Das Schott glitt auf und Ava und ihre Leute mussten die Augen schließen. So eine Helligkeit waren sie einfach nicht gewohnt. Sophie ging auf einen Schrank in der Nähe des Schotts zu, öffnete ihn und entnahm ihm ein paar Gegenstände. Damit kam sie zu Ava zurück. Es handelte sich um einstellbaren Sonnenschutz für die Augen – früher hätte man Sonnenbrillen gesagt. Aber diese waren leistungsfähiger. Sophie erklärte den Gebrauch. Man konnte nicht nur die Abdunkelung verstellen, sondern auch einen Zoom einstellen. Jeder stellte sich so, dass er mit dem Rücken zum Schott stand, sonst war nichts zu erkennen. Das mussten sich ihre Augen erst wieder dran gewöhnen. Sophie sah hin und wieder Richtung Öffnung, damit sie nicht überrascht wurden. Schließlich hatte jeder seine Brille und erst dann konnten sie einen Blick nach draußen werfen. Ava blickte auf eine ursprüngliche Natur. Sie sah auf einen Blick fast alles, was dieser Planet bieten konnte, denn sie befanden sich auf einem Hügel. Sie sah ein Meer, mehrere Flüsse mit kleineren Zuläufen, Bäume, Sträucher, Berge mit weißen Spitzen, Vögel, andere Lebewesen und der Geruch war betörend. Sie mussten niesen, aber dann lachten sie darüber. Sowas hatten sie die letzten Jahre nicht getan und dann nahmen sie unterschiedliche Düfte wahr.

„Ein Paradies", sagte Ava und Sophie ließ sich erklären, was ein Paradies war.

„Na ja, ganz so ist es nicht", warnte Sophie. „Es gibt hier gefährliche und auch giftige Tiere."

„Das kennen wir von der ERDE", sagte Ava. „Wir müssen beginnen, die 500 Mitgefangenen hier herunterzubringen."

„Sollten wir vielleicht vorher überlegen, wie wir das machen und ob wir genügend Replikatoren hier haben und Wohnraum?", fragte Joe. „Wir müssen Lösungen anbieten", bemerkte auch Tibor.

„Und wir brauchen eine Langfristplanung", warf Sophie ein.

„Irgendwann wird ein Schiff der GENAR kommen. Dafür brauchen wir einen Plan."

Die Jugendliche erinnerte da an was ganz Unangenehmes. Auch wenn es vielleicht noch lange hin war – irgendwann mussten sie sich diesem Szenario stellen.

Nun, die Station auf GETAWAY hatte ausreichend Kapazitäten, um die 500 MENSCHEN aufzunehmen. Es waren auch lediglich 20 Flüge notwendig, um die MENSCHEN auf den Planeten zu bringen. Das Thema ging man nach ein paar Tagen an. Vorsichtig gewöhnte man die Leute an die Sonne. Wer zu lange unter direktem Sonneneinfluss stand, musste in eine Stasekiste. Sonnenbrand und Sonnenstich waren an der Tagesordnung. Und noch etwas passierte: Nach eingehenden Beratungen und Plänen betreffend einen GENAR-Besuch plante man Quartiere außerhalb der Station sehr weit weg zu bauen. Auch hier half wieder die Sphäre. Ein kontinuierlicher Strom an Materialien und Nahrung floss zu einer Siedlung, die unter hohen Bäumen und in der Nähe von großen Höhlen angelegt worden war. Männer gingen auf Fischfang und Frauen suchten essbares Gemüse und Obst. Ava und Joe lernten die Zentrale der Station besser zu beherrschen. Sophie war ein wichtiges Hilfsmittel dazu. So konnten sie die Ankunft eines GENAR-Schiffes schon einen guten Tag vor dem tatsächlichen Eintreffen erkennen. ÜL-Funk gab es allerdings nicht. Ava, Joe und Sophie, mit Abstrichen auch Tibor, feilten an einem Plan, denn die Aussage der jungen GENAR war folgende: „Wir werden, ich schließe mich ausdrücklich ein, hier nicht auf Dauer sicher sein. Wir können uns gar nicht so gut verstecken, dass uns die GENAR nicht finden. Okay, es wird nicht der Frachter sein, der uns aufspüren wird, aber dieser wird Hilfe holen und dann kommen Kriegsschiffe mit gut ausgerüsteten Soldaten und einer Menge Drohnen. Da haben wir dann keine Chance."

„Und was sollen wir tun?", hatte Tibor gefragt.

„Wir müssen das Frachtschiff in unsere Gewalt bringen und damit diesen Planeten verlassen. Das All ist groß. Sie werden unsere Spur zwischen den Sternen verlieren."

Tibor hatte sich auf die Schenkel gehauen: „Wenn's mehr nicht ist. Zwischenfrage: Wer kann ein solches Schiff steuern, mal davon abgesehen, dass wir die Crew ausschalten müssen."

„Die KI hier weiß das. Wir müssen es halt lernen. Ich weiß, welcher Typ von Schiff hier ankommt. Und im Prinzip gleichen sie sich alle. Das meiste steuert die KI. Es ist zwar nicht so einfach, wie diese Transportkugel hier, aber wir werden das lernen, weil wir müssen. Es gibt keine andere Option."

Joe wiegte den Kopf: „Niemand von uns will in die Minen zurück. Also gehen wir es an."

Und so wurde es gemacht. Man entwickelte einen Plan, okay nicht ohne Risiko, und suchte sich aus dem Bestand von 500 MENSCHEN die cleversten und mutigsten heraus. Und dann begann ein nicht enden wollendes Training.

<u>Alpha:</u>

Dr. Harry W. Pommerton hatte den Überraumflug in der Nähe eines Systems abgebrochen und eine Standortbestimmung versucht. Er hatte eine grobe Idee, Wahrscheinlichkeit 26,3%, dass er auf den richtigen Standort getippt hatte. Sicher war das nicht, aber immer noch besser als gar keine Schätzung. Seit ihrem Verschwinden waren jetzt 11 Stunden vergangen und langsam regte sich Lotta. Immer noch etwas verwirrt, erkundigte **sie** sich, wo die letzten Stunden ihrer Erinnerung geblieben waren. Man muss Dörte zugutehalten, dass sie sich sehr um die Künstlerin bemühte. Ja, sie klärte sie auf, welchen Scherz sie sich geleistet hatte und welche Folgen das hatte. Dörte schonte sich dabei nicht.

„Hätte ich dir gleich sagen können, dass ich Tollpatsch daraufhin irgendeine Katastrophe auslöse", sagte Lotta und schien Dörte den Scherz nicht übelzunehmen.
„Und wo sind wir jetzt?", fragte Lotta, nachdem Dörte ihr den Begriff WL-Exit erklärt hatte.
„Pommi findet es gerade heraus. Nicht wahr, Pommi?"
„Das tue ich, Myladys", gab der Robot zurück. „Ich fliege den nächsten Orientierungspunkt an. Ich rege an, dass die Damen sich zur Nachtruhe begeben. Ich werde selbstverständlich durcharbeiten."
Lotta sah Dörte an: „Allein habe ich Angst."
Dörte winkte ab: „Du kommst mit in meine Kabine. Wir holen ein Bett rüber. Geht doch, Pommi, oder?"
„Ich würde die Disk jetzt auf den Weg bringen und mich dann um die Schlafstelle kümmern."
„Du bist ein Schatz, Pommi", rief Lotta begeistert.
Und so wurde es gemacht. Als die Damen aufwachten und zur Brückenebene zurückkehrten, waren 21 Stunden seit ihrem Verschwinden vergangen und tatsächlich hatte Pommerton ihren Standort bestimmen können.
„Das war die gute Nachricht", sagte der Droide, als die beiden Frauen an einem Kaffee nippten und an einem Konzentratriegel knabberten.
„Und die schlechte ist ...?", fragte Dörte.
„Wir müssen springen, sonst können wir die 48-Stunden-Regel nicht einhalten", bedauerte Pommerton.
„48-Stunden-Regel?", fragte Lotta.
Pommerton klärte sie auf.
„Dann springen wir halt", sagte Dörte.
„Es ist unangenehm", gab der Droide zurück. „Ich würde zwei Sprünge vorschlagen und Höchstgeschwindigkeit dazwischen."
„Die Sorge um uns tut auch weh. Egal wenn es sehr unangenehm ist, Pommi, wir wollen so schnell wie möglich zurück", legte sich Dörte fest.
„Ich habe mit dieser Entscheidung gerechnet", sagte Pommerton. „Die Disk beschleunigt bereits. Ich schlage vor, wieder das Nachtlager aufzusuchen und das Prozedere im Liegen zu überstehen."
„Gehen wir halt wieder ins Bett, nicht Dörte?", fragte Lotta.
„So machen wir das", seufzte diese.

Etwa 20 Minuten später fand der erste Jump statt. Lotta als völlig Ahnungslose stöhnte vor Schmerzen.
„50 Minuten Erholung, dann der zweite Jump", dröhnte Pommertons Stimme über den Quartierlautsprecher. Nach dem zweiten Sprung waren es noch drei Stunden Flugzeit. 30 Minuten davon verbrachte Lotta in der Staselade der Alpha. Sie war bewusstlos geworden und Dörte keuchte: „Das war meine Strafe."

<u>Alpha, 40 Stunden nach ihrem Verschwinden:</u>

„Wir melden uns zurück, Lieutenant Admiral", gab der Droide per Funk der GERONIMO II bekannt.
Laura, abgebildet auf dem Hauptmonitor der Disk, bemühte sich, ihre Erleichterung nicht allzu offensichtlich zu zeigen.
„Ist jemand verletzt?"
„Nein", antwortete Pommerton.
„Gut, Landedeck B. Ich erwarte euch im Besprechungsraum auf der Brücke und bin gespannt auf euren Bericht." Laura schaltete ohne eine Bestätigung ab.
„Ei, nicht so gut drauf, unsere Captain", stellte Lotta fest.
Dörte blinzelte nervös mit den Augen.

Auf dem Landedeck erwartete sie Suzan Bookley. Laura wollte es nicht übertreiben, aber eigentlich sollte niemand die Ausflügler abholen. Allerdings wollte sie auch nicht die weitere Gesellschaft unmöglich machen. Außerdem hatte sie immer noch keinen Schimmer, warum die Alpha durch ein Wurmloch verschwunden war. Aber es ließ schon tief blicken, dass sie nicht selbst kam.
„Und, wie reagiert Laura?", fragte Dörte zaghaft.
Suzan blieb völlig neutral. Sie hatte einfach zu wenig Ahnung, um sich eine Meinung zu bilden und dann ließ sie es auch.
„Sie war schon mal besser gelaunt unterwegs", gab Suzan als Antwort. „Wir haben uns natürlich alle Sorgen gemacht und Laura hat die Verantwortung."
Dörte holte tief Luft. Das mochte was geben – gleich im Besprechungsraum.

Als sie die Brücke erreichten, mussten sie feststellen, dass Laura, zusammen mit Lisa-Ann, bereit im Besprechungsraum warteten.
Kommentarlos betraten Pommi, Dörte und Lotta den Raum.
Laura sah die drei an: „Willkommen zurück und jetzt den Bericht bitte."
Sie sah dabei Pommerton an, aber Dörte schaltete sich ein.
„Sehr blöd gelaufen", begann sie ihre Beichte.
„Glaub ich jetzt schon", ätzte die Lieutenant Admiral.
Mit den Augen auf den Boden gerichtet, erklärte Dörte ihren Scherz, den Lotta veranlasst hatte, mit ihrem Gesäß die Abdeckung des WL-Exit-Buzzers und den Knopf selbst einzudrücken. Laura lief rot an und Lisa-Ann konnte sich kaum das Lachen verkneifen. Als Lisa-Ann hörte, wie Laura Luft holte, sprach sie schnell: „Eine Verkettung unglücklicher Umstände."
Laura machte den schon offenen Mund wieder zu und sah ihre XO an. Diese zuckte mit den Schultern: „Nix passiert, Captain. Eine Fehlfunktion – ein Test. Wir haben sie zurück."
Laura begriff, was Lisa-Ann vorhatte. Die junge Frau sah weit voraus und ein Donnerwetter hier würde nichts ändern. Laura selbst würde vielleicht etwas Erleichterung dabei empfinden, aber wie sah dann die Zukunft aus? Sie kam langsam herunter: „Ja, das war es wohl. Eine Verkettung unglücklicher Umstände. Wir sollten die Abdeckung des Buzzers verstärken."
Lisa-Ann lächelte und Dörte atmete auf.
„Wir hätten dem Bericht noch etwas hinzuzufügen, Lieutenant Admiral", meldete sich jetzt Pommerton.
Laura hoffte, dass dies die Sache nicht zu kompliziert machen könnte, aber sie wandte sich dem Droiden zu: „Sprich!"
„Wir hatten Feindkontakt, Lieutenant Admiral."
Laura wurde blass: „Feindkontakt? Welchen?"
„Mit den PYRAMIDS, Lieutenant Admiral."
Laura stieß die Atemluft geräuschvoll aus: „Einzelheiten!"
Nun gab der Droide einen detaillierten Bericht über das Zusammentreffen ab. Er erwähnte, dass er Zugang zur KI hatte und eine bisher undekodierte Datenmenge hatte herunterladen können. Mit etwas Mühe hatte man sich dann von den PYRAMIDS lösen können.
„Eine Verkettung glücklicher Umstände", grinste Lisa-Ann.

Laura schaute sie an: „Du weißt auch nicht, wie du das einordnen sollst, was?"
Lisa-Ann sagte nichts dazu und hob nur hilflos die Arme.
„Wir haben lange nichts von ihnen gehört. Aber deswegen sind sie nicht weg. Sie schweben als Gefahr noch über, neben oder unter uns. Ich hoffe, dass wir deine Daten dekodieren können, Pommi", sagte Laura.
„Das war gute Arbeit. Offizieller Sprachgebrauch bezüglich dieses Ereignisses: Fehlfunktion der Sicherheitseinrichtung – klar?"
Alle bestätigten.
„Dann bin ich froh, dass wir unseren Besuch auf NAM jetzt vollständig antreten können. Pommerton, du übernimmst die G II und beobachtest den Raum um NAM. Kontakt über mich ist jederzeit möglich. Ich habe in den Gleiter der MANCHAR ein Mini-PORTAL einbauen lassen. Wir sind in der Lage, schnell zurückzukehren. Ich verlasse mich auf dich."
„Ich werde gewissenhaft sein. Lieutenant Admiral."
„Wir haben mittlerweile über die MAROON Kontakt herstellen können. Nanali erwartet uns dort, wo Abbi sie damals besucht hat."

Es gab noch ein gemeinsames Essen in der Kantine des Schiffes, dann brach man mit sieben Alphas und dem Gleiter auf. Die Alphas sollten als Unterkunft dienen und boten immer zwei Frauen eine Unterkunft. Der Gleiter selbst diente ebenso als schwimmender Ponton dem Aufenthalt. Die dicken und starken Blätter der Schwimmpflanzen dienten als Sonnendeck und mit den einfachen Tauchgeräten war man in der Lage, die NAM zu besuchen. Die Verständigung funktionierte Dank der ‚Haarreifen' aus der BRAIN-DECKS-Schmiede wunderbar. Badesachen trug man nicht und waren auch nicht erforderlich. Man bräunte sich streifenfrei. Die nächsten Tage versprachen wunderbar zu werden. Die Erholung pur und ein paar von ihnen hatten sich das redlich verdient.

04.03.2165, 11:00 Uhr, NAM, Orbit:

Dr. Harry W. Pommerton war beunruhigt. Stopp, der Berichtende unterstellt einem N2-L, jetzt aufgerüstet auf AR-L, so etwas wie Gefühle. Dem war natürlich nicht so, denn Pommi war lediglich aus seiner Starre erwacht und reagierte. Ja, worauf? Er hatte mittels ein paar Drohnen die Reichweite der Scanner des Schiffes erhöht.

Und es kam Besuch.
Es kamen drei Schiffe und jedes von ihnen war 1.311 Meter lang, 395 Meter hoch und 275 breit. Also auf den Meter so groß, wie der Zerstörer von Captain Jim Sellers. Und dieses Schiff entstammte den Werften der AASOR. Pommi errechnete eine Wahrscheinlichkeit von 100,15%, dass sich die AASOR NAM näherten. Warum über 100%? Es musste sich um Rundungsdifferenzen handeln und er kümmerte sich nicht weiter darum.
Zahlreiche Möglichkeiten der Reaktion eröffneten sich dem Droiden. Eine Nachrichtendrohne an das HF-Center auf DIAMOND war ebenso eine davon, wie auch die, Lieutenant Admiral zu informieren und die Damen wieder an Bord zu holen. Allerdings hatte er vor dem Abflug die Weisung vom Admiral erhalten, dafür zu sorgen, dass die Frauen richtig Urlaub machen konnten. Weiterhin galt es, die friedlichen NAM zu schützen – auch ein Teil seiner Programmierung. Darum kam er auf eine ganz andere Möglichkeit: Er steuerte die GERONIMO II hinter NAM, sodass sie von den AASOR nicht mehr zu orten war. Eine Reihe von Relais-Drohnen sorgte dafür, dass er jederzeit im Bilde war, was die AASOR unternahmen. Die G II wechselte also den Orbit.
Zur Erinnerung: Die AASOR waren Echsenabkömmlinge und die erste Namenswahl, DINOS, hatte seine Berechtigung. Sie sahen aus wie aufrecht gehende Dinosaurier mit einer Höhe von 225 bis 235cm und verschieden großen Schuppen von oranger Farbe. Man führte nicht unbedingt Krieg miteinander, aber die Tatsache, dass es bei der AASOR-Sprache keinen Ausdruck für ‚Frieden' gab, machte die Einstellung der Reptilien deutlich. Hauptsächlich handelte es sich um nomadisch lebende Individuen, die das Universum nach Beute absuchten.
Wie Jan Eggert mal sagte: „Ganz exquisite Herrschaften und handverlesene Zeitgenossen, deren Nähe man tunlichst meiden sollte."
Und genau die flogen jetzt auf die wehrlosen NAM zu.
Pommerton hielt es für angebracht, seine AR-L-Kollegen, Attila, der mit den mongolischen Zügen, Scipio, der mit dem römischen Aussehen und den Kollegen Shaka Zulu, ein AR-L mit schwarzer Hautfarbe, aus ihren Verstecken zu bitten. Selbstverständlich waren die drei schon über die Vorgänge informiert. Die gesamte Kommunikation lief per Droiden-Netz ab und war daher viel schneller, als würde man miteinander reden müssen. Es gab dabei auch keine Meinungsverschiedenheiten und als Pommerton feststellte, dass die AASOR eine Reihe von Landungs-

booten aussetzten, stiegen die drei martialisch aussehenden Leibwächter des Präsidenten, das waren sie im Hauptjob, jeder in einen Arrow. Die Erfahrung hatte gezeigt, dass diese Jäger am besten im Wasser navigieren konnten. Pommerton blieb an Bord der G II zurück und steuerte die Einsätze der drei Arrows. In einem Anflug von Droiden-Humor nannte er den Urlaubsort der Crew Holiday-Inn. Außerhalb der Sichtweite von diesem Urlaubsort klatschten die drei Arrows ins Wasser. Die Stellung der Jäger war so, dass sie ein gleichschenkeliges Dreieck um den Bereich herum bildeten. Pommerton achtete darauf, wo sich die Landungsboote der AASOR befanden. Noch war alles im grünen Bereich, aber sobald sie anfangen mussten, diese abzufangen, war auch das Versteckspiel der GERONIMO II am Ende. Die AR-Ls warteten geduldig. Und dann passierte das, was eben eine Handlung von ihnen provozierte. Eines der Landungsboote nahm Kurs auf Holiday-Inn.
Pommerton beauftragte Shaka Zulu, der am nächsten am Ort des Geschehens war, mit dem Abfangen des AASOR-Bootes. Allerdings wollte es Pommerton zunächst friedlich versuchen. Pommerton steuerte die GERONIMO II aus dem Ortungsschatten von NAM heraus. Er registrierte die Taststrahlen der AASOR-Schiffe und nahm auch zur Kenntnis, dass diese die Schilde aktivierten und in seine Richtung flogen. Pommerton klinkte sich in die KI der G II ein – er war jetzt das Schiff selbst. Dann öffnete er einen Kanal.
„Ich muss die Schiffe der AASOR bitten, die Landungsboote zurückzuziehen und anschließend das System zu verlassen", funkte er. „Ihr verletzt den Hoheitsbereich der HUMAN FORCES."
Der Bildschirm auf der G II flackerte, dann schaute ein AASOR auf die Brücke.
„Wir lehnen ab, uns den Forderungen zu unterwerfen."
„Die friedliche Absicht diente lediglich dem Schutz eurer Landungsboote und deren Besatzung", erläuterte Pommerton. „Zwischen unseren Zivilisationen hat es bereits ein unschönes Zusammentreffen gegeben. Aber das muss in keinem Krieg ausarten. Darum schlage ich eine gütliche Einigung vor. Ihr habt die Wahl."
„Wir haben bereits gewählt und lehnen ab", sagte der AASOR und seine Augen blitzten tückisch.
„Eine letzte Chance", sagte Pommerton und lenkte die G II auf die drei Schiffe der AASOR zu. „Schaut auf die Scanner und seht die Leistungs-

fähigkeit meines Schiffes. Dann holt ihr die Boote zurück und fliegt ab."
Pommerton aktivierte die Schilde und lud die Waffenbänke.
Die Antwort der AASOR war eindeutig: Sie schalteten die KOM ab.
„Pommerton an Attila, Shaka Zulu und Scipio: Angriff. Ich überspiele euch die Ortungsdaten."
Er bekam eine Bestätigung von den drei AR-Ls, dann installierte Pommerton einen Störsender. Die drei AASOR-Schiffe sollten nicht um Hilfe funken können.

NAM:

Shaka Zulu war am nächsten dran und hatte das Landungsboot der AASOR schnell in seinem Fadenkreuz. Moralische Bedenken waren einem AR-L weitgehend fremd und so klinkte er in einer Tiefe von 200 Metern ein Torpedo aus. Die Waffe zischte durch das kristallklare Wasser und bohrte sich nach wenigen Sekunden in die Seite des etwa 30 Meter langen und spindelförmigen Bootes. Es gab eine heftige Explosion. Das Landungsboot und seine Insassen waren einmal. Der Droide mit der schwarzen Hautfarbe erfasste die Scannerdaten. Attila war der nächste mit einem Abschuss und Scipio beschleunigte seine Arrow. In absehbarer Entfernung von Shaka Zulu verließ ein Landungsboot das Wasser und versuchte sich in die Höhe zu schrauben. Nun, außerhalb des Wassers war eine Arrow nochmal um ein Vielfaches schneller.

GERONIMO II:

Die Antwort der AASOR war jetzt wirklich nicht mehr misszuverstehen. Sie feuerte auf die G II. Trotzdem wartete Pommerton darauf, dass diese einsahen, dass sie keine Wirkung erzielen konnten. Zunächst waren diese Narkosestrahlen abgeprallt und ihn hätte das eh nicht schädigen können. Nun kamen härtere Kaliber dran. Auch wenn die Schiffe gleichzeitig schossen, wurde der Schutzschirm der vortrefflich ausgerüsteten GERONIMO II nur zu etwa einem Drittel belastet. Pommerton traf eine schwierige Entscheidung. Es war bekannt, dass die AASOR ein Nomadenleben führten. Wenn hier drei Schiffe dieser Spezies auftauchten, dann war die Wahrscheinlichkeit sehr hoch, dass diese zusammengehörten und ihr eigenes Ding machten. Andere Schiffe mussten dann nicht

unbedingt wissen, dass sich diese über NAM befanden. Mit anderen Worten musste das auch so bleiben. Er drehte den Angreifern die Backbordseite zu, während weiterhin die Geschosse auf Strahlenwaffen des Gegners auf die G II einprasselten.
Pommerton öffnete die Launcherklappen für die Ganymed-Raketen. Nuklear hielt er nicht für nötig, aber Jump sollte es schon sein.
Nacheinander feuerte aus drei Rohren jeweils zwei dieser Vernichtungswaffen ab. Sie schlugen in die Flanken der Spindelschiffe ein und rissen sie in Bruchteilen von Sekunden auseinander. Mit den Puls-Waffen zerstörte Pommerton auch den Rest. Danach stellte er den Störfunk ab.
„Aggressor aus dem Weltall eliminiert", funkte er seinen AR-L-Kollegen zu. Diese veranstalteten ein Kesseltreiben mit den Landungsbooten. Diese waren den hoch spezialisierten Arrows nicht gewachsen. Das letzte noch intakte Boot hielt in der Nähe eines der Pflanzenblätter und fünf AASOR flüchteten sich darauf. Pommerton gab einen Hinweis an Attila, der sich in der Nähe aufhielt. Dieser verließ unterhalb des Blattes seinen Arrow. Er schwamm schnell nach oben und nutzte den Schwung, der ihn unmittelbar auf das Blatt brachte. Dieses schwankte ein wenig, als der schwere Droide in Kampfstellung ging.
„Ihr habt jetzt die Gelegenheit, euch zu ergeben", sagte er langsam.
Der Mongole sah, nass wie er war, ziemlich einschüchternd aus, aber die AASOR reagierten völlig anders. Offensichtlich hatten sie, um besser schwimmen zu können, ihre Strahlwaffen im Landungsboot zurückgelassen und vertrauten auf ihre Stärke. Nun, Attila war mehr als einen halben Meter kleiner und sie waren zu fünft.
„Das werden wir nicht", sagte einer der AASOR und zog ein langes Messer, wie alle anderen auch.
Das Grinsen, welches Attila auflegte, musste man aus menschlicher Sicht als teuflisch beschreiben.
„Ich hatte es gehofft", stieß er hervor. „Ich bedanke mich."
Der erste AASOR drang auf ihn ein, aber Attila ergriff die Messerhand, und mit einem kurzen Griff brach er dem Gegner den Unterarm. Dieser schrie – nicht lange. Die eiserne Faust des AR-L krachte ihm ins Gesicht und schleuderte ihn unter seine Speziesgenossen.
„Ihr hattet die Chance zu wählen", sagte Attila und zog eine Waffe aus seinem Gürtel, die sich zum Schwert entfaltete. Das Ergebnis war unschön. Attila sammelte anschließend die Überreste ein, um sie im Abfall-

konverter der G II zu entsorgen. Das Landungsboot der AASOR beließ er dort, wo es war.
"Mission beendet", funkte Pommerton und die AR-L kehrten zurück. Die Spuren des Kampfes, wenn es überhaupt welche gegeben hatte, waren schnell beseitigt und die drei Bodyguards des Präsidenten bezogen wieder ihr Versteck.

<u>10.03.2165, 11:00 Uhr, GERONIMO II, Brücke:</u>

"Willkommen an Bord. Ich begrüße die Damen zurück und übergebe das Kommando an Lieutenant Admiral Stone", sagte Dr. Harry W. Pommerton. "Die GERONIMO II ist gecheckt und abflugbereit. Ich hoffe, die Myladys hatten einen angenehmen Aufenthalt."
Pommerton hatte viele Worte gewählt, um Laura davon abzuhalten zu fragen, ob es Besonderheiten gegeben hatte. Sie nahm den Köder auf und fragte nicht.
"Den hatten wir", sagte Laura fröhlich und somit war die Ruhe an Bord vorbei. "Wir bedanken uns bei Ewa für diese tolle Gelegenheit und wollen jetzt wieder zurück. Heidi, bring uns nach Hause, damit Pommi seine Meldung betreffend der PYRAMIDS beim Admiral abgeben kann."
"Wird erledigt", sagte Heidi und schwang sich auf den Pilotenstuhl.
Alle übersahen, dass Pommerton Überwachungsdrohnen ausgesetzt hatte, die die HF verständigen würden, tauchten weitere AASOR über NAM auf.
Die GERONIMO II drehte sich aus dem Orbit und nahm Kurs auf die Heimat.

5. Falle

<u>13.03.2165, 09:00 Uhr, DIAMOND, P2:</u>

Am 16.03. war der 30. Todestag von Admiral Jonathan Baines. Thomas hatte sich mit Trixie verabredet, heute um 12:00 Uhr zum MARS zu starten. Ewa würde sie in ihrer Funktion als Vizepräsidentin begleiten. Seit gestern war Ewa wieder zurück und Thomas glücklich. Aber ein Thema gab es noch: Laura hatte durchblicken lassen, dass man auf die PYRAMIDS gestoßen sei. Dr. Harry W. Pommerton würde jetzt gleich

hier erscheinen und sicherheitshalber hatte Thomas den auf DIAMOND anwesenden Colonel Walter Steinbach in seiner Eigenschaft als Geheimdienstoffizier hinzugebeten. Eventuell ergab sich eine neue Mission für die GALIN-Truppe. Neben Walter war nur noch Rita anwesend. Laura hatte sich nach der Begrüßung in Richtung AGUA verabschiedet.
Insgesamt muss man sagen, dass alle Partner der reisenden Frauen glücklich waren, dass diese jetzt dort waren, wo sie ihren Platz in Familie und Beziehung wieder einnahmen. Die GERONIMO II war im Orbit von DIAMOND und Phils Leute waren mit der SERVICE gekommen, um dem relativ neuen Schiff ein Check zu unterziehen. Und ein vorläufiger Bericht lag dem Admiral vor. Die Folie gefiel dem Admiral überhaupt nicht.
Pommerton trat ein und da Rita Walter und Thomas bereits mit Getränken versorgt hatte, konnte die Besprechung losgehen.
Thomas Gesicht war verschlossen, als er zu Pommerton sagte: „In den Magazinen der G II fehlen sechs Stück Jump-Ganymed, Pommerton. Weiterhin waren drei Arrows im Einsatz und die Protokolle sprechen von einem Gefecht mit AASOR-Schiffen im Raum um NAM. Wieso erfahre ich das erst jetzt?"
Der Droide sah auf Walter Steinbach: „Kann ich offen sprechen, Admiral?"
„Mein bestellter Geheimdienstoffizier kann alles hören."
„Nun gut. Der Admiral selbst hat gesagt, dass ich für einen sorglosen Urlaub der Frauen sorgen soll. Das habe ich getan, Sir. Alle Damen sind erholt und unverletzt zurück. Ich habe davon abgesehen, die Lieutenant Admiral zu informieren, weil ich die Anwesenheit der drei Leibwächter des Präsidenten hätte bekanntgeben müssen. Das wäre nicht gut gewesen, so errechnete ich."
Thomas seufzte. Damit hatten sie sich selbst ein Bein gestellt. Nicht abzusehen, wie ihre Frauen reagiert hätten, wenn das bekannt geworden wäre. Der Droide hatte seine Aufgabe brillant gelöst.
„In der Nähe des Urlaubs-Ressorts ist noch ein Landungsboot der AASOR im Wasser", gab der Droide an.
Thomas sah Walter an: „Dein Ding. Holt euch das Teil!"
„Machen wir", gab Walter zurück.
„Ich will den ganzen Bericht", sagte Thomas und der Droide begann.

Am Ende blieb Thomas bei seiner Einschätzung. Pommerton hatte im Rahmen seines Auftrages alles richtig gemacht.
„Was war mit den PYRAMIDS?", wollte der Admiral wissen.
„Über eine Verkettung unglücklicher Umstände", begann Pommerton. Thomas hob eine Hand und der Droide stoppte seinen Redefluss.
„Etwas genauer, bitte."
Der Droide berichtete, tatsächlich mit verlegenem Gesichtsausdruck, was sich ereignet hatte.
Walter bedeckte sein Gesicht mit beiden Händen, damit Thomas nicht sah, dass er lachte. Zu komisch: Lotta hatte mit ihrem Ar..., äh Gesäß, den WL-Exit ausgelöst. Thomas war rot geworden und schüttelte den Kopf. Dann kam die Passage mit dem Kontakt und dass Pommerton Daten hatte herunterladen können.
„Die Daten an Rita", bestimmte er. „Rita, du versuchst eine Dekodierung."
Die Droidin bestätigte.
„Wenn da was bei herauskommt – an Walter auch und an mich."
„Verstanden."
„Noch was, Pommerton?"
„Wenn ich eventuell eine persönliche Einschätzung vornehmen darf, Sir?"
Thomas war etwas belustigt. Ein N2 nein, ein AR-L, nahm eine persönliche Einschätzung vor? Aber dann erinnerte er sich an Magellan. Dieser AR-L wäre ohne die Fähigkeit, persönliche Einschätzungen vorzunehmen, nicht in der Lage gewesen, die Riesenwerft der NIRMAAN in die BLACK-EYE-Galaxie zu bringen. Also ermunterte er den Droiden, seine Meinung zu äußern.
„Es erscheint mir suboptimal, die HF-Schiffe nur mit Frauen oder nur mit Männern zu besetzen. Eine Mischung ist aus meiner Sicht unbedingt erforderlich. Mixed-Schiffe sind wesentlich effektiver, Sir."
Thomas sah den Droiden an: „Deswegen wird das eine Ausnahme bleiben, Pommerton. Vielen Dank, melde dich bei BRAIN-DECKS."
„Verstanden."
„Und noch was, Pommerton."
„Sir?"

„Die Sache mit deinen Kollegen und dem Angriff der AASOR auf die G II bleibt Verschlusssache. Auch Anna Svenska darf es als Leiterin der BRAIN-DECKS niemals erfahren. Verstanden?"
„Ich werde die Daten in meinen Speichern blockieren und wenn jemand nachforscht, werden sie sich löschen."
Thomas nickte: „So ist es gut."
Der Droide entfernte sich und Thomas wandte sich an seinen Geheimdienstchef: „Du hast deine Aufgabe verstanden, Walter?"
„Klar, wir holen das Landungsboot der AASOR und sehen uns dort um."
Thomas stach mit dem Finger in Richtung Walter: „Nimm Ron und sein Schiff mit."
„Okay, machen wir. Im Übrigen warte ich auf die Meldung von Rita."
„So machen wir das und das, was wir hier gehört haben, bleibt unter uns – bitte."
„Ehrensache", antwortete Walter.
Thomas erhob sich – die Besprechung war zu Ende.

Die Gedenkfeier zum 30. Todestages von Admiral Jonathan Baines schenkt sich der Berichtende. Man besuchte das Grab auf dem MARS und wurde dabei von Kameradrohnen begleitet. Man nahm Anteil oder auch nicht. Für Thomas und Trixie war das ein emotional bewegendes Ereignis, für die Allgemeinheit schon nicht mehr. So wächst eben Gras über jede Sache und ist nur noch bei den engsten Beteiligten im Gedächtnis. Das Schicksal eines jeden, der dann mal stirbt.

<u>Irgendwann und irgendwo:</u>

Ava hatte das wirklich im Griff. Joe staunte und Tibor wunderte sich. Sie brachte tatsächlich im Laufe der Wochen und Monate alle 500 MENSCHEN hinter sich. Gut, genau waren es 477, denn einige waren der Natur zum Opfer gefallen, bis man sich auf die Gefährlichkeit dieser eingestellt hatte. Man konnte jetzt giftige Viecher erkennen und die Gebissenen oder Gestochenen schnell in eine der Stasekisten bringen. Aber es gab auch Tiere, die fielen MENSCHEN an und nahmen sie als Beute mit. Diese Art von Raubtier, eine Mischung aus Tiger und Bär, tötete man oder vertrieb sie. Ava war die unumstrittene Führerin dieser MEN-

SCHEN. Sie waren ihr trotz der Gefahren dankbar, dass sie nicht wieder in den Stollen arbeiten mussten. Und dann begann Ava ihren Plan umzusetzen für den Fall, dass die GENAR kamen und den Container abholen wollten.

Und schließlich war es so weit. Die weit außerhalbstehenden Warnsysteme hatten Alarm gegeben und nun galt es, den Plan auch wirklich umzusetzen.
Ein GENAR-Frachter war im Anflug.
Sophie flog mit der Transportkugel zum Mond und außer ein paar handverlesenen Kämpfern unter Ava, Joe und Tibor, blieb niemand mehr in der Station. Sie hatten Stunden Zeit, die Verstecke zu erreichen und sich damit unsichtbar zu machen. Unter Anleitung von Ava hatte man den großen Container von dem wertvollen Material befreit und eine Art Zwischenboden eingezogen. Darauf kam Erde und als Alibi obendrauf die dünne Schicht des wertvollen Materials. Man hatte es so eingerichtet, dass zehn Kämpfer mit Raumanzügen dort Platz finden konnten. Ava nannte es das Troja-Prinzip. Kaum einer konnte mit dem Begriff etwas anfangen, aber der Sinn war recht schnell klar. Bei den zehn Kämpfern handelte es sich um Leute, die den Bauplan des anfliegenden Frachters auswendiggelernt hatten und auch, wie man damit umging.
Alles von der Stations-KI erlernt. Okay, es war rein theoretisch gewesen und niemand hatte im Gefühl, wie ein solches Schiff tatsächlich reagieren würde. Aber auch die Leute, die am Boden geblieben waren, hatten ein festes Programm zu absolvieren – dazu später.

Sophie, jetzt wieder als So-Fil unterwegs, hatte die wichtigste Rolle bei diesem Plan. Von ihr würde es abhängen, ob der Plan gelingt und die aufgebaute Falle funktionieren würde. Eine Schwierigkeit war ihre Glaubwürdigkeit. So-Fils Herz schlug kräftig, aber nicht viel schneller als sonst. Die Jugendliche war auf der Station einiges gewohnt und auch die, die sie jetzt erwartete, waren in diesem Zusammenhang keine Heilsbringer. Man wusste von ihr und trotzdem half man ihr nicht. Sie steckten mit so manchen Leuten hier unter einer Decke. Das festigte den Entschluss von So-Fil. Auf dem Frachter waren 25 Crewleute unterwegs. Und dieses Mal sollte nur der Container abgeholt werden. Es gab keinen Wächteraustausch. Das war wichtig bei ihrer Planung gewesen. So-Fil hatte die Station auf dem Mond erreicht und saß jetzt in der Zentrale. Das A und O ihres Planes war, dass keiner der ankommenden GENAR die Mond-Station oder diese auf GETAWAY betrat. Und die Jugendliche sollte dafür sorgen. So-Fil betrachtete auf einem der Monitore, dass der Frachter näherkam. Es war sicherlich kein neues Modell, mit dem hier agiert wurde, aber es hatte Überlichtfähigkeit und genügend Transportkapazität für 477 MENSCHEN und eine junge GENAR. Dass Ava und Co. So-Fil diesen wichtigen Part überließen und sich damit ganz auf sie verließen, sprach für sie. Auf der anderen Seite wäre der Plan ohne sie an dieser Stelle kaum durchzuführen.

Vor So-Fil begann eine Lampe zu blinken. Der Frachter wünschte Kontakt. Sie atmete kräftig durch. Jetzt kam es darauf an.

So-Fil legte einen Schalter um und sofort sprang ein Monitor vor ihr an und zeigte das Bild eines mürrischen GENAR mit dunkelblauen, fast schwarzen Augen.

„Hier ist Captain Ku-Tal vom Frachter GARTAN. Was machst du am Funk? Hol mir jemanden, mit dem ich sprechen kann."

„Ich bin allein", kam es leise und zögerlich von So-Fil.

„Du bist was?" Ku-Tal kroch fast in die Optik.

„Allein", schluchzte sie.

„Erkläre das!"

Etwas weinerlich berichtete So-Fil: „Zunächst wurden ein paar Leute krank. Man versuchte sie zu behandeln, aber selbst die Stasekisten waren machtlos. Das passierte hier auf dem Mond und auf der Station des Planeten. Dann starben welche. Es gab keine Heilungschance und Hilfe rufen konnten wir auch nicht. Ich übermittle ein paar Bilder."

Man hatte sich echt Mühe gegeben und die GENAR zusammengekramt, die eben nicht bis zur Unkenntlichkeit totgeschlagen worden waren. In Zusammenarbeit mit der einsetzenden Verwesung hatte man Eiterbeulen simuliert und noch andere Dinge recht anschaulich dargestellt. Für die beteiligten Akteure ein schauerliches Tun – aber es musste sein. Captain Ku-Tal machte ein angewidertes Gesicht.

„Warum bist du nicht krank geworden?"

So-Fil schüttelte sich: „Ich weiß nicht. Vielleicht war ich zu jung."

„Das ist unlogisch", tat Ku-Tal den Erklärungsversuch ab. „Ist aber auch egal."

„Bitte, holt mich hier weg – zwischen den ganzen Toten", bat So-Fil.

Als sie das Entsetzen in Ku-Tals Augen sah, konnte sie annehmen, dass er den Köder geschluckt hatte.
„Ich will eine Verbindung zur KI der Station", verlangte Ku-Tal.
Auch damit hatte man gerechnet und mehr oder weniger den Stecker gezogen. Natürlich war es komplizierter gewesen, aber der Sinn ist klar.
„Die KI ist offline. Irgendjemand muss im Todeskampf etwas beschädigt haben", klagte So-Fil.
„Was ist mit dem Container?", fragte Ku-Tal lauernd und So-Fil atmete innerlich etwas auf.
„Ich weiß, dass er ungefähr halb voll ist. Aber wollt ihr mich nicht erst einmal abholen? Ich bin hier ganz allein."
„Damit wir uns anstecken? Du bleibst schön da."
„Aber ihr könnt doch nicht ...", spielte So-Fil eine aufkommende Panik.
„Doch. Können und tun wir. Wir holen den Container und das war es dann. Ich werde Bericht erstatten und vielleicht holt dich dann jemand. Ich würde aber nicht davon ausgehen."
„Bitte, bitte ...", klagte So-Fil und streckte ihre Hände aus. Sie erreichte damit ihr Ziel. Die Verbindung wurde getrennt. Um ihrer Glaubwürdigkeit willen versuchte sie ihrerseits den Kontakt herzustellen, aber man antwortete ihr nicht. Zufrieden sah sie auf dem Schirm, dass der Frachter Kurs auf GETAWAY nahm. Das Mineral war viel zu wertvoll, als dass man es hierlassen würde. Sie würden wegen einer möglichen Ansteckungsgefahr vorsichtig sein, mehr aber auch nicht.
So-Fil nahm ein anderes Funkgerät und tippte dreimal auf die Sprechtaste. Das war das Zeichen für: Plan A1 durchgeführt und funktioniert. Das Mädchen atmete auf. Sie hatte ihren Part erledigt. Jetzt kam es darauf an, ob Ava und ihre Leute Plan A2 ausführen konnten.

GETAWAY:

„Es geht los", sagte Ava und legte so viel Entschlossenheit in die Betonung ihres Kommandos, wie es eben ging. Niemand durfte Zweifel haben, dass es gelang. Längst schon standen sie neben dem Container. Und das war gleichzeitig auch die Ungewissheit: Niemand wusste, wie dieser Container aus der Halle kommen sollte, Sophie hatte ihnen verraten, dass auch die Wächter keinen Einfluss darauf hatten. Nun, dann konnte man sich mit falscher Handhabung eben nicht verraten. Ava

nahm es positiv. Sie hatten zwei Helfer vorgeschickt, die ihnen das Verstecken ermöglichten und anschließend die Spuren verwischten, sobald sie im Container waren. Sie kletterten die Leitern an der Außenseite des Containers hoch, was mit den Raumanzügen nicht einfach war, und an der Innenwand, nur halb so weit, wieder herunter. Die Helfer folgten. Die Zugangsröhren lagen offen. Ohne übertriebene Eile kroch einer nach dem anderen in den Doppelboden hinein.
„Bereit?", fragte schließlich einer der Helfer.
Sie lagen verteilt auf dem Boden und Ava reckte einen Daumen nach oben.
„Viel Glück", sagte der Helfer, dann legte er einen Deckel auf die Öffnung und dann hörte man sie mit Schaufeln den Zugang abzudecken.
Lebendig begraben, dachte Joe und schüttelte den Gedanken ganz schnell wieder ab.
„Kannst du was sehen, Ava?"
Sie hatten eine kleine Kamera innerhalb des Minerals angebracht – mit normalen Augen nicht zu entdecken, so klein war das Gerät.
„Die Kamera läuft. Ich sehe die Hallendecke."
Joe entspannte sich, dann hörten sie Geräusche. Joe nahm an, dass es die Helfer waren, die die Leitern und Schaufeln beseitigten und sich anschließend in ein sicheres Versteck begaben.
Dann war Ruhe.
Die Ruhe vor dem Sturm.
Sie kannten die Anzahl ihrer Gegner und den Frachter selbst. Über die Kampfkraft und Entschlossenheit ihrer Feinde wussten sie nichts. Sie brauchten diesen verdammten Frachter.
Und das Warten war das Schlimmste.
Und die Enge.
Und die Dunkelheit.

Nach gefühlten Stunden gab es einen Ruck.
„*Helme aufsetzen – auf Autark schalten*", ordnete Ava flüsternd an. Sie hörte anschließend das leise Geklapper, als ihre Leute den Befehl ausführten. Eine Bestätigung gab es nicht.
Ava flüsterte das den anderen zu, was sie sah – und das war nicht viel.
„*Es wird heller im Lagerraum*", sagte sie. „*Die Decke bewegt sich, nein, natürlich der Container.*"

Joe hörte einen heftigen Seufzer.

„*Ava, was ist?*"

„*Uah, der Container steht jetzt draußen. Die Sonne blendet. Geht schon.*"

Es dauerte wieder ziemlich lang, bis Ava das Nächste berichten konnte.

„*Da senkt sich was auf uns herab. Ich kann nicht erkennen, was es ist.*"

Die folgenden Minuten waren unangenehm, dann schepperte Metall auf Metall – insgesamt sechsmal. Dann gab es wieder einen Ruck, und zwar nach oben.

„*Ich schätze, das ist eine Lastendrohne, die uns in den Orbit zum Frachter zieht*", nahm Ava an.

„*Und weiter?*", fragte Joe.

„*Nichts weiter. Ich sehe den Bauch der Drohne – ziemlich dunkel. Wir hängen direkt darunter.*"

Da war für Joe keine gute Nachricht. Unter Zentnern von Geröll und Mineral begraben und dann nicht erfahren können, wo die Reise hingeht. Er begann nervös zu zappeln und schließlich spürte er eine Hand auf seiner Schulter.

Ava hatte die Beleuchtung innerhalb ihres Helms angeschaltet und sah ihn an. Sie lag direkt neben ihm. Joe atmete heftig durch, dann klopfte er ein paar Mal sachte auf ihre Hand und nickte. Er hatte sich beruhigt. Ava schaltete das Licht wieder aus.

Die Drohne brauchte eine Stunde oder zwei – keiner konnte das sagen und erst, als es erneut rappelte und sie durchgeschüttelt wurden, konnten sie ahnen, dass der Container auf dem Frachter angekommen war.

„*Ich sehe wieder was*", sagte Ava. „*Ich sehe die Hallendecke eines großen Raumes. Die Decke ist bestimmt 50 Meter weg.*"

„*Können wir heraus?*", fragte Joe. So langsam litt er unter Platzangst.

„*Wir müssen noch warten*", gab Ava zurück, dann meldete sie, dass ein Droide über den Rand des Containers geschaut hatte, sich jetzt aber zurückgezogen habe.

„*Seid ihr bereit?*", fragte Ava und wartete dieses Mal auf jede einzelne Antwort. „*Noch mal: Es muss schnell gehen. Wir wissen nicht, ob der Frachtraum kameraüberwacht ist oder sonst wie. Sophie hat uns gesagt, dass bei den GENAR an diesen Sachen hier gespart wird. Die Besatzung dieses Schiffes besteht selbst aus Sträflingen, die als letzten Einsatz vor ihrer Entlassung einen Container von GETAWAY holen müssen. Danach sind sie frei. Wir müssen aus dem Frachtraum raus und uns orientieren. Sie werden nicht umfangreich bewaffnet sein, weil kein*

Bedarf besteht. Die einzige Waffenkammer ist 200 Meter von der Brücke entfernt und darf nur in begründeten Fällen geöffnet werden. Wir sind so ein Fall. Wir müssen eher da sein, verstanden?"
Wieder antwortete jeder. Allzu viel Zeit durften sie sich nicht lassen. War der Frachter erst auf Kurs, dann dauerte das mit der Umkehr.
„Wer liegt unter dem Ausgang?"
„Ich", meldete sich Tibor.
„Und los!"
Tibor trat mit den Füßen die drei Stempel weg, die die Abdeckung trugen und Geröll und Erz polterte ins Innere ihres Verstecks.

Mond-Station:

Sophie oder So-Fil, je nach Perspektive, hatte beobachten können, dass die Drohne mitsamt dem Container an Bord des Frachters angekommen war und sich das Raumschott geschlossen hatte. Sie gab das Signal an die zurückgebliebenen Gefangenen. Und dort auf GETAWAY brach eine gezielte Hektik aus. Jeder hatte das bis zum Erbrechen geprobt. Jeder wusste genau, was er zu tun hatte. Jeder hatte eine Aufgabe. Sie benötigten Stasekisten, Replikatoren und Energieerzeuger. Sie wussten genau, wie man diese Dinger mobil bekam. Aus verschiedenen Verstecken um die Station rannten sie auf ihre Ziele zu. Lebensmittel, Werkzeug und andere Dinge des täglichen Bedarfs hatten sie schon an verschiedenen Punkten zusammengetragen.
Einige Verbindungen waren schon gelockert worden, um sich nicht unnötig aufzuhalten. Überall standen Behälter, sorgfältig gekennzeichnet und jeder wusste, welchen Behälter er mit was zu füllen hatte.
Jeder Handgriff saß und war ein Dutzend Mal geübt. Und jeder hoffte, dass Ava und ihre Männer den Frachter erobern konnten. Falls das Signal des Erfolges nicht innerhalb von 36 Stunden bei ihnen ankam, existierte ein Plan B und eine Hand voll neuer ‚Führer', die die fast 500 Personen in einer genau festgelegten Region bringen sollten. Das beinhaltete, dass Sophie ihnen mit der Sphäre half.
Aber niemand wollte diesen Plan B. Verstecken ja, das mussten sie nach wie vor, aber nicht auf diesem Planeten. Sophie hatte ihnen beschrieben, dass es in der Nähe ein paar Planeten mit Photosynthese gäbe, die es sich lohnen würde anzusehen.

Ava hatte mit dem Kopf geschüttelt: Auf keinen Fall in der Nähe und auf keinen Fall einen Planeten, den die GENAR kennen. Ava ging sogar so weit, dass sie plante, ihre Leute auf einem geeigneten Planeten abzusetzen und dann mit dem Frachter eine falsche Spur zu legen. Aber davon wollten die MENSCHEN nichts wissen und verschoben diese Entscheidung auf später. Man musste erst einmal weg von hier, dann konnte man weitere Pläne schmieden. Und daran arbeiteten alle im Akkord. Die Behälter füllten sich und aus der Station wurde weiteres Gerät herausgeschoben.

Frachter, Laderaum, Container:

„*Geh du, Joe*", sagte Ava. Tibor war einfach zu breit und eher für das Grobe zuständig. Hier musste jemand schlank und schnell sein. Außerdem konnte Joe seine Ungeduld kaum mehr beherrschen – er wollte einfach raus aus dieser Grabstätte.
„Okay – danke", flüsterte er zurück und orientierte sich an dem geringen Lichteinfall, wo der Ausgang ihres Verstecks war. Tibor machte ihm bereitwillig Platz. Trotzdem musste Joe seine Waffe ablegen, bevor er durch das Loch kam. Es rieselte Erdreich nach – niemand achtete darauf.
Joe hangelte sich nach oben, dann sah man seine Hand. Tibor steckte dort die Waffe hinein. Man sah, wie Hand und Waffe verschwanden. Es dauerte ein paar bange Sekunden, bis alle Joe hörten: „Die Luft ist rein. Ihr könnt kommen."
Sie ließen Ava den Vortritt. Sie schob zuerst ihre Waffe, einem Gewehr nicht unähnlich, aus dem Versteck. Joe nahm es ihr ab und als sie ihre Arme durch das Loch streckte, fasste Joe zu und hob sie mit Schwung aus dem Loch. Ava war nicht schwer und die harte Arbeit im Stollen ließ Muskeln wachsen. Zusammen mit Joe ging Ava bis zum Rand des Containers, während man sich hinter ihnen gegenseitig half, den Bereich des Doppelbodens zu verlassen. Vorsichtig lugten beide über den Rand des Containers. Nach oben hin war viel Luft, seitlich jeweils etwa zehn Meter.
„Bereit?", fragte Joe und Ava sah sich um. Der Letzte, Tibor, war aus dem Loch gekrabbelt.
„Mach hin, Joe!"
Joe löste das kurze Seil über seine Schulter und befestigte es mit einem Haken an der Innenseite des Behälters. Den Rest des Seils warf er über

den Rand. Es klatschte und erinnerte daran, dass hier normale Atmosphäre herrschte. Ava lehnte es aber immer noch ab, den Autark-Modus der Kampfanzüge aufzuheben. Sie war vorsichtig, was das anbetraf.
Sie nickte Joe zu. Er sollte wieder als Erster gehen. Er warf noch einen letzten Blick nach unten, dann ergriff er das Seil und schwang sich über den Rand des Containers. Ava beobachtete das Seil und als es aufhörte sich zu bewegen und nicht mehr stramm hing, wagte sie sich als Nächste an den Abstieg. Auch sie war schnell und gewandt. Nach den Übungen mit dieser klobigen Ausrüstung fiel es ihr leicht, sich an dem Seil herabzulassen. Dann stand sie neben Joe, der ihr den Rücken zukehrte und seltsam starr wirkte. Ava sah an ihm vorbei und erschrak. Vor Joe stand einer der Droiden. Seine Sehlinsen waren nicht voll erleuchtet, aber latent schienen sie Licht zu verbreiten – rotes.
Joe und der Droide, der zwei Köpfe kleiner war als der hochgewachsene Joe, bewegten sich nicht. Ava hielt ihr Gewehr auf den Kopf des Robots gerichtet, als sie um beide herumging.
„*Sophie hat uns gesagt, wir sollen nicht ohne Grund schießen und auf Droiden gar nicht. Die Droiden brauchen wir noch und ein Schusswechsel wird möglicherweise in der Zentrale angezeigt. Joe, komm langsam dort weg.*"
Joe, man sah es, widerstrebte es, aber er ging seitlich weg auf Ava zu. Der Droide reagierte nicht.
„*Hier Ava*", sagte sie über Funk zu den anderen. „*Hier unten steht ein Droide – offline. Lasst ihn dort stehen.*"
Ava suchte den Zugang und Joe zeigte darauf. Es war eine Tür mit einem einfachen Riegel. Dieser Frachter war alles andere als modern.
Auf der einen Seite gut – sie kamen einfacher voran, auf der anderen Seite schränkte das ihre Möglichkeiten ein, sollten sie Erfolg haben.
Derlei Betrachtungen waren jetzt unnötig, fand Ava und sah, dass der Letzte, Tibor, den Container verlassen hatte. Sie nickte Joe zu und dieser legte seine Hand behutsam auf den Riegel. Langsam zog er ihn zurück und Ava bemühte sich, das Quietschen zu überhören. Schlecht gepflegt war dieser Flieger auch noch. Die Tür verhielt sich nicht anders.
Joe klappte sie nur so weit auf, dass auch Tibor ungehindert durchpasste. Der Gang dahinter, er führte nach rechts und links, war notbeleuchtet – es reichte gerade.
„*Wohin?*", fragte Ava. In diesen Dingen verließ sie sich auf Joe. Ihr eigener Orientierungssinn war da eher – nicht so gut. Joes erwiderte nichts,

wandte sich aber klar nach rechts. Der Gang war etwa zweieinhalb Meter breit.

„*Zweierreihe*", ordnete Ava an und bildete mit Joe die Spitze. Hinter ihnen hatte sich Tibor vorgemogelt. Joe sah kurz zurück und sah den massigen Mann.

Sie schlichen weiter und Ava fragte: „*Wie weit?*"

„*Es sind etwa 300 Meter. Die Tür zum Waffenraum ist rechts. Aus Richtung Brücke ist der Raum 100 Meter entfernt – andere Richtung.*"

Bisher gab es noch keine Anzeichen dafür, dass man sie entdeckt hatte. So legten sie – langsam und leise, einhundert Meter zurück. Dann erscholl eine laute Sirene und der Gang wurde beleuchtet – kein Zweifel, sie waren entdeckt worden.

Ava zuckte zusammen, aber die Schrecksekunde war nur Millisekunden lang: „**LOS!**" Sie begannen zu rennen, den Blick nach vorn gerichtet und da kamen sie auch schon. Beide Gruppen hatten das Ziel Waffenraum. Der Gegner war noch 100 Meter entfernt, die MENSCHEN die doppelte Entfernung.

„**FEUER!**", schrie Ava und zog den Stecher ihres Gewehres durch. Gleichzeitig duckte sie sich, damit zumindest die hinter ihr Laufenden ebenfalls schießen konnten. Es schoss sogar die dritte Reihe, indem sie ihre Gewehre über die Köpfe hielten und einfach den Gang entlangfeuerten. Das Zischen und die Einschläge der Energiewaffen waren gut zu hören und vorn wurden die GENAR getroffen. Manche starben sofort, andere wälzten sich verletzt auf dem Boden. Brenzlig wurde es, als es dem Gegner trotzdem gelang, die Tür nach außen zu öffnen. Das gab für die nachfolgenden Deckung und diese verschwanden im Waffenraum.

„**TIBOR!**", schrie Joe und hielt eine Granate hoch, dann rannte er los. Ava wurde wie ein Streichholz zur Seite gerammt, als Tibor an ihr vorbeischrammte. Der Kerl brauchte für die Beschleunigung Zeit, aber dann walzte er alles nieder, was ihm im Weg stand – und das erstaunlich schnell. Joe hatte die Tür fast erreicht und machte einen letzten Hechtsprung, wobei er die Granate in den Raum warf und anschließend weit über den Boden daran vorbeischlitterte. Tibor warf die Tür zu und stemmte sich mit dem Rücken dagegen. Ava dachte noch, ob das gutgeht, als die Granate explodierte. Die Tür wurde aufgestoßen und Tibor erfuhr eine ungewöhnliche Beschleunigung. Er hatte Glück. Er wurde

nicht etwa im stumpfen Winkel auf die Gegenwand gestoßen, sondern im spitzen Winkel in Richtung seiner Kameraden. Ava gelang es noch hochzuspringen, bevor Tibor bei ihnen einschlug und sie wie Kegel abräumte. Ava hörte wüstes Gefluche und dann die Stimme von Joe: „**Ava, komm. Die Brücke!**"
„**Zählt die Leichen**", rief Ava und sah zu, dass sie Joe erreichte. Sie mussten weiterhin schnell sein. Ava erreichte die Tür und erschoss noch einen am Boden liegenden Verletzten, bevor sie über die toten GENAR kletterte. Joe war ihr voraus und deutete auf eine Tür. ‚Das war lächerlich', schoss es Ava durch den Kopf. Die Tür war durch einen gleichen Riegel wie die Frachtraumtür gesichert.
Joe legte seine Hand an den Riegel: „Bereit!"
„Öffnen", rief Ava und hob das Gewehr. Joe stieß die Tür auf und im gleichen Augenblick schoss Ava auf einen dahinterstehenden GENAR. Der Mann wurde zurückgeworfen und Joe und Ava drangen in die Zentrale. Sie wussten, dass sie sich keine Fehlschüsse leisten können. Die Brücke durfte in ihrer Funktion nicht beschädigt werden. Sie erschossen drei weitere GENAR, dann wurde Ava angesprungen und niedergerissen. Mit dem Gewehr quer vor der Brust rang sie auf dem Boden mit einem kräftigen Gegner und kam auf dem Rücken zu liegen. Krampfhaft hielt sie das Gewehr fest, als daran heftig gerissen wurde. Sie durfte es nicht loslassen! Dann sah sie, wie sich seitlich ein Gewehr in ihren Sichtkreis schob. Es krachte, dann war der Kopf ihres Gegners weg. Blut spritzte ihr über den Helm und die Sicht war eingeschränkt. Sie fühlte sich hochgehoben und hingestellt.
„Das war es", hörte sie Joes Stimme, der ihrem Gegner ein Stück Stoff vom Leichnam riss und damit das Blut von Avas Visier abwischte. Ava hielt sich nicht auf und bewegte sich zur Tür.
„ENJA", schrie sie in den Gang und eine Frau kam angelaufen.
„Stopp den Frachter!"
„Mach ich."
Enja war diejenige, die sich mit der Navigation des Fliegers beschäftigt hatte.
Ava selbst lief den Gang zurück – vorbei an der Waffentür.
„Wie viele Leichen?"
Es kam jemand dort heraus: „Wir, äh, müssen die Arme zählen und dann durch zwei teilen."

„Dann macht das und von mir aus könnt ihr die Füße nehmen!" Ava eilte weiter.

Irgendwo dort lag Tibor. Sie bückte sich und der Mann hatte die Augen auf – er lebte.

„Tibor, Tibor. Bist du verletzt. Hast du Schmerzen? Wie fühlst du dich?"

Der Mann stöhnte: *„Felsblock"*

„Was, wie, Felsblock?"

„Überrollt."

„Ist was gebrochen?"

„Ja."

„Wo denn?"

„Überall", seufzte Tibor. *„Nicht anfassen!"*

„**Ich brauche hier Hilfe**", schrie Ava. „**Zweiertrupps – sofort los. Wir brauchen eine Stasekiste. Oplom, du hast die Karte. Wo ist so ein Teil?**"

Ein Mann, namens Oplom, kam näher: „Ich, äh, die Symbole – ich nehme an, diese Richtung!"

„**Los schnapp dir jemanden. Seid vorsichtig. Wir wissen nicht, ob wir alle erwischt haben. Und los, los, los!**"

Zu zweit stoben sie los.

Ava riss sich den Helm herunter und sah auf den Verletzten: „Du hast uns den Arsch gerettet, Tibor. Und jetzt retten wir deinen!"

Der Mann stöhnte leise.

„**Schiff ohne Antrieb**", rief Joe. Er stand im Brückenschott und rief den Gang runter. „**Enja wendet!**"

„Wir haben es geschafft, was?" Leise hörte Ava die Stimme von Tibor.

Ava sah herunter auf den Verletzten: „Ja, das haben wir."

Tibor lächelte schmerzlich.

„Joe, funk GETAWAY an und die Mond-Station. Gib das Signal und Sophie soll herkommen."

„Ay, Ava", Joe verschwand aus dem Türrahmen.

Zehn Minuten später war es so weit. Sie hatten eine Stasekiste gefunden und trugen Tibor mit sechs Mann vorsichtig dort hin. Noch behutsamer pellten sie ihn aus dem Anzug. Der Mann war tapfer, unterdrückte die höllischen Schmerzen und schließlich lag er dort drin.

„Wir sehen uns später – fit und munter", versprach Ava, dann schloss sich der Deckel.

Eine Stunde später landete Sophie mit der Transportkugel auf dem Frachter. Auf dem Landedeck fielen sich Ava und Sophie in die Arme.
„Tibor wird wieder, sonst haben wir niemanden verloren", freute sich Ava.
„Eine glanzvolle Leistung, Ava. Wir schaffen auch den Rest."

Auf GETAWAY brach Jubel aus, der die Arbeit aber nur kurz unterbrach. Man beeilte sich nun doppelt, falls das möglich war, denn jetzt wusste man, dass man sich nicht umsonst abmühte. Der Frachter erreichte einen stabilen Orbit um GETAWAY und Enja wurde als beste Pilotin des Universums gefeiert. Verstohlen wischte sie sich den Schweiß von der Stirn. Theorie und Praxis waren zwei völlig verschiedene Dinge. Sie lächelte und nahm die Schulterklopfer dankend an.
Innerhalb von drei Tagen war man abflugbereit. Die MENSCHEN hatten geschuftet wie noch nie in ihrem Leben. Alle sechs Stunden wurde gewechselt, sodass die Transportkapsel durchfliegen konnte. Auf GETAWAY beladen – auf dem Frachter abladen – die Kapsel flog pro Stunde sechsmal den Weg. Zuletzt kamen die MENSCHEN an Bord. Es gab Betten und Hygienekabinen – rasch aufgestellt. Alles war ein wenig improvisiert und musste verbessert werden. Sophie hatte herausgefunden, wie man die Droiden aktiviert. Sie wurden per Sprachbefehl gesteuert und leisteten Wesentliches.

Auf der Brücke passierte am Ende des dritten Tages, als man abfliegen konnte, etwas Besonderes.
„Ava ...", hörte sie ihren Namen, ausgesprochen von Joe. Sie sah von ihren Aufzeichnungen hoch und sah sich Joe sowie einer Delegation aller MENSCHEN gegenüber. Unwillkürlich stand sie auf.
Joe redete weiter: „Ava, dass wir so weit gekommen sind, haben wir dir zu verdanken. Wir haben beraten und beschlossen, dich zu fragen, ob du uns weiter führen willst."
Ava sah über die Versammelten hinweg und entdeckte auch Tibor – vollständig erholt. Er zwinkerte ihr zu und nickte dabei auffallend schnell.

„Wenn ihr euch weiterhin mir anvertrauen möchtet, dann will ich das gern tun."
Ava hatte mit allem gerechnet, aber nicht mit Jubel. Man feierte Ava und gleichzeitig die Tatsache, dass sie weiterhin zu bestimmen hatte.
„Wo geht es hin?", fragte jemand.
Ava drehte sich zu den Anzeigen und ihr fiel ein kleiner Stern, links oben am Bildrand, auf und sie zeigte darauf: „Seht ihr den? Der zweite Stern von rechts. Direkter Kurs. Wir beschleunigen, und wenn wir genügend Schwung haben, springen wir weit. Danach sehen wir weiter."
Es gab tatsächlich Applaus.
Die Brückencrew, darunter Joe, Tibor, Enja, Sophie und Oplom, nahmen ihre Plätze ein.
„Du hast etwas vergessen, Ava", sagte Joe und drehte sich zu ihr.
Ava zog eine Augenbraue hoch: „So? Was habe ich vergessen?"
„Dieses Schiff braucht einen Namen."
Ava sah kurz auf den Boden: „Nun, ich denke, das Schiff trägt den sehr treffenden Namen: ESCAPE!"
Es wurde geklatscht und gejubelt.
„Enja, du hast ihn noch – den zweiten von rechts?"
„Ja, Skipper."
„Dann los!"
Langsam und mit geräuschvollen Begleiterscheinungen stemmte sich der Frachter, also die ESCAPE, gegen die Anziehungskraft von GETAWAY und nahm Kurs auf den besagten Stern.

<u>18.03.2165, 13:11 Uhr, HSM DELAWARE, Brücke:</u>

„Wir sind im NAM-System eingetroffen, Captain", meldete Fish, Pilot der HSM DELAWARE.
Ron strich gedankenverloren über das Kunstleder seines Sitzes. Die Brücke der F-Klasse war trapezförmig vorgegeben gewesen. Es gab drei Höhen zu überwinden – über zwei Stufen. In Flugrichtung vorn war die schmale Seite mit drei Arbeitsplätzen – auseinandergezogen über sechs Meter Breite. In der Mitte saß Pilot Fish, rechts von ihm KOM-Offizierin Finja und links Anka an den Scannern. Die mittlere Ebene war der Schiffsführung vorbehalten. Dort waren drei Sitze, recht nah nebeneinander. Mittig Captain Isabel-Maria Scottwers, rechts von ihr General Ron

Dekker und links Lale als XO, Taktik und Scanner. Die hinterste Ebene war besetzt mit fünf Arbeitsplätzen von links nach rechts: Hadat – Außenmission, Spartacus – zbV, Suzi – RC-Spezialist, Paul – Drohnen, Meik – RC-Spezialist. Diese arbeiteten mit dem Rücken zur Flugrichtung an einer Wand, die dort zehn Meter breit war. Zwischen diesen und der zweiten Kommandoebene, Blick nach vorn, gab es noch Def-GUN und Off-GUN mit Wolf und Ben. Die Gesamttiefe der Brücke von vorn nach hinten betrug achteinhalb Meter. Es gab einen Fluchtschacht und einen kleinen Replikator für Getränke. Direkt nach den Zugängen zu Brücke, rechts und links, befanden sich die Hygienebereiche. Vorn gab es die Gesamtübersicht als Monitor, welcher auch 3D-Funktion hat – sechs Meter breit und vier hoch.

Okay, es gab jetzt mehr Brückenoffiziere als auf anderen Schiffen, aber Ron hatte gegenüber Phil darauf bestanden, alle Teammitglieder auf der Brücke unterzubringen.

„Man wird nicht besser, wenn man ein Top-Team teilt, Phil."

Der Chefingenieur hatte nachgegeben – nicht zuletzt wegen des Admirals, der ihn gebeten hatte in Sachen ‚Ron' Fünfe gerade sein zu lassen. An Bord gab es eine weitere, etwas abgespeckte Brückencrew, sodass sich Ron, falls Bedarf bestand, jederzeit mit seinem Team komplett in irgendwelche Missionen stürzen konnte. Daneben gab es weitere zwei Teams an Kämpfern.

Es war – eben ein Schiff der Marines.

„Die VIRGINIA HALL ist 13.000 Kilometer hinter uns aufgetaucht", teilte Anka mit.

„Kompletter Scan", verlangte Isabel-Maria Scottwers.

Es dauerte einen kleinen Augenblick, dann seufzte Anka: „Schlechte Nachrichten. Ich detektiere einen AASOR-Raumer. Die 1.311 Meter sind unverkennbar. Entfernung 1,2 Millionen Kilometer im Orbit von NAM."

Isabel-Maria sah zum General rüber: „Rock?"

„Ich möchte mit Walter sprechen."

Isabel-Maria nickte und sagte: „Finja, stell den Kontakt her."

Kurz darauf schaute Colonel Walter Steinbach von der VIRGINIA HALL aus auf die Brücke der DELAWARE.

„Ihr habt's bemerkt?", wollte Ron Dekker wissen.

Walter bestätigte: „Haben wir."

„Vorschläge?"
„Ja", sagte Walter und grinste. „Wir geben dir Flankenschutz und sind mit deinen Maßnahmen einverstanden."
Ron knurrte: „Gut zu wissen." Er winkte und Finja unterbrach die Verbindung.
Isabel-Maria sah den General an und dieser traf eine Entscheidung: „Direkter Kurs – Angriffsdistanz."
„Ay, General", reagierte die Captain. „Fish, direkter Abfangkurs zum Objekt."
„Ändere Kurs – es geht los", kam die Bestätigung.
„Lale – Gefechtsalarm!"
Innerhalb einer halben Sekunde begannen die Alarmsirenen zu heulen. Isabel-Maria unterbrach den schauerlichen Sound nach 30 Sekunden.
„Hadat, bereitmachen – Wolf, Waffenbänke laden – Feuer auf mein Kommando!"
Sie bekam die Bestätigungen und die HSM DELAWARE begann zu beschleunigen.
„Die VIRGINIA HALL folgt uns", meldete Anka.
Man verkürzte den Abstand relativ schnell auf 800.000 Kilometer.
„Wir werden gerufen – von dem AASOR-Schiff", teilte Finja mit.
Isabel-Maria sah zu Ron Dekker.
„Annehmen und Walter dazuschalten", knurrte er.
Finja hob eine Hand – sie hatte verstanden. Dann zeigte sich ein zweigeteilter Schirm auf der Übersicht: links der Echsenkopf des AASOR und rechts Walter.
„Wir sind nicht zum Kämpfen hier", eröffnete die Echse.
„Nicht?", fragte Ron etwas verwundert.
„Es bestand eine Wahrscheinlichkeit dafür, dass das Verschwinden unserer Schiffe etwas mit euch zu tun hat. Ich wurde entsandt, um hier möglicherweise auf euch zu warten und ein Angebot zu unterbreiten. Eines des Waffenstillstandes wegen eines bestimmten Grundes."
Ron zog die Augenbrauen hoch: „Teilalarm, kompletter Halt in 500.000 Kilometern vor dem AASOR!"
Die Leuchtstreifen seitlich wechselten von Rot auf Gelb und Fish bestätigte den Befehl.
„Warum?", fragte Ron und Walter beschränkte sich aufs Zuhören.

„Dieses System bietet uns nichts. Wir haben kein Interesse daran. Aber es hat sich für uns ein neuer Feind aufgetan, der mächtig ist."
„Ach was", entfleuchte es Ron. „Darf man wissen, wer euch auf die Pelle rückt?"
Der AASOR hielt eine Folie hoch: „Sie sind in solchen Schiffen unterwegs."
„ANGUIDEN", sagte Lale. „Eindeutig."
„Eure Feinde sind tatsächlich auch unsere", bestätigte Ron. „Es sind Schlangenabkömmlinge und wir nennen sie ANGUIDEN. Wir bekämpfen uns seit Jahrzehnten, nicht nur in dieser Galaxie."
„Dann wäre ein Abkommen, dass wir uns nicht gegenseitig angreifen für beide Seiten ein Gewinn", stellte die Echse fest.
„Wir suchen nicht gerade nach Feinden und nutzen jede Chance der Kommunikation und der Möglichkeit, nicht aufeinander einzuschlagen", zeigte sich der General umgänglich. „Aber dieses System und seine friedlichen Bewohner stehen unter unserem Schutz."
„Wie gesagt", wiederholte sich der AASOR, „sind wir nicht an diesem System interessiert. Wir brauchen einen Ort, an dem unsere Führer zusammenkommen und den Pakt besiegeln. Bist du ein solcher Führer?"
„Nein, bin ich nicht", antwortete Ron. „Allerdings hat meine Stimme Gewicht und wenn ich dafür plädiere, wird es so sein."
„Ich bin es auch nicht", gab der AASOR zu. „Können wir ein Treffen unserer Führer hier in etwa zwei Monaten vereinbaren?"
Ron sah auf Walter und der nickte.
„Abgemacht", sagte Ron.
„Ich bedanke mich", sagte der AASOR. „Ich fliege, um den Erfolg zu melden. Wir sind in zwei Monaten wieder hier." Der Bildschirm wurde auf seiner Seite dunkel.
„Der AASOR dreht und beschleunigt aus dem Orbit heraus", meldete Anka.
Ron wandte sich an Walter: „Bist du sicher, dass sich Nathan mit diesen Typen treffen will?"
„Leider ja", gab Walter zu. „Aber sie werden kaum wissen, wer unser Präsident ist. Wir können auch jemand anderen schicken. Mir fallen auch noch andere Möglichkeiten ein."
Ron stellte fest, dass er selbst viel zu geradeaus dachte. Der Geheimdienstmann war da anders drauf.

Ron seufzte. Wahrscheinlich musste er derlei Winkelzüge erst noch lernen.
„Ja, dann wollen wir wohl auch mal sowas wie einen Erfolg melden", schlug er vor.
„Ron, dass Boot der AASOR liegt noch dort unten im Wasser. Auch wenn wir eventuell ein Bündnis mit ihnen eingehen, will ich Informationen."
„Ja", sagte Ron tonlos. „Du hast recht."
Und wieder mal musste sich Ron ärgern. Walter schaute und dachte einfach weiter. Nun ja, Geheimdienst eben.

Es dauerte auch nur einen halben Tag, und das Boot der AASOR lag in einem Hangar der HSM DELAWARE und trocknete vor sich hin.
„Du wirst den Rückweg allein antreten müssen, Ron."
Ron schaute verwundert auf die Bücke des anderen Schiffes: „Gibt es einen Grund?"
„Wo wir schon mal hier sind, schaue ich mir die Gegend näher an, wo unsere Ladys auf die PYRAMIDS gestoßen sind. Vielleicht ergibt sich dort etwas. Guten Flug, Ron."
Das leuchtete Ron ein. Er grüßte, dann ordnete Isabel-Maria den Heimflug für die DELAWARE an.

19.03.2165, 10:45 Uhr, VIRGINIA HALL:

„Wir sehen uns gründlich um und gucken, ob einer guckt und wenn wir nichts finden, sind wir auch schnell wieder weg hier", erklärte Colonel Walter Steinbach seinen beiden Captains etwas lapidar. „Keez wird ihre LITTLE CROW besetzt halten und eventuell abkoppeln, wir nehmen die Ausweichbrücke. Wir halten die Geschwindigkeit, sodass wir schnell verschwinden können. Ich gebe ziemlich bald das Signal auch für den aktiven Scan. Das war's. Plätze einnehmen."
Undine Töppel nickte dazu und stand auf. Diese Besprechung wurde eine halbe Stunde vor dem Eintreffen an dem Punkt abgehalten, wo Pommerton, Dörte und Lotta mit ihrer Alpha nach dem unfreiwillig genutzten WL-Exit gelandet waren. Die LITTLE CROW stellte die Hauptbrücke des Schiffes dar und so mussten einige Leute die Stellung

wechseln und nach hinten und unten gehen. Nach 15 Minuten übernahm die Nebenbrücke das Schiff.
Keezheekoni Paco saß gespannt auf ihrem Sitz. Im Gegensatz zur VIRGINIA HALL, sie war zu groß, konnte Keez Laurin 6.0 einsetzen – bisher gut im Rennen.
„L.C. an V.H.!"
Walter antwortete und Keez schlug ihm vor, die LITTLE CROW schon jetzt zu tarnen. Man hätte da mehr Optionen.
Walter reagierte pragmatisch. Der Vorschlag war gut und so bedankte er sich und bat um die Ausführung. Kurz darauf sah die VIRGINIA HALL aus, als fehlte ihr was. Es war ja nicht nur die P-Klasse von Keez getarnt, sondern diese hatte, weil sie ja noch angedockt war, auch Teile des Hauptschiffes verdeckt. Also etwas kurios, was da durch die Gegend flog – zumindest optisch. Walter wartete 15 Minuten, bevor er den vollen und aktiven Scan anordnete. Aber auch dann tat sich nach weiteren 15 Minuten nichts.
Die KOM-Verbindung zwischen den beiden Brücken war online geblieben.
„Was hältst du davon Walter, wenn wir abdocken und getarnt zwei Tage hier warten. Du fliegst erkennbar ab. Vielleicht locken wir sie aus der Reserve – wäre ein Versuch", funkte Keez durch.
„Akzeptiert, allerdings brecht ihr hier nach 24 Stunden ab. Ihr gebt euch nicht zu erkennen. Keine weiteren Maßnahmen als lediglich Beobachtung. Wir treffen uns im Orbit vom MARS."

„Danke, bestätigt. Ab jetzt 24 Stunden – Undine?", war Keez' Stimme zu hören.
„Andockklammern und Magnetbolzen entriegelt. Ihr könnt euch lösen. Viel Erfolg!"
„Danke!"
Die LITTLE CROW entfernte sich mit Minimalschub vom Oberdeck der VIRGINIA HALL. Nach fünf Minuten nahm das Hauptschiff einen anderen Kurs und entfernte sich.

20.03.2165, 11:15 Uhr, LITTLE CROW, Brücke:

Captain Keezheekoni Paco hatte einen Countdown schalten lassen. Und dieser lief in 20 Minuten ab. Die L.C. hatte Minimalbesatzung an Bord, hieß: Mark Friend, Ohanzee und der N2-L Hercule Poirot. Mark würde sofort dafür unterschrieben haben, dass er die langweiligsten 24 Stunden überhaupt durchlebt hatte. Hercule Poirot, der mit der Rundumbeobachtung einschließlich der passiven Scanner beschäftigt war, hatte keine Meldung abgegeben. Der Raum um die P-Klasse war und blieb tot. Das nächste Sonnensystem war Dutzende von Lichtjahren entfernt. Es tauchten keine PYRAMIDS auf und schließlich summte der Countdown – 24 Stunden waren rum.
„Es war einen Versuch wert", sagte Keez etwas enttäuscht. „Mark, bring uns zum MARS."
„Ay, Captain."
Die P-Klasse beschleunigte und war nach ein paar Minuten im Überraum verschwunden – Ziel: MARS.
Es kehrte wieder Ruhe beziehungsweise Verlassenheit in diesem Sektor des Raums ein. Man würde sich etwas anderes einfallen lassen müssen, um den Unbekannten auf die Spur zu kommen. Aber man hatte ja noch die Daten, die der N2-L Pommerton von diesem Ort gemacht hatte, als es ihm gelang, die KIs von PYRAMIDS-Schiffen anzuzapfen.

24.03.2165, 11:00 Uhr, DIAMOND – P2:

„Es ist mir egal, ob mir Roy böse ist", versicherte Phil seinem höchsten Chef und Freund Admiral Thomas Raven. „Gute Ingenieure kann ich ihm reichlich zur Verfügung stellen. Ich brauche Leitungspersonal und für unsere größte Werft, die GENUI-Werft mit 14.800 Metern Länge, ist die Beste gerade gut genug."
Hellen Drum bekam rote Ohren, als sie am Tisch saß, zusammen mit ihrem jetzt direkten Chef Phil Mory und dem Admiral. Kaum jemand hatte sie mal so deutlich gelobt.
Thomas wandte sich der rotblonden Schottin zu: „Phil hat dich für diese Aufgabe einfangen können?"
Hellen holte Luft: „Ich bin gern mit Roy geflogen und habe mich gern um die OPEN HORIZON REVENGE gekümmert. Aber nun ist es

jeden Tag dasselbe und der Laden läuft dort. Die Möglichkeit an neuen Schiffen mitzuwirken, begeistert mich."

„Insbesondere an Phils neue Idee, 1.700-Meter-Schiffe als Standard-Modell aufzulegen, nehme ich an", lächelte Thomas.

Hellen zeigte ein verschmitztes Gesicht: „Damit hatte er mich."

Thomas nickte die Sache ab, war sowieso nur Formsache: „Zwei Bedingungen, Phil: Du stellst Roy ein hoffnungsvolles Nachwuchstalent und ihr zwei geht gleich mit mir in die Kantine."

Phil grinste: „Wird prompt erledigt, Chef. Wir haben auch Hunger mitgebracht."

<u>15:00 Uhr, P2:</u>

Im Raum befanden sich Scott Tanner, Linus Kirklane, Peter Ralen, Lea Heinley, Paul-Jack Millbain. Heidi Zoor und Ron Dekker sowie natürlich, Rita.

„Nääh", sagte Thomas langezogen und warf widerwillig ein Stoß Folien auf den Tisch. „Ich habe einfach keine Lust, mich mit diesen AASOR zu beschäftigen. Ich will auch kein Risiko für Nathan. Die Echsen spielen für mich nur eine untergeordnete Rolle. Richtig gefährlich sind sie nicht. Jetzt haben sie Bammel vor den ANGUIDEN und bieten uns so lange die Partnerschaft an, bis die ANGUIDEN besiegt sind, dann fallen sie über uns her, weil wir so bekloppt waren und haben denen Technik zur Verfügung gestellt – nie im Leben! Rita, du wertest das aus, was man aus dem sichergestellten Schiff von NAM herausholen kann und berichtest mir. Das war es dann mit denen."

Aus der Reaktion des Admirals ging hervor, dass Ron Dekker vom Zusammentreffen mit den AASOR über NAM berichtet hatte. Und zweifellos war der Admiral nicht so guter Laune. Er hatte einfach die Nase voll, sich um jeden Sch... – Kram zu kümmern.

„Vertraust du den AASOR?", fragte er seinen Freund.

„Äh, nein", versicherte er. Was anderes konnte er jetzt auch nicht mehr sagen. Obwohl, das war schon seine Meinung.

„Gut, dann fliegst du in zwei Monaten dahin und erklärst denen, dass sie uns gern in Ruhe lassen können, wir tun das auch – aber es kommt zu keinem Treffen unserer politischen Führer. Und sicher das NAM-System

ab. Ich will nicht, dass die NAM leiden, weil wir keine Zusammenarbeit mit den AASOR wollen."
Ron seufzte und zeigte sich einverstanden.
Thomas hatte jetzt angenommen, das Thema sei jetzt abschließend von ihm bewertet worden. Aber da war er auf dem Holzweg.
„Ich weiß nicht", sagte Peter Ralen.
„Ich wäre dafür, die Gefahr durch die AASOR, auch wenn sie momentan nicht allzu groß ist, zunächst einmal abzuwenden", äußerte sich auch Beppo, also Paul Jack Millbain.
„Wir können sicherlich Möglichkeiten finden, Nathan entsprechend abzusichern", äußerte sich Scott Tanner zu dem Fall.
„Einen Gegner zumindest zeitweise zum Freund zu machen, ist besser als jede Auseinandersetzung", sagte Heidi.
„Logisch", kam es vom Lea.
Thomas Blick irrte zwischen seinen Leuten hin und her.
Linus lachte unverhohlen: „Ich stelle fest, lieber Thomas, du hast dir Opposition ins Haus geholt. Wie gehst du jetzt damit um?"
Thomas war klar, dass er allein die Verantwortung trug, allerdings hatte er den beiden Paaren die Mitarbeit angeboten. Wenn er sie nicht demotivieren wollte, musste er darauf reagieren.
„Wer ist dafür, dass wir auf die AASOR zugehen?", fragte Thomas.
Zuzüglich zu den beiden Paaren hob auch Scott die Hand.
Thomas sah Linus und Ron an.
„Ich enthalte mich", sagte Linus und zog sich damit elegant aus der Affäre.
„Ich auch", tat Ron kund.
„Okay", sagte Thomas. „Mein Wunsch ist es nicht, aber gut, versucht es. Ich will vorher wissen, wie ihr das durchziehen wollt."
Die Beteiligten, es waren neben den jungen Pärchen auch Scott Tanner, bestätigten.
Man beschäftigte sich anschließend mit anderen Themen.

<u>Irgendwann und irgendwo:</u>

Der erste Sprung war gut verlaufen. Zwar klagten viele anschließend über irgendwelche Muskel- oder Gelenkschmerzen, aber Sophie war zufrieden mit diesem Ergebnis. Immerhin hatten sie 37 Lichtjahre geschafft.

Bei der erneuten Beschleunigung war es aber dann passiert – es gab eine Fehlfunktion im Antrieb. Sophie war ruhig geblieben und nur die Blutdruckwerte von Ava & Co waren gestiegen.

„Diese Frachter haben ausgezeichnete Droiden und eine gute KI", sagte sie zur Aufklärung. „Das muss man einfach machen, weil die Typen, die mit solchen Frachtern losziehen, selbst keine Ahnung haben – oder kaum."

„Was machen wir jetzt?", hatte Ava gefragt.

„Wir warten, bis die Droiden mit der Reparatur fertig sind. Ein paar von ihnen können wir abzweigen, um Replikatoren an das Energienetz anzuschließen und ein paar weitere Stasekisten", gab Sophie zurück. Ava musste zugeben, dass die Jugendliche ihren Altersgenossen der menschlichen Art weit voraus war. Sie dachte logisch, weit voraus und geplant. Man fügte sich ins Unvermeidliche und produzierte weiterhin Nahrung.

Das war vor drei Wochen gewesen und scheinbar war die Reparatur größerer Art und die KI hatte die Auskunft gegeben, dass es noch etwa zwei Wochen dauern könnte. Nun, dachte Ava, als sie auf der Brücke saß, es hätte schlimmer kommen können. Das dachte sie so lange, bis ihr gemeldet wurde, dass drei Schiffe in der Nähe aufgetaucht seien. Ava hatte recht nervös zu Sophie geschaut und diese hatte die KI befragt, wer denn da angekommen sein könnte.

„Es sind FROMALER", sagte Sophie, nachdem die KI die Datenlage ausgewertet hatte und diese Sophie auf einem Schirm anzeigte.

„Sind die friedlich?", fragte Joe zaghaft.

„Nein, ganz und gar nicht", sagte Sophie und beruhigte Ava damit keinesfalls.

„Wir können ...", begann Ava.

„Nichts", fiel ihr Sophie ins Wort. „Wir sind unbewaffnet."

Ava biss sich auf die Lippe.

„Wir werden gerufen", wurde gemeldet.

Sophie stand auf und eilte zu Ava: „Nur Audio. Ich will hören, was sie wollen. Sag nichts, öffne nur den Kanal, lass Video vom Gegenüber zu.

„Nun gut", sagte Ava und befahl, nur die Akustik zu aktivieren – niemand sagte etwas, dafür scholl es aus dem Lautsprecher: „Ein Frachter. Ein havarierter Frachter. Was habt ihr geladen? Wir werden es erfahren. Wir werden den Frachter aufbringen. Ergebt euch!" Gleichzeitig war auf

einem größeren Monitor das Abbild eines Nicht-Humanoiden zu sehen. Das Wesen sah sackähnlich aus in dunkelblauer Farbe. Irgendwo wuchsen Extremitäten heraus und man konnte Facettenaugen erkennen.
„Ich warte auf Antwort!"
Ava sah äußerst beunruhigt zu Sophie: „Und jetzt?"
„Ich will mit ihm reden – allein. Ihr dürft nicht zu sehen sein. Er muss erkennen, dass er es mit GENAR zu tun hat. Unser Schiff kann von jeder Spezies sein."
Ava winkte alle Leute nach vorn und dort stellten sie sich mit dem Rücken zur Frontwand der Brücke. So war niemand zu sehen. Sie selbst sahen Sophie in Aktion, die jetzt wieder zu So-Fil wurde. Sie nahm selbst die Schaltung vor und stand dann kerzengerade und mit durchgedrückter Brust auf der Brücke.
„Was willst du, FROMALER?", fragte sie und der Ton ihrer Stimme war tiefer – nicht mehr so jugendhaft.
„Ihr Probleme mit Antrieb?", fragte der Dunkelblaue lauernd.
„Das ist etwas, was euch FROMALER nichts angeht. Du hast meine Spezies erkannt?"
„Du bist GENAR", kam die Antwort. „Du allein?"
Auf die letzte Frage ging So-Fil nicht ein: „Da du das jetzt erkannt hast, könnt ihr weiterfliegen. Unsere Havarie ist bekannt und wir erwarten jeden Augenblick Hilfe."
„Und wenn wir nicht machen?", fragte der Gesprächspartner.
„Ich habe den Finger hier auf die Abschussaktivierung einer Nachrichtendrohne. Die nimmt unser Gespräch so lange auf, bis ich sie abschicke, FROMALER. Meine Spezies wird annehmen, dass die FROMALER den GENAR den Krieg erklärt haben. Du weißt, was dann mit deinem Volk und deinen Schiffen passiert, FROMALER? **Möchtest du den Untergang deines Volkes riskieren, FROMALER?**"
Die Stimme von So-Fil war laut und bestimmend geworden.
Der FROMALER sagte eine gewisse Zeit nichts, dann schaltete er abrupt ab. So-Fil sah auf den Anzeigen, dass sich die Schiffe entfernten.
„Ihr könnt wieder auf die Plätze", sagte sie schließlich. „Die Schiffe sind weg."
Joe war etwas fassungslos: „Die Göre hat gebluff! Sie hat einfach nur gebluff!"
Ava lächelte erleichtert: „Ja, aber sie hat es gut gemacht. Ziel erreicht."

6. Nathan

10.04.2165, 14:00 Uhr, ODIN, Brücke:

Die Leser und Leserinnen der Berichte erinnern sich, dass Jan Eggert, Ro-Latu und Chapawee Paco jeweils mit ihren Schiffen unterwegs waren zur AXIS, um dort Aufklärung in Sachen Präsidial zu betreiben. Der Draufgänger Jan war übervorsichtig geworden und daher dauerte diese Reise auch. Jan hatte einfach Angst, dass man wegen Havarien nicht mehr nach Hause kam – oder ohne Ergebnis.
„Wenn etwas Entscheidendes bei einem Gefecht versagt, haben wir die Arschkarte", waren seine Worte gewesen und Ro-Latu hatte sich wieder mal über die bildliche Sprachweise mokiert. Paco hatte übersetzen wollen, aber Ro-Latu war durchaus in der Lage gewesen, dieses Bild zu verstehen.

Nun standen im Moment wieder Abschlussarbeiten an einem umfangreichen Check an und ODIN, HOR-LOK II und CHIEF JOSEPH waren perfekt gewartet und zu 100% einsatzbereit.
„Elli, haben wir hier in der Nähe eventuell ein System, wo wir einen Sauerstoffplaneten finden könnten?", fragte Jan, bevor er das Signal für den Weiterflug gab.
„Willst du dir die Füße vertreten?", kam es von Johann.
„Ich denke, dafür ist die ODIN groß genug", kam es von Jan zurück.
„Ich kann von hier nichts von Bedeutung detektieren, Jan", antwortete Eleonore Klaffke und beantwortete die Eingangsfrage.
„Hmm, dann müssen wir das anders machen", überlegte Jan. „Nina-Schatz, bitte Kontakt zu unseren Begleitschiffchen."
Nina schaltete und kurz darauf schauten Paco und Ro-Latu auf die Brücke der ODIN.
„Mein weißer Bruder will den weiteren Pfad anordnen?"
„Mein roter Bruder irrt, wenn seine Annahme auch der Logik entspricht", konterte Jan die Vermutung von Paco. Ro-Latu wartete ab. Er wusste, dass Jan in gewissen Beziehungen schlecht einschätzbar war.
„Ich will der Tatsache rechtzeitig Rechnung tragen, dass ich überübermorgen seit 150 Jahren mit der besten und tollsten Frau aus allen Galaxien ehelich verbunden bin."

„*Er hat daran gedacht*", sagte Nina leise und ihre großen Augen füllten sich sofort mit Tränen.

„Selbstredend, und zwar seit Monaten", gab Jan zurück und man hörte leises Schluchzen vom KOM-Pult.

„Ich teile euch das deswegen frühzeitig mit, damit ihr noch die verbliebene Zeit bis überübermorgen nutzen könnt, um hier in den nahegelegenen Einkaufsmeilen pompöse Geschenke zu erwerben, die ihr bei uns an diesem Ehrentag, Goldene Hochzeit hoch drei, abliefern dürft."

Die goldenen Augen von Ro-Latu schauten etwas irritiert auf die Brücke der ODIN. Er verstand wahrscheinlich nur Bahnhof. Aber selbst das war zweifelhaft, ob der Oberbefehlshaber der GENAR mit diesem Ausdruck etwas anfangen konnte.

„Mein Bruder Goldauge mag zur Kenntnis nehmen, dass Jan eine Feier geben will."

„Ach so", rutschte es Ro-Latu heraus. Damit konnte er mittlerweile etwas anfangen.

„Ro-Latu?", fragte Jan und zog eine Augenbraue hoch.

Der GENAR hob eine Hand: „Ist klar – kein grünes Zeug."

„Ich plane eine Feierlichkeit hier auf der ODIN im Holo-Bereich. Ich muss mal schauen wie und was", erklärte Jan und bemerkte, dass Alma und Arzu auf Nina zugingen, die immer noch um Fassung rang.

„Wir fliegen jetzt noch zwei Tage und am 13.04. um 14:00 Uhr werden wir mitten im Raum die Triebwerke abstellen und drei Tage feiern. Betrachtet euch als eingeladen und bringt mit, wen ihr wollt. Bitte übergebt die Nav-Kopplung an die ODIN."

„Mein geschätzter Bruder kann sicher sein, dass wir vollzählig erscheinen, um diesem Jubiläumstag die Ehre zu erweisen", sagte Paco.

„Bringt Geschenke mit", grinste Jan und schon war Ro-Latu erneut irritiert.

„Wir haben die Nav-Kopplung, Jan", meldete Elli.

Jan sah rüber zur KOM-Station. Nina wurde von Arzu und Alma umarmt.

„Wenn jemand eine Hand frei hat, KOM bitte abschalten. Carson, wir fliegen los!"

„Zum nächsten Einkaufszentrum?"

„Scherzkeks – bastelt die Geschenke selbst oder malt ein Bild."

13.04.2165, 14:00 Uhr, ODIN, Holo-Bereich:

Jan hatte sich wirklich durchsetzen müssen. Die Damen Nina, Arzu und Alma wollten die komplette Planung für diesen Tag übernehmen und schließlich war es so gekommen, dass Jan kräftig auf den Tisch gehauen hatte: „Wollt ihr dem Altmeister der High-Events etwas vormachen? Sehet und lernt – das ist eure Rolle!"
Über Mini-PORTALE hatten seit dem späten Morgen die Crews der CHIEF JOSEPH und der HOR-LOK II Zugang gefunden zur ODIN und waren direkt in den Holo-Bereich geleitet worden. Man hatte die Crews der Schiffe vor Reiseantritt ordentlich abgespeckt, sodass lediglich 800 Leute, so ungefähr, zusammenkamen.

Jan hatte tatsächlich sowas wie Wacken aufgebaut. Mit Bühne mit allem Drum und Dran. Ringsum gab es Getränke, was zu essen und so weiter. Und er trat Punkt 14:00 Uhr selbst auf die Bühne. Er wurde mit Beifall empfangen. Er dankte, und als es ruhig wurde, begann er zu reden.
„Um mich heute zu verstehen, muss ich euch erklären, wie alles begann. Dass wir heute hier sein können, ist Nina zu verdanken. Wir, das Paar Jan und Nina, sind die Basis und die Ursache, dass die MENSCHHEIT 2.0 in die BLACK-EYE-Galaxie gekommen ist." Und dann begann Jan zu berichten. Man kann es im Bericht 2014 A.D. – BLACK EYE (I) nachlesen. Es begann mit ihm als alkoholkranken Looser und Jan schonte sich nicht – die Krankheit von Nina, die Rettung nach seinem Motorradunfall durch die GENUI und seine Verhandlungen betreffend Ninas Gesundheit. Jan wurde etwas irritiert durch seine Frau, die Rotz und Wasser heulend dort stand und von Elli gestützt werden musste. Jan berichtete präzise, spannend und mit guten Worten, sodass niemand merkte, dass er dafür, in Kurzform, eine halbe Stunde benötigte. Er bat anschließend Nina auf die Bühne und unter stürmischen Applaus versicherte er ihr, dass er sie nach wie vor lieben würde und küsste sie. Die Zuschauer flippten aus, als Nina sich völlig hilflos an Jan klammerte. Die Emotionen waren ihr anzusehen. Sie hatte im Moment nichts, wirklich nichts, im Griff.
„Willkommen zu unserer Feier ‚Goldene Hochzeit hoch drei'. **Lasst es krachen!"**

Unter frenetischem Applaus nahm Jan seine Nina auf die Arme und trug sie von der Bühne.
Und dann ging eine Fete ab, die ihresgleichen suchte. Holo-Bands traten auf, mit denen Ro-Latu nichts anfangen konnte, aber ihm gefiel die Musik. Es begann mit Abba, Nightwish, Bruce Springsteen, ein Mix aus 70er-, 80er- und 90er-Jahre – ein paar moderne Songs und speziell mit dem Safri Duo konnte Chapawee etwas anfangen. Bei Harpo und Moviestar hatte sich Nina wieder so weit gefasst, dass sie den Tanzstil von Jan ertragen konnte.
Nun, belassen wir es dabei, derartige Feierlichkeiten wurden zur Genüge beschrieben. Aber ein solches Event muss, sorry, eine Erwähnung finden.

14.05.2165, 10:00 Uhr, DIAMOND, AYERS ROCK, Brücke:

„Wir melden uns zur Stelle, Brigadier Admiral!"
Linus Kirklane lächelte dünn. Lisa-Ann Ralen stand neben ihrem Partner Piet Muller und hatte die Meldung vorschriftsgemäß und zackig ausgesprochen.
„Schön, dass ihr mich unterstützt", gab Linus zurück. „Dann kann ich mich um die Sicherheit des Präsidenten kümmern. Bei diesem unsinnigen Unterfangen."
Piet grinste: „Es hieß, du hast dich der Stimme enthalten. Warum?"
„Nun ja", Linus kratzte sich verlegen hinter dem Ohr. „Ich halte es schon für unsinnig, bin aber auch neugierig, was dabei herauskommt. Die Waage eben – daher keine Präferenz."
Lisa-Ann zuckte mit den Schultern: „Zumindest fliegen wir mit einem vernünftigen Schiff und nicht wieder mit diesem Donat-Spieß."
Jetzt lächelte Linus besonders breit: „Dafür werden uns die TATANKA, die YELLOWSTONE und die DELAWARE begleiten."
„Großer Bahnhof also", stellte Piet fest.
„So ist das", bestätigte Linus. „Wir sind das Führungsschiff. Hiermit übergebe ich das Kommando an euch. Wie ich eben sah, kommt der Präsident in Kürze an Bord. Ich werde ihn empfangen. Viel Spaß auf der Brücke – ihr habt sie."
Linus stand auf und Lisa-Ann nahm seinen Platz ein.

Landedeck:

Die Begrüßung zwischen Präsident und Linus fiel weniger steif aus. Man kannte und schätzte sich mittlerweile.
„Willkommen an Bord, Nathan."
„Danke, Linus. Ich denke, man hat einiges für meine Sicherheit getan."
„Das hat man. Nicht jeder Captain kann behaupten, die DELAWARE, YELLOWSTONE und die TATANKA als Flügelschiffe zu haben. Einschließlich meines Schiffes sind alle auf dem neuesten Stand und zu 100% gefechtstauglich. Trotzdem bräuchtest du nicht mit, Nathan."
„Ich weiß, ich weiß", winkte Nathan ab. „Es ist mein jugendlicher Leichtsinn, den ich in über 200 Jahren immer noch nicht verloren habe."
Linus lachte und geleitete den Mann zu seiner Unterkunft: „Du bist uns jederzeit auf der Brücke ein gern gesehener Gast, Nathan. Lisa-Ann und Piet führen dieses Schiff, damit ich mich auf dich konzentrieren kann."
„Donnerwetter. Ich bin euch so viel wert?" Nathan tat erstaunt.
„Nein, aber die beiden mussten auch mal vor die Tür."
Beide Männer lachten laut – ja, so war das Verhältnis untereinander. Und James Foreman war sehr beliebt und machte jeden Scherz mit. Und das in aller Souveränität.

Eine Stunde später, AYERS ROCK, Brücke:

Lisa-Ann Ralen hatte eine Teilflotten-KOM einrichten lassen, die die eingesetzten Schiffe für diese diplomatische Mission einschloss.
„Wir sind startbereit. Status bitte!"
„YELLOWSTONE ebenso."
„TATANKA auch."
„DELAWARE ist bereit."
„Bitte Nav-Kontrolle an die AYERS ROCK abgeben. Wir werden Kurs und Geschwindigkeit so einrichten, dass wir am 17. um 12:00 Uhr im Zielgebiet sind. Der erste Orientierungsaustritt ist morgen früh um 08:00 Uhr. Ich darf die Captains und XOs der Begleitschiffe zu einem Frühstück an Bord der AYERS ROCK einladen. Bitte nutzt die Riss-PORTALE. Der Präsident möchte am Frühstück teilnehmen. Bitte 08:00 Uhr. Wir starten in etwa zehn Minuten. AYERS ROCK – Ende."

15.05.2165, 08:00 Uhr, AYERS ROCK, Kantine:

„Ich fühle mich wohl und sicher in diesem Kreis", sagte Nathan und nickte den Anwesenden zu.
„Mir tun die AASOR jetzt schon leid", murmelte Ron Dekker und die Anwesenden lachten.
„Wir haben eine Aufgabe, Rock, wenn ich das richtig verstanden habe", sagte Nathan und zwinkerte dem General zu.
„Wir werden sie erledigen", versprach Ron. „So oder so."
Der Präsident führte charmant durchs Frühstück und gerade Lea und Heidi hingen an seinen Lippen. Aber Nathan richtete es so ein, dass sich jeder angesprochen fühlte. Im Anschluss hatte jeder ein gutes Gefühl.
„Es wird also dabei bleiben, dass ich etwa zwei Lichtstunden vor dem Ziel auf die DELAWARE von Ron umsteige ..."
„Mit deinen Leibwächtern", warf Linus ein.
„Ähm, ja, natürlich – mit meinen Leibwächtern. Und ihr wartet dort, ob ihr gerufen werdet."
„Wir werden mit Sprunggeschwindigkeit fliegen, damit wir innerhalb von Sekunden da sein können", bekräftigte Linus.
Nathan sah jeden an: „Okay – wagen wir es."

17.05.2165, 11:55 Uhr, HSM DELAWARE, Brücke:

„Ein rein von Marines betriebene Brücke. Sehr interessant und alles macht auf mich einen sehr guten und professionellen Eindruck", lobte Nathan und Ron grinste selbstgefällig. Er hatte am wenigsten damit zu tun. Isabel-Maria und ihre Truppe waren eine durch Einsätze geformte und zusammengepresste Einheit. Sie vergaßen den Humor nicht, aber an erster Stelle stand der Dienst.
„Vielen Dank, Nathan", sagte Isabel-Maria und hielt den Blick auf den Countdown gerichtet. „In fünf Minuten verlassen wir den Überraum und sind im NAM-System."
„Es wird spannend", sagte Nathan seufzend und Ron machte sich bereit. Im Hintergrund nickte Linus dazu. Er hatte ebenfalls das Schiff gewechselt. Die AYERS ROCK war in guten Händen.

„Wir sind da", sagte Fish einfach.
„Aktiver Scan", befahl Isabel-Maria.
„Wir und ein 1.311er der AASOR – sonst nichts erkennbar", meldete Anka kurz darauf.
„Wir werden gerufen", kam die Meldung von der KOM-Konsole – Finja.
„Annehmen und auf den Schirm", übernahm Ron das Kommando.
Ein AASOR erschien und offensichtlich derselbe, mit dem man schon einmal zusammengetroffen war.
Die Echse bot keinen Gruß, sondern erkundigte sich sofort, ob man einem Bündnis zustimmen würde und der Führer der MENSCHHEIT an Bord war.
„Ja und ist er", sagte Ron, ebenfalls ohne Begrüßung und – wie man so schön sagt: kurz ab.
„Wir schleusen ein Boot aus mit drei Individuen von uns – ebenfalls unser Bestimmer. Womit können wir rechnen?"
„Mit einer fünf Meter durchmessenden Kugel. Unser Präsident kommt mit drei Begleitern", antwortete Ron.
„Wir danken und beginnen", sagte der AASOR. Danach wurde die Verbindung getrennt.
„Dann wollen wir mal", sagte Ron. „Es geht los, Nathan."
Beide verließen die Brücke der HSM DELAWARE.
„Scheint ein Spezialschiff der AASOR zu sein", sagte Anka.
„Wieso?", wollte Isabel-Maria wissen.
„Das Beiboot ist recht groß und ist Teil des Schiffes. Da unten fehlt jetzt was."
„Das will ich sehen!"
Kurz darauf sah man, was Anka gemeint hatte. Aus dem unteren Bereich des AASOR-Schiffes hatte sich ein ganzes Stück selbstständig gemacht und flog auf die DELAWARE zu. Schon vor der Hälfte der Strecke hielt dieses Teilstück an und öffnete eine Schleuse.

Man hatte sich im Besprechungsraum versammelt und schaute auf die Monitore. Audio und Video wurden übertragen, weil man die Sinne der drei Bodyguards dafür nutzen konnte. Ron sah Linus an und nahm Kontakt mit der Brücke auf: „Könnt ihr die Signale an die drei anderen Schiffe weiterleiten?"

Finja antwortete: „Mit ÜL-Funk kein Problem. Sie wissen zeitgleich was abgeht."
„Danke – einrichten", sagte Ron. Dann konzentrierte man sich auf das Geschehen. Im Moment nutzte man die Kameras und Mikrofone von Attila. Die vier standen dicht gedrängt innerhalb der Sphäre. Attila hatte alle Beteiligten vor sich. Der Transport zum Teilschiff der AASOR war im Gange und die Sphäre war auf Durchsicht gestellt. Sie flog auf das angebotene Landedeck und setzte in der Mitte auf. Das Raumschott schloss sich hinter ihnen.
Linus sah Ron an – nicht gut.
„Ich gehe vor", sagte Shaka Zulu, als Nathan die Sphäre verlassen wollte. Nathan stimmte zu. Sie hatten alle vier die Kugel verlassen, als sich an einer Wand eine Tür öffnete. Ein einzelner AASOR kam auf sie zu.
„Ich bin (unaussprechlich) und der Erste Bestimmer der AASOR", stellte er sich vor.
Nun drängelte Nathan sich wieder vor: „Ich bin James Foreman, der Präsident der MENSCHEN. Wir werden reden."
„Das werden wir", sagte der Unaussprechliche. „Ich führe euch in einen speziellen Raum."

„Nathan geht vor seinen Bodyguards", knirschte Linus mit den Zähnen.
„Das ist nicht gut."
„Ist es nicht", stimmte Ron mit Sorgenfalten auf seiner sehr breiten Stirn zu. Sie sahen durch die Augen von Attila, der ganz hinten ging, dass der AASOR zuerst durch die Tür ging und Nathan als nächster. Er war gerade durch, als die Tür aus den Seiten hervorschoss und knallend die Lücke verschloss. Nathan war von seinen Leibwächtern abgeschnitten.

„SCHEISSE", brüllte Ron.
„Ich kann dir nur zustimmen", war die Reaktion von Linus.
„Das Teilschiff fliegt zum Hauptschiff zurück", meldete Isabel-Maria per Funk von der Brücke.
„Kontakt – sechs weitere AASOR-Schiffe der gleichen Größe aufgetaucht. Abstand 650.000 Kilometer – geringer werdend", sagte Anka.
Ron zuckte zusammen, als der Gefechtsalarm durchs Schiff hallte.
Isabel-Maria hatte reagiert und Linus damit gerechnet.

„Die drei Begleitschiffe werden in Kürze hier sein", meldete Isabel-Maria.
Ron sah auf den Bildschirm: „Was ist passiert?" Er war eine kurze Zeit abgelenkt gewesen.
Die Antwort kam von der Brücke: „Man hat der Atmosphäre auf dem Deck den Sauerstoff entzogen. Die AR-Ls hielten es für angeraten, ihren Tod zu simulieren."
Ron ließ die Aufzeichnung etwas zurücklaufen und dann sah er den ‚Tod' der drei Droiden. Erstaunlich schlecht gespielt, dachte er noch. Scipio war umgefallen wie eine Bahnschranke und Shaka Zulu hatte sich wenigstens an den Hals gefasst. Alles dürfte aber kein Problem darstellen, da kein AASOR wusste, wie ein MENSCH bei Sauerstoffmangel stirbt.
„**UMSCHALTEN**", rief Linus in Richtung Brücke.

Der Bestimmer der AASOR hatte sich zu Nathan umgewandt: „Jetzt reden wir über die Übergabe eures Schiffes. Ich bin nicht der Bestimmer der AASOR, sowas gibt es bei uns nicht. Unser Clan wird mächtiger sein als die anderen, weil wir eines eurer Schiffe haben."
Nathan sagte nichts, bemerkte aber, dass von rechts und links zwei AASOR auf ihn zukamen.
„Ich will, dass du Kontakt mit deinen Leuten aufnimmst und die Übergabe des Schiffes anordnest."
Die drei AASOR eskortierten ihn in einen anderen Raum. Der Ex-Bestimmer stand vor ihm und die anderen beiden rechts und links – reichlich nah – gut.
„Hast du vielleicht mal überlegt, dass ich auch nicht derjenige bin, für den du mich hältst?", fragte Nathan ruhig und sah dabei die viel größeren Gegner an.
„Das werden wir sofort wissen", sagte die Echse aggressiv.
Nathan sah seinen Gegenüber an: „Das werden wir." Urplötzlich schoss Nathans Hand vor und griff an den Hals der Echse. Man hörte es hässlich knacken, als der Hals und sonstwas brach. Bevor der Gegner zusammenbrechen konnte, zog die Echse rechts von Nathan eine Handfeuerwaffe. Nathan griff zu und presste die Hand und Waffe zusammen. Mit beiden zielte er auf den Gegner links. Es löste sich ein Schuss und der AASOR auf der linken Seite wurde tödlich getroffen. Derjenige, den Nathan noch an der Hand hielt, schrie im höchsten Diskant. Nathan

hatte ihm die Hand zerquetscht. Nun ließ er ihn los und verpasste ihm einen Fausthieb, der ihn quer durch den Raum schleuderte und den Schädel zertrümmerte.

„Puh", sagte Linus. „Gut, dass wir uns für die Lösung mit dem AR-L-Nathan entschieden haben."
Ron knurrte: „Ja, aber Thomas hatte recht. Wir riskieren hier einiges für nix."

Landedeck des AASOR-Schiffes:

Die gesamte Kommunikation spielte sich über das Droidennetz ab.
‚Wir brauchen Waffen – liegenbleiben. Wer was aus der Position sehen kann, melden!'
‚Drei AASOR kommen herein und jeder geht zu einem von uns – sie sind bewaffnet.'
‚Gut.'
‚Jetzt.'
Die AASOR hatten sich über die vermeintlich Toten gebeugt und genau das war ihre letzte Handlung. Attila hatte sein Schwert ausgelöst und hackte seinem Gegner den Kopf ab. Scipio stach mit einem Messer zu und Shaka Zulu drehte seinem Gegner den Kopf nach hinten – es knackte vernehmlich. Rasch nahmen sich die drei AR-L die Waffen der AASOR. Sie orteten ihren Kollegen und dann ging es gemeinsam durchs Schiff.
Die vier waren schnell und tödlich.

Raum um NAM:

„Hier kommt die Kavallerie", rief Lisa-Ann über Funk. Irgendwann hatte sie das mal von Jan Eggert gehört. „Was sieben gegen drei – das ist unfair. Ich will Gegner – keine Opfer."
„Hier ist die DELAWARE. Ich habe die Gegner schon mal durchnummeriert, damit ihr euch nicht streitet. Nummer 1 ist tabu und unser Schiff. Dort sind die AR-Ls drauf. Nathan will sie wiederhaben."
„Verstanden. AYERS ROCK nimmt 2 und 3!"
„TATANKA: 4 und 5."

„Überredet – wir nehmen den Rest", funkte Beppo von der YELLOWSTONE.

Linus lehnte sich zum echten Nathan: „Es müssen, damit es Wirkung hat, ein paar AASOR überleben."
„Du hast recht", sagte der echte Nathan. „Funkt die AR-Ls an. Sie sollen Gefangene machen. Wir setzen sie dann mit einem Rettungsboot aus."

Im Schiff Nummer 1:

„Ich hasse das", fluchte Attila. „Gefangene. Wer hat denn Zeit für sowas?" Er stand mehr oder weniger auf den Überresten von vier Gegnern. Sie waren durch sein Schwert gefallen.
‚Ich habe hier drei. Das wird genügen', sendete Scipio.
Auf Attilas Gesicht kam ein teuflisches Grinsen: „Gut. Niemand sollte es wagen, Hand an unseren Präsidenten zu legen, auch wenn es nur eine Kopie war." Mit gezogenem Schwert in der einen und einer Energiewaffe in der anderen rannte er auf den Flur. Irgendwo gab es noch Gegner – wahrscheinlich nicht mehr lange.

AYERS ROCK:

„Wir sparen uns den Def-GUN. Die beiden Herrn Dunweiß sind ab sofort Off-GUNs. Waffenbänke laden und nach eigenem Ermessen Waffenauswahl und Feuer frei – sobald möglich", ordnete Lisa-Ann Ralen an.
„Pascal, bring uns in die Nähe von Gegner 2!"
„Ay, Skipper!"
Ein paar Schüsse aus den AASOR-Kanonen knallten in die Schutzschirme der D-Klasse – aber kein Problem. Dann war Nummer 2 dran. Die Brüder drückten gleichzeitig auf die Sensorpunkte. Jump-Ganymeds und WL-Torpedos verließen die Launcher und als es drüben kräftig einschlug, besorgten die Puls-Waffen den Rest. Nummer 2 war nicht mehr.
„Pascal?"
„Ich weiß schon – neuer Kurs in Richtung 3!"
„Du bist auf eine Beförderung aus, was?"

TATANKA:

Während Lisa-Ann recht emotional ihr Schiff führte, war das auf dem Hufeisenschiff von Captain Peter Ralen ganz anders. Dort herrschte Ruhe.
„Basti!" (Sebastian Mark Millbain / Pilot)
„Captain?"
„Nummer 4."
„Ay."
„Rob?" (Droide und Gunner)
„Ich soll schießen, Sir?"
„Nach eigenem Ermessen. Feuer frei erteilt!"
„Ich habe verstanden, Sir!"
Die Feuerkraft des Hufeisenschiffes war enorm. Der AASOR wurde aus dem Raum geblasen.
„Noch mal – jetzt Nummer 5", ordnete Peter lediglich an. Den Rest erledigte seine Crew.

ASF YELLOWSTONE:

Man kennt noch Beppo im Zusammenspiel mit Brummer, Flamingo, Charly und Wichita? Jetzt kam noch Heidi hinzu und diese ließ sich gern vom allgemeinen Trubel einfangen. Beppo rief nur die 6 aus und der Rest feuerte sich gegenseitig an und Nummer 6 aus dem Raum. Ilu-Mat, der GENUI-Bordarzt, griff sich entsetzt an die Stirn und verließ die Brücke fluchtartig.

HSM DELAWARE:

„So richtig gefährlich waren sie ja nicht", gab Ron zu und seine Augen waren auf das erste Schiff gerichtet, welches nicht angegriffen worden war. Allerdings regte sich dort auch nichts.
„Die Menge machts und wenn wir seit Abbis Kontakt mit diesen AA-SOR kein Mittel gegen diese Narkosestrahlen gehabt hätten, wäre das unser Ende gewesen. Allerdings hätten die Echsen auch wissen können, dass sie sich nicht mit uns anlegen brauchen."

„So erschrocken ich auch bin", sagte Nathan, „so beruhigt bin ich aber auch, wie effektiv unsere Leute handeln. Ich beglückwünsche euch zu diesen Crews."

„Wir werden von Schiff 1 gerufen", meldete Finja. „Ich stelle durch!"

Vorn stand der Nathan-AR-L, hinter ihm drei gefangene AASOR und wiederum dahinter, die anderen drei AR-L.

Nathan, also der echte, stand auf: „Tritt ein wenig zur Seite", forderte er seinen Doppelgänger auf.

Dieser befolgte die Anordnung, und nun sahen dort drei AASOR in die Kamera.

„Es gibt einen Grund", sagte Nathan, „warum ihr noch lebt und auch weiterleben sollt. Ihr könnt, müsst natürlich nicht, eure Spezies vor uns warnen. Wir haben uns die Freiheit genommen, eure sechs Schiffe zu vernichten. Das, auf dem ihr seid, nehmen wir als Kriegsbeute mit. Ihr habt richtig gehört: Wir sind nicht erpicht darauf, gegen euch Krieg zu führen. Aber dies hier ist eine vorsorgliche Kriegserklärung. Sollten ihr bei einer Begegnung mit unseren Schiffen nicht sofort den Rückzug antreten, werden unsere Captains auf eure Schiffe feuern. Ihr habt jetzt die Gelegenheit mit einem Rettungsboot vom NAM-System wegzufliegen. Das NAM-System ist für euch tabu. Sehen wir eins eurer Schiffe hier auftauchen, werden wir euch aktiv verfolgen und vernichten. Habt ihr das verstanden?"

Einer der AASOR trat vor: „Ihr werdet das bitter bereuen!"

Linus sah, wie die Augen von Nathan hart und kalt wurden: „**Attila!**"

Man hörte, wie eine Klinge durch die Luft sirrte. Der vorlaute Sprecher der AASOR war tödlich getroffen und brach zusammen.

„Noch mal", sagte Nathan und wandte sich an die anderen beiden AASOR. „Ich wollte lediglich wissen, ob ihr das, was ich gesagt hatte, verstanden habt. Wenn nicht, sparen wir uns die Sache mit dem Beiboot."

„Wir haben verstanden", sagte einer der AASOR. Und der andere äußerte: „Und wir werden es so weitermelden."

„Schön, dass wir uns jetzt verstehen. Attila, wie vorgesehen, können sie jetzt abfliegen."

Attila führte die beiden Gefangenen hinaus.

Nathan wandte sich an seinen Doppelgänger: „Seid ihr in der Lage, das Schiff zum MARS zu bringen?"

„Wir wissen seit der Erbeutung der HSF TOMBSTONE, wie ein solches Schiff funktioniert, Sir!"
„Ausführen, sobald die AASOR von Bord sind."
„Verstanden, Sir!"
Die Verbindung wurde unterbrochen.
Nathan drehte sich zu Linus und Ron: „Ich werde mich mal kurz frisch machen. Ich denke, wir wechseln jetzt wieder auf die AYERS ROCK, Linus?"
Linus nickte wie unter Zwang und Nathan verließ den Raum.
Ron schaute in Richtung Linus und stieß ihn an: „Hallo, Linus, aufwachen!"
„Sag, mal", seufzte dieser. „Habe ich unseren freundlichen, älteren Herrn, der so gut mit anderen kann, gerade so erlebt? Der war doch eiskalt."

20.05.2165, 14:45 Uhr, DIAMOND, P2:

Admiral Thomas Raven hatte bei Rita einen Raum für eine große Runde bestellt. Ein Großteil der Beteiligten beim Treffen mit den AASOR war eingeladen, wie auch die Vizepräsidentin Dr. Ewa Lenn, die den Präsidenten vertrat.
Als die Teilnehmer den Konferenzraum erreichten, legte Thomas Raven ein paar Notizen beiseite und begrüßte seine Gäste.
„Vielen Dank für euer Erscheinen", sagte er.
Lea zog eine Augenbraue hoch: Sie waren mehr oder weniger zitiert worden.
„Nehmt Platz!"
Man setzte sich und hier konnte man auf dem Tisch Getränke bestellen – wenn man wollte. Man behielt die Finger lieber bei sich.
„Nun", sagte Thomas und schaute seinen Freund Ron fragend an.
„Nun ja", sagte dieser bedächtig. „Man hätte das nicht unbedingt machen müssen."
Thomas Blick wanderte weiter zu Peter.
Auch dieser schüttelte den Kopf: „War sinnlos."
Nun war Beppo dran: „Eine Nullnummer, Admiral."
„Im Anschluss sind wir schlauer. Du hast es geahnt – es war das Risiko nicht wert", urteilte Scott Tanner.

„Bestenfalls als Übung gut", warf Isabel-Maria ein.
Thomas nahm den Faden auf und sah die Tochter von Jane Scott an: „Okay, wohlwollend kann man das so sehen. Wir haben aber nicht weniger als vier Schiffe riskiert, die zu allem Überfluss möglicherweise woanders händeringend hätten gebraucht werden können. Was wäre denn gewesen, wenn statt der sechs Schiffe sechzig aufgetaucht wären?" Thomas sah sich um: „Ja, Rückzug und wir hätten sorgsam eingeführte AR-Ls aufgeben müssen – wenn wir die Stätte hätten kampflos verlassen können."
„Wir haben ein AASOR-Schiff erbeutet", sagte Ron etwas trotzig.
Thomas sah den General scharf an: „Phil ist außer sich vor Freude. Der hat ja eh kaum etwas zu tun. Bitte sprich mit ihm darüber. So kannst du seinen Dank direkt entgegennehmen und ich muss mir das nicht anhören", ätzte Thomas.
Ron räusperte sich – und schwieg.
„Der Kahn bleibt in der MILCHSTRASSE. Wenn Phil Däumchen dreht, kann er sich kümmern", entschloss sich Thomas.
Ewa ergriff das Wort, und zwar für die jungen Leute: „Jetzt sag nicht, dass du das vorher gewusst hast!"
Thomas wollte antworten, aber Linus grätschte dazwischen: „Bedaure, Ewa. Aber genau das hat er uns vorher gesagt. Mehr oder weniger direkt, zumindest durch einen ganz kleinen Blumenstrauß."
Thomas strich sich durch die Haare: „Nun, Planung, Ausrüstung und Durchführung waren 1A. Insofern möchte ich das als Übung sehen, wie von Isabel-Maria vorgeschlagen. Außer ein paar abgeschossene Torpedos, die wir schnell ersetzen können, haben wir vielleicht erreicht, dass die AASOR sich jetzt etwas zurücknehmen, wenn sie unsere Schiffe sehen."
„Ich nehme noch was mit, Thomas", bemerkte Linus Kirklane.
Thomas sah den schmächtigen Briten nur an.
„Nathan ist nicht nur freundlich und charmant. Er kann verdammt hart sein."
Thomas war nicht beeindruckt von dem, was er da gelesen hatte: „Als ein so lebenserfahrener MENSCH weiß er genau, wann er charmant und wann er hart sein muss. Ich halte Nathan für außerordentlich intelligent, und er weiß abzuwägen bei der Wahl seiner Mittel. Das war, zugegeben, eiskalt. Aber hätte er die AASOR bitten sollen? Ich nehme mit, dass wir

mit Nathan einen durchsetzungsstarken Präsidenten haben. Wir haben wieder mal Glück bei der Wahl desselben. Und nun bestellt endlich Getränke – ich habe mich beruhigt."

Es wurde verhalten gelächelt, aber es war so. Der Admiral hatte seinen Standpunkt klargemacht, war froh, dass alle wieder gesund zu Hause waren und weiterhin nicht sauer. Thomas Raven war kein nachtragender Typ – wenn man den Fehler nicht gleich noch einmal beging. Man sprach jetzt die Einzelheiten durch. Eine gelöste Manöverkritik und jeder schnitt gut dabei ab.

Ron und Thomas vereinbarten für den nächsten Tag einen Angelausflug – alles (wieder) gut.

<u>Irgendwann und irgendwo:</u>

Ava hatte mithilfe von Sophie die KI der ESCAPE so eingestellt, dass man einen normalen Tag- und Nachtrhythmus einhalten konnte.
Zusätzlich gab es auf der Brücke zwei Droiden, die alles überwachten. Ava wollte sich nicht darauf verlassen, aber Sophie überzeugte sie davon, dass die Droiden um ein Vielfaches zuverlässiger waren als Organische. Nach wie vor schlief Sophie bei Ava. Als Ersatzmutter machte sich Ava Sorgen darüber, ob alle MENSCHEN ihren Hass auf GENAR im Zaum halten konnten. Sie wollte da sichergehen. Und so lag Sophie mit ihr im Bett. Ava genoss es, neben sich den warmen Körper der Jugendlichen zu spüren. Wie Sophie empfand, sagte sie nicht. In den frühen Morgenstunden, noch etwa drei Stunden bis zum normalen Tagesbeginn, wurden die beiden Frauen durch ein lautes Jaulen von Alarmsirenen geweckt.
„Wa – Was?", fragte Ava und schüttelte den Schlaf von sich.
Sophie war schon aus dem Bett und warf sich ihre Kleidung über: „Wir haben Feueralarm!"
„Was? – Feuer?"
„Los, beeil dich", wurde Ava aufgefordert. „Feuer ist das Schlimmste, was einem Schiff passieren kann. Wir müssen zur Brücke."
Ava wusste, dass es für Wasserschiffe schlimm war, aber hier ... sie entdeckte, dass das Feuer erst erlosch, wenn kein Sauerstoff mehr da war – auch für die MENSCHEN nicht mehr. Und hier kam Kohlenmonoxid

hinzu – ebenfalls sehr ungesund. Bei Seeschiffen war Sauerstoff keine Mangelware. Sie sanken blöderweise, wenn man zu viel Wasser reinpumpte. Daher beschleunigte Ava ihre Gangart, um Sophie auf dem Weg zur Brücke noch einzuholen. Sie schossen durch das Schott auf die Brücke. Die Droiden waren davon ausgegangen, dass der Alarm bereits ausreichte, um ihrer Meldepflicht zu genügen.

„KI! Alarmsirene aus und Schiffsübersicht", verlangte Sophie.

Auf einem der größeren Monitore war der Frachter abgebildet – von allen Seiten.

„KI! Feuer anzeigen", verlangte Sophie.

„Durch den Ausfall von Sensoren können nur Teile des Feuers dargestellt werden", antwortete die unpersönliche Stimme.

„KI! Automatische Feuerlöschanlage in Betrieb nehmen", ordnete Sophie an.

„Die automatische Feuerlöschanlage wäre längst ausgelöst. Sie ist defekt!"

Mittlerweile waren einige MENSCHEN auf der Brücke angekommen und fragten, was der Lärm zu bedeuten habe.

Ava antwortete, dass es einen Feueralarm gegeben habe und man nach Raumanzügen suchen sollte.

„Ava, wir müssen Teile des Schiffes mit Vakuum fluten. Wenn das Feuer kritische Stellen erreicht, explodiert unser Frachter – im besten Fall", stieß Sophie hervor.

„Gibt es was Schlimmeres?"

„Ja, Ausfall eines Teils der Energie – sterben auf Raten", gab die Jugendliche tonlos zurück.

„KI! Schiffsweite Durchsage möglich?", fragte Ava.

„Nicht in allen Sektionen!"

„Sophie – nutz diese Möglichkeit und ruf die Leute dort zusammen, wo sie ungefährdet sind. Den Rest mache ich per Funk. Wir haben einige Funkgeräte verteilt."

Sophie drehte sich um und studierte die Schiffsanzeige. Sie nahm eine Einschätzung vor, wo es außer den angezeigten Bereichen, noch brennen könnte. Und sie wusste, dass die MENSCHEN in Panik sich nicht allzu viele Informationen merken konnten.

„KI! Schiffsweite Durchsage!"

„Geschaltet!"

„Hier spricht die Brücke. Wir haben Feuer an Bord. Um es einzudämmen, müssen wir das Vakuum des Raumes nutzen. Jeder ist aufgefordert, die Mitte des Schiffes auf Deck 23 aufzusuchen. Es gibt dort den Hangar 4b. Er sollte für alle reichen. Helft anderen, orientiert euch und los!"
Ava hatte zugehört und gab dasselbe über Funk weiter. Die Träger der Geräte würden ihre Leute einsammeln und schnellstens nach Hangar 4b bringen – jedenfalls hoffte Ava das.
„Kritische Situation in 15 Sekunden auf Deck 3 außen erreicht", sagte die KI dazwischen.
Sophie rief die Sektion auf. Sie verfügte über ein größeres Außenschott. „Wer ist dort?", fragte Sophie.
Ava funkte.
„Sieben Leute!"
„Sie sollen vom Außenschott weggehen und sich festhalten – so feste sie können!"
Ava gab das weiter und Sophie sah auf den von der KI eingerichteten Countdown. Bei minus fünf Sekunden drückte sie auf einen Knopf und hielt ihn eine halbe Sekunde. Dann drückte sie den Knopf darüber – genauso lang. Die Übersichtsanzeige auf der Brücke flackerte in dieser Sektion, dann ging das rote Licht darüber aus. Sophie seufzte: „Dort ist das Feuer aus."
Die betroffenen Leute auf dem Deck hatten die Hölle erlebt. Man hatte sich etwa vorstellen können, warum man sich festhalten sollte. Das Schott zum Raum öffnete sich einen halben Meter. Der Sog war ungeheuer stark und blies gleichzeitig das Feuer aus. Es gab auch Sauerstoffmangel – aber nicht lebensbedrohlich.
„Wie sieht es aus?", fragte Ava über Funk nach.
„Wir sind nur noch sechs – Franny hat es nicht geschafft."
Ava senkte den Kopf – eine Tote galt es zu beklagen.
„Es ist noch nicht vorbei", sagte Sophie und zeigte auf die Schiffsanzeige: „Sektor 13 A/b!"
Ava fragte per Funk nach und es meldeten sich drei panische Frauen.
„Da gibt es Raumanzüge. Sie sollen sich diese anziehen", sagte Sophie und schaute auf die Infos, die ihr die KI gab.
Nach Avas Anweisung hörte man nur panisches Geschrei.
„Hier ist Tibor. Ich bin in der Nähe. Ich weiß, wo die Teile liegen. Ich renne rüber."

„Gut", rief Ava und sah Sophie an.
„Nicht gut", sagte Sophie. „Es gibt keine passende Größe dort für Tibor. Die Aufzeichnungen der KI belegen es."
Ava versuchte Tibor zu erreichen, aber der Bär von einem Mann stürmte durch die Gänge und antwortete nicht.
Sophie schaute zu Joe: „Nimm ein paar Männer, zieht Raumanzüge an und dann zum Eingangsbereich 13 A/b."
Joe schaute Ava an und diese bestätigte. Joe griff sich drei Männer, dann zogen sie sich die Anzüge an und rannten los. Sophie rief ihnen noch zu, dass es in 13 A/c eine Stasekiste geben würde – falls notwendig.

Tibor rannte wie ein Irrer durch die Gänge und Flure der ESCAPE. Vielfach bemerkte er, dass er dort ohne Raumanzug nicht mehr zurückkam – das Feuer verlegte ihm den Rückweg.

Auf der Brücke schottete Sophie verschiedene Bereiche ab und öffnete dann Außenschleusen, nachdem sie sie überbrückt hatte. Ein großer Teil des Feuers konnte so gelöscht werden.

Tibor erreichte den Raum durch eine Feuerwand. Er schlug die Tür hinter sich zu und verriegelte sie. Im Raum schwelte auch schon Feuer – allerdings klein. Sogleich hatte er drei Frauen am Hals hängen.
Gewaltsam schleppte er sich mit ihnen zu einem Spind. Es stank mittlerweile nach verbranntem Kunststoff und die Sicht wurde schlechter. Tibor öffnete den Spind und ihm fielen sechs Anzüge entgegen. Auf den zweiten Blick sah er, dass kein passender für ihn dabei war.
„LOS ANZIEHEN", herrschte er die Frauen an. Eine blieb beim Schreien. Er nahm sie und schüttelte sie. Verwundert hielt sie den Mund. Angstvolle Augen starrten ihn an. Dann nahm auch sie sich einen der Anzüge.
„Tibor von Brücke. Dir passt keiner der Anzüge."
„Hab' ich auch schon gemerkt", knurrte er zurück.
„Der Raum ist klein und das Schott nicht schnell. Es geht nur auf und dann wieder zu. Sophie kann es nicht unterbrechen. Es dauert länger."
„Dann ist das so", brummte Tibor.
„Hier ist Joe. Wir haben den Bereich erreicht – alles voll Qualm und Feuer."

„Wartet dort, bis ich Bescheid gebe", kam es per Funk von Ava und Joe bestätigte.
Tibor sah sich um und hustete dabei – der Rauch war beißend. Die Frauen hatten die Raumanzüge an. Er kontrollierte das schnell – es war okay. An der gegenüberliegenden Wand vom Schott waren in einer Höhe von anderthalb Metern zwei Haltestangen angebracht. Er scheuchte die Frauen dort hin. Dann stellte er sich davor.
„Tibor hier – öffnet das Schott!"
„Tibor, du bist ..."
Ava hörte ein Husten: „Ich kann sie gleich nicht mehr festhalten – war schön mit euch. Viel Glück – **MACHT HIN!**"
Sie nickte Sophie zu und diese öffnete das Raumschott. Ava hörte ein gewaltiges Zischen und dann hörte sie Tibor brüllen wie ein Stier, leiser werdend – die Atmosphäre fehlte.
Ava schloss die Augen und biss sich auf die Lippen.

Tibor hatte schnell noch Luft geholt und schloss jetzt die Augen. Er vergrub sein Gesicht zwischen den Frauen und spannte alle seine Muskeln an. Dann griff Sog und Kälte gleichzeitig an.
Er begann zu schreien.
„Jetzt, Joe", rief Ava in den Funk.
Obwohl Joe sich vorstellen konnte, was ihn erwartete, wurde er vollkommen überrascht. Die nach innen aufgehende Tür wurde ihm mit Gewalt aus der Hand und er mit seinen Helfern in diesen Raum gerissen. Mit ihren autarken Raumanzügen wurden sie weit in den Raum, an Tibor und seiner Gruppe vorbei, getragen. Joe raffte sich auf und rannte auf die Gruppe zu. Von Tibor war nur der Rücken zu sehen. Sie rannten auf ihn zu.
Ava hörte über Funk nur Gekeuche und Gefluche. Ihre Anfragen wurden allesamt nicht beantwortet.
„Ava, wir haben noch ein Problem", hörte sie Sophie sagen.
„Wo?" Avas Augen irrten über die Anzeigen.
„Triebwerksraum! Kein Schott zum Öffnen. Es brennt und die Anlage muss manuell ausgelöst werden. Die Automatik ist offline. Es steht ein Droide davor, aber die Tür ist deformiert. Deck 11 – ganz hinten!"
Ava deutete auf vier Männer, die nicht schwach aussahen: „Mitkommen!"

Ava rannte, was ihr Körper hergab. Sophie musste ihr nicht mitteilen, was passierte, wenn das Feuer zu starke Schäden am Triebwerksraum verursachte. In Rekordzeit erreichten sie auf Deck 11 den letzten Raum im Heck. Davor stand, so sah er aus, ein ratloser Droide. Ein metergroßes Handrad war zu bewegen.

„Welche Richtung muss das Rad bewegt werden?", fragte Ava den Droiden. Es stellte sich heraus, dass es gegen den Uhrzeigersinn bewegt werden musste. Eine Sekunde nach dieser Auskunft hingen alle Beteiligten an diesem Rad und erst, nachdem auch der Droide sich beteiligte, bewegte sich das Rad knirschend. Erst langsam – dann schneller.

„Du gehst sofort rein und löst die Löschanlage aus, klar?"

„Verstanden", meldete der Droide.

Zu zweit schafften sie dann die letzten Drehungen und mit allen zusammen zogen sie das schwere und kreisrunde Schott auf. Hitze und stinkender Rauch kam ihnen entgegen. Der Droide schwang sich hinein, während die Gruppe sich etwas zurückzog. Dann hörte man ein gewaltiges Zischen und es kam noch mehr Qualm und auch Schaum aus der Öffnung.

„Feuer ist aus im Triebwerksraum. Zieht euch zurück", rief Sophie über Funk.

„Nichts lieber als das", gab Ava zurück und gab ihren Leuten klare Handzeichen. Es ging zur Brücke. Unterwegs schaute sich Ava das eine oder andere an. Das Feuer, wahrscheinlich durch die Lüftungsanlage verbreitet, hatte heftige Schäden verursacht. Überall stank es nach Rauch und hier im Weltall konnte man nicht mal eben lüften. Sie wollte Sophie nach Filtermöglichkeiten fragen. Aber dazu musste sie auf die Brücke und dort würde sie erfahren, wie es um Tibor stand.

Endlich erreichte sie die Zentrale und als sie eintrat, sah sie Joe dort stehen mit seinen Leuten und den drei Frauen aus 13 A/b.

Joe redete gerade: „Wir mussten Tibor ein paar Finger brechen, so fest hielt er sich noch. Im Moment liegt er in der Stasekiste auf 13 A/c. Nach vier Stunden sollte es ihm wieder gutgehen."

Ava fiel ein Stein vom Herzen. Sie ging auf die Frauen zu.

„Ihr würdet jetzt als Leichen durch den Raum schweben. Ich hoffe, ihr wisst, wie man sich bei einem Mann wie Tibor bedankt?"

Alle drei nickten brav. Ava hoffte im Namen von Tibor, dass sie nicht so brav bleiben würden.

Das Feuer war aus und es ging an die Schadensaufnahme. Zu Avas großer Verwunderung und gleichzeitig Freude, war alles reparierbar – es dauerte nur.

25.05.2165, 11:00 Uhr, GREEN EARTH, System, 14.800er-Werft:

Hellen Drum seufzte. Das war mal eine Nummer.
„Ich hoffe, ich schnappe dir nicht den Job weg, Jesse."
Der irische Grizzly, wie der Leitende Ingenieur, Jesse O'Connel genannt wurde, lachte: „Phil hat mich wenigstens ein halbes Dutzend Mal gefragt, Hellen. Ich habe allen seinen Annäherungsversuchen widerstanden."
Hellen lachte mit. Man kannte sich gut. Die letzten Jahre hatte man sich aus den Augen verloren. Jesse war der Leitende Ingenieur bei der Konstruktion der OPEN HORIZON REVENGE gewesen. Da hatte sich zwangsläufig eine Zusammenarbeit ergeben. Schließlich war er es gewesen, der sie Hellen übergeben hatte. Sie kam sich jetzt nicht als zweite Wahl vor, denn bei diesen Leistungen und der langen Zugehörigkeit hatte Jesse der Job einfach zugestanden. Aber Phil brauchte jemanden und wenn Jesse nicht wollte …
„Warum wolltest du nicht, Jesse?"
Jesse hob seine Hände hoch. Hellen sah zwei Klodeckel – jedenfalls hatten sie fast die Größe.
Der 202cm große Ire galt als schweigsam und da konnte auch schon eine Antwort zu finden sein, aber hier war er mal gesprächig.

„Diese Hände, liebe Hellen, müssen am Tag mal schmutzig werden. Die müssen was anfassen. Meine Nase braucht den Geruch von Plasmaschweißen. Meine Muskeln müssen etwas bewegen und am Ende des Tages muss etwas geschafft sein. Und es kommt noch was hinzu. Die neue Schiffsklasse, Hellen. Ich möchte sie weiterbauen. Phil kommt leider selbst nur recht wenig dazu und ich bin sein Arm in dieser Sache. Ich möchte sie weiterbauen, Hellen."
Hellen erkannte, dass in der Aussage auch gleichzeitig eine Frage steckte und sie antwortete spontan: „An mir soll es bestimmt nicht liegen, Jesse."
„Ich könnte dich knutschen, Hellen", sagte der Mann begeistert – und im Affekt.

„Ähm, für den Anfang könntest du mich mal in den Arm nehmen, Jesse."

Sie hatte es kaum ausgesprochen, als sie sich hochgehoben fühlte und in den erstaunlich starken Armen des Ingenieurs hing. Sie war bestimmt kein leichtes Mädchen, aber er hatte sie hochgehoben wie eine Puppe. Jesse bekam sofort ein schlechtes Gewissen, stellte Hellen wieder ab und sah sich verlegen um. Hoffentlich ..., nein, keiner zu sehen.

Hellen richtete ihre Klamotten: „Meine Güte, Jesse. Ich weiß gar nicht, wann ich das letzte Mal so stürmisch gefeiert wurde. Macht mich ganz wuschig."

Jesse grinste übers ganze Gesicht. Sie nahm es ihm also nicht übel – eine tolle Vorgesetzte – jetzt auch mit rotem Kopf.

„Wie heißt denn die Baureihe?"

„1700", war die Antwort.

Hellen seufzte: „Die Werft heißt: Die Größte, die wir haben, oder 14.800er, oder GENUI-Werft, oder die bei GREEN EARTH. Das Schiff heißt 1700. Ich hatte euch für fantasievoller gehalten."

Hellen wusste von Phils Traum, eine Einheitsbaureihe selbst aufzulegen – als Ellipse 1.700 Meter größter Durchmesser und von oben bis unten 1.100 Meter. Sie hatte aber angenommen, dass es da schon einen Namen für gab.

„Na ja, dafür haben wir andere Fantasien", gab Jesse zu.

„Mein Lieber", Hellen hob einen Zeigefinger.

Jesse wehrte entsetzt ab: „Ich meine, ich meine technischer Art."

„Ja", sagte Hellen, „die Technik ist entscheidend." Jetzt war Jesse der mit dem roten Kopf. Unzweifelhaft hätte jeder Umstehende das Knistern in der Luft spüren können.

„Ich meine", begann Jesse ganz vorsichtig, „dass das jetzt dein Job ist, einen Namen zu finden."

Hellen sah Jesse verwundert an: „Stimmt. Ich bin ja jetzt Chefin hier."

„Nach der Übergabe gleich. Der Admiral ist auch hier?"

Hellen schaute auf ihre Uhr: „Ja, ich weiß nicht, warum dieser Bahnhof so groß ist, aber wir müssen los, sonst kommen wir zu spät. Ich danke dir für die Führung. Wir müssen das gelegentlich wiederholen."

„DUTCH-City ist auch sehr schön, Hellen. Falls du dich nicht auskennt ..."

Hellen reagierte wie gewünscht. Sie klopfte ihm auf die Schulter. „Zeig mir bitte die Stadt, Jesse. Jetzt aber los."

12:00 Uhr:

Die Feierlichkeit fand in der sogenannten OPS (Operations – eine Schaltzentrale) statt. Am Ende, oder am Anfang, je nach Betrachtungsweise, hing ein Glascontainer unter dem Dach der 14.800er-Werft. Ein ziemlich großer, übrigens mit mehreren Stockwerken. Von dort aus ging es zu den seitlichen Balustraden, die sich in zig Ebenen durch das ganze Schiff zogen. Von dort aus gab es Turbolifte in alle Regionen der fast 15 Kilometer langen und fast fünf Kilometer breiten und hohen Werft. Das oberste Stockwerk, einschließlich Blick ins All, gehörte allein Hellen. Inklusive von Technik- und Besprechungsräumen. Ihr Stockwerk war 15 Meter hoch – Platz kein Problem, aber sie konnten sich ganze Flure oder Brücken per Holo ansehen, bevor sie so in Produktion gingen. Ähnliche Anlagen, teils größer, gab es mehrere auf der Werft. Hier wurden die 1700 neu aufgelegt, die 300-Meter-Kugelschiffe der GENUI gebaut, sowie Alpha- und Beta-Disks sowie ballistische Waffen produziert – teils vollautomatisch. Und das unterste Stockwerk war besetzt durch die HSF. Die Werft, die in einem weiten Orbit GREEN EARTH umkreiste, war gleichzeitig ein Abwehrfort. Und in diesem Giganten konnte man eine Menge an Feuerkraft unterbringen. Aber damit hatte Hellen nichts zu tun – das war Sache ausschließlich der Militärs. Für gewöhnlich waren ständig drei Angehörige der Flotte an Bord – im Falle der Aktivierung konnte man über ein PORTAL schnell weitere hinaufbringen. Die Brücke dieses Abwehrforts war die unterste Etage der Werft.
Als Hellen zusammen mit Jesse den Leitstand, so wurde das ganze Gebilde innerhalb der Werft genannt, betrat, sah sie gleich eine ganze Reihe von VIPs.
„Ich bin davon überzeugt, dass diese Werft in die richtigen Hände gegeben wird", sagte eine sonore Stimme und Hellen drehte sich überrascht um: „Oh, Präsident Foreman – extra wegen mir hier?"
Nathan zeigte durch die Glasscheibe auf über 14 Kilometer Werft: „Es gibt wesentlich unwichtigere Dinge, die ich täglich mache. Meinen Glückwunsch zu dieser sicherlich nicht leichten Aufgabe."

Er reichte Hellen die Hand und die Schottin war ganz weg von diesem Moment.
Nathan schaute auf die hohe Gestalt des Begleiters: „Wie ich sehe, Hellen, hast du dir schon das beste Personal gesichert."
Jesse wurde rot und sagte aber nichts.
Hellen kämpfte ihre Verlegenheit herunter: „Diese Werft muss eine gute stellvertretende Leitung haben. Und das wird Jesse O'Connel sein, Nathan."
Nathan drückte dem Iren die Hand: „Ich wünsche euch ein gutes Auskommen miteinander."
Jesse fühlte sich ein bisschen ertappt und die Nachricht, dass er Hellen vertreten sollte, ehrte ihn zwar, aber darüber würde noch zu reden sein.

Zum Ablauf des Tages: Admiral Thomas Raven sagte ein paar Worte über die Wichtigkeit gerade dieser Werft und Phil Mory stellte Hellen als Leiterin dieses Objektes vor. Dann stand sie allein vor den Aufnahmemikrofonen – endlich. Beide hatten sich zwar kurzgefasst, aber dennoch war es ihr lang vorgekommen. Eventuell lag es daran, dass sie es nicht gewohnt war, derart im Mittelpunkt zu stehen. Sie hatte sich ein bisschen was zurechtgelegt und erzählte was von Ehre und Verantwortung und tolles Gefühl und so – braucht man alles nicht wiedergeben. Aber sie schaffte es, dieser Werft, die ja schon endlos lange namenlos Schiff um Schiff produzierte, einen Namen zu geben. Und da ‚lesen' wir mal rein: „Offenbar war man in den letzten Jahren viel zu beschäftigt gewesen, um dieser Werft einen Namen zu geben. Die landläufige Bezeichnung befriedigt mich als neue Leiterin keinesfalls, deshalb vergebe ich jetzt gleich zwei Namen und benenne einen Vertreter für mich."
Hellen sah sich um und alle waren ab jetzt voll bei der Sache.
„Fangen wir mit dem Vertreter an, der es eigentlich verdient hätte, statt meiner diese Werft zu führen. Aber der Mann ist ein absoluter Praktiker und nur schwer an Verwaltungsarbeit zu gewöhnen. Ich schätze ihn als fähigen Fachmann und Ingenieur, der beispielsweise die OPEN HORIZON REVENGE gebaut hat: Jesse O'Connel wird mein Vertreter und mein Operative Direktor sein."
Hellen trat einen Schritt zurück und applaudierte selbst. Die Anwesenden fielen ein und irgendwo in der Mitte, er ragte aufgrund seiner Größe

etwas heraus, stand er im Mittelpunkt – mit rotem Kopf und schwer verlegen.
Als wieder etwas Ruhe eintrat, redete Hellen weiter: „Die Werft wird den Namen HUMAN-AETHERION-SHIPYARD, kurz HAS tragen. Die Neuauflage eines standardisierten Schiffes nach Phil Mory wird den Namen ‚Aetherion-1700-Series' tragen. Das wird auch das erste Neuprojekt sein, welches Jesse und ich gemeinsam angehen. Ich wünsche uns bei diesem Projekt ein glückliches Händchen."
Es wurde applaudiert, dann hob man die Gläser AGUA SPARKLING BRUT und stieß an.

Nach einer halben Stunde trat Admiral Thomas Raven an die Werftdirektorin heran: „Am 15.06. findet wieder ein Beratertag des Präsidenten in WATERFALL VALLEY statt und dieses Mal mit der Versammlung der Militärs. Ab sofort sind die Direktorin dieser Werft und ihre rechte Hand dazu eingeladen. Wir beginnen am Vortag um 10:00 Uhr. Es kann sein, dass sich der Termin über drei Tage hinzieht. Im Moment ist etwas Ruhe und ich finde, wir sollten mal wieder zusammenfinden und uns ausrichten und ein wenig Feintuning vornehmen."
„Was sollen wir …?", begann Hellen etwas unbeholfen.
Thomas winkte ab: „Kommt einfach in zivilen Sachen – bequem. Am ersten Tag passiert nicht viel und ich lege Wert auf ein paar Problemdarstellungen, dann sitzen wir anschließend abends zusammen bei kühlen Getränken und gutem Essen – ein bisschen Musik. Es sind immer die gesamten Familien dort und ich bemühe mich, so viele Führungskräfte aus der HSF dort einzuladen, wie ich es verantworten kann. Der zweite Tag ist dann der Arbeit vorbehalten. Eventuell brauchen wir auch zwei Tage. Im Wesentlichen wollen wir Informationen austauschen und uns besser kennenlernen. Das ist auch eine Art Ideenschmiede. Wir sind bisher gut damit gefahren und ich will diese Tradition fortsetzen. Teils findet das mit dem Beratertag statt, manchmal auch nicht."
„Ich, äh …", Hellen sah an Jesse hoch, der knapp hinter ihr stand, „wir – danken für die Einladung."
Thomas sah beide an und nickte: „Wir sehen uns dann. Ich muss weiter. Feiert noch schön – der Anlass ist es wert."

7. Änderung

14.06.2165, 09:30 Uhr, 1. Persönlicher Bericht
MSS Brigadier Admiral Abdul Musto, MSS BABYLON:

Mensch, wir waren immer noch nicht losgekommen! Ich kann mich nicht erinnern, dass sich ein Auftrag, den ich von einem vorgesetzten Offizier bekommen hatte, mal ein paar Jahre dauern konnte, bevor ich den Abschluss melden konnte. Da war, verflixt noch mal, Spezies 9 von neun – also die Un..., äh... -würdigen aus der damaligen GENUI-Besuchszeit.
Okay, ich war jetzt so eine Art Abteilungsleiter für alle MSS-Schiffe, aber da gab es meins und das von Philip Vatten – die GILGAMESCH. Die meisten Schiffe waren das jetzt nicht. Und genau bei diesem Schiff haperte es. Die Technik war optimal installiert, eingerichtet, geprüft und aktiv getestet. Aber dafür musste ich die Hälfte meines Personals auf das Schwesterschiff transferieren, um das ausprobieren zu können. Es fehlte an Personal. Sagen wir, an geeignetem Personal. Es war einfach Sinn der Sache, dass wir von jedem Dorf 'nen Köter oder mehrere, ich bitte wegen der Bezeichnung um Verzeihung – ich meine es nicht abwertend nur sprichwörtlich – mitnehmen sollten. Und bitte nicht nur transportieren, wäre ja einfach, nein, in den Ablauf eines Schiffes zu integrieren.
Okay, NEO-KRATAK waren auf der Brücke ein gewisser Kettlav als XO und eine Tindra als Pilotin. Die Partnerin von Philip, Esra Sorana, machte die Gunnerin. Das war es auf der Brücke auch schon. Als Chefingenieurin hatte man eine NIRMAAN – wer kann sich die ganzen Namen alle merken, und als Ärztin eine GENUI geangelt. Als Marine war ein gestandener Mann von AGUA (MENSCH) an Bord.
Dann gab es Mannschaftsdienstgrade, aber es war einfach so, dass Philip nur etwa 10% der Sollstärke an Bord hatte. Ja, man konnte fliegen, aber das war es auch schon. An Deep-Space-Einsätze, der eigentliche Sinn, war nicht zu denken. Ja, Bewerbungen hatten wir reichlich, aber wir wollten keine diplomatischen Katastrophen heraufbeschwören. Sicherlich konnte man den einen oder anderen noch im Nachhinein aus der Crewliste streichen, aber es sollte vereinzelt sein und nicht gleich in Gruppen, womöglich noch von einer Spezies. Daher nahmen Phil und ich die Sache sehr ernst. Das wir ein Auswahlverfahren an den Tag legten, emp-

fanden alle Spezies, die wir in den letzten Monaten besucht hatten, als normal.

Wir wiſſen aber von Kirili – sorry, diese Tortentrine von MANEKI wuſſte ja alleſ beſſer. Schluss jetzt mit dem Nachgeäffe! Sie hatte tatsächlich im BUND eingebracht, dass jede Spezies ein Kontingent von ambitionierten aber erfolglosen Amateuren benennen konnte, die der bedauernswerte Philip dann mitnehmen musste. Sie hatte dabei so einen Terror gemacht, dass Kön..., nein ... Präsident Martul, seines Zeichens blau und vierarmig, mich als Chef dieses Flottenteils bat, vor dem Haus, also den BUND-Abgesandten, zu sprechen. Man wollte meine Meinung dazu hören.

Ja, das war ein Ding gewesen. Das muss ich noch berichten. Es war Mitte Mai gewesen, als ich morgens um 09:45 Uhr im CONVENT auf GREEN EARTH im BUND-Saal anwesend war, während diese Trine mit gesträubtem Fell und mit ihren lächerlichen Fäustchen, mit dem sie das Pult vor sich bearbeitete, zur Höchstform auflief.

„Alſ ſtändige Abgeſandte der MANEKI fordere ich, daſſ eine jede Fpeſies auf dieſem Hauſe nicht nur ein Mitſpracherecht hat, nein, ſie ſollen beſtimmen, wer von ihnen auf dieſen Fchiffen mitfliegt!"

Okay, das war jetzt nur ihr Schlusswort gewesen, nach einer recht unlogisch aufgebauten Argumentationskette. Ich hatte den Admiral befragt, ob er nicht zu diesem Termin mitkommen wolle, schließlich hatte er ja als Fleet Admiral ein gewichtiges Wort mitzureden. Er hatte sich vor mich gestellt und gesagt: „Du wirst doch wohl gegen Kirili bestehen können, oder?"

Dann hatten wir beide gelacht.

Ähm, ich eigentlich weniger.

„Wenn ich MSS Brigadier Admiral Abdul Musto als Chef dieser speziellen Schiffssparte bitten darf, etwas dazu zu sagen", forderte mich Präsident Martul sehr höflich auf, meine Sichtweise darzulegen. Ich begab mich also dorthin, wo man in diesen Fällen im BUND-Saal als Eingeladener zu stehen hat.

„Herr Präsident, Abgesandte Kirili, das ehrenwerte Haus, ich entbiete meinen Gruß!"

Martul verbeugte sich im Sitzen etwas. Er schien meine Form- und Höflichkeit positiv aufzunehmen.

„Willkommen in diesem Hause und vielen Dank, dass du meiner Einladung gefolgt bist."

„Das habe ich sehr gern getan und ich möchte hier das Prinzip unserer Schiffsführung darlegen. Bei uns ist der Captain der uneingeschränkte Bestimmer auf seinem Schiff. Er trägt die Verantwortung für das Schiff und natürlich auch für die Crew. Er ist dem Deckchief dafür verantwortlich, dass er einen Piloten oder eine Pilotin aussucht, die ihr Handwerk versteht. Er ist der Navigationsabteilung verantwortlich dafür, dass er eine geeignete Person für die Astrogation aussucht. Und so zieht sich das wie ein Geäst durch das gesamte Schiff. Jedem Captain ist es erlaubt, sein Personal selbst zusammenzusuchen. Er kann die Hilfe der Militärverwaltung annehmen, aber er allein entscheidet, wen er als Crewman oder Crewfrau an Bord nimmt. Und das aus einem einzigen Grund: Er trägt die Verantwortung – er ganz allein. Sollte mein Captain Philip Vatten auf der GILGAMESCH Personal integrieren müssen, das er nicht ausgesucht und dem er nicht zugestimmt hat, würde er das Kommando niederlegen – und das mit vollem Recht. Und nach unserem Verständnis müsste er das tun. Es gäbe dann keinen MSS-Einsatz mehr."

Ich hörte allgemeines Geraune im Publikum.

„Die Sache mit den Multispeziesschiffen war unsere Idee, unsere Durchführung und unsere Verantwortung. Mein Schiff, die BABYLON, funktioniert prächtig. Ich bin stolz auf dieses eingespielte Team aus allen Teilen des Universums und ich möchte keinen missen. Es ist und bleibt schwierig, ein solches Schiff zu führen. Wir haben es vor Jahren einmal aufgegeben, der zweite Versuch scheint besser zu gelingen. Und genau so werden wir auf der GILGAMESCH auch vorgehen, ohne dass wir Crewleute aufgedrückt bekommen. Wenn Spezies dabei sind, die das nicht wollen, brauchen sie uns niemanden zur Verfügung stellen. Und das, meine lieben Zuhörer, ist alles, was ich dazu sagen werde. Sollte die Mehrheit hier nicht zustimmen, werde ich meine Crew fragen, ob sie trotzdem bleiben möchten. Ich schätzte die Chancen dafür recht gut ein. Sollte die Mehrheit gehen, werde ich mein spezielles Amt zurückgeben und ein normales Schiff durch den Raum steuern."

Ich ging zurück zu meinem alten Platz, um zu zeigen, dass ich fertig und entschlossen war.

„Daſ iſt eine Unverſchämtheit, ich proteſtiere ..."

„**Die Abgesandte Kirili hat nicht das Wort**", donnerte Martul. „Sie möge es für sich behalten. Wir haben beiden Seiten Gelegenheit gegeben, ihre Sichtweisen vorzutragen. Jetzt ist Schluss damit und wir kommen zur Abstimmung."

Nun, was soll ich sagen? 10:1 für mich. Alle, bis auf die MANEKI, stimmten dafür, dass ich wie gewohnt meine Leute selbst auswählen konnte.

Ich meldete mich daraufhin, denn diese Tortentrine hatte mich Zeit gekostet und Nerven. Das ganze Kindergartengetue, um sich wichtig zu machen. Ich wollte noch mal das Wort erhalten und etwas dazu sagen. Ja, ich wollte nachtreten. Nicht toll, aber sie hatte sich das echt verdient. Martul gab mir den Gefallen und damit das Wort.

„Eine Frage an die Abgesandte der MANEKI", begann ich genüsslich. „Hat das jetzt zur Folge, dass wir keine MANEKI mehr an Bord nehmen ... äh ... können?" Ich hatte gerade noch mal die Kurve gekriegt.

Eigentlich hätte ich sagen wollen statt können, ,an Bord nehmen brauchen'. Aber ich wollte den Bogen dann doch nicht überspannen. Reichte auch so. Die meisten Anwesenden hatten das verstanden.

Kirili sagte nach kurzem Zögern, dass ihre Führung nicht dagegensprechen würde, sollte sich jemand von ihrem Volk freiwillig bereiterklären, ,mitzufliegen'.

Ich nickte dazu. Manchmal ging mir Dolorant, mein Cheftechniker, besonders auf die Nerven. Seitdem die NIRMAAN-Gruppe an Bord der BABYLON war, hatte er gar keine Haut mehr, so dünnhäutig war er geworden. Tatsächlich hatte natürlich Dolorant davon Wind bekommen. Er hatte sich verwundert gezeigt.

„Ich ſtufe daſ alſ Alleingang dieſer Kirili ein. Ich ſelbst wäre hier auf der MFF BABYLON geblieben."

Nun, damit hatte Dolorant ein paar Punkte bei mir gutgemacht. Ich war gestärkt aus dieser Sache hervorgegangen. Der Admiral hatte das unbewegt zur Kenntnis genommen. Scheinbar hatte er das erwartet.

So, das war jetzt rund einen Monat her. Ich hatte Philip Vatten im Schlepptau, seine Partnerin Esra Sorana sowie sein XO Kettlav und Tindra. Ich selbst wurde begleitet von Tataree, meiner Freundin und Will Hunter mit ... ja, um es jetzt offiziell zu machen, Will und Sylvia Dall, meine Praktikantin als MSS Captain, waren ein Paar. Dieser Fuchs hatte

es tatsächlich geschafft, die etwas spröde wirkende Frau mit dem wuchtigen Pagenschnitt für sich zu begeistern. Ein Personalwechsel wegen dieser Verbindung war noch unnötig. Aber ich befürchte, sobald ich mein Okay für Sylvias Leistungen gab und sie ein eigenes MSS-Kommando bekam, würde ich mit ihr auch den guten Will verlieren. Aber so weit war sie noch nicht. In zwei oder drei Jahren vielleicht.
Ich muss gestehen, dass ich nicht so recht wusste, ob ich mich auf das Treffen mit allen hier freuen sollte. Wir befanden uns hier im WATERFALL VALLEY auf DIAMOND. Der Admiral hatte wieder einmal zum Treffen geladen. Es fehlte Jan Eggert, der sich unerreichbar in irgendeiner Galaxie befand. Gut, Ro-Latu war als Stimmungskanone sicherlich verzichtbar, aber ich vermisste jetzt schon den Häuptling, der sich den beiden angeschlossen hatte. Okay, die Abwesenheit von Chapawee Paco hatte auch Vorteile. Man musste sich nicht vor seinen Angeboten betreffend das Kalumet in Acht nehmen und konnte sich überall aufhalten, ohne Gefahr zu laufen, in einer dichten Qualmwolke zu stehen. Trotzdem – Paco war ein echter Typ und ich traf ihn gern.

Um das Veranstaltungsgelände zu erreichen, hatten wir vom Raumhafen ein Shuttle genutzt. Diese Versammlung hatte nämlich die Eigenart, jedes Jahr größer zu werden – zwangsläufig. Es gab eine Reihe von offenen Gleitern, die von MANCHAR eingeführt waren und 15 Personen fassten. Man konnte Fahrtwind und eventuell Regen mit Kraftfeldern abhalten. Sie fegten mit erheblicher Geschwindigkeit etwa 100 Meter über den Boden dahin. Es war eine Sache von wenigen Minuten, bevor man ganz in der Nähe der Kernveranstaltung aussteigen konnte.
„Es ist schön hier", sagte Tata, als wir im Talkessel landeten.
„Möchtest du hier wohnen und nicht mehr mit der BABYLON durchs All fliegen?", fragte ich sie.
Sie sah etwas verträumt aus: „Wenn ich eine Familie mit Kindern hätte, ja, aber so nicht. Mir würde schnell langweilig werden, Abbi."
Ich war etwas unangenehm berührt. Das war, wenn ich mich recht erinnere, das erste Mal, dass Tata von Kindern sprach.
„Vermisst du etwas? Vermisst du die Möglichkeit, Kinder zu bekommen?", fragte ich vorsichtig. Es war mir schon klar, dass diese Frage gefährlich war. Sagte sie ja, war unsere Verbindung so gut wie zu Ende. Sicherlich gäbe es eine medizinische Möglichkeit, ein Kind von mir und

Tata zu bekommen. Aber, wie würde es aussehen, wäre es ausreichend lebensfähig? Das Problem war, man konnte den Versuch nicht einfach beenden. Ein Hybrid aus MENSCH und SONA? Das musste ein Arzt erst einmal ethisch vertreten können und wir als Eltern schließlich auch. Ich würde das nicht können und ich würde dem niemals zustimmen, auch wenn ich Tata verlieren würde.
Sie sah mich treuherzig an: „Ich vermisse nichts, solange du in meiner Nähe bist, Abbi. Mach dir bitte keine Gedanken. Ich habe Verwandte mit Kindern reichlich. Wir können uns jederzeit eins leihen."
Ich musste lachen und war gleichzeitig erleichtert. Ein Leben ohne meinen Sonnenschein – schwer vorstellbar.
Admiral Thomas Raven kam uns entgegen und begrüßte jeden per Handschlag. Das allein war für ihn schon eine Mammutaufgabe. Und man hatte den Eindruck, dass er die Leute nicht einfach abfertigte. Er interessierte sich für jeden und hatte fast für alle einen Spruch oder eine Frage.
„Wie sieht es mit deiner Crew aus, Philip?", fragte er dann auch.
„Wir können fliegen und uns auch verteidigen, aber mehr ist zurzeit nicht drin", äußerte Philip Vatten.
Der Admiral sah etwas nachdenklich aus: „Hmm, ja, eventuell habe ich etwas für euch. Schau'n wir mal und warten den weiteren Verlauf der nächsten Tage ab. Willkommen, sucht euch ein nettes Plätzchen. Es wird wohl erst verspätet losgehen – ist aber egal."
Das war es wirklich. Wenn man bedenkt, dass Leute wie Major Admiral Methin Büvent über 24 Millionen Lichtjahre vom MARS angereist waren, sollte die eine oder andere Stunde keine Rolle spielen.
Thomas Raven machte nicht den Eindruck, als würde er bei der Begrüßung seiner Gäste, sagen wir mal so, ständig auf die Uhr schauen. Mit anderthalb Stunden Verspätung begann es dann und ich hatte die Freude, eine Top-Assistentin des Admirals bei der Eröffnung zu erleben. Wie ich später erfuhr, hatten Lea und Heidi Stöckchen gezogen, um zu ermitteln, wer von ihnen das Treffen eröffnen durfte. Thomas hatte ihnen wohl angedroht, dass er Rita auf uns loslässt, wenn sie sich nicht einigen.
Das feuerrote Haar von Lea glänzte im hellen Sonnenlicht, als diese ans Pult trat – sie hatte gewonnen.
„Liebe Gäste!"
Es gab schon Applaus.

„Ich darf euch zur diesjährigen Versammlung, die auch den Beratertag des Präsidenten morgen beinhaltet, herzlich begrüßen. Wer noch keine Unterkunft hat und auf DIAMOND übernachten will, spricht mich, Rita oder Heidi in den Pausen an. Wir werden euch schon unterkriegen."
Es wurde gelacht und applaudiert.
„Gut, mit anderthalb Stunden Verspätung eröffne ich hiermit das Treffen und bitte den Gastgeber zu sprechen." Lea trat zurück und überließ dem Admiral das Wort.
Ja, und so ging es dann weiter. Zum Schluss seiner Rede wies der Admiral darauf hin, dass es eine neue Leitung der 14.800er-Werft gäbe, die jetzt AETHERION-Werft genannt wurde. Aus den Flottennachrichten im Netz wusste man das natürlich. Er bat Hellen Drum ans Mikro. Sie stellte sich vor als vormalige Technikerin auf der untergegangenen TITAN-Werft im SOL-System, dann Cheftechnikerin auf der GERONIMO und schließlich in der gleichen Funktion tätig, lange Jahre, auf der OPEN HORIZON REVENGE. Sie äußerte sich auch zu ihrer Vertretung Jesse O'Connel.
„Ich weiß, dass sich viele von euch bereits vorab informiert haben und daher möchte ich hier etwas präsentieren, was noch niemand kennt – die Aetherion-1700-Serie." Hellen trat etwas zurück und zwischen ihr und den Zusehern gab es ein Holo. Die Darstellung des neuen Schiffes. Ich muss sagen, selbst mir stockte der Atem. Das war mit Sicherheit das modernste und schlagkräftigste Schiff innerhalb der Flotte. Es fiel sofort auf, dass es entgegen zu den ersten Plänen in Äquatorhöhe einen Ring gab, der gut 50 Meter weiter ins All ragte und eine Stärke von etwa 20 Metern hatte.
„Ihr habt die Abweichungen vom Plan bemerkt?", fragte Hellen Drum und sie bekam Bestätigungen aus dem Publikum.
„Es handelt sich um einen Waffenring – aufgeteilt in Energiewaffen und Torpedo-Launcher. Der Ring ist drehbar, die Energiewaffen können auf den Schienen frei justiert werden. Wir haben immer bei runden Schiffen das Problem, dass der Gegner mit etwa 66% der Waffen überhaupt nicht erfasst werden kann. Der Torpedoring besteht aus mehreren Teilen und kann sich schnell drehen, damit die Schussfolge von Torpedos, mehrere Ringe mit unterschiedlichen Torpedos vorhanden, erhöht werden kann. Alle Energiewaffen können zu einer Seite verlegt werden, wenn das ge-

wünscht wird. So haben wir ein durchschlagkräftiges Argument gegenüber unseren Feinden."
Hellen machte eine Pause und bekam Applaus. Das war mal eine Neuerung mit Wirkung.
Hellen wurde aus dem Publikum gefragt, wann mit der Fertigstellung des ersten Schiffes zu rechnen sei.
„Die Technik ist nicht ganz einfach und sie soll zuverlässig funktionieren", sagte die Direktorin der AETHERION-Werft. „Wir haben etliche Versuchsreihen vor uns und ich kann es einfach nicht sagen. Zurzeit haben wir keinen Mangel an Raumschiffen – wohl aber an Personal. Wie mir Phil Mory sagte, funktioniert die Werft auf GENUA III wieder und alle anderen Werften sind dabei, die F-Klassen umzurüsten. Kanzlerin Sina-Reth hat uns 20 dieser Kreuzer zur Verfügung gestellt. Das ist eine Menge Arbeit. Wir haben ja noch die KRATAK-Schiffe und zuletzt ist noch ein Schiff der AASOR dazugekommen. Wir brauchen Personal. Daher werde ich die neue Reihe erst dann freigeben, wenn sie astrein läuft."
Hellen Drum bekam Szenenapplaus, winkte und trat ab.

Admiral Thomas Raven übernahm wieder: „Wir sind durch einen absoluten Zufall in den Besitz von ein paar Daten gekommen – Daten über die wenig bekannten PYRAMIDS. Der AR-L-Droide Dr. Harry W. Pommerton hat innerhalb eines nahen Vorbeifluges, geschützt durch Laurin 6.0, ein paar dieser Raumer einen Teil der Geheimnisse entreißen können. Meine Assistentin Rita hat die Daten dechiffriert und analysiert. Hören wir uns ihre Zusammenfassung an."
Thomas trat zurück und Rita übernahm Pult und Wort.
„Danke, dass ich hier sprechen darf. Ich muss vorausschicken, dass die Daten entweder unvollständig sind oder ich nicht in der Lage war, alles zu erkennen. Es deutet aber alles darauf hin, dass es sich bei dem Datenfragment um die Koordinaten des Heimatsystems der PYRAMIDS handelt – wie gesagt, etwas unvollständig. Die ganze Datenzusammenstellung und die Ablage der Dateien sowie die Koordinaten selbst entspringen einer anderen Logik. Ich wage vorherzusagen, dass diese Spezies uns sehr fremd sein wird. Wir müssen jetzt tatsächlich nachsehen und die Daten miteinander an Ort und Stelle vergleichen. Danke für die Aufmerksamkeit."

Rita trat ab und Thomas kam wieder zum Zuge: „Ja, und wen haben wir als erfahrenen und leidgeprüften Fährtenleser zwischen den Sternen?"
Mir wurde heiß. Verdammt noch mal, der dachte doch nicht etwa an ... Thomas redete weiter, während ich die Luft anhielt: „Ich erinnere mich, dass unser MSS Brigadier Admiral Abdul Musto einen erstaunlich fähigen Astrogator auf der Brücke hat. Er ist GENUI und man ruft ihn Tos-Hat. Stimmt es Abbi?"
Scheiße! Ich hätte, sorry, kotzen können. Es war jetzt ausgesprochen und ich käme nie auf den Gedanken, meinem Admiral öffentlich zu widersprechen, zumal dieser absolut recht hatte und seine Gedankengänge logisch waren.
„Das stimmt", würgte ich hervor. „Tos-Hat besitzt mein volles Vertrauen in diesen Dingen."
„Gut", freute sich Thomas. „Rita wird euch die Koordinatenfragmente geben und ich schlage vor, du nimmst die GILGAMESCH in die MILCHSTRASSE mit. Ich habe Nachricht bekommen, dass sich ein erheblicher Anteil von MANCHAR für den Dienst unter Philip Vatten interessiert. Ihr könnt dann dort auf einem Weg vorbeischauen und rekrutieren. Ist das okay für euch?"
Nun, mit der Aussicht auf Personal hatte das wenigstens einen etwas freundlicheren Anstrich. Ich stimmte also, hatte ich eine Wahl – nein –, zu und Philip war geradezu erfreut.
„Deine ursprüngliche Mission wird aufgeschoben, aber nicht aufgehoben", zwinkerte Thomas mir zu.
Tolle Wurst, ich war bedient – nein, ich war oberbedient.
„So, das war es vor dem Mittag erst einmal. So zur Einführung in den heutigen Tag. Ich wünsche gute Gespräche und nach dem Essen geht es hier weiter um 15:00 Uhr", erklärte Thomas uns.
Mir war der Appetit vergangen. Ich konnte mir an meinen unegalen Fingern abzählen, dass ich dieses Jahr wieder nicht diese verflixte Mission abschließen konnte.

Ende des 1. Persönlichen Berichts MSS Brigadier Admiral Abdul Musto, MSS BABYLON.

Admiral Thomas Raven sah mit Freude, wie Methin und Audra ihre Tochter Alannis in die Arme nahmen. Audra hatte Tränen in den Augen. Thomas wartete etwas ab, dann ging er auf die drei zu.
Methin bemerkte ihn und man umarmte sich.
„Wie macht sich unsere Tochter?"
„Nun, ich habe sie nicht mehr als Assistentin", gab Thomas zu.
„Ich hatte dich gewarnt", kam die Antwort des Major Admirals. „Sie weiß, was sie will und auch, was sie nicht will. Betreuung zum Beispiel ist ihr ein Gräuel."
„Ewa hat's spüren müssen", grinste Thomas. „Aber ich habe eine wundervolle Verwaltungschefin innerhalb der HUMAN FORCES. Scott ist voll des Lobes. Das war ein guter Fang, auch wenn sie jetzt woanders eingesetzt wird."
Methin wusste nichts darauf zu antworten und dann hatte Thomas auch die Gelegenheit, Audra zu begrüßen. Die Gute trocknete sich vorher noch die Tränen.
„Kommt ihr mit an unseren Tisch? Ewa ist dort vorn."
Das Paar aus der fernen MILCHSTRASSE stimmte zu und so saß man dann zusammen.
Thomas ging nach gut anderthalb Stunden durch die Reihen und hörte hier mal rein und dort. Es war nicht dasselbe, als ob Jan Eggert dagewesen wäre, denn jetzt waren die Themen sachlicher und es ging etwas ernster zur Sache. Nicht, dass Jan nicht auch zum Erfolg beitragen würde – es war nur anders, und wenn man hier fragte, dann bekam man überall die gleiche Antwort bzw. Frage: „Wo ist Jan?"
Im Zuge des Nachmittags wurde neues Personal vorgestellt und Thomas sagte was über die Aufgabenverteilung innerhalb des P2. Aber viel konnte er nicht dazu beitragen. Man war noch in der Findungsphase. Unter Gelächter gab er aber zu, dass ihm so manches Mal etwas Wind entgegenblies. Das käme davon, wenn man mündige und entscheidungsfreudige Mitarbeiter hätte.
Am Abend lief der erste Tag entspannt aus.
Am nächsten Tag war James (Nathan) Foreman dran und die Militärs hielten sich aufmerksam zurück. Er spulte sein Programm ab und fragte nach neuen Erkenntnissen aus dem YXY-11-Sektor. Peter Ralen gab Antwort: Die BLISTER 1 und 5 seien weitgehend gesichert und man würde sofort benachrichtigt, wenn sie dort etwas täte.

Am Abend dieses Tages kam es zu einem Zusammentreffen zwischen Abdul Musto und Walter Steinmeier.

„Abbi, mich interessiert die Sache mit den PYRAMIDS. Wenn du nichts dagegen hast, dann würde die VIRGINIA HALL mitfliegen. Wir haben hier im Moment keine weiteren Einsatzmöglichkeiten. Okay, ich könnte mal wieder bei den VENDORA schauen oder den SUBB, aber ich habe nicht das Gefühl, dass das sonderlich wichtig ist."

„Du hast eine Top-Crew am Start", antwortete der MSS Brigadier Admiral. „Abgemacht – wir fliegen zu dritt."

<u>Irgendwann und irgendwo:</u>

Die ESCAPE fiel antriebslos durch den Raum. Ava hatte feststellen müssen, dass die Schäden durch das Feuer, eigentlich waren es mehrere, doch von erheblicher Natur waren. Zum Schadensereignis selbst konnte nur gerätselt werden. Es war einfach kein Fachmann an Bord, der Ursachenforschung betreiben konnte. Und genau das war Ava ein Dorn im Auge. Dieses Horrorszenario konnte jeden Tag, oder jede Nacht, wieder auftreten. Sie würde kaum ein Auge zubekommen. Das letzte Feuer hätte auch ihr aller Leben beenden können. Das war haarscharfknapp gewesen.

„KI!", rief Ava daher auf der Brücke.

„Ich höre", antwortete die künstliche Intelligenz.

„Ich will, dass dieses Schiff gegen solche Brände, wie erlebt, besser geschützt ist. Ich erwarte Vorschläge von dir."

„Die internen Brandsensoren müssen gewartet und bei Defekt ersetzt werden. Weiterhin muss auf dem gesamten Schiff die automatische Löschanlage funktionieren, wie auch die automatische Abrieglung einzelner Sektoren."

„Kann das mit den vorhandenen Mitteln erfolgen?"

„Das ist möglich."

Ava war etwas verwirrt: „Und warum wird das nicht gemacht?"

„Ich habe den Befehl erhalten, dieses Schiff so schnell wie möglich wieder flugfähig zu machen. Die Droiden werden an anderer Stelle gebraucht."

Ja, dachte Ava, das war logisch. Ein solcher Befehl lag tatsächlich vor und war von ihr selbst ausgesprochen worden.

„Wie lange dauert eine vollständige Reparatur der Brandanlage?"
„Wenn alle Droiden eingesetzt werden können, dauert die Instandsetzung 40 Tage."
Ava sah Sophie an und danach Joe. Von Tibor war nicht viel zu erwarten, der war in letzter Zeit etwas müde. Aber Tibors Meinung in diesem Zusammenhang brauchte Ava nicht.
„Was meint ihr?", fragte sie Joe und Sophie. Joe zuckte mit den Schultern und Sophie sprach: „Wir wissen nicht, warum das Feuer ausbrach und die einzige Möglichkeit, sich zu schützen, ist dann der Weg über die 40-tägige Reparatur."
Ava sah die junge GENAR an: „Ich schätze deine Meinung, Sophie. Du denkst ausschließlich logisch."
Die GENAR zeigte ein dünnes Lächeln: „Nicht immer, Ava, nicht immer."
Ava wandte sich wieder an die Technik: „KI! Reparatur der Brandanlage beginnen. Es sind alle Droiden einzusetzen, um die kürzestmögliche Instandsetzungszeit zu erreichen. Fang sofort an!"
„Ich habe verstanden."
Ava drehte sich zu ihren Leuten, als da waren Oplom, Joe, Sophie, Enja, Tibor und sie selbst: „Wir werden diese Zeit nützen, um uns weiterzubilden. Wir müssen besser mit dem Schiff umgehen können. Enja, du verbesserst dich am Nav-Pult, Joe macht den Astrogator, Oplom nutzt die Scanner, Tibor arbeitet sich in die Sensorik ein und ich versuche von allem ein bisschen. Es kann sich jeder von der KI Übungsprogramme angeben lassen. Das machen wir jetzt 20 Tage lang. Bereit?"
Jeder war das. 40 Tage einfach nur rumzusitzen und nichts zu tun, wäre eine Tortur. Ava hatte sich angewöhnt, täglich einmal durchs Schiff zu gehen und nach dem Rechten zu sehen. Das betraf weniger die Technik als die über 400 Personen, die dieses Schiff transportierte. Dabei verbreitete sie den Grund, warum das Schiff nicht weiterflog. Ihre Entscheidung wurde ausnahmslos akzeptiert. Feuer auf einem Raumschiff war schlicht eine Katastrophe. Auf der Brücke hoffte sie, dass der recht ungeschickt agierende Oplom wenigstens etwas dazulernen würde. Und wenn nicht, war er wenigstens beschäftigt worden. Es wurde aber nicht besser – oder nicht viel. Oplom war der geborene Grobmotoriker, der gern auch schon mal drei Tasten gleichzeitig drückte. Aber schließlich war er mit dem Übungsprogramm durch und die KI bescheinigte ihm

eine durchschnittliche Leistung. Ava war damit zufrieden und er selbst sogar sehr. Verstohlen putzte er sich den Schweiß von der Stirn.
Die Arbeiten gingen voran, während die ESCAPE passiv durch den Raum fiel.
Am 33. Tag der Reparatur machte Tibor eine heftige Bewegung in Richtung seiner Instrumente, und zwar so, dass es Ava auffiel.
„Tibor?"
„Ich, äh, weiß nicht", stotterte dieser.
„Sag mir, was du siehst."
„Da, äh, kommt was auf uns zu, wenn ich das richtig erkenne."
„Oplom, siehst du das auch?"
„Da, da hat sich was verändert – auf der Anzeige", sagte dieser unsicher.
Ava stand auf und ging zu ihm rüber. Sie sah zunächst über seine Schulter auf den Monitor, dann beugte sie sich näher ran.
„Sophie, für was hältst du das?"
Sophie bewegte sich ebenfalls in Richtung Oplom, schaute kurz auf die Anzeige, dann ging sie rüber zu Tibor. Ava sah, wie sie zusammenzuckte.
„KI! Was nähert sich uns dort?", fragte sie dann.
„Es handelt sich um einen Meteoridenschauer größeren Ausmaßes."
„Kurs?"
„Es bewegt sich mit 300 Kilometer in der Sekunde auf uns zu. Seine Ausläufer werden uns in etwa 37 Minuten treffen."
Ava wurde es heiß. Soweit sie wusste, waren die Schäden im Triebwerksraum noch nicht behoben. Die Entscheidung, alles für die Brandbekämpfung, erwies sich jetzt vielleicht als verhängnisvoll.
„Ich will das auf der Übersicht sehen", verlangte Sophie etwas hektisch.
Ava bemerkte, dass die sonst coole GENAR nervös wurde. Die KI zeigte auf einem größeren Monitor in der Nähe den Standort der ESCAPE an, sowie die anfliegende Masse der Meteoriden. Perfider weise auch einen Countdown bis zum Einschlag.
„Welche Triebwerke haben wir zur Verfügung?"
„Keine."
„Wie lange dauert es, zumindest eins online zu bekommen?"
„51 Minuten."
„Optionen?"
„Wir haben Korrekturtriebwerke teilweise online", antwortete die KI.
„Anzeigen – mit Leistungsfähigkeit!"

Während die KI das Bild und die Anzeigen aufbaute, fragte Ava Sophie leise, ob sie die Raumanzüge anziehen lassen sollte. Sophie sah sie ernst an, dann lehnte sie, ebenso leise, ab.

„Schau dir die Übersicht an. Wir haben nicht ausreichend Raumanzüge für alle. Es würden Kämpfe darum stattfinden. Im Übrigen verlängerst du unser Leiden. Informier die Leute nicht – es wird Panik geben."

Ava wurde mutlos: „Manchmal hasse ich deine Logik."

„Ich auch", versicherte Sophie und schaute auf die jetzt vollständige Übersicht.

„Können wir mithilfe der Korrekturtriebwerke dem Zusammenprall ausweichen?"

„Nein."

Nur dieses einzige Wort sagte die KI und, so empfand es Ava, beendete sie damit nicht nur ihre Flucht, sondern auch ihr Leben. Ava ließ den Kopf hängen. Sie empfand es nach all der Tortur und all der Gefangenschaft und der Erniedrigung einfach als unfair, jetzt vom Leben Abschied nehmen zu müssen, einfach zu sterben – hier draußen, weitab von jeglichem Leben. Niemand würde sich an sie erinnern. Nicht an Tibor, nicht an Oplom und nicht an Joe. Sie würden aufhören zu existieren und als verbrannter Staub zwischen den Sternen auseinanderdriften – und für immer vergessen sein. Eigentlich müsste nach all den Erfahrungen, die sie in den letzten Jahren gesammelt hatte, der Tod für sie den Schrecken verloren haben. Aber jetzt, wo es so weit war, hatte sie Angst – einfach Angst.

31 Minuten bis zum Einschlag.

„Wir können doch nicht einfach hier herumsitzen und auf unseren Tod warten", rief Joe mit großen Augen. Man sah ihm an, dass er nach all der Hoffnung in den letzten Wochen von einem guten Leben geträumt hatte. Jetzt war das nicht nur in Gefahr – es war vorbei.

Enja hatte sich zurückgelegt und beide Hände vors Gesicht geschlagen. Man sah sie zucken und Tränen liefen ihr unter den Händen hervor.

„**Macht was**", rief Joe erregt.

„Wir müssen die ESCAPE in die Welle der Meteoriden drehen – mit dem Bug voran", überlegte Sophie laut. „Vielleicht habe wir eine Chance und es bleibt ein direkter Treffer aus."

Sophie sah auf die Übersicht: „KI! Backbord-Korrekturdüsen im Bug – volle Leistung!"

Die KI zeigte die Zündung dieser Triebwerke auf der Übersicht an.
„Warum passiert denn nix?", fragte Joe und Enja nahm ihre Hände nicht mehr herunter vom Gesicht.
25 Minuten bis zum Einschlag.
„Es dauert, einen so schweren Körper wie die ESCAPE zu bewegen", antwortete Sophie.
Auch Ava starrte gebannt auf die Übersicht. Das Feuern der seitlichen Triebwerke wurde angezeigt und auch die Flugrichtung der Meteoriden, aber ihr Transporter bewegte sich einfach nicht. Es dauerte acht Minuten, bevor man zuverlässig sah, dass sich der Schiffskörper mit dem Bug in die Flugbahn der Meteoriden drehte.
17 Minuten bis zum Einschlag.
Sophie schaute wie erstarrt in Richtung der Übersicht.
„Musst du den Schwung nicht abbremsen?", fragte Ava atemlos.
„Ja, aber nicht zu früh und nicht zu spät", antwortete die GENAR angespannt. Sie schaltete die Backbordtriebwerke aus und die ESCAPE behielt den Schwung bei und drehte sich weiter.
Ava atmete heftig aus. Ja, das würde passen. Wenn sie keinen Treffer direkt auf die Nase bekommen würden, wäre die Chance groß, dass der Meteoridenschauer am Schiff vorbeischrammt, ihn nicht leck schlägt und man die Beschädigungen eventuell reparieren könnte. Dann würde man halt nur ein paar Wochen weiter hier rumhängen. Alles besser, als jetzt zu sterben.
10 Minuten bis zum Einschlag.
„Ich zünde jetzt die Backbordtriebwerke", sagte Sophie und schaltete. Zuverlässig zeigte die Übersicht an, dass jetzt die Korrekturdüsen auf der Gegenseite zum Einsatz kamen – für eine Minute. Dann gab es ein komisches Geräusch und über der direkten Anzeige erschien ein roter Schriftzug, den Ava & Co. nicht deuten konnten.
„Neiiiin", sagte Sophie gedehnt und sehr gequält.
„Was ist jetzt?", fragte Ava.
„Die Triebwerke auf der Backbordseite sind ausgefallen."
8 Minuten bis zum Einschlag.
Ava sah mit Entsetzen, dass sich die ESCAPE über den beabsichtigten Punkt weiterdrehte.

„KI! Schematische Darstellung: In welcher Position befindet sich die ESCAPE, wenn die Meteoriden eintreffen?" Ava atmete schwer, als sie auf die Antwort wartete. Dann kam das Bild.
„Wir haben es schlimmer gemacht", kommentierte Tibor die Anzeige. Die ESCAPE wurde im Augenblick des Zusammenpralls dem Schauer die volle Breitseite zeigen.
Sophie plumpste in ihren Sessel und schloss kurz die Augen: „Keine Chance."
Alle auf der Brücke waren erstarrt. Auch ein Weiterbeschleunigen mit den anderen Triebwerken würde jetzt nichts mehr bringen. Sie konnten eventuell das Heck in diese Richtung bringen, aber ein kleiner Treffer im Triebwerk würde ihr Ende besiegeln – also konnten sie die Hände in den Schoß legen.
5 Minuten bis zum Einschlag.
Ava starrte mit leerem Blick vor sich hin.
„Vielleicht sollten wir beten", schlug Tibor vor.
Und da kam Ava so richtig aus dem Quark: **„Zu welchem Scheiß-Gott willst du beten, Tibor?"**
Der kräftige Mann zuckte heftig zusammen, als er so von Ava angebrüllt wurde. Sie kam noch auf ihn zu: **„Erzähl mir das! Soll es der verdammte Gott sein, der uns in die Gefangenschaft der GENAR brachte? Oder vielleicht der, der uns alle zu Mördern werden ließ? Oder der, der uns das Feuer brachte? Oder der, der uns jetzt gleich in den Tod reißt? Deine Scheiß-Götter gibt es nicht und wenn doch, dann sind das allesamt Arschlöcher!"**
Joe wirkte gefasst, als er auf Ava zuging und sie fest in den Arm nahm: „Ruhig, Ava. Es ist gleich vorbei."
Ava zitterte in seinen Armen und ihre Tränen nässten seine Schulter.
Joe konnte nicht hinsehen, aber Ava sah durch ihre Tränen hindurch auf den Countdown.
Eine Minute bis zum Einschlag.
Sophie hatte die Hände in den Schoß gelegt, von Enja kam nichts mehr und bei Oplom stand der Mund auf. Tibor schien tatsächlich zu beten, denn seine Lippen bewegten sich. Traurig sah Ava zu Sophie. Sie hätte die junge Frau gern ein wenig länger auf ihrem Lebensweg begleitet – aber der war in wenigen Sekunden zu Ende ...
10 – 9 – 8 – 7 – 6 – 5 – 4 ...

Ava spürte, dass der Griff von Joe fester wurde. Schade ...
3 – 2 – 1 – 0
Der Countdown wurde beendet und es passierte – nichts – noch nicht. Dann erschien, statt des Meteoridenschauers und dem Symbol der ESCAPE ein Schriftzug auf dem Bildschirm und Sophie schrie auf. Dann sprang sie auf und rannte zum Pult von Oplom.
„**Dieser Mann hatte ein Übungsprogramm aktiviert!**"
„**WAS?**", Ava riss sich von Joe los und ging auf Oplom zu.
„**Das war lediglich eine Simulation! Diese Meteoriden gibt es nicht!**"
Aus Avas Augen sprühte Feuer.
Oplom konnte gerade noch die Arme hochreißen, dann prügelte Ava auf ihn ein: „**Du verdammter Drecksack – du Versager – du Taugenichts ...**" Mit jedem Schimpfwort schlug sie entweder mit der flachen Hand oder mit der Faust auf Oplom ein. Der Mann wehrte sich nicht, versuchte sich aber, soweit es ging, vor den heftigen Schlägen der Frau zu schützen. Plötzlich fühlte sich Ava hochgehoben. Tibor hielt sie an sich gedrückt und hob sie einfach an. Ava versuchte Oplom mit ihren Füßen zu treten: „**Verschwinde von der Brücke, du Blödmann!**"
Zappelnd hing sie in den Armen von Tibor und Oplom nutzte die Chance, um schnellstens von der Brücke zu verschwinden.
Tibor hielt Ava noch einen Augenblick fest.
„Kann ich dich jetzt loslassen?"
„Ja."
„Wirklich?"
„**JA!**"
Als er sie freigab, ließ Ava die Schultern hängen, setzte sich auf irgendeinen Stuhl, schlug die Hände vor Gesicht und begann zu weinen.
Auf der Brücke herrschte unnatürliche Ruhe.
Schließlich sagte Sophie: „KI! Gilt ab sofort: Alle Übungen und Simulationen sind deutlich zu kennzeichnen – auf den Bildschirmen. Setz alles in einen blauen Rahmen."
„Ich habe verstanden."
„Wie konnte das passieren?", fragte Joe ziemlich groggy.
„Die KI folgt ihrer Programmierung. Es war ein Übungsprogramm aufgerufen und das spulte sie ab", antwortete Sophie. Dann stand sie auf und ging zu Ava und legte ihr eine Hand auf die Schulter.

„Ava, es muss weitergehen. Hast du dich beruhigt?"
Ava nahm die Hände vom Gesicht und wischte sich die Tränen von den Wangen: „Ja, holt Oplom wieder rein."
Joe und Tibor spurteten los und kamen bald mit einem ziemlich verlegenen Oplom wieder auf die Brücke. Ava ging auf ihn zu. Sein Kopf war an verschiedenen Stellen gerötet und wo er noch blaue Flecke von ihren Schlägen hatte, konnte sie sich ungefähr vorstellen.
„Tut's noch weh?"
Oplom schüttelte den Kopf: „Hatte ich mir wohl verdient."
Ava drehte sich einmal im Kreis: „Das, was in der letzten Stunde hier auf der Brücke passiert ist, bleibt unter uns. Es muss unter uns bleiben – einverstanden?"
Alle stimmten ihr zu.
Ava wandte sich an Sophie: „Sorg dafür, dass die Hälfte der Droiden mit der Reparatur der Brandschäden weitermacht. Die dargestellte Gefahr kann schneller real werden, als uns lieb ist."
„Mache ich, Ava."

18.06.2165, 11:35 Uhr, ODIN, Brücke:

„Was für ein Ritt", stöhnte Jan Eggert. Sie waren vor 7,5 Stunden in das Galaxiswurmloch von NGC4258/M106 eingeflogen und gerade in der nächsten Galaxie aufgetaucht. 7,5 Stunden in Stase, das ging ja noch. Jan sah zu, wie die automatischen Fesseln von seinen Händen und Füßen abgezogen wurden und die dicken Kissen, die seinen Kopf festhielten, die Luft abließen und in den Sitz zurückgezogen wurden. Die Passage schien gelungen zu sein und er hörte auch keine Alarmsirenen.
„Maggi?"
Natürlich war der AR-L Ferdinand Magellan eher einsatzfähig als die organische Crew. Jan hatte den Spitz- oder Kurznamen der NIRMAAN für den Droiden gern übernommen und beließ es dabei. Der Droide hatte blitzschnell errechnet, was Jan von ihm wollte. Schließlich erreichten sie eine neue Galaxie nicht zum ersten Mal.
„Mein Schnellscan hat ergeben, dass wir allein sind, Sir", meldete er.
Jan richtete sich ganz in seinem Sitz auf. Während des Transfers hatte sein Körper mehr gelegen. Er sah sich um und seine Crew, einschließlich

dem NIRMAAN Ka-Lim und der NEO-KRATAK Krieta rappelten sich ebenfalls in ihren Sitzen hoch.

„Elli, sind wir richtig? Bitte überprüf das."

„Bin schon dabei, Jan."

„Nina, bitte eine Statusabfrage an die HOR-LOK II und die CHIEF JOSEPH. Weise die Kollegen bitte darauf hin, dass ich sie um …", Jan schaute auf die Uhr, „13:00 Uhr hier auf der ODIN sprechen möchte. Bob wird sie auf dem PORTAL-Deck empfangen und hierhinbringen."

„Mach' ich", sagte Nina.

Jan wartete, aber es gab keine Bestätigung von Bob. Und ganz ehrlich: Jan hatte keine erwartet.

„Und Bob holt sie vom PORTAL-Deck und bringt sie zur Brücke", sagte er daher lauter und in Richtung ihres Mannes für Drohnen und dergleichen. Er musste sich dazu seitlich aus dem Sitz und nach hinten beugen.

Tatsächlich schreckte der Mann aus Hawaii in die Höhe: „Was, äh …, was soll ich?"

„Du holst Goldauge und den Häuptling vom PORTAL-Deck und bringst sie hierher", bestimmte Jan.

„Warum ich? Und warum können die nicht selbst die Brücke finden?", lamentierte Bob. Die restliche Crew grinste erwartungsvoll. Nur Bob erlaubte sich derartige Sprüche gegenüber Jan. Sie waren alle Freunde, aber wenn Jan als Captain der ODIN etwas anordnete, und das hatte er gerade ganz klar getan, dann tat es jeder – sofort und ohne Widerrede. Gut, manches Mal musste sich Jan einen Spruch anhören, aber es wurde ausgeführt.

„Weil du auch mal was tun kannst! Oder ist das zu viel verlangt?"

„Nö, aber die können doch selber laufen und …"

„Du kommst den Rest unserer Reise in die Brigg, wenn du deinen Arsch nicht schwingst!" (Anmerkung des Berichtenden: Als Brigg bezeichnete man das Gefängnis auf einem Schiff, meist Segelschiff und fast immer unter Deck und ganz vorn)

„Ja und?", fragte Bob trotzig.

„Ohne Joints – natürlich", versicherte Jan.

„Man ey, ich geh' ja schon", motzte Bob und stand auf.

„Um 13:00 Uhr und pass gelegentlich auf, was ich sage. Stell dir einen Wecker!"

Bob plumpste in seinen Sitz zurück und Jan hatte einen roten Kopf. Seine Truppe feixte. Es passierte selten, dass sich Jan auf sowas mit Bob einließ, aber wenn, dann setzte er es auch durch. Aber es gab immer Widerstand. Ka-Lim bekam große Augen, Magellan hatte errechnet, dass es jetzt besser war, nicht darauf zu reagieren, Krieta tat so, als wäre nichts passiert und Scrat holte sich eine Nuss aus seinem Vorrat.

„Hi an Bord", empfing Bob die Gäste im PORTAL-Raum recht lässig und hob dazu eine Hand, aber nicht zu hoch – Punkt 13:00 Uhr. Zuerst war Paco durch die Anomalie gekommen, dann Ro-Latu. Der GENAR wandte sich an den Sioux: „Hi?"
„Mein schwarzer Bruder empfängt so seine Gäste – in seiner Landessprache."
„Ach so!" Ro-Latu hatte sich das ‚Ach so' angewöhnt und benutzte es immer dann, wenn er Interaktionen der MENSCHEN, die ihm eigentlich fremd waren, begriffen hatte – wie er meinte.
Bob schlurfte recht entspannt vor ihnen her und brachte sie so in wesentlich längerer Zeit zur Brücke. Paco überlegte, ob der schwarze Bruder nicht vielleicht einen anderen Weg gewählt hatte. Sonst war man doch immer recht fix dort gewesen.
„Da sind sie", mit diesen Worten lieferte Bob die beiden Schiffsführer bei Jan auf der Brücke ab.
„Willkommen. Bob hat recht lange gebraucht?", fragte Jan.
„Wir konnten das Schiff ausgiebig in Augenschein nehmen", wich Ro-Latu aus.
„Unser schwarzer Bruder hat den Langmut der Tiere mit den zwei Schwänzen", versuchte auch Paco das positiv auszudrücken.
„Oder den mit den drei Fingern?", ätzte Jan.
„Drei Fingern?", fragte Paco und war biologisch nicht ganz auf der Höhe. Ro-Latu kannte sich in der irdischen Fauna gar nicht aus.
„Drei-Finger-Faultier", half Jan aus. „Kommt bitte in den Besprechungsraum." Jan führte seine Gäste dort hinein und verteilte Getränke.
„Elli hat mir bestätigt, dass wir in der richtigen Galaxie sind. Über Nina habe ich eine Statusabfrage gestartet – nun?"
„Die HOR-LOK ist zu 100% kampftauglich."
„Die CHIEF JOSEPH ebenfalls", bestätigte Paco.

Jan nickte: „Okay, die ODIN ebenfalls. Das ist das, was wir oberflächlich sehen. Ich will einen Ebene 1 Check, bevor wir das nächste Galaxiswurmloch erreichen. Danach wird es nämlich spannend."

„Das wird eine Menge Zeit in Anspruch nehmen", bemerkte der Oberbefehlshaber der GENAR.

„Nein, kaum", erwiderte Jan. Wir befinden uns hier in M101. Fliegen wir geradeaus zum nächsten Wurmloch, kommen wir nach M51 und dort gliedert sich unser Ziel, die AXIS, an. Aber hier, meine lieben Wegbegleiter, gibt es ein weiteres Galaxiswurmloch und dies führt direkt nach BLISTER 5 in YXY-11, also in die GENUI-Dunkelwolke."

„Wir haben den kürzeren Pfad mit Bedacht nicht gewählt. Was will uns mein weißer Bruder sagen?"

Jan kniff die Augen etwas zusammen: „Dass wir intellektuell unaufdringlich wären, würden wir von hier nicht mal schauen, was sich dort abspielt – Wachen oder so. Natürlich, ohne bemerkt zu werden."

„Jan hat recht", sagte Ro-Latu sofort, obwohl er beim Begriff ,intellektuell unaufdringlich' schon ein wenig überlegen musste.

„Mein weißer Bruder hat gewiss schon einen Plan", vermutete Chapawee.

„Die CHIEF JOSEPH hat eine P-Klasse an Bord?", fragte Jan.

„So ist es", bestätigte Paco.

„Mit Laurin 6.0?"

„Alles in meinem stählernen Ross ist auf dem neuesten Stand."

„Schön, dann lasst uns mit der P-Klasse einen kleinen Abstecher machen. Unsere Großschiffe fliegen weiter auf das nächste Galaxiswurmloch zu. Dort treffen wir uns dann. Ich will wissen, was in Richtung BLISTER 5 abgeht."

„Ich stimme meinem weißen Bruder zu. Eventuell müssen wir etwas eiliger den Rückpfad beschreiten und dann wüssten wir, wer am Wegesrand lauert", sagte Paco. „Ich wäre gern der Bruder an deiner Seite."

Es dauerte ein wenig, dann sagte Ro-Latu: „Ach so! Ich bin einverstanden."

„Darf ich dir die Aufgabe geben, unsere Schiffe während des Checks zum gegenüberliegenden Galaxiswurmloch zu führen, Ro-Latu?"

„Eine Ehre und selbstverständlich. Ich würde weiterhin den sehr effektiven Maggi nutzen und die ODIN die Nav-Kopplung ausführen lassen", gab dieser zurück.

„Deine Entscheidung – du Chef", sagte Jan.

Eine Stunde später war man mit der P-Klasse unterwegs. Zu Paco und Jan hatte sich noch Ka-Lim gesellt.

<u>20.06.2165, 09:10 Uhr,
2. Persönlicher Bericht '65 von Abdul Musto, MSS BABYLON:</u>

Nach der Weisung unseres Admirals waren die MSS BABYLON und die MSS GILGAMESCH in Richtung MILCHSTRASSE unterwegs. Mit anderen Worten: Wir waren soeben mit beiden Schiffen nach 33 Stunden Stase vom Galaxiswurmloch in Richtung MILCHSTRASSE ausgespuckt worden – mit den entsprechenden Nachwirkungen. Meine Zunge bestand aus 120er-Schmirgelpapier und ich hatte das Gefühl, vor vier Tagen das Letzte getrunken zu haben.
„*Geht es dir gut? Hier ist dein Getränk*", hörte ich es sehr leise. Okay, Geschmack und tiefsinniges Nachdenken ist im Moment noch nicht, aber das Gehör funktioniert. Was mich am meisten ärgerte, war die Tatsache, dass nicht etwa mir ein Getränk angeboten worden war, sondern Sylvia, und zwar vom überbesorgten Will Hunter.
Ich hörte ein gehauchtes ‚*Danke*', dann Schlucken.
Ich richtete mich etwas auf und langte unter meinen Sitz – die Standardaufbewahrung für isotonische Getränke nach zum Beispiel Wurmlochdurchgängen, speziell nach Galaxiswurmloch-Durchgängen.
Das belebende Getränk in Hals und Kehle war in etwa so schön wie ein Beischlaf – und so befriedigend. Nach einem guten Liter konnte ich auch wieder denken. Die KI hatte keinen Alarm gegeben und so konnte ich es in Ruhe angehen lassen.
Kommen wir zurück zu Sylvia und Will. Ich wusste mittlerweile, dass da was lief. Okay, Privatsache, aber schließlich war ich es gewesen, der sich unglaublich bemüht hatte und jetzt stand ich informationstechnisch im Abseits. Und die beiden machten ein Riesengeheimnis daraus.
Während also die halbe Mannschaft und die gesamte Brückencrew die Nachtigall wie einen Elefanten durch kostbares Geschirr trampeln hörte, waren beide der Meinung, alles verheimlichen zu können.
Hier ein schmachtender Blick, dort eine leichte Berührung am Körper, eine besorgte Frage ... ZUM KOTZEN! Ja, ich hatte auch eine Freundin

– sagen wir Partnerin – an Bord. Ich gab das allerdings zu und ich stand dazu. Konnte jeder wissen, dass wir uns gegenseitig vernaschten und wild aufeinander waren. Aber diese Heimlichtuerei! Man hatte das Gefühl, jederzeit auf zwei Schleimspuren ausrutschen zu können. Die Art, wie mich andere Crewleute auf der Brücke ansahen, wenn es wieder etwas gegeben hatte zwischen Will und Sylvia, sagte eigentlich alles. Ich hätte beide so ...
Sie waren toll. Will Hunter als XO machte sich immer besser und Sylvia als MSS Captain in Lauerstellung nahm jeden Rat von mir an und setzte ihn um. Ich habe sie sogar dabei ertappt, dass sie besser mit Dolorant umgehen konnte als ich. Ich muss sie bei Gelegenheit fragen, wie sie das gemacht hat. Neben dem blöden Gefühl bei dieser heimlichen Turtelei gab es für mich noch ein handfestes Problem, aber das habe ich, glaube ich, schon beschrieben. Beide würden, wenn die Verbindung hält, auf ein anderes Schiff gehen, und zwar in dem Augenblick, wo ich Sylvia für fähig erkläre. Leider sah es im Moment so aus, als würde das nicht mehr lange dauern. Dann hätte ich wieder keinen XO.
„Tata, bitte Kontakt mit Philip."
Tata bestätigte nicht, beeilte sich dafür und dann sah ich Philip, wie er noch eine Trinkflasche am Hals hatte. Er hob dabei einen Zeigefinger und sah mich von der Seite an. Ich winkte ab – sollte er erst seinen Durst löschen. Ich hatte es nicht eilig.
Schließlich war er fertig und sah mich erwartungsvoll an.
„Status, Philip?"
Er sah auf seine Instrumente: „Alles grün, Abbi."
„Ich schlage vor, wir reisen Richtung ERDE. In der Zwischenzeit kann sich Tos-Hat mit den Daten aus dem PYRAMIDS-Schiff beschäftigen."
„Hat er noch nicht?", fragte Philip mit großen Augen.
„Nein, der war bis kurz vor unserem Abflug in einer dringenden Familienangelegenheit auf GENUA-PRIME. Er fängt aber gleich damit an."
„Okay, Kurs ERDE, machst du die NAV?", fragte Philip.
„Kann ich machen", sagte ich. „Gib mal frei."
„Ist frei", nickte er mir kurz darauf zu. Nun, die Kommunikation zwischen zwei Captains, die sich ohnehin lange genug kennen, läuft fast nur in Kürzeln ab. Man verstand sich eben trotzdem. Auf meinen Befehl hin steuerte unsere Pilotin die BABYLON in Richtung ERDE – langsam. Und die GILGAMESCH folgte. Es sollte nicht bedeuten, dass wir da

ankommen wollten. Ich hoffte, dass unser Astrogator wieder eine Sternstunde, man entschuldige den Wortwitz, hatte und uns den Weg zum PYRAMIDS-Heimatplaneten weisen konnte – zeitnah, wenn es bitte ginge.

<u>21.06.2165, 14:55 Uhr, MSS BABYLON, Brücke:</u>

„*Das gibt es nicht*", hörte ich ganz leise. Mein Kopf ruckte rum.
Ich glaubte, die Stimme erkannt zu haben und schaute Richtung Tos-Hat. Dieser stützte in typisch menschlicher Art mit beiden Händen seinen Kopf und schaute auf die Daten vor sich. Mein bester Astrogator von allen, ich hatte nur den einen wirklich erprobten, war seit gestern bei den Daten, die er über Pommerton erhalten hatte. Teilweise sollte es sich um unvollständige Koordinaten handeln – vom Heimatplaneten der PYRAMIDS. Vielleicht habe ich schon erwähnt, in welch erbärmlicher Art und Weise die Alt-GENUI die Positionsdaten der Unwürdigen … hatte ich schon, nicht wahr, mehrfach, also machen wir einen Strich darunter. Ich wollte damit sagen, dass Tos-Har ein leidgeprüfter Mann war, und wenn ich die blumige Sprache meines Kalumet-Bruders Paco nutzen darf: Tos-Hat konnte auf einem steinernen Pfad den Fußabdruck eines Rebhuhns erkennen und danach Richtung, Drall, Geschwindigkeit und den Zeitpunkt des Abdrucks erkennen und wann das Tier das letzte Mal geschissen hatte. Um es einfacher auszudrücken: Ohne ihn hätte ich Admiral Thomas Raven melden müssen, dass wir leider beim Auffinden der Unwürdigen so gar keinen Erfolg verbuchen konnten und die Mission mangels geeigneter Ziele hatten abbrechen müssen.
Aber Dank meinem GENUI-Astrogator mit den gelben Augen machten wir munter weiter.
Gut, ich fragte jetzt nicht nach. So wie der Typ aussah, war in seinem Kopf mächtig was los. Störungen aller Art waren da höchst unwillkommen.
„*Ich glaub's ja nicht …*"
Okay, mir juckte es in der Zunge, nachzufragen, was er denn da nicht glauben wollte. Ich bezwang meine Neugierde meisterhaft und reagierte nicht.
„Was guckst du so komisch?", fragte Tata. Ich winkte ab, offensichtlich hatte ich doch reagiert.

„*Das ist ja ein Ding ...*"
Meine nicht befriedigte Neugierde tat mir schon fast körperlich weh. Ich blieb stur.
„*Irrtum ausgeschlossen ...*", hörte ich.
Jetzt reichte es mir. Wenn da Irrtümer ausgeschlossen waren, dann konnte er auch seinen Chef informieren – verdammt noch mal.
„Möchte mir mein hochspezialisierter Astrogator etwas mitteilen? Eine Meldung vielleicht?"
„Ich weiß nicht", wich er etwas aus.
Ich holte tief Luft und sah in Tatas besorgte Augen. Sie stellte fest, dass der obere Totpunkt bei mir fast erreicht war. Ich zwang mich zur Ruhe.
„Lieber Tos-Hat. Deine Selbstgespräche, wirst du wahrscheinlich nicht bemerkt haben, sind bei mir aber deutlich hörbar angekommen. Und ich gebe es jetzt hier zu: Ich bin neugierig. Und wenn du nicht sofort sagst, was du zu sagen hast, dann gehst du heute Abend ohne Essen ins Bett!"
Ich hatte bestimmend gesprochen und sah ihn feixend an.
Tos-Hat sah mich an, als wäre ich jetzt ganz durchgedreht.
„Ja, äh, entschuldige", schraubte er sich raus. „Kann es sein, dass die Daten von Pommi und die der Neun von neun identisch sind?"
„Was?" Jetzt guckte ich wahrscheinlich wirklich blöde.
„Ich meine, einfach gesprochen, könnten die PYRAMIDS Spezies 9 sein?"
Ups, jetzt hatte ich es begriffen und konnte demzufolge darüber nachdenken. Ja, wir waren in der MILCHSTRASSE, schon mal am richtigen Ort.
„Ja nun", sagte ich. „Ausgeschlossen ist das nicht. Wieso kommst du darauf?"
„Ich hatte mir die Daten zu Spezies 9 schon einmal angesehen und jetzt fallen mir Ähnlichkeiten im Zielgebiet auf – immer mehr. Das kann kein Zufall sein. Wir haben hier Spezies 9."
Ich schluckte: „Das ist überaus erfreulich, dann hauen wir zwei Fliegen gleichzeitig in die Pfanne oder so. Wann kann ich mit den Koordinaten rechnen, Tos-Hat?"
Der GENUI zuckte mit den Schultern: „Morgen im Laufe des Tages, Abbi. Sorry."
Ich nickte dem Mann zu: „Ich hatte nicht vor 14 Tagen mit einem Ergebnis gerechnet, Tos-Hat. Du wirst immer besser."

21.06.2165, 13:30 Uhr, MSS BABYLON, Brücke:

Ich hatte Jan Eggert mal sagen hören: „Müde und satt – wie schön is datt", frei nach seinem Slang, den er mitunter draufhatte.
Nun, ich konnte ihn jetzt verstehen. Nach dem ausgiebigen Besuch der Kantine meines Schiffes zur Mittagszeit.
Tata hatte mir noch einen Top-Nachtisch besorgt: Vanilleeis mit Erdbeeren – war im Moment der absolute Hit. Ich sehnte mich, ich gebe es zu, nach einem Stündchen Couch oder so. Das damit nichts werden würde, war mir klar, als Tos-Hat bei meiner Rückkehr auf der Brücke rumhopste und ausrief: „Ich hab's – ich hab's!"
Ich ließ ihm seine Bewegung, die auch mir gutgetan hätte und wartete ab. Schließlich stand er grinsend vor mir – mit einer Folie in der Hand. Ich nahm sie ihm langsam ab und tatsächlich sah ich darauf eine Koordinatenreihe.
„Bravo mein Guter. Oberste Direktive, weil du die halbe Nacht durchgearbeitet hast: Essen fassen in der Kantine und nicht zu knapp. Als Nachtisch die Empfehlung des Hauses – Vanilleeis mit Erdbeeren, doppelte Portion. Danach gehst du in dein Quartier und meldest dich morgen um 09:00 Uhr zum Dienst auf der Brücke. Keine Widerrede und hopp, hopp!"
Tos-Hat musste wirklich erledigt sein, denn er trottete von der Brücke. Die Hopserei vorher hatte wohl auch seine letzten Kraftreserven verbraucht. Ich verscheuchte die Müdigkeit aus meinen Knochen und verlangte von meiner Lieben, dass sie Philip und Walter für mich auf den Schirm zauberte. Nun, Colonel Walter Steinbach war sofort da, Philip war zu Tisch, wie mir sein Vertreter, XO Kettlav, erklärte. Ob es denn wichtig sei und so ...
Ich winkte ab und mit dem Einverständnis von Walter vereinbarten wir einen VidKOM-Termin, wenn Philip gesättigt und wohlbehalten auf der Brücke der MSS GILGAMESCH eingetroffen sein würde. In der Zwischenzeit ging ich zu meiner Pilotin. Die hagere und dünne Frau mit den Wurzeln im ehemaligen Anrainerstaat der Nordsee in Europa, berühmt für Käsedelikatessen aller Art, sah mich erwartungsvoll an und warf ihre halblangen und rotblonden Haare nach hinten.
„Kannst du damit was anfangen, Flori?", fragte ich und zeigte ihr die Folie. Sie nahm mir das Teil aus der Hand und gab die Zahlenkolonnen

in ihren Nav-Rechner ein. Sie schaute anschließend interessiert auf die Reaktion des Rechners, dann sagte sie zu mir: „Das Ziel liegt 5.379 Lichtjahre entfernt. Wir können dorthin aufbrechen, wenn du es anordnest, Abbi."
Ich lächelte ihr zu: „Lass die Koordinaten im Nav-Rechner. Wir brechen bald dorthin auf."
„Ja, Abbi."
Ich muss, nein, ich darf sagen, dass mich fast alle auf der Brücke ‚Abbi' nannten. Da es keinen Augenblick an Respekt mangelte, nahm ich es als persönliche Auszeichnung hin. Ja, ich war sogar stolz darauf.

45 Minuten später, Philip war offensichtlich kein Fan von Fast-Food, sahen wir uns gegenseitig in die Augen, also alle drei.
„Tos-Hat hat mir soeben die Zielkoordinaten auf einer Folie überreicht", sagte ich und war ungemein stolz auf meinen Astrogator.
„Top", sagte Walter.
„So einen will ich auch", bemerkte Philip.
„Wir haben 5.379 Lichtjahre zwischen uns und dem Ziel", fuhr ich fort. „Die MSS BABYLON macht euch die Nav-Kopplung. Ich denke, wir sollten bis fünf Lichtjahre vor dem Ziel anfliegen und dann eine P-Klasse mit Laurin 6.0 losschicken, oder?" Ich sah mit dem letzten Satz Colonel Walter Steinbach an. Wir waren jetzt eine Teilflotte und als eine solche hatte ich das uneingeschränkte Kommando. Selbst die Zugehörigkeit Walters zum GALIN spielte hier draußen keine Rolle. Man ging davon aus, dass drei Schiffe in einem Deep Space Einsatz, im Missions-Modus, und das hatten wir hier vorliegen, keine Kompetenzschwierigkeiten gebrauchen konnten. Mit der Teilnahme an dieser Mission, die Walter freiwillig angeboten hatte, war er dieses Zugeständnis eingegangen. Nun lag mir nichts daran, dieses per ‚Ordre de Mufti' durchzusetzen, sondern ich baute auf gemeinschaftliches Vorgehen und Walter reagierte, wie von mir beabsichtigt.
„Ich hätte da die Tochter eines berühmten Häuptlings, die ich kaum noch zurückhalten kann. Keezheekoni Paco wird diesen Aufklärungseinsatz mit ihrer LITTLE CROW unter dem Schutz von Laurin 6.0 fliegen wollen. Ich werde ihr das Personal mitgeben, welches sie dabei benötigt. Bist du einverstanden, Abbi?"

„Ich bin ein Fan von Keez", gab ich zu. „Bitte sag ihr Bescheid, damit sie sich vorbereiten kann. Vielen Dank! Wenn keine Fragen mehr bestehen, dann ist die Besprechung zu Ende. Vielen Dank!"

Ende des 2. Persönlichen Berichtes '65 Abdul Musto, MSS BABYLON.

8. PYRAMIDS

Irgendwann und irgendwo:

Die Zeit heilt viele Wunden, so sagt man. Bei der ESCAPE waren das aber die Droiden und nur bei Oplom war es wirklich die Zeit – und die Natur. Die Blutergüsse, die er sich von Ava eingehandelt hatte, begannen zu verblassen. Aber man hatte in den letzten sechs Wochen eins eingehalten: Der Vorfall auf der Brücke, dieser unglückliche und von keinem sonst erkannte Simulations- oder Übungsfall, war von niemandem mehr thematisiert worden.
Alle, einschließlich Oplom und Ava, die sich selbst die Schuld gaben, dachten nicht mehr daran.
Vor zwei Wochen waren die Reparaturarbeiten an der ESCAPE abgeschlossen worden. Ava und Sophie hatten sich den Abschlussbericht der KI angesehen.
„Wir sollten einen geeigneten Planeten finden", hatte Sophie daraufhin gesagt. Unzweifelhaft war der Frachter nicht mehr im besten Zustand und es würde der Tag kommen, an dem man nichts mehr reparieren konnte. Das, was jetzt passiert war, konnte man getrost als Flickwerk betrachten. Es mochte halten, aber keiner wusste wie lange.
Auf der Suche nach einem Sauerstoffplaneten mit Photosynthese war das nächste Sonnensystem das Ziel. Schon aus der Ferne konnte man einigermaßen erkennen, ob es sich um eine geeignete Sonne vom SOL-Typ handelte und diese Systeme wurden ausgewählt.
Sie waren endlich angekommen – am Rande des Systems.
„Wir haben hier ein System mit elf Planeten. Die Sonne entspricht dem, was wir beobachtet hatten", bemerkte Joe.
Sophie warf einen Blick auf die Übersicht: „Wahrscheinlich ist nur Nummer sechs für uns interessant. Lasst uns dorthin fliegen."
Ava bestätigte, Enja richtete die ESCAPE neu aus und beschleunigte.

Joe spielte ein wenig mit der Optik und schließlich sprang der Planet in die ESCAPE hinein.

„Hübsch", sagte Ava. „Erinnert mich an was."

„Die ERDE", murmelte Tibor und tatsächlich funkelte dort ein Teil der Welt, die von der Sonne beschienen wurde, in weiß und blau.

Es dauerte ein paar Stunden, bis man nahe genug heran war.

„Ich bekomme da eine Anzeige", sagte Oplom. Ava zuckte zusammen – so ganz war es doch noch nicht vorbei – dieses Simulationstrauma.

„Was denn?"

„Kleine Flugobjekte, die diese Welt umkreisen", behauptete er.

Sophie wurde skeptisch: „Eine bewohnte Welt?"

„Und wenn schon", sagte Ava. „Wir brauchen ja nicht viel. Melden wir uns doch mal an."

„Ich denke nicht, dass das viel Sinn macht", widersprach Sophie. „Wir sollten sehen, dass wir ..."

„Ein Versuch wird nicht schaden", entschied Ava.

„Wenn du wirklich meinst", machte Sophie einen eher widerstrebenden Rückzieher.

„KI! Sendeantennen auf den Planeten richten und auf alle Frequenzen meinen Spruch und meine Person übermitteln!"

„Ich bin bereit", sagte die Stimme.

„Hier spricht Ava vom Raumschiff ESCAPE. Wir nähern uns in friedlicher Absicht. Wir haben multiple Schäden an unserem Schiff und können nicht weiterfliegen. Wir bitten um Landegenehmigung. Wir würden gern bei euch bleiben. Bitte antwortet uns."

Sophie gab der KI per Tasteneingabe zu verstehen, dass die Übertragung beendet war.

Nach 15 Minuten gab es immer noch keine Antwort.

„KI! Ist mein Spruch rausgegangen?"

„Bestätigt!"

„Ava, soll ich vorbeifliegen oder in einen Orbit einschwenken?", fragte die Pilotin.

„Orbit, Enja."

„Ay."

„KI! Ist mein Spruch aufgezeichnet worden?"

„Positiv."

„Bitte alle fünf Minuten erneut senden – bis ich Ende sage!"

„Bestätigt!"
Enja bremste die ESCAPE ab und richtete einen Orbit in gegenläufiger Richtung ein. Derweil wurde der Funkspruch von Ava alle fünf Minuten wiederholt. Nach etlichen Stunden hatten sie den Planeten x-fach umrundet und immer noch keine Antwort.
„Da startet was von der Oberfläche und kommt auf uns zu", meldete Oplom.
„Die haben eigene Raumfahrt?", vermutete Ava, während Sophie an einer Sensorik arbeitete.
„Nein", gab die junge GENAR an. „Uns nähern sich Raketen. Ich schlage vor, dass Enja ..."
Ava reagierte schnell und unterbrach damit Sophie: „Enja, weg hier – weich den Raketen aus!"
Die ESCAPE begann augenblicklich zu brummen und zu zittern. Mit Gewalt riss die Pilotin den schweren Frachter aus dem Kurs.
„KI! Funkspruch beenden", verlangte Ava.
„Bestätigt!"
„KI! Anfliegende Raketen auf eine Übersicht. Wir in der Mitte!"
„Bestätigt!"
Man sah auf der Übersicht in der Mitte die längliche Form des Frachters und eine Unzahl von Raketen, die alle der Reihe nach von der Oberfläche gestartet waren.
„Kurs der Raketen einblenden!"
„Bestätigt!"
Ava sah mit großen Augen, dass da ein ganzer Schwarm auf sie zukam.
„Enjaaa – weiter ausweichen."
Der Frachter wich etwas vom Kurs ab und beschleunigte weiter.
„KI! Wie viele Raketen werden uns erreichen?", fragte Joe.
„27."
Ava beobachtete angespannt, dass die Raketen weniger schnell aufholten. Und sie erkannte, welcher Schiffsteil im Fokus des Angriffs lag.
„Tibor – die hinteren Sektionen Backbord räumen – sofort!"
Tibor sprang auf und verließ rennend die Brücke.
Die Zeit lief unerbittlich. Der Abstand verringerte sich langsamer – die einzig gute Nachricht.
„KI! Wie viele Raketen werden uns jetzt noch erreichen?"
„21."

Ava verfluchte ihren Leichtsinn.

„Wann werden uns die ersten erreichen?"

„Die erste Rakete trifft uns in 33 Sekunden, dann etwa alle fünf Sekunden der Rest."

Niemand, wirklich niemand, hatte die KI dazu aufgefordert, aber auf der Voraussicht prangte der Countdown, der langsam runterzählte – je nach Einstellung der Betrachter auch zu schnell.

In den langen Jahren der Gefangenschaft hatten die MENSCHEN gelernt, die Ziffern exakt zu lesen. Sekunde war auch nicht gleich Sekunde, aber man sah ja den Rhythmus des Zählens.

Ava schaltete eine schiffsweite KOM: „Hier spricht Ava. Wir werden mit Raketen angegriffen und flüchten gerade. Jeder verschafft sich einen festen Halt – bestenfalls schnallt ihr euch an – sofort! Tibor, ist die betreffende Sektion geräumt?"

Der Mann antwortete über Funk: „Die Sektion ist leer, Ava."

10 Sekunden – der Countdown war unerbittlich.

„Ich schlage vor, die Luft aus der Sektion abzulassen", sagte Sophie. „Bei einer Explosion gibt das weniger Druck nach innen."

„Mach das", rief Ava und sah sich um.

„Anschnallen hatte ich gesagt!"

Jeder beeilte sich, der Anweisung zu folgen.

Und dann war es fast so weit, dass ihnen die erste Rakete in die Flanke krachte: 5 – 4 – 3 – 2 … 5 – 4 – 3 – 2 … 5 – 4 – 3 …

„Was ist mit dem Countdown los. Ist der kaputt?", fragte Ava entgeistert. Eben hatte sie sich noch auf den Einschlag vorbereitet und nun passierte nichts?

Sophie gab die Antwort: „Der Treibstoffvorrat der Raketen ist aufgebraucht."

„Ava, eine Kurskorrektur von uns und die restlichen Raketen verbrauchen schneller Treibstoff", schlug Sophie vor.

„Enja, mach es!"

Es gab einen Ruck, als die Pilotin schlagartig alle Steuerbordkorrekturtriebwerke zündete. Die ESCAPE flog jetzt einen Bogen.

„Man müsste sie aus einem Fenster sehen können", flüsterte Joe.

Die Übersicht zeigte Ava, dass eine große Anzahl an Raketen seitlich an ihnen zunächst vorbeiflog, dann zurückfiel. Sie atmete auf. In diesem

Augenblick sagte Joe: „Scheiße!" Und im nächsten Moment gab es eine heftige Erschütterung und eine laute Detonation.
„Hintere Sektion Backbord getroffen", meldete Sophie. „Erhebliche Schäden an der Außenhülle. Weiteres nur vor Ort zu sehen. Und keine weiteren Raketen mehr auf unserem Kurs."
Und dann kam die Hiobsbotschaft von Enja: „Hauptantrieb ausgefallen!"
Ava ließ die Schultern sinken. Hörte denn diese Pechsträhne nie auf? Sie wählte wieder die schiffsweite KOM: „Hier Ava, Schadensmeldungen bitte. Es kommen keine weiteren Raketen. Das war die einzige. Haben wir Verletzte? Tibor, gib bitte eine Meldung ab."
Es kam keine Antwort.
„KI! Was ist mit der schiffsweiten Kommunikation?"
„Offline."
„**Verdammte Scheiße!**" Ruckartig stand Ava auf und rannte von der Brücke. Ihr Ziel war die beschädigte Sektion. Nach ein paar Minuten wurde sie von verschlossenen Türen und Schotts aufgehalten. Ein Signal zeigte ihr an, dass dahinter Vakuum herrschte. Entweder von Sophie organisiert oder durch Raketenbeschuss. Sie rannte um die Bereiche herum und irgendwann lief sie dann Tibor direkt in die Arme.
„Ich habe die Leute hier untergebracht, Ava", sagte der Mann und ging vor. Nach zwei Abzweigen erreichten sie ein größeres Deck. Von dort schauten mindestens 50 Leute Ava hoffnungsvoll an.
„Gut gemacht, Tibor", sagte sie, dann richtete sie ihre Worte an die anderen: „Der Angriff ist vorbei. Wir müssen wieder mal reparieren."

Zwei Stunden später war sie mit Joe im Raumanzug draußen und inspizierte die Schäden an der ESCAPE.
„So können wir nicht weiterfliegen, hat mir Sophie gesagt", bemerkte Joe.
Ava seufzte: „Dann bin ich mal gespannt, wie lange die Droiden brauchen, um das alles zu reparieren."
Über eine Mannschleuse kamen sie dann wieder ins Innere des Frachters. Auf der Brücke wurden sie von Sophie empfangen: „Wir können eine Notfallreparatur schneller ausführen. Allerdings werden wir dann darauf verzichten müssen, diese Bereiche des Frachters zu betreten."

„Alles ist besser, als weiterhin hier rumzuhängen." Ava haderte mit sich. Bei einem Vier-Augen-Gespräch hatte ihr Sophie unmissverständlich und hart erklärt, dass ihre Aktion von Naivität geprägt gewesen war.

„Hier herrscht überall das, was die Natur als Basis geschaffen hat", hatte Sophie gesagt.

„Und was soll das sein?"

„Das Recht des Stärkeren ist universell und mehr gültig als Mathematik oder Logik. Das ist die Basis des Seins."

Ava hatte das auf sich wirken lassen. Tatsächlich musste sie zugeben, dass da was dran war. Niemand fragte im weiten Universum nach Gerechtigkeit oder Fairness – niemand.

25.06.2165, 11:15 Uhr,
1. Bericht '65 von Keezheekoni Paco, LITTLE CROW:

Der Verband aus den drei Schiffen hatte die 5.374 Lichtjahre in triebwerksschonender Weise zurückgelegt und ich war gleich nach dem Start gefragt worden, ob ich mit meiner P-Klasse den Kundschafter machen wollte. Welch eine Frage? Dauernd spazieren geflogen zu werden ist nichts für eine Paco. Ich mag zwar äußerlich ruhig sein, aber es kribbelt mir in den Fingern. Die Meditationsübungen mit meinem verehrten Vater ließen meine Vorgesetzten denken, ich sei ein ruhiger und zurückhaltender MENSCH. War ich ja auch, aber das spiegelte mein Inneres keinesfalls wider. Ich brannte darauf, mit der LITTLE CROW loszustürmen. Lächerliche fünf Lichtjahre lagen zwischen uns und dem Ziel, welches Tos-Hat für uns errechnet hatte. Nun, Einsatzleitung hatte die MSS BABYLON, aber jetzt war die Abteilung GALIN am Zug. Es war ein Leichtes gewesen, von meiner Kollegin Undine Töppel wieder Monica Gutson und Sander Khan freizubekommen. Auch diese beiden freuten sich, an einer Mission teilnehmen zu können. Okay, wenn man richtig darüber nachdachte, dann hatten wir alle einen schweren Fehler.

Kopfüber in Situationen hinein, wo die Fantasie nicht ausreichte, sich das Zwischendrin und das Ende vorzustellen. Angst hatten wir alle – das war klar. Aber unsere Neugierde auf die Wunder dieses Alls war eben größer. Vielleicht zeichnete das die Mitarbeiter und Mitarbeiterinnen der GALIN aus. Und nicht nur die der GALIN. Alle in der HUMAN FORCES waren unbedingt neugierig auf die Zukunft. Wahrscheinlich war das von Manitu mitgegeben. In jeder Gruppe einer Spezies muss es sowas wie Pfadfinder und Visionäre geben, die alles andere als sichere Wege gehen. Sonst kommt die Evolution ins Stocken.

Ich hatte mich allerdings ein wenig verlegen hinter dem Ohr gekratzt, als die neuesten Ortungsdaten, soweit man das aus fünf Lichtjahren Entfernung machen konnte, hereingekommen waren.

Walter, Undine und ich hatten uns angesehen und meine Captain-Kollegin sprach es aus: „Keine Sonne – in fünf Lichtjahren Entfernung? Was soll das denn sein?"

„Es ist auch keine Dunkelwolke dazwischen", spezifizierte Walter diese Tatsache.

„Wenn der Einsatzbefehl immer noch Bestand hat, wird es die LITTLE CROW herausfinden", sagte ich selbstbewusst.

„Du bist vorsichtig, und sobald du losfliegst, wirst du Laurin 6.0 einschalten", ermahnte mich Walter.

Ich sah ihn nur an und er winkte ab: „Okay, du bist Captain. Du wirst wissen, was zu tun ist. Guten Flug und komm heil wieder."

„Danke, Walter."

Ich wartete ab, denn wir befanden uns auf der Hauptbrücke der VIRGINIA HALL und die bestand aus meiner LITTLE CROW. Walter und Undine sowie ein paar andere Crewleute verließen jetzt meine Brücke und das Gegenstück ‚Downtown', wie wir manchmal sagten, aufzusuchen. Zurück blieben die oben erwähnten Offiziere der VIRGINIA HALL, wie auch Mark Friend, mein Bruder Ohanzee und N2-L Hercule Poirot – mein Team. Ich wartete ab und nach zehn Minuten bekam ich einen internen VidKOM-Anruf. Undine erschien auf dem Monitor vor mit. „Ihr habt Starterlaubnis, Keez. Magnetklammern gelöst – ihr seid frei! Guten Flug!"

„Danke – bis bald."

Der Bildschirm erlosch und ich wandte mich an den indischstämmigen Sander Khan – Pilot der LITTLE CROW: „Sander – du kennst das, langsam wegdriften!"

„Ay, Skipper."

Der Mann überprüfte kurz, ob die Halteklammern tatsächlich gelöst waren, dann gab er Minimalschub auf die unteren Korrekturtriebwerke – 0,2 Sekunden lang. Die P-Klasse löste sich von dem Oberdeck der VIRGINIA HALL, die langsam unter uns verschwand.

„Ohanzee – Laurin 6.0 einschalten!"
Er sagte zwar nichts, aber das erübrigte sich auch – die leicht blaue Beleuchtung auf der Brücke war eben Bestätigung genug.
„Mark – Daten an Sander bitte."
Auch er sagte nichts, dafür bestätigte der Pilot, dass er die Daten erhalten habe.
„Kurzinfo an die Crew", sagte ich. „Wir werden im Überraum – Reisegeschwindigkeit, bis kurz vor das Ziel, etwa zwei Lichtstunden, fliegen. Wir kommen an mit FALL OUT ZERO SPEED. Dann sehen wir weiter. Sander, richte den Kurs ein. Wenn du fertig bist, übernimmt die KI und wir gehen gemeinsam zu Tisch."
Poirot beugte sich vor und sah mich an.
„Du gehörst dazu, Hercule, wenn ich ‚gemeinsam' sage."
„Ich danke, Captain!"

30 Minuten später saßen wir an einem runden Tisch in der Kantine des Schiffes. Die LITTLE CROW stürmte durch den Überraum.
Gesprächsthema war natürlich unsere Mission.
„Ist da wirklich keine Sonne?", Mark schien skeptisch.
„Es ist durchaus denkbar, dass von hier bis zum Ziel eine schlauchartige Verdichtung von Kleinstpartikeln die Sicht darauf nimmt", sagte Hercule.
Monica stocherte in einem Salat: „Wie hoch ist die Wahrscheinlichkeit, Hercule?"
Hercule sah zu der Rothaarigen mit dem kurzen Schnitt: „Unter einem Promille, Monica. Ich wollte lediglich eine Möglichkeit erwähnen."
Ich war entzückt. Unser Droide hatte den Drang, sich an der Unterhaltung zu beteiligen – egal ob das besonders viel Sinn machte. Geradezu menschlich, diese Züge.
Monicas grüne Augen blitzten vergnügt: „Also fast unmöglich."
„Ich rechne eher mit einem Steppenwolfplaneten, also mit einem Alleinläufer", sagte Mark.
„Was hat deiner Meinung nach, Hercule, die größte Wahrscheinlichkeit?", fragte Sander.
Sander war ein eher ruhiger Mann, der nicht viel sprach – im Gegensatz zu Monica, aber hier in der Mittagspause waren wir mal alle gleich. Auf der Brücke sah das anders aus.

Hercule Poirot schaffte es tatsächlich, einen verlegenen Gesichtsausdruck zu präsentieren: „Ich will keinesfalls den sehr erfolgreichen Astrogator der MSS BABYLON diskreditieren, aber die höchste Wahrscheinlichkeit besteht darin, dass sich Tos-Hat verrechnet hat und wir gar nichts finden."
Ich überlegte. Ja, damit konnte er recht haben. Aber ich gönnte dem GENUI diesen Erfolg. Es war bekannt, dass Abbi nur noch eine Spezies (9 von neun) fehlte, dann konnte er sich ganz auf den Aufbau einer MSS-Flotte konzentrieren – vielleicht. Es hatte sich gezeigt, dass der Admiral immer wieder Verwendung für den Brigadier Admiral Abdul Musto hatte. Er gehörte zu den fähigsten Kommandeuren der HSF.
Die Diskussion ging noch weiter und da ich keine Eile hatte, ließ ich sie gewähren.

Einige Zeit später:

Wir saßen wieder auf der Brücke und Sander hatte uns wissen lassen, dass es noch fünf Minuten waren, bis wir aus dem Überraum fallen würden. Die Zeit bis dahin verging in gespannter Aufmerksamkeit und absoluter Ruhe.
„Einsteinraum", sagte der Pilot schließlich und ich starrte angestrengt auf den Übersichtsmonitor, der die Voraussicht anzeigte. Ich sah nichts – Dunkelheit und ein paar Sterne. Und dann fiel es mir auf. Genau in Flugrichtung fehlten die Sterne.
„Massenkonzentration in zwei Millionen Kilometern", berichtete Mark. Ich erschrak etwas. Geplant war, das Objekt in zwei Lichtstunden Entfernung zu halten. Nun ja, die Daten waren alt, eine mangelnde Sonne und das, was auf uns zukam, war wohl ein Steppenwolf. Je nach Alter der Daten war der Kurs immer noch sehr präzise zu nennen. Das nahm uns aber die Möglichkeit, uns mit einer RC-Drohne anzupirschen. Wir waren schon mit der gesamten P-Klasse in unmittelbarer Nähe.
„Totermann", sagte ich nur und Mark begann, ein paar unnütze Energieverbraucher abzuschalten. Wir hatten keine Ahnung von dem, was die Fremden in Sachen Ortung draufhatten und ob Laurin 6.0 ausreichte.
„Kannst du schon was sagen, Mark?"
„Daten kommen gerade rein. Au, das ist ein Brocken. Durchmesser etwa 195.000 Kilometer. Er bewegt sich mit 500km/s auf uns zu."

Das konnte ich im Kopf. Er würde uns in etwas mehr als einer Stunde auf den Kopf fallen. Genau war das nicht, denn ich kannte unsere Restgeschwindigkeit nicht.

„Abstand kontinuierlich statt eines Countdown einrichten, Mark. Sander, leg mal den Rückzug ein – vorsichtig."

Ich bekam zwei Bestätigungen und bald schon rasten die Zahlen auf der Anzeige nicht so schnell gegen Null. Wir hatten noch richtig Glück gehabt. Wir hätten auch bedenklich näher aus dem Überraum kommen können und wären dann mit voller Wucht dagegengeklatscht.

„Das Ding ist hohl", meldete Mark.

Ich war elektrisiert: „Hohl?"

„So ganz genau bekomme ich es nicht hin, aber es ist eine Kugel mit vielen Löchern. Über das Innere kann ich nicht viel sagen, außer, dass es weit weniger Masse haben dürfte, als bei einer derartigen Größe üblich", sagte Mark.

„Von innen nix?", vermutete Monica.

„Wann können wir hier ein Holo darstellen?", fragte ich Mark.

„In etwa 20 Minuten. Aber auch nur von dem Teil, den wir sehen können. Es sei denn …", antwortete er vielsagend.

„Du meinst eine Drohne?"

„Genau. Bisher weist nichts darauf hin, dass sie uns gesehen haben."

Ich zuckte mit den Schultern. Ein bisschen Risiko war das wert. Schließlich wollten wir mit Informationen nach Hause kommen: „Okay, schick eine los!"

Mark bearbeitete seine Station, dann schickte er ein ‚Auge' auf die Reise. „Ich lasse sie nicht nur aufzeichnen, sondern auch übertragen", sagte er und gleichzeitig schaltete die Frontsicht um. Die Drohne war im Anflug auf etwas großes Schwarzes. Mark schaltete wieder und es gab Bilder in Falschfarben, aber dafür heller.

„Monica, Richtfunk an die Teilflotte. Sende einen Bericht und füge die bisher gewonnen Daten hinzu." Ich wollte nicht, dass das nächste Schiff, wenn noch eins käme, genauso nah am Alleinläufer aus dem Überraum kam.

„Geht klar, Skipper."

Eine Antwort würden wir nicht bekommen. Wir befanden uns direkt vor dem Objekt. Und selbst ein scharf gebündelter Richtstrahl würde uns über fünf Lichtjahre noch verfehlen und in den Empfangsanlagen der

anderen landen. Ich ging davon aus, dass unsere Meldung angekommen war.
Nach ein paar Minuten sagte Mark. „So, ich glaube, wir können es versuchen."
Aus einem diffusen Nichts schälte sich dann eine große Kugel auf meiner Brücke hervor – unser Zielobjekt.
„Sander, halte einen Sicherheitsabstand von 50.000 Kilometern."
„Ay, Captain!"
Ich stand auf und bewegte mich um das Holo herum. Mark hatte recht: Überall waren Löcher und man konnte nicht ins Innere sehen. Ich fasste einen Entschluss. Und machte wohl ein dementsprechendes Gesicht.
Mark grinste: „Durch welches Loch soll ich die Drohne fliegen?"
Ich fühlte mich zwar ertappt, ließ das aber nicht erkennen.
„Oh, ich habe einen Kontakt – nein drei", sagte in diesem Moment Mark.
Ich sah auf die Übersicht. Und wenn wir jetzt noch Zweifel gehabt hätten, wären sie jetzt erledigt gewesen. Es näherten sich drei PYRAMIDS-Kreuzer.
„KI! Holo aus, Route der anfliegenden Schiffe auf den Hauptschirm", verlangte ich.
„Verstanden."
Ich sah eine gestrichelte Linie ungefähr 12.000 Kilometer an uns vorbei auf das Ziel zu.
„Mark – die Drohne hinter den Schiffen her. Ich gehe davon aus, dass diese in die Kugel fliegen."
„Verstanden und gern."
Ich beobachtete die Bemühungen Marks und dass die Schiffe der Fremden stark verzögerten, hatte er auch eine Chance, meinen Auftrag auszuführen.
„Darf ich einen Vorschlag machen, wie wir die Welt benennen könnten?", fragte Monica.
Ich sah mich um, ob jemand Einspruch einlegen wollte – offensichtlich nicht.
„Sprich, Monica."
„PYRAMID HOLLOW"
Ich sah zu der rotblonden Frau: „Okay, KI, Bezeichnung für diese Welt ins Log-Buch aufnehmen: PYRAMID HOLLOW."
„Der Begriff wurde gespeichert."

Ich sah wieder auf die Übersicht. Vor der Drohne flogen, im geringen Abstand, die drei Schiffe dieser Wesen und dann tauchte P.H. auf (Abk. für PYRAMID HOLLOW). Schon bald füllte dieser merkwürdige Planet das gesamte Bild aus. Mark bemühte sich, die Drohne dicht dahinterzuhalten. Das erste Schiff verschwand in einem solchen Loch, das zweite, das dritte und dann unsere Drohne. Der Bildschirm wurde schlagartig dunkel.

„Scheiße – kein Kontakt mehr", meldete Mark.

Ich war maßlos enttäuscht – so nahe dran und dann – nichts? Ich wollte sehen, was hinter dieser Grenze war.

„Mark, was haben wir da an Abschirmung?"

„Moment, Keez, ich gehe die Aufzeichnungen der Drohne durch, kurz bevor sie verschwand."

Ich geduldete mich.

„Wir haben ein spezielles und leichtes Energiefeld. Funkimpulse kommen da nicht durch. Es ähnelt unseren Raumschottsicherungen, nur lässt dieses eben keine Funksignale durch."

„Hier wird nicht gefunkt?"

„Doch, doch", sagte Mark. „Unsere KI ist bereits mit der Entschlüsselung beschäftigt. Das dauert aber noch. Die Funkanlage und auch die Empfänger sitzen aber außen."

„Ich will wissen, was da drin los ist", sagte ich entschlossen.

„Ich auch", grinste Mark.

„Schauen wir nach", sagte Sander.

„Ich bin neugierig", gab Monica zu.

„Manitu hat uns nicht hierhin geführt, dass wir unverrichteter Dinge wieder abziehen", sagte mein Bruder.

„Wenn wir uns einig sind, dann sollten wir es wagen", sagte in diesem Augenblick kein Geringerer als Hercule Poirot. Ich hatte den Verdacht, dass Poirot sich bemühte, eine eigene Persönlichkeit zu entwickeln. Einen Teil hatte man ihm ja schon in der Basisprogrammierung mitgegeben – seine Geschichte. Ich würde das beobachten. Aber jetzt musste ich eine Entscheidung treffen und die war leicht: „Okay, machen wir. Mark, such uns eine andere Öffnung, etwas weiter weg und schön groß bitte!

„Haben wir gleich. Kann ich das Holo wieder anzeigen lassen."

„Mach es!"

Mark ließ anzeigen, wo die drei Schiffe eingeflogen waren und so konnten wir uns ein wenig orientieren. Wir wählten eine größere Einflugmöglichkeit in der Mitte der Kugel.
„Sander – dort! Und schön langsam. Am Rand reinfliegen, bitte."
„Ay, Captain."
Ich atmete durch, als die P-Klasse anruckte: „Leute, wir haben sowas wie Gefechtsalarm. Nur wesentlich leiser und ohne Schutzschirme – zunächst. Wer etwas bemerkt, melden – sofort!"
Fünf Personen und ein Droide schauten konzentriert auf die Anzeigen. Ich war bereit, diesen Versuch abzubrechen, sollte irgendwas deutlich machen, dass wir erkannt worden waren. Es passierte aber nichts. Und diese merkwürdige Welt kam näher.
Sander sah mich fragend an.
„Gut so, Sander. Keine Änderungen. Wir fliegen genauso weiter! Brems vor dem Kraftfeld deutlich ab. Wir gleiten mit Minimalgeschwindigkeit dort hinein."
„Verstanden, Captain."
Das Manöver dauerte natürlich und ich war jederzeit darauf gefasst, dass wir erkannt wurden. Meine Hand schwebte mehr oder weniger über dem Aktivierungsbutton für die Schutzschilde. Meinem Bruder hatte ich einen Wink gegeben und auf die Gunner-Station gezeigt. Er hatte ruhig genickt und sich konzentriert.
Es dauerte zwei Stunden, dann hatte Sander unser Schiff so weit abgebremst, dass wir an ein Hineingleiten in PYRAMID HOLLOW denken konnten. Auch hier gab es einen Countdown, denn wir waren bereits so nah, dass optisch diese Grenze nicht zu erkennen war. Es gab einen kleinen Systemalarm, als wir am Ende des Zählvorgangs das Kraftfeld berührten.
„Irrelevant", sagte Mark und stellte den Alarm ab. Die Voraussicht zeigte nichts an, weil kurzzeitig alles Systeme gestört waren. Das Licht flackerte auf der Brücke und wahrscheinlich nicht nur dort. Der Zustand hielt auch nach dem vollständigen Passieren des Feldes noch etwa zehn bange Sekunden an. Wir waren absolut blind und wehrlos. Ich hoffte, dass wir nicht in eine Falle geflogen waren. Die P-Klasse wurde beschleunigt und dann klärte sich der Blick, das Flackern des Lichts blieb aus und die Anzeigen stabilisierten sich.
„Welt voraus", sagte Monica mit großen Augen.

„Ich will eine komplette Rundumsicht", verlangte ich aufgeregt. Mark schaltete und die Wände der runden Brücke verwandelten sich in Monitore – die allesamt die Außenansicht zeigten. Ich schluckte. Das hatte vor uns noch niemand gesehen. Voraus gab es innerhalb von PYRAMID HOLLOW eine Kernwelt. Beleuchtet und mit Energie versorgt wurde diese Welt mit sonnenähnlichen Reaktionen auf der Innenseite der Schale. Diese musste hunderte von Kilometern dick sein. Wir waren durch das Kraftfeld ‚hindurchbeschleunigt' worden. Anders kann ich es nicht ausdrücken.

„Was ist das vor uns?", fragte ich.

„PYRAMID CENTER", antwortete Mark und hatte damit den Namen festgelegt.

„Sander, geht so dicht wie möglich an eine der künstlichen Sonnen heran. Ich denke, wir können zusätzlich zu Laurin 6.0 den Ortungsschutz gebrauchen."

„Ay."

Die LITTLE CROW änderte den Kurs und flog zurück zur Innenseite der Schale. Sander ging sehr behutsam mit der Energieabgabe um. Aus ihm war ein Klasse-Pilot geworden.

„Mark? Irgendwelche Daten von CENTER?"

„11.333 Kilometer Durchmesser, fast kugelförmig ohne weitere Erhebungen und Täler. Spartanische Fotosynthese und nur zwei Prozent des Planeten besteht aus Wasser. Aber auch hier wieder sehr viele und große Löcher."

„Atmosphäre?", fragte ich nach.

„Ziemlich dünn. Wir können dort nicht überleben."

„Leute, wir suchen uns jetzt ein hübsches Versteck, dann werden wir mit RC-Drohnen der Sache etwas auf den Grund gehen", verkündete ich. Nach meiner Meinung die ungefährlichste Art, mitten in der Höhle des Löwen Aufklärung zu betreiben.

Sander benötigte eine weitere Stunde, um die P-Klasse so zu platzieren, dass ich zufrieden war.

Dann sah ich mich auf der Brücke um: „Es ist nicht gewünscht, außer in ganz begründeten Ausnahmefällen, dass der oder die Captain das Schiff während einer Mission verlässt."

„Das stimmt", sagte Mark und grinste hämisch.

Ich sah ihn an und lächelte: „Und das ist dann das Gute an Radio Control. Ich kann eine Drohne oder sonst was steuern und verlasse das Schiff nicht."

Marks Grinsen gefror.

„Wir werden uns ablösen und die Augen und Ohren der Drohne sowie die Messergebnisse werden hier auf der Brücke live angezeigt. Da wir schon lange auf den Beinen sind und eine solche Gelegenheit so schnell nicht wiederkommt, halte ich eine kleine Stimulanz für vertretbar. Ich gebe sie jetzt auf dem Brücken-Replikator frei. Wer möchte, kann sich bedienen." Ich schaltete auf meinem Tableau und der Replikator konnte das ausgeben – auf Wunsch.

Jeder ging los und holte sich eine solche Pille. Das hieß aber nicht, dass sie auch sofort genommen wurde. Man steckte sie vorsichtshalber ein. Nachdem das gelaufen war, forderte ich Mark auf, ein weiteres fliegendes Auge zu starten. Ich selbst legte mir das Netz über den Kopf und setzte die VR-Brille auf. Zunächst sah ich nichts, dann hatte Mark die Kopplung hergestellt. Die Drohne war bereits unterwegs. Ich spürte, wie ich in das Geschehen mental hineingezogen wurde.

„Mark, ich will dorthin, wo die Schiffe vor uns hineingeflogen sind."

Ich hörte eine Bestätigung und konzentrierte mich auf die Steuerung.

Ja, Mark hatte es, ich sah einen Pfeil, der mir in meiner Flugbahn eingeblendet wurde. Ich richtete die Flugbahn aus und beschleunigte. Auf der Brücke sah man in Echtzeit, was die Drohne gleichzeitig aufzeichnete. Ich verzichtete darauf, gleich zum CENTER zu fliegen, obwohl ich auch neugierig war, wie ein solcher PYRAMIDS aussah. Das konnte ein anderer machen. Ich hatte festgestellt, dass es zwischen CENTER und der Schale eine Reihe größerer Objekte gab. Logisch wäre es, wenn diese militärischen Zwecken dienen würden. Ich vermutete, dass die eben beobachteten Schiffe diese als Ziel hatten. Es war ein herrliches Gefühl, völlig frei durch den Weltraum zu schweben, auch wenn es einem fremd vorkam, im Vakuum zu sein und trotzdem atmen zu können. Ich hatte das entsprechende Einflugloch zügig erreicht und ließ meine Drohne kreisen, also ich selbst drehte mich etwas und dann sah ich etwas im Licht der vielen Energieproduzenten blinken. Das sollte mein Ziel sein. Ich bewegte mich dorthin. Der Flug dauerte etwas. Und schließlich schälte sich aus der Ferne heraus, wie das angestrebte Objekt aussah: Kegelförmig mit sechs Seiten und jeweils zwei Kegel mit den großen Unterseiten aufeinander – ein Doppelkegel. Daraus erwuchsen Arme, an denen jeweils die PYRAMIDS-Schiffe hingen, und zwar von der Ausrichtung (oben/unten) gegensätzlich zu dem, wo der Haltearm herauskam. Ich sah Dutzende von Schiffen an dieser Doppelkegelstation angedockt und nicht jeder Arm war besetzt.

Ja, wie schon herausgefunden, hatten die PYRAMIDS-Schiffe vier Seiten und ich sah keine anderen Größen. Die Grundflächen, so hatten wir es ja schon festgestellt, passten auf ein Quadrat von 500 mal 500 Metern. Ich hatte das große Glück, dass gerade jetzt eines dieser Schiffe ankam. Es näherte sich, wurde langsamer und die Drehbewegung auch, bis diese stillstand. Ein Arm wurde ausgefahren und eine Schleuse öffnete sich im Schiff schon lange vor dem Andocken. Langsam glitt das sich nun nicht mehr drehende Schiff auf den Arm zu. Auch der Arm war wohl bis zu einem gewissen Grad zu steuern und fuhr schließlich weit in das Schiff hinein. Dann kam alles zum Stillstand. Man hatte angedockt. Die Station maß, so zeigten es die Instrumente an, von oben bis unten über zwei Kilometer. Da die Haltearme in verschiedenen Längen ausgefahren wurden, konnte eine Unmenge dieser Schiffe andocken. Ich flog in einigem Abstand um diese Konstruktion herum. Wir würden anschließend feststellen, wie viele Schiffe genau eine solche Station aufnehmen konnte. Beim Umfliegen fiel mir auf, dass röhrenförmige Flugkörper von der Station ausgestoßen wurden und Kurs auf CENTER nahmen.

Die Annahme lag recht nahe, dass man die Besatzung von den Stationen damit auf den Planeten brachte. Ich musste eingestehen, das sah alles harmonisch aus. Warum um alles in der Welt griff man unsere Schiffe an? Konnten sie uns nicht einfach in Ruhe lassen? Sie mussten ja nicht unbedingt in den BUND – einfach mal nebenher und friedlich existieren? Vielleicht winken, wenn man aneinander vorbeiflog – gut, das war nur ein Sinnbild. Nicht jeder musste unser Freund sein, aber bestimmt nicht unser Feind. Warum? Das waren psychologische Betrachtungen, während ich meinen Aufenthalt als Drohne genoss.

Ich schaute auf die holografische Borduhr. Ich war jetzt fast zwei Stunden unterwegs und man musste Folgendes zugeben: So schön das auch war, so anstrengend war es. Das Gehirn wurde ständig überlistet und versuchte dagegen anzukämpfen. Das merkte man dann, wenn einem die Augen zufielen. Ich richtete den Kurs von der Station weg und konzentrierte mich auf meinen richtigen Körper. Mit einem Ächzen hob ich

mir die Brille und das Steuerungsnetz vom Kopf. Heftig atmend saß ich in meinem Sitz. Meine Crew war fürsorglich genug, mich eine Weile einfach in Ruhe zu lassen. Mein Gehirn musste sich wieder an die reale Umwelt gewöhnen. Mark kam und drückte mir einfach eine Flasche isotonischer Flüssigkeit in die Hand – hübsch gekühlt, wie ich feststellte. Ich bedankte mich mit einem Nicken und trank. Danach war ich wieder Captain der LITTLE CROW.
„Wer will als Nächster?" Ich hatte eigentlich mit Mark gerechnet, aber er überließ Monica den Vortritt.
„Du kennst das?", fragte ich sicherheitshalber.
Monica Gutson nickte eifrig und mit glänzenden Augen: „Ich möchte nach CENTER."
„Na dann mal los", sagte ich auffordernd. Sie streifte sich Brille sowie das Netz über und lehnte sich in ihrem Sitz zurück. Kurz darauf sahen wir auf der Übersicht, dass CENTER größer wurde. Monica umrundete den Planeten zweimal, einmal über die Hochachse und einmal quer – die schnellste Art möglichst viel von einem Planeten mitzubekommen. Die Beschreibung passte. Nun wartete sie wohl über dem Planeten stehend, dass eine der Transportröhren auftauchte, um ihr zu folgen.
Ich ‚funkte' mit Monica und gab den Hinweis, wann wo eine der Röhren auftauchen würde. Anschließend lag unsere Monica, also ihre Drohne, auf der Lauer. Nun, zum ersten Mal eine andere Spezies zu sehen war schon aufregend und so stieg die Spannung an Bord der P-Klasse. Ich bemerkte, dass Sander die Muntermach-Pille einnahm. Wenn Mark bei seiner Strategie blieb, dann wäre der Pilot als Nächster dran mit der Drohnensteuerung. Und da wollte Sander fit sein. Eventuell hatte Mark ihm schon einen Wink gegeben.
Da kam eine der Transportröhren und Monica nahm die Verfolgung auf. Sie hielt sich schräg unterhalb des verfolgten Objektes. Da dieses stur geradeaus flog, war das eine recht einfache Sache.
Der unterirdische Zugang kam näher. Schon längst war Monica mit ihrem Gerät innerhalb der dünnen Atmosphäre. Die leichten Wolken stellten kaum eine Sichtbehinderung dar. Man konnte das spärliche Grün beim Näherkommen erkennen. Monica blieb dicht unterhalb des Transporters und flog mit hinein. Es kam einen kurzen und heftigen Pfeifton, dann war das Bild dunkel. Monica begann zu schreien und Mark sprang hinüber und riss ihr das Steuerungsnetz und die VR-Brille vom Kopf.

Heftig japsend und mit großen Augen nahm Monica ihre Umwelt auf. Dann ruderte sie heftig mit den Armen. Das war genau das, wo immer vor gewarnt wurde – totaler Realitätsverlust. Ich hatte ihn vermeiden können, allerdings auch mit Schwierigkeiten. Sander wollte sich ebenfalls um seine Kollegin kümmern, und nur ich schien richtig zu reagieren. Dieser Ton vorhin? War das eine Alarmsirene gewesen?
„Hercule, du übernimmt Navigation und Scanner!"
„Ay, Captain."
Für den Droiden war es kein Problem, über das Droiden-Netz die beiden Kommandocodes für sich freizuschalten.
„Hercule! Irgendwelche Aktivitäten?"
„Ich registriere eine Menge an Kleindrohnen, die aus allen Stationen ausgeschleust werden und sich strategisch verteilen", gab der Robot an. Wir waren also aufgeflogen.
„Heftige Energieentfaltung an den offenen Stellen der Schale," meldete er weiter, „offensichtlich Kraftfelder. Wir sind abgeschnitten. Dort können wir nicht durch."
„Mit Waffengewalt?"
„Unsere Kaliber sind nicht effektiv genug", meldete Hercule.
Ich schaute auf die Schirme. Unsere Position hatten sie noch nicht, wobei die Betonung auf ‚noch' lag. Ich sah zu Monica – sie zappelte immer noch.
„Hercule, Monica medizinisch ruhigstellen. Ich brauche die Rest-Crew!"
Der Droide huschte zu einem Wandschrank und entnahm diesem eine Injektionspistole. Er wählte ein entsprechendes Serum aus und jagte es Monica in die Halsschlagader. Ihr Körper wurde sofort schlaff. Hercule hob sie in ihren Sitz und schnallte sie dort fest.
„Mark und Sander – an eure Stationen!"
Beide waren etwas überrascht worden von dieser Aktion und nur meine auffordernden Worte gaben ihnen eine Richtung – an ihre Paneele nämlich.
„Mark, ich brauche eventuell volle Energie für den Antrieb und Sonstiges. Bereite alles vor."
„Was sollen wir tun?", fragte Ohanzee.
„Abwarten", sagte ich. „Und auf Laurin 6.0 vertrauen. Noch haben sie uns nicht."
„Wie lange willst du das durchziehen?", fragte mich mein Bruder.

Ich zuckte lediglich mit den Achseln. Ich konnte ja kaum sagen, bis es mir zu viel wird. Allerdings musste ich zugeben, dass meine Geduld auf keine harte Probe gestellt wurde. Schon nach 45 Minuten meldete Poirot: „Die strategische Verteilung der Mini-Drohnen scheint abgeschlossen. Es bewegt sich keine mehr."
„Und was kommt jetzt?", fragte Mark.
Niemand antwortete. Was auch?
Kurz darauf gab unsere KI Vollalarm – wir waren entdeckt worden.
„Stell das ab", wies ich Hercule an und sofort war Ruhe.
„Was ist los. Hercule? Bericht", forderte ich nervös.
„Die Drohnen stoßen Schwingungen aus – überlichtschnell. Laurin hat dagegen keine Chance. Ich entdecke, dass die ersten Schiffe Kurs auf uns nehmen", antwortete der Droide.
„Mark – Energie bereitstellen, sofort!"
„Ay." Der Mann tippte zügig auf seinem Paneel herum.
„Sander, erwarte Nav-Befehle von mir!"
„Ay."
„Hercule, ich will auf der Übersicht nachvollziehen können, welche Schiffe uns wann erreichen!"
„Sofort, Captain!"
Ich sah auf der Anzeige, dass wir noch vier Minuten hatten, bis das erste Schiff auf Schussweite heran war.
„KI! Die Stationen der Schiffe durchnummerieren!"
Ich ächzte. Es gab 97 Stationen. Ich wählte die aus, die kaum Schiffe trug und dort lag, woher noch kein Gegner kam.
„Sander – Nummer 55 anvisieren und volle Beschleunigung."
Die LITTLE CROW machte einen Satz und beschleunigte. Mark hatte schnell gehandelt und Sander konnte energietechnisch aus dem Vollen schöpfen. Die Schiffe, die uns am nächsten waren, nahmen sofort die Verfolgung auf. Ich atmete etwas auf, weil unsere Beschleunigung wesentlich besser war, als die der Verfolger. Bis ich feststellte, dass wir es nicht mit ein paar dieser Schiffe zu tun hatten. Immer mehr lösten sich von ihren Haltearmen und flogen in unsere Richtung – eine Verfolgungsjagd, die wir nicht gewinnen konnten. Ich sah mit Besorgnis, dass sie aus allen Richtungen auf uns zukamen. Wir hatten höchstens noch 30 Sekunden Zeit. Ich fasste einen Entschluss und hob die Abdeckung des Sprungsequenzers hoch. Die Automatik begann sofort damit, die Ener-

giespeicher dieses Random-Jumpers zu laden. Ich konnte die Richtung nicht bestimmen, aber er sollte uns schon aus dieser Schale herausbringen. Ich wartete die paar Sekunden und als das Gerät grünes Licht gab, drückte ich den Knopf tief ein. Ich spürte, dass wir sprangen, dann hörte ich einen Knall. Ich schaute auf die Übersicht – wir waren keinen Kilometer weit gesprungen.

„Es ist möglich, dass wir zurückgeschleudert wurden, weil wir das Innere der Schale getroffen haben", vermutete Hercule. Ich sah entsetzt auf die näherkommenden Schiffe und den Sprungsequenzer, der nicht schnell genug nachlud.

„Sander – Ausweichkurs. Lass dir was einfallen. Hercule hilf ihm!"

Der Droide reagierte schnell und stand neben Sander. Ich selbst ließ meinen Blick zwischen Jump-Anzeige und Übersicht hin und herpendeln. Die LITTLE CROW vollführte einen wilden Zickzack-Kurs und Hercule wies Sander den Kurs. Eigentlich wäre es besser, wenn der Droide direkt eingreifen würde. Ich verließ mich darauf, dass er es tat. Aber so ganz offiziell wollte ich Sander das Ruder nicht aus der Hand nehmen – bisher hielt er sich gut. Dieser Jump-Sequenzer verbrauchte eine Menge Energie. Und je wilder das Duo da vorn am Nav-Pult mit dem Triebwerk umging, desto weniger Energie kam bei mir an. Entsprechend dauerte es. Ich nahm meine Pille und Mark folgte dem Beispiel.

„Wenn ihr meint", sagte Ohanzee und schluckte die Droge ebenfalls.

„Wir werden nur noch etwa 20 Sekunden ausweichen können", sagte Hercule und legte auch den passenden Countdown auf die Übersicht. Ich verglich die Zahl mit der Ladungsrate des Jumpers.

Ein Stöhnen entrang sich meiner Kehle – das würde richtig knapp. Und so war es dann auch: Nach 17 Sekunden drückte ich auf den Jumper und wartete auf den Knall – der ausblieb. Gut so, dann waren wir ... mein Blick fiel auf die Übersicht. Wir waren zwar ganz woanders, aber immer noch innerhalb der Schale.

„Können wir hier nicht raus, Hercule?"

„Ich habe im Moment zu wenige Informationen, aber wir sind einmal quer durch den gesamten Raum der PYRAMIDS gesprungen. Es ist gut möglich, dass es sich um einen normalen, eben kurzen, Jump gehandelt hat."

„Okay, Energieverbraucher aus – alle Energie zum Jumper, bis auf Scan", korrigierte ich mich noch rechtzeitig. Ich wollte schon wissen, wann es brenzlig wurde. Ich sah auf der Übersicht die PYRAMIDS-Schiffe etwas orientierungslos durcheinanderfliegen. Offenbar suchte man uns.

„Die Schallwellen werden wieder ausgelöst", meldete Hercule.

„Die KI hat die Sprache der PYRAMIDS rudimentär entschlüsselt", meldete Ohanzee zwischendurch.

„Ich werde jetzt wohl kaum mit denen verhandeln", zischte ich und sah etwas beruhigter auf die Speicheranzeige des Jump-Sequenzers. Er lud jetzt schneller nach und aller guten Dinge waren doch ‚3', oder?

„Sie haben uns", bemerkte Mark.

„Hercule – ich will wieder einen Countdown."

„Ay, Captain!"

Ich schaute auf beruhigende 44 Sekunden. Offenbar kannten die PYRAMIDS eine solche Art des Versteckspielens nicht. Ich ließ sie rankommen bis auf 13 Sekunden, dann löste ich zum dritten Mal den Jump aus. Es fehlt nur noch, dass wir jetzt in einem Hohlraum von CENTER ankommen, war mein letzter Gedanke, dann spürte ich das Ziehen des Jumps in den Knochen. Ich schaute anschließend angestrengt auf die Übersicht – alles dunkel.

„Wir sind draußen. PYRAMID HOLLOW liegt genau hinter uns", wies mich Hercule auf unsere gelungene Flucht hin.

„Sander – Fluchtgeschwindigkeit zum Jump zurück zur Teilflotte, bitte!"

„Gern, Skipper", antwortete der Pilot erleichtert.

„Hercule, ich möchte einen Funkspruch über alle Sequenzen in der Sprache der PYRAMIDS in Richtung Hohlkugel absenden."

„Einen Augenblick", sagte Hercule und wenig später: „Bereit!"

Ich stand auf: „Hier ist Captain Keezheekoni Paco vom kleinsten Raumschiff der MENSCHEN. Wir wollen keinen Krieg. Wir möchten eine friedliche Koexistenz unserer Völker. Wir müssen nicht miteinander kommunizieren oder andere Dinge. Wir wollen lediglich von euch nicht mehr angegriffen werden. Das, was ihr eben erlebt habt, ist nur eine Demonstration dessen gewesen, was wir machen, wenn eure Schiffe uns weiterhin angreifen. Kommt es zu weiteren feindlichen Zusammentreffen, die von euch ausgehen, dann kommen wir wieder – mit einer Vielzahl von Schiffen. Ich kann euch versichern, dass es uns keine Mühe machen wird, eure Heimat zu vernichten. Aus diesem Grund macht ihr demnächst einen Umweg, wenn ihr unsere Schiffe irgendwo seht. Es

wird keine zweite Warnung geben. Hier ist Captain Keezheekoni Paco von der LITTLE CROW. Ihr seid gewarnt – das war meine Mission – die Übertragung endet jetzt!"
Ich nickte Hercule zu und dieser beendete den Funkspruch: „Etwas dick aufgetragen, wenn ich mir diesen Spruch erlauben darf. Aber durchaus realistisch, dass die PYRAMIDS das glauben. Sie haben uns nicht fassen können, obwohl wir in ihrer unmittelbaren Nähe waren. Und sie können nicht wissen, wie wir das gemacht haben und unsere Machtmittel kennen sie auch nicht."
Wir wurden nicht verfolgt und dann löste Sander den Jump aus. Als wir in den Einsteinraum zurückfielen, wurden uns die eigenen Schiffe auf der Übersicht angezeigt – wir waren zurück. Und wir hatten den Lebensraum der PYRAMIDS entdeckt.

Ende des 1. Berichtes '65 von Keezheekoni Paco, LITTLE CROW.

<u>27.06.2165, 08:45 Uhr, MSS BABYLON, Konferenzraum:</u>

Brigadier Admiral Abdul Musto hätte ganz gern gestern Abend, als die LITTLE CROW wieder zurück war, einen persönlichen Bericht gehabt. Colonel Walter Steinbach hatte sich vor seine Leute geworfen.
„Abbi", hatte er mahnend gefunkt. „Du solltest sie mal sehen. Sie sind vollständig zurück – das reicht mir erstmal. Sie haben Stimulanzen genommen, um die Mission ausführen zu können. Monica braucht noch eine spezielle Behandlung. Wir müssen sie, auch wenn es uns schwerfällt, schlafen lassen. Morgen früh, Abbi – nicht eher." Der BA war ebenfalls sozial angehaucht und ohne diese Eigenschaft würde er kein MSS-Schiff führen können, also begnügte er sich damit.

Man war per Mini-PORTAL auf die MSS BABYLON gewechselt und dort stand im Besprechungsraum ein komplettes Frühstücksbuffet zur Verfügung. Abbi hatte keine Mühen gescheut und die Brückencrew der MSS GILGAMESCH und der VIRGINIA HALL waren anwesend, wie auch das komplette Missionsteam, einschließlich Hercule Poirot. Abbi hatte alle Missionsteilnehmer per Handschlag begrüßt und als er die Blicke von Keez sah, gab er auch Poirot die Hand.

„Ich bin zwar unglaublich neugierig, aber wie sagt unser großes Vorbild Jan Eggert so schön? Ohne Mampf kein Kampf. Also bitte, bedient euch."

Abdul Musto hielt sich tatsächlich zurück und Monica Gutson und Sander Khan sah man an, dass der Einsatz strapaziös gewesen war. Den Einsatz der Munter-Pillen, wie sie in der Flotte genannt wurden, merkte man auch Keez an. Pacos Tochter war unausgeschlafen und musste sich anstrengen, einen normalen Eindruck zu hinterlassen. Die normalen Gespräche privater Art wurden hauptsächlich von anderen geführt. Die Crew der LITTLE CROW hielt sich da raus. Die Essensaufnahme war offenbar schon anstrengend genug. Aber schließlich war das erledigt.

Abbi sah Keez an: „Vielleicht sollten wir Hercule bitten, einen Bericht abzugeben? Wir haben das mit Rücksicht auf euren Erfolg gestern nicht getan. Wir wollten euch den Ruhm nicht nehmen."

Keez lächelte ihn an: „Wir nehmen das zur Kenntnis – vielen Dank. Aber ich möchte selbst reden. Wenn ich etwas vergesse, kann Hercule eingreifen."

„Dann schieß los – wir sind gespannt", verlangte Abbi.

Keezheekoni Paco referierte eine gute Stunde lang.

„Ihr habt einen tollen Einsatz geflogen mit einigem Risiko. Herzlichen Glückwunsch und wir haben Spezies 9. Aber wir wissen nicht, wie die PYRAMIDS aussehen", stellte Abdul Musto bedauernd fest.

„Nein, das tun wir nicht", bestätigte Keezheekoni Paco.

In diesem Augenblick mischte sich Hercule ein: „Wir wissen ja noch nicht, was die Sonde gespeichert hat."

In Zeitlupe drehte sich der Kopf von Keez in Richtung N2-L: „Die, äh, Sonde ist zurückgekommen?"

„Du hattest es nicht bemerkt, Captain? Ich hatte es nicht gemeldet, weil die Info kurz auf der Übersicht zu sehen war. Ich hatte die Wahrscheinlichkeit dafür unter 20% ausgerechnet, aber ich löste den automatischen Rückruf trotzdem aus und kurz vor dem zweiten Sprung kam sie an Bord. Sie muss noch ausgewertet werden."

Keez seufzte und es hörte sich verdächtig nach einem Stöhnen an: „Ich bitte um Entschuldigung. Ich hatte noch keine Zeit für eine Missions-

nachbearbeitung für einen vollständigen Bericht." Man sah Keez an, dass ihr das sehr peinlich war. Verlegen sah sie ihren Vorgesetzten an.
„Also ich sage es nicht weiter", grinste Walter.
„Ich auch nicht, aber ich will bei der Auswertung der Daten dabei sein", verlangte Abbi. „Das, Keez, ist nur passiert, weil wir dich gedrängt haben. Mach dir keinen Vorwurf. Es ist alles in bester Ordnung. Ihr habt einen tollen Einsatz geflogen. Wir brauchen die Daten der Drohne."

Die gesamte versammelte Führungsmannschaft verbrachte einige Zeit damit, die Daten der Drohne auszuwerten und natürlich waren die visuellen Aufzeichnungen das, wonach man suchte. Und man wurde auch fündig. Man sah einen, nur einen einzigen PYRAMID. Und den auch nur kurz, okay, man konnte das Bild anhalten, aber der Zoom war völlig aufgezogen und noch näher, dann wurde das Bild sehr unscharf. Zu erkennen war eine Art Wurm, der auf etwa acht Beinpaaren lief und Zweidrittel seines vorderen Körpers nach oben streckte – mit drei Armpaaren. Die Haut dieses Individuums war rötlich. Aber das hieß noch lange nicht, dass sie alle rötlich waren. Den Vogel schoss Captain Undine Töppel mit dem Spruch ab: „Es könnte auch ein Haustier der PYRAMIDS gewesen sein."
Im Prinzip konnte niemand diese Behauptung widerlegen. Dieses Individuum tat nichts, worauf man auf Intelligenz oder eben keine schließen konnte. Im Prinzip war man nicht wesentlich schlauer.

„Okay", sagte schließlich Abbi Musto. „Wir haben die neunte Spezies gefunden und sie ist nachgewiesenermaßen ‚unwürdig'. Ich bedanke mich bei meinen Helfern, und für mich und die GILGAMESCH gilt: Missionsende und auf nach MANCHAR. Ich hörte, da wollen noch ein paar mitfliegen. Vielen Dank!"
Keez sah Walter an.
„Wir statten dem MARS einen Besuch ab."

29.06.2165, 11:38 Uhr, SCOUT, Brücke:

Jan Eggert hatte es dieses Mal etwas an seinem subtilen Humor fehlen lassen und die P-Klasse mit einem Namen versehen, auf den auch andere gekommen wären oder sogar waren: SCOUT. Nun, man war jetzt schon

monatelang unterwegs in einer fremden Region des Weltraums und auch Jan war nicht mehr der Lustigste. Zu Beginn ihres Ausfluges, Paco war dabei und Ka-Lim, hatte er die P-Klasse einen Jump machen lassen, der ihnen jetzt noch in den Knochen steckte. Danach liefen die Triebwerke des kleinen Raumers auf Höchstlast. Und nur so war zu erklären, dass man jetzt schon das vorläufige Ziel erreicht hatte. Die SCOUT war soeben aus dem Überraum gefallen – knappe zwei Lichtstunden vom eigentlichen Ziel, dem Galaxiswurmloch nach BLISTER 5 – also innerhalb der BLACK-EYE-Galaxie, entfernt. Jan hatte den FALL OUT ZERO SPEED gewählt und nun stand die P-Klasse relativ unbeweglich am Zielort.
„Kann sein, dass ich mich gleich unheimlich ärgere", sagte Jan. „Sollte ich lästerlich fluchen, bitte ich die werten Mitreisenden schon jetzt um Nachsicht."
Ka-Lim schaute den Sprecher fragend an und Jan zuckte mit den Achseln: „Wir hätten da vorn eine Abkürzung und wir hätten uns ein paar Monate Anreise sparen können. Wir haben den langen Weg aus Sicherheitsgründen genommen. Wenn von hier jetzt keiner lauert, hätten wir unsere Zeit sinnvoller nutzen können."
„Vorsichtige Krieger leben länger", sagte Paco dazu.
„Genau. Vorsicht ist die Großmutter aus Meißen", schwafelte Jan weiter. „Und deswegen fliegen wir jetzt nicht mit der SCOUT weiter, sondern nehmen eine Beta. Ihr könnt teilnehmen, wenn ihr Lust habt. Ich schicke das Ding schon mal getarnt los. Wir können dann später, wenn sie dicht vor dem Ziel ist, virtuell zusteigen oder das Ganze von hier verfolgen."
Jan programmierte die einzige Beta an Bord und wenig später flog diese unter dem Schutz von Laurin 6.0 in Richtung Galaxiswurmloch nach BLISTER 5. Jan schaltete auf KI-Steuerung und forderte seine Kollegen auf, ihm in die winzige Kantine zu folgen.
Das ist jetzt noch mal ein Highlight, dachte Jan. Ka-Lim und Paco waren jetzt nicht die Mitteilsamsten und echte Partykracher waren das auch nicht. An Bord der ODIN, sein zweites Zuhause, konnte man es ja aushalten, aber hier in der Enge, mit diesen beiden an Bord – Jan vermisste viele Annehmlichkeiten. Aber es musste sein, also verdrückten alle ein schmales Mittagsessen, dann harrten sie auf der Brücke der Dinge, die jetzt kommen mussten.

„Es ist so weit – wie wollen wir das machen? Direkt virtuell an Bord der Beta oder alle hier per Video?"
Man entschied sich für die Variante per Video der Beta bei der Aufklärungsarbeit zuzusehen. Jan war das recht. Wobei – Video war das auch nicht. Vor den drei Männern wurde eine Holo-Wand mit 3-D-Effekt etabliert.
„Man sieht, außer Sternen, nichts", beklagte sich Ka-Lim.
„Wir sind auch noch nicht da", antwortete Jan. „Außerdem dürfte sich das Tor nicht aktiviert haben. Wir müssen schauen, was die Umgebungswerte anzeigen. Häuptling, bist du so freundlich? Ich habe hier auf die KI umgestellt und mit unseren Paneelen steuern wir die Beta. Nicht umsonst habe ich so ein großes Teil geschickt. Die Sensoren und Scanner können noch mal viel mehr als die übliche Drohnengeschichte."
„Ich werde tun, was in meinen Kräften ist", antwortete Chapawee und machte sich an die Arbeit. Er verwendete aus nachvollziehbaren Gründen ausschließlich passive Scanner und daher dauerte das auch.
„Meine Geräte zeigen mir die Ruhestrahlung eines Wurmlochs an", meldete er nach kurzer Zeit.
„Wat? Nur dat Wurmloch?", regte sich Jan auch prompt in seinem Slang auf.
„Die Seele meines weißen Bruders möge beruhigt sein. Auch werden mir sieben 2.500er der ANGUIDEN angezeigt. In Warteposition ohne nennenswerte Energieabstrahlung."
„Nur sieben?" Jan schaute entsetzt zu Paco, aber der hob einen Finger.
„Mein Bruder wird überrascht sein, aber ich bekomme hier die Anzeige eines Transfer-Tores in etwa fünf Lichtminuten Entfernung. Es ist inaktiv. Insgesamt acht Würfel von 50 Metern Kantenlänge. Ein Irrtum dürfte ausgeschlossen sein. Auch die Anordnung passt."
„Geschenkt, es ist eins", urteilte Jan. „Wenn da 1.000er-TRAX durchpassen, dann auch die 1.500er der ANGUIDEN. Und wie viele im Hintergrund lauern, ist dabei nicht festzustellen. Es können 20, 200 oder 2.000 sein."
„Man könnte das Tor auch nutzen, um Raketen ins Gefecht zu werfen", sagte Ka-Lim, der das Gebilde offensichtlich ebenfalls kannte.
„Du hast eine Art, friedliche Leute zu erschrecken", beklagte sich Jan und Ka-Lim schaute etwas irritiert.

Jan überlegte: „Was haben wir hier eigentlich für eine Bewaffnung an Bord?"
„Standardausrüstung für P-Klassen", teilte Paco mit.
Jan schaute ihn fast mitleidig an: „Das ist keine P-Klasse der ODIN, schade mein roter Freund. Dort wäre nichts Standard." Während er das sagte, rief er das Inventarverzeichnis der SCOUT auf.
„Hab' ich es mir doch gedacht", grinste er selbstgefällig.
„Was hast du gefunden und wozu willst du es einsetzen?", fragte Ka-Lim.
Jan deutete auf den Schirm: „Ein funktionierendes Transfer-Tor unserer Feinde ist immer eine Gefahr für uns. Hiermit können wir, mit etwas Glück, etwas anfangen. Offenbar wird dieses Wurmloch nicht sehr gut überwacht, weil die sieben ANGUIDEN-Schiffe in kürzester Zeit Hilfe bekommen könnten. Die ANGUIDEN brauchen ihre Flotte nicht aufteilen, sondern schicken sie dorthin, wo sie gerade gebraucht wird. Das ist eine taktisch kluge Maßnahme. Wir sind clever, wenn wir das so lassen, aber für den Fall der Fälle so weit vorsorgen, dass dies Tor nicht benutzt werden kann."
„Und wie willst du das anstellen?"
„Mit einer modifizierten Antimateriebombe. Will mir mein roter Bruder bei der Programmierung eines solchen Geräts helfen?"
„Ich stehe zur Verfügung", sagte Paco etwas steif.
Jan wandte sich an Ka-Lim: „Wir lassen die Beta noch einen Augenblick dort weiter scannen. Du hast die Brücke. Paco und ich sind gleich wieder da."

9. Irgendwann II

<u>29.06.2165, SCOUT, Waffenkammer:</u>

„Das Gute daran ist das Gute darin", philosophierte Jan Eggert und holte aus einer Halterung eine Scheibe hervor, die etwa 35cm im Durchmesser und 15cm dick war. „Ein Meisterstück der Waffenfertigung – eine Antimateriebombe im Mehrzweckformat."
„Wie will mein Bruder diese programmieren?", fragte Paco und schaute interessiert und gleichzeitig respektvoll. Das Ding konnte sie alle pulverisiert ins Jenseits befördern.

Jan legte das Gerät vorsichtig auf einen Tisch: „Das ist die Frage. Wir können zwei Möglichkeiten eingeben – einmal aufgrund eines Signals und dann noch etwas anderes. Die Sensoren des Gerätes können nach einer Aktivierung und einer gewissen Zeit auf viele Dinge reagieren."
„Unsere stählernen Rösser strahlen einen Code aus, damit wir untereinander zu erkennen sind", antwortete Paco langsam.
Jan stach mit dem Finger in Richtung Chapawee: „Bingo, mein roter Häuptling-Freund. So machen wir das."
„Wie genau?", fragte Paco.
„Wir rufen die Beta zurück und ich flieg' noch mal hin und pappe die Bombe an einen der acht Würfel."
„Mein weißer Bruder will dieses Risiko eingehen? Dann bin ich dabei."
Jan schaute Paco an: „Negativ. Das Risiko ist wirklich nicht kleinzureden. Daher gehe ich allein. Du musst ja zu Hause deine komplette Familien-Fußballmannschaft noch versorgen. Howgh!"
Jan grinste dünn. Er hatte auf die Größe der Familie von Chapawee hingewiesen. Jan berührte die Oberfläche der Bombe und es erschien dort ein Touchscreen für die Programmierung. Schnell hatte er dieses erledigt und klebte noch ein Kaltschweißmaterial auf die Unterseite.
„Fertig ist das Präsentchen", sagte er selbstzufrieden. „Lass uns wieder nach oben und die Beta zurückrufen."
Gesagt, getan und nach Ablauf von ein paar Stunden war Jan Eggert unterwegs. Dieses Mal im Real Life und tatsächlich an Bord der Beta, die in Richtung Transfer-Tor stürmte. Jan nutzte die Zeit für ein kurzes Nickerchen, aber selbst für ihn als stresserprobten Raumfahrer war die Situation, sagen wir, unangenehm. Er befand sich mehrere Galaxien weit entfernt von der Heimat und mitten im Nichts. Er hätte wer-weiß-was dafür gegeben, am Strand von HOMELAND zu liegen – am besten noch neben Nina. Und dann stellte er fest, dass das merkwürdige Gefühl in ihm Heimweh war – nach EDEN. Im Laufe von über 150 Jahren hatte sich das mit der ERDE erledigt. Aber Homeland – der Strand – die Sonne – das warme Wasser. Darüber schlief er ein. Er träumte von Homeland, bis TRAX aus dem Wasser herauskamen und stoisch auf sie zuschritten. Schweißgebadet wachte Jan auf und vermied es anschließend wieder einzuschlafen. Er hatte Angst, dass er die Fortsetzung des Traumes durchleben musste.

Schließlich: Auch der weiteste oder hier unangenehmste Weg war irgendwann zu Ende. Jan sah auf seinem Monitor die acht Würfel des Transfer-Tores. ‚Einer ist so gut wie der andere', dachte er sich und beschloss, die Polschleuse mit der Bombe zu nutzen. Er navigierte, natürlich unter Laurin 6.0, mit der Unterseite des 10-Meter-Diskusschiffe an einen der Würfel heran. So nah, wie er es eben gerade vertreten konnte. Berührung – also mit der Masse der Beta, sollte nicht passieren. Er übertrug die Anzeigen der Beta auf seinen Raumanzug, dann zog er ihn an.
Jan prüfte ihn und ließ anschließend die Luft absaugen. Er ging eine Etage tiefer und nahm die Bombe aus der Halterung. Nachdem er die Schleuse aufgestellt hatte, sah er vor sich, etwa zwanzig Meter entfernt, die 50 x 50 Meter messende Fläche eines der Würfel.
‚Kann ich kaum verfehlen', dachte Jan und ließ sich nur langsam aus der Schleuse fallen. Sein Anzug war flugfähig und daher brauchte er sich nicht mit Seilen sichern. Außerdem war das Ziel fast in greifbarer Nähe. Nun, aktivieren sollte sich das Tor jetzt nicht. Er würde mit Sicherheit in den Ereignishorizont gezogen werden. Allein der Gedanke daran verursachte ihm schon Magenprobleme. Auch sollte er selbst nicht dagegen klatschen, wie er sich selbst dazu ermahnte.
Er steuerte vorsichtig heran und kam vor dem Teilstück des Transfer-Tores fast zum Halt, wobei er die Flugfähigkeit seines Anzuges nutzte. Er nahm die Bombe und hielt sie vorsichtig an die Metallfläche des Würfels. Mit einer Hand riss er die Folie von der Reaktionsfläche der Kaltschweißmasse ab. Er musste schon genau hinsehen, um überhaupt etwas zu erkennen. Die Bombe sah aus, als wäre sie Teil des Würfels.
Geschafft, dachte er und drehte sich zur Beta um. Seine Augen wurden weit und ein eiskalter Schauer rann ihm über den Rücken. Die Beta war weg – sein Herz begann zu rasen.
Er war hier völlig allein und auf sich gestellt! Dann kam Ärger in ihm hoch. Was bin ich für ein Idiot, dachte er sich. Laurin 6.0 war schon verdammt gut. Natürlich war die Beta noch dort, aber er konnte sie nicht sehen – auch nicht als Schatten, hier im Dunkeln des Raumes. Es dauerte tatsächlich eine ganze Weile, bis sich sein Herzschlag und der Blutdruck wieder normalisiert hatten. Das darfst du keinem erzählen, dachte er sich.
Er tippte auf die Aktivierung der Bombe – ab jetzt war sie scharf. Jan wollte sich gerade wieder auf den Weg zurück machen, als sich die KI

der Beta meldete. Sie spielte ihm einfach Ortungsdaten auf die Innenseite seines Visiers.

„Scheiße", murmelte Jan. Er war ein Beiboot der ANGUIDEN im Anflug. Etwa 150 Meter lang. Eintreffen in drei Minuten. Das muss langen, sagte er sich und beschleunigte seinen Anzug in Richtung Beta. Nach 50 Metern ungefähr, erhielt er wieder den gleichen Schreck wie – siehe oben. Er war an keine Beta herangekommen. Sollte sie doch nicht ganz still im Raum gestanden haben und war jetzt leicht weggedriftet. Ihm lief die Zeit davon und er fluchte heftig.

„KI! Minimaler Peilstrahl für zwei Sekunden – jetzt!"
Er bekam etwas angezeigt und wandte sich, groß besehen, nach links und flog etwas zurück. Nach weiteren 50 Metern kam ihm das merkwürdig vor und er verlangte den nächsten Peilstrahl – dieses Mal etwas nach unten. Tatsächlich prallte er dann oben auf die Beta. Etwa drei Meter vorher konnte er sie auch sehen – so gut war mittlerweile Laurin 6.0. Nun musste er aber von dort nach unten, also einmal rum um den Diskus und von unten einsteigen. Das dauerte und als er endlich drin war und die Position seiner Gegner kontrollierte, brauchte er das eigentlich technisch nicht probieren. Er brauchte nur aus dem Cockpit schauen – dort stand die Silhouette des ANGUIDEN-Schiffes! Jan wagte es nicht einmal, die Polschleuse zu schließen. Die Beta war im Totmann-Modus und so hatte er die größte Chance. Seine Anzugluft reichte noch ein paar Stunden, aber das war nicht das Problem. Er hatte die Bombe so programmiert, dass sie nach 15 Minuten aktiv war. Das bedeutete, wenn sie dann noch das Signal eines Schiffes der HSF, also auch seiner Beta, auffing, würde sie detonieren. Jan konnte sich lebhaft vorstellen, was dann mit ihm in unmittelbarer Nähe passieren würde.

Der Countdown dazu war auf der Innenseite seines Visiers angegeben – noch neun Minuten und 55 Sekunden. Das Beiboot selbst beunruhigte Jan nicht. Das war erkennbar eine Routinekontrolle. Er bezweifelte stark, dass man die kleine Bombe finden würde. Und er selbst war wohl kaum geortet worden, sonst wären mehr ANGUIDEN angerückt, beziehungsweise hätte der Eingetroffene anders reagiert. Er überlegte: Ein Beschleunigen mit seiner Beta und er würde geortet werden – das war sonnenklar. So effektiv konnte kein Tarnsystem funktionieren. Und er sollte schon eine Strecke entfernt sein, wenn die Explosion der Bombe, even-

tuell verstärkt durch die Energie im Würfel, sich entfaltete und alles um sich herum mit in den Abgrund riss.
Er überschlug grob im Kopf, wann er starten musste, um der Vernichtung zu entgehen. Und er musste ja noch außerhalb der Reichweite des Empfängers der Bombe sein. Er war jetzt an Bord und richtete den neuen Countdown auf 3:30 Minuten ein. Die Mühe wäre dann aber umsonst. Die ANGUIDEN würden bemerken, dass ihr Transfer-Tor entdeckt worden war und genau hier ihre Präsenz verstärken. Jan fluchte und nahm Kontakt mit der KI der Beta auf.
„KI! Das Flotten-Signal deaktivieren!"
„Befehlsausführung nicht möglich."
„Warum nicht?"
„Sicherheitsbestimmungen. Wir könnten von eigenen Schiffen nicht erkannt und beschossen werden."
„Dies ist ein Notfall. Das Flotten-Signal führt dazu, dass wir möglicherweise vernichtet werden."
„Befehlsausführung nicht möglich wegen Sicherheitsbestimmungen."
Jan fluchte. Das war hier keine besonders hochwertige KI. Er würde bei Phil Mory vorsprechen. Das musste man abstellen können. Er traute sich auch zu, das Signal mechanisch abzustellen – aber nicht in den verbleibenden drei Minuten. Jan beobachtete das ANGUIDEN-Beiboot. Es bewegte sich langsam einmal um das Transfer-Tor herum.
1:45 Minuten.
Jan verfluchte sein Pech. Er musste auch gleichzeitig so knapp kalkulieren, dass sein Gegner durch die Explosion der Antimateriebombe vernichtet wurde. Er programmierte seine Beta mit Flugrichtung, Beschleunigung und danach der Aufbau eines Schutzschirmes und alles mit höchstmöglicher Kapazität. Und dann koppelte er diese Programmierung mit seinem Countdown. Er war jetzt zur Untätigkeit verbannt. Wer Jan kennt, der weiß, dass das auch nicht sein Ding war. Er machte sich bereit, sofort reagieren zu können, falls das ANGUIDEN-Schiff eher den Ort verließ.
0:45 Minuten.
Der ANGUIDE drehte und beschleunigte mit hohen Werten. In einer Art Reflex schaltete Jan die Programmierung aus und gab volle Energie auf den Antrieb. Die Beta schoss vom TRANSFER-Tor weg und Jan schaute auf die Entfernungsangabe – noch 25 Sekunden …

Er behielt die Scanner achtern im Blick. Er hoffte einfach, dass er richtig geschätzt hatte und sein Signal nicht mehr bis zur Bombe reichte.
Nach 90 Sekunden voller Beschleunigung war er einigermaßen sicher und kurz bevor er in den Überraum ging, wusste er es genau – Glück gehabt.

Später:

Jan berichtete etwas angefressen an Bord der SCOUT seinen Mitstreitern, welche Probleme er vor Ort gehabt hatte.
„Manitu sei Dank", äußerte sich Paco. „Unser weißer Bruder ist mit einem guten Ergebnis zurückgekehrt. Wir können die Bombe jetzt per Fernsteuerung auslösen, beziehungsweise wird das automatisch geschehen, wenn eines unserer Schiffe in der Nähe auftaucht. Das wird man sich zukünftig an den Feuern erzählen und so der Nachwelt überliefern."
„Wenn du meinst", war die lapidare Antwort von Jan gewesen. „Lasst uns jetzt zur Teilflotte zurück. Mein Bedarf an Abenteuern ist gedeckt."
„Manitu hat sicherlich noch eine Menge davon für uns vorgesehen", sagte Paco.
„Wie ich den kenne, bestimmt", frotzelte Jan.
Die SCOUT beschleunigte und wählte einen Rendezvouskurs zum Galaxiswurmloch nach M51.

Irgendwo & irgendwann:

„Wir können weiter, Ava", meldete Joe. Ava seufzte. Endlich war es soweit. Die letzten Reparaturen an der ESCAPE hatten das Schiff zwar nicht schöner, aber wieder flugfähig gemacht. Gut, ein halbes Deck war jetzt versiegelt und bildete ein unschönes Loch in der Außenwand, aber es war zu und dicht. Alles in allem hatte sie noch Glück gehabt.
„Enja, starte die Triebwerke."
„Geht klar, Ava."
„Ich hab' da was auf dem Scanner", meldete Oplom.
Ava verdrehte die Augen. Immer hatte er was! „Was denn, Oplom?"
„Schlecht, sehr schlecht", bekam er heraus.
Ava und Sophie eilten zu ihm und sahen ihm über die Schulter. Ava schloss die Augen und senkte den Kopf.

„GENAR-Kreuzer", hauchte Sophie. „Fünf 820er."
„Scheiße", sagte Joe. „Ich will nicht wieder zurück in die Minen."
„Eher sprenge ich das Schiff", sagte Ava entschlossen.
„Mal abgesehen davon, dass ich nicht wüsste, wie das gehen sollte, wollten wir doch erst einmal gucken, was sie wollen?", schlug Sophie vor.
„Wir müssen uns vorbereiten", ordnete Ava an. „Joe, Tibor und Oplom, unsere Leute sollen sich verstecken – verbarrikadieren. Tibor, wenn sie an Bord kommen, dann auf dem Landedeck. Ich brauche schlagkräftige und kampferprobte Männer dort. Versteckt euch und haltet euch bereit. Und los!"
Die drei Männer eilten los und nur die Frauen blieben auf der ESCAPE.
„Ich rechne mit einem Kontaktversuch", sagte Sophie. „Warum sollte es nicht noch mal gelingen?"
„Sollen wir uns wieder verbergen?", fragte Ava,
Sophie verneinte: „Wenn es gelingt, ist es egal."
Kurz darauf wurden sie tatsächlich gerufen.
Sophie schaltete die VidKOM-Anlage ein und ein GENAR mit dunkelblauen Augen sah auf die Brücke der ESCAPE. Bevor dieser etwas sagen konnte, sprach Sophie.
„Hier ist der Frachter GARTAN. Mein Name ist So-Fil."
„Mein Name ist Kwo-Har und ich gehöre mit meiner Teilflotte dem 19. Angriffsgeschwader an. Warum ist eine so junge GENAR auf der Brücke dieses Frachters?"
So-Fil berichtete erneut ihre Geschichte mit der ansteckenden Krankheit und keine Wächter und nur wenige Gefangene, die mit ihr das Schiff führten, hätten überlebt.
Kwo-Har war nicht beeindruckt: „Und wo wollt ihr jetzt hin?"
„Wir hatten eine Havarie und wollen zur Hauptwelt. Es sind noch ein paar Kranke an Bord. Wir haben noch eine Menge des besonderen Materials an Bord und wir hoffen, dass wir dafür dort Hilfe und Heilung bekommen."
Kwo-Har kam ein wenig näher zur Aufnahmeoptik. Dementsprechend groß wurde er auf der Übersicht der ESCAPE abgebildet. Ava erschauerte, als sie die dunkelblauen und kalten Augen sah. Da kamen Erinnerungen hoch – keine schönen.
„Wieso", sprach der GENAR, „Habe ich das Gefühl, dass deine Geschichte nicht stimmt, So-Fil?"

„Die Stase-Kisten waren mit dem Erreger überfordert, Kwo-Har", wich So-Fil aus.
„Das passiert auch zum ersten Mal", hielt er ihr entgegen.
„Es war eine schlimme Erkenntnis für uns", beteuerte So-Fil.
„Wir werden an Bord kommen", eröffnete Kwo-Har.
„Du bedenkst den Erreger, den wir hier an Bord haben?", versuchte So-Fil die Enterung zu vermeiden.
„Ich denke, Raumanzüge werden diese Erreger nicht durchdringen. Ich werde dich gleich selbst befragen. Öffnet das Landedeck für unser Beiboot. Falls nicht, bleibt von euch nur ausglühende Schlacke übrig." Kwo-Har schaltete die Übertragung ruckartig ab.
„Scheiße", fluchte Ava. „Sie werden das Schiff durchsuchen."
„Ja", sagte Sophie. „Wenn wir ihnen Zeit dafür geben."
„Wie meinst du das?"
Sophie öffnete das Landedeck und rief dann Enja und Ava zu sich. Dann entwickelten alle drei einen Plan nach einer Idee von Sophie.
Ava beobachtete auf dem Scanner, wie ein etwas über 50 Meter durchmessendes Kugelschiff auf sie zugeflogen kam und unterrichtete Tibor.
„Lasst sie ins Schiff, aber sie dürfen keinesfalls zurück. Sie dürfen euch beim Betreten nicht sehen. Hast du verstanden, Tibor?"
„Kannst du dich drauf verlassen. Wir haben genügend auch schwerere Waffen dabei."
„Unsere Leute sind gut untergebracht?"
„Ja, und weit vom Landedeck entfernt. So schnell wird man sie nicht finden."
„Sehr schön und aufgepasst!"
„Machen wir", versprach Tibor.
Ava wandte sich an Sophie: „Fertig?"
„Fertig", bestätigte diese und schloss ihre Tätigkeit an der Konsole ab.
„Ich gehe jetzt zum Landedeck, um sie zu begrüßen. Vielleicht kann ich sie ein wenig ablenken."
Enja sah Ava an und Ava wusste genau, was sie dachte. Konnte man Sophie trauen? Ava verstand diese Gedanken nur zu gut. Niemand konnte Sophie hindern, an Ort und Stelle die Wahrheit zu sagen und sie auszuliefern. Vielleicht um den Preis der eigenen Freiheit.
„Mach das", sagte sie und gab Enja damit zu verstehen, dass sie Sophie traute.

„Danke", sagte die junge GENAR und Ava wusste, dass sie sich für das Vertrauen bedankte. Mit sehr gemischten Gefühlen sah sie hinter Sophie her. Dann schaute sie zu Enja: „Vertrau wenigstens mir."
Enja nickte zitternd.

Sophie hatte sich wieder in So-Fil verwandelt und so wartete sie ab, bis die große Kugel des Beibootes auf dem Landedeck stand. Eine Rampe wurde ausgefahren und sie ging langsam darauf zu. So-Fil wusste, dass sie von der Brücke aus beobachtet wurde. So hatte Ava noch Gelegenheit, ihre Leute zu steuern. Es stiegen elf GENAR in kompletten, aber leichten Raumanzügen aus. Sie wären wahrscheinlich in erheblicher Anzahl auf die ESCAPE gekommen, wenn sie nicht im Hintergrund ihre fünf großen Schiffe gehabt hätten. Und genau da lag auch die Schwierigkeit in Sophies/So-Fils Plan. Es musste ab einem entsprechenden Zeitpunkt einfach schnell gehen. Und diese fünf schweren Kreuzer mussten weg sein.
Die Helme der GENAR waren rundum durchsichtig und So-Fil erkannte Kwo-Har sofort. Im Gegensatz zu den anderen trug er einen roten Kragen. Die Begleiter waren bewaffnet und er als Anführer hielt es nicht für nötig. Eine durchaus gängige und arrogante Art der Selbstpräsentation, wie Sophie wusste. Der Kerl war groß und sie musste zu ihm hochsehen, als er vor ihr stand.
„Wenn du gelogen hast, steigst du ohne Raumanzug durch eine Schleuse dieses Schiffes", drohte er. „Geh vor zur Brücke. Ich will die Protokolle lesen."
Und genau das durfte niemals passieren. Das Schiffs-Logbuch war eine automatisierte Einrichtung und alles wurde darin festgehalten. Der GENAR würde eine Weile brauchen, um aus den Aufzeichnungen schlau zu werden, aber er würde in wenigen Minuten entdeckt haben, dass So-Fil gelogen hatte. Sie konnte das im Moment nicht ändern, also fügte sie sich. Zudem gehörte es zum Plan, dass die GENAR sich auf der Brücke einfanden. Wortlos drehte sie sich um und ging voran.

Ava stand hinter einem Pult, als die GENAR die Brücke betraten. Sie verteilten sich schnell und suchten alles ab. Einer von ihnen riss Enja aus dem Pilotenstuhl und schleuderte sie mehrere Meter durch die Zentrale. Enja prallte gegen eine Wand, brach zusammen und blieb davor liegen.

Ein Typ mit rotem Kragen, der einzige übrigens, kam auf sie zu. Sie erkannte Kwo-Har.

„Ich habe von der Spezies MENSCH gehört", knurrte er. „Sie sollen ganz unterhaltsam sein – im Bett." Er kam Ava sehr nahe und sie war nur durch das dünne Material des Helms geschützt.

„Zieh dich aus und wir werden sehen, ob du auch immun gegen die Krankheit bist", sagte Ava eiskalt und sah ihm in die dunkelblauen und kalten Augen. Insgeheim schwor sie sich niemals mehr mit einem solchen Kerl ins Bett zu gehen.

„Ich werde eure Lügen schnell durchschaut haben und dann wirst du als Erstes sehen, wie die beiden anderen hier sterben – schön langsam. Die Kleine kommt zuerst und dann dieses schwache Individuum dort auf dem Boden. Und dann will ich dich." Kwo-Har pochte ihr mit seiner geschützten Hand kräftig auf die Brust.

„Wo sind die Protokolle?", der GENAR war herumgeschwenkt und herrschte So-Fil an.

„Hier", sagte sie und deutete vor sich, dann sah sie Ava an.

Das war das Zeichen. Ava hatte sich auf das Pult gestützt und drückte dabei unauffällig einen Sensorpunkt. Sofort begannen die Alarmsirenen zu schrillen.

„Was ist los?", brüllte Kwo-Har.

So-Fil nahm eine Schaltung vor: „Ein Meteoridenschauer nähert sich schnell. **Einschlag in, nein ...**"

Die KOM ging an.

„Wir werden von deinem Verband gerufen", sagte So-Fil atemlos. In Wahrheit war die Funkanfrage von ihnen ausgegangen und Kwo-Har maß den blauen Eingrenzungen auf den Bildschirmen keine Bedeutung bei.

Kwo-Har sah entsetzt auf den Bildschirm und schätzte die Zeit ab: „Verband zum Treffpunkt, **SOFORT ABFLUG!**"

„Aber ...", kam es da aus dem Funk. Drüben hatte man keine Ahnung, was den Verbandsführer bewog und warum der so aufgeregt war.

„**ABFLUG, sofort! Wir kommen nach! Der Rest raus hier – zurück zum Landedeck!**"

„**Nehmt uns mit! Wir werden sterben**", rief So-Fil. Sie bekam nicht einmal eine Antwort, aber die Männer rannten. Enja rappelte sich auf: „Solche Arschlöcher!"

„Bist du okay?", fragte Ava.
„Geht."
„Triebwerke anwerfen."
„Ay."
„Die GENAR-Schiffe nehmen Fahrt auf", jubelte Sophie (jetzt wieder Sophie)
„Hier ist Ava. Ich rufe Tibor!" Ava hatte das Funkgerät aktiviert.
„Hier Tibor."
„Schick Leute in das Beiboot – sichern! Dann macht sie fertig!"
„Ay, Chefin!"
„Und noch was, Tibor. Wenn du mir den Typen mit dem roten Kragen lebendig bringst, darfst du dir was wünschen. Er ist unbewaffnet."
„Äh", man hörte, dass der Gute etwas irritiert war, aber dann bestätigte er: „Ich tue, was ich kann."
„Habe ich erwartet", sagte Ava, dann. „Enja – du bringst uns hier weg – irgendwohin, Hauptsache weg. Schau zu, dass wir in den Überraum kommen."
„Ay, Captain!"
Ava griff in eine der Schränke und holte eine Waffe hervor: „Kommst du mit, Sophie?"
„Mach' ich", bestätigte diese und auch sie hielt plötzlich eine Waffe in der Hand. Beide Frauen rannten anschließend durch das Schiff, während der Antrieb der ESCAPE deutlich zu brummen begann.

Tibor hatte seine Leute gut auf dem Landedeck und direkt neben dem Zugang verteilt. Rasch hatte er sie über den Spezialwunsch von Ava informiert, allerdings ohne das Versprechen zu erwähnen – man kann es vielleicht verstehen. Das Beiboot war unbemannt zurückgeblieben. Eine Unvorsichtigkeit, die nur mit der Arroganz des vermeintlich Stärkeren zu erklären war – aber gut für das Team Tibor.
Kwo-Har und seine Leute waren auf ihrer Flucht fast panisch. Sie wussten, dass sie nicht viel Zeit hatten. Dazu kam, dass auch sie bemerkten, dass die ESCAPE versuchte, sich in Sicherheit zu bringen. Keiner war allerdings der Meinung, dass dieser altersschwache und beschädigte Transporter dazu in der Lage war. Entsprechend waren sie schnell unterwegs, um sich selbst zu retten. Daher wurden die GENAR durch den Feuerüberfall von Tibor und seinen Männern völlig überrascht.

Als Kwo-Har merkte, was los war, waren die meisten seiner Leute bereits tot oder wurden gerade getötet. Er sah sich einem riesenhaften MENSCHEN gegenüber. Ein wuchtiger Faustschlag gegen seine Brust haute ihm die Luft aus den Lungen und er sackte auf die Knie. Dann sah er, wie sein Gegner eine Handwaffe zückte und genau auf seinen Helm richtete.
„Ich empfehle dir, diese Stellung genau so beizubehalten!"
Der GENAR-Führer war geschockt und tat, was man von ihm verlangte. Der Kreis von Gegnern um ihn herum wurde immer dichter. Dann teilte er sich und vor ihm standen diese junge GENAR und die Frau, der er gedroht hatte. Diese So-Fil öffnete die Verschlüsse an seinem Helm und nahm ihn ab. Sie kam ihm dabei nahe und sagte leise: „Keine Angst. Wir sind nicht krank – keiner. Fünf schwere Kreuzer des glorreichen 19. Angriffsgeschwaders überlistet von zwei Frauen und einem schrottreifen Frachter. Du hast dich nicht mit Ruhm eingedeckt, Kwo-Har."
„Sie werden zurückkommen", zischte er.
„Warum sollten sie das tun?", fragte So-Fil/Sophie. „Du hast sie doch weggeschickt. Wenn sie etwas bemerken, sind wir weg."
„Ich werde euch ...", begann Kwo-Har, aber dann kam ihm Ava näher: „Ich weiß gar nicht, warum So-Fil so viel quatscht. Ich habe sie schon schneller töten sehen."
Der GENAR bekam große Augen.
„Tibor! Den Mann dort vorn in die Einmannschleuse."
Gegen Tibor hatte Kwo-Har keine Chance, aber Tibor musste zweimal kräftig zuschlagen, um das zu vollenden. Schließlich steckte der strampelnde und brüllende GENAR in der kleinen Schleuse und von innen war verriegelt. Mit panischem Blick und den Händen auf dem Sichtglas schaute er auf das Landedeck.
„Sophie, würdest du mir bitte verraten, wie ich die äußere Tür öffne."
„Du musst den roten Knopf links drücken, gedrückt halten und dann den Hebel daneben runterziehen!"
„Ach das kann ich mir merken – ist ja einfach."
Ava winkte dem GENAR kurz, drückte den Knopf und zog den Hebel runter. Die äußere Tür zum Vakuum öffnete sich schlagartig und wie vom Katapult geschleudert, wurde Kwo-Har in den Raum gerissen.
An dieser Schleuse standen jetzt Tibor, Ava und Sophie.

„Ich hatte ihn lebend. Vielen Dank, Tibor. Dein Wunsch?" Ava hob eine Augenbraue und wartete geduldig.
Tibor wurde verlegen: „Also, ich, äh, hatte mir gedacht, dass du ..."
„Ich komme heute Nacht zu dir? Ist das dein Wunsch?", fragte Ava.
Tibor lächelte verlegen und nickte.
Ava wandte sich an Sophie: „Dann wirst du heute Nacht allein sein, Sophie."
Ava nickte Tibor zu: „In Ordnung. Lass die Leichen von Bord werfen, Tibor."
„Sofort!" Der Mann eilte los, um Helfer zu organisieren.
„Ist das die Art, wie MENSCHEN-Frauen ein Kommando führen?", fragte Sophie.
„Kann Frau so machen, ist aber nicht Standard", antwortete Ava. „In diesem Fall ist das eine Win-win-Situation."
„Wie?"
„Wir haben beide was davon. Ich habe auch Lust."
Sophie machte große Augen, sagte dann aber: „Das verstehe ich."
„Und jetzt ab zur Brücke. Ich will sehen, dass wir Strecke machen", forderte Ava sie auf.

24.06.2165, 18:00 Uhr, MILCHSTRASSE, MARS, HELLAS 2.0:

(Anmerkung des Berichtenden: Wir müssen an dieser Stelle eine knappe Woche in der Zeit zurückgehen. Vor ein paar Tagen hatte Brigadier Abdul Musto, genau genommen Keezheekoni Paco, Spezies 9 von neun entdeckt. Ihre Rückkehr zum Sol-System war für den nächsten Tag angekündigt.)

Der Verlust von Freunden, Kameraden und Weggefährten verliert mit der Zeit den Schrecken und die Trauer. Trotzdem hielt es Admiral Thomas Raven immer wieder für angebracht, zu entsprechenden Jahrestagen an sie zu denken. Und das Ganze öffentlich wirksam, damit an diese Personen erinnert wurde.
Heute war der 20. Todestag von Hotaru Kaneko – eine Weggefährtin von Thomas Raven der ersten Stunde. Es ist schon häufig von derlei Besuchen auf dem MOND-Mausoleum berichtet worden und daher ist die Verfahrensweise hinlänglich bekannt.

Zum Abschluss des Tages hatte Major Admiral Methin Büvent in ein angesagtes Lokal in HELLAS 2.0 eingeladen. Ein größerer Tisch bot Platz für ihn selbst, seine Gattin Audra, Vizepräsidentin Ewa Lenn, Thomas Raven sowie Anthony Wang und seine Frau Mai-Lin.

Das vereinbarte Tagespensum war absolviert und bei aller Trauer wusste man, dass die Welten sich weiterdrehten und man ging daher zur Tagesordnung über.

„Du hast den Bericht von Abdul gelesen?", erkundigte sich Methin bei Thomas, der direkt neben ihm saß.

Thomas schmunzelte: „Ja, Spezies 9 besteht also aus den PYRAMIDS. Welch ein Zufall."

„Was hältst du von der Art und Weise, wie die Tochter unseres Freundes Paco mit der Situation umgegangen ist?"

„Ich habe mir dazu schon Gedanken gemacht, Methin. Ja, sie hätte vielleicht nicht in diese Schale, äh, wie nannte sie das Ding?"

„PYRAMID HOLLOW"

„Danke, Methin. Also, sie hätte da nicht unbedingt hineinmüssen. Sie hat aber so entschieden. Wir brauchen nun mal mutige und in vertretbarem Maße risikobereite Captains, sonst wird ständig nachgefragt, wer wann was riskieren möchte oder darf. Das willst du nicht und ich auch nicht. Okay, danach ist es eben passiert, dass sie entdeckt wurde. Sie hat ihre Crew und ihr Schiff sicher aus dieser Falle geführt – meinen Glückwunsch dazu."

„Bis dahin sind wir absolut einer Meinung, Thomas. Und was dann folgte?"

Thomas lächelte: „Ich stehe hinter jeder Maßnahme, die einer meiner Captains trifft. Dafür haben wir die Leute sorgfältig ausgebildet und mit unserer Kultur und unserer Sichtweise vertraut gemacht. Niemand wird Captain auf unseren Schiffen, der diese Leitlinien nicht beachtet. Du sprichst in diesem Fall die Drohung an, die Keez ausgesprochen hat, falls die PYRAMIDS weiterhin unsere Schiffe angreifen."

Methin nickte dazu.

„Keez hat versucht, ohne wirklich zuzuschlagen, etwas für uns zu regeln. Einmal die Sicherheit unserer Schiffe im All und zweitens die Möglichkeit, keinen direkten Krieg vom Zaun zu brechen. Es ist bei einer Drohung geblieben. Sie hat die Tatsache ausgenutzt, dass sich die PYRAMIDS bisher in ihrer Hohlwelt weitab von irgendwelchen Sonnen sicher versteckt fühlen konnten. Sie hat diese Komfortzone aufgebrochen, weil sich ihr diese Möglichkeit dazu bot. Für mich ist das mega-intelligent. Die Möglichkeit nachzufragen, gab es für sie nicht. Sie musste nicht unbedingt handeln, aber sie hat es in bester Weise getan. Ich muss überlegen, welchen Orden es dafür geben kann. Das hat sie super gemacht. Die Idee ist gut gewesen, die Durchführung auch, und ob es was genützt hat, wird die Zukunft zeigen, Methin. Ein Versuch war es allemal wert, und wenn es nur dazu dient, dass wir ohne moralische Bedenken agieren können."

Methin bestätigte: „Wir sind immer noch einer Meinung, Thomas. Was aber tun wir, wenn die PYRAMIDS sich nicht an diese Forderung halten?"

„Das kann ich dir jetzt nicht sagen. Es kommt auch im Wesentlichen darauf an, in welcher Form sie diese Forderung missachten. Du kannst aber davon ausgehen, dass die ASF HOKA ziemlich dicht an diese Hohlwelt heranfliegen wird. Und eventuell werde ich Keez Drohung wiederholen und mit etwas Nachdruck versehen."

„Wenn du beim Nachdruck Unterstützung brauchst …", deutete Methin an.

„Ich komme auf dich zurück, bestimmt."

Das Gespräch verlief dann in eine andere Richtung und Methin hatte noch ein Thema.

„Ich habe morgen einen Termin mit einer Gruppe von Leuten, die unbedingt auf der ERDE siedeln wollen. Darf ich dich dazu bitten, Thomas?"

„Es gibt schönere Planeten zum Siedeln, Methin, oder?"

„Der Ansicht bin ich auch, aber sie geben an, sehr heimatverbunden zu sein."

„Wie alt sind die Herrschaften?"

„Alle so zwischen 30 und 40 Jahren", gab Methin an und grinste – er wusste, was jetzt kommen musste.

„Heimatverbunden? Wir haben die ERDE vor 45 Jahren verloren, Methin."

Methin lachte lautlos. Es erübrigte sich, darauf eine Antwort zu geben. Sie waren schon etwas eigenartig, diese Leute. Aber das hatte Thomas eh schon gemerkt.

„Ähm, wie viele sind es denn?"
„Bisher sind es nur etwa drei Dutzend, Thomas."
„Stell ihnen einen Wohncontainer dorthin – und ein Riss-PORTAL."
„Das wollen sie alles nicht. Sie sehen schon ein, dass es ohne spezielle Hilfsmittel nicht geht."
„Wann ist der Termin?"
„Um 09:45 Uhr hier in HELLAS 2.0 – meinem Außenbüro."
Thomas lächelte: „Diese Leute machen mich neugierig."
„Um 13:00 Uhr ist die Mission PYRAMIDS zurück. Bleibst du so lange?"
„Natürlich. Auch um Keez zu beglückwünschen."

<u>25.06.2165, 09:30 Uhr, HELLAS 2.0, Büro Methin Büvent:</u>

Methin hatte sein Büro oben auf der Kuppel einer der dort abgestellten und teilweise in den Boden eingelassenen D-Klassen. Es handelte sich um einen durchsichtigen Zylinder mit zwei Decks, Durchmesser etwa 30 Meter, Höhe fünf pro Deck. Unten saß eine der Assistentinnen des Major Admirals, oben er selbst. Beide hatten einen vortrefflichen Überblick über HELLAS 2.0. Thomas war mit dem Turbolift bis auf die unterste Ebene des Zylinders gefahren und dann über eine Plattform weiter nach oben in Methins Allerheiligstes getragen worden – 15 Minuten vor dem Termin.
„Schön hast du es hier, Methin", stellte Thomas nach der Begrüßung fest.
Der asketische Mann lächelte dünn: „Der Ausblick erinnert mich daran, für was ich hier verantwortlich bin und gleichzeitig ist es eine schöne Alternative zur Sichtbegrenzung an Bord der WALHALLA."
Die beiden Männer hatten kein Problem ein Gesprächsthema zu finden und so verging die Zeit recht schnell, bis Helena, also Methins Assistentin, die Besucher anmeldete und nach oben schickte. Die Plattform musste zweimal fahren, bis sie sechs Besucher, vier Männer und zwei Frauen, nach oben transportiert hatte.
„Paula Virgil ist die gewählte Vertreterin der Siedlungswilligen", stellte Methin vor.
„Wir sind erfreut, dass der Admiral selbst bei diesem Gespräch dabei ist", sagte sie.

Thomas nickte ihr zu, eine Antwort gab er nicht. Nachdem er die Leute gesehen und eingeschätzt hatte, war er versucht, sie in die Reihe irgendwelcher Sekten einzuordnen. Paula Virgil erinnerte ihn an eine verhärmte und dürre Frau aus irgendwelchen Westernfilmen. Eine Siedlerfrau aus ‚GO WEST' auf dem Kutschbock eines Pferdegespanns, die Winchester neben sich – hart im Nehmen, hart im Geben.
Das Gespräch anschließend war auch nicht das, was Thomas oder Methin wirklich überzeugten. Die Gruppe war ideologisch völlig daneben, wie Thomas feststellte. Logische Argumente gab es nicht. Man hörte lediglich heraus, dass diese Leute es unbedingt wollten und eine historisch angelegte Verpflichtung dort zu leben, wo man geboren war – Thomas und Methin lächelten müde – innerlich. Das gipfelte darin, dass man AGUA als Beispiel nahm. Dort dürfte schließlich auch gesiedelt werden. Methin hüstelte etwas gekünstelt und Thomas ergriff das Wort.
„Dieses Beispiel hinkt, liebe Paula. Wie ihr vielleicht wisst, wird auf AGUA noch zum Teil geforscht und die Basis auf Mond DREI enthält immer noch eine der wichtigeren Werften für uns. Auf AGUA leben mittlerweile mehrere zehntausend Bürger, mit deren Hilfe wir diese Welt auch verteidigen können. Die ERDE, lassen wir sentimentale Betrachtungen zur Seite, die wir uns einfach nicht erlauben können, ist Teil eines Sonnensystems, in dem wir vertreten sind. Auf AGUA müssen wir die Leute vor Angriffen schützen, und hier auf der ERDE sind es die Lebensumstände, vor denen wir euch schützen müssen. Die ERDE ist im Gegensatz zu AGUA nicht bewohnbar. Dann haben wir nicht einmal 50 Siedlungswillige. Der Aufwand, den wir betreiben müssten, um euch lediglich das Überleben zu sichern, steht in keinem Verhältnis dazu. Wir haben genug andere Probleme. Wir brauchen nicht noch eine Handvoll Siedler, wo wir alle naselang nachsehen müssen, ob ihnen der Sauerstoff ausgeht oder die Lebensmittel. Solange die Umstände auf der ERDE so ungünstig sind und es vor allen Dingen nicht mehr werden von euch, gibt es keine Siedlungen. Wir haben mittlerweile x-Planeten, auf denen wir das Siedeln freigegeben haben. Sagt mir, wohin ihr wollt und ich sorge für den Transport."
„Die Antwort ist hart", sagte jemand aus dem Kreise der sechs.
„Ja", gab Methin zu. „Ausgesprochen von einem Mann, dessen Härte uns bisher das Überleben gesichert hat. Erdähnliche Verhältnisse könnt ihr auf anderen bereits vorhandenen Siedlungsplaneten bekommen –

auch hübsch einsam, wenn ihr wollt. Die ERDE ist für die nächsten x-Generationen nicht besiedelbar. Jedenfalls nicht mit dem Stand der Technik heute."
Wenn Thomas etwas Positives sah, dann keine Verärgerung der Besucher, sondern lediglich Enttäuschung. Sie verabschiedeten sich sehr leise und dann waren Thomas und Methin wieder allein.

„Die Zeit hätten wir uns sparen können", sagte Thomas.
„Meinst du? Wir würden dann als arrogant gewertet, wenn wir dies nicht zulassen würden. Ich habe eine Reihe ähnlicher Gespräche geführt. Eine Gruppe wollte auf dem Mond leben."
Thomas zuckte mit den Achseln: „Mach es so wie ich, biete ihnen Ersatzwelten an, die wir bereits im Programm haben. Wir können nicht auf jeden Einzelnen aufpassen. Was nun?"
„Wir haben eine ausgezeichnete Kantine hier. Ich präsentiere gern meine VIP-Gäste", antwortete Methin mit einem dünnen Lächeln.
„Kommt mir bekannt vor", gab Thomas amüsiert zurück.

Man aß zusammen mit Helena in der Kantine – sehr luxuriös, fand Thomas, dann wechselte man zur WALHALLA. Und um 13:45 Uhr waren Abdul Musto, Tataree, Philip Vatten, Esra Sorana, Walter Steinbach, Keez Paco und Undine Töppel zusammen mit Thomas und Methin im Besprechungsraum auf der Brücke des Sektorflaggschiffs.
Es war bekannt, dass sich Thomas Raven gern persönlich berichten ließ. Er hatte dann die Möglichkeit Fragen zu stellen und insgesamt ein besseres Gefühl für die Lage zu bekommen, in der sich seine Leute befunden hatten.
Zunächst berichtete Abdul Musto, dann war Keez an der Reihe. Sie schaute etwas unsicher auf den Admiral, als sie diese Mission und das Ergebnis dazu beschrieb. Danach wartete sie etwas nervös auf das, was Thomas Raven dazu sagen würde.
„Wir haben stellenweise schwierige Zeiten. Wir stehen vor dem nächsten JANUS-Fest und Jan ist nicht da. Das sagt eigentlich schon alles."
Niemand lächelte dazu, denn der Admiral meinte das genau so, wie er es gesagt hatte.
„Aber eins tröstet mich dann doch: Die nächste Generation tritt aber sowas von haargenau in unsere Fußstapfen."

Thomas stand auf und reichte Keezheekoni die Hand: „Exzellente Arbeit, Captain. Du hast die sich anbietenden Möglichkeiten sehr effektiv genutzt. Wir werden sehen, wie die PYRAMIDS darauf reagieren. Niemand kann uns später vorwerfen, wir hätten sie nicht gewarnt. Meinen Dank."
Keez lächelte verlegen und der Rest applaudierte – eine gelungene Veranstaltung. Man feierte sich noch ein wenig – warum auch nicht.
Abdul Musto und Walter Steinach sahen den Admiral fragend an und Thomas wusste, was sie von ihm wollten.
„Zu dir, Abbi: Die GILGAMESCH braucht Personal. Du bastelst weiterhin an deiner Flotte. Melde mir regelmäßig das, was du tust oder woran die arbeitest. Du bist jederzeit herzlich willkommen im P2."
Abdul Musto bestätigte. Im Prinzip konnte er alles machen. Der Admiral gab ihm völlig freie Hand.
„Und zu dir, Walter: Freies Jagen – wenn du was brauchst – P2."
Man redete noch eine Weile, dann war der Besprechungstermin zu Ende.
„Fliegt jemand nach BLACK-EYE?"
Walter hob die Hand.
„Ich brauche eine Passage für die Vizepräsidentin und mich", lächelte Thomas.
„Willkommen an Bord, Admiral", sagte Walter grinsend.

<u>Irgendwann und irgendwo:</u>

Man konnte den Flug der ESCAPE nun wirklich nicht als Glückssträhne bezeichnen, aber sie waren aus allen Bredouillen nahezu unbeschadet herausgekommen. Daran musste Ava denken, als der nächste Treffer in die Flanke des waidwunden Schiffes einschlug. Die fünf schweren Kreuzer der GENAR hatten sie dann doch gefunden – warum wusste niemand. Man hatte Kwo-Har sprechen wollen, aber der trieb ja irgendwo als Vakuumleiche durch den Raum – also Fehlanzeige. Zunächst hatte man mit Warnschüssen darauf pochen wollen, dass man den Verbandschef wirklich sprechen wollte und als die Crew der ESCAPE darauf nicht reagierte, war man zu härteren Maßnahmen, sprich Treffern, übergegangen. Man veranstaltete so eine Art Tontaubenschießen. Niemand wollte so richtig den letzten Treffer setzen, denn dann war das Schützenfest vorbei. Langsam, Stück für Stück, schoss man die ESCAPE kleiner.

Als Ava das bemerkte, holte sie alle Leute zusammen in die Mitte des Schiffes Richtung Brücke. Alles andere wurde verriegelt. Aber wozu? Ava merkte, dass sie aufgegeben hatte. Sophie saß regungslos vor ihren Kontrollen und hielt sich am Sitz fest, wenn der nächste Treffer einschlug. Eine Frage der Zeit, bis man aus Versehen eine kritische Leitung traf und die ESCAPE per Explosion aus dem Raum gefegt wurde – und mit ihr die Geflüchteten. Wieder landete ein Treffer in den Eingeweiden des gepeinigten Schiffes. Auf der Brücke gab es eine kleine Explosion. Joe flog quer durch den Raum. Er hatte Brandverletzungen.
„Weitere drei Schiffe erreichen uns", meldete Sophie.
„Auch GENAR-Schiffe?", fragte Ava und der Ton in ihrer Stimme ließ erkennen, dass sie das nur noch mäßig interessierte. Sie hatte abgeschlossen.
„Es sind Kugelschiffe, aber größer als die, die auf uns feuern."

24.07.2165, 13:11 Uhr, ODIN, Brücke, Besprechungsraum:

Jan Eggert war nicht bester Laune. Nein, das war er wirklich nicht. Zugeschaltet per Avatare waren Chapawee Paco von der CHIEF JOSEPH und Ro-Latu von der HOR-LOK II. Er selbst teilte sich den Raum mit Ka-Lim, Magellan und Krieta.
„Wisst ihr, was morgen für ein Tag ist?", fragte Jan ärgerlich.
„Ich habe keine Idee", gab Ro-Latu zu.
Chapawee Paco half aus: „Mein Bruder Jan meint den JANUS-Tag. Den höchsten Feiertag der MENSCHEN. Er bedauert sicherlich die Tatsache, dass er nicht zugegen sein kann."
„Ganz richtig, ganz richtig", ereiferte sich Jan. „Es ist kaum damit zu rechnen, dass sich vor uns ein Galaxiswurmloch öffnet und uns vor die Gestaden DIAMONDS spült."
Ro-Latu schaute wieder mal – irritiert: „Das wäre ein Ding."
„Es soll auf GREEN EARTH stattfinden – Rückblick auf 2132", half Magellan weiter aus, aber dafür erntete er nur einen wütenden Blick von Jan.
„Wer zum Jahr 2132 was wissen will, kann seinem Pfleger sagen, dass er ihm die Berichte von damals vorlesen soll – Hauptrolle haben die SUBB gespielt. Und ich bin nicht da!"

„Es wird noch eine Reihe dieser Feste geben", versuchte Ro-Latu den erzürnten Jan zu unterbrechen, aber Paco hob eine Hand: „Mein Bruder Goldauge möge den weißen Bruder toben lassen. So wird in kürzerer Zeit mit ihm zu reden sein."

Jan glotzte Chapawee an und fand es an der Zeit, zum Kern des Problems zu kommen. Feiern konnten sie genug, aber darum ging es gar nicht.

„Meine Herren", sprach Jan. „Wir sind vor 14 Tagen in M51, nahe der AXIS nach NGC 5195 ankommen. Wir treiben uns hier herum und suchen ... schön undercover – was eigentlich? Hat mal einer von euch aus dem Fenster geschaut?"

Ro-Latu sah Paco an: „Er spricht wieder ..."

„Ja, in Bildern", bestätigte Chapawee. Mittlerweile war die blumige Sprache des Indianers für den GENAR besser verständlich als die Worte von Jan. Ka-Lim grinste ziemlich breit. Es war ihm gelungen, hinter den Humor der MENSCHEN zu kommen. Er war weit davon entfernt, Jan in die übliche Reihe der MENSCHEN einzureihen, die er kannte. Jan Eggert war schon ein spezielles Model. Aber Ka-Lim verstand ihn, seine Ausdrucksweise und seinen Humor und hatte deswegen Vorteile – kognitive. Die NEO-KRATAK Krieta hatte damit Schwierigkeiten, lernte aber dazu.

„Der Captain der ODIN meint, dass außer uns hier draußen nichts ist", konnte Ka-Lim dann feststellen.

„Du merkst alles, was?", ätzte Jan. „Da kauft man im Ausland die teuersten Fachleute ein und selbst diese versagen – auf ganzer Linie!"

Jetzt waren auch die Fähigkeiten von Ka-Lim kurz vor der Kapitulation – aber schließlich verstand er, dass er selbst gemeint war: „Du wolltest Undercover! Meine Empfehlung ist es, möglichst breit zu scannen, auch mit Alpha-Drohnen."

„Wir müssen Aufmerksamkeit erregen", sagte Krieta plötzlich dazwischen. Das erste Mal in diesem Kreise übrigens, dass sie den Mund aufmachte.

„Mein Reden", muckste Jan weiter. „Und meine Empfehlung ist es, Undercover sofort aufzugeben. Wir müssen entdeckt werden. Wir müssen uns vielleicht auch jagen lassen. Nur dann bekommen wir etwas heraus, bevor wir hier an Altersschwäche sterben."

„Ich stimme zu", sagte Ro-Latu einfach.

„Äh, wieso?", fragte der überraschte Chapawee Paco.
„Weil die Sprache der Waffen klarer und deutlicher ist als das, was Jan von sich gibt", antwortete der GENAR.
Die Mundwinkel des Sioux zuckten verdächtig.
„Gut", sagte Jan zufrieden. „Da Ro-Latu einverstanden ist, bist du überstimmt, Chap."
„Wieso bin ich überstimmt?"
„2:1", sagte Jan.
„Ich bin auch dafür", widersprach Chap.
„Noch besser", gab Jan zurück. „Maggi teilt die vorhandenen Alpha-Drohnen zu einer Suchroutine ein und schickt sie los. Jeweils immer zu Sonnensystemen und dazwischen. Wie, ist sein Problem. Verstanden, Maggi?" Jan sah den Droiden von der Seite an.
„Klar", antwortete dieser. „Ab wann?"
„Vorgestern war schon Tage zu spät!"
Magellan konnte die Äußerungen Jans, die eigentlich unlogisch waren, Zeitreisen waren nicht möglich, in Relation setzen. Eine der schwierigeren Aktionen seines kognitiven Tuns: „Ich beginne sofort!"
„Mach das! Die Besprechung ist beendet. Ich melde mich spätestens, wenn wir was haben."

<u>25.07.2165, ganztägig, JANUS-Fest:</u>

(Anmerkung des Berichtenden: Nach Durchsicht der Berichte über diesen JANUS-Tag auf GREEN EARTH ist der Chronist zu dem Ergebnis gekommen, dass nichts Nennenswertes vorgefallen ist. Es gibt einige, die denken, dass die Abwesenheit von Jan Eggert für diese Ereignislosigkeit verantwortlich sein könnte. Erwiesen ist das aber nicht. Insgesamt ein schönes Fest, wie immer. Man zeigte sich auf GREEN EARTH von der besten Seite. Das Thema, das Jahr 2132 (SUBB), kann man nachlesen, wenn man möchte. Vielleicht erwähnenswert, aber eventuell nicht wichtig: Der Erste Dekan der MOYO, Rawlad-Desch, war anwesend und Marie-Ann Waterhouse kümmerte sich um ihren Freund. Das soll es zum diesjährigen höchsten Festtag gewesen sein. Im nächsten Jahr wird kurz vorher die Wiederwahl, eventuell, von James (Nathan) Foreman als Präsident anstehen.)

28.07.2165, 14:55 Uhr, M51/AXIS, ODIN, Brücke:

Jan hing völlig lustlos in seinem Kommandostuhl. Vor knapp vier Tagen hatte er die erweiterte Suche angeordnet und bisher – Leertaste.
Ferdinand Magellan stand tatenlos in der Ecke. Jan musste sich immer wieder selbst sagen, dass der AR-L eben nicht untätig war. Die Kommunikation zwischen der KI der ODIN und ihm fand innerhalb des Droidennetzes statt und war äußerlich nicht zu sehen. Und tatsächlich fand dort eine Menge statt. Magellan steuerte die Alpha-Drohnen und wies ihnen neue Ziele zu, wenn sie ins Leere liefen. Er bediente sich da der Möglichkeiten der ODIN.
Jan schreckte etwas hoch, als sich Maggi tatsächlich bewegte, und zwar auf ihn zu. Maggi beugte sich etwas herunter und der etwas schlaff wirkende Jan bekam große Augen. Maggi richtete sich wieder auf und Jan setzte sich vernünftig hin. Mit einer Hand patschte er auf den Buzzer für den Gefechtsalarm. Kurz jaulten die Sirenen innerhalb des Schiffes.
„Elli besteht noch Nav-Kontrolle?"
„Positiv!"
„Carson, du bekommst Nav-Daten von Maggi. Volle Kraft voraus. Asap dorthin. Aufklärung gleich!"
„Verstanden!"!
Die drei Schiffe rückten an, und zwei Captains wussten noch nicht, was los war.
„Nina-Schatz – KOM mit den Kumpels da!"
Chapawee Paco und Ro-Latu waren nicht irritiert. Auch sie hatten den Alarm vernommen und gleichzeitig registriert, dass der Verband Fahrt aufnahm. Sie schauten Eggert interessiert an. Der Mann war zwar hin und wieder in seinen Reaktionen nicht so gut ausrechenbar (unberechenbar ist hier eindeutig zu hart – aber möglich), aber hier musste ein hinlänglicher Grund vorhanden sein.
„Eine unserer Alpha-Drohnen hat einen Pulk GENAR-Schiffe detektiert – Entfernung 23 Lichtjahre. Die schnappen wir uns!" Jan rieb sich die Hände.
„Ich darf meinen Freund Jan daran erinnern, dass wir Informationen brauchen. Abschießen wäre kontraproduktiv", mahnte Ro-Latu. Er hatte festgestellt, dass Jan bisweilen sehr ungestüm sein konnte und bei der langen Enthaltsamkeit ...

„Ein bisschen in den Arsch treten geht aber schon, was, Ro-Latu?"
„Es handelt sich um Verblendete …", sagte Ro-Latu.
„Die uns wahrscheinlich an den Kragen wollen. Ich habe dich verstanden, Ro-Latu. Wir müssen die Kunde verbreiten, dass wir hier sind und natürlich auch Informationen sammeln. Wir müssen sie aus ihrer Komfortzone holen. Wenn wir im Überraum sind, dauert es nur Minuten. Die Flotten-KOM bleibt bestehen – **Klar Schiff zum Gefecht!**"
Nina schaltete Video ab – Audio blieb an.
Jan konzentrierte sich jetzt auf die Schiffsführung: „Johann – MoKo-Strahler laden."
„Wie viele?"
„Alle! Dann Schutzschirm auf Maximum. Energiewaffenbänke laden, ballistische Waffen online!"
„Du hattest ‚Klar Schiff zum Gefecht' angeordnet, Jan", erinnerte der Österreicher.
„Ja und?"
„Das inkludiert deine Befehle."
Jan zog eine Augenbraue hoch: „Guck mal, der Schluchti kennt Automatismen und Fremdwörter."
Die ODIN wurde kampfbereit gemacht, während sie gemeinsam mit den beiden anderen Schiffen auf den Übergang zum Überraum zustürmte. Auf der CHIEF JOSEPH und der HOR-LOK II passierte das Gleiche. Auch diese machten sich kampfbereit.
Dann war es so weit. Wie immer bei solchen Gelegenheiten war die Anspannung hoch. Die Alpha-Drohne hatte etwas geschickt, aber über diese Distanz waren nicht alle Details angekommen. Man kannte die Größe der gegnerischen Schiffe nicht und die genaue Anzahl ebenfalls nicht. Unter normalen Umständen hätte man sich mehr Zeit genommen, den genauen Status vor Ort zu ermitteln, aber was war hier schon normal. Die paar Minuten im Überraum vergingen zähfließend. Jan brauchte keine Kommandos geben. Seine Brückencrew arbeitete seit Jahrzehnten, schon über ein Jahrhundert zusammen. Für Elli war klar, dass sie sofort mit allem zu scannen hatte, was ihr zur Verfügung stand. Jan musste sofort wissen, was los war.
Und dann fielen die drei Schiffe aus dem Überraum.
Jan sah hektisch auf die Übersicht: „Fünf 820er greifen ein längliches Schiff an, was sich nicht wehrt und bald explodieren wird. **Ro-Latu …**"

Die drei Schiffe flogen mit einer Restgeschwindigkeit auf die kämpfende Truppe zu. Der Abstand verringerte sich zusehends.
„Ich übernehme", kam die sonore Stimme des GENAR, dann ging es auf einer Universal-Frequenz (konnte von jedem Empfänger wiedergegeben werden) weiter: „Hier spricht Ro-Latu – Oberbefehlshaber der GENAR-Streitkräfte. Die Angriffe auf das unterlegene Schiff sind einzustellen – **sofort**!"
Tatsächlich hatte der Bluff erst mal Erfolg und man stellte das Feuer ein. Schließlich näherte sich ihnen erkennbar das bisher größte Schiff der GENAR, also musste der Bestimmer an Bord etwas zu sagen haben.
Dann wurde geantwortet: „Hier ist die TOM-HAF unter Sektionskommandant Giz-Dat. Mir sagt dein Name nichts, Ro-Latu. Deine Schiffe strahlen nicht den bekannten Code aus. Die beiden Schiffe in deiner Begleitung entsprechen nicht unserer Bauweise. Du bist ein Verräter. Gruppe KRAFF, Feuer auf die Neuankömmlinge!"
„Der kapiert ziemlich schnell, was Schluchti? Von welchem Schiff kommt der Spruch, Elli?"
„Ich markiere das Schiff auf der Übersicht", sagte Eleonore Klaffke.
„Hau ihm einen rein, Johann! Wir brauchen das Schiff unversehrt!"
„Okay", sagte Johann Hochreiter mit leicht österreichischem Akzent.
„Carson, bitte etwas näher", sagte der Gunner.
Carson gab Vollschub und nach zwei Sekunden löste Johann den MoKo-Strahler aus. Gleißende Lichtbahnen erhellten den Raum und ließen das Führungsschiff der M51-GENAR erstrahlen. Die Diskussion zwischen Ro-Latu und diesem Giz-Dat erfuhr ein abruptes Ende. Beobachter erkannten, dass Giz-Dat mehr oder weniger von innen explodierte und mit seinem Inneren die Optik verschmierte.
„Jetzt übernehme ich mal", maulte Jan über den Universalfunk.
„Entschuldigung, dass wir uns nicht richtig vorstellten. Ihr habt gesehen, was passiert ist. Jedem Schiff passiert das Gleiche, wenn nicht augenblicklich das Feuer eingestellt wird. Carson – näher ran. Johann – lade die Kanone." Man war offensichtlich geschockt, denn kein Schiff feuerte – die TOM-HAF sowieso nicht.
„So, jetzt die richtige Vorstellung", redete Jan Eggert weiter. „Wir kommen aus einer anderen Galaxie. Dort leben die GENAR unter demokratischen und friedlichen Verhältnissen mit uns zusammen. Wir sind Waffenbrüder. Ro-Latu ist der Oberbefehlshaber deren Streitkräfte.

Die GENAR bei uns leben ohne Präsidial und unter freien Umständen. Niemand zwingt sie zu etwas. Sie sind frei. Ro-Latu hat sich entschlossen, seinen Speziesgenossen hier die Freiheit zu bringen. Daher ist er der oberste Präsidialjäger. Er wird euren Präsidial jagen, bis er ihn mit eigenen Händen erwürgt hat. Schließt euch uns an – und ihr seid frei. Ihr könnt bleiben oder eurem Präsidial berichten, was hier passiert ist. Wir sehen uns – so oder so. Dies ist hier übrigens eine winzige Eingreiftruppe – fast nicht der Rede wert. Wählt weise! Ihr könnt die Kampfzone verlassen."

Die übrigen vier Schiffe nahmen Fahrt auf – die TOM-HAF blieb, wo sie war.

„Hast du nicht ein wenig dick aufgetragen?", fragte Ro-Latu und Jan staunte.

„Unser Bruder mit den goldenen Augen lernt unsere Bilder, Jan", bemerkte Paco bewundernd.

„Nein, habe ich nicht", sagte Eggert. „Ich kenne diese Typen als herrschsüchtig und ziemlich unbeherrscht. Ich will ihn wütend machen und zu Fehlern verleiten. Gleichzeitig sollten wir versuchen, seine Herrschaft von innen aufzubrechen. Du willst deine Landsleute retten – so viele wie möglich."

„Aber mit eigenen Händen erwürgen", Ro-Latu sah skeptisch in die Kamera.

„Ja, ja, ich helfe dir dabei. Aber eins nach dem anderen. Vielleicht brauchen die Leute auf dem anderen Schiff unsere Hilfe. Es sieht nicht so aus, als könne es noch weit fliegen. Ich schicke dir Maggi durchs PORTAL. Sende ihn mit einem Prisenkommando zu dem 820er. Er allein soll das Schiff betreten, nach Fallen suchen und die KI übernehmen. Wenn er es für sicher erklärt, könnt ihr es besetzen. Und ich glaube, du bist der Richtige, um Kontakt mit dem beschädigten Schiff aufzunehmen."

„Es hat sich nicht an der Funkbrücke beteiligt", gab Ro-Latu zu bedenken.

„Vielleicht sind die ÜL-Antennen abgeschmolzen. Versuch es mit Normalfunk."

„Ich versuche es", sagte Ro-Latu und sah zu seinem KOM-Offizier. Dann: „Ich bitte das havarierte Schiff, sich zu melden."

Jan stieß die Luft hörbar aus.

Irgendwann und irgendwo:

Ava hatte sich atemlos etwas über die reichlich lädierten Sensoren zusammenreimen müssen. Auch ohne Technik hatte jeder an Bord feststellen können, dass der Beschuss ihrer ESCAPE unterbrochen worden war. Offenbar gab es einen Disput zwischen den neu angekommenen Schiffen und ihren Peinigern. Es gab eine gewaltige Entladung, dann schoss niemand mehr. Aus reichlich unvollständigen Messungen meinte Sophie erkannt zu haben, dass ihre ersten Gegner das Feld verlassen hatten.

„Man ruft uns über Normalfunk", sagte Sophie und schaute Ava an.

Diese nickte ihr zu: „Antworte ihnen. Schließlich haben wir ihnen zu verdanken, dass wir noch in einem Stück sind."

Sophie stand vor dem KOM-Pult und versuchte aus dem beschädigten System noch etwas zu machen. Schließlich flackerte der Bildschirm vor ihr, schien sich nach rechts und links zu zerreißen und dann zeigte sich ein verwaschenes Bild: Einen GENAR, der mit leuchtend goldenen Augen auf die Brücke schaute. Sophie ließ die Schultern hängen und sackte nach hinten weg. Sie fiel mehr in ihren Stuhl, als dass sie sich setzte.

Ava stellte fest, dass sie noch innerhalb des Sichtbereiches der Kamera stand. Schnell verschwand sie seitlich. Aber der GENAR hatte sie gesehen.

„Wer ist da gerade aus dem Bild gerannt. Zeig dich, bitte!"

Das Wörtchen ‚bitte' hätte Ava stutzig machen müssen, aber die offenbar mutlose Geste von Sophie und die Tatsache, jetzt schon wieder mit ihren Todfeinden zu tun zu haben, ließen Ava fast ausrasten. Sie kam wieder in den Sichtbereich der Kamera.

„Ich werde verhindern, dass wir erneut in die Minen müssen. Ich werde alle verfügbaren Schleusen öffnen. Tot nützen wir euch nichts. Ich habe genug von euch!"

„Warte bitte", sagte der GENAR auf der anderen Seite und dieses Mal hörte Ava das ‚bitte'.

Sie hörte, wie der GENAR sagte: „Jan, ich glaube, das ist etwas für dich!"

Jan? Was für ein Jan? Avas Hirn lief auf Hochtouren. Der Name hörte sich so ... menschlich an.

10. Ava

28.07.2165, 15:55 Uhr, BLACK-EYE, YXY-11, BLISTER 5:

Admiral Thomas Raven war an Bord der YELLOWSTONE von Paul-Jack Millbain, genannt Beppo. Und die YELLOWSTONE stand in BLISTER 5. Der Admiral wollte sich persönlich nach den Absicherungsmaßnahmen erkundigen und wie weit man damit war. Es war noch einiges umgeplant worden, aber das hatte mit Liefer- oder Herstellungsproblemen zu tun. Mit an Bord war Sina-Reth, so quasi als Hausherrin von YXY-11. Das Schiff von Beppo befand sich im Überraum im Anflug auf das Galaxis-Wurmloch in Richtung M101.
Admiral Thomas Raven hatte zu einer Besprechung um 15:45 Uhr im Besprechungsraum der Brücke zusammengerufen. Für 16:00 Uhr war das Wiedereintauchen der ASF YELLOWSTONE in den Einsteinraum, weit vor dem Aktivierungspunkt des Wurmlochs, vorgesehen.
„Ich muss gestehen, dass ich im Moment noch Fachleute suche, die weitere BLISTER finden können", sagte Sina-Reth etwas bekümmert.
Admiral Thomas Raven hatte sich Anfang des Jahres um eine Arbeitsteilung bemüht. Er und seine HUMAN SPACE FORCE kümmerten sich um die Absicherung von BLISTERn mit Wurmlöchern, BLISTER 1 und BLISTER 5 waren bisher die einzigen, und Sina-Reth, beziehungsweise die YXY-GENUI, versuchten, weitere BLISTER innerhalb der Großblase YXY-11 zu finden. Thomas verdrehte innerlich die Augen. Diese GENUI hier waren weder schnell noch zielstrebig. Diese Entwicklung hatten die Ahnen erkannt und daher die Hüterin gebaut und jetzt wachen lassen. Er überlegte, ob er, beziehungsweise die HSF, nicht helfen musste. Jedes BLISTER war ein potenzielles Einfallstor für Aggressoren aller Art. Man konnte die Eingänge eines Gebäudes nicht hermetisch abriegeln und dafür das Tor im Hinterhof weit offenstehen lassen. Auf der anderen Seite musste er aber das Engagement der GENUI einfordern. Die Suche nach weiteren BLISTERn war eine langweilige Sache und er hatte jetzt keinen Kommandeur, dem er besonders böse war.
Sina-Reth deutete das lange Schweigen des Admirals richtig.
„Es tut mir leid, dass meine Spezies so träge ist."
„Ich darf einen Vorschlag machen?" Alle sahen Rita an.

„Wir sind gespannt", antwortete Thomas Raven.
„Lasst diese Arbeit von Droiden machen. Ich könnte sie programmieren. Die Daten sind mir bekannt. Eine F-Klasse mit ein paar hundert Messdrohnen und wir können beim letzten BLISTER anfangen. Wie ich weiß, hat BRAIN-DECKS einen weiteren N2-L fertig. Er müsste noch mit einem Namen und einer Geschichte versehen werden. Er könnte dann, zunächst mit mir zusammen, diese Aufgabe übernehmen."
Thomas sah Sina-Reth an.
„Eine F-Klasse ist nicht das Problem und diese Art von Drohnen können in großer Stückzahl produziert werden. Ich finde den Vorschlag gut", sagte die Kanzlerin.
„Ich finde das ebenfalls sehr gut. Du wirst, bei unserer Rückkehr, das im Auge behalten. Ich muss mit Anna sprechen. Es geht nur um das Auffinden der nächsten Spuren. Wir werden die eventuell neuen BLISTER mit geeigneten Schiffen untersuchen. Danke für deinen Vorschlag, Rita."
„Es freut mich, wenn ich nützlich war."
„Ich stelle eine F-Klasse zur Verfügung und werde die Produktion der Messdrohnen starten", sagte Sina-Reth. Sie war erleichtert, dass man eine Lösung für ihr Problem gefunden hatte. Der Admiral dachte, wieder mal, einen Schritt weiter. Bei Auffinden neuer BLISTER würde er seine Abteilung MSS unter Abdul Musto einsetzen.
In diesem Moment war die Sprechanlage der YELLOWSTONE zu hören: „Wir werden in wenigen Sekunden den Überraum verlassen und haben unser Ziel dann erreicht."
Thomas erhob sich: „Dann wollen wir mal sehen, wie weit wir mit der Absicherung sind."

28.07.2165, 15:35 Uhr, ESCAPE:

Ava schlug das Herz bis zum Hals. Fast wäre ihr die unnatürliche, wie sie meinte, Freundlichkeit, dieses GENAR nicht aufgefallen. Sie konnte sich nicht erinnern, dass mal einer ihrer Wächter ‚bitte' gesagt hatte. Sie nahm die Schaltungen zunächst nicht vor. Es war auch höchst fraglich, ob sie das Angedrohte in diesem lädierten Schiff auslösen konnte. Aber sie war entschlossen, nicht wieder in die Gefangenschaft der GENAR zu gehen.

Es erschien jemand auf dem jetzt zweigeteilten Bildschirm und den nachfolgenden Satz würde Ava in ihrem Leben nie wieder vergessen.
„So schnell schießen die Preußen nicht!"
Mit offenem Mund starrte sie von einem MENSCHEN, sie hatte den Mann dort als MENSCH erkannt, zum GENAR mit den goldenen Augen.
„Ich bin Jan Eggert", sagte der MENSCH. „Ich gehe davon aus, dass ihr schlechte Erfahrung mit den GENAR gemacht habt. Ro-Latu ist ein Freund von uns. Wir kommen aus einer Galaxie, wo es ein friedliches Miteinander zwischen MENSCHEN und GENAR gibt. Ich bitte dich das zunächst einfach zu akzeptieren. Ro-Latu ist ein Freund."
Der Mann auf dem Bildschirm kam näher: „Bist du ein MENSCH?"
Ava holte tief Luft und sie bemerkte, wie sich die Gänsehaut auf ihrem gesamten Rücken ausbreitete. Was ging hier vor? Warum trafen sie hier und in dieser Konstellation auf MENSCHEN? Fragen über Fragen hatte sie, aber der Typ, dieser Jan Eggert, hatte ihr eine Frage gestellt und wartete auf Antwort.
„Ich bin Ava, Ava Clark. Ich komme aus Kanada. Wir haben Verletzte an Bord."
Wenn Ava den guten Jan besser gekannt hätte, dann wäre es sicherlich für sie ein Vergnügen gewesen, dessen Gesichtszüge entgleisen zu sehen. Sie erkannte aber, dass sich der Mann zusammenriss und etwas Wichtiges vor allen Fragen vorzog.
„Gut, Ava. Wir müssen hier weg und ihr braucht Hilfe. Wie ist euer Status?"
Jetzt kam die junge GENAR ins Spiel, denn diese hatte sich so weit gefasst, dass sie logische Antworten geben konnte.
„Wir haben noch Energie für etwa zwei Stunden. Wir haben noch ein Landedeck mit einer funktionierenden Kraftfeldabsicherung. Unser Frachter ist flugunfähig. Für Reparaturen fehlen Ersatzteile. Wir sind am Ende unserer Reise", antwortete Sophie.
„Wie heißt du?", fragte Jan.
„Mein ursprünglicher Name ist So-Fil. Ich bevorzuge den Namen, den mir Ava gab: Sophie."
„Du scheinst ein cleveres Mädchen zu sein, Sophie. Wie viel Individuen seid ihr an Bord?"

„Wir sind etwas über 400", antwortete Sophie. „Ich bin die einzige GENAR. Alle anderen sind von der Spezies, von der Ava auch ist."
„Wir holen euch ab. Bewegt euch schnell zum Landedeck – die Verletzten zuerst. Ihr braucht nur persönliche Sachen mitnehmen", ordnete Jan an.
„Darf ich auch mit?" Die Frage hatte Sophie gestellt.
Man sah Jan förmlich an, wie ihn diese Frage erschütterte: „Natürlich darfst du mit, Sophie. Ich meine das ernst von eben. Ro-Latu ist einer meiner Freunde."
Dann wandte sich Jan an Ava: „Unter persönlichen Sachen verstehe ich: keine Waffen. Ist das ganz klar? Wer hier mit Waffen einsteigt, steigt gleich weiter aus – nämlich ohne Anzug ins Vakuum. Wir sind hier tief in Feindesland und wir kennen uns nicht, Ava. Ich bitte euch, diese Vorsichtsmaßnahme zu akzeptieren und zu befolgen. Wir haben Kriegsrecht – du verstehst?"
Ava nickte: „Wir sind einverstanden."
Die Verbindung wurde unterbrochen.

ODIN, Brücke:

Jeder hatte gesehen, wie ergriffen Jan von diesem Zusammentreffen war. Und im Prinzip ging es allen ähnlich und auch hier Fragen über Fragen. Aber erst musste gehandelt werden. Und die Kommandos von Jan kamen: „Nina, Flotten-KOM, damit die Kollegen informiert sind."
Paco und Ro-Latu wurden dazugeschaltet.
„Alma – du organisierst den Transport, mit was auch immer. Notfalls leihst du dir Transportmittel von den Kollegen hier. Sammelpunkt ist Landedeck C – das ist leer."
„Sam, du bist für die Sicherheit verantwortlich. Alle werden durchsucht. Hol dir alle Marines, auch von der CHIEF JOSEPH, per PORTAL hier zusammen. Die GENAR lassen wir erstmal weg. Unsere neuen Freunde scheinen etwas traumatisiert zu sein. Setz deine Kampfdroiden ein. Sei bitte gründlich und vorsichtig."
„Geht klar."
„Arzu, kümmer' dich um Unterkünfte. Die ODIN ist kaum besetzt. Auch hier geht Sicherheit vor. Ich will nicht, dass die alle unkontrolliert im Schiff rumlaufen. Die Decks, die du bereitstellst, werden abgeriegelt."

„Verstanden."
„Bob, du kümmerst dich darum, dass die Verletzten in eine Stasekiste kommen – und **keine** Widerrede!"
„Bin unterwegs", sagte der dunkelhäutige Mann. Jan schaute kurz irritiert, aber dann: „Zügig jetzt!"

ESCAPE:

„Leute! Ohne Waffen – bitte! Wir wären längst tot und es sind MENSCHEN wie wir", bekniete Ava die Versammelten auf dem Landedeck. Tibor half ihr. Deutlich zu sehen, hob er seine Waffe hoch, ging zur weit entfernten Ecke des Decks und legte sie dort ab. Dann kam er zurück.
„Ava hat uns bisher gut geführt und sie wird das auch weiterhin tun. Ich vertraue ihr und lege meine Waffen ab", sagte er mehr als deutlich. Dann war es erst einer, dann ein paar und schließlich hatte Ava die Hoffnung, dass sie alle ihre Waffen dort in die Ecke legten.
„Es wird wahrscheinlich sein, dass wir hier oder auf dem anderen Schiff durchsucht werden – also bitte", sagte Ava. „Arbeitet mit mir zusammen daran, dass wir Vertrauen aufbauen können. Wir MENSCHEN müssen zusammenhalten."
Dann kam die erste Alpha durch das offene und gesicherte Raumschott geflogen. Es stieg ein Mann mit einem Stoppelhaarschnitt aus: „Wo ist Ava Clark?"
Ava hob einen Arm und rief: „Hier!"
Der Mann kam auf sie zu: groß, breit und muskulös. Seine grünen Augen schienen einiges bisher gesehen zu haben. Schließlich stand er vor ihr.
„Ich bin Sam Waterhouse. Ich komme aus Annapolis/Maryland an der Ostküste der USA."
Ava öffnete den Mund: „Ich, ich will als Letzte von Bord."
„Das Recht steht dir zu", sagte Sam Waterhouse. „Hast du dafür gesorgt, dass alle ihre Waffen ablegen? Wir sind nicht eure Feinde. Wir sind glücklich, hier draußen weitere MENSCHEN zu finden. Wir haben, genau wie ihr, Fragen – jede Menge."
Im Hintergrund landeten mehrere Alphas und Sam Waterhouse bemerkte ein Schiff im Hintergrund stehen: „Was ist das?"
„Wir konnten es bei der letzten Besetzung dieses Schiffes den GENAR abnehmen", antwortete Ava.

„Ich denke, ihr habt nichts dagegen, wenn wir es mitnehmen. Wir brauchen Informationen über diesen Quadranten hier", sagte Sam.
„Wir können es eh nicht fliegen", gab Ava zurück.
Sam sprach in sein Funkgerät und wenig später kam ein Prisenkommando der HOR-LOK II mit einer Sphäre an Bord der ESCAPE. Weitgehend außerhalb des Sichtbereiches der MENSCHEN betraten ein paar GENAR das 51,25 Meter durchmessende Kugelschiff.

Später, ODIN, Landedeck C:

Die ESCAPE war geräumt und alle MENSCHEN befanden sich auf dem Deck. Jan Eggert hatte das Startsignal gegeben. Man wollte nicht auf eventuell schon benachrichtigte Schiffe des Gegners warten. Die Reste der ESCAPE wurden kleiner. Das Raumschott des Landedecks C wurde geschlossen und der Kleinverband ging für ein paar Dutzend Lichtjahre in den Überraum.
Jan atmete auf. Er hatte die Meldung von Sam bekommen, dass niemand versucht hatte, eine Waffe an Bord zu bringen. Auf der HOR-LOK II war man dabei, das Kleinschiff der GENAR zu untersuchen. Und, der Berichtende vergaß es – der Kleinverband bestand jetzt aus vier Schiffen. Der 820er-Kreuzer TOM-HAF war von Ro-Latus Leuten übernommen worden. Das Schiff musste aber noch dringend gereinigt und mit einem Riss-PORTAL versehen werden.

Jan Eggert war auf das Landedeck gekommen. Nun, die sechs Meter großen Kampfungetüme von Sam Waterhouse und die bewaffneten Marines störten das Bild etwas, aber Sicherheit stand für Jan an erster Stelle. Über 400 Personen war eine gewaltige Menge. Arzu war mit ein paar Droiden mitten unter ihnen und machte eine Bestandsaufnahme, wer von ihnen zusammengehörte. Sie war emsig damit beschäftigt, Unterkünfte zuzuweisen. Die Droiden führten die MENSCHEN dorthin. Jan suchte Ava und fand sie schließlich.
„Danke, dass ihr nicht versucht habt, Waffen einzuschmuggeln", sagte er als Erstes.
„Hättet ihr diejenigen tatsächlich …?", begann Ava.
„Wir haben Kriegsrecht", sagte Jan eiskalt. „Wer sollte uns von euch ernstnehmen, wenn wir die erste Maßnahme nicht durchziehen?"

Ava atmete auf.
„Ich denke, du brauchst Leute, die als Multiplikatoren tätig sind. Wie viele sind das? Wir müssen reden."
„Etwa zehn Leute", sagte Ava.
„Such die zusammen und dann kommst du mit ihnen dorthin! Ich hole oder lasse euch abholen."
Jan zeigte auf eine Ausgangstür des Decks.
Ava nickte und dann begann sie zu suchen.

Besprechungsraum:

Ava hatte Sophie, Tibor, Enja und Oplom sowie ein halbes Dutzend andere Leute dabei. Joe lag leider noch in einem Stase-Behälter, aber da war er zunächst besser aufgehoben. Auf dem Gang durch das riesige Schiff hatte sie alles in einem makellosen Zustand gesehen. Die Brücke sprengte ihre Vorstellungskraft. Das Schiff war um einiges moderner als die ESCAPE. Dann wurden sie in einen Nebenraum geführt. Sie befanden sich in einem techniklastigen großen Raum mit einem ovalen Tisch.
Jan bot Getränke an und jeder von ihnen bestellte Wasser.
„Wasser? Keinen Kaffee?", wunderte sich Jan.
„*Kaffee*", flüsterte Ava, als könne sie sich nur ganz schwach daran erinnern.
„Haben wir da", grinste Jan und stellte fest, dass Ava kurz vorm Sabbern war.
„Mit Milch, Zucker oder schwarz?"
„*Schwarz*", flüsterte Ava.
Jan zog einen Becher aus dem Replikator und reichte ihn Ava.
Sie roch daran und alle anderen MENSCHEN von der ESCAPE beugten sich in Richtung Ava und ließen sie nicht aus den Augen. Die Frau roch daran und schloss verzückt die Augen. Dann probierte sie einen Schluck. Ein leiser Seufzer entrang sich ihrer Kehle: „*Wie gut.*"
„Kann ich auch einen Kaffee, bitte", sprach Enja mit großen Augen, dann wollten alle.
Jan bediente und besah sich den Genuss mit einem feinen Lächeln an. Jan konnte gut erkennen, unter welch armseligen Verhältnissen diese MENSCHEN gelebt haben mussten. Er ließ ihnen Zeit, den Kaffee zu genießen. Schließlich sahen alle ihn an.

„Ich weiß, dass es für euch vielleicht eine kleine Zumutung ist, aber wir brauchen noch zwei Personen hier, bevor wir anfangen können." Jan ging zur Tür und holte jemanden herein.
„Die Pfade Manitus sind weise und unvorstellbar. Ich bin glücklich, so viele Schwestern und Brüder wiederzufinden."
Ava stand auf: „Ein, ein Indianer?"
„Sioux, Ava. Ich bin Sioux."
Chapawee Paco setzte sich und Jan holte den nächsten Teilnehmer. Die MENSCHEN zuckten zusammen, aber Ro-Latu sagte: „Ich bin ein Freund. Und ich bin hier, um die Geschichte der GENAR zu berichten. Darf ich mich neben dich setzen?" Ro-Latu hatte ruhig und freundlich gesprochen. Seine Frage richtete er an Sophie.
Die junge GENAR hatte bereits so viel Menschliches adaptiert, dass sie die Geste des Nickens ausführte. Ro-Latu bedankte sich und setzte sich neben das Mädchen.
Jan stellte kurz seine anwesende Brücken-Crew vor.
„Wir wollen uns hier nicht alle vorstellen, jedenfalls nicht jetzt. Es geht nur um eine Eingruppierung der Ereignisse. Magst du beginnen, Ava? Ein paar Daten von dir reichen."
Ava nickte tapfer. Träumte sie das alles oder waren sie einigermaßen in Sicherheit? Sie fing an.
„Wie schon gesagt, ist mein Name Ava Clark, ich stamme aus Kanada, dem nordamerikanischen Kontinent auf der ERDE ich wurde geboren am 12.05.2090 in Kingston, Ontario. Ich legte mich irgendwann 2115 abends ins Bett und wurde wach in der Gefangenschaft der GENAR."
„Danke", sagte Jan. Nina schielte zu ihrem Mann. Sie hatte ihn kaum mal, außer wenn sie zu zweit waren, so empathisch und mitfühlend gesehen.
„Weißt du, Ava, welches Jahr wir jetzt schreiben?"
Die Frau zuckte hilflos mit den Schultern: „Ich habe irgendwann nicht mehr mitgezählt."
„Genau wird es nicht stimmen, Ava", gab Jan zur Antwort. „Aber auf ein paar Monate mehr oder weniger kommt es nicht an. Wir schreiben das Jahr 2165, Ava. Du bist 75 Jahre alt."
Ungläubig schaute sie Jan an und danach ihre nackten Arme. Straff und fest mit makelloser Haut.

„Ich bin Jan Eggert, geboren 1979 in Essen, Nordrhein-Westfalen, Deutschland. Ich bin 186 Jahre alt. Aus unserer Zeit würde uns beide jeder auf 35 Jahre schätzen."
„Das glaube ich nicht", sagte Ava atemlos.
„Ich schon", sagte jemand.
Jan hob den Kopf: „Wer bist du?"
„Mein eigentlicher Name ist Schall und Rauch. Man nennt mich Tibor."
Dieser Berg von Kerl stand auf.
Jan sah auf die muskulöse Gestalt: „Und ich kann mir vorstellen, warum. Aber, Tibor, sag uns, warum du mir glaubst. Und setz dich bitte."
Gehorsam nahm er wieder Platz: „Ich habe nach 40 Jahren Gefangenschaft aufgehört zu zählen. Danach wäre Ava '65 und so sieht sie nicht aus."
Jan sah seine Gäste an: „Ihr seid in der Stasekiste gewesen, richtig?"
Sie nickten alle.
„Ihr habt das Bio-Upgrade erhalten. Es gibt Personen unter uns, die sind über 200 Jahre, und wie alt wir tatsächlich werden können, ist unbekannt. Euer Leben fängt also jetzt erst richtig an. Die GENAR haben euch so viele Jahre ausgenutzt, aber sie haben euch auch viele Jahre mehr gegeben. Und die in Gesundheit und ohne zu altern – bis zum Schluss."
Ava war geschockt: „Ich war 50 Jahre Gefangene der GENAR? Wer lebt denn dann noch von meiner Familie auf der ERDE? Vielleicht meine Neffen und Nichten? Könnt ihr uns zur ERDE bringen, bitte?"
Jan sah der Frau in die bittenden Augen, und er wusste genau, das schaffte er nicht. Er würde einfach keine Antwort geben können.
„Wir könnten euch zur ERDE bringen, Ava, aber, ... Alma, kannst du bitte übernehmen?" Jan drehte sich etwas weg. Verdammt, dachte er, wie lange ist das jetzt her? Und ich flippe immer noch aus.
Alma reagierte: „Ja, mach' ich dann mal. Ava, bitte hör mir zu."
Die Angesprochene drehte sich zur Schwedin.
„Fünf Jahre nach deiner Entführung wurde die ERDE angegriffen. Von einem künstlichen Hilfsvolk der GENAR. Genau zu dieser Zeit startete ein Schiff mit Siedlern ins All – geführt von First Captain Thomas Raven – die GOOD HOPE, mit 50.000 Siedlern an Bord. Nach dem Angriff lebte auf der ERDE niemand mehr."
„Das glaube ich nicht", sagte Ava zum zweiten Mal.
„Leider ist es wahr", äußerte Ro-Latu.

Avas Kopf pendelte zwischen Alma, Ro-Latu und Jan hin und her. Sie hatte das Gefühl, dass sie nicht angelogen wurde. Trotzdem war das alle unglaublich.

Jan hing halb schräg im Sitz und hatte den Kopf auf einen Arm gestützt, der selbst als Halt die Sitzlehne nutzte: „KI! Vorderen Hauptmonitor im Besprechungsraum aktivieren."

Es flammte ein gigantischer Schirm auf.

„Die letzten Bilder der ERDE abspielen und kommentieren." Jan seufzte, für ihn war das wieder schmerzhaft.

„Verstanden."

Ava sah fassungslos auf das, was ihr die KI zeigte und erklärte.

„Die Kontinentalplatten haben sich wieder aufeinander zubewegt. Wir haben wieder einen Kontinent namens PANGAEA." Danach kamen Aufnahmen innerhalb der Atmosphäre. Der Film ging über 35 Minuten. Danach war Ava blass – und sprachlos.

Minutenlang war Ruhe im Besprechungsraum, dann räusperte sich Jan: „Ava, ich bring' dich hin und jeden anderen, der das sehen will. Ich verspreche es. Bis dahin müsst ihr es glauben, ob ihr wollt oder nicht – die ERDE gibt es noch, aber zerstört und nicht innerhalb der nächsten paar hundert Generationen zu besiedeln."

Ava sah in die goldenen Augen von Ro-Latu.

„Hört euch die Geschichte der GENAR an, bitte", sagte Jan.

Dann berichtete Ro-Latu in einfachen Worten und schließlich konnten sie mit dem Begriff ‚Präsidial' etwas anfangen.

Nachdem Ro-Latu mit seiner Geschichte fertig war, fügte er noch hinzu: „Die MENSCHEN, voran Jan Eggert, haben den wenigen verbliebenen GENAR eine zweite Chance eingeräumt. Wir sind sehr dankbar dafür, leben in einem weitgehend demokratischen Umfeld und sind treue Bündnisgenossen. Jan Eggert bezeichnet mich als Freund. Ich weiß diese Ehre zu schätzen. Wir bewohnen einen Planeten in der BLACK-EYE-Galaxie und ich suche hier Speziesgenossen, die ich zum Umdenken bewegen möchte. In erster Linie werde ich aber den hier agierenden Präsidial jagen, denn der greift uns ständig über sein Hilfsvolk, die ANGUIDEN, an."

„Wer ist das denn jetzt?", fragte Ava.

Jan raffte sich etwas hoch: „KI! Schicke uns Bilder und Filme, und zwar eine Zusammenstellung über die ANGUIDEN. Zunächst wollen wir ein

lebensgroßes Holo eines ANGUIDEN hier im Besprechungsraum haben."
„Verstanden, Holo initiiert, während ich den Bericht zusammenstelle." Das über drei Meter große Holo eines der Schlangenwesen erschien inmitten des Besprechungsraumes und Ava hielt die Hände vor den Mund: „Das ist ja entsetzlich."
„Wir kämpfen seit ein paar Jahrzehnten gegen diese Kunst-Spezies. Fürchterlich ist, dass sie über 20 Meter Gift spucken können. KI, zeig uns gleich noch einen TRAX, damit unsere Gäste auch davon ein Bild bekommen."
„Verstanden."
Neben dem Schlangenwesen wirkte ein TRAX vergleichsweise harmlos. „Das sind, liebe Ava, unsere Hauptgegner. Von beiden solltest du dich fernhalten", erläuterte Jan.
Ava nickte mehrfach und schnell und mehrfach.
„Bericht über die ANGUIDEN ist zusammengestellt und präsentationsbereit", sagte die KI.
„Abspielen", ordnete Jan an.
In der nächsten halben Stunde bekamen Ava und ihre Mitstreiter berichtet, wie die ANGUIDEN wüteten. Danach berichtete Jan von seinem ersten Zusammentreffen mit dieser Spezies.

Dann war zunächst mal Ava dran, anschließend Sophie. Jan nickte anerkennend, als er erfuhr, in welcher Weise Ava agiert hatte. Ro-Latu sah die junge GENAR mit ganz anderen Augen an. Ihr Verhalten und ihr Mut imponierten ihm. Man sah auch, dass es Ava nicht leichtfiel, diese Aktionen mit dem GENAR Or-Taj hier preiszugeben. Allerdings war es ihr auch unmöglich, bei diesen Ereignissen, mit irgendwas hinter dem Berg zu halten.

Dann stellte man fest, dass man wochenlang zusammensitzen müsste, um alle Details des Werdegangs der NEUEN MENSCHHEIT offenzulegen. Ava winkte tief in der Nacht ab.
„Ich kann nicht mehr. Wir haben einen gemeinsamen Präsidenten, namens Nathan, der Erste Militär heißt Thomas Raven und ist Admiral – das war der First Captain eingangs, richtig?"

Jan nickte lächelnd: „Machen wir das so: Sam, Alma und Arzu werden euch alle auf den neuesten Stand bringen. Die Rechner werden für euch freigeschaltet und ihr könnt euch alles ansehen und euch von der KI berichten lassen. Wir anderen haben etwas Spezielles vor, denn wir haben dieses Beiboot und den 820er der GENAR. Die Daten sind für uns brennend interessant. Wir müssen dann entscheiden, wie wir fortfahren. Immerhin ist es auch möglich, dass es noch mehr MENSCHEN in M51 gibt. Aber jetzt ist erst einmal schlafen angesagt. Arzu, du hast ...?"
„Es sind Quartiere für die Personen hier vorgesehen", sagte sie einfach.
„Bring sie bitte dorthin – wir sehen uns morgen in der Kantine zum Frühstück um 08:45 Uhr. Ich lasse euch abholen."

29.07.2165, 08:45 Uhr, ODIN – Hauptkantine:

„Das ist Joe", stellte Ava vor. „Er war gestern in der Stasekiste. Ich habe ihn grob informiert und heute Morgen einfach mitgebracht."
„Schön", sagte Jan. „Willkommen am Tisch, Joe."
Der Mann bedankte sich artig und Jan forderte alle auf, sich mit ihm an die Replikatorausgabe zu stellen.
„Das kennen wir", sagte Joe.
„Ja, die Art und Weise der Ausgabe, nicht das, was wir dort einprogrammiert haben. Passt mal auf!"
Jan beugte sich in Richtung des Mikros: „Einmal Frühstück Jan 1A Spezial!"
Kurz darauf wurde grünes Licht gegeben und eine Klappe ging auf. Jan zog ein Tablett hervor mit zwei Brötchen, einem Croissant, Marmelade, Butter, einer großen Tasse Kaffee, Rührei, einem Glas Orangensaft, Käse und Würstchen sowie einem bisschen gebratenen Speck.
Er sah sich grinsend um und dabei in offene Münder und große Augen.
„Ihr könnt dasselbe bestellen oder einfach sagen, was ihr möchtet. Ich geh schon mal vor an den Tisch." Als er mit seinem Tablett abrückte, hörte er hinter sich:
„Einmal Frühstück Jan 1A Spezial!"
„Einmal Frühstück Jan 1A Spezial!"
„Einmal Frühstück Jan 1A Spezial!"
„Einmal Frühstück Jan 1A Spezial!"
... und so weiter.

Beim anschließenden Schlemmen und Schwelgen war zunächst Ruhe angesagt, dann griff Jan ein wichtiges Thema auf: „Wie sieht es mit eurer Gesundheit aus?"
„Wir kennen die Staseeinheiten", gab Ava zurück.
„Ich weiß nicht, wie die programmiert sind", äußerte Jan Zweifel. „Wir haben Joe wiederhergestellt nach unseren Maßgaben. In eurem Interesse würde ich alle noch einmal durchschleusen, Ich brauche einen Mann und eine Frau zuvor für eine gründliche Untersuchung."
„Ich melde mich dafür", sagte Ava und Tibor hob ebenfalls den Arm.
Jan führte sein Armband-KOM zum Mund: „Doc Holliday bitte zur Kantine!"
„Ich komme sofort, Sir", hörte man die leise Antwort.
Jan wandte sich an Ava: „Ihr habt keine Kinder gezeugt, richtig?"
„Stimmt."
„Habt ihr nicht oder habt ihr anderweitig verhütet oder warum?"
„Es wurden keine Kinder geboren", sagte Ava. „Selbst bei Verhütung sollte der eine oder andere Unfall passiert sein."
„Ich denke, die GENAR haben diese Fähigkeit über die Stasekisten abgestellt", vermutete Jan. „Wir können das auch – sowohl bei Männern und Frauen. Wir können das jederzeit wechseln. Wenn ihr durchgeht, müsst ihr dem Doc sagen, was ihr wollt. Er wird euch auch fragen."
„Kinder auf einem Kriegsschiff? Ihr erlaubt das?" Ava war verwundert.
„Wir versuchen natürlich, Schwangere, Mütter und Kinder aus Gefechtssituationen herauszuhalten", erklärte Jan. „Aber bei Deep Space Missionen, wie die unsere, ist das nicht immer möglich. Und unser Grundsatz ist immer: Ein Kind ist kein Problem und darf auch keins sein. Du wirst unsere Grundsätze kennenlernen, die aus drei Hauptsäulen besteht: 1. Respekt, 2. Kinder, 3. Wir lassen niemanden zurück. Das ist unsere Basis. Damit müsst ihr euch einverstanden erklären. Die Vorteile, die wir euch bieten können, sind richtig gut. Lernt uns kennen und entscheidet, wie und wo ihr auf unseren Welten leben wollt. Falls wir nicht zu euch oder ihr nicht zu uns passt, finden wir etwas anderes."
Ava war tief beeindruckt, von der Philosophie, die ihr gerade grob skizziert worden war.
„Aber noch was, liebe Ava", fuhr Jan fort. „Ich kann keine über 400 Leute an Bord gebrauchen, die überall rumlaufen. Ich habe euch drei Decks reserviert inklusive Freizeitmöglichkeiten, Kantinen und Unter-

künften. Richtet euch dort ein. Niemand von euch verlässt diese Decks. Es tut mir leid, aber hier brechen bei mir alte Wunden auf, die ich längst als geheilt gesehen habe."
„Welche?", fragte Ava.
„Ich komme aus einer Zeit auf der ERDE, als man MENSCHEN nicht unbedingt trauen konnte. Ihr kommt aus einer ähnlichen Zeit und habt unsere Entwicklung nicht durchlaufen. Vertrauen braucht daher Zeit."
„Du kannst jedem MENSCHEN bei euch trauen?", fragte Ava.
„Nein, nicht absolut. Aber ich brauche vor keinem MENSCHEN Angst zu haben. Mein großer Traum, dass kein MENSCH vor einem anderen MENSCHEN Angst haben muss, ist hier für mich in Erfüllung gegangen. Gut, es mangelt auch nicht an Feinden. Wir sind ja nicht umsonst hier."
Ava dachte über das Gesagte nach und dann erregte ein kleiner und goldener Typ, mit einem weißen Kittel und Stethoskop, ihre Aufmerksamkeit.
„Unser Chefarzt an Bord ist ein Droide", erklärte Jan. „Wir haben ihn Doc Holliday genannt."
„Ich begrüße die Gäste an Bord", sagte der Droide freundlich.
„Doc, Ava und Tibor werden mit dir gehen. Du überprüfst ihren Gesundheitszustand und ob das Bio-Upgrade der GENAR okay ist. Bitte Bericht an die beiden und an mich."
„Ich habe das verstanden, Sir."
Jan nickte Ava und Tibor zu. Diese standen auf und Doc Holliday führte die beiden ins Med-Lab.

Jan betrat die Brücke und Ka-Lim kam auf ihn zu: „Inwieweit wird sich das auf unsere Mission auswirken?"
Jan zuckte mit den Achseln: „Ich habe keine Ahnung. Die Erbeutung der beiden Raumer mit einer hoffentlich intakten Datenbank kann das Ganze sogar beschleunigen. Und was das Durchschleusen durch unsere Stasekisten angeht – nun ja, das könnten wir sogar während eines Raumgefechtes durchführen. Wir können erst entscheiden, wenn wir die Datenbanken ausgewertet haben. Ist Maggi bereits dabei?"
„Ja, er ist an Bord des 820ers. Er hatte eine höhere Wahrscheinlichkeit dafür errechnet, dass dort die bessere Datenlage vorhanden ist."
Jan zog eine Augenbraue hoch: „Sieh da – hätte ich auch getippt."

03.08.2165, 03:15 Uhr, DIAMOND, WV, Haus Tanner/Svenska:

Scott war peinlich darum bemüht, dass seine Frau in der Nacht nicht wach wurde. Hatte er eine wirklich verständnisvolle und tolle Frau mit großer Intelligenz, so wurde diese unleidlich, sagen wir es sozialverträglich, wenn sie in der Nacht geweckt wurde. Danach war Schlafen nicht mehr angesagt, sondern berufliche Probleme zählen – statt Schafe. Mit anderen Worten: Die Gute, also Anna Svenska, konnte danach nicht mehr einschlafen. Scott hatte aber Bereitschaft. Man wechselte sich da ab: Thomas, Jane, Scott und Linus – bei Engpässen wurden auch mal Emma oder Hans gefragt. Das Prinzip lief gut und seien wir ehrlich, so ganz viele Störungen gab es nicht.
Der Berichtende schweift ab. Der gute Scott hatte sich ein Vibrationsarmband umgebunden – natürlich lautlos, damit er, wie oben erwähnt, allein aufstehen konnte.
Und genau das Ding vibrierte um diese nächtliche Zeit.
Scott wurde sofort wach und schlug langsam die Decke zurück. Von der Mutter seiner Kinder hörte er gleichmäßige Atemzüge – sie schlief weiter. Er lobte alle Götter aus verschiedenen Universen und schwang sich aus dem Bett. Auf nackten Sohlen lief er durch das nette, rote und zweigeschossige Schwedenhaus vom Obergeschoss nach unten in sein Arbeitszimmer. Sorgfältig und geräuschlos schloss er die Tür. Dann aktivierte er die KOM in Richtung HSF GEELONG. Das Triple-D-Schiff diente dem System als Abwehrfort. Zur Erinnerung: Drei 1.400-Meter-GENUI-Kugeln, oben und unten die Zwischenräume mit einer dicken Platte verschlossen und oben schaut daraus der Teil eines 300-Meter-Schiffes (Kugel) heraus. Es war wieder so, dass man Praktikanten aus der SCA in der Nacht dort einsetzte – neben einer leistungsfähigen KI. Es war nicht unbedingt nötig, dass man MENSCHEN dort einsetzte, aber man wollte die junge Generation auf die Dienste vorbereiten, auch wenn sie bisweilen langweilig waren. Und von einem dieser Absolventen war der Ruf ausgegangen. Scott war gespannt auf die Meldung.
„Hier ist Absolventin Cara Jane", meldete sich eine rotblonde Frau mit unzähligen Sommersprossen. Sie wirkte ein wenig aufgeregt. Wann weckt man schon mal einen Brigadier Admiral und sah dann einen verschlafenen Wuschelkopf, der nicht mal ein T-Shirt trug.

„Hallo Cara. Nett, dass du mal vorbeischaust. Was kann ich denn für dich tun?" Scott lächelte müde in die Optik, aber er lächelte.
„Guten Morgen Brigadier Admiral", sagte sie etwas steif. Es tut mir leid, dass ..."
„Geschenkt", sagte Scott und winkte ab. „Was gibt es?"
„Ein MOYO-Schiff ist gerade hier im System angekommen. Nach den Aufzeichnungen ist es das vom Ersten Dekan, Rawlad-Desch. Er ist in Richtung WATERFALL VALLEY weitergeflogen."
Scott nickte: „Danke für die Mitteilung."
„Wollen wir nichts tun, BA?"
„Was denn?"
„Äh, begrüßen oder so?"
„Ich denke, er wollte uns nicht stören. Er wird sicherlich festgestellt haben, dass er auf der Nachtseite landen wird."
„Er hat sich angemeldet und um Erlaubnis gebeten, in WV landen zu dürfen."
Scott zog die Augenbrauen hoch: „Eben ein höflicher, äh, MOYO. Wir machen vor morgen früh nichts. Danke für die Meldung und angenehmen Dienst."
Cara Jane nickte kurz, dann war die Verbindung beendet.
Scott programmierte eine kurze Meldung an Leute, für die das von Interesse sein könnte. Die Nachricht würde ihnen vorgelegt, beziehungsweise mitgeteilt, wenn die KI feststellte, dass der Empfänger wach war. So störte er niemanden und die Meldungen kamen trotzdem an. Thomas war einer von ihnen und natürlich Marie-Ann Waterhouse. Scott ging davon aus, dass Letztgenannte ihren Partner und Präsident (Nathan) informieren würde. Dann schlich Scott wieder hoch und legte sich neben seine, er dankte allen Herrschern des Universums, immer noch schlafende Frau.

08:00 Uhr, P2:

Scott konnte es sich nicht erklären, aber General Ron Dekker musste die Meldung über die Ankunft des MOYO ebenfalls erhalten haben, denn er saß noch vor ihm in Thomas Ravens Büro.

„Der will bestimmt nur seine Freundin besuchen", war sich der General sicher und spielte auf die besondere Beziehung zwischen Marie-Ann Waterhouse und dem Ersten Dekan an.
Thomas Raven wiegte den Kopf.
„Guten Morgen", grüßte Scott und betrat das Büro des Admirals. „Die MOYO sind ein wenig, sagen wir: nicht berechenbar." Das seltsame Wortkonstrukt sollte den negativen Begriff ‚unberechenbar' vermeiden. Paul-Jack Millbain (Beppo) und Peter Ralen erreichten das Büro und wurden kurz informiert.
„Er muss um kurz nach 03:00 Uhr heute Nacht angekommen sein. Man sagte mir, er habe sich angemeldet", berichtete Scott weiter.
Thomas wies auf sein Display: „02:59 Uhr war der erste Funkkontakt zwischen Rawlad-Desch und Cara Jane auf der GEELONG – ausgehend vom MOYO. Es ist aufgezeichnet und unsere Absolventin hat es gut gemacht. Scott, bitte ein kleines Lob über Emma an die junge Frau."
„Wird erledigt", sagte Scott und notierte sich das in Gedanken.
Thomas lehnte sich vor: „Damit wir uns einig sind: Keinesfalls darf der MOYO erfahren, dass Jan und Helfer in M51/AXIS sind, um einen Präsidial zu jagen. Es dürfte wahrscheinlich sein, dass dort auch GENAR angetroffen werden. Ich will nicht, dass Rawlad-Desch oder ein anderer Kommandeur dorthin aufbricht und einen Vernichtungsfeldzug führt. Die ANGUIDEN werden sie nicht bekämpfen. Das ist nach wie vor dann unser Problem. Aber wir verleiden Ro-Latu die Chance, Landsleute für RAMA-FAT zu gewinnen. Also bitte kein Wort darüber."
„Was machen wir denn jetzt mit ihm?", fragte Ron.
Thomas grinste: „Du hast doch gerade selbst gesagt, dass er wahrscheinlich nur Marie-Ann besuchen will. Wir tun nichts. Wenn er was von uns will, dann weiß er sicherlich, wie er sich bemerkbar machen kann. Ich will gern nach Feierabend mal bei ihm vorbeischlendern und schauen, was er macht. Bis dahin – nichts."
Okay, das Wort des Admirals galt. Und niemand kam auf die Idee in der Anwesenheit des Ersten Dekans eine Gefahr zu sehen. Wenn Rawlad-Desch wollte, könnten sie es eh nicht verhindern.
Man ging zur Tagesordnung über, denn man hätte sich heute sowieso getroffen. Linus Kirklane kam noch dazu und die Verwaltungschefin der HF, Alannis Want. Und so gingen die ersten Stunden dieses Tages mit einem gemeinsamen Termin und anderen Themen als ‚MOYO' ins Land.

11:00 Uhr, P2:

Sie tagten immer noch und dann hörten sie Rita im Nebenbüro sagen: „Oh, guten Morgen. Welch eine nette Überraschung. Ja, bitte gleich durchgehen."
Thomas zog die Augenbrauen hoch. Wer sollte da gekommen sein, den Rita ohne Anmeldung und dann inmitten eines Termins gleich durchschickte? Es sollte doch wohl nicht Rawlad-Desch selbst – zuzutrauen wäre ihm das schon. Eigentlich guckte jeder verwundert, bis die betreffende Person in der Tür stand. Alle erhoben sich sofort von ihren Plätzen.
„Oh, bitte, bleibt doch sitzen. Ich sehe, ich störe, aber ..."
„Du störst nie, Nathan", sagte Thomas. „Guten Morgen – willkommen bei uns. Setz dich, Kaffee?"
„Danke, ja, bitte. Aber ich glaube ..."
Rita stand schon mit einer Tasse hinter ihm – perfekt.
Alle setzten sich hin und sahen den Präsidenten erwartungsvoll an.
Der klatschte etwas verlegen in die Hände: „Ja, äh, ich weiß gar nicht, wie ich es sagen soll."
„Rawlad-Desch ist zu Besuch", platzte Ron raus. „Wissen wir schon."
Ron grinste dazu breit.
„Hmmm", machte Nathan. „Das ist mir bewusst, aber ..."
„Aber?", fragte Thomas.
„Wir waren doch vor zwei Jahren auf MOYOLA, also Marie-Ann und ich ..."
Niemand sagte ein Wort – das war bekannt. Das Paar hatte kein Geheimnis daraus gemacht.
„Und jetzt will die Vorsitzende des Hohen Rates, Motma-Gil, uns einen Gegenbesuch abstatten."
Thomas bekam große Augen und alle anderen redeten durcheinander.
Nathan und Thomas beließen es dabei, bis man sich etwas beruhigt hatte.
„Eine Chance, etwas näher an die MOYO heranzurücken", stellte Thomas fest.
„So sehe ich das auch", gab Nathan zurück.
„Dann müssen wir planen. Beppo, du behältst den Überblick."
„Verstanden."

„Wo lassen wir das Ganze denn stattfinden?", fragte Thomas in die Runde.
„Die Frage erübrigt sich", sagte Nathan. „Wie mir Rawlad-Desch sagte, soll es ein Besuch dort sein, wo ich wohne. Gut, wir könnten jetzt irgendwas angeben, aber da ist noch Rawlad-Desch und dieser meinte in WATERFALL VALLEY."
„Ist doch schön hier", streute Ron ein.
Thomas hob beide Arme: „Meinetwegen und warum nicht. Ist ein schönes Fleckchen und auch dort kannst du die Hohe Rätin begrüßen."
Wer genau hingehört hatte, und das hatten alle dort, dem war aufgefallen, dass Thomas die Verantwortung soeben versucht hatte, ein klein wenig wegzuschieben – in Richtung Nathan.
„Ich hätte ganz gern Unterstützung", sagte Nathan. Offenbar hatte er gemerkt, worauf Thomas abzielte.
„Die Vizepräsidentin steht dir sicherlich gern zur Verfügung", feixte Thomas.
Nathan grinste. Es wurde so eine kleine Machtprobe daraus, natürlich humorvoll.
„Okay", sagte Nathan. „Ich werde dann die Vizepräsidentin bitten, ihren Mann mitzubringen."
Es wurde unterdrückt gelacht.
Das Grinsen von Nathan wurde noch breiter und Thomas wusste, wann er verloren hatte und winkte lächelnd ab: „Okay, du hast gewonnen."
„Können wir heute Abend bei mir zusammen mit Rawlad-Desch das Formelle des Besuches besprechen?", fragte Nathan Thomas.
Thomas ergab sich seinem Schicksal und bestätigte.
Nathan erhob sich: „Bring bitte die Vizepräsidentin mit. 19:30 Uhr – es gibt was zu essen."
Unter lautem Gelächter verließ Nathan das Büro.
Besonderen Spaß hatte Ron Dekker. „Da hat er dich aber erwischt, was?"
Thomas sah seinen Freund an: „Pass auf, sonst spielst du in der Angelegenheit eine besondere Rolle."
„Wie, was denn, ich?", fragte Ron und machte ein erstauntes Gesicht.
Thomas grinste breit: „Sie wird dann mit militärischen Ehren empfangen und du führst die Parade an!"
Das Ergebnis des Spruchs: Tobendes Gelächter und ein tief betroffener Ron Dekker.

19:30 Uhr, WATERFALL VALLEY, Haus des Präsidenten:

„Kommt in meine bescheidene Hütte", sagte Nathan und machte eine weit ausholende Armbewegung und deutete eine Verbeugung an.
Thomas und Ewa standen in der Tür und gingen hinein.
„Bescheiden? So ist es tatsächlich, Nathan. Du brauchst nur etwas zu sagen und wir bauen dir etwas anderes", sagte Thomas.
Nathan schmunzelte, während er seine Gäste ins Innere führte: „Marie-Ann und ich brauchen nicht viel. Wir sind überall dort zu Hause, wo MENSCHEN wohnen. Wir sind überall willkommen – ein schönes Gefühl. Es war nur ein Spruch, Thomas."
Nathan bewohnte mit seiner Partnerin in WV ein Haus in Form einer Halbröhre. Vorn und hinten bestand es aus Glas, zu verdunkeln natürlich, und an der Seite war der Eingang. Im Innern war nur der Hygieneraum separat. Das Haus stand schräg zum großen See. Auf einer Seite war Seesicht und auf der anderen sah man noch einen Zipfel von Jan und Ninas Haus, den kleinen inneren See und weit hinten den großen Wasserfall. Idyllischer konnte ein Haus kam liegen. Aber es war eben klein.
Rawlad-Desch war bereits anwesend und Thomas sah es als gutes Zeichen an, dass er sich erhob, als sie eintraten – eine Geste des Respekts.
„Ich grüße den Zeugen und seine Frau!"
Thomas sah in Richtung Ewa. Nach Nathan war sie die Ranghöchste, wenn man das so sehen wollte.
„Wir hoffen, so wie Marie-Ann, irgendwann sagen zu dürfen: Es ist schön, einen Freund zu begrüßen. Willkommen in WATERFALL VALLEY – dort, wo wir zu Hause sind und uns wohlfühlen", sagte Ewa.
Rawlad-Desch sah nach draußen auf den großen See und wie bestellt, trabten dort Laika, Jerry und Einstein friedlich nebeneinander her und dann folgte auch noch Bernhardiner Volker. Die Gang, wie sie scherzhaft von den Bewohnern des Tals genannt wurde, lief im Sonnenuntergang am Strand entlang. Die Tiere gaben ein friedliches Bild ab.
„Eine schöne Welt habt ihr", sagte Rawlad-Desch. „Und ihr habt etwas, das wir nicht haben."
Thomas schien es, dass der Erste Dekan der MOYO melancholisch schien. Er wusste auch nichts darauf zu sagen. Das völlige Fehlen von größeren Tieren war ein großes Manko. Eine solche Welt würde ihm leer

erscheinen. Thomas war gespannt, ob er jemals MOYOLA zu Gesicht bekommen würde.

„Kommt bitte zu Tisch", forderte nach einer Minute des Schweigens Marie-Ann Waterhouse auf. Thomas sah einen gedeckten Tisch für fünf Personen. Er wartete, bis Marie-Ann mehr unauffällig die Plätze zugewiesen hatte, dann setzte er sich.

Thomas hielt sich zurück und nahm für sich die Rolle des Beobachters und des Zuhörers ein. Seine Frau Ewa übernahm dafür und fragte höflich, ob der Erste Dekan eine gute Reise gehabt hatte und so weiter. Also Small Talk auf höchster Ebene, es wurden Schallwellen ausgetauscht – nichts Informatives. Nun, man würde nach dem Essen sicherlich darauf zu sprechen kommen. Und richtig. Marie-Ann versorgte ihre Gäste mit guter Küche und zum Nachtisch gab es, wer hat es noch nicht erraten: Vanilleeis mit Erdbeeren.

Danach war dann der Weg frei für die Abstimmung betreffend den Besuch, dachte Thomas.

„Zunächst sollten wir vielleicht festlegen, wann die Hohe Rätin kommt", schlug Ewa vor.

„Die Hohe Rätin wird am 11.08. um die Mittagszeit hier ankommen", erklärte Rawlad-Desch.

Die einseitige Festlegung des Besuchstermins fand Thomas ein wenig übergriffig und bestärkte ihn in seinem Entschluss, sich nicht einzumischen. Offenbar war Rawlad-Desch erschienen, um ihnen die Umstände des Besuches zu diktieren – nicht abzusprechen.

Ewa war dementsprechend zunächst sprachlos, aber Nathan griff ein.

„Sie ist uns an diesem Tage willkommen. Was dürfen wir vorbereiten? Wird sie über Nacht bleiben? Benötigt sie Unterkunft? Haben wir eine gewünschte Speisenfolge? Möchte sie etwas besichtigen?"

Rawlad-Desch war intelligent genug und er kannte die MENSCHEN auch besser als der Rest seiner Spezies. Daher erkannte er schon, dass dies nicht der normale Ablauf war, wenn die MENSCHEN Gäste empfingen. Vor allen Dingen dann nicht, wenn sie sich selber einluden.

„Meine Besuche laufen hier anders ab", sagte er daher. „Ich bitte die Unkenntnis des normalen Gehabes untereinander zu entschuldigen. Die Hohe Rätin hat feste Vorstellungen. Sie wird nicht über Nacht bleiben, an Bord ihres Raumschiffes speisen und WATERFALL VALLEY sehen wollen, eventuell auch JEWEL-City."

Ewa wirkte völlig enttäuscht. In einer solch kurzen Zeit konnte man kein Verhältnis zueinander aufbauen. Nathan wirkte weiterhin freundlich und aufmerksam – eben der geeignete Präsident.
„Was können wir sonst vorbereiten. Was ist üblich?"
Jetzt sah Rawlad-Desch ratlos aus: „Ich darf daran erinnern, dass es der erste Besuch einer anderen Spezies seit tausenden von Jahren ist. Etwas Übliches gibt es daher nicht. Auch die Hohe Rätin kann sich nicht an sonstigen Besuchen orientieren."
Nathan blieb weiter freundlich: „Dann werden wir improvisieren, Erster Dekan."
Ewa hatte sich auch mehr davon versprochen, als nur den Besuchstermin zu erfahren: „Wenn das alles ist?"
Rawlad-Desch bestätigte: „Es tut mir leid, wenn ich mehr nicht dazu sagen kann."
Ewa stand auf und Thomas erhob sich ebenfalls. Er nickte Marie-Ann zu: „Ich danke für die exzellente Bewirtung und noch einen schönen Abend."
Nathan sprang auf: „Ich bringe euch zur Tür."
Etwas hilflos hob Nathan die Arme, durchaus vielsagend, aber er sprach nicht.
„Einen angenehmen Abend, Nathan", sagte Ewa.

Das Paar musste den halben Sandstrand umrunden, um zu ihrer in der Mitte befindlichen Wohneinrichtung zu gelangen. Ewa regte sich den ganzen Weg darüber auf, dass der Termin aufgezwungen worden war und man so gar nicht sagen könne, wie der Besuch ablaufen sollte.
„Du sprichst am besten noch einmal mit Nathan darüber", sagte Thomas. „Ich habe da andere Sorgen. Sagt mir, wenn ich was dazu beitragen kann."
„Du hältst dich hübsch raus, was?" Ewa war ein wenig genervt und vermisste die Unterstützung ihres Gatten.
„Ich finde, es reicht, wenn Nathan, du und Rawlad-Desch nicht wissen, was sie machen sollen. Ein Vierter im Bunde ist da auch nicht hilfreich und würde die Runde der Ratlosen nur noch vergrößern."
Naja, dachte Ewa, da hat er wohl recht.

11.08.2165, 11:10 Uhr, DIAMOND, P2:

„Admiral, der hohe Besuch wurde soeben von der HSF GEELONG angekündigt", sagte Rita und stand dabei in der Bürotür des Admirals. Thomas seufzte: „Okay, danke. Sag Scott Bescheid, dass er mich vertritt. Ich werde jetzt woanders gebraucht, nein, erwartet."
„Mach' ich", sagte Rita und Thomas verließ das Büro, um mit seiner Sphäre schnell nach WATERFALL VALLEY zu gelangen. Vor Ort war man schon in heller Aufregung. Man mutmaßte, dass das Schiff der Hohen Rätin auf dem Sandstrand niedergehen würde. Man hätte auch einen roten Teppich ausgerollt, wenn man genau gewusst hätte, wo. So waren zahlreiche Droiden anwesend, die einen flexibel gehaltenen Steg vom Raumschiff über den Strand bis zur Grüngrenze verlegen würden und das zeitnah. Man wollte der Hohen Rätin nicht zumuten, durch den Sand laufen zu müssen. Thomas sah kopfschüttelnd auf die getroffenen Maßnahmen und beglückwünschte sich erneut, sich da rausgezogen zu haben.
Das Schiff von Motma-Gil war eine Scheibe von 75 Metern Durchmesser und 20 Meter dick. Kein Problem also für den Sandstrand, diesem Gerät einen Landeplatz zu bieten. Langsam schwebte es wie ein Blatt im Wind herab und setzte ebenso sanft auf. Gegen diese Ruhe wirkten die Aktivitäten der Droiden geradezu hektisch. Sie waren eifrig bemüht, und der Sand flog unter ihren Füßen hinweg, den Steg so dicht wie möglich an das Raumschiff zu bringen. Thomas hatte mittlerweile seine Position erreicht, neben Ewa, Nathan und Marie-Ann. Die drei standen auf dem Grün, direkt nach dem Sandstrand. Thomas sah, dass die Droiden offensichtlich vor einem Problem standen. Sie konnten nicht ermitteln, wo denn das Ausgangsschott war oder eine Gangway ausgefahren wurde. Dementsprechend wartend standen sie vor dem Schiff. Die Scheibe wurde in einer Höhe von etwa zehn Metern offensichtlich per Antigrav gehalten. Es stand einfach in der Luft. Gut, dachte Thomas, das war jetzt kein Hexenwerk. Das konnten die MENSCHEN auch.
Dann öffnete sich in etwa 20 Metern eine Luke und schon rannten die mechanischen Diener mit ihrem Teppichersatz, übrigens rot, wennschon, dennschon, los. Im Ausgang oben erschienen Rawlad-Desch und Motma-Gil. Sie standen auf einer Scheibe mit einem Haltebügel. Die eifrigen Bemühungen der robotischen Dienerschaft völlig außer Acht

lassend, hoben sie mit dieser Scheibe ab und flogen langsam in Richtung Nathan und Co. Irgendjemand hatte ein Einsehen und schaltete die Droiden einfach offline. Sie verharrten so, wie sie im Moment gestanden hatten. Thomas sog die Luft scharf ein. Irgendwie hatte er ein schlechtes Gefühl und das, was sie da gerade gemacht hatten: Sie hatten sich blamiert. Einfach mal nichts machen wäre dann die bessere Wahl gewesen. Ewa hatte den scharfen Atemzug gehört und sah ihren Mann von der Seite an. Thomas war sonst der geübte Diplomat. Warum gelang ihm das hier nicht? Er sah sie an und wusste genau, was sie dachte.

„*Diese Spezies hat mich gegen meinen Willen entführt und zum Zeugen gemacht. Das war respektlos, wie die ganze Art und Weise dieses Besuchs*", flüsterte er und nur für Ewa zu verstehen.

„*Geht mir ähnlich. Ich hatte Angst um dich. Halt dich einfach zurück, wir machen das schon.*"

Die Scheibe, auf der Motma-Gil und Rawlad-Desch standen, landete etwa fünf Meter von Nathan entfernt.

„Willkommen auf DIAMOND, Hohe Rätin", sagte Nathan. „Der Erste Dekan ist uns ebenfalls willkommen."

Rawlad-Desch stieg von der Scheibe und die Rätin folgte.

Die MOYO deutete eine Verbeugung an: „Ich danke für die freundliche Begrüßung."

Rawlad-Desch zeigte auf Thomas Raven: „Das, Hohe Rätin, ist der Zeuge."

Thomas sah sich von Kopf bis Fuß von der MOYO gemustert.

„Ich danke dem Zeugen, dass er eine wichtige Rolle für uns übernommen hat."

Thomas verbeugte sich leicht.

Damit war die Vorstellungsrunde beendet. Nathan und Marie-Ann kannte Motma-Gil seit dem Besuch vor zwei Jahren auf MOYOLA.

„*Was war das denn jetzt?*", zischte Ewa aufgebracht. Man war einfach über sie hinweggegangen.

„Ich darf der Vollständigkeit halber meine Vertreterin vorstellen", sagte in diesem Augenblick Nathan, dem der Fauxpas wohl aufgefallen war. „Dies ist Dr. Ewa Lenn, Vizepräsidentin und Partnerin des, äh, Zeugen."

Motma-Gil sah Ewa an und deutete eine kleine Verbeugung an. Ewa war halbwegs versöhnt.

Nathan machte die Arme weit: „Was dürfen wir bieten?"

„Die Reise in einem engen Schiff war anstrengend. Ich würde gern etwas gehen und dabei euren Wohnort sehen wollen."

„Sehr gern", sagte Nathan. „Wenn ich die hohe Rätin dann bitten darf an meiner Seite zu gehen."

„Ich nehme an", sagte Motma-Gil einfach und so kam es, dass die Hohe Rätin rechts und links von Nathan und Ewa begleitet wurde und direkt dahinter Rawlad-Desch, der rechts und links Thomas und Marie-Ann an seiner Seite hatte.

Nathan berichtete, wie man an diesen Planeten und vor allen Dingen an dieses herrliche Stück Landschaft geraten sei. Man spazierte weiter und dann passierte etwas, was keiner auf dem Schirm gehabt hatte: Laika und Einstein hatten wohl den Entschluss gefasst, sich diese merkwürdige Zeremonie von ganz nah anzusehen. Nun, der Kater war nicht viel kleiner als der Hund und sie kamen erst einmal auf die Person zugelaufen, die sie nicht kannten – Motma-Gil. Die Hohe Rätin war stehengeblieben und schaute auf die sich nähernden Tiere.

„Das sind die sogenannten Haustiere", sagte Rawlad-Desch aus der zweiten Reihe.

„Keine Holos?", fragte Motma-Gil.

„Nein, echte Tiere", bestätigte Nathan.

„Kann ich die anfassen?"

„Wenn sie das zulassen. Gefährlich sind sie nicht", gab Nathan zurück.

Die Teil-Gang war jetzt angekommen und Motma-Gil bückte sich, um die Tiere zu berühren. Einstein wich fauchend aus – das war ihm nicht geheuer. Laika hechelte dagegen und bot sich geradezu an.

„Was für ein weiches Fell", staunte die Hohe Rätin und Laika warf sich auf den Rücken. Nach zwei Minuten ging es weiter und Nathan führte weiter in die Geschichte der MENSCHHEIT ein. Er legte Wert darauf, keinesfalls mit irgendwelchen Bündnissen zu nerven, aber er hob schon die Gemeinsamkeiten beider Spezies hervor. Die Hohe Rätin würde schon damit umgehen können.

Rawlad-Desch sprach ein besonderes Thema an: „Ich habe mich mit der Geschichte der MENSCHEN vertraut gemacht, Hohe Rätin. Insbesondere ist es einem Mann zu verdanken, dass sie so schnell in den Weltraum und in die BLACK-EYE-Galaxie gekommen sind: Jan Eggert."

Motma-Gil wirkte interessiert: „Lebt dieser MENSCH noch und kann ich ihn treffen?"

Thomas Raven wurde es plötzlich heiß – er hatte völlig vergessen, auf diesen Umstand hinzuweisen, und das wurde auch sofort bestraft. Glücklich einen Punkt zum Einhaken gefunden zu haben, plapperte Ewa munter drauflos: „Jan Eggert ist zurzeit in einer fremden Galaxie. Er jagt dort einen Präsidial."
Motma-Gil blieb stehen, als hätte sie der Blitz getroffen und Thomas kniff die Lippen zusammen.
„Wie bitte?", fragte die Rätin und drehte sich zu Rawlad-Desch um. „Es gibt noch einen Präsidial oder mehrere?"
„Ich bedaure, davon ist mir nichts bekannt!" Rawlad-Desch schien das Thema unangenehm zu sein.
„Wenn ich etwas dazu sagen darf", schaltete sich Thomas Raven ein.
Motma-Gil beachtete ihn gar nicht.
„Ich will, dass dieser Präsidial beseitigt wird. Hast du das verstanden, Rawlad-Desch?"
„Wenn ich …", begann Thomas nochmals höflich.
„Wir sollten uns anhören, was der Zeuge zu sagen hat, Hohe Rätin", schlug Rawlad-Desch vor.
Motma-Gil sah den Admiral an.
„Wir hatten zufälligerweise durch einen unserer Droiden Kontakt mit einem Präsidial und einem GENAR-Raumschiff. Uns beunruhigt, dass dieser über eine Flotte von ANGUIDEN verfügt. Jan Eggert ist aufgebrochen, um Informationen zu besorgen. Vielleicht sollten wir seine Rückkehr abwarten und dann beraten und entscheiden."
Thomas sah die Hohe Rätin aufmerksam an.
„In einem Akt unverständlicher Milde haben wir euch RAMA-FAT und den Rest der GENAR gelassen. Ich wurde im Rat überstimmt. Ich habe Bedenken, dass diese Spezies wieder zur Gefahr wird. Hier beginnt wieder etwas, was uns nicht egal sein kann. Der Besuch ist zu Ende. Rawlad-Desch, wir reisen ab."
„Ich bin außerordentlich betrübt, das nach so kurzer Zeit schon hören zu müssen, verehrte Hohe Rätin. Wir hätten noch so viel zu zeigen und vielleicht auch zu bereden", versuchte Nathan die MOYO zu besänftigen.
„Ich habe genug gesehen und gehört."
Rawlad-Desch ließ die Scheibe kommen und die beiden MOYO stiegen auf.

„Ich verabschiede mich", sagte der Erste Dekan. Motma-Gil sagte nichts. Dann rauschten beide ab – zum Raumschiff. Dieses verließ wenig später DIAMOND.
Die Zurückgebliebenen waren perplex.
„Diese Runde haben wir wohl verloren", sagte Nathan.
„Und ich vielleicht einen Freund", sagte Marie-Ann.
„Ich habe nicht gewusst, dass ich das besser verschwiegen hätte", jammerte Ewa.
Mit einem bisschen Nachdenken hättest du da von selbst draufkommen können, dachte Thomas. Laut sagte er: „Ich habe versäumt, euch entsprechend zu briefen. Ich hoffe nur, dass Jan nicht zwischen die Mühlsteine gerät, wenn die MOYO eine Flotte losschicken. Und jetzt muss ich dringend nach GREEN EARTH."
Ewa sah Thomas an: „Was willst du da denn?"
„Die GENAR auf RAMA-FAT sind im BUND. Die MOYO nicht. Ich denke, es dürfte klar sein, dass wir sie über diesen unglücklichen Termin informieren. Eventuell wollen sie sich darauf vorbereiten, von den MOYO angegriffen zu werden."
„Ach du Schande – und alles nur, weil ich den Mund nicht halten konnte. Werden wir in einen Krieg mit den MOYO hineingezogen?", jammerte Ewa.
„Ich glaube mal nicht", beruhigte sie Thomas. „Die GENAR sollten es wissen und vielleicht bauen sie ein paar Evakuierungsmöglichkeiten in ihr Konzept ein."

12.08.2165, 14:55 Uhr, GREEN EARTH, CONVENT:

Schon im Anflug hatte Admiral Thomas Raven den amtierenden BUND-Präsidenten gebeten, eine Sondersitzung einzuberufen. Diese war auf 15:00 Uhr gelegt worden. Jetzt eilte Thomas über die Flure des CONVENTs und betrat wenig später den bereits besetzten BUND-Saal.
„Der Fleet Admiral ist gerade eingetroffen. Bitte hinsetzen und der Admiral bitte auf den Platz hier vorn. Die Sondersitzung ist eröffnet, bitte Admiral."
„Danke, Präsident Martul."

Thomas sah sich kurz um – es waren alle anwesend. Sven Dieck war ein wenig irritiert, weil er nicht informiert war, aber er ging von zeitlicher Dringlichkeit aus und lag damit richtig.

„Wir hatten gestern Besuch von Motma-Gil, Hohe Rätin von MO-YOLA", berichtete er. „Wir hatten sie nicht eingeladen. Sie hat uns über Rawlad-Desch mitteilen lassen, dass sie uns besuchen würde und dann das Datum mitgeteilt."

Vurban machte große Augen dazu.

„Nun ja, dabei ist Folgendes passiert ..."

Nach Ende des Berichtes sprach Lar-Wus, Abgesandter von RAMA-FAT.

„Die Lage ist nicht brisanter als vorher und wir haben Evakuierungsmöglichkeiten vorgesehen. Uns ist auch bekannt, dass die gesamten Flotten der BUND-Spezies nichts gegen eine Handvoll MOYO-Schiffen ausrichten können. Wir wissen das – flüchten ist die einzige Möglichkeit. Wollen wir hoffen, dass sich Motma-Gil wieder beruhigt hat. Ich danke dem Fleet Admiral für die Warnung – vielen Dank."

11. Daten

13.08.2165, 11:55 Uhr, M51/AXIS, TOM-HAF, Brücke:

(Anmerkung des Berichtenden: TOM-HAF ist das erbeutete 820er-GENAR-Schiff)

Jan Eggert war am Ende seines Geduldsfadens, der sowieso schon nur noch angedeutet war, angekommen. Soeben hatte er von Ferdinand Magellan eine Meldung bekommen, die er gar nicht hören wollte: „Wir haben jede Menge an Datenmaterial, aber keine Koordinaten für irgendwelche Standorte."

„WAS? Wie können die ohne Koordinaten navigieren?" Jan war fassungslos. Neben ihm stand Ro-Latu und der von ihm eingesetzte Captain des Beuteschiffes. Ro-Latu sagte vorsichtshalber nichts, denn das tat Jan schon zur Genüge.

Magellan blieb ruhig, wie es sich für einen N2-L, oder AR-L besser gesagt, gehörte: „Nach den übrigen Daten verhält es sich so, dass das Schiff an jedem Zielort bei der Abreise einen kompletten Datensatz der Koordinaten erhält. Dieser wird nach zwei Stunden, wenn das Schiff also auf

Kurs ist, physikalisch gelöscht, bis auf den, der gerade gebraucht wird. Diese Daten werden am Zielort entfernt."

„Wozu soll das denn gut sein?", fragte Jan aufgebracht.

„Man hält die Crews abhängig", antwortete der Droide. „Sollte jemand auf die Idee kommen abzuspringen, ist er orientierungslos. Außerdem hat man, wie jetzt, einen gewissen Datenschutz erreicht."

„Die Präsidiale sind paranoid, was?"

„Das hatten wir schon festgestellt", bemerkte Magellan.

Jan überlegte und wanderte vor den Augen der Beteiligten auf der Brücke des 820ers hin und her.

Schließlich: „Das glaube ich nicht – jedenfalls nicht ganz. Es gibt ein paar Gründe, dass man vom Kurs abkommt oder kurzfristig die Orientierung verliert oder ein anderes Ziel wählen muss. Man kann doch dann ein solches Schiff nicht einfach mit Crew abschreiben!"

„Vorschläge?", fragte Magellan.

„Ja, die habe ich", gab Jan zurück. „Irgendwo an Bord muss ein externer Datenträger sein. So mit Notfalldaten und so. Durchsucht alles und fangt mit der Kabine des Captains an, dann weiter zum Maschinenraum. Hol dir Hilfe von anderen Droiden – setz ein, was du willst, aber finde diesen verdammten Datenträger."

Der Droide nickte: „Ich errechne einen nicht unerheblichen Prozentsatz für die Richtigkeit dieser Annahme."

Jan holte Luft: „Okay, anfangen. Ich habe Hunger. Kommt jemand mit zur Kantine auf die ODIN?"

Ro-Latu erklärte sich bereit und sie wechselten das Schiff per Mini-PORTAL. Man hatte extra eins auf der TOM-HAF installiert. An dieser Stelle: Man hatte selbstverständlich bei dieser Art von Deep Space Mission solche Leute dabei und jede Menge an Ausrüstungsteilen. Man konnte ja nicht mal eben nach Hause fliegen und etwas reparieren oder tauschen. Darunter waren für jedes Schiff drei Mini-PORTALE und entsprechende Techniker.

Jan war gerade beim zweiten Glas Orangensaft, als sich Magellan per Funk bei ihm meldete. Ro-Latu konnte beobachten, dass Jan große Augen bekam.

„Er hat, was wir brauchen, hat er gesagt", berichtete Jan seinem Tischnachbarn. „Donnerwetter. Das ging schnell. Komm, lass uns wieder rü-

ber. In der Captains-Kabine hat er ein Pad gefunden. Angeblich braucht man das nur auf der Brücke anschließen."
Ro-Latu musste sich sputen, um anschließend mit Jan Schritt zu halten. Unterwegs funkte Jan mit Paco und bat ihn, auf das Beuteschiff überzuwechseln.

Auf der Brücke der TOM-HAF sah Magellan gerade auf die Übersicht, als Jan und Ro-Latu eintrafen.
„Und?", fragte Jan.
„Es sind fünf komplette Koordinaten auf dem Pad enthalten", sagte Magellan, als Chapawee Paco die Brücke betrat. Der Sioux wurde schnell ins Bild gesetzt und dann schaute auch er interessiert auf die Übersicht.
„Ich muss es noch umrechnen, aber das ist kein Problem", sagte Magellan.
„Wenn du recht hast, Jan, dann müssen wir davon ausgehen, dass diese fünf Ziele besonders gut bewacht werden", sagte Ro-Latu. „Zumindest ich würde das so tun."
Jan überlegte: „Man könnte auch annehmen, dass vier davon in eine Falle führen und nur die zweite oder vierte, jedenfalls eine davon, Relevanz hat."
„Eine zusätzliche Sicherung ist unseren Gegnern zuzutrauen", Chapawee Paco war sich da sicher. „Haben wir vier falsche Koordinaten darunter, dürften diese Ziele tödlich sein."
„Wir haben die Möglichkeit, Alpha-Drohnen zu schicken und so zu programmieren, dass sie nach dem Erreichen des Ziels kurz alles scannen, aufzeichnen und dann sofort umkehren", schlug Jan vor. „Oder wir verfehlen das Ziel um eine Lichtwoche und schauen uns das Gebiet von dort an."
„Die Nutzung von Alpha-Drohnen ist sinnvoller", sagte Magellan. „Wir sparen Zeit und es ist sicherer. Wir können mit fünf Drohnen die Ziele gleichzeitig anfliegen."
Jan schaute seine Mitstreiter an: „Alphas?"
Paco nickte und Ro-Latu ahmte die adaptierte Geste nach – sie waren einverstanden.
„Mach das Maggi – dein Part. Was machen wir, bis die zurück sind?"
„Ich könnte berichten, was ich sonst auf den Datenträgern der TOM-HAF gefunden habe", sagte der Droide.

„Okay, wie lange brauchst du für die Umrechnung der Koordinaten und das Ausschicken der Drohnen?"
„Etwa eine Stunde."
Jan schaute auf die Uhr: „Darf ich meine Kollegen zu dieser Präsentation auf die ODIN bitten. Besprechungsraum Brücke. Bringt mit, wen ihr meint. Meine Brückencrew wird vollzählig teilnehmen. 15:00 Uhr."
Jan bekam die Bestätigungen und Magellan machte sich an die Arbeit.

15:00 Uhr, ODIN, Besprechungsraum:

Magellan war mit der Umrechnung fertig, die fünf Alpha-Drohnen waren programmiert und auf dem Weg. Nun stand der Droide vor den erwartungsvollen Zuhörern und nahm ein großes Display zu Hilfe, um seine Präsentation anschaulicher zu machen. Bis 18:00 Uhr wagte niemand auch nur aufzustehen und sich einen Kaffee zu nehmen. Davon abgesehen kam auch niemand auf den Gedanken.
Was Magellan dort herausgefunden hatte, war schon sehr gigantisch. Es gab allerdings noch Daten, die er nicht entschlüsselt hatte. Die Bedrohung durch die ANGUIDEN, also Präsidial mit einem starken Stamm von GENAR plus die Schlangenwesen, war durchaus real. Und es gab mehrere Aufmarschgebiete oder sagen wir: Zentren. Von wo der Präsidial über die Flotte herrschte, war nicht auszumachen. Jan meinte hinterher, das gehöre zu einem solchen Wesen, alle Sicherheitsvorkehrungen für die eigene Person zu treffen. Darunter fiel dann auch dieses Versteckspiel. Ro-Latu konnte das aus seiner Vergangenheit bestätigen.
Präsidiale haben keinen festen Aufenthalt. Immer nur kurzzeitig und dann eben viele Orte, zu denen sie sich zurückziehen konnten.
„Ich mach' das jetzt mal wie mein Freund Admiral Thomas", sagte Jan zu allen Teilnehmern. „Wir gehen jetzt gemeinsam in die Kantine und lassen uns beim Abendessen richtig Zeit. Ich denke, morgen um 09:00 Uhr finden wir uns hier wieder ein und bereden, was getan werden soll. Eventuell ist ja die eine oder andere Drohne bereits zurück."
Die Gruppe um Jan bemerkte erst jetzt, wie spät es war, und stimmte sofort zu. Hunger und Durst hatten sie völlig vergessen. Der Bericht von Magellan war spannend gewesen.

14.08.2165, 09:00 Uhr, ODIN, Besprechungsraum:

Man konnte auf den ersten Blick erkennen, wer gut geschlafen hatte und wen die Erkenntnisse des gestrigen Tages den Schlaf verwehrt hatte. Jan war ausgeschlafen und guter Dinge. Er ließ sein Publikum sich noch eine Weile austauschen.
„Moin, Kaffee oder sonst was ziehen, hinsetzen, zuhören!"
Es wurde gelacht. Jan war erkennbar gut drauf. Man tat, wie empfohlen und sah den Captain der ODIN erwartungsvoll an.
„Eine Drohne ist zurück – Maggi ist bei der Auswertung des Ziels. Kriegen wir vielleicht später. Ich habe mir vorgenommen, bis heute Abend um 18:00 Uhr auf die Drohnen zu warten. Wer bis dahin nicht hier ist, kommt auch nicht mehr. Ich darf daran erinnern, dass die KIs der Drohnen die Selbstzerstörung einleiten, wenn eine Rückkehr nicht möglich ist. Niemand soll von den Drohnen auf uns schließen können. So zum gestrigen Nachmittag und eventuell zu den Gedanken, die euch gestern Abend, oder schlimm, heute Nacht durch den Kopf gegangen sind. Wer möchte zuerst?"
Zunächst meldete sich niemand und Paco reckte seinen Hals, dann erhob er die Hand.
„Mein Freund der Häuptling. Bitte sprich zu uns", forderte ihn Jan auf.
„Kann mein weißer Bruder das Missionsziel noch einmal erwähnen, bitte?"
Jan grinste, denn er wusste, was jetzt kommen musste: „Aufklärung, Informationen, oder wie ich immer zu sagen pflege: ZDF, also Zahlen, Daten, Fakten!"
„Ich nehme an", sagte Paco, „dass wir ein solches Ziel wie die Drohnen anfliegen und uns dort, wie auch immer, dieses ZDF holen, oder?"
„Mein roter Bruder hat richtig kombiniert."
„Und das tun wir dann?"
„Dann fliegen wir nach Hause und schmieden Pläne zusammen mit dem Großstrategen Admiral Thomas."
„Werden wir für den Rückweg denselben Pfad nehmen und dieselbe Zeit benötigen?", fragte der Sioux weiter.
„Ja und nein", sagte Jan. „Derselbe Weg, aber wesentlich schneller. Wir werden unsere Triebwerke nicht mehr so schonen. Sie haben gut durchgehalten, und wenn wir eine Sicherheitsinspektion von drei Tagen pro

Galaxie machen, wird das ausreichen. Ich will weit vor Jahresende zu Hause sein."

Es gab Beifall. Nach der vorliegenden Datenlage hatte niemand damit gerechnet, dass sie in irgendwelche Kämpfe verwickelt werden wollten.

„Unsere Daten müssen sicher nach Hause", bekräftigte auch Ro-Latu.

„Dann sind wir uns einig. Sehen wir uns das Ziel der ersten Drohne an, die zurückgekommen ist", schlug Jan vor und schaltete den Monitor des Raumes ein. Zu sehen war das Ziel der Drohne ab dem Zeitpunkt, als die Alpha aus dem Überraum kam. Messdaten wurden zusätzlich zu den Aufnahmen eingeblendet. Es handelte sich um eine Sonne, Typ K orange mit nur einem Umläufer, weit außerhalb der habitablen Zone – zu kalt, womöglich mit Eis bedeckt. Zur Überraschung aller bog die Drohne aber ab und konzentrierte sich auf den einzigen Mond des Planeten. Von der Masse her hatte dieser Mond etwa das Dreifache des irdischen Mondes. Danach war der Zweck der Drohne erfüllt. Sie beschleunigte und dann wurde das Bild schwarz.

„Wir dürften auf dem Mond dieses Systems eine Datenbank finden. Wenn dieses System unser Ziel ist, dann werden wir bis auf eine Lichtstunde heranfliegen und dann im RC-Modus ein ‚Auge' hinschicken. Tut sich nichts, kommt unsere TOM-HAF zum Einsatz. Eventuell hat man das Schiff noch nicht aus dem System gelöscht. Wir können auch die GENAR-Variante der P-Klasse einsetzen. Müssen wir vor Ort sehen."

Es gab noch das eine oder andere zu besprechen, dann vertagte man sich auf 18:00 Uhr – die Grenze, die Jan für die Rückkehr der anderen Drohnen gesetzt hatte. Jan wollte sich per Funk melden, ob eine weitere Zusammenkunft erforderlich war.

18:00 Uhr, Flottenfunk von der ODIN ausgehend:

„Hier ist euer lieber Jan. Es ist keine weitere Drohne zurückgekommen. Wir werden in der Nacht das Ziel anfliegen, welches wir heute Morgen bewundern durften. Das langweilige und unterkühlte System wartet auf uns. Ich melde mich morgen und wünsche uns eine ruhige Nacht und einen guten Flug."

15.08.2165, 09:00 Uhr, ODIN, Brücke:

Der Verband war heute Nacht angekommen – knapp zwei Lichtstunden vor dem Ziel und mit FALL OUT ZERO SPEED. Die Energieabgabe der vier Schiffe war maximal gedrosselt – man sollte sie so schnell nicht finden können. Auch wenn eine 2.000 Meter durchmessende ODIN ein gewaltiger Brocken ist – im Gegensatz zur Weite des Alls handelt es sich um weniger als ein Staubkorn.

Steuern wollte das ‚Auge' der Chef selbst, also Jan. Eine KI hatte die Drohne in den letzten Stunden bis vor den Planeten gesteuert. Dass er stundenlang durchs leere All flog, hatte Jan nicht eingesehen. So konnte er jetzt im RC-Modus einfach zusteigen. Er bediente sich da der VR-Brille und der Steuerungshaube von der Brücke seines Schiffes aus. Die teilnehmenden Captains bekamen das Bild der Drohne direkt auf ihre Zentralen übermittelt. Daneben war die Flottenwelle permanent eingerichtet.

„Auf ‚Los' geht es los. Los", brabbelte Jan und schob sich das Netz auf den Schädel. Die VR-Brille saß schon dort, wo sie hingehörte. Er gönnte sich 20 Sekunden, um sich an die Umstellung zu gewöhnen. Er lag halb in seinem Sitz und jetzt war er die Drohne selbst. Er befand sich im All und die Drohne im getarnten Modus.

„Ich schau' mal erst, ob der Planet von irgendwem bewohnt wird", sagte er und steuerte die Drohne in die Richtung. Der Planet schimmerte weiß mit einem Schuss Orange – kein Wunder, bei dieser Sonneneinstrahlung. Man sah, dass die Drohne Fahrt aufnahm und dieser Planet immer größer wurde. Der Flug wurde etwas unruhig, als Jan die Stratosphäre erreichte. Die Turbulenzen nahmen dann in der Troposphäre wieder ab.

„Alles voller Schnee und Eis", hörte man Jan überflüssigerweise kommentieren. Die Drohne flog auf eine Bergwelt zu. Jan kurvte zwischen den einzelnen Gipfeln hin und her. Mal ging es im Sturzflug herunter, dann wieder hoch – vorbei an schroffen Felswänden.

„Unser weißer Bruder Jan erliegt dem Charme des Fliegens", vermutete Paco – Jan hörte das nicht.

„Irgendwas lebt hier", sagte Jan und man hatte es schon eingeblendet gesehen. Die Bioscanner hatten angesprochen, aber sehr dezent. Jans Jagdeifer war erwacht. Im waghalsigen Flug umkurvte er schroffe Felsnadeln und es gelang ihm sogar, eine kleine Lawine auszulösen. Im Flug begleitete er die immer mehr werdende Schneemasse unter ihm, die schneller wurde und ins Tal stürzte. Die Zuseher wurden vom anschließenden Hin und Her fast schwindelig und endlich wagte es Paco, Jan auf den eigentlichen Zweck des Drohnenfluges hinzuweisen.

„Ja, ja, nur noch mal übers Wasser – kurz", bat Jan und steuerte die Drohne im schnellen Flug weg vom Land aufs Wasser zu. Schon bald war er dort angelangt. Die eingespielten Daten zeigten minus 35 Grad Celsius an. Das hatte zur Folge, dass das Wasser über Strecken voll war mit einzelnen Eisbergen. Für Jan wieder eine gute Gelegenheit, um die Hindernisse in etwa drei Metern Höhe herumzufliegen. Sein Publikum auf den Schiffen hatte jetzt mittlerweile echte Probleme, das Ganze zu verfolgen, ohne schwindelig zu werden. Die Anzeigen waren recht plastisch und die Gehirne mussten auch hier gegen den VR-Effekt ankämpfen. Und wieder schoss Jans Drohne scharf um einen im Weg schwimmenden Eisberg herum und dann tauchte etwas direkt vor ihm aus dem Wasser auf. Jan sah ein riesiges Maul und scharfe Zähne. Es war zu spät zum Ausweichen – er flog direkt in den Rachen.

Auf allen vier Brücken wurde geschrien und am lautesten war Jan auf der ODIN – dann war das Bild dunkel.

Ruhe – schlagartig.

Nina rannte zum Sitz ihres Mannes. Jan hing halb verrutscht auf dem Möbel, hatte sich die VR-Brille und das Netz halb heruntergerissen und atmete hechelnd. Seine Augen starrten leer ins nirgendwo.

„Hier ist die KI. Medizinischer Notfall auf der Brücke. Doc Holliday ist verständigt und unterwegs."

Die Automatik hatte über den Chip von Jan dessen Gesundheitszustand als ungesund und hilfebedürftig eingestuft. Nina nahm ihm vorsichtig das technische Gerät vom Kopf und streichelte zärtlich seine Wangen. Überall auf den Brücken suchten die Leute, die gestanden hatten, Sitzplätze auf. Der Schreck war auch ihnen durch Mark und Bein gegangen – wie musste es da Jan gehen? Bei den RC-Piloten war es eine goldene Regel, vor einer bevorstehenden Vernichtung ihres ferngelenkten Fliegers, die Verbindung zu kappen. Sonst konnte man das Fliegen für die nächsten Stunden und womöglich Tage vergessen. Da spielten die Nerven nicht mehr mit.

Doc Holliday kam sofort auf Jan zugeeilt. Er hatte über das Droidennetz alles erfahren, was er für eine Behandlung wissen musste. In seinem

Schlepp befanden sich zwei Helfer mit einer Antigrav-Trage. Schon an Ort und Stelle bekam Jan per Hochdruckspritze eine Beruhigungsinjektion. Dann wurde er abtransportiert – Nina begleitete ihn.
Als sich das Schott geschlossen hatte, räusperte sich Carson: „Ich übernehme. Die Ersatz-Drohne wird etwa vier Stunden brauchen, bis sie vor Ort ist. Ich melde mich, wenn es weitergeht."

<u>Vier Stunden später:</u>

Eine neue RC-Drohne (Auge) war vor Ort, Jan noch nicht wieder auf der Brücke, dafür Nina. Die Flotten-KOM war jetzt dauerhaft eingerichtet und Paco und Ro-Latu waren dabei.
„Er hat einen Schock erlitten. Holliday hat ihn erst mal für ein paar Stunden aus dem Verkehr gezogen. Danach gibt es leichte Beruhigungsmittel", hatte die Ehefrau von Jan berichtet. „Er wird für den Augenblick ein wenig kleinlauter sein, aber da können wir alle mit leben."
„Wenn ich etwas tun kann", bot sich Ro-Latu an.
„Ich könnte mit dem Kalumet ...", schlug Paco vor.
„Gönnen wir ihm ein wenig Zeit", beschloss Nina und dabei blieb es dann.
Sie warteten die restlichen zwei Stunden ab und dann öffnete sich das Brückenschott.
Im Rahmen stand Jan.
„Ich melde mich zurück", kam es kleinlaut.
Carson stand auf und ging zu ihm: „Willkommen zurück, Jan. Wie geht es dir?"
Jan zuckte mit den Schultern und nahm wahr, dass ihm Carson tief in die Augen schaute.
„Hat Holliday dich als dienstbereit erklärt?"
Jan schüttelte den Kopf.
Carson zeigte auf einen freien Platz: „Dann bist du stiller Beobachter."
Jan nickte und ging zum zugewiesenen Platz.
Carson kam am KOM-Paneel vorbei und sprach leise mit Nina: „*Geh zu Jan und kümmer' dich. Ich brauche im Moment keine KOM.*"
Nina stand sofort auf und setzte sich in die Nähe von Jan.
Paco und Ro-Latu hatten das Geschehen mitbekommen, sagten aber nichts dazu.

„Wer wird die Drohne steuern?", fragte Ro-Latu.
„Unser bester Mann in diesen Dingen", gab Carson Cunningham zurück.
„Es wird Bob sein."
Irgendwo auf der Brücke stand auf einmal ein dunkelhäutiger Typ mit Rasta-Locken auf und sagte mit viel zu hoher Stimme: „Krass Mann, ich?"
„Da ist ja noch einer", entfuhr es Ro-Latu. Offenbar hatte er den Jamaikaner noch nie bewusst wahrgenommen. Kein Wunder, wie Bob immer in seinem Sitz hing.
„Bob, lass gehen", empfahl ihm Carson. Sie hatten schon zu viel Zeit verloren.
„Jau Mann, jau Mann", bestätigte Bob und wurde geradezu hektisch. Neben dem Kiffen gehörte das RC-Fliegen zu seinen Leidenschaften. Ruckzuck hatte er sich eine VR-Brille besorgt, aufgesetzt und das Steuerungsnetz auf dem Kopf. Ro-Latu und Paco verschwanden in der Großansicht und wurden links wesentlich kleiner abgebildet. Den Großteil der Übersicht nahm jetzt die Drohnenübertragung ein.
„Kann es losgehen? Kann es losgehen?" Die hohe Tonlage tat schon fast weh in den Ohren.
„Start", befahl Carson einfach.
Man sah, wie die Drohne sich drehte, als Bob versuchte, den Planeten zu finden. Die fernen Sterne zeichneten Kreise am Himmel. Bob stieß Rufe der Verzückung aus und die Zuseher wurden schwindelig.
Da, da war der Planet.
„Es geht um den Mond des Planeten, Bob. Hattest du das mitgekriegt?", fragte Carson.
„Ja, Mann. Habe ich. Ich will mich orientieren – ich war hier noch nicht", den letzten Satz quittierte er selbst mit einem Gelächter – in einer Höhe zum Glas zerspringen. Paco hatte Ro-Latu noch nie mit so einer skeptischen Miene gesehen. Derweil schoss die Drohne auf den Planeten zu. Bob erkannte rechtzeitig den Trabanten aus seiner Flugrichtung schräg rechts und korrigierte den Kurs.
„Boah, Bruder – krass", kommentierte Bob.
„Bob, auch wenn die Drohne klein ist – Tarnung bitte!"
„Au jau, jau!" Die Drohne erschien auf der Übersicht dann in Blau. Carson hatte sich seine Gedanken darüber gemacht, warum das Gerät von Jan von einem Meeresbewohner verschluckt worden war. Es konnte

sich kaum um einen gezielten Angriff gehandelt haben. Wahrscheinlich war es purer Zufall gewesen, dass das ‚Auge' direkt in das Maul des Tieres geflogen war. Bobs Drohne kam dem Trabanten näher und schon aus der Ferne konnte man eine Besonderheit feststellen: Dieser Mond war nicht grau, sondern gelb bis beige. Weiterhin aber stark zerklüftet mit tiefen Tälern und hohen Bergen. Dazwischen Sand und Steine – alles in den verschiedenen Gelb- und Beigetönen und davon jede Menge.
„Krass", war der Kommentar von Bob dazu.
Die Scanner der kleinen Drohne liefen ohne Unterbrechung – sechs Stunden lang. Bob hatte die Drohne kreuz und quer über diesen Mond gejagt, war bald in jedem Tal gewesen und hatte jeden Bergwipfel umkreist – einfach negativ. Sie hatten nichts gefunden, was auf ein unnatürliches Bauwerk oder eine künstliche Besonderheit hinwies. Im Funkbereich war nichts los.
Und Bob war fertig. Nina war auf ihrem Sitz eingeschlafen, Johann ebenfalls.
„Abbruch", sagte Carson ziemlich müde, nachdem er auf die Uhr geschaut hatte. „Wir bereden morgen, wie es weitergeht."
Man holte Bob aus seiner Eigenschaft als Drohne heraus. Er nahm müde das technische Gerät vom Kopf und löste die automatische Rückholsteuerung der Drohne aus. Sie fand allein zurück. Bob war innerhalb von wenigen Minuten an Ort und Stelle eingeschlafen. Man ließ ihn liegen.

15.08.2165, 08:25 Uhr, DIAMOND, P2:

Admiral Thomas Raven sah sich einem entspannten Tag gegenüber.
Wenn er geahnt hätte, was ihn erwartete, wäre er ganz anders unterwegs gewesen. So genoss er den ersten Pott Kaffee, kredenzt von Rita, und schaute die Meldungen durch, die ihm Alannis zugewiesen hatte. Rasch hatte er ihre bereits mit ‚in Arbeit' abgehakt. Die junge Frau bereitete ihm nicht nur viel Freude, sondern war auch als echte Hilfe eine Entlastung.
Thomas hatte gerade den Entschluss gefasst, in die Kantine zu gehen und ein ausgiebiges Frühstück, eventuell mit einem dort sitzenden Gesprächspartner, zu verbringen, als der Tag von einem guten in einen schlechten wechselte. Rita war in der Lage, mit ihrer Mimik gewisse Dinge auszudrücken und als sie mit einer solchen Miene im Gesicht in der

Bürotür von Thomas stand, verabschiedete er sich von diesem guten Tag.

„Wir bekommen über den Nullzeitkommunikator von GREEN EARTH die Mitteilung, dass eine Flotte von MOYO-Schiffen vor RAMA-FAT steht."

Thomas atmete kurz durch, dann kamen seine Befehle: „Selbstcheck der REVENGE veranlassen, Kurs meiner Sphäre zum Letalis programmieren, Scott informieren – er soll mich ablösen. In 30 Minuten informierst du Nathan und Ewa."

Einen Teil erledigte Rita schon über das Droidennetz – eine Sache, die man nicht erkennen konnte.

„Der Admiral will nach RAMA-FAT? Allein?"

„Ja, allein Rita. Ich will niemanden gefährden und unsere gesamte Flotte könnte nicht gegen die MOYO bestehen. Entweder ich persönlich reiche oder das wars."

„Die Sphäre ist bereit, Admiral. Ich wünsche viel Erfolg."

Thomas dankte und eilte aus seinem Büro. Auf dem Flur prallte er fast mit Ron Dekker zusammen.

„Hej, hej, hej. Wohin so schnell, Thomas?"

Eine Diskussion konnte Thomas jetzt gar nicht gebrauchen. Wenn Ron das erfuhr, wollte er bestimmt mit und es lag nicht in der Absicht des Admirals, den Kreis der Führungspersonen eventuell noch mehr zu verkleinern. Es tat ihm schon weh, Ewa nicht selbst informieren zu können.

„Später", rief er Ron zu und hielt ihm abwehrend die Hand entgegen. Der General machte ein verblüfftes Gesicht und als er damit fertig war, hob die Sphäre des Admirals bereits ab.

Ron drehte sich um und stürmte in das Büro des Admirals. Er, Ron Dekker, General, und er wusste nicht Bescheid? Das ging nach seiner Auffassung gar nicht und sowieso schon nicht wegen seiner Neugierde.

„Rita, wo ist der Admiral hin?"

„Einen wunderschönen guten Morgen, General."

„Wo ist Thomas so schnell hin?"

„Kaffee, General?"

„Rita, ich habe dir eine Frage gestellt! Hat dir Thomas verboten, irgendwem zu sagen, wo er hin ist?"

„Nein."

„Also?"

„Der Admiral ist nach RAMA-FAT."
„Was will er da denn?"
„Das hat er nicht gesagt." Rita war etwas unschlüssig. Der Admiral hatte ihr nicht verboten, jemandem davon zu erzählen, wo er hin ist. Aber Rita hielt dennoch ihre Aussagen stark begrenzt.
„Komisch", sagte Ron, drehte sich um und ging. ‚Das hätte er mir doch sagen können', dachte er. ‚Ich wäre gern mitgeflogen. Ich hätte Zeit.'

REVENGE:

„Ich heiße den Admiral willkommen an Bord", hörte Thomas, als er auf dem kleinen Landedeck aus der Sphäre sprang.
„Es soll nach RAMA-FAT gehen, teilte mir Rita mit?"
„Ja", sagte Thomas und war dabei, so schnell wie möglich das Kommandodeck zu erreichen. „Und das so schnell wie möglich. Sprung und so, keine Rücksicht auf mich. Lass gehen!"
„Ich beschleunige bereits aus dem System heraus. Abmeldung auf der GEELONG ist erfolgt."
„Prima – weiter!" Thomas quetschte sich in den Pilotensitz. Aufgrund des Missgeschicks von vor ein paar Tagen fühlte er sich verantwortlich für das Schicksal der GENAR. Er hatte angenommen, dass die Führung der MOYO über den Hasszustand hinaus war und diesen komplett abgelegt hatte. Es war bitter für ihn, dass eine so intelligente Spezies offensichtlich nicht Herr ihrer Gefühle war. Und eins war ihm noch klar: Er würde es nicht verhindern können, wenn sich die MOYO zum Angriff entschließen würden. Er hoffte, dass man auf RAMA-FAT die Evakuierung bereits eingeleitet und die MOYO den Angriff noch nicht begonnen hatten. Thomas versuchte zu veranschlagen, wie viel Zeit vergangen sein würde zwischen dem Beginn der Aktion und jetzt. Wie er wusste, konnten die MOYO schnell und ungemein hart zuschlagen. Eventuell würde er nur noch Trümmer vorfinden. Er sah auf die Geschwindigkeitsanzeige des Letalis. Die REVENGE würde in wenigen Minuten springen.
„KI! Wie viele Sprünge sind vorgesehen?"
„Zwei, Admiral. Wenn der letzte Sprung bis vor den Planeten gehen soll, muss ich eine Orientierung vornehmen."
„Okay."

Die Anzeige des Geschwindigkeitsmessers wanderte immer mehr in Richtung grüner Bereich. Also dem Tempo, ab dann ein Jump möglich war.
„Admiral, Achtung, Jump in 6 – 5 – 4 – 3 – 2 – 1 – jetzt!"
Vor Thomas verschwamm alles, dann sah er wieder klar – mit entsprechenden Glieder- und Muskelschmerzen. Er nahm es fast nicht wahr, so viel Adrenalin hatte sein Körper ausgeschüttet.
„Navigationscheck", sagte die KI und nach drei Minuten: „Check abgeschlossen. Ich beschleunigte."
Thomas bereitete sich auf den letzten Sprung vor und zog sich schnell noch einen Kaffee. Er musste fit sein, wenn es noch etwas zu diskutieren gab.
Kurz darauf gab es den nächsten Sprung.

<u>DIAMOND, P2 – Kantine:</u>

Ron hatte, ohne es zu wissen, das Vorhaben seines Freundes Thomas aufgegriffen. Er saß mit einer Riesenschüssel Rührei mit Speck am Frühstückstisch der Kantine und biss herzhaft in ein Hörnchen mit Marmeladenfüllung. Er salzte das Ei noch etwas nach und griff zu einer Gabel.
„Darf ich mich zu dir setzen?"
Ron sah überrascht hoch und vor ihm stand Ewa. Sie lächelte gewinnend. Ron sprang auf und räumte seinen Kram etwas zur Seite: „Herzlich gern, Ewa. Bitte setz dich."
Ewa setzte sich. Man begann zu frühstücken.
„Frühstückt ihr nicht immer zusammen, wenn ihr frühstückt, also Thomas und du?"
„Normal schon, aber heute hatte er keine Zeit. Er musste dringend weg."
Ewa hob ihre Tasse: „Hmm, ich weiß von keinem Termin heute außerhalb des P2."
Sie nahm einen Schluck Kaffee.
„Er war etwas in Eile und sagte, dass er nach RAMA-FAT müsste", sagte Ron und sah anschließend einen guten Schluck Kaffee auf sich zufliegen. Ausweichen ging beim überraschten General nicht und so sah er sich reichlich besudelt. Ewa machte keine Anstalten sich zu entschuldigen.
„Was? RAMA-FAT? Komm sofort mit!"

Ewa war aufgesprungen und Ron konnte gerade noch eine Serviette greifen, um sich grob zu reinigen. Er zeigte auf einen Absolventen der SCA und dann auf die beiden Frühstückstabletts, die dort noch standen. Der Absolvent nickte – er würde abräumen. Dann folgte Ron der offensichtlich stark aufgebrachten Ewa. Er holte sie erst wieder im Büro des Admirals ein, wo Ewa gerade Rita eindringlich und äußerst erregt befragte.

„Ich sollte die Vizepräsidentin in 12 Minuten informieren und den Präsidenten", gab Rita zur Auskunft.

„Noch mal! Was ist vorgefallen und warum ist Thomas so schnell nach RAMA-FAT?"

„Es hat aus Richtung GREEN EARTH über den Nullzeitkommunikator die Information gegeben, dass eine MOYO-Flotte vor RAMA-FAT steht. Der Admiral ist mit seiner REVENGE sofort aufgebrochen. Scott Tanner wird gleich die Funktion des Admirals übernehmen."

„Ich will sofort mit Nathan sprechen – als Vizepräsidentin. Mach das möglich, Rita. Egal wie!"

Der Wandmonitor in Thomas Büro flammte auf und Nathan erschien gerade vor der Optik.

„Hallo, Ewa. Ich ..."

„Nathan", unterbrach sie ihn. „Tom ist nach RAMA-FAT aufgebrochen. Die GENAR werden von einer MOYO-Flotte bedroht."

Nathans Gesicht wurde ernst: „Wir müssen dahin. Wie, äh ..."

„Ich kann helfen. Meine IISM DELAWARE ist reisefertig", bot Ron Dekker an. „Komm mit deiner Sphäre und gib mein Schiff als Ziel an."

Nathan bewies, dass er schnell sein konnte: „Tiro, meine Sphäre, schnell!"

Der Bildschirm verdunkelte sich und Ron griff sich Ewa und zog sie hinaus. „Ich hatte ja keine Ahnung", sagte er.

„Konntest du auch nicht", antwortete Ewa. „Den Fauxpas von neulich haben wir nicht an die große Glocke gehängt."

Sie spurtete über den Flur zur Dachfläche, wo die Sphäre des Generals stand. Sie hätten auch mithilfe eines PORTALs den Transport absolvieren können, aber Nathan würde auch noch brauchen. Insofern waren sie schnell genug.

„Erzähl mir von diesem Missgeschick", verlangte Ron Dekker, während sie schon die Sphäre betraten.

„KI! Ziel DELAWARE!"
Die KI hob ab und Ewa reagierte auf Rons Wunsch: „Ich habe mich verplappert und beim Besuch der Hohen Rätin auf DIAMOND berichtet, dass Jan Eggert auf Präsidialjagd gegangen ist."
„Und?"
„Die hohe Tussi ist fast ausgerastet und hat den Besuch sofort abgebrochen. Sie vermutet wohl ein zweites GENAR-Imperium dort, wo Jan jetzt ist."
„Ach du ...", machte Ron.
„Scheiße", vollendete Ewa.
Ron funkte mit der HSM DELAWARE und meldete sich an.
„Order?", fragte Captain Isabel-Maria Scottwers.
„Wir fliegen, wenn der Präsident an Bord ist, so schnell wie möglich RAMA-FAT an. Bereitet das Schiff vor. Keinen Empfangs-Klimbim."
Man hörte Isabel-Maria einatmen. Offenbar hatte sie den Ernst der Lage, oder zumindest einen Ernst, erkannt.
Die Sphäre schoss wenig später in das gesichert offene Landedeck der F-Klasse.
„Präsident erreicht unser Schiff in etwa 90 Sekunden", hörte man Isabel-Maria mitteilen.
„Wir bringen ihn mit zur Brücke!"
„Verstanden."
Ewa und Ron stiegen aus und warteten vor ihrer Sphäre. Dann kam die des Präsidenten. Als Erster stieg Tiro, der Bodyguard, Diener und AR-L, aus. Er half Marie-Ann Waterhouse aus der Kugel. Nathan kam allein zurecht. Man begrüßte sich und Ron wertete die Tatsache, dass Nathan seine Frau mitnahm, als gutes Zeichen. Allerdings war der Grund nicht so prickelnd.
„Wenn das eine Reise ohne Wiederkehr wird, sind wir wenigstens zusammen", erklärte Marie-Ann mit ernstem Gesicht. Ewa schluckte schwer.
Ron funkte mit der Brücke: „Auf geht's!"

REVENGE vor RAMA-FAT:

„KI! Positionier uns zwischen RAMA-FAT und der MOYO-Flotte", verlangte Thomas Raven. Die REVENGE beschleunigte nach einer Bestätigung auf diesen Punkt zu. Thomas Raven hatte etwa 50 dieser 500-

Meter-Scheiben der MOYO entdeckt, die in breiter Front zu RAMA-FAT standen.

„Ich detektiere keine GENAR-Schiffe im Raum", teilte die REVENGE mit.

„Hat die Evakuierung bereits stattgefunden?", fragte Thomas hoffnungsvoll.

„Negativ. Dafür gibt es keine Anzeichen. Aber es findet Funkverkehr von RAMA-FAT in Richtung der MOYO Flotte und umgekehrt statt."

„Schalte mich dazu!"

Kurz darauf sah Thomas den amtierenden Kanzler von RAMA-FAT, Kai-Lak und auf der anderen Bildhälfte die Hohe Rätin Motma-Gil.

Kai-Lak schien etwas aufzuatmen: „Ich grüße den Fleet Admiral. Wir haben unsere Flotte gelandet und uns ergeben, Fleet Admiral Thomas Raven. Die MOYO wollen trotzdem angreifen."

„Und das werden wir auch", zischte Motma-Gil.

„Die MOYO mögen bitte bedenken, dass sie auch die Spezies der HALKA damit vernichten. Die GENAR teilen sich friedlich mit ihnen diesen Planeten", erklärte Thomas Raven. Er war aufgestanden und zeigte sich in seiner ganzen Größe.

„Wer sich mit solchen Leuten verbrüdert, hat es nicht besser verdient", wehrte Motma-Gil die Verantwortung für die HALKA ab.

„Dann gibt es noch eine halbintelligente Ureinwohnerschaft von RAMA-FAT – eine insektoide Rasse. Die haben sich bestimmt nicht mit den GENAR verbrüdert. Wollt ihr etwa gegen diese Spezies in die Evolution eingreifen?"

„Wie mir scheint, haben das GENAR und HALKA bereits getan", ätzte Motma-Gil.

„Wir halten die Spezies strikt voneinander getrennt. Sie bemerken nicht, dass wir da sind", erläuterte Thomas Raven. „Und wenn es dann mal nötig ist, verlassen wir diesen Planeten."

„Bist du sicher, dass die GENAR das tun werden?", fragte Motma-Gil wütend.

„Wir werden das, ohne zu zögern tun", antwortete Kai-Lak. „Das Universum ist voller schöner Planeten. Man muss sich nicht im Wege sein."

„Und das sagt mir ausgerechnet ein GENAR", schimpfte Motma-Gil.

Thomas Raven nahm zur Kenntnis, dass man zumindest miteinander redete. Allerdings gab es zum Kernproblem bisher keine erkennbare Lösung.

„Ich habe eurer Spezies als Zeuge gedient", sagte Thomas Raven. „Ihr hattet eure Rache. Der Krieg ist vorbei."

„Die HSF DELAWARE erreicht das System", informierte die REVENGE den Admiral. Der Bildschirm bestand wenig später aus drei Teilen. Ganz rechts war noch Nathan dazugekommen. Er wirkte etwas angegriffen. Thomas wusste nicht, dass die HSF DELAWARE mittels einer astrogatorischen Meisterleistung mit einem einzigen Sprung die Strecke überwunden hatte. Das Klasse-F-Schiff raste jetzt auf den Standort der REVENGE zu.

„Ich bitte die MOYO an den Verhandlungstisch", sagte Nathan einfach. „Sicherlich werden wir eine Lösung für beide Seiten finden können."

Mit etwas Beunruhigung sah Thomas seine Ewa im Hintergrund auf der Brücke des Klasse-F-Schiffes stehen. Daneben Marie-Ann Waterhouse und, natürlich, Ron Dekker.

„Dieses ganze Gerede reicht mir jetzt. Rawlad-Desch, ich befehle dir den Angriff!" Motma-Gils Augen funkelten erwartungsvoll. Dann kam der Erste Dekan der MOYO ins Bild.

„Der Zeuge hat soeben bekanntgegeben, dass der Feldzug gegen die GENAR vorbei ist. Aus diesem Grunde, und weil der Befehl gegen die Aussage des Zeugen ist, verweigere ich den Befehl. Wegen erwiesener Missachtung unsere ungeschriebenen Gesetze enthebe ich Motma-Gil vorläufig ihres Ranges als Hohe Rätin. Der Rest des Rates wird darüber befinden. Motma-Gil – bis zu unserer Rückkehr wird deine Bewegungsfreiheit eingegrenzt. Begib dich in deine Kabine und bleib dort. Im Weigerungsfalle lass' ich dich abführen."

Motma-Gil sah aus, als würde sie platzen. Eine Antwort gab sie nicht. Rawlad-Desch winkte zwei Offizieren seines Schiffes. Diese eskortierten Motma-Gil wortlos von der Brücke.

„Dem Zeugen sei Dank", sagte Rawlad-Desch. „Daher gibt es bei uns seit langer, langer Zeit wieder einen Zeugen. Du hast, Thomas Raven, bemerkt, welche Macht dieser haben kann. Der Hohe Rat wird Motma-Gil schuldig sprechen. Sie hätte bei deinem Eingreifen den Rückzug und nicht den Angriff anordnen müssen. Der Aufmarsch hier ist beendet. Ich werde unsere Flotte nach Hause führen."

In diesem Augenblick mischte sich Marie-Ann Waterhouse ein: „Rawlad-Desch?"
„Marie-Ann?"
„Habe ich meinen Freund noch? Den Ersten Dekan der MOYO?"
„Wenn du noch willst, dann gern."
„Dann möchte ich bitte vor dem restlichen Rat sprechen."
„Du weißt MOYOLA zu finden. Ich bereite den Rat auf dich vor."
Der Bildschirm wurde dunkel und wenig später drehte die MOYO-Flotte um und begann systemauswärts zu beschleunigen.
„Donnerwetter", hörte man Ron poltern. „Das war knapp."
Von RAMA-FAT meldete sich Präsident Kai-Lak: „Unseren Dank an den Zeugen und Fleet Admiral Thomas Raven. Wir sind hier sehr erleichtert."
„Ich auch", gab Thomas Raven zu. „Es war mir eine Freude, bis demnächst."
Dann war wieder Ron am Funk: „Wir fliegen nach MOYOLA. Willst du mit, Thomas? Der Letalis passt hier noch ganz gut rein."
Thomas antwortete: „Ja, ich will mit. KI, Andockvorgang an die DELAWARE einleiten."

Wenig später wurde Thomas Raven auf der Brücke der HSM DELAWARE stürmisch gefeiert. Ewa hing ihm am Hals und er sagte: „Wenn ich gewusst hätte, wie groß die Macht eines Zeugen ist – mir wäre wohler gewesen."
Isabel-Maria Scottwers befahl einem Marine, namens Fish, dass er MOYOLA ansteuern soll.

<u>Stunden später, auf MOYOLA vor dem Hohen Rat:</u>

Marie-Ann Waterhouse hatte die Genehmigung bekommen, vor dem Hohen Rat, jetzt nur noch aus vier Mitgliedern bestehend, zu sprechen.
„Ich will die Zeit des hohen Rates nicht über Gebühr beanspruchen", sagte sie hochaufgerichtet und mit durchgedrücktem Rücken. „Wir hatten uns damals einig gezeigt, dass Respekt ein hohes Gut ist. Es ist auch Respekt, eine einmal ausgetragene Sache ruhen zu lassen. Respekt vor dem ehemaligen Gegner, anderen Beteiligten und vor allen Dingen gegenüber den einzelnen Individuen der eigenen Spezies. Gegenseitiger

Respekt ist das, was mich und Rawlad-Desch zusammengeführt und zusammengehalten hat. Respekt ist viel wichtiger, als man ihm normal zugesteht. Rawlad-Desch zeigt sich in bester Weise respektvoll – auch und gerade vor seiner eigenen Spezies. Ich danke für eure Zeit."

Es war zu keiner Antwort gekommen, aber Marie-Ann war sicher, dass ihre Worte heute ebenso eindrucksvoll gewesen waren, wie vor zwei Jahren.

<u>16.08.2165, 07:00 Uhr, AXIS, ODIN, Med-Lab:</u>

„Moin du Schlafmütze! Wo treibst du dich rum? Ich bezahle dich nicht fürs Rumlungern!"

Jan Eggert hatte mit viel Schwung den Sanitätsbereich der ODIN zu so früher Stunde betreten.

Es dauerte auch nur wenige Sekunden, bis Doc Holliday mit Stethoskop und weißem Kittel parat stand.

„Ich bekomme Lohn, Sir?"

„Lenk nicht ab, Doc!"

„Liegt ein medizinischer Notfall vor?"

„Ja und nein", antwortete Jan Eggert.

„Wie kann ich denn helfen?"

„Du erklärst mich für ab sofort als diensttauglich", verlangte Eggert.

„Das ist nicht so einfach, Sir."

„Doch ist es. Du schreibst ein kurzes Memo an Carson Cunningham."

„Ich kann doch nicht einfach so ohne Weiteres den XO des Schiffes eine solche Meldung machen."

„Doch, kannst du und jetzt hopp, hopp! Als Captain der ODIN ordne ich das hiermit an. Mach schon!"

„Aber ich muss doch erst untersuchen", führte der Robot an.

„Dann diskutier hier nicht rum und untersuch", verlangte Jan ungeduldig.

„Habe ich schon. Die Diskussion war die Prüfung. Der XO hat die Mitteilung", sagte Doc Holliday.

„Warum nicht gleich so? Tschüss!"

Eggert drehte sich auf dem Absatz um und ging schnurstracks zur Kantine. Er war gestern nicht mehr zum Abendbrot gekommen und daher hatte er Hunger.

08:30 Uhr, ODIN, Brücke:

„Da bin ich wieder. Moin zusammen. Was geht ab?"
Carson schaute misstrauisch auf Jan und erwiderte den Morgengruß leise.
Jan hob abwehrend eine Hand: „Schau in deine Memos!"
Carson tat es, anschließend räumte er wortlos den Captains-Platz.
Jan schmiss sich förmlich dort hinein und sang: „Ich bin wieder hier – in meinem Re…"
Er verstummte, weil ihn alle ansahen, als hätte er den Verstand verloren – gut, Nina nicht.
„Ich wollte sagen, ich übernehme wieder. Wie ich hörte, hat Bob die Drohne gestern nicht zerstört – im Gegensatz zu mir. Allerdings ist auch nichts dabei herausgekommen. Wir stehen bisher mit leeren Händen da. Also, Nina, Flottenfrequenz, bitte."
Wenig später sah man Chapawee Paco und Ro-Latu auf der Übersicht.
„Der Pfad zur Gesundung unseres weißen Bruders war erfreulich kurz", sagte der Sioux.
„Ich freue mich", sagte Ro-Latu einfach.
„Ich habe eine kleine Auszeit gebraucht, um einen Plan zu entwickeln", kommentierte Jan seine Abwesenheit.
„Dürfen wir teilhaben an dem zukünftigen Vorgehen?", fragte Ro-Latu.
„Deswegen spreche ich mit euch, Hört zu …"
Jan entwickelte einen Plan, der in Einzelteilen von den beiden anderen Captains verfeinert wurde, dann wurde er beschlossen. Wegen der Vorbereitungen war aber nicht vor der Mittagsstunde des nächsten Tages mit einem Beginn zu rechnen.
„Das schaffen wir jetzt auch noch", gab Eggert bekannt.

17.08.2165, 13:45 Uhr, M51/AXIS, ODIN, Brücke:

„Und los", gab Jan Eggert das Kommando.
Ro-Latu hatte sich persönlich an Bord der TOM-HAF begeben, um die Aktion vor Ort bis zu einem gewissen Grad zu lenken. Gleichzeitig mit dem erbeuteten 820er-GENAR-Schiff beschleunigte auch die GENAR-P-Klasse. In dem 51,25-Meter-Schiff waren diverse Ausrüstung, eine dreiköpfige Besatzung, bestehend aus: Pilot, KOM-Offizier und einem Kommandanten, Ferdinand Magellan, zwei Trupps Marines und Sam

Waterhouse als Mission Commander. Dazu kamen ein paar Dutzend seiner 6-Meter-Kampfdroiden plus einer Spezialeinheit. Das war das eigentliche Eingreif-Team auf diesem Mond. Die Kurse der Schiffe führten auch nicht lange parallel, dann glitten sie auseinander. Das kleinere Schiff glitt in den Überraum, um wenig später an einem bestimmten Punkt einfach nur zu warten. Der Plan war es, dass sich das 820er-Schiff langsam dem Mond näherte. Dabei würde das Schiff so lange brauchen, wie zuvor die Drohne. Man hoffte, dass es nach einer möglichen Kennung des 820ers es zu einem automatischen Datenaustausch käme. Diese Situation wollte man herbeiführen.
Das kleinere Schiff trug den Interimsnamen SPEER.

17:30 Uhr, TOM-HAF, Brücke:

Der beige/gelbe Mond war deutlich auf der Übersicht zu sehen. Ro-Latu hoffte, dass Jans Plan funktionierte. Aber er selbst hatte auch keine bessere Idee produzieren können, also probierte man das aus.
„Wir haben Funkkontakt und uns werden Daten überspielt, OBH", meldete der Funk-Offizier an Bord.
Ro-Latu wandte sich an einen anderen Offizier: „Peilung aufnehmen!"
„Ay, OBH."
Ro-Latu war beruhigt, dass die Annahme von Jan Eggert schon mal funktionierte. Der 820er war von einer Automatik erkannt worden. Und so abseits von Gut und Böse konnte nur der Not-Bedarf von Koordinaten führen. Und die Übertragung lief und Ro-Latu konnte sicher sein, dass die Daten sich aufgrund eines versteckten Unterprogramms selbst löschen würden, und zwar bevor man geeignete Gegenmittel dazu fand. Das hieß aber auch, dass man tunlichst, wenn die Übertragung abbrach, nicht mehr allzu lange im System bleiben sollte. Eine kurze Auswertung, wohin man den Kurs setzen wollte, dann Abflug.
„Datenübertragung beendet, OBH!"
Ro-Latu bestätigte: „Peilung?"
„Wir brauchen noch etwas OBH."
Ro-Latu wusste, dass er seine Fachleute nicht zur Eile antreiben brauchte. Er hatte bei den MENSCHEN gelernt, das informierte Leute zielstrebiger und effektiver, sogar motivierter, arbeiten. Und er setzte das um, nachdem er erfahren hatte, dass das bei den GENAR ebenso funktio-

nierte. Jeder seiner Leute wusste, was man warum hier vor diesem Mond tat.

„Koordinaten klar, OBH!"
„Funkübertragung zum Zielschiff, dann absetzen!"
„Übertragung abgeschlossen!"
„Absetzen!"
Die TOM-HAF beschleunigte und verschwand bald darauf aus dem Einsteinraum. Ziel waren die CHIEF JOSEPH, die ODIN und die HORLOK II.

GENAR-P-Klasse:

Sam Waterhouse war sich darüber im Klaren, dass es trotz der intensiven Suche immer noch Überwachungsanlagen geben würde, ja geben musste. Niemand würde eine solche Anlage auf einen kargen Mond installieren und dann die ganze Anlage sich selbst überlassen. Es musste also schnell gehen und dementsprechend war der Pilot gebrieft. Es sah aus, als wollte das 51,25-Meter-Schiff den Mond rammen.

„Koordinaten sind bekannt. Das Ziel scheint in einem Tal zu liegen", informierte der Pilot den Einsatzleiter. Sam machte sich schon einmal Gedanken, wie er seine Leute dort einsetzen konnte. Im Prinzip gab es zwei Gefahren: Absicherungen aller Art gegen unbefugten Zutritt und/-oder die Benachrichtigung von Kräften, dass jemand dabei ist, das Areal zu betreten. Ja, schnell musste es gehen und dann noch den genauen Ort finden.

In einem abgelegenen Teil des Mondes hätte man das Klicken eines Relais gehört, wenn es eine Atmosphäre geben würde. Irgendwas hatte auf die Anwesenheit der 51,25-Meter-Kugel reagiert. Der KOM-Offizier meldete Sam Waterhouse, dass es zu keiner Datenübertragung kam. Sam tat das schulterzuckend ab. Man konnte davon ausgehen, dass die Anlage erst ab einer bestimmten Schiffsgröße oder Kennung damit reagierte, oder der Kurs ihrer Kugel gleich als unnormal eingestuft worden war. Im letzten Fall war ein Notruf der Anlage wahrscheinlich. Sam wusste nicht, dass dieser längst abgesetzt worden war.

„Da ist das Tal", sagte der Pilot und zeigte auf die Übersicht. Sam sah eine etwa zwanzig Kilometer lange Schlucht. Nach den Anzeigen war diese 750 Meter tief und fast zwei Kilometer breit.

„Wo genau?"
Der Pilot schüttelte den Kopf: „Das war genau."
„Okay, so weit wie möglich runter. Wir fangen an einer Seite an und setzen jeweils zwei Kampfdroiden alle 500 Meter ab.
Der Pilot bestätigte und die Kugel raste nach unten. Sam nickte Magellan zu: „Übermittel den Einsatzbefehl an die Droiden."
„Ay", bestätigte der AR-L.
„Wir sind gleich da", informierte der Pilot.
„Polschleuse öffnen!"
Das Schiff fegte zehn Meter über dem Boden an und in entsprechenden Abständen sprangen zwei Kampfdroiden heraus, verteilten sich und suchten in der Nähe Deckung. Die zweite Absetzung erfolgte keine zehn Sekunden später. Schließlich waren sie durch und Sam ordnete den Rückflug bis zur Mitte des Tals an.
„Mitten über dem Tal anhalten. Wir springen ab", ordnete Sam an.
„Viel Glück", sagte der Kommandant.
Sam nickte ihm zu und setzte seinen Helm auf. Zusammen mit Magellan verließ er die Brücke und lief zum Deck in der Nähe der Polschleuse.
„Porter, Jefferson – wir springen ab. Wir wiegen nur ein Drittel. Nehmt die Spezialeinheit mit."
Porter und Jefferson, die beiden Truppführer, bestätigten. Die beiden Marine-Gruppen warteten bereits mit aufgesetzten Helmen auf den Einsatz.
„Wir haben das Ziel erreicht", hörte man über die Bordsprechanlage den Kommandanten. „Außenschott wird gesichert geöffnet. Wir warten laut Absprache!"
Sam hob einen Arm dafür, dass er verstanden hatte. Sicherlich wurden sie von der Brücke beobachtet. Das Schott an der Außenwandung öffnete sich und man sah einen diffus beleuchteten Himmelskörper in beige/gelb. Zuerst sprangen vier weitere Kampfdroiden ab, dann Sam und der Rest der Truppe. Ihre flugfähigen Kampfanzüge hatten mit der geringen Gravitation keine Probleme. Sam hatte aber die Weisung ausgegeben, dieses so wenig wie möglich zu nutzen. Sie strahlten Energie ab und diese konnte verräterisch sein.
„Die Scanner – zwei nach links und zwei nach rechts", befahl Sam Waterhouse. Die Truppführer Porter und Jefferson teilten ihre Leute ein.

Jeweils zwei Marines machten sich mit Messgeräten auf zu den Talenden. Irgendwo musste hier die Anlage sein.

„Magellan?"

„Ich scanne ebenfalls, Sir. Bisher nichts."

Sam landete und direkt neben ihm die Spezialeinheit. Es handelte sich um einen sechsbeinigen Robot, der wie ein Hund ohne Kopf und Schwanz aussah und Sam bis zur Hüfte reichte. Auf dem Rücken konnte man verschiedene technische Geräte anbringen. In diesem Fall war das unter anderem eine KI mit diversen Möglichkeiten und einer ÜL-Funkanlage. Man hatte dem Typ Robot einen Namen gegeben: DOG.

„DOG, ÜL-Übertragung per SPEER an die ODIN: Gelandet – suchen Eingang!"

Auf dem Robot blinkte eine Lampe kurz grün. Er würde die SPEER als Relaisstation nehmen, um die ODIN zu erreichen. Sam hasste es, einfach nur dazustehen und auf Ergebnisse zu warten. Aber hier konnte er einfach nichts anderes tun. Sie mussten den Eingang finden.

„Sir, einer der Droiden hat etwas gefunden, was nicht natürlichen Ursprungs ist. Er hat mir seine Bilder übermittelt. Wir sollten uns das ansehen", sagte plötzlich Magellan. „Etwa 3.100 Meter von hier."

„Führe uns", ordnete Sam an, dann wies er Jefferson und Porter an, dem AR-L zu folgen – per Flug und die Leute mit den Messgeräten zurückzuholen. Der Droide vergrößerte den Energieausstoß nicht, aber er konnte hier mit der geringen Schwerkraft ordentlich rennen. Sie waren kurze Zeit später dort, wo der Kampfdroide die Meldung abgegeben hatte.

„Hier ist es", sagte Sam. „Die Leute mit den Scannern sollen sich ans Werk machen."

Was Sam gesehen hatte, war an einer der schroffen Felswände. Bauten wie Kathedralen – ein paar hundert Meter hoch und in den Fels gebaut. Man sah fast nur die Frontseite, alles andere verschwand im Fels. Auf dem Grunde des Tales gab es Stalagmiten ähnliche und offensichtlich ebenfalls künstliche Objekte – bis zu 100 Meter hoch. In der Mitte die größte der schlanken Säulen, kreisförmig drumherum kleiner werdend. Und dann gab es ein Gebäude, welches ganz anders war – etwa 100 Meter von der schräg abfallenden Felswand entfernt, gab es ein Gebäude von etwa 70 Metern Höhe, die Grundform war quadratisch mit etwa 60 Metern Kantenlänge. Es hatte Ähnlichkeit mit den kathedralen Zügen der Felswand. Aber nur Ähnlichkeit.

Sam zeigte auf genau das Gebäude: „Maggi dorthin. Scan das!"
„Ay, Sir", versicherte der AR-L und rannte darauf zu. Sam befahl DOG, sich ebenfalls dorthin zu bewegen. Der Hunde-Robot war noch mal schneller als Magellan und hatte diesen schnell eingeholt. Sam folgte ihnen langsam und befahl Porter und Jefferson, die Männer kampfbereit und in Deckung zu halten.
„Kampfdroiden, mich anmessen. Auf meinen Punkt zulaufen und bei 500 Metern Abstand anhalten, verteilen und Deckung suchen. Abwehrbereitschaft herstellen."
Sam bekam auf die Innenseite seines Helms die Bestätigung. Aus beiden Seiten des Tales kamen die Kampfdroiden jetzt auf ihn zu und würden eine Abwehrstellung einrichten. Jetzt kam es nur noch darauf an, dass man den Zugang fand. Sam ließ die Marines mit Scannern machen. Es konnte schließlich sein, dass er sich mit seiner Ahnung geirrt hatte. Sein siebter Sinn, nach mehr als anderthalb Jahrhunderten Pflege und Hege, sagte ihm was ganz anderes. Aber sie mussten rein in das verdammte Ding. Die überall herumliegenden Felsbrocken hier boten eventuell gute Deckung, aber nur so lange, wie den Angreifern ihre Anlage hier wichtig war. Einem größeren Bombardement hatten sie nichts entgegenzusetzen.
„Mission Commander von Magellan. Wir haben hier einen Zugang."
„Verstanden, ich komme. Können wir rein?"
„DOG und ich arbeiten daran", erklärte Magellan. „DOG erhält eine Nachricht von der SPEER."
„Durchstellen", befahl Sam und er ahnte Übles.
„Mission Commander von Speer!"
„Hier ist Sam. Was gibt es?"
„Wir bekommen Besuch – es kommen 2.500er der ANGUIDEN im System an. Notruf an die Teilflotte ist raus."
„Wie ist euer Status?"
„Toter Mann – Laurin 6.0 aktiv."
„So bleiben und informiert uns, wenn der Feind über dem Mond ist"
„Verstanden."
Im nächsten Augenblick war Sam versucht, DOG und Magellan zu etwas mehr Eile anzutreiben. Seine lange Lebenserfahrung sagte ihm aber, dass er sich den Funkspruch sparen konnte. Die Droiden wussten sehr genau, warum sie schnell und effektiv arbeiten sollten. Und schließlich hatte Magellan mitgehört.

ODIN, Brücke:

Vor 15 Minuten hatte sich die TOM-HAF innerhalb des Verbandes zurückgemeldet.
Kurz danach kam der Hilferuf der SPEER.
„Sack und Asche", fluchte Jan. „Mit denen hätte ich erst in vielleicht zwei oder drei Stunden gerechnet. Die sind ja äußerst fix."
Von der Übersicht schaute Paco auf die Brücke der ODIN: „Mein weißer Bruder vergisst, dass die Schlangen nicht von selbst, sondern auf Befehl handeln. Sind sie bei uns in den Entscheidungen etwas träge, so wird das hier wahrscheinlich vom Präsidial ausgeglichen."
„Mein roter Bruder mit Knick in der Nase hat völlig recht", sagte da Ro-Latu.
Jan starrte ihn entgeistert an. Das hatte der OBH aller GENAR-Soldaten jetzt nicht wirklich gesagt. Die vergangenen Monate zusammen mit Chapawee Paco mussten für den OBH der GENAR prägend gewesen sein. Die Reaktion des Sioux blieb aus, denn Ro-Latu und auch Paco schauten unbeeindruckt auf die Brücke der ODIN.
„Die Scanner der SPEER haben bisher 19 Schiffe der 2.500er-ANGUIDEN detektiert", wiederholte Jan das, was seine beiden Kollegen auf den anderen Schiffen schon wussten.
„Wir sollten unseren Brüdern vor Ort die Muße verschaffen, die sie brauchen, um die Daten aus dem Feuer an unsere Feuer zu holen", schlug Paco vor.
„Das tun wir", sagte Jan. „Meine Herren, es geht mitten hinein. Ich bitte um Gefechtsbereitschaft, die ODIN übernimmt die Nav-Kontrolle."
„Die CHIEF JOSEPH ist bereit", sagte der Sioux von der B-Klasse der GENUI mit 1.800 Metern Durchmesser.
„HOR-LOK II und TOM-HAF sind klar zum Gefecht", meldete Ro-Latu.
„Dann lasst uns eilen, dem Gegner eine Abfuhr zu erteilen", schwadronierte Jan. „Carson, hast du gehört?"
„Hab' ich."
„Dann mal los!"

12. Mission

17.08.2165, vor Mitternacht, ODIN, Brücke.

Das Längste am Flug war die Anlaufphase, bevor man in den Überraum gehen konnte. Danach waren es Bruchteile von Sekunden, bis man direkt im System war. Man hatte nicht den FALL OUT ZERO SPEED gewählt, denn Jan wollte sehr beweglich sein. Tatsächlich hatte er recht. Innerhalb der kurzen Zeit war die Anzahl der größten ANGUIDEN-Schiffe auf 37 angewachsen. Jan schluckte. Sie hatten zwar das NIR-MAAN Upgrade und verfügten damit über mehr Energie und stärkere Schilde, aber die Gegnerzahl war schon eine Hausnummer.
„Viel Feind – viel Ehr", kam es über Funk von Paco. Sie hatten noch eine halbe Minute bis zur Waffenreichweite und die ANGUIDEN-Schiffe begannen schon mit einem Abfangkurs.
„Ich brauchte eine Funkstation und eine einstellbare Frequenz", sagte Ka-Lim in die Vorbereitungen des Waffengangs.
Jan sah zu seiner Frau: „Stell ihm das bereit, Nina."
Ka-Lim eilte zum KOM-Paneel und Nina zeigte ihm die Geräte. Kurz darauf begann er etwas einzugeben.
„KI! Gegner durchnummerieren!"
Neben jedem roten Symbol kam nun eine Zahl.
„Die Schiffe 3, 17 und 29 sind uns am nächsten", funkte Jan. „HOR-LOK II und TOM-HAF agieren als eine Einheit. ODIN Nummer 3, Chap Nummer 17 und Ro-Latu 29. Das ist für den ersten Feuerstoß. Feuer frei, sobald in Reichweite!"
Jan bekam von Ro-Latu und Chapawee ein ‚Okay'.
„Johann, walte deines Amtes – mit Nachdruck!"
„Ich geb' alles", versprach der Österreicher.
Johann Hochreiter überzeugte sich davon, dass die Schutzschirme der ODIN auf Volllast liefen und wählte die ballistischen Waffen aus, die über die doppelte Reichweite der Energiewaffen, also 600.000km, verfügten.
„Fertig!", rief Ka-Lim.
„Wie, was, fertig?", echote Jan.
„Ordne eine Kursänderung an und sieh was passiert", verlangte der NIR-MAAN.

Jan war verdutzt: „Okay, Carson 10 Grad nach irgendwo."
Die ODIN legte sich in eine Kurve und die anderen Schiffe der Teilflotte auch.
Elli Klaffke wurde hibbelig: „Jan, Jan, eine ganze Menge der Schiffe fliegt geradeaus weiter. Nur 19 Schiffe sind auf neuem Abfangkurs!"
„Die, die geradeaus weiterfliegen, entstammen unserer Werft. Wir hatten da eine kleine Sicherung eingebaut", gab Ka-Lim bekannt. Er schaffte es, dabei einen so verschmitzten Gesichtsausdruck zu machen, dass Jan lachen musste.
„KI! Die inaktiven Schiffe per Alphabet durchnummerieren."
Die 18 Schiffe, die geradeaus flogen, erhielten A – B – C und so weiter. Die Ziffern verschwanden dafür. Die ursprünglich anvisierten Ziele gehörten zu den Inaktiven.
„Chap und Ro-Latu, mitgehört?"
Er bekam die Bestätigungen.
„Neue Zuteilung, ODIN die 13, Paco die 5 und Ro-Latu die 9. Die Buchstaben lassen wir erst mal aus unserer Rechnung raus. Nav-Kontrolle ist aufgehoben, Feuer frei, sobald in Reichweite!"
Die Chief Joseph und die HOR-LOK II mit ihrem Begleitschiff zogen sich etwas auseinander. Die ODIN flog nach bester Dogfight-Manier unbeirrt auf Schiff 13 zu.
„Anschließend freie Jagd."
Jan drehte sich zu Alma: „Du passt auf, ob die Vipern Jäger ausschleusen."
„Geht klar."
Johanns Finger tanzten virtuos über das Gunner-Paneel. Die ODIN machte sich kampfbereit. Abdeckungen wurden von den Torpedolaunchern eingeklappt, die Speicherbänke für die Energiewaffen gefüllt, Vierlingsflaks für die Raketenabwehr drehten sich auf ihren Tellern und suchten schon jetzt Ziele und die Läufe der Railguns schoben sich aus der Hülle.
„Hier ist die HOR-LOK II", hörte man die Stimme von Ro-Latu. „Ich schlage vor, die Schiffe lediglich kampfunfähig zu schießen. Den Rest kann dann die TOM-HAF erledigen."
„Gute Idee", funkte Jan zurück.
„Mein Bruder mit den goldenen Augen hat den richtigen Pfad eingeschlagen."

Zehn Sekunden später war es so weit. Das ANGUIDEN-Schiff mit der Nummer 13 erbebte unter dem Einschlag von gleichzeitig fünf nuklearen Jump-Ganymeds, dann gingen dort die Lichter aus.
„Carson, bring uns in Schussweite. Das nächste Ziel anfliegen. Wähle aus."
„Ay, Jan."
Die CHIEF JOSEPH eröffnete das Feuer kurz darauf mit WL-Torpedos. Schiff Nummer 5 wurde von einem Dutzend dieser Raketen getroffen und perforiert. Eine der Raketen muss ein wichtiges Teil getroffen haben, denn der ANGUIDEN wurde durch eine Explosion an Bord in zwei Stücke gerissen.
„Der erste Abschuss der CHIEF JOSEPH", kommentierte Chapawee Paco.
Die HOR-LOK II feuerte ganze Salven von Raketen auf Schiff Nummer 9. Auch dort gab es multiple Schäden. Für die ANGUIDEN war es zu spät, vorsichtiger zu werden. Sie waren zu schnell auf den vermeintlich schwachen Feind zugeflogen und mussten jetzt die Hiebe einstecken. Aber sie kamen unter 300.000 Kilometer heran und die verbesserten Schutzschirme der Teilflotte mussten zeigen, was sie leisten konnten.
„Johannes – Antimateriewerfer!"
Die ODIN wehrte sich mit rot/violetten Leuchterscheinungen, die Antimaterie in Kugelform zum Gegner schossen. Auch diese Waffe war schiffsbrechend und richtete verheerende Schäden an. Von den ursprünglich 37 ANGUIDEN-Schiffen waren nur noch 13 kampftauglich übriggeblieben und die hielten nun Abstand. Sie kamen im weiten Bogen und mit Ziel Mond zurück.
„Status?", verlangte Jan zu wissen.
Ihre Schiffe hatten etliche Treffer abbekommen, aber die Schäden hielten sich in erfreulich engen Grenzen. Allerdings sollten die Gegner nicht noch Hilfe bekommen.
„Wir müssen den Mond abschirmen, um unsere Einsatzkräfte vor Ort zu schützen", warnte Ro-Latu. Jan erklärte sich sofort einverstanden, auch wenn sie sich dann aufteilen mussten. Und auch die ANGUIDEN reagierten, als sie das Manöver der Teilflotte bemerkten. Sie griffen dann im Pulk an und immer nur eins der Schiffe. Jan sah sich gezwungen, nachdem die TOM-HAF etwas schwerer beschädigt worden war, die Schiffe wieder zusammenzuführen.

Und dann passierte etwas, womit niemand gerechnet hatte: die inaktiven Schiffe schleusten Kampfjäger aus. Irgendwie hatte man die Raumschotts aufbekommen und nun kam eine breite Front von Jägern auf den Mond zugeflogen.

„Wir haben dem Feind eine Chance gelassen, die dieser jetzt zu nutzen weiß", sprach Chapawee Paco bedauernd.

„Verdammte Scheiße", fluchte Jan. „Wie weit sind unsere Leute da unten?"

Mond:

Das Licht tauchte alles in ein surreales Durcheinander von hauptsächlich gelben Farben. Sechzig Meter Kantenlänge waren etwas, was man erst einmal absuchen musste. Und wenn die Anlage, die man darin vermutete, sich bei Nichtgebrauch abschaltete, dann würde man sehr genau hinsehen und messen müssen. Und das alles kostete Zeit. Zeit, die man nicht hatte.

„Sam?" Der Mission Commander erkannte die Stimme von Jan.

„Hier höre dich."

„Ich will dich bestimmt nicht bei deinem Sonntagsausflug mit deinen Lieben stören. Wir mussten uns gerade mit ein paar Schlangenschiffen rumschlagen. Jetzt sind sie etwas vorsichtig geworden und wir haben doch damit zu tun, sie vom Mond abzuhalten. Allerdings haben sie ein paar Jäger mit Kurs auf den Mond ausgeschleust. Es sind so 200 bis 400 – geschätzt. Ich habe deutliche Zweifel, ob wir alle aufhalten können. Ich schlage vor, ihr macht da unten fertig und verdünnisiert euch."

„Wir haben ein Gebäude gefunden. Maggi und DOG suchen den Eingang."

„Ich hoffe, das Ding ist so groß wie eine Telefonzelle alter Art."

„Negativ. Quadratische Grundfläche 60 Meter Kantenlänge, etwa 70 Meter hoch – keine Energieemissionen."

„Ich würde mich in der Nähe geeigneter Deckungen aufhalten, Sam."

„Danke für die Warnung."

„Wir geben hier alles, damit ihr nicht so viel habt. Aber macht hin und setzt euch ab, wenn die Mission unmöglich wird."

„Ich habe verstanden, Jan."

„Haut rein!"

Sam aktivierte den internen Kanal für seine Gruppe und klärte sie über die Gegebenheiten auf. Die großen Kampfdroiden wies er an, geeignete Stellungen zu suchen, von wo aus sie die Gruppe schützen konnten. Die Ungetüme beeilten sich. Einer von ihnen schoss ein fliegendes ‚Auge' nach oben, um bei einer besseren Übersicht schnellere Ergebnisse zu erhalten. Kurz darauf setzten sich alle in Bewegung. Sam wusste, dass sie mit ihren starken Waffensystemen normalen Jägern gefährlich werden konnten. Die großen Pulswaffen hatten ein erhebliches Energiepotential.

ODIN:

Die Phalanx der gegnerischen Jäger war einfach zu breit. Sie würden niemals alle erwischen, dachte Jan. Die ODIN hatte eine paar Staffeln RC-Jägerpiloten an Bord und natürlich die geeigneten Abfangjäger dazu.
„Flotte herhören", ordnete Jan an. Die ODIN stellt Viper für die Vorortsicherung unseres Teams. Die anderen werden alle Viper-RC-Jäger starten und schon hier die Jäger bekämpfen.
Von Paco kam ein „Howgh" und Ro-Latu zeigte einen Daumen nach oben. (kulturelle Aneignung)
„Ich werde selbst einen der Jäger fliegen", überraschte Jan seine Leute.
„Alma – beginn jetzt!"
„Ay."
„Ro-Latu – dein Verband."
Jan übergab damit das Kommando über die Mission an den GENAR. Wenn er als RC-Pilot fungierte, konnte er sich nicht um die Flotte kümmern.
„Carson, du hast die Brücke!"
„Okay."
Jan stand auf und verließ auf schnellstem Wege die Brücke. Sein Platz würde, zumindest im RC-Modus, also virtuell, auf einer Viper sein. Die Fluggeräte hatten eine Spannweite von 13 Metern und waren bis zu 70% LG schnell. Die Standardbewaffnung waren Phasenwerfer und Railguns. Jan hatte diese Jäger ausgesucht, weil sie als Abfangjäger schnell und wendig waren. Und Jan brauchte ganz dringend ein Ventil. Nebenbei hielt er sich für einen der besten Piloten überhaupt. Nun ja, geübt war er schon, das muss man ihm lassen. Jan fand man oft im Simulatorraum. Er meldete sich an einer der RC-Kabinen, neben den offiziellen Piloten, an

und trat ein. Sekunden später hatte er das Gefühl, im Cockpit einer der Viper zu sein. Die ODIN hatte vier Staffeln Viper an Bord: Die Gruppen Rot, GRÜN, BLAU und GELB. Jan saß in ROT 7. Während die anderen durch einen Staffelführer gelenkt wurden, war die Gruppe ROT weitgehend frei in ihrer Einsatzart, lediglich die CAG, die Flights oder FliCos, auf den EDEN-Schiffen wurden Commander Air Group genannt, gab Einsatzziele aus. Irrwitzigerweise schoss es Jan durch den Kopf, dass CAG auch nicht der richtige Ausdruck war – im luftleeren Raum. Commander Space Group müsste es heißen, aber CSG war eine blöde Abkürzung, da war ‚Käk' (phonetisch) schon besser.

„CAG an Staffel ROT: direkter Anflug auf den MOND und unser Team dort. Schützt das Team. Staffeln GRÜN, BLAU und GELB stellen den Gegner im Raum. Dort übernehmen jetzt die Staffelführer."

Während Jan Energie auf den Antrieb gab und Richtung Mond flog, hörte er die Bestätigungen der Staffelführer.

„Wenn wir den einen oder anderen im Vorbeiflug erledigen, wird uns Lady CAG nicht böse sein", funkte Jan seine Mitflieger an. Die generischen Flieger waren um einiges langsamer als die Viper.

„Könnt ihr mitnehmen", gab ihnen Alma gönnerhaft mit.

„Vor uns eine Gruppe von Fliegern", funkte Jan. „Breite Front durch und Abschüsse, meine Damen und Herren – wenn ich bitten darf!"

Die 13 Maschinen zogen sich auseinander und variierten ihre Höhenlagen.

Jan machte die Phasenwerfer scharf. Die ANGUIDEN-Jäger waren als Rotsymbole eingeloggt und die Phasenwerfer links und rechts an den Flügelenden konnten die Abstrahlrichtung nach Flugberechnung bis zu einem gewissen Winkel ausrichten. Die Gegner waren nur noch wenige hundert Kilometer entfernt und die Gunner-Anzeige zeigte ihm grünes Licht. Jan presste den Daumen auf den oberen Knopf des Flightsticks und ließ seinen Jäger leicht von rechts nach links pendeln. Jan hörte das leise ‚Plop-plop-plop' der Energieentladungen in schneller Folge und sah die grell blau-weißen Energiekugeln in kürzestem Abstand die Flügelenden hinter ihm nach vorn verlassen. Dort, wo sie die Gegner trafen, streuten sie Tod und Verwüstung. Das Universum in Flugrichtung von Jan war plötzlich lichterfüllt – mit Explosionen und Treffern. Nicht nur von ihm, sondern auch von der gesamten Staffel.

Die Nase des Jägers, in der Jan selbst saß, führte jetzt auch Nickbewegungen aus. Auch die Staffelkameraden verzeichneten Abschüsse. Sie rissen eine Schneise in die Linien der Gegner.

„Was wir jetzt erledigen, brauchen wir später nicht abschießen", rief Jan und feuerte damit die anderen und sich selbst an.

Dann kam ihm eine Idee: „Ro-Latu? Hörst du mich?"

„Ich kann dich hören, Jan."

„Was hältst du davon, wenn ihr anfangt, die inaktiven Schiffe abzuschießen. Hinterher kriegen sie die noch online und wir haben weitere Probleme. Eventuell wollen die Aktiven auch ihren Kollegen helfen und werden vom Mond abgelenkt."

„Eine gute Idee, Jan. HOR-LOK II und TOM-HAF – Angriffskurs auf den ersten Inaktiven!"

„Staffel ROT! Ich schlage einen Looping vor. Lasst uns noch mal durchfliegen. CAG, was dagegen?"

Jan wusste, dass er die Autorität von Alma nicht untergraben durfte und daher seine Frage.

„Ausgezeichnete Idee", funkte sie zurück. „Machen!"

„Auf mein Kommando! Die Viper mit ungerader Zahl im Rufnamen Looping über den Kopf, die anderen, Looping über die Füße – dann feuern!" Jan konnte das einigermaßen gefahrlos anordnen, denn erstens waren sie alle im RC-Betrieb und zweitens verhinderte die GUN-KI, dass man versehentlich aufeinander schoss.

„Jetzt!"

Alle Staffelpiloten richteten es so ein, dass sie entweder von ‚oben' oder von ‚unten' den Flugweg der feindlichen Jäger kreuzten. Und wieder spuckten die Viper ihre Phasentorpedos. Die Phalanx der Gegner lichtete sich. Mit einem Blick auf den nahen Mond stellte Jan fest, dass es jetzt wirklich Zeit war, die letzte Abwehrlinie vor dem Feind einzunehmen.

„Abbruch, Abbruch – alle zum Mond", funkte er. Auch der zweite Durchflug war fast so erfolgreich gewesen wie der erste. Die übrigen Staffeln bekämpften den Feind im offenen Raum, wobei Staffel GRÜN mehr damit beschäftigt war, so wenig wie möglich in Richtung Mond durchkommen zu lassen. BLAU und GELB feuerte, was die Kanonen hergaben.

„Unsere Taktik funktioniert nicht", funkte Ro-Latu. „Sie lassen ihre Kameraden im Stich."

Jan holte tief Luft. Das ließ ziemlich tief blicken, wie der oder die Präsidial(e) mit den Ressourcen umging(en). Scheinbar gab es genug Vasallen, die dienten.
„Die TOM-HAF könnte den Vollstrecker machen", schlug Jan vor.
„Ich schicke das Schiff", sagte Ro-Latu zu.
Jan konzentrierte sich auf seinen Flieger. Der Mond füllte schon sein gesamtes Gesichtsfeld aus. Rechts und links sah er Staffelkollegen und auch schräg über ihm, etwas voraus, flogen zwei Maschinen.
„Sam aufpassen! Seid ihr endlich drin?"
„Negativ", funkte Sam zurück.
„Der Tanz geht gleich los – volle Deckung!"
Jan verfolgte drei feindliche Jäger und die Abstandsanzeige bis zu ihrer Truppe auf dem Mond betrug nur noch 150 Kilometer – Höhe 350.
Die Geschwindigkeit hatten die Feinde stark herabgesetzt. Und da wurde es schwierig für beide Seiten. Es nutzte dem Feind nichts, mit Mach soundsoviel über die Stellung von Sam hinwegzufegen – man wollte ja was treffen. Für Jan bestand die Problematik darin, nicht zu schnell aufzuholen. Dann konnte er auch nichts treffen. Von einer möglicherweise und irgendwann vorhandenen Atmosphäre waren nur noch Spuren übrig – die behinderten das Fliegen nicht. Jan schob den Schubregler etwas vor und seine Viper machte einen Satz nach vorn. Die GUN-Control zeigte ihm grünes Licht und er drückte auf den Feuerknopf. Weit vor ihm explodierte einer der Jäger und Jan gab weiter Schub. Kurz darauf konnte er die beiden Jäger vor sich sehen.
100 Kilometer bis zu Sam.
Und wieder feuerte Jan, aber die grüne Lampe erlosch, als er den Auslöser drückte. Die Energietorpedos flogen am Gegner vorbei.
Jan fluchte und aus dem Funkgerät kam der Spruch von Sam.
„Bist du das, Jan?"
„Ja, bin ich", presste er hervor.
„Daneben."
„Hab' ich gemerkt."
Und wieder schoss Jan. Dieses Mal achtete er besser auf die Anzeigen.
„Wow", kam es von Sam. „Die Explosion war zu sehen."
„Ja, nicht daneben", kommentierte Jan. „Den letzten müsst ihr selbst erledigen."
Von Sam kam ein ‚Okay'.

Kurze Augenblicke später sah Jan weit vor sich eine grelle Explosion. Sam und seine Leute, beziehungsweise Kampfdroiden, hatten auch den dritten erledigt. Jan zog seinen Jäger hoch und schaute auf den Scanner. Er seufzte. An Gegnern mangelte es nicht. Er vollführte einen halben Looping mit einer anschließenden halben Rolle und flog auf die Gegner zu.

Dann passierten unten auf der Mondoberfläche zwei Dinge gleichzeitig: Magellan teilte Sam mit, dass man den Eingang hatte öffnen können – ein zwei mal zwei Meter großes Loch. Und einer der Kampfdroiden meldete, dass sich in der kathedralenartig verzierten Felswand ein Schott geöffnet hatte und Kampfroboter ausspuckte. Spinnenartige Geräte, die auf acht Beinen flott liefen und auf dem Rücken eine Waffe trugen – Maße: etwa einen Kubikmeter Größe.

Sam handelte blitzschnell: „Alle Marines, DOG und Magellan in die Öffnung. DOG geht vor. Die Kampfdroiden verteidigen den Zugang und sichern uns beim Eintreten. Jan, hast du die Meldungen mitbekommen?"

„Habe ich – viel Glück."

„Die sind schnell", warnte Magellan und veranlasste Jan, seine Taktik zu überdenken.

„Gruppe ROT, ich brauche einen Flügelmann!"

„Ginge es auch mit einer Flügelfrau?", fragte eine weibliche Stimme.

„Wie heißt du?"

„Lenka."

„Lenka, stell nicht so dumme Fragen und sieh zu, dass du an meine Seite kommst. Wir sichern den Zugang!"

„Verstanden!"

Jan wiederholte das Manöver von eben und war damit wieder unterwegs zu Sam. Kurz darauf sah er neben sich einen Jäger. Eine junge Frau winkte zu ihm herüber. Jan zeigte ihr den Daumen.

„Wir sollten es mit den Railguns versuchen", schlug er per Funk vor und sah dann ihren Daumen. Lenka hatte die Anweisung verstanden.

Für einen Augenblick dachte Jan daran, die Viper zu tarnen, aber um zu feuern, mussten sie eh enttarnen und schnelle Reaktionen waren dann nicht mehr möglich. Die Schutzschirme ihrer Abfangjäger waren stark. Und selbst wenn sie den einen oder anderen verloren – Dank RC-Modus passierte ihnen nichts. Gut, diese Ressourcen konnten sie nicht ersetzen, aber diese Mission war entscheidend für das weitere Vorgehen. Die Abstandsanzeige lief rasend schnell der Null entgegen und Jan bremste ab, bis auf 100km/h. Lenka hatte ihren Jäger mit dem von Jan gekoppelt und blieb daher schräg hinter ihm. Mit Handsteuerung wäre sie weit an ihm vorbeigeflogen. Jan legte sich in eine Kurve und sah seitlich aus dem Cockpitfenster Kampfdroiden, die auf die spinnenähnlichen Roboter schossen. Sie waren dabei recht erfolgreich, mussten aber auch Verluste hinnehmen. Er sah den einen oder anderen halb verbrannt im Mondstaub liegen – mussten sie abschreiben.

„Wir unterstützen", sagte Jan und ließ den Jäger still in der Luft stehen – etwa 50 Meter hoch. Dann programmierte er schnell die ‚Spinnen' als Feinde ins GUN-System, welches auch von allen anderen Jägern dann übernommen wurde. Danach machte er die Railguns scharf. Bei Grünlicht drückte Jan auf den Auslöser. Er war überrascht, wie laut er das Geräusch hörte. Die Projektile wurden mit einem schnellen Hämmern auf eine irre Geschwindigkeit gebracht und zerfetzten und zerstückelten die Spinnen, wann immer sie diese trafen.

„Ich schau' mal nach der Quelle", funkte Jan. „Mach du hier weiter!"

„Okay", bestätigte Lenka.

Jan wendete seinen Jäger und ließ ihn auf die Felswand zufliegen. Schnell hatte er das Loch in etwa 20 Metern Höhe gefunden. Er wechselte wieder auf Phasentorpedos und hämmerte eine ganze Salve in das Loch. Zuerst wurde der Strom gestoppt, aber dann öffnete sich weiter unten die nächste und viel größere Klappe und mehr dieser Robots schossen schnell daraus hervor. Jan wollte sich gerade darum kümmern, als eine zweite, jetzt dritte Klappe, sich öffnete und auch dort Spinnen herauskamen. Aus der ersten Öffnung kamen jetzt auch wieder welche heraus.

„Das war sowas von Scheiße", fluchte Jan und kurz darauf bat Lenka um Unterstützung.

Jan wendete seinen Jäger. Zuerst musste die abgeschossen werden, die den Zugang schon fast erreicht hatte. Aber unterwegs konnte er die Reihen ja schon mal ein wenig lichten. Seine Railgun begann mit ihrem Hammer-Sound.

Sam empfing Dunkelheit, als er als Letzter in den Gang eindrang. Die Marines hatten ihre Anzuglampen eingeschaltet und bewegten sich schnell vorwärts. Ihre Schatten tanzten an den Gangwänden. Sam stellte fest, dass es geradeaus ging und der Gang 2,5 Meter hoch und vier breit war.

„Langsamer", befahl er und mühte sich an die Spitze neben Magellan und hinter DOG zu kommen. Als er dort war, konnte er an den Anzeigen von DOG ablesen, dass dieser ein Schutzschirm vor sich eingerichtet hatte, welcher auch die Marines hinter ihm schützte. Dabei liefen seine Scanner im Höchstbetrieb. Urplötzlich bekam er von vorn Feuer. Der Schutzschirm leuchtete auf, hielt aber. DOG hielt an und aus den kurzen Rohren vorn schossen Mini-Phasentorpedos und zerstörten einen Teil der Abwehrtechnik in etwa 40 Metern Entfernung. DOG scannte erneut, dann lief er weiter.

„Vorwärts", rief Sam. Die Situation war, sagen wir ungemütlich bis ungewiss und zu einem großen Prozentsatz brandgefährlich. Sie wussten nicht, ob sie richtig waren, ob der Zustrom von Spinnen von den Gefährten aufgehalten werden konnte und was noch schlimmer war: War die Anlage so wichtig, dass der Feind nicht aus dem Orbit mit richtig großem Kaliber darauf schoss? DOG hatte mittlerweile einen großen Frontscheinwerfer eingeschaltet und leuchtete den Weg vor ihnen aus. Das Ende konnte man nicht sehen, weil der Gang gekrümmt war.

„Die Letzten sichern nach hinten. Wechselt euch dabei ab. Porter, Jefferson, sorgt dafür", ordnete Sam an und bekam Bestätigungen.

„Wir lassen DOG 100 Meter Vorsprung", kam der nächste Befehl und er hielt sich mit Magellan etwas zurück. Kurz darauf flogen ihnen die Steinsplitter in die Schutzschirme. DOG wurde unter Feuer genommen und schoss zurück.

„Welche Richtung laufen wir, Magellan?", fragte Sam, der eine ungute Ahnung hatte.

„Wenn wir noch 500 Meter so weiterlaufen, direkt auf die künstlich erschaffene Felswand zu", kam die Antwort.

„Also dorthin, wo die Spinnen rauskommen?"

„Wenn die achtbeinigen Kampfroboter gemeint sind, dann ja."

„Ganz tolle Sache", zischte Sam.

Draußen veranstaltete Jan einen furiosen Feuerzauber.

„Halt mir die Jäger vom Leib", schrie Jan bei dem Getöse der Railguns, dann nahm er das Zugangsgebäude ins Visier. Mit der Nase in Richtung Zugang umkreiste er das Gebäude und gab wieder Dauerfeuer.

„Jan von CAG kommen!"
„Was gibt es Alma?"
„Es kommt kein Nachschub mehr an Jägern. Dafür sind am Rande des Systems 53 weitere ANGUIDEN-Schiffe der 2.500er-Klasse aufgetaucht. Flugrichtung Mond. Ich ziehe die Staffeln GRÜN, BLAU und GELB ab. Wir haben etwa 25% Verluste."
„Ist in Ordnung. Lass sie einfliegen. Wir halten hier die Stellung. Eventuell geben wir Staffel ROT komplett auf", gab Jan zurück.
„Das wollte ich vorschlagen."
„Keinen Angriff auf die 53 Schiffe. Beobachten und melden", ordnete Jan an.
„Würde auch keiner hier versuchen", antwortete Alma.

Im Untergrund, der Gang führte auch leicht abwärts, wurde das Fortkommen durch entgegenkommende Spinnenroboter erschwert. Zwar war DOG diesen überlegen und schoss sie reihenweise ab, aber die Trümmer lagen im Weg und behindertem die Marines. Sie mussten darüber hinwegspringen, was bei der geringen Schwerkraft leicht möglich war, aber ebenso schnell stießen sie mit den Helmen an die Decke. Als sich die Deckenhöhe auf 4,5 Meter erweiterte, ordnete Sam das Einschalten der Fluggeräte der Anzüge an. Man wusste eh, dass sie da waren. Das war egal. Kurz darauf schwebten die Marines über die Trümmer hinweg.
„Wie weit sind wir eingedrungen, Magellan?"
„Bisher 3,4 Kilometer", antwortete der AR-L.
„Wann haben wir die Felsengebäude erreicht?"
„Sind schon drin."
„Wie tief sind wir bisher?"
„120 Meter."
Im Funk knackte es: „Sam?"
„Nächste Hiobsbotschaft, Jan?"
„Ja, es sind 53 weitere der großen ANGUIDEN-Schiffe aufgetaucht. Wir werden den Kampf nicht riskieren, schließlich müssen wir auch noch nach Hause. Und dazu brauchen wir unsere Schiffe."
„Ist klar", gab Sam zurück.
„Staffel ROT hält euch den Rücken frei – bis zuletzt", kam die Ansage von Jan.

Die haben sie also schon abgeschrieben, dachte Sam und funkte ein „Verstanden".

„DOG – schneller!"

Magellan antwortete: „Viel schneller kann er nicht. Er muss den Gang nach Waffen und sonstigen Fallen abscannen. Das dauert bisweilen!"

„In Ordnung", sagte Sam und fasste sich in Geduld.

„Der Gang ist weiter hinten zu Ende. Es gibt einen Schacht nach unten", meldete Magellan.

Sam wusste, dass DOG über Antigraveinheiten verfügte: „Er soll runter, melden, was er findet und sichern."

Magellan nickte und übertrug die Anweisungen per Droiden-Netz.

Als sie am Schacht ankamen, meldete DOG gerade: „300 Meter tief und mündet in einen Gang."

Sam verzog das Gesicht und sprang in den Schacht: „Gruppe Jefferson sichert ab hier, der Rest mir nach."

Im Tal wurde die Lage schlicht unhaltbar. Es kamen immer mehr Spinnen. Man hatte Jan gemeldet, dass man sich langsam zurückzog und die ersten der neu eingetroffenen ANGUIDEN-Schiffe schleusten größere Beiboote aus. Letztere näherten sich Jans Position.

„Los Leute, letzter Feuerzauber. Lenka, du rammst deine Viper direkt in den Eingang hinein. Denk dran, dich rechtzeitig auszustöpseln."

„Ay, bis ein anderes Mal."

Lenka nahm Anlauf und drehte den Jäger dann. Mit mäßiger Beschleunigung steuerte sie ihn direkt auf den Eingang. Die letzten hundert Meter flog diese Maschine ohne RC-Unterstützung. Lenka hatte sich zurückgezogen und war wieder mit ihrem Bewusstsein auf der ODIN. Die Viper krachte mit Wucht in den Eingang hinein. Es gab ein paar Explosionen an Bord. Die Reste verkeilten sich im Gang. So schnell gab es dort kein Durchkommen.

„Der Rest nach Hause – über Umwege", empfahl Jan. Zwei Minuten später war er allein. Langsam näherte er sich mit seinem Jäger einer Felsnische, die er schon zuvor ausgesucht hatte. Rückwärts navigierte er dort hinein und hatte nun das Gebäude in etwa drei Kilometern Entfernung im Blick. Eine Außenkamera in Front zoomte ihm das Bauwerk nah heran. Jan schaltete alle Energie ab und ließ nur die beschriebene Kamera an.

Und den Funk natürlich. Aber der ging nur auf kurzem Wege durch die ODIN.

„Wie lange willst du noch dort bleiben?", hörte er Carsons Frage.

„Lenkas Viper hat noch Munition und die Speicherbänke an Bord. Beide Sachen sind nicht explodiert."

„Und du willst da nachhelfen?"

„Zu einem geeigneten Zeitpunkt. Eventuell kann ich Sam damit helfen. Nach dem letzten Kontakt sind sie schon mehrere Kilometer weit weg. Eine kräftige Detonation wäre zu ihrem Schutz."

„Vergiss nicht, rechtzeitig auszusteigen", mahnte Carson.

„Den Fehler mache ich so schnell nicht noch mal."

Es dauerte und Jan musste sich gedulden – keinesfalls seine Kernkompetenz. Trotzdem harrte er aus. Schließlich setzten drei Landungsboote in unmittelbarer Nähe des Gebäudeeingangs auf. Truppen stiegen aus – keine Droiden, sondern Jans beste Freunde – ANGUIDEN.

„Ihr seid zu dämlich, um ein Loch in den Schnee zu pissen", grummelte Jan. Dann kam ein viertes Landungsboot. Und genau dieses würde zwischen Jan und dem Eingang niedergehen. Jan musste handeln – schnell.

„Sam, kann ein wenig rumpeln. Danach seid ihr auf euch gestellt. Wir werden das System räumen müssen – viel Glück!"

„Danke, bis nachher", kam es selbstbewusst zurück.

Jan führte die Zieleinrichtung der beiden Phasenwerferrohre nach, dann schaltete er die Energiezufuhr für die Waffen online. Anschließend, als er Grünwerte bekam, schaltete er auf Dauerfeuer. Schon der dritte Treffer im Heck von Lenkas Viper setzte sämtliche Energie frei. Und das war eine Menge. Die vier Landungsboote in unmittelbarer Nähe wurden zerfetzt, von den ausgestiegenen ANGUIDEN blieb gar nichts übrig.

Jan sah überrascht auf die Übersicht. Er war davon ausgegangen, dass er seine Viper aufgeben musste, aber er stand im Moment nicht unter Feuer. Er startete das Triebwerk und machte sich in entgegengesetzter Richtung aus dem Staub. Er umrundete den Mond um fast ein Drittel, dann holte er bei der Beschleunigung alles aus seinem Fluggerät heraus. Nach weiteren 15 Minuten schnellen Flugs stellte er seinen Jäger auf einem der Decks der ODIN ab.

Seine Hand schlug auf den Buzzer und die Welt änderte sich um ihn. Er stand auf und verließ die RC-Kabine in Richtung Brücke.

Dort empfing man ihn mit leichtem Applaus und hochgestrecktem Daumen. Tat gut nach dem Fauxpas von neulich.

Sam hatte die Erschütterung bis hier unten spüren können. Er wusste, dass er jetzt auf sich allein gestellt war.
„DOG meldet Gangende und ein Schott", sagte Magellan per Funk.
„Er soll das Ding öffnen", bestimmte Sam. Zu seiner Gruppe sagte er: „Halt – wir warten!"
Sam konnte wesentlich besser abwarten als Jan. Als erfahrener Kämpfer wusste er, wann es besser war zu warten, bevor er bei einer unglücklichen und voreiligen Entscheidung in Gefahr geriet. Nach mehreren und qualvoll langsam verstrichenen Minuten meldete Magellan: „Schott ist offen. Er ist drin. DOG scheint eine Zentrale gefunden zu haben."
„Dann los", ordnete Sam an. Der Trupp rückte vor und tatsächlich: DOG stand am Anfang einer kreisrunden Halle von etwa 75 Metern Durchmesser und 15 Metern hoch. In der Mitte sah man im Scheinwerferlicht auf einem Podest ein Computerinterface.
„Wenn es das nicht ist", sagte Sam. „Porter – der Rückweg!"
„Ay, Mission Commander!" Porter trieb seine Leute an.
„Magellan – ans Werk!"
Sam und Magellan gingen weiter auf das Podest zu und plötzlich funktionierte die Raumbeleuchtung und alles wurde in grelles Licht getaucht. Die Marines gingen vorsichtshalber in Deckung, aber viel gab es davon nicht. Sam stellte beruhigt fest, dass diese Reaktion unnötig war – es tat sich nichts. Der AR-L-Droide hatte sich gar nicht erst aufhalten lassen. Er stand bereits neben diesem Terminal und hatte es aktiviert. Über der Konsole bildete sich ein Holo-Schirm. Sam ging zu ihm.
„Kannst du was damit anfangen?"
„Ich denke schon, aber es wird dauern", sagte Magellan und rief über das Droiden-Netz DOG herbei. Magellan entnahm ihm vom Rückenteil ein spezielles Gerät und heftete es an die Konsole. Dann begann er mit seiner Arbeit. Sam hoffte, dass er aufgrund seiner Erfahrungen aus diesem Quadranten des Universums damit zurechtkam.
„Rückweg gesichert", meldete Porter zwischendurch.
„Sehr gut, danke", gab Sam zurück.
Nach anderthalb Stunden war Sam sich da nicht mehr so sicher, ob Magellan etwas sichern konnte und es waren wieder Geräusche zu hören.

„Jefferson an Mission Commander. Wir haben Feindkontakt. Sie dringen von außen ein."
„Zieht euch nach hier zurück und hinterlasst ein paar Grüße!"
„Verstanden."
Sam drehte sich herum: „Porter! Ihr habt mitgehört. Sobald die Gruppe hier ist, Ablösung der Verteidigung."
„Verstanden."
Es dauerte noch eine ganze Weile und es gab mehrere kräftige Detonationen, bis Jefferson mit seiner Gruppe in diesem zentralen Raum auftauchte. Porter löste die Kameraden ab. Seine Leute drangen etwas in den Gang vor.
„Ich hoffe, wir konnten sie mit den Näherungsminen etwas aufhalten."
„Die Detonationen waren kräftig", sagte Sam und lächelte. Er konnte sich gut vorstellen, wie es jetzt im Gang aussah. Aber wahrscheinlich würden die ANGUIDEN in kürzester Zeit wieder angreifen und dann sollten sie vorbereitet sein.
„DOG!"
Der Droiden-Hund trabte an.
„Du stellst dich gegenüber dem Zugang auf und feuerst in den Gang, sobald du dort Bewegungen mitbekommst!"
DOG trabte weg. Wenig später stellte Sam fest, dass der Droide mit aktiviertem Schutzschirm etwa 20 Meter vom Zugang entfernt stand.
„Gruppe Porter! Achtet auf DOG. Steht ihm nicht im Weg!"
Die Marines zogen sich hastig wieder zurück.
„Magellan?"
„Download läuft, Sir."
„Echt?" Sam war positiv überrascht.
„Wenn ich das sage, Sir."
„Gut, gut – weitermachen."
Im Gang gab es Lärm und kurz darauf begann DOG zu feuern. Hin und wieder kam ein Schuss im runden Raum an und es war Glück, dass das Podest mit dem Interface nicht vis à vis stand.
Es entstand Lärm.
„Wie lange noch, Magellan?", wollte Sam wissen.
„Drei Minuten, Sir!"
„Porter, Rückweg öffnen!"

Drei Marines rannten zu dem Gebilde, was sie in den letzten Stunden zusammengebaut hatten: ein Mini-PORTAL. Ein Marine schaltete es ein, der andere begann zu funken. Nach zwei Minuten gab es grünes Licht. Es wurde ungemütlich im Raum. Die Energiestrahlen der ANGUIDEN schlugen immer wieder in der hinteren Wand ein und es gab Explosionen. Ganze Stücke wurden aus der Wand gerissen.
„Die Gruppe Jefferson – durch!", befahl Sam.
Der Trupp Marines beeilte sich, im Ereignishorizont des Wurmloches zu verschwinden. Es dauerte keine zehn Sekunden, dann waren DOG, Magellan, Sam und Gruppe Porter allein. Durch einen Schuss platzte ein großes Stück der Innenwandung ab und riss einen Marine um. Sofort kümmerte sich jemand. Der Schutzschirm hatte versagt und der Anzug verlor Luft, zudem war der Mann verletzt.
Sam handelte schnell: „Du und du – bringt ihn rüber!" Zwei Marines packten sich den Kameraden und schleppten ihn durch das Mini-PORTAL.
DOG feuerte wie wild – mittlerweile.
„Porter – nimm deine Leute und verschwindet hier."
„Sir?"
„Raus hier – und danke!"
Porter winkte und sein Trupp sprang durch das PORTAL.
Sam sprang seitlich auf den Zugang zu und warf eine Granate in den Gang. Eine heftige Explosion ließ den Gang erbeben und schleuderte Ausrüstung und ANGUIDEN-Genmaterial in den runden Raum.
„Magellan!"
„Ich bin fertig, Sir!"
„Nimm die Daten und ab!"
„Sir, ich …!"
„Die Daten retten viele, viele MENSCHEN – ab mit dir!"
Magellan löste das Speichergerät vom Interface und machte einen Dreisprung – direkt durch das PORTAL.
Sam hielt sein Phasengewehr in den Gang und löste Dauerfeuer aus. Danach sprang er selbst auf das PORTAL zu.
„DOG, du kennst deine Programmierung!"
Eine grüne Lampe blinkte auf. Mit einem Hechtsprung durch das PORTAL brachte sich Sam in Sicherheit.

DOG registrierte, dass er allein war. Sein Auftrag war erledigt – fast. Er stellte das Feuer ein und legte sich hinter das Podest, sodass er nicht zu sehen war. Dann kamen sie: ANGUIDEN in schwerer Kampfausrüstung. Sie sahen die Verwüstungen in der Zentrale und der Anführer nahm zur Kenntnis, dass die Anlage in der Mitte unversehrt war. Sie funktionierte also noch und konnte ihnen die dringend benötigten Koordinaten liefern. Denn auch die ANGUIDEN waren darauf angewiesen. Immer mehr ANGUIDEN füllten den Raum und schließlich entdeckte einer DOG.
Und das war das Letzte, was er in seinem Leben sah. DOG zündete eine großkalibrige Thermalbombe. Das gesamte Gebäude, einschließlich großer Teile der Felswand stürzten ein. Die so wichtige Datenbank gab es nicht mehr.

Sam rollte sich perfekt ab – an Bord der SPEER.
„Letzter", brüllte jemand und man stellte sofort das Mini-PORTAL ab. Sam streifte sich den Helm ab und nahm einen Atemzug. Die Luft im Raumanzug war immer etwas Besonders – aber nie etwas Gutes. Danach half man ihm aus dem restlichen Anzug. Sofort verließ er das Deck und suchte die Brücke der Speer auf.
„Wo sind wir?"
„Auf dem Planeten, Mission Commander", antwortete der Pilot. „Im Meer an der tiefsten Stelle."
„Können wir von hier aus los, ohne bemerkt zu werden?"
„In zwei Stunden. Dann ist der Mond hinter dem Planeten von uns aus gesehen und wir könnten den Versuch wagen. Vielleicht eine Dusche und etwas ausruhen, Mission Commander?"
Sam nickte und jetzt spürte er auch die Müdigkeit. Er sah sich um. Im Hintergrund stand Magellan.
„Haben wir, was wir wollten, Magellan?"
„Das war das, was wir dort sichern konnten. Ich denke ja, müsste es aber in der nächsten Stunde überprüfen."
„Tu das. Ich bin duschen. Sobald du etwas weißt, teilst du mir das mit."
„Das mache ich, Sir."
Sam verließ die Brücke und begab sich zu seiner Kabine – mit Dusche. Er reinigte sich, zog frische Sachen an und legte sich aufs Bett. Nach zwei Stunden passierten zwei Dinge gleichzeitig: Magellan meldete, dass

sie die Koordinaten und andere Informationen über AXIS und M51 hatten und der Commander dieser GENAR-P-Klasse gab die Information, dass man in zehn Minuten starten würde. Sam hastete zur Brücke. Er konnte zwar kaum etwas tun, aber hilflos in seiner Kabine liegen wollte er auch nicht.
Als er die Brücke erreichte, zeigte der Countdown 185 Sekunden – er zählte runter.
„Wir werden den Planeten und den Mond zwischen uns und den ANGUIDEN-Schiffen halten, soweit uns das möglich ist", teilte ihm der Pilot mit.
Sam suchte sich einen Platz, von dem er das Geschehen gut beobachten konnte.
30 Sekunden vor Ende des Countdowns wurden die Energiemeiler hochgefahren. Pünktlich bei Null gab der Pilot volle Energie auf den Antrieb. Das Schiff verdrängte die Wassermassen und erreichte beim Verlassen des Meeres noch einmal einen gehörigen Schub. Es vergingen bange Minuten beim Weg das System zu verlassen, aber schließlich erreichte die SPEER den Überraum. Sie hatten es geschafft! Sam atmete auf und spürte noch einmal mehr die Anstrengungen dieser Mission.

<u>Eine knappe Stunde später:</u>

Jan begrüßte jedes zurückkehrende Mitglied per Handschlag, Sam fiel er um den Hals. Etwas skeptisch betrachtete er eine Stasekiste, die aus der P-Klasse transportiert wurde. Er war so abgelenkt, dass er auch Magellan die Hand anbot.
„Ich fühle mich geehrt, Sir", sagte der Androide und griff zu.
„Äh, ja", sagte Jan etwas abwesend und fragte Sam: „Was ist da passiert?"
„Der Kamerad ist bald wieder fit. Er hat beim Gefecht einen Brocken abgekriegt."
Jan war beruhigt.
„Ihr seid nicht verfolgt worden", stellte Jan fest.
Als Sam mit den Schultern zuckte, schaltete sich die NEO-KRATAK Krieta ein: „Mit der Vernichtung dieser Koordinatendatenbank ist auch den eingreifenden ANGUIDEN der Rückweg verbaut."
Jan fuhr zu ihr herum: „Der Präsidial wird doch nicht seine gesamten Schiffe opfern."

„Ich denke schon", sagte die violette KRATAK. „Es gehört zur Verfahrensweise dieser Präsidiale, nicht erfolgreiche Truppenteile auszuschließen."
Sam und Jan sahen sich an.
„Meine Güte", sagte Sam. „Über welche Ressourcen wird dort verfügt, wenn man so verschwenderisch sein kann."
„Magellan hat uns schon aufgezeigt, dass wir uns warm anziehen müssen", erwiderte Jan.

Drei Tage später:

Jan stand vor der Aufnahmeoptik des Besprechungsraumes der ODIN-Brücke. Im Hintergrund waren seine um Ka-Lim, Krieta und Magellan erweiterte Brückencrew, Ava, Sophie, Tibor, Oplom und Joe zu sehen, auf den Bildschirmen an der Wand sah man Chapawee Paco und Ro-Latu. Das, was Jan jetzt sagen wollte, konnte von jedem Besatzungsmitglied aller Schiffe inklusive der Leute von Ava gesehen und gehört werden.
„Unsere Mission war lang und gefährlich", begann Jan. „Unsere Aufgabe war es, Informationen über einen oder mehrere Präsidiale und ihre Machenschaften im Bereich AXIS/M51 herauszufinden. Wie mir die wissenschaftliche Abteilung nach Auswertung der Daten, die Sam & Co. von diesem Mond holten, ist das geschehen."
Es gab Applaus im ganzen Schiff und auch im Besprechungsraum wurde geklatscht.
Jan schwieg ein paar Minuten, dann sagte er leiser: „Wir sind jetzt seit vielen Monaten unterwegs und das weit weg von zu Hause. Viele von uns vermissen Freunde, Familienangehörige oder haben einfach nur Heimweh. Diese Mission hat uns Geduld und Hartnäckigkeit und auch Nervenstärke abgerungen. Wir sind, und ich merke das am eigenen Leibe, gar, wie man so schön damals in meiner Heimat sagte. Will sagen: Es ist genug – wir fliegen nach Hause."
Es gab tosenden Applaus.
„Wir waren erfolgreich und ich darf mich bei allen von euch bedanken für euer Mitwirken. Aber – wir müssen noch nach Hause. Vor uns liegt ein weiter Weg und vielleicht auch kein einfacher. Aber eins verspreche ich euch: Unsere Daten sind so wichtig, dass sie unbedingt in die Hände

von Admiral Thomas Raven kommen müssen. Wir werden daher Gefechte und Feindberührungen tunlichst vermeiden. Und wir werden wesentlich schneller unterwegs sein. Der Hinflug hat uns gezeigt, dass die Triebwerke diese Leistung durchaus packen – also, wie sagte ein Weiser: Auch der längste Weg beginnt mit dem ersten Schritt. Und diesen wird Carson Cunningham, Pilot der ODIN, machen, nämlich zu seinem Nav-Pult. Bitte übergebt die Nav-Kontrolle an die ODIN. Sobald das erledigt ist, brechen wir auf!"
Es gab langanhaltenden Applaus und Carson schritt würdevoll aus dem Besprechungsraum.
Ein paar Minuten ruckte der Verband an und nahm Kurs auf die Heimat – über die neue Magellansche Straße.

20.10.2165, 11:00 Uhr, ERDE, Orbit, REVENGE, Brücke:

„Was ist aus diesem merkwürdigen Verschwinden des U-Boot-Teils geworden und der Suche nach dem künstlichen Wurmloch?", fragte Thomas.
„Bisher nichts", gab Methin Büvent zu. „Wir haben eine Schar Droiden auf dieses Phänomen angesetzt, aber bisher laufen sie ins Leere."
Beide Männer standen auf der Brücke der REVENGE und schauten aus etwa 50.000 Kilometern auf die ERDE. Thomas hatte die schnelle Verbindung zum SOL-System genutzt und trotzdem sein Lieblingsspielzeug mitnehmen können. Er hatte kurzerhand den Letalis vorausgeschickt und war dann über Steppenwolf und Relaisstation zum MOND gekommen – mit einer Sphäre und seiner Frau. Zur Freude von Methin und Audra hatte er Alannis mitgebracht.
„Zehn Jahre ERDE 2.0, Methin. Was ist aus unserem Programm geworden?"
„Du hast den obersten Schutzpatron unserer Ur-Heimat abgezogen, Thomas", erinnerte Methin mit einem feinen Lächeln.
„Ja, habe ich. Was nützt es, wenn unser Beppo hier versauert. Ich brauche ihn woanders."
„Mein Einwand war kein Vorwurf", stellte Methin klar.
„So habe ich es auch nicht empfunden", sagte Thomas. „Aber du hast schon recht. Irgendwie haben wir alle das Interesse am langen Warten

verloren. Selbst unser Biologe Dr. Winter ist frustriert und beschäftigt sich lieber mit GEREON."

„Kann ich ihm nicht verübeln", warf Methin ein. „Ergebnisse auf der ERDE wird er nicht mehr erleben."

Thomas sah seinen Vertreter hier in der MILCHSTRASSE nachdenklich an: „Und schon geht es wieder um die Frage, wie alt werden wir eigentlich? Wann stirbt ein MENSCH aus Altersgründen? Ich werde im nächsten Jahr 80, Methin. Unter vorherigen Umständen könnte ich hier eventuell ohne Gehilfen stehen. Nathan ist über 200."

„Hast du Bedenken, dass die Angst vor dem Tod größer wird, je mehr Jahre man auf dem Buckel hat?", fragte Methin.

Thomas schüttelte den Kopf: „Ich hoffe, eine Abgeklärtheit wie Nathan zu erreichen. Hast du bei Jan bemerkt, dass er ängstlich geworden ist?"

„Nein, aber in seinen Kopf kann man nicht hineinsehen. Haben wir Nachricht von Jan?"

„Nein, sonst wüsstest du das schon", sagte Thomas. „Ich hoffe, er kommt noch vor Jahresende wieder. Ich habe ein wirklich mulmiges Gefühl, was die MOYO betrifft. Wir haben da dummerweise eine alte Wunde aufgerissen."

„Ich habe den Bericht gelesen, Thomas. Deine Eigenschaft als Zeuge war überlebenswichtig für die Rest-GENAR."

„Wenn ich das gewusst hätte, wäre ich anders aufgetreten – und mir wäre bei der Sache wohler gewesen", lächelte Thomas. Ihm lief er jetzt noch kalt über den Rücken, als er allein der MOYO-Flotte gegenüberstand. Methin lachte ebenfalls: „Kann ich mir denken."

Thomas sah aus dem Fenster des Letalis: „Lass deine Droiden weitersuchen, Methin. Sonst geben wir der Evolution 2.0 auf der ERDE nur Zeit und Schutz. Solange wir technisch nicht in der Lage sind, diese Angelegenheit zu beschleunigen, können wir nichts tun. Forschen ja, siedeln werden wir woanders."

„Was macht YXY-11?", wollte Methin wissen.

„Nun Sina-Reth sitzt fest im Sattel, Russ hat kein Sicherheitsproblem und wir produzieren gemeinsam wieder Raumschiffe. Meinst du etwas anderes?"

„Ich meine weitere BLISTER innerhalb dieser Dunkelwolke", richtete Methin den Fokus auf dieses Thema.

„Ja, du kennst den Vorschlag von Rita?"

„Droiden suchen zu lassen?"

„Ja. Ich hatte mit Anna gesprochen und die haben einen neuen N2-L auf die Beine gestellt. Sie nannten ihn und gaben ihm die Geschichte mit von Heinrich Schliemann. Ein deutscher Archäologe, der Troja ausgraben wollte und wohl den Schatz des Königs Priamos und andere Dinge gefunden hat. Dazu hat Sina-Reth eine F-Klasse beigesteuert mit Suchdrohnen und weiteren Droiden, die das Schiff bedienen. Ist noch nicht ganz startklar, aber ich hoffe, dass es Anfang nächsten Jahres endlich losgeht."

„Ist etwas langatmig die Zusammenarbeit mit den GENUI?", fragte Methin.

„Das sind angenehme und sehr friedliche Leute, Methin. Aber ‚Eile' und ‚schnell' oder ‚dringend' sind und bleiben Fremdwörter in ihrer Mentalität."

Methin lächelte wegen der sozialverträglichen Einstufung der GENUI.

Thomas Raven änderte das Thema schlagartig: „Was macht dein Sohn, Methin?"

„Na ja", meinte Methin. „Du weißt ja, dass er nicht in die Fußstapfen seines Vaters treten möchte und vielleicht auch nicht kann. Seine 13-köpfige Truppe macht Musik und wie man hört – sehr gute."

„Wie kommt er von einem Planeten zum nächsten?"

„Er lässt sich und seine Gruppe auf die Beförderungslisten eintragen und dann reisen sie mit den Schiffen der HSF", gab Methin Auskunft.

„Und das funktioniert?"

„Nicht immer gut", gab Methin zu. „Das ist aber das einzige Problem, was diese Herrschaften haben."

„Sehe ich Stephen noch?"

„Nur wenn du und Ewa meine Einladung heute Abend in mein Hellas-Büro um 19:00 Uhr annehmt."

Thomas grinste: „Setz uns auf die Gästeliste."

19:00 Uhr, HELLAS-Büro der Major Admirals:

„Wir danken für die Einladung", sagte Ewa artig zu Audra und sah sich um. Methin hatte es geschafft, offensichtlich nach Beispiel von Jan Eggert, so etwas wie einen Imbiss-Wagen (neudeutsch: Food Truck) hier zusammenbasteln zu lassen. Dahinter stand ein stämmiger Droide, der

darauf wartete, die ihm zugerufenen Essenswünsche alsbald und frisch zubereitet über die Theke zu reichen. Es gab Döner, Hamburger aller Art und viele Dinge mehr. Es waren Stehtische und natürlich auch welche zum Sitzen vorhanden. Daneben war ein Getränkewagen vor einem Replikator aufgebaut. Eine ansehnliche Droidin reichte die Getränke, man musste sie also nicht selbst aus dem Automaten greifen. Ein Gimmick – Thomas sah es so. Aber die ganze Zusammenstellung, neben dem umwerfenden Blick aus der oberen Polkuppel einer D-Klasse über das Tal neben einer leisen Musik, war stimmig. Das einzige Problem, was Thomas weit und breit sah, war die Frage, wie man einen Big Mac, einen Hamburger oder Döner aus der Hand essen sollte, ohne sich von oben bis unten mit Sauce oder Ketchup zu besudeln. Er gab gern zu, dass das Zeugs toll schmeckte, aber als Admiral zwischen einigen weiteren Gästen, Anthony Wang und seine Frau waren ebenfalls dabei, mit Ketchup-Flecken? Er bestellte sich einen Döner-Teller und konnte so mit Besteck an einem der Stehtische das Essen genießen. Ewa brach sich an einem Big Mac einen ab, um ihr hübsches Kleid nicht zu versauen. Thomas hätte gewettet, dass es ihr trotzdem passierte, aber die Gute blieb sauber. Audra und Mai-Lin huldigten da Jan Eggert – es gab die Manta-Platte, oder CPM – Currywurst Pommes Majo.
Es war an diesem Abend ein unbeschwertes Zusammensein und tatsächlich trafen an einem Tisch Methin Thomas, Stephen und Audra zusammen.
„Deine Musik kenne ich, Stephen", sagte Thomas. „Und ich hörte heute davon, dass es manchmal schwierig ist für euch, eure Auftrittsorte zu erreichen."
Stephen war ein bescheidener Mann: „Es geht. Wir müssen nur darauf achten, uns rechtzeitig anzumelden auf diesen Transferlisten. Dann haben wir eventuelle Wartezeiten zu überbrücken, aber da können wir proben. Und natürlich müssen wir unsere Ausrüstung jedes Mal transportieren."
„Ihr habt keine Droiden, die das für euch tun?", fragte Thomas interessiert nach.
Stephen holte kräftig Luft, während Methin und Audra wissend lächelten.
„Niemand aus unserer Truppe lässt einen Droiden an seine Instrumente", verkündete Stephen nicht ganz ohne Stolz. Gut Klaviere oder ähn-

lich schwere Musikinstrumente hatten sie nicht. Zwar konnten sie Klaviermusik spielen, aber die Töne wurde eben anders produziert.

„Aha", machte Thomas. „Damals hat man sich Gruppennamen gegeben. Was ist mit euch?"

Stephen zuckte mit den Schultern: „Unsere Vorstellungen gehen da etwas auseinander. Wir wollten Jan Eggert bitten, uns bei der Auswahl zu helfen. Strenggenommen, hat mich Jan zu dieser Musik inspiriert. Wir spielen seine Playlists rauf und runter. Ich hoffe, er ist bald wieder da."

Thomas nickte. „Das hoffen wir alle. Und es wird sicherlich ein Fest geben und ich werde euch dorthin transportieren lassen, damit ihr spielen könnt. Was hältst du davon?"

Stephen zeigte sich erfreut: „Das wäre wirklich toll."

„Ich weiß nicht in welchem Zustand und ob man vollzählig zurückkehrt", sagte Thomas ernst. „Wenn diese Mission ein Erfolg ist, dann spielt ihr – abgemacht?"

Stephen nickte begeistert: „Da brauch' ich niemand aus der Truppe fragen. Sie sagen alle ja."

Thomas sah Methin, Audra und Stephen nacheinander an: „Ich habe noch was anzubieten. Es wird Zeit, dass wir uns um unsere Siedler kümmern. Dazu gehört Musik, Tanz, Kunst – egal. Etwas, was die Leute erfreut. Was hältst du davon, wenn ich euch ein kleines Schiff aus dem Fundus der erbeuteten Raumer, natürlich aufgearbeitet, zur Verfügung stelle? Ihr könntet dann direkt vor Ort landen und von dort Musik machen. Wenn ich mit Phil spreche, könnt ihr ihm eure Vorstellungen dazu mitteilen."

Stephens Augen wurden groß: „Aber, aber wer soll es fliegen? Wir können das nicht."

„Ich werde mit Anna sprechen, dass sie euch zwei N2 zur Verfügung stellt. Ihr absolviert hier auf dem MARS ein Raumfahrertraining für die einfachen Dinge. Damit keine Unfälle passieren. Dein Vater wird es überwachen."

Stephen war sprachlos. Audra hatte feuchte Augen und freute sich unbändig für ihren Sohn.

„Danke", sagte Methin einfach und auch Stephen bekam es hin, dass er sich beim Admiral bedankte.

Der restliche Abend verlief harmonisch und hatte einen tollen Ausklang, als Stephen seine Gitarre hervorkramte und von John Denver sang: ‚Take Me Home Country Road'.

21.10.2165, 10:30 Uhr, DIAMOND, P2:

Brigadier Admiral Scott Tanner hatte den Hut auf, wie man so schön sagt. Der Admiral weilte im SOL-System und wurde erst in ein paar Tagen zurückerwartet. James (Nathan) Foreman war mit dem restlichen Beraterstab zum 15. dieses Monats nach GREEN EARTH gereist und war noch dort. Auch er wurde erst in ein paar Tagen zurückerwartet. Die Lage war ruhig und wenn er auch die Arbeit von Alannis mitmachen musste, konnte er eine ruhige Kugel schieben – wie man ebenfalls so schön sagt. Ein Wermutstropfen stellte allerdings dieser merkwürdige Heinrich Schliemann dar. Rita war noch mit der Programmierung desselben beschäftigt und weil sie ihre Aufgabe im P2 nicht vernachlässigen wollte, hatte sie den N2-L einfach mitgebracht. Nun, er musste sich den Gegebenheiten der HF anpassen, also musste er interagieren. Wenn er nur nicht so geschwollen daherreden würde – zuzüglich zu seinem, sagen wir, besonderem Aussehen. Er trug einen beigefarbenen Anzug mit Krawatte und eine Nickelbrille. Dazu einen gewaltigen Schnäuzer und selbst eine hohe Stirnglatze verhinderte nicht, dass sich Schliemann dazu entschloss, sein Haar etwas länger und damit es geordnet aussah, mit strammem Seitenscheitel zu tragen.
Rita beschäftigte sich in der Hauptsache mit diesem N2-L, was hauptsächlich über die Droiden-Ebene ablief. Scott verzichtete darauf, Rita für kleinere Dienstleistungen zu behelligen – sprich: Er holte sich seinen Kaffee selbst oder wenn er mit jemandem sprechen wollte, dann wählte er dessen KOM-Anschluss ebenfalls selbst. Damit man nicht aus der Übung kommt, dachte er. Mit diesem Vorsatz nahm er auch die Gespräche selbst an, was er vorher Rita mitgeteilt hatte. So mancher war überrascht, ihn direkt zu sehen. Aber so viele waren das nicht und so verlief der halbe Vormittag.
Mit anderen Worten: Scott war etwas langweilig.
Da freute es ihn doch, dass er eine KOM von der HSF GEELONG, dem Sektor-Fort, entgegennehmen konnte. Mal hören, was die denn so haben, dachte er und meldete sich.

Er schaute in das überraschte Gesicht einer jungen Absolventin.
„Oh, Brigadier Admiral", quetschte sie sich heraus.
„Ja, selbst am Gerät", sagte Scott grinsend. „Was liegt denn an?"
Die junge Frau riss sich zusammen: „Soeben sind fünf große MOYO-Schiffe ins System eingeflogen."
Scotts Lächeln gefror und er sehnte sich die Langeweile zurück. Als Entscheidungsträger war er ziemlich allein. Nathan mit Gattin nicht auf DIAMOND und der Admiral im SOL-System.

13. Rückkehr

<u>21 10.2165, 10:50 Uhr, DIAMOND, P2:</u>

Scott wusste im ersten Augenblick nicht, was er dazu sagen sollte. Die junge Absolventin sah ihn fragend an. Seine Gedanken wirbelten. Rawlad-Desch war bisher nur mit einem Kleinflieger gekommen, wenn er die MENSCHEN, insbesondere Marie-Ann Waterhouse, besuchte. Also war das nicht Rawlad-Desch. Die Hohe Rätin war zuletzt auch nicht mit einem viel größeren Schiff erschienen als der Erste Dekan. Fünf MOYO-Schiffe dieses Ausmaßes ließen eher auf etwas anderes schließen. Und Scott wusste genau, dagegen gab es keine Abwehr. Auf der anderen Seite waren die MOYO bestenfalls hinter den GENAR her. Eine feindliche Absicht ihnen gegenüber war für Scott nirgendwo ersichtlich. Das beruhigte ihn etwas – obwohl fünf dieser Einheiten? Wozu?
„Die MOYO wollen einen Entscheider sprechen", fügte die junge Frau nach der Pause hinzu. „Ich habe sie noch in der Leitung."
„Ist der Gesprächspartner bekannt?", fragte Scott.
„Nein, ein MOYO – irgendeiner", sagte die Absolventin.
„Okay, schalte durch", gab sich Scott einen Ruck.
Die Frau nickte, verschwand vom Bildschirm, dafür sah er einen Vertreter dieser Spezies. Die Anzeige über dem Bildschirm blieb leer. Der MOYO war der KI unbekannt. Sollte er die MOYO jetzt willkommen heißen? Sie waren ja schon da und gefragt hatten sie auch nicht. Sie standen bald mit fünf dieser großen Einheiten im Orbit.
Scott entschloss sich, förmlich zu werden: „Ich bin Brigadier Admiral Scott Tanner."
Der MOYO stellte sich nicht vor, was Scott negativ auslegte.

„Wir wollen den Präsidenten sprechen."
Scott hob eine Augenbraue: „Ich muss bedauern, aber der Präsident weilt nicht hier auf DIAMOND."
Der MOYO nahm das unbewegt zur Kenntnis: „Dann wollen wir den Zeugen sprechen."
„Ich muss erneut bedauern, der Admiral befindet sich nicht auf DIAMOND", sagte Scott. Es ging diese MOYO einen Dreck an, wo der Admiral gerade war.
„Die Frau, die vor unserem Rat gesprochen hat, ist wohl auch nicht auf DIAMOND?", fragte der MOYO.
„Marie-Ann Waterhouse ist mit ihrem Partner, dem Präsidenten unterwegs", gab Scott Auskunft. „Es tut mir leid, aber in der Rangfolge bin ich der höchste Vertreter hier, denn selbst die Vize-Präsidentin ist nicht auf DIAMOND."
„Wir werden mit einem Beiboot auf P2 landen", sagte der MOYO einfach, dann war die Verbindung abgeschaltet.
„Ich habe mitgehört", sagte in diesem Augenblick Rita.
„Prima", bekam sie als Antwort. Scott huschte an ihr vorbei auf den Flur und ging ohne anzuklopfen in Rons Büro. Der bekam gerade noch seine Füße vom Tisch und rote Ohren.
„Ist es schon so weit? Zu Tisch?"
„Nein, ich brauche Unterstützung – dich!"
„Was, wieso? Ihr macht doch sonst allein ..."
„Quatsch nicht und folge mir. Die MOYO sind da."
„**Was?**"
„Lass dir die Ohren durchpusten und jetzt los. Sie landen auf P2."
Ron raffte sich hoch und unterwegs klärte ihn Scott auf.
„Mannomann", sagte der General, dann war Ruhe.
Scott und Ron, auf dem Dach angekommen, mussten nicht lange warten. Ein flaches und schnittiges Boot kam angeflogen und das laute Rufen des Generals machte Platz auf dem Dach. Das MOYO-Beiboot setzte auf.
Scott und Ron standen nebeneinander und atmeten normal weiter – zumindest versuchten sie es. Das Schott öffnete sich und sechs gut bewaffnete MOYO sprangen daraus hervor und bildeten ein Spalier. Erst dann fuhr für die 50cm bis zum Boden eine kurze Gangway aus. Scott versuchte hineinzuschauen, aber es gab eine Sichtsperre – nach dem

Schott war nur schwarz. Dann schritt ein weiterer MOYO daraus hervor und den kannten beide. Scott ging vor.
„Ich darf den Ersten Dekan der MOYO auf DIAMOND willkommen heißen."
Der MOYO sah zu Scott: „Der Brigadier Admiral Scott Tanner irrt, wenn er den Ersten Dekan begrüßt. Ich bekleide das Amt des Vorsitzenden des Hohen Rates."
Scott verbeugte sich ansatzweise und auch ein wenig erleichtert: „Ich bitte um Nachsicht, dass ich keine Information darüber hatte. Selbstverständlich ist uns auch der Hohe Rat Rawlad-Desch willkommen."
„Das is'n Ding", hörte man Ron sagen.
„Können wir uns ungestört unterhalten?", fragte der Hohe Rat.
„Selbstverständlich", antwortete Scott und wies Rawlad-Desch mit der Hand den Weg. Sie marschierten zurück in den Bürotrakt und die Leibwache des Hohen Rates folgte sofort. Scott führte Rawlad-Desch in einen der kleineren Besprechungsräume. Die Leibwächter stellten sich von außen vor die Tür.
Man setzte sich.
„Kann ich dir etwas anbieten, Hoher Rat?", fragte Scott.
„Es ist gleich die Mitte des hellen Tages, oder nicht?", fragte Rawlad-Desch.
„Du willst bei uns zu Tisch, also ein Mittagsmahl einnehmen?"
„Gern unter anderen MENSCHEN", sagte Rawlad-Desch.
„Auch Vanilleeis mit Erdbeeren?", fragte Ron sofort.
„Ich wäre dem durchaus zugetan", kam die Antwort. „Aber lasst uns zunächst über den Sinn meiner Reise reden."
Jetzt wird es spannend, dachte Scott und forderte den Hohen Rat auf, weiterzusprechen.
„Ich verband zwei Ziele damit. Ich wollte eurem Präsidenten einen Antrittsbesuch abstatten und gleichzeitig meiner Freundin Marie-Ann für ihren Auftritt bei unserem Hohen Rat danken. Offenbar hat sie es geschafft, den Rat dazu zu bewegen, mich anstelle Motma-Gil einzusetzen."
„Das ist erfreulich", sagte Scott. „Unseren Glückwunsch dazu."
„Ich freue mich auch", sagte Ron, zugegeben etwas einfältig. Aber er wollte auch am Gespräch teilnehmen, wenn ihn Scott schon dazu zitierte.

Der MOYO zeigte die Andeutung eines Lächelns: „Ich weiß, welche Hoffnung ihr damit verbindet. Sicherlich werden die Bindungen zwischen MENSCHEN und MOYO enger werden. Aber ich darf es gegenüber meinem eigenen Volk nicht übertreiben. Viele sind noch in derselben Sache gefangen, wie es auch Motma-Gil war, als sie den verhängnisvollen Fehler beging und mich auf RAMA-FAT hetzte. Die Aussage des Zeugen ist für uns bindend."
Scott nickte dazu.
„Darf ich mich erkundigen, wann Marie-Ann, der Präsident und der Zeuge wieder auf DIAMOND zurückerwartet wird?"
„Übermorgen um die Mittagszeit", platzte Ron heraus.
„Ist es recht, wenn ich im System warte?"
Scott bestätigte: „Ja, gern. Aber wie kommt es, dass du eine kleine Flotte mitbringst?"
„Nun ja", gab der MOYO etwas verlegen zu. „Mit meiner Ernennung war man sich klar darüber, dass es Außenkontakte, speziell zu euch, geben wird. Man musste also ein Regularium schaffen – ein Protokoll. Dieses sieht vor, dass der Hohe Rat bei Außenmissionen eben diese fünf Kampfschiffe zu nutzen hat. Ob er, beziehungsweise ich, das will oder nicht. Dazu gehört dann auch eine zwölfköpfige Ehrenwache. Wobei man ‚Ehre' nicht zu wörtlich nehmen sollte. Diese Leute verstehen ihr Handwerk und achten auf meine Sicherheit."

Das konnten Scott und Ron eine Dreiviertelstunde später in der Kantine feststellen. Legte man seitens Thomas immer Wert auf den direkten Kontakt mit den Absolventen der Akademie, so war das jetzt anders – ganz anders. In der Mitte der Kantine saßen Rawlad-Desch, Scott Tanner und Ron Dekker. Die Nachbartische waren allesamt besetzt von jeweils einem bis zwei Leibwächtern des Hohen Rates und hatten demzufolge freizubleiben. Die Guards saßen so, dass sie ihrem Hohen Rat den Rücken zukehrten, nur einer nicht, der, der die Kommandos gab. Er musste wissen, was Rawlad-Desch als Nächstes tat.
Ron gab hinterher zu, dass die bestellten Schnittchen für ihn nur sehr zögerlich den Weg durch den Hals zum Magen fanden. Zu ungewöhnlich war das Prozedere und die Absolventen schauten überkritisch. Dafür rutschte bei Ron die doppelte Portion Vanilleeis mit Erdbeeren umso besser. Rawlad-Desch teilte mit, dass Motma-Gil keinesfalls eine Strafe

zu erwarten hätte. Nein, sie musste sich nur einreihen in die Verhältnisse normaler MOYO. Auch hatten ihn die vier restlichen Räte nicht allein in dieses Amt hieven können. Sie hatten ihn vorgeschlagen und wegen seiner Verdienste bei der Zerstörung des GENAR-Imperiums war Rawlad-Desch dann von einer Art ‚Unterhaus' bestätigt worden. Mit einer respektablen Mehrheit übrigens.

„Ist es möglich, auch unter den gegebenen Umständen, auf den Zeugen, den Präsidenten und meine Freundin Marie-Ann zu warten?"

„Natürlich kannst du das. Wie soll das aussehen? Benötigst du eine Unterkunft?"

„Ich will vermeiden", wich Rawlad-Desch aus, „dass meine Leute die ganze Nacht um ein Gebäude herumstehen. Daher werde ich mit meiner Unterkunft an Bord meines Schiffes vorliebnehmen. Bitte teilt mir mit, wenn einer der Personen zurückgekehrt ist."

So geschah es dann auch. Der Hohe Rat Rawlad-Desch startete eine Stunde später mit seinen Leibwächtern und wartete auf seinem Schiff – im direkten Orbit um DIAMOND.

23.10.2165, 13:45 Uhr, DIAMOND-System, REVENGE, Brücke:

Für den Rückflug vom SOL-System hatte Admiral Thomas Raven den Letalis benutzt. Im Gegensatz zur Hetze über den schnelleren Weg via RELAISSTATION wollte er die anderthalb Tage mit Ewa ungestört verbringen. Alannis blieb noch eine Woche bei ihren Eltern, bevor sie nachkam. Und so kam Thomas Raven recht entspannt im DIAMOND-System an. Ewa saß an den Funkkontrollen und er selbst lenkte den Letalis. Thomas Blutdruck und Herzschlag erhöhten sich jedoch, als er auf dem Scanner fünf Symbole sah, die die großen MOYO-Kriegsschiffe darstellten.

„Wir bekommen eine automatische Nachricht", meldete ihm Ewa.

„Bitte abspielen", sagte Thomas und hoffte das Beste.

Ewa drückte auf eine Sensortaste und dann war die Stimme von Scott Tanner zu hören.

„Hallo zusammen, hier spricht Scott. Es besteht keine Gefahr. Rawlad-Desch ist zu einem Freundschaftsbesuch eingetroffen und wartet auf euch. Die Anwesenheit der Kriegsschiffe soll er dir selbst erklären. Bitte meldet euch an und landet dann auf dem P2 – ich werde Rawlad-Desch verständigen."

Thomas atmete auf: „Melde uns bitte an, Ewa."

„Mach' ich, aber was ist in den MOYO gefahren, hier mit fünf Kriegsschiffen aufzutauchen? Der machte doch sonst nicht so ein Tamtam?"

Thomas zuckte mit den Schultern: „Wie Scott in der Aufzeichnung sagte, wird er uns das erklären. Ich bin auch gespannt."

Ewa meldete sich an und Thomas flog langsam auf DIAMOND zu und schwenkte in einen Orbit.

„Wir werden gerufen!"

„Auf den Schirm", sagte Thomas.

Es erschien die Großaufnahme von Scott Tanner.

„Willkommen zurück und ja, ich habe mich auch erschrocken. Landet ihr auf P2?"

„Wie du es haben wolltest", grinste Thomas.

„Gut, es schien mir geraten, die Wünsche von Rawlad-Desch zu akzeptieren."

Thomas nickte dazu: „Das ist in Ordnung, Scott."

Scott beugte sich etwas zur anderen Seite: „Ah, da kommt auch die AYERS ROCK mit dem Präsidenten. Ich werde ihn bitten, mit seiner Gattin ebenfalls nach P2 zu kommen."

„Mach das", empfahl ihm Thomas. „Ich werde gleich landen. Sieh mal zu, dass ich da Platz habe."

„Ich schicke Ron raus. Seine Stimme reicht", grinste Scott. „Ich muss mich jetzt kümmern."

Scott und Ron standen nebeneinander auf dem P2, als das 60-Meter-Schiff, die REVENGE in neuer Lackierung langsam an Höhe verlor und sich dem Riesencontainer näherte.

„Der Admiral fliegt selbst", stellte Scott fest. Erfahrene Raumfahrer konnten das erkennen. Eine KI würde einen geringfügig anderen Winkel wählen. Thomas flog so, dass die meiste Zeit P2 eben nicht direkt unter dem Letalis war. Erst bei den letzten zehn bis zwanzig Metern würde der Letalis von der Seite heranfliegen und aufsetzen.

„Schwierig?", fragte Ron als Ahnungsloser.

„Ja, schon, aber mit seinem Lieblingsspielzeug kann Thomas im Schlaf umgehen."

Sanft setzte das Schiff auf und man hörte, wie die Aggregate abgestellt wurden. In der Mittagssonne dampfte die Außenhaut des Fliegers und dann summten die Motoren der seitlichen Gangway. Zuerst kam Ewa heraus und Scott wusste, was diese Frau erwartete. Er ging hinzu und reichte ihr die Hand für die letzte Stufe nach P2. Ewa bedankte sich mit einem herzlichen Lächeln. Hinter ihr stand Thomas und schaute auf seine Freunde.

„Herzlich willkommen zurück", sagte Scott. „Bitte keine Fragen zu Rawlad-Desch – ihr werdet gleich sehen. Sonst ist alles im grünen Bereich, Thomas."

„Danke und ich bin sehr gespannt."

„Da kommt Nathan", rief Ron und eilte hinzu. Auch er begrüßte Thomas und Ewa. Thomas sah nach oben. Es näherte sich eine Sphäre im direkten Kurs auf P2. Keine Frage – KI-Steuerung und es war die Sphäre des Präsidenten. Diese setzte zwanzig Meter neben dem Letalis auf. Auch hier wusste Scott, was er zu tun hatte. Die kurze Gangway war kaum ausgefahren, als er danebenstand und Marie-Ann per Hand galant auf den Boden des P2 half.

„Ich danke dir, Scott", sagte Marie-Ann mit einem warmen Lächeln. „Mein Freund ist hier?"

„Willkommen zurück", sagte Scott und warf dabei auch einen Blick auf Nathan, der hinter Marie-Ann stand. „Rawlad-Desch ist informiert und wird in Kürze hier sein."

Nathan sagte nichts, sah aber Thomas in der Nähe, entschuldigte sich bei seiner Frau und ging auf Thomas zu. Man begrüßte sich.

„Hattest du einen guten Beratertag?", erkundigte sich Thomas.

Nathan warf einen Seitenblick auf Ewa: „Ja, obwohl meine beste Ratgeberin fehlte."

Ewa lächelte. Nathan war, trotz der irritierenden Umstände, charmant wie immer.

„Kaum verlassen wir mal die heimatlichen Gefilde", sprach der Präsident weiter, „dann passieren womöglich weitreichende Dinge."

Scott war mit Marie-Ann zur Gruppe gestoßen: „Es gibt keinen Anlass zur Beunruhigung."

„Eher andersherum?", fragte Ewa und sah auf den scheinheilig grinsenden Ron Dekker.

„Da kommt Rawlad-Desch", lenkte Scott ab und tatsächlich erschien das Schiff des MOYO in geringer Höhe. Die Zeremonie von vor zwei Tagen wiederholte sich. Thomas war etwas irritiert, als zunächst die Leibgardisten aus dem Schiff sprangen und ein Spalier bildeten.
Nach deren Aufstellung kam dann Rawlad-Desch. Nathan und Marie-Ann gingen auf ihn zu.
„Ich begrüße den Ersten Dekan der MOYO auf DIAMOND", sagte der Präsident.
„Und ich begrüße meinen Freund", äußerte sich Marie-Ann mit einem Lächeln.
„Freund stimmt, Erster Dekan nicht mehr", sagte der MOYO.
Thomas hörte, der hinter dem Präsidenten und neben Ewa stand, wie der MOYO weitersprach: „Ich bin jetzt Vorsitzender des Hohen Rates."
Rawlad-Desch sah Thomas und deutete eine Verbeugung an, die Thomas erwiderte.
„Du warst schon unterwegs, sonst hätte ich eine Nachrichtendrohne geschickt", zischte Scott von hinten Thomas zu. Dieser hob eine Hand und drehte sich halb zum Sprecher: *„Alles gut."*
„Ich begrüße diese Nachricht, Hoher Rat", sagte Nathan formell.
„Darf ich die Versammelten in einen unserer Besprechungsräume bitten?", fragte Thomas.
„Der Zeuge spricht meinen Wunsch aus", sagte der MOYO.

Wenig später saßen sie im Besprechungsraum und Rawlad-Desch hatte das Wort. Er erklärte die Umstände mit den Kriegsschiffen und den Gardisten.
„Ich weiß, welche Hoffnung ihr hegt. Aber ich muss auf mein Volk Rücksicht nehmen. Ich kann nur ganz langsam und in kleinen, sehr kleinen Schritten eine Annäherung zwischen unseren Spezies zulassen. Ich bitte um Verständnis. Die MENSCHEN haben meine Sympathie, aber die des Volkes der MOYO noch nicht. Wenn ich es überstürze, wird jemand wie Motma-Gil meinen Platz einnehmen."
„Wir sind froh, einen so hochrangigen Fürsprecher bei den MOYO zu haben", sagte Nathan. „Du wirst uns bitte sagen, was wir dazu beitragen können."

Der MOYO blieb noch ein paar Tage, dann rückten die fünf Schiffe ab.

15.12.2165, 10:00 Uhr, BLACK-EYE-Galaxie, ODIN, Brücke:

Seit dem 20.10. war man jetzt unterwegs. Und nach fast zwei Monaten war man fast am Ziel. Warum dieses Mal so schnell wird sich der Leser dieser Berichte wundern. Gab es eine Abkürzung? Nein, tatsächlich waren die Triebwerke der Schiffe mit dem NIRMAAN-Upgrade wesentlich besser als gedacht und in der V-Max im Überraum noch einmal schneller und der Beschleuniger hieß: Heimweh. Die tagelangen Checks der Triebwerke hatte man ausfallen lassen. Kurzer Stopp, ein Check der Ebene A, dann weiter. Lediglich in M101, also der Galaxie, wo eine Verbindung nach BLISTER 5 in die GENUI-Blase bestand, hatte es eine kurze Verzögerung gegeben. Jan hatte Magellan mit einer Beta los gejagt und ihm mitgeteilt, dass er das Ergebnis bitte schön schon gestern haben wolle. Die Wahl war auf den Droiden gefallen, weil dieser wegen der erforderlichen Jumps keine Beschwerden empfinden sollte. Es ging einfach darum, ob die Bombe noch an einem der acht Quader des Transfer-Tores hing. Magellan beeilte sich und daher musste man nur einen halben Tag auf ihn vor dem nächsten Galaxis-Wurmloch warten. Das Ergebnis der Eil-Mission war erfreulich: Die Bombe hing noch dort, wo sie Jan hingepappt hatte.

Und weiter ging es. Man hatte die Schiffe selbstverständlich gecheckt und ein Verschleiß war kaum zu erkennen. Ka-Lim erklärte, dass die Fortbewegung im Überraum die Triebwerke nur gering beansprucht.

Allerdings war auch er überrascht, wie gut alles hielt. Nun Jan nahm das billigend in Kauf und ließ weiterhin kräftig auf die Tube drücken. Ka-Lim schraubte zwischendurch, das Schrauben bitte als Sinnbild sehen, an der Nav-Kontrolle herum. Die ODIN führte den Verband und das Schlimmste, was passieren konnte, war, dass man ein Schiff verlor, weil es in den Einsteinraum zurückfiel. Man hätte dann auf einer Strecke von ein paar zehntausend Lichtjahren suchen müssen, wenn nicht hunderttausend. Man war sich einig, dass das nicht ging. Wenn man sich auf dem zurückbleibenden Schiff nicht selber helfen konnte, dann war es das. Ka-Lim war findig und implementierte in die Programmierung der Nav-Kontrolle, dass alle Schiffe aus dem Überraum fallen würden, wenn eines das tat. So war diese Gefahr gebannt.

Jan erklärte Ka-Lim per Handauflegen zum Helden des Tages, äußerte ein ‚kleines' Lob und dann waren alle Bedenken passé. Die vier unter-

schiedlichen Kugelschiffe stürmten der Heimat entgegen. Mittlerweile waren alle kleineren Schäden, die die Schiffe bei den Gefechten erlitten hatten, wieder behoben. Okay, man würde den einen oder anderen RC-Jäger ersetzen müssen und natürlich ballistische Munition, aber alles in allem waren alle vier Schiffe zu 100% gefechtstauglich. Jan, sagen wir, war daher nicht ohne Grund stolz auf diese, seine Mission.
Wie die Helden würden sie nach Hause kommen.
Und noch was tat Jan, um die Flugzeit für sich und andere gefühlt zu verkürzen: Ava, Sophie, Tibor, Joe und Oplom sowie Enja, bekamen Unterricht im Fliegen und Kommandieren einer A-Klasse.
„Okay", sagte Jan ziemlich schnell. „Oplom setzen wir an den Funk und Tibor wird eine Marine-Schulung bekommen. Enja ist schon eine gute Pilotin, Sophie macht die Taktik und Joe den Gunner. Ava, rauf auf den Captains-Stuhl."
In einer Pause erkundigte sich Ava, warum er das mit ihnen veranstaltete.
„Es ist freiwillig, liebe Ava. Wer nicht will, braucht nicht. Aber ich erkenne in euch Leute, die wir gut gebrauchen können. Es mangelt uns nicht an Raumschiffen. Wir brauchen fähige Leute, diese zu steuern. Hier lernt ihr in der Praxis und so wird die theoretische Schulung abgekürzt werden können. Und noch mal, Ava: Es ist freiwillig."
Sie machten mit. Eine endgültige Entscheidung darüber würde es aber erst geben, wenn man zurück war.

Nun war Mitte Dezember und sie waren in der BLACK-EYE-Galaxie angekommen – ein paar Flugstunden vor DIAMOND. Jan hatte den Flug abbrechen lassen und schaute per VidKOM auf die Gesichter der übrigen Captains.
Bevor er etwas sagen konnte, sprach Ro-Latu.
„Diese Mission hatte ich allein geplant. Mir war nicht annähernd bewusst, mit welchen Widrigkeiten ich rechnen musste. Zum Ende dieser Mission muss ich sagen, dass ich froh bin, nicht allein geflogen zu sein. Ich darf mich in aller Form bei Jan und seiner Crew und bei unserem Häuptling und seiner Crew für diese wertvolle Begleitung bedanken. Und ich spreche daher einen Schwur aus, wie er gelegentlich bei den GENAR noch vorkommt. Sollte einer von euch Hilfe brauchen, so soll der Ruf danach nicht vergeblich sein. Ich werde helfen, solange ich kann. Ich danke euch und ich danke euch im Namen meines Volkes."

Jan räusperte sich. Er konnte sich vorstellen, was der Schwur eines GENAR für einen Wert hatte. Ro-Latu war Zoll für Zoll ein Ehrenmann, der viel von Ehre und dergleichen hielt.

„Und ich bitte Ro-Latu um Entschuldigung", fuhr Jan fort, „wenn ich in meiner besitzergreifenden Art so manches Mal die Zügel an mich gerissen habe. Ich danke ihm, dass er mich hat gewähren lassen. Ich bin halt so – ich kann nicht anders."

Chapawee gab auch ein Statement ab: „Mein Bruder mit den goldenen Augen und ich kennen dich, Jan, und wir werden an den Feuern unseren Nachkommen von diesem Abenteuer erzählen. Wir werden berichten von einem weisen MENSCHEN, der auch in der Fremde so geblieben ist, wie er zuvor schon war: ein Freund, ein Wegbegleiter, ein Kampfgefährte von der besten Art. Wir danken."

Jan atmete tief ein. Die Aussagen der beiden waren, sagen wir, wohltuend.

„Ich hatte mir vorgenommen, rechtzeitig dieses Jahr unter einer Weihnachtspalme am Strand von HOMELAND zu sitzen und einen kühlen Cocktail zu schlürfen. Aber die Tradition darf nicht gebrochen werden. So wie wir diese Mission begonnen haben, werden wir sie auch beenden – mit einem Fest. Allerdings will ich dem Umstand berücksichtigen, dass Ro-Latu seine Partnerin in die Arme schließen will und unsere Rothaut die Annehmlichkeiten des heimischen Feuers so schnell wie möglich genießen will. Ihr habt euch meiner Führung anvertraut und tut es jetzt bitte ein letztes Mal: Die Feierlichkeiten zum neuen Jahr sollen für uns gemeinsam unter der Sonne des AVALON-Systems stattfinden. Paco mag die Seinen mitbringen und Ro-Latu ebenfalls. Ich werde eine Silvesterparty begehen mit all unseren Freunden. Wir werden uns jetzt zurückmelden und dann kann Paco aufbrechen und auch Ro-Latu. Ich erwarte euch am 30.12.2165 auf EDEN."

Ro-Latu verbeugte sich für seine Verhältnisse recht tief: „Es ist mir eine Ehre und für Suli-Ko sicherlich auch. Wir werden dabei sein."

Paco ahmte die Geste des GENAR nach: „Ich werde so viele von meinem Stamm zusammenbringen, wie ich es vermag. EDEN wird dann für uns ein paar Tage die Heimat sein."

„So sei es denn", sagte Jan erfreut. „Da wir jetzt ausreichend Freundlichkeiten ausgetauscht haben, können wir vielleicht mal zum Thema kommen: Wie laufen wir in die Arena ein?"

„Wenn ich vielleicht etwas Kritik äußern dürfte", sagte Ro-Latu nachträglich. „Die bildhafte Ausdrucksweise von Jan bringt meine Fantasie häufig an ihre Grenzen."
„Unser Bruder meint ...", begann Paco, aber Ro-Latu winkte ab. „Ich kann es mir vorstellen. Jan will einen möglichst effektvollen Eindruck machen, wenn unsere Schiffe vor DIAMOND erscheinen."
Jan sah von einem zum anderen: „Ich bin für Vorschläge offen."
„Würden wir unsere Leute nicht überraschen, wenn wir einfach so auftauchen, als wären wir nur kurz weg gewesen?", schlug Ro-Latu vor.
Jan machte große Augen: „Machst du Witze?"

13:00 Uhr, WATERFALL VALLEY:

Wer diese vorliegenden Berichte häufiger liest, weiß mit dem Datum, der 15. des Monats, etwas anzufangen. Ja, es war wieder des Präsidenten Beratertag und dieses Mal gab es den ganz großen Bahnhof: Nathan hatte Thomas gebeten, dies auf WV veranstalten zu dürfen und er solle bitte seine Führungscrew dazu einzuladen.
Gleichzeitig hatte Nathan auf GREEN EARTH die Abgesandten des BUNDes gebeten, nach WATERFALL VALLEY zu kommen.
Und so kam es dann, dass sich in Kirilis löchrigem Fell das eine oder andere Sandkorn des Strandes befand.
„Fchön hier", hatte sie kommentiert und das war dann schon das ganz große Lob.
Thomas als Hausherr von WV hatte um 10:00 Uhr seine Gäste begrüßt und sie gebeten, nach alter Tradition eine Gedenkminute einzuhalten für alle, die nicht anwesend sein konnten. Damit meinte er sowohl die Toten als auch Jan & Co.
Nachdem man Kririli kurz informiert hatte, was Thomas wollte („Ach *fo!*"), funktionierte das ganz gut.
Selbstverständlich hielt auch Nathan eine Rede. Er wünschte sich ganz direkt, dass die Teilnehmer der Mission Präsidial möglich bald und vollzählig zurückkommen sollen. Weiterhin ging er auf den, nennen wir es Machtwechsel, bei den MOYO ein. Danach war den beteiligten Ausrichtern klar, dass es weder ein Treffen der HF, noch ein normaler Beratertag war. Man war Gastgeber und man unterhielt sich im lockeren Rahmen. Man aß und trank etwas und so kam es, dass sehr viele unterschiedliche

Personen einander kennenlernten. Eine Sache, die Thomas Raven, aber auch James Foreman, sehr wichtig war.

„Wir sollten sowas einmal im Jahr machen", schlug Nathan dem Admiral vor, als beide sich zufällig trafen. Thomas schaute über die Versammelten: „Nichts dagegen, Nathan. Ein schönes Bild."

14:15 Uhr, ODIN, Brücke:

„Ihr seid zurück", strahlte eine junge Absolventin auf der Übersicht der ODIN-Brücke. „Da wird man jubeln, wenn ich das weitergebe. Ich bin Lori Fanger."
„Ähm", sagte Jan und hob einen Finger.
„Lass mich raten! Ich soll es nicht weitergeben. Ihr plant eine Überraschung", sagte die junge Frau, bevor Jan etwas sagen konnte.
Jan war sehr angenehm erfreut.
„Habe ich recht?"
Jan nickte.
„Okay, das ist klar gegen die Vorschrift und ich hoffe, dass mir niemand einen Vorwurf macht, aber ich kann mich auf dich berufen, Jan?"
Was 'ne Quasselstrippe, dachte Jan, aber süß ist sie – und clever.
„Kann ich sonst etwas für euch tun?"
Jan nickte wieder.

14:20 Uhr, WATERFALL VALLEY:

Lea unterhielt sich gerade mit ihrer Freundin Audra, als ihr KOM-Gerät am Handgelenk vibrierte. Sie entschuldigte sich und drehte sich etwas weg. Dann nahm sie das Gespräch an. Sie sah direkt in Lori Fangers Gesicht und darunter stand HSF GEELONG.
„Lea, ich bitte dich, nimm etwas Abstand zu anderen und lass dir nichts anmerken? Schalte bitte auch die Holo-Wiedergabe deines Gerätes nicht ein."
„Äh, wieso?"
„Tu mir bitte den Gefallen, es ist wichtig."
Leas konnte sich denken, dass eine Absolventin die Assistentin des Admirals nicht wegen unwichtigen Dingen kontaktierte.
Sie bestätigte: „Warte einen Augenblick."

Am Strand war im Moment niemand und so ging sie darauf zu. Mit genügend Abstand zu den anderen schaute sie wieder auf den kleinen Monitor an ihrem Handgelenk und aktivierte sicherheitshalber noch ein Schallbegrenzungsfeld.
„Kann losgehen!"
„Ich danke dir sehr. Ich stelle durch."
Das Gesicht von Lori verschwand und machte Platz für Jan.
„Jan!"
Eggert hielt sofort den Zeigefinger senkrecht vor den Mund: „Pscht!"
„Ich habe ein Schallbegrenzer eingerichtet, Jan. Willkommen zurück. Ich freue mich!" Lea strahlte übers ganze Gesicht.
„Lea, gibt es etwas sehr Wichtiges, was ich unbedingt vor unserer Rückkehr wissen muss?"
„Nein. Du willst sicherlich einen theaterreifen Auftritt hinlegen, was?"
Jan drehte sich zu seiner Crew herum und tat empört: „Welchen Ruf habe ich eigentlich."
„Der, der dir zusteht, Feiermeister", erdreistete sich Johann zu äußern.
Jan tat so, als hätte er einen Herzkasper, dann wandte er sich wieder an Lea.
„Was geht ab bei euch da unten? Hat es was Trauriges während unserer Abwesenheit gegeben? Gab es Verluste?"
„Nein, wir sind vollzählig", antwortete Lea. „Im Moment haben wir den erweiterter Beratertag, plus Abgesandte des BUNDes."
„Ganz großes Kino oder Bahnhof also. Suli-Ko auch da?"
„Ja, ist sie."
„Das wird Goldauge freuen, denke ich. Lea, pass auf ..."
Es gab noch ein paar Neuigkeiten, damit sich Lea schon mal gedanklich darauf vorbereiten konnte, dass es weitere Leute gab, die unterzubringen waren.
„Das sind Neuigkeiten, Jan. Bis gleich!"
Lea ging mit leichtem Lächeln zurück zu ihrer Freundin.
„Na, gab es etwas Wichtiges?"
„Nichts von Bedeutung", log Lea, obwohl sie liebend gern alles erzählt hätte.

14:55 Uhr, WATERFALL VALLEY:

Lea war die Einzige, die bemerkte, dass eine P-Klasse weit über dem großen See senkrecht in die Tiefe stürzte. Was Minuten später am Sandstrand von WATERFALL VALLEY ankam, war eine große Welle und alle schauten herüber.
„Wo kommt die denn weg?", fragte Ron Dekker. „Es ist doch kaum Wind."
Noch überraschender war, dass dahinter eine dichte Nebelwand existierte und schließlich hörte man Musik: Pirates of the Caribbean – He's a Pirate. Die Nebelwand lüftete sich und jeder, wirklich jeder schaute diesem angeblichen Naturphänomen zu. Dann kamen Gleiter, die als offene Boote über das Wasser fuhren. Zuerst kamen drei davon und bildeten ein Dreieck. Auf jedem dieser vorderen Boote stand auf dem Bug ein Mann.
Auf dem ersten Boot war es Jan Eggert. Er hatte die Arme in die Hüften gestemmt und sich ein weites und rotes Tuch um den Hals gewickelt. Die Schleppe segelte im Fahrtwind hinter ihm her. Er sah wie Superman aus dem bekannten Comic aus. Auf dem anderen Boot stand Chapawee Paco. Er hatte seinen ledernen Jagddress an, ein paar Federn im Haar und stützte sich auf seine Winchester. Auf dem dritten Boot, man ahnt es vielleicht, stand Ro-Latu und hatte die Arme vor seiner breiten Brust verschränkt.
Ron fiel die Kinnlade herunter. Man hörte ihn flüstern: „Er ist zurück!" Dann rannte Ron hinunter zum Strand, damit niemand seine Tränen sehen konnte. Er hatte ihn wirklich vermisst. Die Gleiter fuhren etwas den Sand hinauf, dann sprang Jan ab und verschwand in den starken Armen von Ron Dekker. Der General weinte hemmungslos.
„Ist ja gut, Dicker", sagte Jan und klopfte dem Freund auf den Rücken. Die ganze Show, mit der sich die beiden laufend vor anderen Leuten bekriegten, war nur Show. Auch Jan hatte feuchte Augen.
Die Nächste, die zum Strand lief, war die Abgesandte der GENUI im BUND: Suli-Ko. Auch sie verschwand in den Armen ihres Partners.
Thomas ging auf Paco zu: „Willkommen. Hast du dein Kalumet dabei, mein roter Freund?"
Pacos Augen schimmerten feucht: „Du willst mir die Ehre erweisen, Thomas?"

Sichtlich bewegt sagte Thomas: „Ich kann mir im Moment nichts Schöneres vorstellen."
Paco sprang auf den Sand: „Nachher, lasst uns erst ein wenig ankommen."
Lea stand plötzlich neben Thomas: *„Ich weiß das seit etwa einer halben Stunde. Ich habe Rita mit der REVENGE nach AQUARIUS geschickt. Sie wird Naira und Pacos Kinder holen."*
„Top", sagte Thomas nur dazu. Das, was er sich seit einem halben Jahr gewünscht hatte, ging heute in Erfüllung.
„Haben wir Verluste, Chap?"
„Nein, wir müssen Munition ergänzen und ein paar RC-Jäger – das war's."
„Top", sagte Thomas wieder. Viele Worte waren im Moment nicht so sein Ding.
Er sah über den See und es kamen noch mehr Gleiter und ein paar Leute, so glaubte er, konnten nicht zur HF gehören. Dann wurde Thomas stürmisch umarmt. Es war Jan, der an ihm herumriss. Und jetzt ergriff auch den Admiral die Freude über das Wiedersehen mit den Freunden. Er tanzte ausgelassen mit Jan im Sand. Und dann waren die Gleiter alle am Strand. Man mischte sich mit den Teilnehmern des Beratertages und man umarmte sich überall.
Nathan griff sich ein Mikro.
„Ein schöner Tag – ein sehr, sehr schöner. Unsere Missionsteilnehmer sind nach so vielen Monaten unverhofft ausgerechnet heute und vollzählig zurückgekehrt. Ein herzliches Willkommen an euch. Das muss und wird heute gefeiert werden. Welch ein würdiger Beratertag! Willkommen nochmals."
Ava und ihre Leute, also die Führungscrew der MENSCHEN aus AXIS, standen etwas verloren im Sand und versuchten die Stimmung und das Drumherum einzuordnen. Dann kam Jan auf sie zu. Ava erkannte in seinem Schlepp einen charismatischen Mann und einen würdigen Herrn älteren Datums mit schütterem grauem Haar und Bart, der Güte und Wärme ausstrahlte.
„Ich stelle euch hier Admiral Thomas Raven vor und James Foreman, genannt Nathan, unseren Präsidenten. Das, ihr zwei, ist Ava Clark. Dann haben wir hier Sophie, Joe, Oplom, Tibor und Enja. Sie sind uns in der

AXIS zugelaufen und wir haben sie und über 400 weitere MENSCHEN einfach mitgebracht."
„Ich bin neugierig auf eure Geschichte, Ava Clark", sagte Thomas und Ava ließ die angenehme Stimme in ihrem Geist nachhallen.
„MENSCHEN in der AXIS", sagte Nathan. „Ich bin ebenfalls neugierig. Ich heiße euch auf DIAMOND herzlich willkommen. Seid bitte unsere Gäste."
Über dem See tauchte dann die P-Klasse auf und als diese landete, strömten MENSCHEN heraus.
Nathan griff wieder zum Mikro: „Bitte alle einmal herhören. Offenbar hat Jan in der AXIS noch MENSCHEN gefunden. Sie sind uns willkommen, bitte kümmert euch um sie."
Jan schaute auf das Geschehen: „Die sehen alle aus wie Alice im Wunderland. Sie haben die Hölle durchlebt. Nehmt sie auf."
Lea stand plötzlich neben ihnen: „Du bist Ava?"
Die Frau bestätigte.
„Ich bin Lea, eine der Assistentinnen des Admirals. Hier ist dein Armband-KOM. Du kannst mich erreichen, wenn du die ‚2' drückst oder einfach ‚Lea Heinley' hineinsprichst. Wir werden euch ein Deck im Container zur Verfügung stellen. Keine Angst, das hört sich nur schlecht an. Es sind gute Unterkünfte und sie reichen für 600 Personen. Möchtest du für deine Führungscrew ebenfalls Armband-KOMs?"
Ava nickte.
„Ich besorge gleich noch welche. Wir sollten schnellstmöglich die Unterbringung klären. Dann können wir hier weitermachen, feiern oder so. Okay?"
Ava bestätigte.
„Gut, dann wähle ein paar Leute aus, die das weitergeben können."
Ava nahm ihre Crew und noch ein Dutzend andere Personen dazu.
Lea führte sie an und auf mehrere Sphären zu.
„Das Ziel heißt: ‚P2'", erklärte sie. „Jeder von euch kann eine solche Kugel nehmen. Wir sind hier in WATERFALL VALLEY, als Zieleingabe und P2, als Wohnort für euch."
Die Sphären hoben ab und brachten Ava und Co. auf den TRAX-Container.

„Ich bitte meinen weißen Bruder um Entschuldigung. Aber wenn wir den heiligen Rauch bemühen wollen, sollten wir es jetzt tun. Ich möchte an mein heimisches Feuer und Naira und die Kinder wiedersehen."
Thomas drehte sich um: „Wir haben alle Zeit der Welt, Chap. Lea hat Rita mit der REVENGE ausgeschickt, um deine Familie zu holen. Wer von deinem Schiff nach AQUARIUS will, soll sich bei Heidi melden. Sie sorgt für einen schnellen Transport nach Hause."
„Deine Assistentinnen sind listen- und ideenreich. Ich bin angenehm berührt von ihrer Fürsorge."
„Und ich finde es toll, dass du nicht sofort wieder abreisen musst, Chap. Willkommen zurück. Mein Tag ist perfekt."
Es dauerte auch nicht lang und man sah hier und dort den heiligen Rauch aufsteigen. Chapawee war in seinem Element und als Stunden später die REVENGE nah am Wasser landete, konnte er seine Familie in die Arme schließen – okay nacheinander. Es waren ja viele.
Und der Abend wurde lang und am lautesten immer da, wo Jan gerade war.
„Dieser Teufelskerl", sagte Ron bewundernd. „Und wie er sich wieder zelebriert hat."
Thomas stand neben ihm und musste schmunzeln. Der Auftritt als Superman war schon eine Show gewesen. Die, sagen wir AXIS-MENSCHEN, standen zunächst noch etwas scheu herum, aber dann mischten sich zur Freude von Nathan andere MENSCHEN darunter und es entwickelten sich Gespräche. Man riss diese Leute aus ihrer Starre und ihren Ängsten. So langsam begriffen sie, dass sie angekommen waren, in einer neuen Heimat. DIAMOND konnte ihre Heimat werden, musste es aber nicht. Es gab Auswahl. Viele AXIS-MENSCHEN wandten sich am Abend an Ava. Und die Frage war immer wieder: Wo werden wir leben? Es deutete sich an, dass die gemeinsame schlechte Erfahrung und der bisherige gemeinsame Lebensweg die Leute wie Kitt zusammenhielt. Ava sollte entscheiden, wo alle leben würden. Sie bat um Verständnis, dass man hier erst einmal aufgenommen war. Sie schob diese Entscheidung hinaus, als ein paar von ihnen als sogenannte Multiplikatoren vor ihr standen.
„Leute, wir sind am Ziel. Wir haben das erreicht, was wir wollten. Mein Amt als Rebellen-Führerin hat mit unserem Eintreffen hier geendet. Es gibt über drei Millionen MENSCHEN. Verteilt euch, sucht für euch das

Beste heraus. Wartet ab, bis ihr andere kennenlernt und dann nehmt euer Schicksal selbst in die Hand. Ich werde wahrscheinlich dieser Flotte beitreten. Ich bin für das normale Leben verkorkst. Ich werde weiterkämpfen. Das, was ich die letzten Jahrzehnte gemacht habe – nur erfolgreicher."

Sie gaben sich damit zufrieden. Man konnte sich ja immer noch dahin bewegen, wo sich Ava niederließ – wenn sie es denn tat.

Nathan und Thomas nutzten die Zeit, um mit möglichst vielen dieser Leute zu sprechen. Der Admiral machte sich ein Bild dieser Neubürger und lud ein paar Gesprächspartner für den nächsten Tag zu 14:00 Uhr ins P2 ein – darunter auch Ava & Co.

Und dann drehte Jan so richtig auf. Musik, Tanz und natürlich Getränke und Speisen, solange jeder Lust darauf hatte. Ava wurde sehr angenehm überall dort empfangen, wo sie sich hinwandte. Später traf sie auf Nathan.

„Gefällt es dir hier, Ava?"

„So kenne ich MENSCHEN nicht", gab sie zur Antwort.

„Wie meinst du das?"

„Sie sind anders – positiv anders. Sie sind gut gelaunt und offen. Sie haben Kinder und jeder von euch kümmert sich um die Kleinen", Ava war verwundert. „Wie lange habe ich keine Kinder mehr gesehen?"

Sie drehte sich um, als jemand von unten mit hellem Stimmchen rief: „Hallo! Dich kenne ich nicht. Ich bin Marie!"

Ava ging in die Hocke: „Ich bin das erste Mal hier und heiße Ava."

„Hallo Ava. Kommst du jetzt öfter hierhin?"

Ava nickte und dann rannte die Kleine weg. Nathan konnte sehen, dass Ava Tränen in den Augen hatte, als sie wieder hochkam.

„Möchtest du Kinder, Ava?"

„Ich, ich habe keinen Partner, selbst wenn ich wollte", stotterte sie.

„Du brauchst dafür keinen ständigen Partner, Ava. Die Kinder sind uns alle willkommen und die Gemeinschaft sorgt für sie. Du wirst durch sie lediglich moralisch abhängig", sagte ihr Nathan.

„Ich habe das von Jan schon gehört, aber ich hatte Zweifel."

„Warum sollte dich Jan belügen?"

„Dieser Gedanke war einfach zu schön, um daran glauben zu dürfen. Ich habe es mir nicht gestattet."

„Siehe mich. Ich habe mehrere Kinder, aber nicht von meiner ständigen Partnerin. Es ist Vieles denk- und machbar, wenn man in einer solchen Gemeinschaft lebt. Lass dich auf uns ein, Ava. Finde dich und deine Rolle bei uns. Und das bitte ohne Eile und mit Bedacht. Wir geben euch die Sicherheit, die ihr wohl nicht hattet."
Nathan erinnerte sie an ihren Vater. Tatsächlich sah dieser ganz anders aus, aber damals schon hatte Ava ihren Vater um dessen Gleichmut und Weitsicht beneidet. Und dann war es da: Sie fühlte sich wie ein kleines Kind. Die gesamte Last der Verantwortung für über 400 Personen fielen von ihr ab. Sie sah den milden Gesichtsausdruck von Nathan vor sich und dann heulte sie auf einmal Rotz und Wasser. Nathan machte einen Schritt nach vorn und nahm sie in seine Arme und hielt sie fest. Er spürte den zitternden Frauenkörper und Nathan wusste, was in Ava vorging. Er sah sich um und winkte dann mit dem Kopf. Suzan Bookley kam und sah die Szene.
„Ich denke, meine Hilfe ist gefragt?"
„So ist es, Suzan. Bitte hilf ihr."
Langsam öffnete Nathan seine Arme und Suzan sprang ein.
„Ava, hör mir bitte zu", verlangte Nathan und musste diese Bitte noch zweimal wiederholen, bis er ein wenig die Aufmerksamkeit von Ava hatte.
„Die Stasekisten können eine Menge körperlicher Beschwerden oder Verletzungen heilen. Aber nicht die Seele. Ich gebe dich jetzt in die Obhut von Suzan Bookley, eine Expertin auf dem Gebiet der Psychologie. Sie wird dir helfen."
Ava nickte und zitterte dabei wie Espenlaub.
„**Ron**", rief Suzan laut und schon kam der General um die Ecke. Wo kommt der denn so schnell her, dachte Nathan noch, als Suzan ihren Mann anwies, ihr mit Ava zu helfen. Ron nahm die Frau auf seine starken Arme und trug sie auf Weisung seiner Frau in das Privathaus von Ron und Suzan. Ava und Suzan sah man an diesem Abend nicht mehr, dafür Ron – mit Jan an der Bierbude und das ziemlich ausgiebig.

<u>16.12.2165, 16:00 Uhr, DIAMOND, P2:</u>

Auf ganz dringende Bitten von gleich mehreren Seiten hatte Thomas den angesetzten Termin um zwei Stunden nach hinten verlegt. Das war heute

Morgen um etwa 3:45 Uhr gewesen, als ein Ende der improvisiert erweiterten Veranstaltung zum Thema Wiedersehen noch gar nicht abzusehen gewesen war. Thomas hatte von vornherein versucht, den Kreis der Teilnehmer gering zu halten. Er war grandios gescheitert, und zwar an den Gegebenheiten. Ron war sowieso gesetzt, warum wusste allerdings keiner, Ava und ihre Brückencrew, dazu kam als persönliche Betreuerin von Ava Suzan, Nathan und die Vizepräsidentin, Linus Kirklane, Chapawee Paco, Ro-Latu und Suli-Ko, Lea und Heidi mit Partnern Peter und Beppo und er selbst. Hat der Berichtende jemanden vergessen? Ja, Rita stand im Raum und führte ein Protokoll und nachnominiert waren, aus verschiedenen Gründen, Josh Brennan, Siedlerobmann oder so von AGUA, dazu noch Laura Stone und Methin Büvent als Vertreter der MILCHSTRASSE.
Ava stand unter Medikamenten. Sie konnte zwar dem Geschehen folgen, aber nichts beitragen. Jan erfasste die Situation mit einem Blick und übernahm den Part, den er eigentlich Ava zugedacht hatte. Er berichtete das, was er von den AXIS-MENSCHEN wusste und wie man auf sie gestoßen war. Joe und Sophie, die übrigens zwischen Suli-Ko und Ro-Latu saß, ergänzten Jan hin und wieder oder beantworteten Zwischenfragen. Als er geendet hatte, stellte Thomas die alles entscheidende Frage: „Ihr seid mit einem bestimmten Ziel losgeflogen. Habt ihr etwas mitgebracht?"
„Außer einem 820er, der in den Besitz der GENAR übergeht, haben wir ziemlich viele Informationen über Truppenstärken und Aufmarschgebiete der präsidialen Sturmtruppen erlangen können", berichtete Jan und erzählte von dem Datensatz, den sie auf dem Mond sichergestellt hatten. „Es gilt die Daten auszuwerten und für uns zu verwenden. Mehr sollte es in diesem kleinen Anlauf nicht sein. Wir müssen daraus eine Strategie entwickeln und möglicherweise danach handeln oder uns zumindest vorbereiten. Ich habe jeden Tag, an dem es etwas Berichtenswertes gab, alles niedergeschrieben. Ihr erhaltet meinen Bericht in Kürze. Paco, Ro-Latu und ich versichern dir, Thomas, dass unsere Mission ein Erfolg war. Jetzt müssen wir aus den Daten etwas machen – auswerten und planen."
Es wurde applaudiert und Thomas bedankte sich.
„Wie sieht eure Kurzfristplanung aus?", fragte Thomas nach.
„Ich habe alle Beteiligten, dann auch euch – jeden der kommen will, zum 30.12. nach EDEN eingeladen. Wir werden gemeinsam den Erfolg dieser

Mission anlässlich des Jahreswechsels feiern. Im Anschluss daran habe ich Ava versprochen, die ERDE zu besuchen – und jedem von den AXIS-MENSCHEN, der mitkommen will. Ava will mit eigenen Augen sehen, was aus der schönen ERDE geworden ist."
Thomas sah sich um: „Kommen wir?"
Er sah in strahlende Gesichter.
„Wir drohen unser Kommen an", teilte er Jan grinsend mit.
„Ich hatte es befürchtet", entgegnete Jan und erntete Lacher.
Thomas vermied es, Ava zu fragen, daher richtete er eine spezielle Frage an Joe: „Wie fühlen sich eure Leute in den Unterkünften?"
Joe wand sich ein wenig: „Sagen wir so: Sie waren lange unter Tage und in den Lägern, dort war es vom Platz ähnlich. Sie sind lieber unter freiem Himmel. Sie haben die Wohnungen nur zum Schlafen genutzt und nur ganz kurz. So richtig wohl fühlt sich dort niemand."
„Ich habe gestern schon mal ein bisschen vorgefühlt und so wirklich überrascht mich das nicht. Ich denke mal nicht, dass das für euch eine gute Unterbringung ist. GREEN EARTH würde euch in der Modernität zwangsläufig überfordern. Am besten passt zu euch AGUA – unsere erste Heimat nach der ERDE. Da ist das Leben etwas ursprünglicher und ihr könnt euch einleben und danach andere Welten ausprobieren. Wir haben hier Freizügigkeit. Jeder kann dort leben, wo er will. Einzige Voraussetzungen: Die Welten müssen freigegeben sein zum Besiedeln und man muss sich den Gegebenheiten vor Ort anpassen. Im Fall von AGUA wäre das ein strammes Evakuierungskonzept, in das ihr implementiert werdet. Meine Vertreterin vor Ort ist Lieutenant Admiral Laura Stone. Laura hat mir gestern versichert, dass es kein Problem sei, die etwas über 400 Personen auf AGUA unterzubringen. Obmann der dortigen Siedler ist Josh Brennan. Bitte Josh, sprich ein paar Worte."
Josh erhob sich tatsächlich und brachte sich da umso mehr in Verlegenheit, denn das freie Reden war nicht seins. Er war ein Mann der Tat.
„Also, ich würde mich freuen, etwas tatkräftige, äh, Unter... also, äh, Hilfe zu bekommen, beim Wiederaufbau dieser schönen Welt. Ihr seid mir, äh ... herzlich willkommen." Josh setzte sich wieder.
„Und ich bin Laura Stone, die strenge Sicherheitswächterin von AGUA. Wir haben dort ein Evakuierungskonzept, in das ihr eingebunden werdet. Wir üben das mittlerweile nur noch alle sechs Wochen. Wir können in einem Falle des Angriffs den Planeten innerhalb kürzester Zeit verlassen.

Falls ihr zustimmt, könnt ihr alle den Planeten besichtigen. Ich stehe mit meiner SATURN für den Transport zur Verfügung. Die Reise wird lediglich ein paar Stunden dauern. Ich habe eine Präsentation von AGUA vorbereitet und so sieht der Planet aus."
Auf den großen Wandmonitoren wurde die Schönheit AGUAs wiedergegeben – und auch, wie die Siedler dort wohnten.
„Das, das ist das, wo wir von träumen", gab Joe mit glänzenden Augen zu. „Wir möchten es sehen."
„Wir wollen nicht zu viel Zeit vertun", sagte Laura. „Im Anschluss an die Besprechung können eure Leute an Bord. Wir fliegen dann sofort los. Haltet euch ein paar Tage auf AGUA auf und macht euch ein Bild. Gebt mir oder Josh Bescheid, wie ihr euch entschieden habt. Wie gesagt, ihr könnt später immer noch umziehen. Es geht um die Eingewöhnungszeit."
Thomas sah sich um: „Hat noch jemand was?"
Suli-Ko meldete sich und sagte langsam zu Ava: „Ava, wir wissen, dass du Sophie als deine Tochter siehst. Du bist im Moment etwas gehandicapt. Dürfen Ro-Latu und ich uns solange um Sophie kümmern? Wir würden sie mitnehmen nach RAMA-FAT. Dort kann sie sehen, wie GENAR in Freiheit leben. Gestattest du uns das bitte?"
Ava sah Sophie an und das Mädchen sagte: „Bitte, ich würde das gern sehen und du wirst schnell gesund, ja?"
Suli-Ko hatte das Prozedere mit Suzan abgesprochen. Man wollte Ava auf keinen Fall weiteren Schaden damit zufügen. Aber Suzan hatte erkannt, dass die Verantwortung für Sophie noch mal auf Avas Seele lag. Also hatte Suzan zugestimmt.
„Ich möchte dich gern wiedersehen", sagte Ava.
„Wir sorgen dafür – ganz bestimmt", sagte Suli-Ko.
Damit war auch das Thema abgeschlossen und Thomas beendete die Zusammenkunft.
„Laura – danke und guten Flug!"

30.12.2165, 15:00 Uhr, AVALON-System, EDEN:

„Die trampeln mir den Sand kaputt!" Mit diesem Satz hatte Jan Eggert kurzerhand die Feierlichkeiten, zu der er eingeladen hatte, von HOMELAND wegbewegt. Er hatte eine Riesenbühne auf APATE aufgebaut

und das ganze Drumherum. Der Inselkontinent lag weit westlich von HOMELAND noch weit über EIGHT ISLANDS hinweg und bot an seiner Westküste reichlich Platz und eine malerische Kulisse. Im nördlichen Bereich war die Landung von Sphären, Alphas und Betas vorgesehen, die die Feierwütigen auch wieder ins All zu ihren Schiffen bringen würden. Seit heute Morgen stand dazwischen auch ein Letalis – die REVENGE. Die REVENGE wäre auch fast das größte Schiff, wenn es da nicht einen umgebauten 100er-TRAX geben würde. Dieses Schiff stand am Rande des Veranstaltungsgeländes und hatte den prachtvollen Namen ROSKILDE. Eigner war zum ersten Mal in der Geschichte der NEUEN MENSCHHEIT ein Nicht-HF-Angehöriger: Stephen Want. Ein Seitenteil des Fliegers konnte abgeklappt werden und bot der 13-köpfigen Band von Stephen Want eine prunkvolle Bühne. Ebenso an Bord war das Übliche, um 13 Personen zu beherbergen. Es gab drei N2-L, die das Gerät flogen und bedienten. Für Stephen war ein Traum in Erfüllung gegangen und selbstredend hatte Jan die Truppe engagiert.
Thomas sah sich um: „Mit wie vielen Leuten rechnest du?"
Jan holt tief Luft: „Wir haben hier Platz für 5.000. Realistisch kommen etwa 2.000 – warten wir es ab. Ich hatte meine Einladung recht offen gestaltet. Dahinten habe ich noch einfache Unterkünfte bauen lassen für die Leute, die nicht auf den Schiffen übernachten können."
„Das wird nachher alles wieder abgebaut?"
„Selbstredend", bestätigte Jan. „Wir sind auf dieser Insel lediglich Gast und wir hinterlassen alles sauber. Alles andere hatten wir schon mal – war Scheiße. Hier hat in drei Tagen wieder die Natur das Heft in der Hand."
„Sehr gut", lobte Thomas.
„Wann kommen die anderen von DIAMOND?"
„Die AYERS ROCK wird jeden Augenblick eintreffen und das Gros transportieren."
„Und der Chef nimmt schon mal den Ereignisort ab, was?", lachte Jan.
Thomas schüttelte den Kopf: „Ich brauche nichts abnehmen, was du machst Jan. Unter vier Augen: Danke für deinen selbstlosen Einsatz in diesem Jahr. Das war, wie du immer so schön sagst: ganz großes Kino!"
„Ich bin imstande und nehme das Lob an", drohte Jan, aber dann trat er nahe an Thomas und umarmte ihn einfach. Das war gerade passiert, als

am Horizont im Tiefflug eine Alpha angeflogen kam. Sie setzte 30 Meter vor den beiden Männern im Sand auf. Zuerst stieg Rita aus.
Und dann kam der eigentliche Gast: Ava Clark. Sie ging ein wenig unsicher, aber sie hatte schon alles gut unter Kontrolle. Jan rannte auf sie zu: „Ava, wie geht es dir?"
„Ihr habt tolle Fachleute. Ich brauche kaum noch Medikamente. Nur ein wenig Ruhe."
Jan ließ die Frau los und kratzte sich am Kopf: „Ruhe?" Dabei sah er zur bereits aufgebauten Bühne der Band.
Ava lächelte: „Wichtiger ist noch Ablenkung."
Jan strahlte: „Das können wir liefern."

Was soll man über dieses Fest noch sagen? Gibt es irgendwelche Superlative, die diese 3-Tages-Feier einschließlich Feuerwerk beschreiben kann? Nein! Also lässt es der Berichtende und bittet die Leserschaft die eigene Fantasie zu bemühen.

Ende

An dieser Stelle endet der 42. Bericht der NEULAND-SAGA, der 46. Band inklusive der BLACK-EYE-Reihe.

Wie wird es weitergehen – mit der MENSCHHEIT 2.0?
- Wie sieht die zukünftige Hierarchie der HF aus? (Noch nicht ganz geklärt)
- Wo kommen die über 400 Leute unter Ava Clark unter?
- Ro-Latu und die Jagd nach dem Präsidial? (Es geht weiter)
- Daneben oder dabei wird es Menschliches geben …

Der Berichtende ist selbst gespannt, welche Themen angerissen oder gar abgehandelt werden.
Ich bedanke mich bei allen Lesern und Leserinnen für die Treue.
Die Reaktionen, die mich per Facebook erreichen, per Rezension, per Mail oder im Gästebuch auf der Homepage, motivieren mich, mir immer neue und hoffentlich auch interessante Geschichten um die altbekannten Protagonisten auszudenken. Gern nehme ich Vorschläge entgegen, und wenn es passt, arbeite ich sie auch in die Romanreihe ein.

<u>Es macht weiterhin sehr viel Spaß, für euch zu schreiben!</u>
Es geht weiter mit: 2166 A.D. – XXX – also die Fortführung der Abenteuer um Thomas Raven und seine Gefährten, im Jahre ab 2166 – also der 43. Neuland-Roman. Seit 2130 sind beide Zeitlinien miteinander verbunden, neben Thomas Raven wird also auch Jan Eggert mit von der Partie sein.

Das A.D.-Epos von Harald Kaup.
Die Science-Fiction-Romane der besonderen Art.

Bitte beachtet auch diese Reihe:
‚Das 2082-Projekt', Band 1 – HOTHOUSE
‚Das 2082-Projekt', Band 2 – SURVIVAL
‚Das 2082-Projekt', Band 3 – SUPPORT
‚Das 2082-Projekt', Band 4 – DEPARTURE
‚Das 2082-Projekt', Band 5 – ENDGAME
Mit dem fünften Band ist diese Reihe abgeschlossen.

Und weiterhin:
‚4588 – Es wird einmal …'
Der dicke Einzelband mit einem speziellen Thema

OUMUAMUA:
01.06.2023 ist erschienen:
‚2059 Der Besucher' Oumuamua Teil 1 von 2
01.09.2023 ist erschienen:
‚2060 Die Besucher' Oumuamua Teil 2 von 2.

Zum 01.04.2025 soll eine Überraschung kommen – bitte auf Nachrichten dazu achten. Stichwort: ‚TAURUS XI'

Hörbücher:
Das 2082-Projekt, der Fünfteiler kommt als Hörbuch, gesprochen von Silvio Wej.

1.	Teil – HOTHOUSE	erschienen
2.	Teil – SURVIVAL	erschienen
3.	Teil – SUPPORT	wahrscheinlich erschienen
4.	Teil – DEPARTURE	in Planung, vielleicht auch schon erschienen
5.	Teil – ENDGAME	in Planung

Bitte auf meiner Homepage nachschauen oder im Netz.
Hörbücher scheinen ihre eigenen Gesetzmäßigkeiten zu haben.
Eine Terminierung ist schwierig.

Die Neuland-Saga, gesprochen von Tobias Regner, erschien am 01.11.2023 mit dem ersten Band. Gerade bei Hörbüchern steckt der Teufel im Detail, daher: Es ist in Planung, monatlich ein Buch einzusprechen – aber bitte ... es passiert viel und siehe oben. Zum Zeitpunkt des Erscheinens dieses Buches sollten mehrere Teile fertig und verfügbar sein. Bitte auf der HP www.harald-kaup.de nachsehen.

An dieser Stelle: Auch die vier BLACK-EYE-Bücher gibt es schon länger als Hörbuch über Amazon

Zum Schluss eine Bitte:
Ich freue mich immer über Kommentare, über positive natürlich besonders. Rezensionen bei Amazon helfen mir, bekannter zu werden.
Rezensionen sind schnell gemacht, tun nicht weh und sind der Applaus des Publikums für den Autor.
Neuigkeiten gibt es über meine Homepage:
Freundschaftsanfragen bei Facebook sind ausdrücklich erwünscht.
Neuerdings auch auf Instagram unter #kaupharald

Ihr habt Ideen, wohin die MENSCHHEIT 2.0 gehen soll oder Anregungen? Her damit!

Ihr habt Fragen? Her damit!

Alles gern über 2120adneuland@gmx.de

Lieben Dank!
Euer Harald Kaup